Reinheitsgebot

Thomas Neumeier lebt und arbeitet im idyllischen Naturpark Altmühltal. Hauptberuflich Bürokaufmann, hatte er schon als Kind eine Affinität zum Schreiben und Erzählen. Ein nachgeschobenes Studium hat ihn auf den Literaturbetrieb losgelassen.

Dieses Buch ist ein Roman. Handlungen und Personen sind frei erfunden. Ähnlichkeiten mit lebenden oder toten Personen sind nicht gewollt und rein zufällig.

THOMAS NEUMEIER

Reinheitsgebot

KRIMINALROMAN

emons:

Bibliografische Information der Deutschen Nationalbibliothek
Die Deutsche Nationalbibliothek verzeichnet diese Publikation in der Deutschen Nationalbibliografie; detaillierte bibliografische Daten sind im Internet über http://dnb.d-nb.de abrufbar.

Umschlagmotiv: shutterstock.com/Wolfilser
Umschlaggestaltung: Tobias Doetsch
Gestaltung Innenteil: César Satz & Grafik GmbH, Köln
Lektorat: Susann Säuberlich, Neubiberg
Druck und Bindung: CPI – Clausen & Bosse, Leck
Printed in Germany 2016
ISBN 978-3-95451-786-2
Originalausgabe

Dieser Roman wurde vermittelt durch
die Agentur Ashera GbR, Gottenau.

Als ich von den schlimmen Folgen des Trinkens las,
gab ich sofort das Lesen auf.

Henny Youngman (1906–1998), Schauspieler

Prolog

Ein machtvoller Ort sollte das hier sein, sagten die Spinner. Geheimnisvolle Kräfte gingen von dem lehmigen Boden aus, weil es da unten ein paar Wasseradern gab. Die erzeugten unterirdische Kraftfelder und entzogen den Menschen ihre Energien. Deshalb wurde man hier immer so schläfrig. So jedenfalls hatte ihm das mal einer dieser Esoterikfuzzis erklärt, die hier bei schönem Wetter mit Wünschelruten und Pendeln umherspazierten. Auf die Idee, dass die Müdigkeit vom vorangehenden Aufstieg rühren könnte, kamen diese Gestalten nicht.

Er fühlte sich kein bisschen schläfrig. Nicht heute Nacht. Er glaubte nicht an diesen New-Age-Kram, dieses späte Vermächtnis der 68er, deshalb war er für die hier angeblich wirkenden Kräfte auch nicht empfänglich. Außerdem überflutete ihn die Gewissheit um seinen bevorstehenden Tod mit Adrenalin. Da war kein Platz für Müdigkeit. Nicht heute Nacht – seiner letzten.

An Geister glaubte er auch nicht, obwohl ihm hier oben stets welche begegneten. Geister aus vergangenen Zeiten. Er sah sie nicht, aber sie waren da. Stimmen, Gelächter, Gesang – und Angst. Vor allem die. Sie waren überall. Lauerten. Grinsten. Kicherten. Er ignorierte sie. Wie immer.

Mit seiner geladenen Schrotflinte fest in beiden Händen, ging er seinen letzten Gang. Er hätte sich für diesen Anlass ein paar Sterne als Zeugen gewünscht, aber der Nachthimmel war weitenteils pechschwarz. Nur hoch über den Wäldern auf der anderen Talseite graute kaum sichtbar ein fahles Glimmen hinter den schwarzen Schlieren. Nicht einmal der Mond wollte ihm zusehen. Sei's drum.

Die Spalier stehenden Büsche und Bäume wiesen ihm den Weg vorbei an den beiden von Moos überwucherten Opfersteinen. In der lichtlosen Dunkelheit waren sie nur als schemenhafte Hügel zu erkennen. Grabhügel, dachte er. Wie passend.

Grund zur Eile bestand nicht. Er hatte die ganze Nacht Zeit, dies zu Ende zu bringen. So lange würde er nicht brauchen.

Etwa fünfzehn Meter voraus an der Talkante markierte der steinerne Obelisk, den sie »Wodansburg« nannten, das Ende seines Weges. Eine wiedererrichtete altgermanische Richt- und Opferstätte sollte das sein, hieß es. Für ihn war es einfach nur ein grobschlächtiges Phallussymbol. Schon immer. Ein rudimentär gemauerter Sockel, einem Altar nicht unähnlich, mit einem spitzen, mehrere Meter hohen Aufbau, welcher der Dunkelheit zum Trotz mit jedem Schritt mehr Konturen gewann. Das Bildnis wirkte bedrohlich. Wie etwas noch Finstereres in der Finsternis, das unmissverständlich klarstellen sollte, wem dieses Aussichtsplateau gehörte. Er aber war nicht weiter beeindruckt. Hier hatte es angefangen. Und hier würde es nun enden. Endlich.

Als er den Sockel erreichte, berührte er den rauen, kalten Stein. Moos und Gestrüpp rankten in den Vertiefungen. Im weiten Tal dahinter glommen schwach die Nachtlichter seiner Heimatstadt im Nebel.

»Hahaha! Ich habe geahnt, dass du dich so aus der Affäre ziehen würdest«, sprach eine unangebracht heitere Stimme, und eine Gestalt erhob sich von einer der beiden Sitzbänke auf der dem Tal zugewandten Seite des Steinsockels. »Und dass du es hier tun würdest.«

Er erkannte die Stimme auf Anhieb, hatte fast mit ihr gerechnet.

»Hier, wo alles begonnen hat«, fuhr sie ausgelassen fort. »Wie ungemein stimmig! So … nun ja, *konsequent*, würde ich fast sagen. So schließt sich endlich der Kreis. Muss sehr tröstend für dich sein.«

»Was willst du hier?«, raunte er.

»Na, ich will dir dabei zusehen«, bekam er zur Antwort. »Damit mir nichts entgeht, habe ich sogar eine Taschenlampe dabei. Hier, siehst du?«

Ein unsäglich greller Lichtstrahl schoss ihm in die Augen. Mit einem Fluch auf den Lippen wandte er den Blick ab. »Schalte sie ab! Sofort!«

»Jaja, schon gut.« Das Licht erlosch. »Sehe ich mir später eben das blutige Kunstwerk an, wenn dein Gehirn stückchenweise über den Stein verteilt ist. Das wird mir genügen. Bis es vollbracht ist, sollst du deine Privatsphäre haben. Man macht so etwas schließlich nicht jeden Tag, was? Ha! Genauer gesagt, höchstens einmal im Leben. Also mach hin, ja? Ich habe heute Nacht noch was vor.«

»Ich will, dass du verschwindest.«

»Schon gut, ich lasse dich allein. Aber verschwinden werde ich nicht.«

Kaum zähmbarer Zorn stieg in ihm auf. Die dumpfen Schritte seines Gegenübers umrundeten den Sockel, passierten ihn und entfernten sich raschelnd ins dunkle Gespinst der Bäume.

»Eins noch!«, gebot er, woraufhin sie verstummten.

»Ja?«

»Die Brauerei. Sie bleibt, wie sie ist, klar?«

Die Antwort aus der rückwärtigen Schwärze kam verzögert: »Das habe ich nicht in der Hand.«

***

Ich bin ein Schatten. Das ist wenig und doch genug. Ich habe mich für dieses Dasein entschieden. Nicht in jeder Nacht bin ich nur ein Schatten, aber doch in vielen. Ich bin die blitzschnelle Bewegung auf dem Asphalt, die nächtliche Spaziergänger aus den Augenwinkeln wahrnehmen, wenn sie unter einer Straßenlaterne hindurchgehen. Ich bin das Vorbeihuschen einer unförmigen Silhouette an einer Mauer, die Gestalt gewordene Dunkelheit einsamer Gassen und das schauderhafte Frösteln, das die Leute dort heimsucht. Wenn ich einen Gartenzaun überquere, verschmelze ich mit den Schatten der Zaunlatten und Gartensträucher. Wenn ich eine Terrasse einnehme, jage ich die Schatten streunender Katzen. Komme ich einem Fenster zu nah, bin ich der Schatten eines Nachtvogels, der kurz die Sterne verdeckt hat. Besteige ich eine Leiter oder eine Efeuranke, werde ich damit eins. Schatten sind nicht unsichtbar, aber niemand achtet auf sie.

Ein entfernter Schuss, den ein vorbeifahrender Kleinwagen beinahe übertönt hätte, gellte über die Hausdächer. Ein Jäger in den umliegenden Hochwäldern, keine Frage. Der Schatten hörte sie oft, wenn er die Nächte durchstreifte. Dort droben in den lichtlosen Baumschluchten wäre er vollkommen, wie ihm bewusst war. So vollkommen, dass er gar nicht mehr existieren würde. Ein Nichts im Nichts, ohne Bedeutung. Nur wo Licht war, konnten Schatten sein.

Der Schatten erklomm die Stadtmauer der Altstadt, sprintete in seiner Geschmeidigkeit einem Panther gleich zehn Meter weit auf einen der Türme zu, bevor er seitwärts ausbrach und als lautloser Nachtvogel über die Gasse segelte. Er landete auf dem flachen Dachanbau gegenüber. Dort wurde er eins mit dem dunklen Ziegeldach und stieg die eingearbeiteten Sprossen für den Kaminkehrer hoch zum First. Zuoberst angelangt, nahm er in entspannter Haltung rittlings Platz und holte sein Nachtsichtglas und den Feldstecher aus dem Rucksack.

Er hatte diesen Platz erst vor ein paar Wochen ausgekundschaftet. Seitdem kam er regelmäßig her. Es gab keinen günstigeren Ort, um das alte Brunnenwächterhaus zu observieren. Von hier überschaute man die rückläufige Umzäunungsmauer in einem Winkel, der durch den Terrassenanbau einen umfassenden Einblick ins Wohnzimmer des Hauses gestattete. Vorausgesetzt, die Vorhänge waren nicht zugezogen. Das waren sie zum Glück selten. Die Bewohnerin sah anscheinend keinen Grund dazu. In einem von einer fast drei Meter hohen Mauer eingeschlossenen Haus war das nachvollziehbar.

Sie war eine sehr hübsche Frau, fand der Schatten. Halblanges blondes Haar, mittelgroß, zierliche Gestalt, vielleicht dreißig Jahre alt oder auch ein paar mehr. »Christina Grangel« stand draußen auf dem Briefkasten neben dem Eisentor. Der Schatten beobachtete sie gern.

Bislang hatte sich wenig Spektakuläres in diesem Wohnzimmer abgespielt. Meistens las sie oder schaute fern, und sie tat das immer allein. Dem Schatten reichte das aus. Es freute ihn sogar. Seine Ansprüche und Erwartungen waren so bescheiden wie seine Natur. Ihm genügte es vollauf, sie in ihrem Sessel sitzen oder auf ihrer Couch liegen zu sehen. Wenn die Nächte bald wärmer wurden, würde sie bestimmt auch die Terrasse benutzen. Warum sie allein und so zurückgezogen lebte, wusste er nicht, und es war ihm auch egal. Er war ihr dankbar, dass sie sein Leben bereicherte. Dass sie dem Schatten etwas Licht gab.

Auch ohne seine Gläser erkannte er, dass in ihrem Wohnzimmer im Moment kein Licht brannte. Wahrscheinlich war sie früher als üblich schlafen gegangen. Das war bedauerlich. Vor allem, weil sich auch auf dem Nachbargrundstück nichts regte. Gleich neben dem Brunnerwächterhaus befand sich das Firmengelände der »Biber-Brauerei«, das der Schatten nur allzu gut kannte. Dort spielten sich nachts zuweilen interessante Sachen ab. Vor allem im Büro der Juniorchefin hatte der Schatten schon ein paar anschauliche Szenen bestaunen dürfen, die kaum konträrer zum sittsamen Geschehen im Brunnenwächterhaus hätten sein können. Heute aber lag zu beiden Seiten der Mauer alles in Dunkelheit.

Der Schatten wollte sich schon wieder zurückziehen und einen seiner anderen Bezugspunkte aufsuchen, als seine geschärften Sinne eine Veränderung registrierten. Da war eine Bewegung. Eine Bewegung, so schattenhaft und nachtgleich wie er selbst. Er nahm das Nachtsichtglas auf und lenkte das Okular zum Brunnenwächterhaus. Es lag nach wie vor in Finsternis, doch in der lichtlosen Kaverne zwischen dem Haus und der Außenmauer regte sich etwas. Dem Schatten stockte der Atem. Er wollte es kaum glauben, aber da war noch ein anderer Schatten. Kein Zweifel. Er erkannte seinesgleichen.

Flink wie ein Wiesel huschte der andere um die Hausecke und verschwand aus seinem Sichtfeld. Keine Minute später durchforstete der schwache Schein einer Taschenlampe das Wohnzimmer.

Der Schatten auf dem First verharrte in unruhiger Erwartung. Ein Schatten, der zu Besuch kam – was hatte das zu bedeuten?

Eine weitere Minute verstrich, vielleicht auch zwei oder drei, dann flammte am Vorderhof des Hauses Licht auf. Der Schatten auf dem First verstand sofort. Christina Grangel war gar nicht im Haus. Aber sie kam gerade heim. Das Eisentor hatte sich beiseitegeschoben, ihr Wagen fuhr ein. Sie würde ihn parken und ins Haus gehen, nicht ahnend, dass sich dort ein Schatten herumtrieb, der da nicht hingehörte.

Der Schatten erspähte seinen unbekannten Bruder im ersten

Stock, wo er aus einem Fenster stieg, es wieder hinter sich schloss und elegant und sicher, wie es nur Schatten können, ins weiche Gras hinabsprang. Der Schatten auf dem First verfolgte seinen Weg auf die das Grundstück umzingelnde Mauer. Als er sie erklomm, ging hinter ihm das Licht im Wohnzimmer an. Christina Grangel trat ein und ließ sich erschöpft in ihren Lesesessel fallen. Der Schatten auf der Mauer hielt ein und schaute ihr dabei zu. Der Schatten auf dem First beobachtete sie beide. Voller Staunen. Und Entzücken.

Am Ende des Regenbogens

Der Sex mit Ilana war wie immer gut gewesen. Doch am meisten schätzte Ludwig an ihr, dass sie, auch nachdem sie fertig waren, noch eine Weile bei ihm blieb. Dann bettete sie ihren Kopf auf seine Brust und lauschte, wenn er sich die Widrigkeiten seines nicht weiter aufregenden Lebens als Versicherungsvertreter von der Seele redete. Sie sprach nicht gut genug Deutsch, um daraus eine Konversation zu machen. Auch wusste Ludwig, dass sie bestenfalls die Hälfte von dem verstand, was er ihr erzählte – vom Druck von oben oder dem zunehmend schlechten Ruf seiner Branche. Das spielte aber keine Rolle. Die Illusion einer verständnisvollen Partnerin, die ihm zuhörte und seine Sorgen teilte, war ihm genug. Danach fühlte er sich besser.

»Mittwoch, gleiche Zeit?« Dezent geschminkt kam Ilana aus dem Badezimmer und steckte ihre Ohrringe an. Sie hatte sich angezogen, ihren schönen Körper unter einer ausgewaschenen Bluse und einem knöchellangen Rock versteckt, der bestimmt das eine oder andere Jahrzehnt auf dem Buckel hatte. Die bescheidene Kleidung wurde ihr nicht gerecht, was sie Ludwig umso reizvoller erscheinen ließ. Sie war ein feiner Riesling in einem Zahnputzbecher. Ihre zurückhaltende Art, die schüchtern lächelnden Lippen und das volle schwarze Haar hatten ihn schon bei ihrem ersten Treffen betört. Daran hatte sich nichts geändert.

»Also?«

»Äh … was?«

»Mittwoch. Ich soll wiederkommen?«

»Nein, da werde ich wahrscheinlich nicht in der Stadt sein«, sagte Ludwig und setzte sich im Bett auf. »Ich bin eine Weile weg. Wenn ich wieder da bin, rufe ich dich an.«

»Wohin gehst du?«, fragte sie. Die Ohrringe saßen. Sie nahm ihre Handtasche.

»Zurück nach Bayern«, antwortete Ludwig. »In mein Heimatstädtchen. Mein Vater ist gestorben.«

Sie suchte wieder seinen Blick. »Das tut mir leid.« Ihre Anteilnahme wirkte nicht gespielt. »Ist er gewesen … krank?«

Ludwig zuckte mit beiden Achseln. »Keine Ahnung. Kann schon sein. Er hat sich erschossen.« Mit den Fingern der rechten Hand imitierte er einen Kopfschuss. »Mit einer Schrotflinte, wie ich gehört habe.«

Ilana blieb ein paar Sekunden lang erstarrt stehen. Dann trat sie näher und setzte sich am Fußende aufs Bett. Ihre dunklen Augen rangen um Verständnis. »Du hast die ganze Zeit von Arbeit geredet!«, fuhr sie ihn vorwurfsvoll an. »Dein Vater tot und sich erschossen und du redest von Arbeit! Warum?«

Noch einmal zuckte Ludwig unbeholfen mit den Achseln. Er bemühte sich, nach außen lässig zu bleiben, und merkte selbst, wie gründlich er dabei versagte. Schon bereute er es, das Thema überhaupt angeschnitten zu haben. »Ich will dich nicht damit belasten. Lass es gut sein, Ilana. Er und ich, wir haben uns nicht gut verstanden. Noch nie. Ich bin nicht traurig, verstehst du?«

Ilana musterte ihn eine Weile stumm. »Aber er ist dein Vater«, sagte sie schließlich. Sie hob eine Hand und schien abzuwägen, ob sie sie ihm irgendwo zärtlich auflegen sollte. Auf sein Knie etwa, das seitlich unter dem Bettlaken hervorlugte. Sie tat es nicht. Sie erhob sich und ging langsam Richtung Tür. Ludwig wünschte, sie hätte es getan. Er brauchte keinen Trost, aber eine Geste ehrlicher Anteilnahme hätte ihn berührt. In zweifacher Weise.

An der Kommode neben der Tür langte Ilana nach seinem Geldbeutel. Ludwig wusste, dass sie nicht zu viel herausnehmen würde.

»Du rufst mich an, wenn du hast getrauert«, sagte sie. Der Vorschlag klang mehr wie ein Befehl, und ihr stechender Blick verlangte dasselbe.

Ludwig aber wollte sich nicht ergeben. Ob er trauern würde oder nicht, war allein seine Sache. Er würde sich dafür nicht rechtfertigen, wie es auch kommen mochte. »Ich rufe dich an«, entgegnete er bündig.

Ilana nickte kaum merklich, dann verschwand sie durch die Tür und ließ Ludwig mit gemischten Gefühlen zurück. Etwas an dem kurzen Gespräch hatte ihn aufgewühlt. Trauer um seinen toten Vater war es nicht. Eher das vollkommene Ausbleiben selbiger, verbunden mit Scham und Schuldgefühlen, weil anständige Menschen nun mal trauerten, wenn ihre Väter starben. Er tat das nicht, und er glaubte auch nicht, dass er es übermorgen bei der Beerdigung tun würde.

Er drehte den Kopf umständlich zu seinem Radiowecker. Es war fast elf. Meistens schlief er um die Zeit schon, aber jetzt war nicht an Schlaf zu denken. Er beschloss, noch etwas fernzusehen, am besten bei einer Tasse Tee.

Im Badezimmer betrachtete er sich im Spiegel. Imaginär stellte er seinen Vater neben sich, so wie er ihn in Erinnerung hatte. Den großen, kantigen und verboten gut aussehenden Kerl, der auch jenseits der vierzig noch jede Studentin rumkriegen konnte – wofür er nach Mamas Einweisung alle Freiheiten gehabt hatte. Ludwig hätte ihm kaum unähnlicher sein können. Er war kleiner als die meisten Frauen, die ihm begegneten, notorisch übergewichtig und hatte schon mit dreißig das meiste Haar verloren. Inzwischen schmückte nur noch ein Haarkranz seinen Kopf. Ein dunkler Haarkranz mit zunehmend silbernen Anleihen.

Der imaginäre Vater lächelte auf ihn herab, jovial, streng und abweisend. *Mach doch, was du willst*, sagte er wie beiläufig.

Ludwig verzog sich aus dem Badezimmer und brühte in der Küche eine Tasse Pfefferminztee auf. Sein Vater schaute ihm dabei über die Schultern. Nicht weil er an dem interessiert wäre, was sein Sohn da tat, sondern weil er Bestätigung suchte, dass dieser nichts zuwege brachte, was ihn in irgendeiner Form beeindrucken könnte.

Du gibst zumindest dein Bestes, sagte er und verschwand endlich wieder ins Nichts.

Ludwig ging mit seinem Tee ins Wohnzimmer. Als wollte ihn auch der Fernseher verhöhnen, lief ein James-Bond-Film mit Pierce Brosnan, als er einschaltete. Sein Vater sah Brosnan ungeheuer ähnlich. Von seinem Charme und seinem guten Aussehen hatte Ludwig leider wenig abbekommen. Dieser Teil seines genetischen Erbes war umfänglich an seine kleine

Schwester gegangen. Der Gedanke an sie trug nicht gerade zu Ludwigs Ausgeglichenheit bei. Auch ihr beider Verhältnis war schwierig. Sie war immer Papas Liebling gewesen. Er hatte sie stets bevorzugt, wodurch sie schon früh angefangen hatte, auf ihren großen Bruder herabzusehen. Mit sechzehn hatte sie ihn dann auch noch an Körpergröße überholt.

Ludwig nahm den Teebeutel aus seiner Tasse, quetschte ihn mit dem Löffel aus und legte ihn auf den Untersetzer. Die kommende Woche würde er sich gern ersparen.

***

An der Zufahrtsschranke löste Harald Falter einen Parkschein und schlüpfte mit seinem Mini Cooper in die nächste freie Lücke. Feiner Nieselregen, mehr wehend als fallend, deckte den Wagen ein. Ein Schleier aus Wasser, der gerade durch jede Straße und jeden Winkel der Stadt zog. Die Mauern des Krankenhauskomplexes lagen grau und blassgrün dahinter.

Harald strich über das Brandmal auf seinem rechten Handrücken. Feuer hatte ihm das angetan. Wasser hatte ihn vor schlimmeren Verletzungen bewahrt. Diese Narbe würde ihm bleiben, ein Leben lang, doch Harald würde sie mit Stolz tragen. Er lächelte, als sie plötzlich zu jucken anfing, was sie ständig tat, seit er den Verband abgenommen hatte. Er würde noch so manche Schererei mit ihr haben, doch sie war ein geringer Preis dafür, dass er ein Leben gerettet hatte. Er stieg aus und ergab sich der Ummantelung des feuchten Schleiers. *Wasser ist Leben.* Wie wahr.

Neben einem Restaurant, einem Zeitungskiosk und einer Bücherei gab es auch einen Blumenladen in der Eingangshalle des Klinikums. Harald erstand einen bunten Strauß und eine dazu passende Vase, dann erkundigte er sich am Empfang nach dem Krankenzimmer von Julia Öttl.

In den ausladenden Fluren herrschte wenig Betrieb. Hier und da eine Schwester hinter Glas, vage Stimmenfragmente und Rascheln aus offenen Zimmern, einsame Patienten in Morgenmänteln beim Spaziergang. Den in Krankenhäusern so typischen Geruch nach Hygienemitteln empfanden viele Menschen als unangenehm.

Vielleicht weil er schlimme Krankheitserinnerungen weckte oder unbequeme Vorahnungen schürte. Vielleicht auch weil er tief im Unterbewusstsein wühlte. Dieser Geruch war schließlich einer der ersten, die ein Säugling nach dem Geburtstrauma in dieser Welt aufnahm. Er rührte auch in Harald, doch Harald empfand den Geruch als sehr angenehm. Er sprach von Reinheit. Von Sterilität. Von vollkommen keimfreier Sauberkeit.

Eine Erwiderung auf Haralds Klopfen an Julia Öttls Patientenzimmer ließ nicht auf sich warten. »Ja? Bitte?«, rief eine heisere, aber glasklar weibliche Stimme.

Harald sog die Luft ein, richtete sich gerade und trat ein. Da lag sie. An Kopf, Arm und Schulter bandagiert, letztere auf einem Gestell fixiert. Von ihrem langen blonden Haar war nichts zu sehen. Nur ihr hübsches Gesicht hatte man frei gelassen. Eine Mumie, zu schön, um sie völlig zu verhüllen.

Ein wachsames blaues Augenpaar schaute Harald entgegen. Nein. Zwei blaue Augenpaare schauten ihm entgegen. In einem Stuhl am Fußende des Bettes saß noch eine andere Blondine. Sie trug Straßenkleidung, woraus Harald folgerte, dass sie wohl nicht die Patientin des leeren Bettes nebenan war. Eine Schwester war sie auch nicht. Er hatte erwartet, Julia Öttl allein anzutreffen. Freunde und Verwandte kamen üblicherweise an den Wochenenden zu Besuch, nicht an einem Montagnachmittag.

»Entschuldigung, mein Name ist Harald Falter«, stellte er sich vor. »Ich habe mir unten Ihre Zimmernummer geben lassen.«

»Das haben Sie wirklich gut gemacht«, sagte die Bandagierte im Krankenbett. »Verzeihen Sie, dass ich nicht applaudiere. Sollte ich Sie kennen?«

»Nein, wohl nicht«, entgegnete Harald mit einem unsicheren Lächeln. »Sie waren ja nicht bei Bewusstsein. Ich bin der Feuerwehrmann, der Sie aus dem Auto gezogen hat.«

»Ah«, machte Julia Öttl, und ihre Augen wanderten von ihm ab und verloren sich an der Raumdecke. Ihre blassen Lippen zuckten kurz, so als wollten sie etwas sagen, was ihnen die Kehle verweigerte.

Stille Sekunden zerrannen, die Harald wie eine Ewigkeit vorkamen.

»Schade, dass Sie nicht schneller waren«, fügte Julia Öttl halblaut hinzu, nun mit Blick zur breiten Fensterfront des Krankenzimmers. Wasserschlieren liefen die Scheiben hinunter. Dahinter war in einer Suppe von dunklem Grau Ingolstadt zu erahnen.

»Wir sind so schnell gekommen, wie es ging«, entgegnete Harald weich. »Mehr haben wir nicht tun können. Wie geht es Ihnen?«

Die Patientin antwortete nicht. Dafür meldete sich die andere Frau zu Wort. »Geht es hier um irgendeine Versicherungssache?«, blaffte sie Harald an und stand auf. »Oder warum sind Sie hier? Was hat das zu bedeuten?«

Gemessen und ohne Hast ging Harald zu dem kleinen Tisch in der Ecke und stellte seine Blumen ab. Diese Frau kam ihm bekannt vor, aber er wusste nicht, wo er sie einordnen sollte. »Keine Versicherungssache«, sagte er. »Ich bin nur hier, weil ich wissen wollte, wie es der Frau Öttl geht.«

»Nicht so prächtig, wie Sie sehen, oder?«

»Nun, sie lebt noch«, setzte Harald dem entgegen, als er sich wieder den beiden Frauen zuwandte. Er hatte Julia Öttl aus einem brennenden Autowrack geholt und dabei sein Leben und seine Gesundheit aufs Spiel gesetzt. Mit einem Begeisterungssturm hatte er nicht gerechnet, aber doch wenigstens mit Dank anstelle von Vorhaltungen.

Die Blonde auf den Beinen hielt seinem Blick stand. Harald beobachtete einen tiefen Atemzug. Woher kannte er diese Frau? Er war sich sicher, sie schon irgendwo gesehen zu haben. Ihrem Dialekt nach sortierte er sie in den Regensburger Raum.

»Na gut«, schnaufte sie und fuhr zu der Patientin herum. »Ich mache mich dann auf den Heimweg. Melde dich, wenn ich etwas für dich tun kann, ja? Oder soll ich noch bleiben, solange …« Mit einem unverhohlenen Kopfwippen deutete sie auf Harald hinter sich.

Julia Öttl schüttelte mit einem Ausdruck der Dankbarkeit den Kopf, soweit es ihre Verbände zuließen. »Danke, Christina. Ich komme schon klar. Bis bald.«

Die andere streifte noch einmal Haralds Blick, dann nahm sie ihre Jacke auf und marschierte davon. Harald war ein wenig ratlos und fragte sich, was hier los war und was er falsch gemacht hatte. Wofür hielt die sich? Der Name »Christina« half ihm nicht, sie einzuordnen. Vielleicht hatte ihre herablassende Haltung gar nichts mit ihm zu tun. Manche Leute waren eben so.

Harald schaute ihr nach, bis sie die Zimmertür hinter sich geschlossen hatte. Damit war er allein mit der unbekannten Schönheit, die er aus dem Feuer gerettet hatte. Allzu dankbar schien sie dafür nicht zu sein.

»Einer der Sanitäter an der Unfallstelle hat gemeint, es würde Zeit brauchen, aber die bekämen Sie schon wieder hin«, trug er ihr an und hoffte, ein wenig Eis zu brechen. »Verbrannte Haut kann man transplantieren. Also … ich meine, man kann sie mit gesunder Haut ersetzen. Das wird bestimmt alles wieder.«

Julia Öttl blickte wieder versonnen zum Regen hinaus. »Gilt das auch für ein Ohr? Kann man das auch ersetzen? Transplantieren? Neu machen?«

Harald wusste nichts darauf zu sagen. Dass man es ihm hier so schwer machen würde, hatte er nicht erwartet. Offensichtlich war es ein Fehler gewesen, herzukommen.

Julia Öttl schien seine Gedanken erraten zu haben. »Entschuldigen Sie, ich bin unmöglich«, wisperte sie und schaute ihn aus traurigen Augen an. Die rechte Braue war angesengt, die Stirn darüber lag unter Mullbinden. Harald erinnerte sich an die schrecklichen Bilder am Unfallort. Ihr Haar hatte schon Feuer gefangen, als er und der Armin sie mit Schaum eingedeckt hatten. Zu spät, um Verbrennungen zweiten, vielleicht dritten Grades zu verhindern. Ihre rechte Kopfseite hatte besonders übel ausgesehen. Inklusive ihrem Ohr.

»Wie heißen Sie noch mal?«

»Harald. Harald Falter.«

»Sie sind also mein Lebensretter.«

Er lächelte. Nun endlich konnte er sich so bescheiden aufspielen, wie er es sich vorgenommen hatte und wie es einem echten Helden zustand. »Ich habe nur meine Pflicht getan. Ihr Leben haben die Ärzte gerettet.«

»Warum besuchen Sie mich?«

Um mich gut zu fühlen, wollte er nicht sagen. »Um zu erfahren, wie es Ihnen geht, natürlich«, antwortete er. »Ich habe mir Sorgen um Sie gemacht.«

»Besuchen Sie alle Menschen, denen Sie helfen?«

»Nein, es ist das erste Mal«, sagte er der Wahrheit verpflichtet. »Aber es war auch das erste und einzige Mal, dass ich jemanden aus einem brennenden Fahrzeug geholt habe.«

»Was machen Sie denn sonst so? Kätzchen aus Bäumen retten?«

»Wir werden oft zu Unfällen gerufen und müssen Leute rausschneiden, aber normalerweise brennen die Autos nicht.«

»Warum hat meins gebrannt?«

»Manchmal passiert es eben doch. Können Sie sich an den Unfallhergang erinnern? Warum sind Sie von der Straße abgekommen?«

Julia Öttl senkte den Blick und schüttelte unter all ihren Bandagen kaum merklich den Kopf. »Keine Ahnung. Ich versuche schon die ganze Zeit, mich zu erinnern, aber es klappt nicht. Ich weiß nur noch, wie ich die Straße entlanggefahren bin. Nicht sehr schnell. Wegen dem Nebel. Dann ist alles weg. Keine Ahnung, was passiert ist. Ich bin jedenfalls niemand, der während der Fahrt telefoniert oder raucht oder sonst was. Vielleicht bin ich eingeschlafen. War ja schon ziemlich spät.«

»Wo wollten Sie denn noch hin um die Zeit? Doch nicht etwa bis nach Stuttgart?«

Da schlich sich etwas Dunkles in Julia Öttls Gesichtszüge, ihr Blick gefror, und die Wachsamkeit kehrte zurück. »Woher wissen Sie, wo ich wohne?«, fragte sie eisig.

Die Sperrschranke, die sie damit zwischen ihnen zog, war beinahe greifbar, ihr starrer Blick anklagend, die blutleeren Lippen nur noch ein schmaler Strich. Harald war versucht, ein Stück zurückzuweichen, doch er blieb standhaft am Fußende ihres Bettes stehen.

»Na, durch Ihr Autokennzeichen«, erwiderte er verwirrt und kam sich ein zweites Mal wie auf einem Minenfeld vor. Die Patientin hatte offenbar ähnliche Neurosen wie ihre vormalige Besucherin. Dieser Gedanke diktierte ihm seine nächste Frage. Auch auf die Gefahr hin, auf eine weitere Mine zu treten. »War das eine Freundin von Ihnen?« Er deutete mit dem Kinn auf den leeren Stuhl.

Julia Öttl starrte ihn unbewegt an. Sie wirkte seltsam angespannt. Harald konnte sich keinen Reim darauf machen.

»Wieso stellen Sie all diese Fragen?«, schnarrte sie mit einer Grabesstimme, die sich tief in Haralds Verstand fräste.

Was hatte er denn falsch gemacht? Er wollte doch nur ein kleines Dankeschön für seine mutige Tat entgegennehmen. Irgendwie war das gründlich schiefgegangen, und er sah der Patientin an, dass die Situation auch mit Small Talk nicht mehr zu retten war. Er war auf eine Mine getreten. Auf welche, wusste er nicht.

»Ich möchte, dass Sie gehen!«, verlangte Julia Öttl streng und mit zunehmend flatternden Nasenflügeln. »Gehen Sie! Und kommen Sie nicht zurück!« Ihr Atem ging schneller. Mit ihrem freien linken Arm wies sie zur Tür. »Gehen Sie!«, schrie sie mit aufkeimender Panik. »Raus hier! Haben Sie nicht gehört? Gehen Sie! Jetzt! Gehen Sie! Gehen-Sie-gehen-Sie-gehen-Sie! Sofort!«

Harald, von ihrem unerwarteten Ausbruch völlig vor den Kopf gestoßen, stolperte einen Schritt rückwärts. »Schon gut«, sagte er mit einer beschwichtigenden Geste. »Ich gehe. Entschuldigen Sie, wenn ich Sie gestört habe.« Er fuhr herum und durchmaß den Raum zur Tür. Julia Öttls vorwurfsvolle Blicke spürte er auch noch draußen im Korridor.

Auf dem Weg zum Auto schalt er sich für die blöde Idee, eine ihm völlig unbekannte Frau im Krankenhaus zu besuchen. Er hatte sie aus ihrem Fahrzeug geborgen, aber das reservierte ihm offensichtlich keinen Platz an ihrem Krankenbett. Das war schade, sogar frustrierend, doch er akzeptierte es. Wer wusste schon, was in den Leuten vorging.

Als er Ingolstadt über Lenting hinter sich ließ, klarte der Himmel auf. Zwanzig Minuten später, als er in Beilngries einfuhr, schien schon die Sonne auf die nass glänzenden Straßen. Es war kurz nach drei. Der Sud müsste inzwischen fertig gekocht sein und konnte ausschlagen. Wenn sich der Wastie an seine Vorgaben gehalten hatte, sollte alles geklappt haben. Die Messung der Stammwürze und der Geschmackstest würden es gleich zeigen.

Harald hatte durchaus Vertrauen zu seinem Lückenbüßer, aber die »Extradolde« war seine Kreation, und deshalb ließ er den Brauprozess ungern unbeaufsichtigt und machte am liebsten alles selbst. Die richtige Menge Hopfenpellets in die Würzepfanne zu geben, hatte er sich weiterzudelegieren getraut. Die Hefedosierung vor dem Gärkeller würde er selbst übernehmen.

Harald passierte das Brunnenwächterhaus und bog ins Brauereigelände ein. In dem Moment fiel bei ihm der Groschen. Natürlich! Die andere Blondine in Julia Öttls Krankenzimmer, das war die Mieterin von nebenan. Die Frau, die seit etwa einem halben Jahr im Brunnenwächterhaus wohnte. Er schüttelte den Kopf. Was es doch für Zufälle gab.

Drüben neben der Schwankhalle rangierte der Armin mit dem Stapler und belud den Lkw für die Lieferung zum Jankerwirt. Harald würde ihm nachher erzählen, dass ihr Brandopfer einen ziemlichen Knacks in der Birne hatte. Ob ihn das überhaupt interessierte, war fraglich. Der Armin hatte sich gut eingegliedert in Beilngries, war prompt der Freiwilligen Feuerwehr beigetreten, aber meistens blieb er für sich und interessierte sich weder für Fußball noch für ihren Freitagsstammtisch. Für Frauen interessierte er sich auch nicht, wie es schien. Harald wusste nicht, ob ihn irgendetwas interessierte, den schmächtigen Mann aus dem Nordosten der Bundesrepublik. Von Judith hatte er neulich erfahren, dass er neuerdings auch im örtlichen Karateclub war. Immerhin etwas.

Vor dem Bürogebäude parkte ein schwarzer Audi mit Düsseldorfer Kennzeichen. Harald ahnte, wem der gehörte. Der Ludwig wohnte seines Wissens nach in Düsseldorf. Anscheinend war er nach Hause gekommen, um seinen Vater zu beerdigen.

Harald stellte seinen Wagen daneben ab und atmete tief durch. Er konnte noch immer nicht fassen, dass sich der Chef erschossen hatte. In derselben Nacht, in der er ein Leben gerettet hatte, hatte der Chef seines eigenhändig beendet. Der Krankenbesuch in Ingolstadt hatte ihn aufmuntern sollen, aber das war nach hinten losgegangen. Er fühlte sich deplatzierter als vorher. Mit dem Chef hatte die Brauerei auch Herz und Seele verloren.

Nun gab es nur noch eins, was ihn ein wenig aufbauen konnte: ein gelungener Sud Extradolde. Hoffentlich hatte es der Wastie nicht verbockt.

Er hatte es verbockt. Harald fiel aus allen Wolken. »Wie bitte? Umgekippt? Was soll das heißen?«

Der Wastie hob betreten die Schultern und wurde immer kleiner. »Tut mir ja echt leid, Harry, aber da war was faul«, gab er duckmäuserisch zu Protokoll. »Ich hab's zum Glück gemerkt, bevor ich den Hopfen reingelassen habe.«

»Was redest du für einen Blödsinn?«, fuhr Harald ihn an. »Im Maischebottich war noch alles in Ordnung. Das habe ich überprüft, bevor ich weg bin.«

»Glaub ich dir schon«, erwiderte der Wastie. »In der Pfanne nach dem Läutern aber nicht mehr. Probier es doch selbst. Es schmeckt wie verbrannte Kartoffeln. Wahrscheinlich stimmt im Wasserzulauf irgendwas nicht. Da ist irgendwas reingekommen. Der Hansi ist schon dran an der Sache.« Der Hansi war ihr Hauselektriker und außerdem Klempner und Fahrzeugwart. Das Mädchen für alles, ohne das hier gar nichts lief.

Harald marschierte schnurstracks zum Braukessel und ließ eine Probe aus dem Hahn ab. Der Wastie hatte recht. Irgendetwas stimmte nicht. »Pfui Deibel.« Er spuckte auf den Boden. »Na gut, lass es ab. Den Sud können wir vergessen. Scheiße! Scheiße noch mal!«

»Hey, das ist nicht unsere Schuld, klar?«, meinte der Wastie und parkte eine Hand auf Haralds Schulter. »Nicht deine und nicht meine. Und es hätte schlimmer kommen können. Sei froh, dass ich den Hopfen noch nicht zugegeben habe.«

Harald entwand sich der kumpelhaften Geste. »Weiß es die Chefin schon?«

»Ja.«

»Was hat sie gesagt?«

»Eigentlich gar nichts. Hat sie gar nicht interessiert, glaub ich. Sie hat nach dir gefragt, wollte etwas mit dir klären.«

»So? Hat sie erwähnt, was?«

»Nein. Und du kannst jetzt auch nicht rein zu ihr. Der Ludwig ist vorhin gekommen.«

»Hab mir schon gedacht, dass er das ist. Wie viel Malz ist noch da?«

»Was?«

»Reicht es für einen weiteren Sud?«

»Ja, schon«, bestätigte der Wastie. »Aber schau mal auf die Uhr, Harry.«

»Die Uhr ist mir scheißegal!«, erwiderte Harald scharf. »Los, fang an!«

Der Wastie zierte sich und trat von einem Fuß auf den anderen. »Ach, Harry … du, jetzt hör mal, meine Tochter hat heute Geburtstag. Ich muss heute wirklich pünktlich heim.«

»Du hast doch nur eine Tochter, oder, Wastie?«

»Ähm … ja, schon.«

»Sollte die nicht im September Geburtstag haben?«

»Wieso im September?«

»Weil du wegen ihrem Geburtstag letztes Jahr mal die Spätschicht hast ausfallen lassen. Erinnerst du dich? Das war an einem Abend, als die Sechz'ger zu Hause gespielt haben.«

Der Wastie verdrehte die Augen und nickte ertappt. »Okay, unsere Tochter hat kurz vor Weihnachten Geburtstag«, gab er zu. »Aber heute ist unser Kegelabend. Scheiße, Harry, wir können doch jetzt nicht noch einen Sud aufsetzen!«

»Mach es«, erwiderte Harald und hielt auf sein Büro zu, ein kleines Kabuff neben dem Aufzug in den alten Gärkeller. »Und dann hau meinetwegen ab. Ich mache das schon. Ich habe keinen Kegelabend, weißt du?«

Der Wastie eilte ihm hinterher. »Jetzt warte halt. Lass mich nicht so stehen. Ich will dir ja helfen, wenn es sein muss. Aber willst du nicht erst mal schauen, ob der Hansi herausfindet, was falsch gelaufen ist? Vielleicht hat es gar keinen Sinn, heute noch was anzusetzen …«

Harald sah ein, dass er recht hatte. Überaktionismus half ihnen jetzt auch nicht. Sich zu beschäftigen würde seinem Gemütszustand guttun, aber der Firma half es wahrscheinlich nicht.

»Das mit dem Chef macht uns alle fertig«, sagte der Wastie im Verschlag. »Aber wir müssen jetzt cool bleiben. Oder fürchtest du etwa, dass wir unsere Jobs verlieren?«

Harald schaute ihn an. »Wie kommst du denn darauf?«

Der Wastie zuckte unbeholfen mit den Achseln. Eine Geste, die er im Schnitt dreißig Mal am Tag vollführte. »Ich denke mir halt, wenn der Ludwig die Hälfte von der Brauerei bekommt, sind wir bald geliefert. Die Chefin kann ihn doch unmöglich auszahlen.«

Das stimmte zweifellos. Harald hatte keinen Einblick in die Bücher, aber die Brauerei verfügte garantiert nicht über so viele Rücklagen, um einen gleichberechtigten Erben auszulösen. Falls der Ludwig auf seinen Anteil bestünde, wäre die Firma in bestehender Form am Ende. Man müsste sie verkaufen. Harald glaubte allerdings nicht, dass sich die Sachlage so verhielt. Der Seniorchef – Gott hab ihn selig – hatte nicht viel übriggehabt für seinen Sohnemann. Die Brauerei war sein Ein und Alles, und bevor er sich den Kopf mit einer Schrotflinte weggeblasen hatte, hatte er garantiert testamentarisch verfügt, dass alles an Ulrike ging. Das hoffte Harald zumindest inständig.

***

Frau Schiffkowitz grüßte Ludwig schüchtern aus ihrem offenen Büro. Ludwig grüßte mit einer flapsigen Handbewegung zurück. Der Papa hatte sie als Buchhalterin eingestellt, als er noch ein Teenie war. Sie war inzwischen etwa doppelt so schwer wie damals, und die krausen Locken auf ihrem Kopf waren ergraut. Ludwig verspürte eine boshafte Genugtuung ob der Erkenntnis, dass auch andere Leute grauer, älter und dicker wurden.

Das Geländer an der Treppe zum ersten Stock hoch wackelte, wie es schon immer gewackelt hatte. Die nichtssagenden Bilder an den Wänden, der dunkelblaue Industrieteppich am Boden, hier hatte sich rein gar nichts verändert. Vom Keller stieg ein aromatisches Duftgemisch aus geschrotetem Malz und Hopfen auf. Ludwig glaubte darin Nuancen von Kakao, Karotten und den Geruch alter Bücher zu entdecken. Er hatte das schon immer gemocht. Für fertiges Bier hatte er sich allerdings nie erwärmen können. Er trank lieber Wein. Vielleicht ein zusätzlicher verspäteter Grund, warum es zwischen ihm und seinem

Vater nie geklappt hatte. Oder schlichtweg eine unterbewusste Trotzreaktion.

Papas Büro, das erste Zimmer nach dem Treppenhaus, stand offen. Der alte Schreibtisch aus schwarzem Mahagoni war aufgeräumt, am Fenstersims hinter dem Ledersessel blühten Blumen. Der Sonneneinfall durch das große Fenster gestaltete den Raum warm und freundlich. Ludwig hatte sich hier einige Male aufgehalten. Wärme und Freundlichkeit hatte er allerdings nie erfahren. Im besten Fall Gleichgültigkeit. Distanzierte Gleichgültigkeit.

Nebenan befand sich Ulrikes Büro. Die Tür war geschlossen. Ludwig klopfte und wurde nach kurzem Verharren hereingebeten.

Ulrike schaute düster von ihrem Schreibtisch auf. Sie war ein bildschönes Frauenzimmer, das mit freundlichen Blicken noch hübscher gewesen wäre. Solche hatte sie in seiner Gegenwart jedoch selten übrig. Sie war ganz die Tochter ihres Vaters: groß und gut aussehend, mit vollen schwarzen Haaren, die seit jeher lang und ungebunden fielen. All die coolen Jungs damals, mit denen Ludwig gern befreundet gewesen wäre, hatten ihr zu Füßen gelegen. Die Hellste war sie allerdings nicht. Auch ein Grund, warum sie mit siebzehn schwanger geworden war und es einen DNA-Abgleich gebraucht hatte, um den Vater zu ermitteln.

»Schau an, der verlorene Sohn kehrt heim. Hast dir ziemlich Zeit gelassen, findest du nicht?«

»Zeit gelassen? Ah, ich verstehe, du hättest Beistand bei der Trauerbewältigung gebraucht«, frotzelte Ludwig zurück. »Tut mir leid, ich war mir sicher, du hast genug Schultern, an denen du dich ausweinen kannst. Starke Schultern und warme Betten. Darf ich mich setzen?«

»Keine Ahnung. Frag deinen Orthopäden.«

Ludwig seufzte und nahm ihr gegenüber Platz. Sie versprühte gerade die Aura einer dunklen Gewitterwolke. Ihr Büro war moderner eingerichtet als das vom Papa. Ein flexibler Multifunktionsschreibtisch mit zwei Laptops, Kopiergerät und Fax unauffällig und platzsparend in ein massives Regal an der Wand gepfercht. Blumen oder Grünzeug suchte man vergebens, dafür gab es ein paar kitschige Wandstickereien und ein schwarzes Sitzpolster in der Ecke. Vielleicht zum Meditieren. Sie war der Typ für so was.

»Das ist jetzt der Moment, in dem du mir Kaffee anbieten könntest, liebe Schwester.«

»Tja, es ist aber der Moment, in dem ich dir sage, dass du mich kreuzweise kannst.«

»Ah ja, die Herzlichkeit in diesen Mauern habe ich am meisten vermisst.«

»Wenn du was zu sagen hast, sag es jetzt, ich habe nicht ewig Zeit.«

»Er hat sich also erschossen«, resümierte Ludwig sachlich. »Also bitte, erzähl mal. Warum hat er das getan? War er desillusioniert, nachdem du versucht hast, etwas Schlaues zu sagen?«

Sie reagierte nicht auf die Spitze, sondern senkte den Blick und schüttelte unmerklich den Kopf. »Ich weiß es nicht.«

»Diesen Zustand bin ich von dir gewohnt. Nun gut, dann rate doch.«

»Hey, glaub bloß nicht, du kannst hier einfach reinschneien und den Ton angeben!«, fauchte sie und fuhr explosionsartig von ihrem Stuhl hoch. »Niemand hier ist dir irgendwelche Rechenschaft schuldig! Ich zuallerletzt!«

»Schon gut, beruhige dich«, sagte Ludwig und schaute zu ihrer hoch aufragenden Gestalt auf. »Setz dich bitte wieder und lass uns in aller Ruhe darüber reden.«

Sie formte ein hässliches Grinsen. »Darüber reden? Ich habe nichts mit dir zu bereden, Bruder«, stellte sie geziert klar und nahm wieder auf ihrem lehnenbewehrten Drehstuhl Platz. »Die Beerdigung und die Trauerfeier habe ich schon allein organisiert. Es ist alles in bester Ordnung. Deine Hilfe wird nicht gebraucht. Du hast morgen selbstverständlich einen Platz an unserem Tisch und darfst Ralf und mich mit deiner erfrischenden Gesellschaft erfreuen.«

»Das ist ja reizend, ich bin gerührt«, entgegnete Ludwig. »Die Einladung nehme ich dankend an. Worauf darf ich mich außerdem noch freuen? Wird jemand eine Grabrede über unseren großartigen Papa halten? Werden wir uns an den Händen halten und uns an unsere ach so glücklichen Kindertage erinnern?«

Mit einer unmissverständlichen Geste wies sie zur Tür. »Wenn du jetzt bitte verschwinden würdest, ich habe zu tun.«

Ludwig blieb unbewegt. »Ulrike, ich bin's, dein Bruder«, sagte er. »Du kannst mich nicht so abspeisen. Jetzt erzähl mir schon, was los war.«

»Ach, schau an, du möchtest plötzlich Anteil nehmen«, erwiderte sie schneidend. »Jetzt, wo er tot ist, interessierst du dich für unseren alten Herrn. Schielst auf deinen Erbteil, wie? Da muss ich dir wohl ein paar Illusionen nehmen. Der wird sehr gering ausfallen.«

»Komm mir nicht so! Ich will nichts von euch. Rein gar nichts! Und das fehlende Interesse aneinander war nicht einseitig, wie du sehr genau weißt.«

»Oh, darf ich mir jetzt wieder deine alte Mitleidstour anhören? Papa hasst mich!«, äffte sie ihn mit dümmlich quäkender Stimme nach. »Papa kann mich nicht ausstehen! Papa will mich versagen sehen! Er gibt mir keine Chance!«

Ludwig hatte vorausgeahnt, dass dieses Treffen so ablaufen würde, deshalb konnte sie ihn jetzt auch nicht provozieren. »Habt ihr irgendwelche Probleme mit der Firma?«, fragte er. »Hat er deshalb Schluss gemacht?«

»Nein, haben wir nicht«, erwiderte sie hoheitsvoll. »Das Geschäft läuft gut. Unser Bier hat den besten Ruf und gehört zu den beliebtesten in der Region.«

»Warum hat unser Papa sich dann umgebracht?«

»Ich weiß es nicht, Scheiße noch mal!«

»Du musst wenigstens irgendetwas ahnen«, hielt Ludwig ihr entgegen. »Man bringt sich nicht einfach so um. Verflucht, ihr wohnt sogar im selben Haus! Du musst doch etwas mitbekommen haben!«

»Ich weiß aber nichts.« Sie begann zu schreien. »Ich! Weiß! Nichts! Kapierst du? Ich habe keine Ahnung, warum er sich den Schädel weggeblasen hat! Nicht die geringste beschissene Ahnung! Kapiert?«

Ludwig wartete ein paar stille Sekunden ab. »Woher hat er

überhaupt eine Schrotflinte? Ist er unter die Entenjäger gegangen?«

»Ich habe nicht gewusst, dass er eine hat. Ich habe sie auch nie im Haus gesehen«, schnaubte Ulrike angriffslustig wie eine halbsatte Löwin, die man besser nicht noch weiter reizen sollte.

Ludwig war es einerlei. Er wollte ein paar Antworten. »Du hast also nicht gewusst, dass er eine Schrotflinte hat, und hast noch weniger Schimmer, warum er aus dem Leben scheiden wollte«, rieb er ihr hin. »Klingt so, als wäre ich nicht der Einzige, der sich von ihm entfernt hat.«

Ulrike schrie wie eine Furie auf und schleuderte eine leere Kaffeetasse nach ihm, der er nur mit einem Satz von seinem Stuhl ausweichen konnte. Die Tasse traf die Lehne, machte einen sachten Hopser auf die Sitzfläche und fiel dann ohne zu zerbrechen auf den Teppichboden.

»Jetzt hör schon zu spinnen auf!«, rief Ludwig, rappelte sich hoch und nahm wieder Platz. Schon sitzend, hob er die Tasse auf und stellte sie auf den Schreibtisch zurück. Ulrike stand ihm gegenüber und malträtierte ihn mit vergifteten Blicken. Ludwig war ihr nicht böse. Er hatte erreicht, was er wollte. Aus ihr sprach der Schmerz. Aus ihrer harschen Reaktion schloss er echte Betroffenheit. Deshalb durfte er davon ausgehen, dass sie weitgehend die Wahrheit sagte und dass zwischen ihr und dem Papa tatsächlich alles in Ordnung gewesen war. Zumindest aus ihrer Sicht.

»Lass uns noch mal von vorn anfangen«, bat er nun mit sanfter Stimme. »Was meinst du? Kriegen wir das hin?«

Sie nickte und entspannte sich etwas. »An mir soll es nicht liegen. Aber noch ein blödes Wort von dir und ich zerquetsche dich wie einen Wurm.« Sie setzte sich wieder, wobei sie Ludwig nicht aus den Augen ließ. Sie hatte die Beherrschung verloren. Damit war sie in der Defensive – genau wo er sie haben wollte.

»Wie geht es dem Ralf denn?«, streute er zur Auflockerung ein. Sein Neffe musste inzwischen sechzehn sein, rechnete er nach. »Wie kommt er damit zurecht?«

»Bestens«, behauptete Ulrike.

»Hat er ein gutes Verhältnis zum Papa gehabt?«

»Ja. Er macht heuer seinen Schulabschluss, dann nimmt ihn der Falter Harry unter seine Fittiche. Er will Braumeister werden.«

»Du ziehst ihn also als zukünftigen Chef auf.«

»Was dagegen?«

Ludwig war es gleich. »Geht mich nichts an, der Betrieb. Du wirst schon wissen, was du tust. War das auch im Sinn vom Papa? Ihn heranzuziehen?«

»Sicher, was denkst du denn? Er hat sich seinen Platz hier verdient.« Im Gegensatz zu dir, ließ sie unausgesprochen, aber Ludwig konnte es trotzdem hören. Ihre Augen sagten es, schleuderten es ihm geradezu entgegen, voller Verachtung und Selbstgerechtigkeit.

Ludwig ärgerte weniger, dass sie ihn nicht mochte, sondern dass sie ihn nicht respektierte und ihn für einen Trottel und Versager hielt. Er schob den Gedanken beiseite. Es war der falsche Zeitpunkt, an diesem Zustand zu arbeiten. »War an den Todesumständen irgendetwas unklar?«

»Was soll denn unklar gewesen sein?«

»Na ja, warum ist die Leiche erst jetzt, nach anderthalb Wochen, freigegeben worden? Warum ist er so lange untersucht worden?«

»Standardprozedur bei Selbstmorden«, antwortete Ulrike lakonisch. »Hat jedenfalls diese Polizistin gesagt, die hier war.«

»Wie heißt die? Eine von hier?«

»Nein, eine aus Ingolstadt. Warum willst du das wissen?«

»Vielleicht will ich mich mit ihr unterhalten.«

»Das habe ich schon getan.«

»Und was hat sie gesagt?«

»Scheiße, was willst du überhaupt?«

»Ich will mir ein Bild machen, was sonst? Der Papa bringt sich um, und die Polizei untersucht anderthalb Wochen lang seine Leiche. Wirst du da etwa nicht stutzig?«

»Nein, warum sollte ich? Hat wohl etwas länger gedauert, weil die noch andere Leichen zu untersuchen haben.«

Ludwig musterte seine Schwester. Anscheinend war sie von dem überzeugt, was sie sagte. Nun, Schlussfolgerungen waren noch nie ihre Stärke gewesen. Er war sich nicht mal sicher, ob sie damals einen Zusammenhang zwischen ihren vielen Liebschaften und ihrer Schwangerschaft hergestellt hatte. Ludwig wiederum neigte gewöhnlich dazu, mehr hineinzuinterpretieren, als da war, und im hiesigen Fall gab es beängstigend viel Spielraum.

***

Die reguläre Besuchszeit war schon um, als an diesem Tag noch ein dritter Besucher hereinschneite. Drei mehr als Julia Öttl erwartet hatte. Mit diesem hatte sie am allerwenigsten gerechnet. Der Anblick des Mannes rührte in finsteren Erinnerungen, die sie in die hintersten Winkel ihres Gedächtnisses verbannt hatte und die dort trotzdem jeden Tag von sich reden machten. Was sie auch tat, ob sie kochte, Sport trieb oder im Kino saß, irgendetwas spülte sie immer in den Vordergrund. Sie zu ignorieren, war ein unmögliches Unterfangen. Sie waren noch zu präsent, um sie mit Alltagsbanalitäten zu überspielen. Julia hatte akzeptiert, dass sie fortan Teil ihres Lebens sein würden. Die Gerüche, die seltsame Musik, die panischen Schreie, alles war noch da und so frisch, als wäre es erst gestern passiert. Und die Angst. Vor allem die war noch da.

Der Mann, der nun steif und mit langen Schritten in ihr Krankenzimmer einmarschierte, hatte sie gezwungen, all die Schmach und den Schmerz noch ein zweites Mal zu durchleben. Wer weiß, vielleicht hätte die natürliche Schutzfunktion ihres Gehirns sie die Sache vergessen lassen, hätten dieser Mann und seine Kollegen nicht dafür gesorgt, dass sie für immer konserviert wurde. Sie hatten sie und ihre Mitgefangenen nach der Befreiung intensiv befragt. Geführt hatte es zu nichts.

»Die müssen mir ganz schön starke Schmerzmittel verabreichen«, sagte Julia, ohne den Blick von dem Besucher zu nehmen. »Im Augenblick habe ich eine besonders böse Halluzination.«

Zuletzt hatte sie ihn vor einem Jahr gesprochen. Hauptkommissar Rupert Östergrund war seitdem ziemlich grau geworden. Aber er war noch immer drahtig. Eine Gazelle mit dem spitzen Gesicht eines Fuchses und den scharfen Augen eines Raubvogels.

Angezogen war er wie ein Pinguin und sah damit mehr wie ein Versicherungsvertreter als ein LKA-Beamter aus.

»Ich fürchte, so viel Glück haben Sie nicht«, entgegnete er mit einer angedeuteten Verbeugung. »Ich bin aus Fleisch und Blut, bedaure.«

»Nicht so sehr wie ich. Tja, das mit dem Glück ist eben so eine Sache.« Sie bewegte ihren eingegipsten rechten Arm, soweit es die Fixierung zuließ. »War schon immer so, nicht wahr? Die einen haben es, die anderen nicht.«

»Zu welcher Sorte zählen Sie sich?«, fragte er.

Hätten sie die Schmerzmittel nicht ein Stück weit sediert, hätte sie diese selten dämliche Frage zornig gemacht. »Sehen Sie mich an«, sagte sie und versuchte, ein kaltes Grinsen hinzubekommen. »Und dann raten Sie mal.«

»Nun, Sie haben drei Monate in der Gewalt eines Psychopathen überlebt und jetzt einen Autounfall«, sagte Östergrund und zog einen Stuhl heran. »Meiner Einschätzung nach gehören Sie zu denen, die Glück haben.« Er nahm neben ihrem Bett Platz. »Verzeihen Sie den späten Überfall, Julia. Wie geht es Ihnen?«

»Wie Sie nur fragen können, Sie mieser …« Dann brach sie ab, weil sie einsah, dass sie ihren Frust auf die falsche Person projizierte. Die Schmerzmittel stimmten sie anscheinend auch milde. Trotzdem wehrte sich in ihr gerade alles gegen ein Gespräch mit diesem Mann. Gespräche mit ihm bedeuteten Erinnerungen. Gespräche mit ihm bedeuteten Angst. Ihn zu sehen oder auch nur an ihn zu denken, war schon genug. Auch wenn er und seine Kollegen nur helfen wollten, sie hielten den Alptraum in ihr wach und lebendig. »Haben Sie mir wenigstens Blumen mitgebracht?«, schob sie hinterher.

Er schüttelte den Kopf. »Sie hätten keinen Wert darauf gelegt. Sie hätten es als scheinheilige Anbiederei empfunden, was es auch gewesen wäre. Mit Blumen hätte ich uns somit beide beschämt.«

»Ja, wahrscheinlich«, antwortete sie heiser und räusperte sich. »Was zum Geier machen Sie in Ingolstadt?«

»Ich bin Ihretwegen hergekommen.«

Julia war verwirrt. »Wegen dem Unfall? Wie haben Sie davon erfahren? Beschatten Sie mich etwa?«

»Sagen wir, ich halte mich über Sie und Christina auf dem Laufenden. Wenn Sie umziehen, wenn Sie Ihre Arbeitsstellen wechseln oder wenn Sie in Krankenhäuser eingeliefert werden, dann erfahre ich das.«

»Wie rührend, Ihre Sorge um uns.«

»Reiner Pragmatismus. Ich hasse offene, ungelöste Angelegenheiten.«

»Lassen Sie uns endlich in Ruhe. Wir sind gerade dabei, unser Leben wieder in den Griff zu bekommen. Sie behindern uns dabei. Kapieren Sie das denn nicht? Wann immer Sie auftauchen, durchleben wir die ganze Scheiße noch einmal!«

»Das tut mir leid und entspricht nicht meiner Absicht«, entgegnete Östergrund resolut. »Sie bekommen Ihr Leben also wieder in den Griff? Ich freue mich, das zu hören.«

Nach außen trug er diese Freude nicht. Östergrund wirkte so stoisch und außen vor wie immer. Hellwach und nüchtern, zweifellos, aber ein freundliches Gesicht hatte ihr der Fuchs noch nie gezeigt. Vermutlich hatte er keins.

»Wie sieht Ihr Leben denn derzeit aus?«, fragte er. »Möchten Sie mir davon erzählen?«

Die Frage ärgerte Julia bis ins Bodenlose. »Sehen Sie doch mal genau hin, verdammt noch mal!«, fauchte sie ihn an. »Wollen Sie sich über mich lustig machen?«

»Das liegt mir fern«, antwortete er. »Meine Frage zielt nicht auf Ihren Unfall und seine Folgen ab. Haben Sie eine Beziehung?«

»Was geht Sie das an?«

»Es interessiert mich.«

»Sie sind ein Widerling.«

»Mag sein. Also? Haben Sie?«

Er schien sie mit seinen Blicken aufzuspießen, und Julia überflutete eine Mischung aus Scham und Ärger, wobei die Scham zuletzt die Oberhand gewann. Ihre Augen wurden feucht. »Bitte gehen Sie«, bat sie, nicht mehr als flüsternd. »Sehen Sie denn nicht, dass Sie mir nicht guttun? Sie machen alles nur noch schlimmer.«

»Ich bin nicht nur aus Fürsorge hier, Julia«, entgegnete Östergrund und bemühte sich jetzt wenigstens, freundlich und einfühlsam zu klingen.

Ein schlechter Imitator, dachte Julia, denn solche Eigenschaften waren diesem Mann nicht zu eigen.

»Wie hat sich Ihr Unfall zugetragen? Bitte schildern Sie mir den Hergang.« Östergrund sprang von einem Thema ins nächste, womit er Julias von Schmerzmitteln vernebeltes Gehirn noch zusätzlich malträtierte. Als ob seine Anwesenheit nicht schon genug wäre. Wahrscheinlich steckte eine Absicht dahinter. Der Mann war ein rücksichtsloser Sadist.

»Ich bin von der Straße abgekommen«, gab sie ihm zur Antwort. Sie musste antworten. Anders würde sie ihn nicht los. So gut kannte sie ihn.

»War noch ein anderes Fahrzeug beteiligt?«

Die Frage erstaunte sie. »Nein. Nein, ich glaube nicht.«

»Sie glauben nicht?«

»Ich kann mich nicht genau erinnern.«

»An was erinnern Sie sich denn?«

»Lärm, Hitze, Stimmen ... und dann war ich hier. Im Krankenhaus.«

»Was war davor? Wie hat sich der Unfall ereignet?«

»Ich weiß es nicht. Ich kann mich nicht erinnern.«

»Was ist das Letzte, woran Sie sich erinnern? Denken Sie nach. War da noch ein zweites Fahrzeug?«

»Nein! Nein. Zumindest hat mir niemand von einem zweiten Fahrzeug erzählt. Weder der Arzt noch die Feuerwehr.«

»Mit wem haben Sie über den Unfall gesprochen?«

Seine Fragen fielen lärmend und polternd über ihren Verstand her. Am liebsten wollte sie laut aufschreien. Ihre freie Hand wanderte zu dem Knopf, mit dem man die Schwester rufen konnte. »Hören Sie auf«, flehte sie geschlagen, den Finger mit dem Knopf auf Tuchfühlung. »Hören Sie bitte auf. Ich kann nicht mehr. Gehen Sie!«

Östergrund verharrte ein paar Sekunden lang bewegungslos. Julia konnte nicht in seinem Gesicht lesen, aber offenbar hatte sie ihn erreicht. Vielleicht hatte er kapiert, dass er zu weit ging. Überraschend senkte er den Kopf und erlöste sie für kurze

Momente von seinem sezierenden Blick. Eine Entschuldigung folgte nicht, doch immerhin hatte er sich von ihr aufhalten lassen. Der wütende Bulldozer, der seine Fragen wahllos in ihren Kopf hämmerte, hielt inne und drosselte seinen Motor.

Als Östergrund sich ihr wieder zuwandte, wirkte er … ja, wie? Traurig? Nein, ausgeschlossen. Die Schmerzmittel mussten ihr einen Streich spielen. Er diagnostizierte das unbenutzte Nachbarbett. »Sie haben dieses Zimmer für sich allein?«

Schon wieder eine neue Fragerichtung. Julia gab ihren nutzlosen Widerstand auf, schloss die Augen und nickte. Sie wünschte, dass der Mann verschwunden wäre, wenn sie sie wieder öffnete, wusste aber auch, dass er ihr diesen Gefallen nicht tun würde. Er war ein Folterer. Er folterte mit Fragen. Schon so oft hatte sie ihn ertragen müssen, und selbst jetzt, im Krankenbett nach ihrem schweren und beinahe tödlichen Autounfall, ließ er nicht von ihr ab.

»Mir wäre wohler, Sie wären hier nicht allein«, sagte er.

Julia schlug die Augen wieder auf. »Ich wünschte, ich wäre überhaupt nicht hier. Was wollen Sie von mir, Herr Östergrund?«

»Versuchen Sie sich zu erinnern«, bat er eindringlich. »Wie hat sich der Unfall zugetragen? Was ist das Letzte, woran Sie sich erinnern?«

Um ihn loszuwerden, gewährte ihm Julia den Gefallen und suchte in ihrem Kopf nach Bildern, Fragmenten, die mit dem Unfall zu tun hatten. Er hatte nach einem zweiten Fahrzeug gefragt. War da eins? Julia fand keins. Sie rekapitulierte die Unfallnacht, so gut sie konnte, und sah nur Nacht und die Scheinwerfer ihres eigenen Fahrzeugs, die Straße, das Gras am Fahrbahnrand und ab und zu einen Baum. Gegenverkehr? Ja, gelegentlich hatte es entgegenkommende Fahrzeuge gegeben, aber keines war ihr zu nahe gekommen. Keines hatte sie geblendet. Sie kramte nach Gedanken. Woran hatte sie beim Autofahren gedacht? An das aufwühlende Gespräch mit Christina natürlich. Und an Bobby, ihren Freund, der ihr Leben seit ein paar Wochen erträglicher machte. Ihm einen Anstrich von Normalität gab. Würde er bei ihr bleiben? Jetzt, da sie so entstellt war? Panik drohte sie einzuholen, doch Julia drängte sie fürs Erste erfolgreich zurück. Nicht in Östergrunds Gegenwart, impfte sie sich ein. Nicht vor ihm.

»Ich weiß nichts mehr«, stellte sie klar. »Wahrscheinlich bin ich am Steuer eingeschlafen.«

Östergrund nickte so ausdruckslos wie eine Holzpuppe mit Wackelkopf, der man einen kleinen Schubs gegeben hat. »Was hatten Sie mit Christina zu bereden?«

In Julias Kopf schrillten Alarmglocken. »Woher wissen Sie –«

»Bitte, das liegt doch auf der Hand«, unterbrach er sie mit erhobener Hand. »Warum sonst wären Sie hier in der Gegend? Also, was hatten Sie mit Christina zu bereden? Haben Sie irgendwelche Sorgen? Belastet Sie etwas?«

Julias Gedanken rotierten im Kreis. Was ging hier vor? Was wollte Östergrund von ihr? Warum stellte er ihr und Christina immer noch nach?

»Julia«, sprach er in einem Tonfall, der sie wohl beruhigen sollte. »Mich zu sehen und mit mir zu reden, das muss Sie sehr aufwühlen. Das verstehe ich. Wirklich. Den gleichen psychologischen Effekt sollte nach meinem Verständnis aber auch ein Gespräch mit Christina bei Ihnen auslösen. Bitte erklären Sie es mir. Sie war Ihre Mitgefangene. Müsste sie denn nicht noch viel mehr schreckliche Erinnerungen in Ihnen wachrufen als ich?«

Doch, aber Christina ist erträglicher als du, dachte Julia. »Bitte gehen Sie«, bat sie noch einmal und entzog ihm den Blick.

»Bald«, sagte Östergrund. »Sehr bald. Aber vorher müssen Sie mir noch ein paar Fragen beantworten.«

Julia resignierte und gab allen Widerstand auf. Dieser Mann kannte kein Erbarmen. Sie könnte eine der Schwestern rufen, doch das war nicht die Art und Weise, wie sie diesen Kampf führen wollte. Sie hatte ihn so oder so verloren. Sie hatte alles verloren. Sollte er ruhig noch den Rest bekommen. Es war ihr egal. Es spielte keine Rolle mehr. Auch Bobby würde sie verlassen, wenn er sie erst ohne Bandagen zu Gesicht bekäme. Ihr bliebe nichts mehr. »Stellen Sie Ihre verdammten Fragen«, verlangte sie mit erstickter Stimme.

»Haben Sie derzeit eine Beziehung?« Die vorgeschützte Einfühlsamkeit war anscheinend ausgereizt. Östergrund hatte wieder auf kalt und emotionslos geschaltet.

Julia nickte.

»Wie lange schon?«

»Seit etwa vier Wochen.«

»Ist es Ihre erste Beziehung seit der Entführung?«

Julia nickte und spürte erneut Tränenwasser in den Augen.

»Ist es ein Mann?«

Nicken.

»Weiß er von dem Unfall? Wo ist er? Kommt er Sie bald besuchen?«

»Er ist beruflich viel unterwegs. Im Moment in Córdoba. Er weiß noch nicht Bescheid.«

»Warum haben Sie Christina besucht?«

»Wir wollten reden. Christina wollte reden«, verbesserte sie sich.

Östergrund starrte sie an und spielte erneut die Wackelpuppe. »Und Sie sind Christinas Ruf gefolgt«, konstatierte er. »Worüber haben Sie geredet?«

»Ihr geht es nicht sehr gut. Sie lebt allein. Sehr zurückgezogen. Schreibt zu Hause. Hat keine Freunde. Sie wohnt in einem Haus in Beilngries mit einer hohen Mauer außen herum, das sie fast nie verlässt. Sie hat Panikattacken. Regelmäßig. Fühlt sich beobachtet. Fühlt sich verfolgt. Sie glaubt, dass der Kerl wieder hinter ihr her ist.«

»Glauben Sie das auch?«

Julia schaute ihn wieder an. Gern hätte sie mit Nein geantwortet, aber das konnte sie nicht. Es wäre gelogen. Auch nach drei Jahren meinte sie fast jeden Tag die stierenden Blicke ihres damaligen Entführers im Genick zu spüren. Drei quälend lange Monate waren sie in seiner Gewalt gewesen. Sie, Christina und Anita. Drei Monate lang hatte er sie wie Tiere in einem Käfig gehalten, sie gedemütigt und gefoltert. In ihren Träumen tat er es noch.

»Manchmal«, setzte sie an, »fühle ich mich beobachtet. Manchmal spüre ich Augen, wo keine sind. Manchmal fühle ich mich … von Schatten verfolgt.«

Für Julia gänzlich unerwartet, nahm Östergrund ihre freie Hand fast zärtlich in seine. »Es gibt da etwas, das ich Ihnen bis heute vorenthalten habe«, sagte er. »Anitas Autounfall vor einem Jahr … nun, es ist noch ein zweiter Wagen daran beteiligt gewesen. Das hat die Untersuchung des Autowracks ergeben. Es gab Lackspuren eines anderen Wagens an der Karosserie.«

Julia war verwirrt, erst von seiner Geste, jetzt von seinen Worten. »Was … ich verstehe nicht. Was hat das zu bedeuten?«

»Unfall mit Fahrerflucht«, antwortete Östergrund sachlich. »So steht es im Untersuchungsbericht. Das andere Fahrzeug, falls es eins gab, konnte nicht ermittelt werden.«

»Was heißt das, falls es eins gab?«

»Es ist auch möglich, dass die fremden Lackspuren schon älter waren. Dass sie sich schon vor dem tödlichen Unfall an Anitas Auto befunden haben.«

In Julias Kopf reifte ein Gedanke, der zu schrecklich war, um ihn auszusprechen. »Unfall mit Fahrerflucht«, wiederholte sie wie in Trance.

»Anita war damals auf dem besten Weg, ihr Trauma zu überwinden«, fuhr Östergrund fort. »Sie ist eine Beziehung eingegangen, haben Sie das gewusst? Sie hat wieder einen Menschen in ihr Leben gelassen. Einen jungen Mann. Wenig später hatte sie den tödlichen Unfall.«

Julias Herz schlug schneller. Worauf Östergrund da anspielte, war ungeheuerlich. Und fast noch ungeheuerlicher war, dass er ihr das auf dem Krankenbett antrug. »Nein«, hauchte sie.

Östergrund ließ ihre Hand los und wurde wieder der kühle Rationalist, der er meistens war. »Die Parallele ist vielleicht nur Zufall«, erklärte er. »Unfälle passieren schließlich jeden Tag. Menschen kommen von der Fahrbahn ab, zum Beispiel weil sie dämlich genug sind, am Steuer zu telefonieren.«

»Aber das glauben Sie nicht«, wisperte Julia.

Östergrund zog eine Schnute, bevor er antwortete. »Sie drei haben damals einheitlich erklärt, dass Sie der Entführer zur geistigen, sexuellen und körperlichen Reinheit erziehen wollte. Vor einem Jahr nun fand Anita die Kraft, sich wieder auf eine Beziehung einzulassen. Sie schien das Trauma hinter sich zu lassen.

Doch ihr Glück währte nicht lange. Nur ein paar Wochen. Ein tödlicher Autounfall hat alles beendet.« Er nahm einen tiefen Atemzug und fixierte sie wieder mit seinem Blick. »Hier und heute liegen *Sie* im Krankenhaus. Nach einem Autounfall. Und Sie erzählen mir, dass Sie seit ein paar Wochen eine Beziehung haben.«

Die Erkenntnis, worauf Östergrund hinauswollte, schien Julia kopfüber in ein schwarzes Loch zu stürzen. Sie drückte den Knopf, der die zuständige Schwester alarmierte. Sie drückte ihn mehrfach – und brach dabei in Tränen aus. »Er beobachtet uns«, bahnte sich die Gewissheit ihren Weg nach draußen. »Er beobachtet uns noch immer.« Weiterhin drückte sie im Stakkato den Alarmknopf. Das Zimmer begann sich um sie herum zu drehen, und plötzlich glaubte sie sich wieder in dem scheußlichen Käfig. Zusammen mit den beiden anderen Frauen. Die grellen blauen Lichter in der Finsternis, die laute Musik und der unheilvolle Schatten, der unentwegt um den Käfig tanzte, alles war wieder da. »Er beobachtet uns!« Sie und Christina saßen noch immer in dem Käfig. Nur Anita hatte entkommen können. Durch ihren Tod.

»Die Besuchszeit ist um, bitte gehen Sie«, verlangte die dicke Schwester namens Silvia. Julia hatte nicht bemerkt, dass sie hereingekommen war. Sie malträtierte noch immer den Alarmknopf, bis Silvia zärtlich ihre Hand davon löste. »Alles in Ordnung, Frau Öttl. Beruhigen Sie sich. Alles wird gut.«

Nichts wird gut! Julia schaute sich um. Östergrund war aufgestanden und schob seinen Stuhl in die Sitzecke zurück. »Wann haben Sie mit der Feuerwehr Kontakt gehabt?«, schoss er die nächste Frage auf sie ab.

»Was?«

Schwester Silvia fuhr ärgerlich zu ihm herum. »Ich bitte Sie, jetzt zu gehen, mein Herr. Die Besuchszeit ist um, und die Patientin –«

»Ich bin so gut wie fort, Schwester«, schnitt er sie mit gemahnender Gestik ab. »Nur noch diese eine Frage, an der Frau Öttl und ich leider nicht vorbeikommen.« Sein Blick fand Julia. »Sie sagten mir, weder Ihre Ärzte noch die Feuerwehr hätten einen zweiten Unfallwagen erwähnt. Mit wem von der Feuerwehr haben Sie geredet?«

»Heute Nachmittag war einer hier«, antwortete Julia. Ihr Puls kehrte in einigermaßen normale Bahnen zurück. »Er hat gesagt, er wäre der gewesen, der mich aus dem Wrack gezogen hat.«

»Wie war sein Name?«

Julia überlegte. Der Name fiel ihr prompt wieder ein. Sie nannte ihn und erinnerte sich an das seltsame Gefühl bei seinem Besuch. »Glauben Sie, er ist es?«, fragte sie. »Ist er …?« Der Schatten, der um den Käfig tanzt?

Östergrund verweigerte ihr eine Antwort. »Passen Sie gut auf Frau Öttl auf«, sagte er zu der Schwester mit aller ihm eigenen Arroganz, dann marschierte er gestelzt davon.

***

Es war schon nach neun, und draußen zog die Nacht herauf. Harald war noch in der Brauerei. Zu Hause wartete niemand auf ihn, deshalb konnte er sich das leisten. Er musste wissen, ob sie morgen einen neuen Sud aufsetzen konnten oder nicht. Der Hansi machte ebenfalls Überstunden. Harald suchte ihn im Gärkeller auf, wo er am Rohrleitungssystem hantierte, nachdem er am Wasserzulauf zur Würzepfanne nichts gefunden hatte.

»Auch hier keine Verunreinigung«, erklärte er kaugummikauend. »Kein Rost, kein Moder, keine Fremdkörper. Die Leitungen sind in Ordnung.«

»Wie kann dann der Sud umgekippt sein?«, erwiderte Harald fahrig. »Es muss am Wasser liegen. Beim Maischen war noch alles in Ordnung.«

»Ich stimme dir schon zu, Harry. Aber das ist nicht die Schuld der Leitungen. Ich schätze, wir müssen noch einen Schritt tiefer gehen. Es liegt am Brunnen selbst.«

»Was?«

»Komm mit nach draußen, ich will eine rauchen«, sagte der Hansi und machte sich schon auf den Weg. »Na los, ich gebe dir eine aus.«

Harald wollte keine Zigarette, er wollte Antworten. Durch

die Schwankhalle folgte er seinem wichtigsten Mitarbeiter nach draußen in den Hof. Er lag in Dunkelheit, nur oben, im Büro der Chefin, brannte noch Licht. Das Auto vom Ludwig war fort. Ein kühler, würziger Wind strich von der Altmühl herüber.

»Also, was ist jetzt mit dem Wasser?«, drängte er den Hansi, der sich umständlich mit Streichhölzern eine Kippe ansteckte. »Können wir morgen brauen oder nicht?«

»Klar, aber nicht mit unserem Wasser«, antwortete der Hansi paffend. »Davon würde ich jedenfalls dringend abraten. Ich schätze, irgendwas ist in den Brunnen gelangt. Das müssen wir überprüfen. Bis das geschehen ist, musst du mit dem Stadtwasser vorliebnehmen.«

»Das geht nicht«, wiegelte Harald ab.

»Natürlich geht das«, widersprach der Hansi. »Jag es durch den Entkalker, dann ist es genauso weich wie unser Brunnenwasser.«

»Aber es ist nicht dasselbe!«

»Habe ich das behauptet? Nein, habe ich nicht. Harry, unser Brunnen ist wahrscheinlich verunreinigt. Das zu beheben, wird eine Weile dauern. Dir bleibt gar nichts anderes übrig.«

Harald fluchte stumm in sich hinein. Das Beilngrieser Wasser zeichnete sich durch einen hohen Kalkgehalt aus. Damit war es sehr gesund für den menschlichen Organismus, aber schwierig für Haushaltsgeräte und gänzlich unbrauchbar, um die Extradolde zu brauen. Das Besondere an den Biber-Bieren war, dass sie aus Wasser aus einem unabhängigen firmeneigenen Brunnen gebraut wurden. Ein außerordentlich weiches und mineralienreiches Wasser aus den Tiefen des Altmühltaler Juragesteins. Das Bier wäre nicht mehr dasselbe, würden sie mit entkalktem Beilngrieser Wasser brauen.

»Ich will, dass du das morgen gleich in Angriff nimmst«, stellte Harald klar. »Ich brauche mein Wasser zurück, verstanden?«

»Jetzt rede doch erst mal mit der Chefin«, sagte der Hansi unbeeindruckt und sog gierig an seiner Kippe. »Ich habe ihr vorhin schon gesagt, dass es länger dauern könnte. Sie sieht kein Problem darin, für eine Weile aufs Beilngrieser Wasser umzusatteln.«

Die versteht ja auch nichts davon, verkniff sich Harald auszusprechen. Der Chef hätte es verstanden. Die Ulrike aber hatte kein Gefühl fürs Brauen. Die hatte nur ein Gefühl für Zahlen und Bilanzen und vielleicht nicht mal davon. Solange sie Bier verkaufen konnte, war für sie alles in Ordnung. Der Chef hätte das anders gesehen, wäre er noch da. Für ihn war Biber-Bräu und die Qualität seiner Biere eine Lebenseinstellung.

Während Harald vor sich hin grummelte, holte der Hansi eine Bierflasche aus den Tiefen seiner Werkzeugtasche, die er umhängen hatte. Harald fiel aus allen Wolken, als er das Etikett auf der Flasche identifizierte. Der Hansi trank eine »Lämmerberger Naturhelle«, die es erst seit ein paar Wochen gab.

»Sag mal, spinnst du?«, fuhr er den Haustechniker an.

Der Hansi reagierte brüskiert. »Jetzt mach mich bloß nicht an! Man muss doch wissen, was die Konkurrenz braut. Hast du es schon probiert?«

»Nein.«

Der Hansi ließ den Bügelverschluss aufschnappen und reichte Harald die Flasche. Widerwillig nahm er sie an und musterte das Etikett. »Lämmerberger Naturhelle, rein biologisch gebraut nach dem Bayerischen Reinheitsgebot«, war darauf zu lesen. Gleich daneben das Bio-Siegel. Naturhelle, was für ein Blödsinn. Jedes Bier, das nach dem Bayerischen Reinheitsgebot gebraut wurde, war per se rein und natürlich gebraut. Inwieweit das Getreide und der Hopfen rein biologisch angebaut und gedüngt wurden oder nicht, spielte nach Haralds Dafürhalten nicht die geringste Rolle. Er setzte die Flasche an die Lippen und nahm einen kleinen Schluck. Ein paar Grad zu warm und geschmacklich ziemlich unspektakulär lief die Brühe seinen Rachen hinab. Es war trinkbar, gestand er ein, doch es fehlte jeglicher Charakter. Er reichte die Flasche dem Hansi zurück. »Werd glücklich damit. Für mich ist das nichts.«

»Ach komm, gib schon zu, dass es nicht sooo schlecht schmeckt«, erwiderte der Hansi mit einem genüsslichen Grinsen. »Hey, ich stehe auf deine Extradolde, das weißt du. Aber sie ist nun mal ziemlich herb. Zwischendurch brauche ich mal was anderes. Muss nicht das hier sein. Aber ich war halt neugierig, deshalb habe ich mir gestern einen Kasten gekauft. War ziemlich teuer, aber ich hab's nicht bereut.«

»Lass es nicht die Chefin sehen«, raunte Harald und marschierte in die Halle zurück.

»Ich mache mich jetzt vom Acker!«, rief ihm der Hansi hinterher.

Harald war frustriert. Ein rundum ruinierter Tag lag hinter ihm. In seinem Büro änderte er den Brauplan bis einschließlich Donnerstag. Bis dahin hatte der Hansi das Wasserproblem hoffentlich im Griff.

Zwanzig Minuten später stand Harald in Ulrikes Büro und trug ihr die anstehenden Komplikationen umfänglich vor. Wie nicht anders erwartet, sah sie kein Problem darin, bis auf Weiteres auf Beilngrieser Wasser zurückzugreifen. Dann dirigierte sie ihn auf ihren frei gemachten Schreibtisch und öffnete seine Hose. Harald vögelte sie gern, aber danach fühlte er sich immer so benutzt und schäbig. Heute war das genau das Richtige. Er legte sie nach allen Regeln der Kunst auf ihrem Schreibtisch flach.

Draußen, etwa zweihundert Meter vom Brauereigelände entfernt, stieg der Schatten auf seinen Lieblingsfirst und beobachtete ihr Liebesspiel mit seinem Feldstecher durch das Fenster, fasziniert und angewidert zugleich. Nebenan, im Wohnzimmer des Brunnenwächterhauses, war Christina Grangel in ihrem Fernsehsessel eingeschlafen.

Hochzeiten und Beerdigungen

Eine warme, Sommer verheißende Frühjahrssonne schien auf den Biergarten der »Zittelwirtschaft«. Mit einem lauten Plopp ließ Florian zu Lämmerberg den Bügelverschluss aufschnappen und goss den honigfarbenen Inhalt aus der Flasche in ein Glas. Das Bier perlte wunderbar, die zurückgebliebenen Feststoffe machten es undurchsichtig trüb, und zuoberst bildete sich eine feste Schaumkrone, die sich gleichmäßig etwa anderthalb Zentimeter über den Glasrand hinaus auftürmte. Besser und würdiger konnte man eine Halbe nicht kredenzen.

Florian schob das mustergültig gefüllte Glas über den Tisch zu seinem Gastgeber. Der alte Zittelmeier nahm es entgegen, prüfte es skeptisch von oben bis unten, dann setzte er es unter seinem buschigen grauen Schnurrbart an. Erst ein kleiner Zug, den er vor dem Abgang in alle Ecken seiner Mundhöhle spülte. Dann ein größerer, den er mehrmals von einer Wangenschale zur anderen beförderte, bevor er ihn schluckte. Den Rest trank er unkompliziert auf ex.

»Und? Sag schon. Was hältst du davon, Zittelmeier?«, fragte Florian hoffnungsvoll.

»Gar nicht so übel«, erwiderte der Zittelmeier und wischte sich mit dem Handrücken den Mund. »Ich schmecke eine deutliche Bananennote heraus. Das ist sehr interessant. Schrotet ihr selbst?«

»Nein, das wird zugekauft«, erklärte Florian. »Im Moment beschränken wir uns auf das Nötigste. Aber wer weiß, wenn der Laden mal läuft, vielleicht dann eines Tages schon. Würdest du uns dann deine Gerste anbieten? Einen fähigen Mälzer hätte ich.«

Der Zittelmeier war ein großer Bio-Bauer und führte außerdem eines der lukrativsten Speiselokale an der Altmühl. Kaum ein Kanu oder Schlauchboot kam zur Hochsaison beim Zittelwirt vorbei, ohne einzukehren. Wenn der Zittelmeier die Lämmerberger Naturhelle aufnähme, wäre eine wichtige Stufe geschafft.

»Das sehen wir, wenn es so weit ist«, sagte der Zittelmeier Fakten schaffend. »Okay, Florian, nenn mir die Konditionen, dann denke ich darüber nach.«

Florian unterbreitete ihm den Preis für den Zehn-Liter-Kasten. »Das ist ein sagenhafter Preis, Zittelmeier, den ich sonst keinem anbiete.« Das war nicht gelogen. Der Zittelwirt war eine Schlüsselstelle. Wenn sich sein Bier hier durchsetzte, öffneten sich weitere Vertriebswege ganz von selbst. Dann würden die anderen Wirte und Hotels bald bei ihm anfragen und um gute Konditionen betteln.

»Du müsstest mir aber mindestens zwan... zehn Kästen abnehmen.« Auf eine Mindestabnahme musste er bestehen, damit der Zittelmeier das Bier auch in seine Hauptkarte aufnahm. Die Lämmerberger Naturhelle durfte keine Randerscheinung für Eingeweihte werden, sondern musste gleichwertig mit den Stammbieren die Getränkekarte der »Zittelwirtschaft« anführen.

»Kästen«, grummelte der Zittelwirt und musterte ihn aus zusammengekniffenen Äuglein. »Das hält meine Schankkellner unnötig auf. Habt ihr keine Fässer?«

Florian verneinte. »Das gefilterte Jungbier erfährt seine zweite Gärung erst in der Flasche. So binden wir die Kohlensäure besser, und das Bier bekommt diesen festen, satten Schaum. Keine Fässer. Wir setzen ganz auf Flaschenabfüllung.«

»Na gut«, sagte der Zittelwirt und klatschte in die Hände. »Lass mir noch zwei Flaschen da, ich diskutiere das heute Abend mit meinen beiden Buben. Ich melde mich dann bei dir.«

»Danke, Zittelmeier, ich freue mich.« Zufrieden holte Florian noch zwei Halbe aus seiner Kühlbox und stellte sie dem Zittelwirt auf den Tisch.

»Gehst heute Nachmittag auch auf die Leich vom Biber Berti?«

Florian stutzte. »Och ... nein. Mein Onkel geht hin, vielleicht auch meine Mutter, das muss genügen. Ich habe heute noch ein paar Termine.«

»Werbetour für euer Bier, ich verstehe schon«, sagte der Zittelmeier aufgeräumt. »Ich finde es gut, was ihr da macht, du und dein Onkel. Dass ihr die alte Brauerei wieder hochzieht.

Wie lange stand sie jetzt trocken? Fünfzig Jahre lang, würde ich schätzen. Ich war noch ein kleiner Bub, als es zu Ende ging. Vorher hat mich mein alter Vater immer mit einem leeren Krug zu euch geschickt. Dein Opa hat ihn mir dann voll gemacht, und ich habe ihn zurückgeschleppt. War ein feiner Herr, dein Opa, der Leopold. Die Brauerei zu schließen, hat ihn kaputt gemacht. Das war natürlich vor deiner Zeit. Du bist noch nicht mal vierzig, oder, Florian?«

»Stimmt«, bestätigte Florian. »Aber fast.«

»Muss eine Menge gekostet haben, die Brauerei wieder betriebsfähig zu machen«, ergänzte der Zittelmeier, als Florian schon gehen wollte. »Eine neue Sudpfanne habt ihr gekauft, habe ich gehört. Und dann alles auf bio getrimmt. Muss Unsummen verschlungen haben, das aufzuziehen.«

»Allerdings, Unsummen«, entgegnete Florian mit einem gemeißelten Lächeln und machte sich auf den Weg zu seinem Auto.

Die ganze Umgebung war neugierig, woher die zu Lämmerbergs das Geld hatten, ihre alte Brauerei frisch renoviert wieder in Betrieb zu nehmen. Von ihm würde es keiner erfahren. Die anhaltende Neugier war sehr förderlich, weil sie ein kleines Mysterium um den neuen Lämmerberger Sud konstruierte. »Schau doch einfach mal bei uns vorbei, wenn du Zeit hast, Zittelmeier. Dann kriegst du eine Betriebsführung.«

Grinsend stieg Florian in seinen BMW und fuhr los. Sein nächstes Ziel waren der Campingplatz am Kratzmühlsee und die umliegenden Wirte. Der See war ein weiterer wichtiger Knotenpunkt, wo Radltouristen, Kanufahrer und Tagesbadegäste aufeinandertrafen. Wenn es ihm gelang, hier sein Bier zu platzieren, sollte es im Sommer ein Selbstläufer werden.

***

Der letzte Sinneseindruck vor dem Unfall war das Gesicht des Mannes gewesen, der seit Kurzem ihr Leben versüßte. Dieses Gesicht schaute nun lächelnd auf sie herab. Julia Öttl war verwirrt und glaubte im ersten Moment an eine ihren Schmerzmitteln geschuldete Halluzination.

»Bobby?«, fragte sie heiser.

»Ja, ich bin hier, meine Blume«, entgegnete die vermeintliche Einbildung, und ein zärtlicher Finger fuhr ihre Stirn entlang. »Ich bin bei dir.«

Julia versuchte, ihre Gedanken zu ordnen. Woher wusste er es? Wer hatte es ihm gesagt? Hatte er ihretwegen seine Geschäftsreise unterbrochen? Sie langte nach ihm und bekam ihn an seinem Sakko zu fassen. Kein Zweifel, er war real. Und er hatte sich noch nicht angewidert von ihr abgewendet. Wahrscheinlich würde er es, sobald man ihr die Verbände abnahm, aber daran wollte sie jetzt nicht denken. Glückstränen stiegen in ihre Augen, und ihr wurde warm um die Herzgegend. Er war zu ihr gekommen. »Bobby …«

»Oh, mein armes, kleines Mädchen«, flüsterte er mit einem Blick voller Hingabe und Mitgefühl, und Julia wähnte sich endlich geborgen. »Was machst du nur für schlimme Sachen?«

Es tut mir leid, hätte sie beinahe gesagt. Stattdessen führte sie mit ihrer freien Hand seinen streichelnden Finger zu ihrem Mund und küsste ihn sanft. »Du bist da …«

»Ja, ich bin hier bei dir, meine Liebe«, wisperten Bobbys weiche Lippen und senkten sich zu einem Kuss auf ihre Stirn herab.

»Seit wann bist du zurück?«

»Ich war nie fort«, antwortete er. »Und ich habe die ganze Zeit an dich gedacht.«

Sie lächelte. »Ich meine, seit wann bist du aus Südamerika zurück?«

»Ich bin nie in Südamerika gewesen.«

Das Logikzentrum ihres Gehirns verdeutlichte Julia, dass sie hier irgendetwas nicht ganz begriff. Natürlich war er in Südamerika. Das wusste sie noch ganz genau. Sie hatte von dem Unfall doch keinen Dachschaden davongetragen.

»Du warst in Argentinien.«

Er schüttelte den Kopf und richtete sich wieder auf. Julia hielt seine Hand fester. War das hier etwa doch ein Trugbild? Eine Ausgeburt ihrer Wünsche? Nein. Unmöglich. Sie spürte ihn. Er war real. Er war da.

»Hast du von mir geträumt, meine Blume?«, fragte er.

»Ja«, beteuerte Julia, was nicht gelogen war. »Ich denke ständig an dich. Ich wollte dich anrufen. Aber es ging nicht.«

Er nickte verständnisvoll, befreite seine Hand und bestrich zärtlich ihre Wange. »Mein armer, verirrter Vogel«, flüsterte er. »Jetzt sind deine Flügel gebrochen. Wie ich das bedauere.«

So schwülstig redete er sonst nicht. Sie musste einen wirklich mitleiderregenden Eindruck auf ihn machen. »Die Ärzte sagen, ich werde wieder gesund«, versicherte sie. »Es werden Narben bleiben, aber ich werde wieder gesund.«

»Das hoffe ich«, entgegnete er. »Mir liegt sehr viel an deiner Gesundung. So war es von Anfang an, und so ist es auch jetzt noch. Deinen Rückfall habe ich sehr bedauert.«

Julia verstand nicht, was er meinte. Sie war vor dem Unfall noch nie ernsthaft krank oder verletzt gewesen. Außerdem klang es in ihren Ohren seltsam, einen Autounfall als »Rückfall« zu bezeichnen. Es musste an den Schmerzmitteln liegen, dass sie ihm nicht recht folgen konnte.

»Du musst dich jetzt neu besinnen, meine Liebe«, sprach er von oben auf sie ein. »Du musst dich neu sammeln und deine Taten überdenken. Aller Makel war von dir genommen worden. *Ich* habe ihn von dir genommen. Aber ich war nicht gründlich genug. Wäre ich es gewesen, wäre es nie so weit gekommen. Und niemand hätte deine Flügel brechen müssen. Es tut mir leid, Julia.«

»Wovon … wovon redest du?« Inzwischen war Julia ernsthaft verwirrt, sogar besorgt.

»Ich rede von dir«, entgegnete Bobby. »Von uns. Von uns vieren. Und von der Reinigung, die ihr durch mich erfahren habt.«

»Reinigung?« Das Wort stieß sie ungeahnt auf, denn es rührte ganz tief in ihr drin an einem dunklen Ort, an den sie nicht zurückkehren wollte. Der Ort mit den Gittern. Mit den Lichtblitzen. Und den Schatten.

»Was bin ich enttäuscht gewesen«, sprach Bobby weiter, »als ich erfahren musste, dass Anita sich wieder zu beschmutzen begonnen hatte. Sie hatte einen Freund gefunden, weißt du?

Und sie vögelten. Ich habe das korrigieren müssen. Sie hat gegen das Reinheitsgebot verstoßen. Also habe ich sie verstoßen.«

Panik stieg wie ein sich füllendes Glas in Julia auf. »B… Bobby?«

»Ich heiße nicht Bobby«, sagte der Mann an ihrer Seite mit Bedauern. »Bobby war nur da, um dich auf die Probe zu stellen, meine Liebe. Um sich deiner Reinheit zu vergewissern. Nun, du hast versagt, Julia. Du hast mit Bobby gevögelt. Mehrmals. Du hast dich beschmutzt. Nach all den Mühen meiner Reinigung an dir hast du dich wieder beschmutzt. Das hat mir das Herz gebrochen, Julia. Wirklich. Es hat mir das Herz gebrochen.«

»Nein«, jammerte Julia verzweifelt, als sie durchschaute, wer sich in dieser Gestalt wieder in ihr Leben geschlichen hatte. Der Schatten war zurück. Der Tänzer in der Finsternis, der ihren Käfig umrundete. »Nein! Geh! Bitte geh weg!«, rief sie. »Geh weg!«

»Ja, ich werde gehen«, sagte er und wich einen Schritt zurück. »Und doch werde ich immer bei dir sein und standhaft prüfen, ob du dich an das Reinheitsgebot hältst. Ich will hoffen, dass du deine Lehren aus deinem Unfall ziehst. Wenn nicht, müsste ich mir drastischere Methoden überlegen, den Schmutz von dir zu nehmen und dich dauerhaft von ihm fernzuhalten.«

In dem Moment zerbrach alles, was Julia noch zusammenhielt. Sie wollte schreien, aber da war keine Kraft mehr, um das zu bewerkstelligen.

»Du wirst niemandem sagen, dass ich hier war«, sprach der fremde Mann. »Und du wirst dich nie wieder mit diesem Polizisten unterhalten. Oder mit irgendeinem anderen. Das würde mich enttäuschen und äußerst böse machen. Du wirst dich fortan ganz deiner Reinigung widmen, ja? Dann werden wir beide glücklich und zufrieden sein.«

Dann ging er. Mit lautlosen Schreien schaute Julia ihm nach. Sein Gesicht war ihre letzte Erinnerung an den Unfall – weil er in dem Wagen gesessen hatte, der sie von der Straße gedrängt hatte.

***

Ludwig konnte nicht anders, als seiner Schwester Respekt für die angemessen unpompöse und trotzdem würdevolle Trauerfeier zu zollen, die sie organisiert hatte. Unter strahlendem Sonnenschein hatten sich bestimmt knapp zweitausend Trauergäste eingefunden, die bei einer feierlichen Zeremonie an der Friedhofskirche am Arzberg von dem Selbstmörder aus ihrer Mitte Abschied nahmen. Der Pfarrer hob die Bestürzung und die Fassungslosigkeit hervor, die seine Tat hinterließ. Und die Lücke. Adalbert Biber war ein geachtetes Gemeindemitglied gewesen, dessen Meinung etwas zählte. Hinter seinem Rücken hatte man sich natürlich das Maul zerrissen, weil er seine Frau in einem Heim vergammeln ließ, während er den jungen Madln nachstieg. Nichtsdestotrotz hatte sein Wort immer Gewicht gehabt. Er hatte das gesellschaftliche Leben in Beilngries viele Jahre lang mitgeprägt und -gestaltet. Erwartungsgemäß war nun auch alles, was in der Gegend Rang und Namen hatte, zu seiner Beerdigung erschienen. Ludwig erspähte eine Menge alter Bekannter, von denen er kaum einen vermisst hatte. Ein paar wenige Ausnahmen gab es, aber die waren an zwei Händen abzuzählen.

Die Brauereibelegschaft war vollzählig angetreten, sieben Männer und drei Frauen, Ulrike nicht mitgezählt. Auch ihre Mutter war da, doch Ludwig bezweifelte, dass sie verstand, was hier passierte. Sie hatte von der Welt schon vor langer Zeit Abschied genommen. Nicht körperlich wie nun der Papa, sondern geistig. Nach einer Weile hatte Ludwig aufgehört, sie im Heim zu besuchen, wofür er sich inzwischen schämte. Doch was hätte er tun sollen? Hier war kein Platz für ihn, das hatten ihn der Papa und die Ulrike immerfort spüren lassen, also hatte er sich ein anderes Territorium erschließen müssen, um aus seinem Leben etwas zu machen. Die Mama hatte er dorthin nicht mitnehmen können.

Alt und eingefallen sah sie aus, dabei war sie erst achtundfünfzig. Ihr Blick war so leer wie ihr Verstand. Seit zwanzig Jahren arbeitete ihr Gehirn nur noch auf Stand-by. Tante Esther, ihre vierschrötige Schwester, schob sie in einem Rollstuhl vor sich her. Eigentlich sollte dort eins ihrer Kinder oder ihr Enkel stehen. Wir haben sie aufgegeben, sah Ludwig bitter ein. Ich habe sie im Stich gelassen. Wie der Vater, so der Sohn.

Von den vier Totengräbern, die sich mit ausdruckslosen Gesichtern dezent im Hintergrund hielten, kannte Ludwig nur einen, den Viereck Markus. Er hielt ihn für einen anständigen Kerl. Er hatte Ulrike damals einen Heiratsantrag gemacht, als außer Zweifel stand, dass er der Vater ihres Sohnes war. Sie aber hatte ihn abgewiesen, hatte Zeter und Mordio geschrien und wollte ihn sogar anzeigen, weil sein Samen so dreist gewesen war, sie zu befruchten. Der Markus hatte sich trotzdem um seinen Sohn gekümmert, und soweit Ludwig wusste, hatten die beiden ein gutes Verhältnis.

Um Ludwigs Verhältnis zu seinem Neffen stand es weniger gut. Schon in frühester Kindheit hatte Ulrike ihrem Spross eingeschärft, dass sein Onkel ein nutzloser Trottel war, den man am besten übersah, was aufgrund seiner geringen Körpergröße ja nicht weiter schwierig sei. Der kleine Ralf hatte diesen Witz immer wieder neu aufgewärmt und herzhaft darüber gelacht. Als Ulrike Ludwig bei einem Streit mal einen »zu kurz geratenen Waldtroll« genannt hatte, hatte der sechsjährige Ralf auch das übernommen.

Heute war der kleine Ralf einen halben Kopf größer als Ludwig. Ein stattlicher Sechzehnjähriger mit hellbraunem Bürstenschnitt, der seinem Erzeuger sehr ähnlich sah. Hoffentlich hatte er von ihm auch ein paar Charaktereigenschaften übernommen und sich nicht nur bei seiner Mutter bedient.

Markus Viereck und seine drei Bestatterkollegen ließen den Sarg in die Grube hinab. Der Pfarrer gab zum letzten Mal seinen Segen, dann durften die Trauergäste dem Verstorbenen vor den Augen der trauernden Familie die letzte Ehre mit einem Spritzer Weihwasser erweisen.

Die Brauereibelegschaft reihte sich als Erste ein. Die Hälfte kannte Ludwig nicht. Abgesehen von ein paar Alteingesessenen wie der Buchhalterin Schiffkowitz, hatte sich im Mitarbeiterstamm in den vergangenen Jahren einiges geändert. Zwei sehr hübsche Frauen waren unter den Neuzugängen, wie Ludwig Bilanz zog. Noch immer dabei war der Falter Harry, den der Papa zu seinem Chefbrauer herangezogen hatte. Er schaute ziemlich verbissen drein, und sein schwarzer Anzug hatte schon bessere Tage gesehen. Auch der Raab Hansi, der Haustechniker, war bestimmt schon fünfzehn Jahre in der Firma. Ein strohblonder, stets entspannter und meist lustiger Kerl, der auch auf einer Beerdigung keine Trauermiene ziehen konnte. Er musste jetzt so Mitte vierzig sein, überlegte Ludwig.

Dann war da noch der Wastie. Der Wastie war eingestellt worden, als Ludwig von Beilngries fortzog. Sebastian Ungerer hieß er im Ganzen und hatte mit Ludwig drei Jahre lang die Schulbank gedrückt, nachdem er die achte Klasse wiederholen musste. Freunde waren sie nicht geworden. Der Wastie war damals ein fanatischer 1860-Fan, ein Sportass und gefeierter Kapitän der Schwimmermannschaft gewesen – und außerdem ein notorischer Partyhengst. Ludwig hielt es damals eher mit ausgefeilten Schachstrategien und wurde selten zu Partys eingeladen. Nach der gemeinsamen Schulzeit hatten er und der Wastie erst recht keine Berührungspunkte mehr gehabt. An seiner Seite ging eine schlanke Brünette, seine Frau, an deren Namen sich Ludwig gerade nicht erinnerte.

Ansonsten kannte er aus der Belegschaft nur noch den bärbeißigen Bierfahrer Grünwald. Er hatte mal wegen schwerer Körperverletzung eingesessen. Weil der Papa ihm einen Job in Aussicht gestellt hatte, durfte er früher raus. Er war ein wenig faltiger geworden, dürfte jetzt so auf die fünfzig zugehen, und schien noch mehr Haare und krauses, dunkles Bartgestrüpp im Gesicht zu haben als früher. Der silberne Weihwasserpinsel wirkte in seiner Riesenpranke wie ein zerbrechlicher Bleistift.

Nahezu alle Beilngrieser Geschäftsleute und Unternehmer hatten wenigstens ein Familienmitglied für Adalbert Bibers Beerdigung abgestellt. Ludwig hatte keinen von ihnen je näher kennengelernt, weil nie in Aussicht stand, dass er mal das Familienunternehmen weiterführen würde. Aus Gründen, die er nie wirklich begriffen hatte, hatte dies nie auch nur zur Debatte gestanden. Hatte der Papa ihn so früh schon durchschaut und gewusst, dass das Bierbrauen nichts für ihn war? Das ist nicht alles, dachte Ludwig, von einem alten Schmerz übermannt, den er inzwischen überwunden geglaubt hatte. Ja, der Papa hatte ihn durchschaut. Er hatte ihn so weit durchschaut, dass er ihn nie lieben konnte.

Ludwig vernahm eine geflüsterte Beileidsbekundung und dachte im ersten Moment, jemand würde seinen Lebenskummer endlich verstehen. Doch schon erinnerte er sich, dass dies die Beerdigung seines Vaters war. Er schaute auf. Ferdinand zu Lämmerberg streifte kurz seinen Blick, dann nahm er den Weihwasserpinsel aus der Schale und gab dem Papa zum Abschied seinen Segen. Grau war er geworden, der Stammhalter der Freiherren zu Lämmerberg. Er musste jetzt um die sechzig sein, glaubte Ludwig.

Heute Vormittag hatte er beiläufig erfahren, dass die zu Lämmerbergs ihre alte Brauerei renoviert und wieder in Betrieb genommen hatten. Die Geschäfte führte angeblich der Florian, der Neffe vom Ferdinand. Nun ja, der Ferdinand hatte erst spät geheiratet. Seine Kinder waren noch nicht so weit. Die müssten noch zur Schule gehen. Seine Gattin, eine ungarische Grafentochter, war nicht zu sehen. Aber seine Schwester, die Mutter vom Florian, ging ein paar Meter hinter ihm in der Schlange, schwarz gekleidet und mit leerem Blick.

Die Friedhofszeremonie fand einen ruhigen, unspektakulären Ausklang. Ludwig musste noch ein paar Hände schütteln, die zu traurigen Gesichtern gehörten, Ulrike bedankte sich beim Pfarrer, und der Viereck Markus redete dem Ralf gut zu und gab ihm wahrscheinlich ein paar väterliche Tipps, wie man mit dem Tod fertigwurde. War ja immerhin sein Geschäftsfeld. Manche hatten damals gespottet, er sei aus Todessehnsucht Bestatter geworden, weil die Ulrike seinen Heiratsantrag nicht erhört hatte. Wie die beiden heute zueinander standen, wusste Ludwig nicht. Der Markus hatte jedenfalls eine andere geheiratet. Bestatter war er trotzdem noch.

Ludwig setzte Tante Esther nach, die den Rollstuhl mit Mama bereits Richtung Parkplatz schob. Die Begrüßung, falls man das überhaupt so nennen konnte, fiel überaus harsch aus. Tante Esther war nicht nur äußerlich grobschlächtig, auch ihr Charakter war es. Als Kind hatte Ludwig sie immer als die böse Hexe aus den Grimm'schen Märchen gesehen, die bei sich zu Hause Kinder einsperrt, um sie eines Tages im Kochtopf zu kochen. Von den Bibers, geschweige denn von der Brauerei, hatte Tante

Esther nie etwas wissen wollen. Ludwig hatte sie viele Jahre lang nicht gesehen. Erst als Mama katatonisch wurde und sich ihr Verstand immer mehr zurückzog, trat Tante Esther wieder in ihr Leben. *Zum Glück.* Wenigstens sie war der Mama geblieben, während ihr Mann und ihre Kinder sie schändlich abgeschrieben hatten.

»Hallo, Mama«, hörte Ludwig sich sagen und hatte das Gefühl, den Boden unter sich zu verlieren. Das natürliche Bedürfnis, um seinen Vater zu trauern, schien einen anderen Kanal gefunden zu haben, als er seine Mutter aus der Nähe sah. Er wusste nicht, wie ihm geschah, doch in diesem Augenblick bedauerte er alles, was er in den vergangenen zwanzig Jahren falsch gemacht hatte, auf einmal. Scham und Bitterkeit ließen ihn taumeln, und einen Sturz konnte er nur abfangen, indem er sich an einem fremden Grabstein abstützte.

»Bist du besoffen?«, knurrte Tante Esther wie ein gelittenes Reibeisen.

Ludwig kehrte in einen freien, einigermaßen festen Stand zurück. Der Friedhof wollte sich um ihn herum drehen, doch es gelang ihm, ihn zu fixieren. Er hielt still. So still wie Mama in ihrem Rollstuhl. »Schön, dich wiederzusehen, Mama«, fiepte er und spürte Tränen aufsteigen.

»Sag mal, willst du dich über sie lustig machen, du dämliches Watteknäuel?«, raunzte Tante Esther. »Schau sie dir an. Wenn du das schön findest, ist dir nicht mehr zu helfen. Jetzt geh uns aus dem Weg. Wir haben unsere Zeit nicht gestohlen.«

Ludwig konnte nicht beiseitetreten. »Bitte … ich habe sie so lange nicht gesehen.«

»Tja, wie hättest du auch können, wo sie doch so lange auf Weltreise gewesen ist«, giftete Tante Esther voller Bosheit. »Las Vegas, Rio, Johannesburg, Tokio, deine Mama hat sich prächtig amüsiert all die Jahre.«

»Es tut mir leid«, hauchte Ludwig.

»Ach, spar dir das bloß mal«, fuhr Tante Esther ihn an.

Ludwig konnte ihrem Blick nicht standhalten, in dem weniger Vorwurf, sondern einfach nur Verachtung lag. Ungeschliffene, pure Verachtung für einen Sohn, der seine kranke Mutter viele

Jahre lang nicht ein einziges Mal besucht hatte, weil er so damit beschäftigt war, Versicherungen zu verkaufen.

»Wie geht es ihr?«

»Oh, hervorragend«, schnalzte Tante Esther. »Vorhin hat sie einen tollen Witz gerissen. Was willst du? Rück damit raus oder hau ab.«

Ein paar der zäh davontröpfelnden Trauergäste beobachteten sie, aber das war Ludwig jetzt egal. Er würde bald wieder fort sein. Doch er wollte Mama besuchen kommen. Diesen Entschluss würde ihm niemand mehr streitig machen.

»Ich komme jetzt öfters mal vorbei«, stellte er klar und fletschte mit schwimmenden Augen seine Zähne. »Mach dich darauf gefasst.«

Tante Esther sagte nichts, beäugte ihn noch eine Sekunde, dann schob sie Mama weiter und touchierte dabei seinen linken Fuß. Ludwig verkniff sich den Schmerzenslaut, brauchte aber erneut den Grabstein, um sich auf den Beinen zu halten.

Ulrike und Ralf schauten neugierig zu ihm herüber. Er wandte sich augenblicklich ab, wollte den beiden keine Schwäche zeigen, und sah sich prompt einer anderen Frau gegenüber. Sie war einen Kopf größer als er, was erst mal nichts Besonderes war, weil das auf die meisten Frauen zutraf. Dass sie ihn geradewegs und mit einem wachen Ausdruck von Interesse anschaute, war schon ungewöhnlicher, denn die meisten Frauen übersahen ihn einfach.

Wie hieß es doch? Auf Hochzeiten und bei Beerdigungen kam man am schnellsten mit fremden Leuten ins Gespräch. Sogar ein übergewichtiger Waldtroll wie er.

»Haben Sie ein paar Minuten für mich, Herr Biber?«, fragte sie, als Tante Esther und Mama außer Hörweite waren. Sie war etwa in seinem Alter, schätzte er, vielleicht ein klein bisschen älter und hatte schulterlange weinrote Haare, wahrscheinlich gefärbt. Ihr grauer Mantel kaschierte ihre Figur, aber es war nicht zu übersehen, dass sie sehr robust gebaut war.

»Klar, warum nicht«, erwiderte Ludwig gehetzt, wischte sich mit einem Ärmel die Augen und hoffte, dass sie seine Tränen nicht bemerkt hatte. Seine Fassung war zurückgekehrt. Sobald der Schmerz in seinen Zehen nachließ, wäre er wieder ganz da. »Kenne ich Sie? Waren Sie eine Bekannte meines Vaters?« Der Papa hatte zahllose Affären gehabt, nachdem die Mama eingewiesen wurde.

»Nein, ich habe Ihren Vater nicht gekannt«, antwortete sie. »Lassen Sie mich mein Beileid aussprechen, Herr Biber. Ich habe meinen Vater auch zu früh verloren. Krebs.«

»Tut mir leid, Frau …«

»Entschuldigung, Starck ist mein Name. Erna Starck.«

Sie reichte ihm die Hand. Ludwig nahm sie an. Er kannte diesen Namen. Ulrike hatte ihn gestern erwähnt. Das war die Polizistin aus Ingolstadt, die sich mit Papas Selbstmord befasst hatte.

»Das trifft sich ja«, murmelte Ludwig mehr zu sich selbst. »Ich hatte vor, Sie anzurufen.«

»Ach ja? Wieso denn?«

»Um die Dinge zu erfahren, die mir meine Schwester vorenthält«, entgegnete Ludwig offener, als er beabsichtigt hatte – eine Nachwirkung seines kleinen Nervenzusammenbruchs, zweifelsohne. »Sie haben die scheußliche Sache an der Wodansburg also untersucht?«

Sie nickte. »Sehr tragisch. Eine sehr … drastische Art, sich das Leben zu nehmen. Haben Sie eine Ahnung, warum Ihr Vater das getan hat?«

Ludwig schüttelte den Kopf. Ulrike und Ralf beobachteten ihn. »Gehen wir doch ein Stück«, schlug er der Polizistin vor. Sie hatte keine Einwände.

»Wenn Sie bei Beerdigungen aufkreuzen und Angehörige befragen«, sagte Ludwig, »dann stimmt etwas nicht, habe ich recht? Irgendetwas ist faul am Selbstmord meines Vaters.«

»Würde mich interessieren, wie Sie darauf kommen«, meinte Frau Starck.

»Ich lese Krimis«, antwortete Ludwig.

Frau Starck formte ein Lächeln. »Sie liegen falsch. Mit dem Selbstmord scheint alles in Ordnung.«

»Es scheint alles in Ordnung? Möchten Sie das vielleicht näher ausführen?«

»Es passt alles. Der Neigungswinkel der Waffe, die Schmauchspuren an den Händen des Opfers, die Körperlage, alles stimmt. Keine Widersprüche, keine offenen Fragen.«

»Woher hatte er die Flinte?«

»Das wollte ich Sie fragen, Herr Biber.«

»Ich weiß es aber nicht. Können Sie denn nicht anhand einer Seriennummer etwas herausfinden?«

»Das haben wir schon. Die Waffe ist vor zwei Jahren bei einem Einbruch in Mittelhessen entwendet worden. Wie sie in den Besitz Ihres Vaters gelangt ist, bleibt aber unklar. Dass er eine Flinte besessen hat, überrascht Sie demnach genauso wie Ihre Schwester, Herr Biber?«

Ludwig nickte wahrheitsgetreu. »Ich habe ihn nie für einen Typ gehalten, der etwas für Waffen übrighat. Allerdings kannte ich ihn auch nicht besonders.«

»Ach ja, Sie haben mit ihm schon vor langer Zeit gebrochen, nicht wahr?«

Man kann nichts brechen, was nie da war, dachte Ludwig, sagte aber: »Wir haben in gegenseitigem Einvernehmen gebrochen, würde ich sagen.«

»Was ist passiert?«

»Müssen wir darüber reden?«

»Nein. Nein, müssen wir nicht.«

»Was gefällt Ihnen am Selbstmord meines Vaters nicht? Sie haben ihn nicht gekannt, oder? Also muss etwas anderes dahinterstecken. Irgendetwas gefällt Ihnen nicht. Ist es nur die Waffe? Sind damit irgendwelche Verbrechen begangen worden?«

»Oh nein, keineswegs«, beteuerte sie. »Zumindest keine, von denen wir wüssten. Die Waffe war zwei Jahre lang verschwunden.«

»Warum also wollen Sie mich sprechen, wenn doch alles in Ordnung ist?«

»Ich schätze, das ist so ein Tick von mir«, sagte Frau Starck. »Wenn ich das Gefühl habe, dass etwas unvollständig ist, grabe ich weiter. Im Falle Ihres Vaters ist etwas unvollständig. Das mag ich nicht und möchte es nicht so stehen lassen. Ich möchte noch ein paar Puzzleteile aufdecken, bevor ich den Fall zu den Akten lege.«

»Welche denn?«

»Zum Beispiel das Motiv. Warum hat Ihr Vater das getan? Und warum dort oben an dieser Aussichtsplattform? Hatte der Platz eine besondere Bedeutung für ihn? Oder für Ihre Familie? Ihre Schwester und Ihr Neffe geben sich jedenfalls vollkommen ratlos.«

»Auch mir fällt nichts dazu ein«, sagte Ludwig. »Glauben Sie, meine Schwester hat Ihnen etwas vorenthalten? Verheimlicht Sie uns etwas?«

»Uns?«

»Ja, uns. Ich stehe meiner Schwester nicht näher als Sie, glauben Sie mir. Denken Sie, sie verschweigt etwas?«

»Sie war jedenfalls nicht sehr kooperativ.«

»Wie war denn der zeitliche Ablauf in jener Nacht? Ich kenne keinerlei Einzelheiten, nur das Resultat.«

»Es muss zwischen zehn Uhr abends und Mitternacht passiert sein«, antwortete die Polizistin. »Ihr Vater hat sich auf eine der beiden Aussichtsbänke gesetzt, sich den abgesägten Lauf seiner Flinte in den Mund geschoben und abgedrückt. Hat eine ziemliche Sauerei verursacht.«

Ludwig ahnte, dass sie ihn mit ihrer Unverblümtheit schocken wollte. Sie wollte ihn verunsichern und zermürben, um an wohlgehütete Familiengeheimnisse zu kommen. Das würde bei ihm nicht funktionieren. Zum einen, weil er keine kannte, zum anderen, weil ihn der Tod seines Vaters und die damit verbundenen Umstände nach wie vor kaltließen. Er beschloss, sie mit einer Gegenfrage zu überfallen, die man auch in einem Krimi stellen würde.

»Wie ist er da hochgekommen? Zu Fuß?«

Erna Starck schüttelte den Kopf. »Mit seinem Auto. Es stand am Wegesrand, nicht weit von diesen großen Steinplatten.«

Ludwig wusste, was sie meinte. Die beiden Heidenaltare, auf denen in archaischen Vorzeiten Gott weiß was alles geopfert worden war. Er fuhr fort: »Wer hat ihn gefunden?«

»Eine Joggerin. Wann haben Sie vom Tod Ihres Vaters erfahren, Herr Biber?«

»Meine Schwester hat mir eine E-Mail geschrieben.«

»Muss ein Schock für Sie gewesen sein.«

»Nicht mehr, als wenn sich sonst jemand umgebracht hätte. Wie gesagt, mein Vater und ich standen uns nicht nahe.«

»Sehr betrüblich.«

»Eher opportunistisch. Für beide von uns.«

»Wie und wo haben Sie die fragliche Nacht verbracht?«

Ludwig verkniff sich ein Grinsen. Sie horchte ihn tatsächlich nach einem Alibi aus. »In meiner kleinen Wohnung in Düsseldorf. *Allein*, um Ihrer nächsten Frage zuvorzukommen.«

»Verstehe.«

Sie hatten den Friedhofsausgang erreicht, und Ludwig blieb stehen. »Frau Starck, Sie stellen mir diese Fragen doch nicht einfach aus Neugier. Etwas stimmt nicht, nicht wahr? Irgendetwas ist faul an der Sache.«

Sie schaute mit einem verspielten Blick auf ihn herab. »Sie meinen, außer dass sich kein Grund für seine Tat finden lässt, kein Abschiedsbrief hinterlassen wurde und es in stockdunkler Nacht auf einem Aussichtsplateau passiert ist?«

Ludwig mochte ihre trockene Art und konterte prompt: »Wahrscheinlich wollte er sein Sofa daheim nicht ruinieren.« Daraufhin erntete er einen sehr sonderbaren Blick, und Ludwig glaubte, ihn zu deuten. »Es muss sehr befremdlich für Sie sein, wie kaltschnäuzig ich mit dem Tod meines Vaters umgehe.«

»Ich habe in achtzehn Dienstjahren schon eine Menge erlebt«, behauptete Starck, doch Ludwig spürte, dass sie seine Haltung abstieß. Er konnte es verstehen. Jetzt sollte er besser kein Öl mehr ins Feuer gießen.

»Kann ich noch etwas für Sie tun, Frau Starck?«

»Sie können mich anrufen, wenn Ihnen etwas einfällt.«

»Okay, mache ich.«

»Wie lange werden Sie im Ort bleiben?«

»Nur ein paar Tage.«

Ihr Blick war distanziert, als sie Ludwig zum Abschied eine Visitenkarte reichte. Er schaute ihr nach, und es war ihm eine wunderbare Genugtuung, dass diese Frau noch nicht lockerließ und in der schmutzigen Wäsche des Familienbetriebs stochern würde. Sie würde Ulrikes Blutdruck ordentlich Zunder geben.

Als hätte er nur auf eine Gelegenheit gewartet, kam nach dem

Gespräch mit der Polizistin der Viereck Markus um die Ecke und sprach Ludwig sein Beileid aus.

»Danke, Markus«, entgegnete Ludwig. »Und, wie geht's so?«

»Passt schon«, kam die höfliche Erwiderung. Ludwig mochte ihn und hatte ihn auch früher gemocht, aber an einem ernsthaften Gespräch über Befindlichkeiten war er genauso wenig interessiert wie der Markus. Höflichkeit und Etikette, das war alles, worum es ging. Dem Gegenüber zeigen, dass man wusste, was sich gehörte. Darüber hinaus war es auch eine Geste des Respekts, die Ludwig zu schätzen wusste. Er hatte im Leben noch nicht viele davon erfahren.

»Bist du wieder zu Hause eingezogen?«, fragte der Markus.

Mit »zu Hause« war Ludwigs Elternhaus im Stadtkern gemeint, der Ort, den er vor allen anderen meiden wollte.

»Nein, ich habe ein Zimmer in der ›Gams‹«, antwortete er und erklärte, dass er heute Abend die Wellnesslandschaft des Hotels besuchen würde. Der Markus streute ein, dass die sehr schön sein solle, wie man so hörte.

Beim Small Talk ging es nur in zweiter Instanz um Informationsaustausch. In erster war es ein Spiel um Höflichkeit. Dass sich der Markus die Mühe machte, dieses Spiel mit ihm zu spielen, bestätigte Ludwig seinen guten Charakter. Der Totengräber war wahrscheinlich einer der wenigen auf dieser Trauerfeier, der nicht auf ihn herabsah. Für die anderen war er ein kleiner, fetter Versager. Das wusste er nur zu gut.

Einer der grausamsten Witze auf seine Kosten war damals gewesen, dass wahrscheinlich *er* der Grund für die schwere Krankheit seiner Mutter war. Sie verlor den Verstand, weil sie nicht begreifen konnte, so einen Waldschrat in die Welt gesetzt zu haben. Kein Witz und keine Beleidigung hatte Ludwig je so verletzt und beschäftigt wie dieser. Wahrscheinlich weil ein Teil von ihm fürchtete, dass es sich tatsächlich so verhalten könnte. Gerissen hatte diesen Witz der Florian. Florian zu Lämmerberg. Die Mädchen, die er damit beeindrucken wollte, hatten sich kaputtgelacht.

***

Wie in ihrer Bewegung festgefroren, starrte Christina Grangel an der halb zugezogenen Gardine ihres Küchenfensters vorbei auf den schlanken, hoch aufragenden Mann draußen vor ihrem Eisentor. Sein Haar war seit ihrer letzten Begegnung kiesgrau geworden, ansonsten hatte er sich nicht verändert, weder in seiner Haltung noch in seiner Kleiderwahl. Er trug einen maßgeschneiderten schwarzen Anzug und hatte ein spitzes, listiges Gesicht. Vom Tor aus leicht einsehbar, stand ihr Wagen im Hof. Er wusste also oder ahnte zumindest, dass sie im Haus war. Aber sie würde ihn nicht einlassen. Sie würde nicht einmal die Sprechanlage bedienen. Sie wollte nie wieder mit diesem Mann sprechen und seine fräsenden Fragen über sich ergehen lassen. Allein seine Stimme zu hören, würde sie den grausigen Schatten wieder näher bringen, die sie so inbrünstig bekämpfte.

Noch einmal sah sie ihn den Klingelknopf drücken, und im Haus ertönte ein helles Glockenspiel. Schon zum vierten Mal. Östergrund war hartnäckig und unerbittlich. Aber er mühte sich vergeblich. Christina würde ihn nicht einlassen. Um keinen Preis.

Schon wieder das Glockenspiel. Eigentlich eine freundliche Frühlingsmelodie, die an Blumen und blühende Wiesen denken ließ, doch Christina empfand sie bedrohlich wie eine Kriegstrommel. Jemand versuchte, sich in ihr Leben zu drängen. Jemand, den sie dort nicht haben wollte. Östergrund wurde ungeduldig, ahnte wahrscheinlich, dass sie ihn absichtlich draußen stehen ließ. Er würde sich damit abfinden müssen. Sie würde nicht zulassen, dass er das Böse in ihr Leben zurückbrachte.

***

Es war üblich, nach der Beerdigung einen ausgewählten Kreis Freunde und Verwandte irgendwohin zum Essen einzuladen, doch dergleichen sah Ulrikes Planung nicht vor, wie Ludwig feststellte. Er war dankbar dafür, ersparte es ihm doch eine Fortsetzung sinnloser Gespräche mit alten Bekannten über seinen so tollen Papa und über Spekulationen, warum er sich wohl das Leben genommen hatte. Ludwig gelang lediglich ein kurzer

Austausch mit seinem Neffen, aber recht viel mehr als »Groß bist du geworden« wollte sich nicht daraus ergeben – eine dämliche Floskel, die aus seinem Mund erst recht grotesk wirkte.

Am Parkplatz beobachtete er ein aufgeregtes Gespräch zwischen Ulrike und Harald Falter, dem Oberbrauer der Firma. Worum es ging, hörte er nicht, aber die beiden hatten offensichtlich eine Meinungsverschiedenheit. Schön, dass dem Luder jemand die Stirn bietet, dachte Ludwig grimmig. Über den Falter Harry wusste er fast nichts, nur dass er ein leidenschaftlicher Bierbrauer war und der Papa große Stücke auf ihn gehalten hatte.

Ludwig verspürte einen Stich der Eifersucht, worüber er sich augenblicklich ärgerte. Er hatte damit rechnen müssen, dass hier die alten Gefühle und Schmerzen wieder hochkommen würden, egal wie weit er sich inzwischen emotional von seinem alten Herrn distanziert hatte, und der Falter Harry stand symbolisch für all das, was zwischen ihm und dem Papa nicht gestimmt hatte – weil der Papa im Harry den Sohn gesehen hatte, den er nie gehabt hatte. Ich hätte es sein können, fraß sich in Ludwig das alte Leid wieder an die Oberfläche. Ich hätte es sein können, wenn du mir nur eine Chance gegeben hättest. Ich hätte es sein *müssen*.

»Ah, Ludwig, gut, dass ich dich treffe«, sagte jemand, als er sich schon zu seinem Auto wandte. Er erkannte den schmächtigen Mann, der nur ein kurzes Stück größer war als er selbst, und hatte seine Kontaktaufnahme fast schon erwartet, nachdem er ihn bei der Trauerfeier erspäht hatte: Sigurd Horngold, seines Zeichens Anwalt und ein enger Freund seines Vaters, der ihn vermutlich auch zu seinem Testamentsvollstrecker ernannt hatte. Horngold musste heute um die fünfzig sein. Ludwig wühlte in einer verschütteten Erinnerung aus Jugendtagen und sah ihn auf dem Beilngrieser Volksfest in Hemd und Lederhose ausgelassen auf einem Biertisch tanzen. Warum er nun ausgerechnet daran dachte, wusste er nicht.

»Tut mir leid, dass ich mich jetzt erst bei euch melde«, sprach Horngold fahrig und mit bitterer Miene auf ihn ein. »Ich war im Ausland, Kolumbien, und habe es erst vor zwei Tagen erfahren.

Ich weiß gar nicht, was ich sagen soll. Einfach entsetzlich. Wie geht's dir denn, Ludwig?«

Gut wie lange nicht, lag Ludwig gehässig auf der Zunge, er behielt es aber für sich. »Ich bin bestürzt und kann es noch überhaupt nicht fassen«, log und schauspielerte er so emotionslos, dass ihn jeder Filmkritiker ausgelacht hätte.

Horngold aber schien es ihm abzunehmen. »Mensch, das muss furchtbar für euch sein. Vor allem für den Ralf. Wie kommt er damit zurecht? Oh, es tut mir so leid, Ludwig.«

»Schon gut. Danke, Sigurd.« Es war das erste Mal, dass er ihn duzte, ging Ludwig auf. Tja, Hochzeiten und Beerdigungen.

Nun hatte Horngold Ulrike entdeckt und winkte ihr hektisch, herzukommen. Der Falter Harry war verschwunden. Ulrike schickte finstere Blicke voraus und machte sich auf den Weg.

»Vielleicht nicht der richtige Rahmen, das zu besprechen, aber ich muss es einfach loswerden«, meinte Horngold. »Es ist eine unangenehme Sache. Natürlich nicht unangenehmer als der Tod vom Berti, aber trotzdem unangenehm. Es wird Schwierigkeiten bedeuten, sag ich dir.«

»Schwierigkeiten für wen?«, fragte Ludwig, doch Horngold blieb still, bis Ulrike angekommen war.

»Siggi«, formulierten ihre geschwärzten Lippen mit einer Prise Süffisanz, so als bemusterte sie eine Vase, die sie keinesfalls kaufen wollte. »Lange nicht mehr gesehen.«

Horngold wiederholte seinen gehetzten Vortrag von Kolumbien und seinem unvorstellbaren Schockzustand, dann rückte er mit seinem so dringlichen Anliegen heraus.

»Es gibt kein Testament.«

Ludwig blieb ruhig, als hätte Horngold irgendwelche Sportergebnisse vorgelesen. Er brauchte ein paar Sekunden, bis er begriff, was das bedeutete.

Ulrike hatte schneller geschaltet. »WAS?«, explodierte sie mit lodernden Augen und bekam Horngold am Revers seines Sakkos zu packen. Ihre weiß gepuderten Wangen wurden noch etwas weißer. »Du machst mir das nicht kaputt«, fauchte sie ihn an. »Was hast du vor, du widerlicher, kleiner Schleimhaufen?«

Horngold wich rückwärts und stieß sie mit unerwartet heftiger Wucht von sich, Zorn und Verwirrung in seinen Augen. Ulrike wäre fast zu Boden gegangen.

»Ja spinnst du jetzt, sag mal?«, fluchte er ihr hinterher. »Ich muss doch sehr bitten! Ich verstehe ja, dass du außer dir bist, Ulrike, aber jetzt reiß dich bloß zusammen! Wir können doch wohl über alles reden!«

Ulrike funkelte ihn aus mörderischen Augen an. »Wenn du hier irgendetwas abziehst, Horngold«, fauchte sie, »dann schwöre ich dir, ich ziehe dir bei lebendigem Leib die Haut ab. Wo ist das Testament?«

»Ich weiß es nicht, wie ich schon sagte«, erwiderte Horngold so erhaben wie lauernd und richtete sein Sakko wieder gerade. »Euer Vater hat mir eins hinterlegt, aber vor ein paar Wochen war er bei mir und hat es zurückhaben wollen. Er wollte ein neues aufsetzen. Er hat mir aber nie mehr eins gegeben. Also gibt es keins.«

»Natürlich gibt es eins!«

»Nicht bei mir«, erklärte Horngold salbungsvoll. »So, das wollte ich euch sagen. Was ich hiermit getan habe. Gehabt euch wohl. Und nochmals mein Beileid.«

Er strafte Ulrike mit einem letzten Blick und stolzierte grummelnd von dannen. Ulrike starrte ihm nach, als verlöre sie mit ihm den Beweis, dass es Außerirdische gab.

»Kein Testament«, flötete Ludwig genüsslich und abgestoßen zugleich. »Das bedeutet meines Wissens, Papas Besitztümer werden gleichmäßig unter seinen Erben aufgeteilt. Scheint so, als gehört mir jetzt eine halbe Brauerei. So was aber auch. Was stelle ich jetzt bloß mit der an?«

***

Ein Teil der Belegschaft wollte irgendwo was trinken gehen. Harald wäre mitgegangen, wenn der Hansi mit von der Partie gewesen wäre. Der aber hatte es nach der Trauerfeier ziemlich eilig gehabt und war vor allen anderen vom Parkplatz gerast, um den freien Nachmittag für einen Großeinkauf zu nutzen, wie er behauptete. Die weitere Diskussion ihres Wasserproblems musste also bis morgen warten.

Ulrike hatte für Haralds Anliegen wie erwartet kein Verständnis und sah kein Hindernis und schon gar kein Problem, für den morgigen Sud das geläufige Beilngrieser Wasser aus der Leitung zu verwenden. Sie verstand nichts vom Brauen. Bei ihr war Wasser einfach nur Wasser. Ginge es um die anderen Biere, die Biber-Bräu braute, könnte Harald die bittere Pille schlucken und zur Überbrückung auf Beilngrieser Wasser ausweichen. Die Extradolde aber war sein Kind, und da durfte nur Biber-Wasser rein.

Wenn es der Hansi morgen nicht schaffte, das Problem zu beheben, würde er ungeachtet der drohenden Lieferengpässe eben einen Weizensud aufsetzen. Ulrike würde vielleicht gar nicht merken, dass er gegen ihre Anweisungen verstieß. Falls doch, dann musste er sie diese Woche eben einmal öfter flachlegen, damit sich die Wogen wieder glätteten.

Auch der Armin löste sich von der Gruppe und wollte vermutlich nach Hause fahren. Harald fiel ein, dass er ihm noch von ihrem geretteten Unfallopfer erzählen wollte, was er wegen des Wasserproblems gestern völlig vergessen hatte. Er holte zu ihm auf.

»Fährst du schon nach Hause, Armin?«

Der Armin nickte wortfaul wie immer, stellte auch keine Gegenfrage und trottete ohne Eile weiter auf sein Auto zu.

»Du, ich war gestern im Krankenhaus bei der Frau, die wir aus dem Auto geholt haben«, fuhr Harald fort. »Hat schwere Brandverletzungen davongetragen, wie du dir denken kannst, aber sie bekommen sie anscheinend wieder einigermaßen hin. Ein bisschen verstört ist sie. Das ist ganz normal nach so einem Trauma, schätze ich.«

Armin Schlawich brummte etwas, das Harald als Zustimmung auffasste.

»Die Blonde, die im Brunnenwächterhaus wohnt, ist bei ihr gewesen. Die zwei sind Freundinnen. Stell dir das mal vor. Netter Zufall, oder?«

Auch diese Information schien den Armin nicht weiter zu interessieren.

»Heute Abend Karate?«

»Nein, morgen«, verbesserte er Harald. »Immer mittwochs und samstags.«

»Ah ja. Sei sanft zu meiner Schwester, ja? Hau ihr nicht zu sehr auf den Deckel, wenn du gegen sie antrittst.«

Armin nickte und stieg in sein Auto. Harald sah ihm nach, wie er mit leisem Motor und wenig Gas geradezu geisterhaft vom Parkplatz kroch. Nicht zum ersten Mal rätselte er, wie er ihn besser ins Betriebsgeschehen einbinden könnte. Der Armin war ein Einzelgänger, aber er war sehr zuverlässig, was eine zunehmend seltener werdende Charaktereigenschaft war. Was man ihm anschaffte, erledigte er punktgenau und gründlich. Er kam zu jeder Feuerwehrübung und scheute weder Fortbildungskurse noch Arbeitsdienste für den Verein. Harald hatte ihn als Lagerleiter der Brauerei im Visier. Aber die anderen müssten ihn akzeptieren. Und dazu müssten sie ihn erst mal kennenlernen.

Der Armin war kaum außer Sicht, da trat der Wastie in Haralds Sichtfeld – mit einer Miene, als wären die Sechz'ger gerade um zwei Klassen auf einmal abgestiegen. »Erinnerst du dich noch, worüber wir gestern geredet haben?«

»Dass deine Tochter immer dann Geburtstag hat, wenn du einen Tag frei brauchst?«

»Nein«, brummte der Wastie und schaute sich verschwörerisch um, als ob er Mithörer fürchtete. »Die Susi hat vorhin was aufgeschnappt«, fuhr er finster fort. »Wie es ausschaut, hat der Chef kein Testament hinterlassen. Kapierst du, was das heißt?«

Die Erkenntnis kam schleichend, dann aber mit voller Wucht. Harald versagte die Stimme.

***

Florian hatte einen durchwachsenen Tag hinter sich, als er zum Sonnenuntergang auf den Parkplatz des Beilngrieser Yachthafens am Main-Donau-Kanal einfuhr. Es war keineswegs so, dass man ihm sein revolutionäres Bier aus der Hand gerissen hätte. Viele Wirte waren vertraglich an die großen Konzernbrauereien gebunden und hatten keinen Freiraum für weitere Biere in ihrem Sortiment. Reindrängen konnte sich Florian somit nur bei ungebundenen Gastronomen, was unweigerlich zur Folge hatte, dass er den regionalen Brauereien auf den Schlips trat, darunter der traditionsreichen Biber-Brauerei. Aber so läuft es nun mal. Geschäft ist Geschäft.

Das Hafenrestaurant unweit der oberen Kanalbrücke war die letzte Station seiner heutigen Promotiontour für seine Lämmerberger Naturhelle. Er wollte gerade die frisch gefüllte Kühlbox aus dem Kofferraum seines BMW nehmen, als hinter ihm ein schwarzer Wagen anhielt.

»Hey, Florian, wie geht's denn so?«, rief eine gewogene Stimme aus dem Fond.

Florian drehte sich um und erkannte mit einem Anflug von Beunruhigung Rio Freitag. Eigentlich hieß er Ralf Freitag, aber alle nannten ihn Rio. Warum das so war, wusste Florian nicht, und es war ihm auch egal. Der Rio war ein paar Jahre jünger als er, und auch in seinen wilden Zeiten hatte er selten mit ihm zu tun gehabt. Nur einen maßgeblichen Berührungspunkt hatte es gegeben. Rio Freitag trug die Schuld daran, dass man Florian mal übel zugerichtet hatte. Mit einer dunklen Sonnenbrille auf der Nase grinste der Geck aus dem Fahrerfenster und stellte mitten in der Parkplatzdurchfahrt den Motor ab.

»Der Rio«, sagte Florian und musterte ihn abschätzig. »Nette Brille«, ergänzte er. Seinen aufgemotzten alten Sportwagen beachtete er absichtlich nicht.

»Lass uns kurz reden, ich hab was für dich«, sagte Strahlemann Rio und stieg lässig aus, wobei er seine Brille in einer fließenden Bewegung in seiner braunen Lederjacke verschwinden ließ. Seine Erscheinung, kombiniert mit seinem auffälligen Wagen, war eine widersprüchliche Mischung aus Protzerei und geschmackloser Eleganz. Rio Freitag war schon immer einerseits ein Möchtegern und andererseits ein notorischer Neider all derer gewesen, die es zu was gebracht hatten. Mitmenschen, die mit beruflichem Erfolg oder sportlichen Leistungen herausstachen, verachtete er und wurde gern ausfällig und zuweilen auch handgreiflich gegen sie. Vor allem, wenn er zu viel getrunken hatte.

Florian war überzeugt, dass auch er noch immer auf seiner

Hassliste stand. Einschüchtern ließ er sich nicht. »Du hast was für mich? Da bin ich aber neugierig. Was ist es? Meth? Oder Ecstasy?«

Der heitere Sonnenschein verzog sich aus Freitags Gesicht. Das vormalige Grinsen verebbte zu einem hässlichen Fletschen, wodurch seine schlechten Zähne besser zur Geltung kamen. »Komm mir bloß nicht blöd, Florian. Das mag ich nicht.«

Keine Drohung, nur ein Rat, wie Florian abwog. Er hätte auch keine Drohung gefürchtet. An der Kanalpromenade und am Fahrradweg waren zu viele Leute unterwegs, als dass sich Freitag eine Handgreiflichkeit leisten konnte. Und selbst wenn nicht, diesem widerlichen Aufschneider und Gelegenheitsdealer würde Florian immer und überall die Stirn bieten, wenn er ihm querkam. »Was willst du von mir, Rio? Ich habe noch was zu tun, also mach's kurz.«

Womit der Kerl derzeit sein Geld verdiente, wusste Florian nicht. Gelernt hatte er irgendwas mit Journalismus und Kommunikation, aber sein Studium sehr bald abgebrochen. Eine Zeit lang hatte er hetzerische Artikel für ein Anarchistenblatt geschrieben, von dem Florian mal ein Gratisexemplar in seinem Briefkasten gefunden hatte. Bezeichnenderweise das, in dem das Blatt das Freiherrentum als vernichtenswertes Relikt der Feudalzeit brandmarkte und durch die Blume sogar zu Gewalt gegen Schlösser und Herrensitze aufrief. Zwei Wochen darauf war Florian auf dem Nachhauseweg vom Volksfest brutal verprügelt worden.

»Du willst doch dein Bier verkaufen, oder?«, blaffte Freitag und stierte Florian aus mahlenden grauen Augen an. Er war kleiner als Florian. Vielleicht hatte er ihn deshalb nie persönlich herausgefordert.

»Das habe ich vor«, bestätigte Florian. »Hast du es schon probiert?«

»Ich trinke kein Bier«, erwiderte Freitag verächtlich. »Das hält mich aber nicht davon ab, dir den Markt zu bestellen.«

»Den Markt bestellen?« Äcker bestellte man. Märkte erschloss man.

Rio Freitag grinste. »Es tut sich möglicherweise gerade eine

Chance für dich auf, überall dort aufzuschlagen, wo derzeit noch Biber-Bräu gesoffen wird.«

»Was soll das heißen?« Nun wurde Florian tatsächlich hellhörig.

Freitag grinste noch breiter. Er triumphierte, weil Florian angebissen hatte. »Pass auf, Florian«, sagte er gönnerhaft, »im Moment schaut es so aus, als ob Biber-Bräu eine ungewisse Zukunft hat. Darin besteht deine Chance. Mit meiner Hilfe wirst du Biber-Bräu vom Markt fegen und Platz für deine Naturplörre schaffen.«

»Ich habe nicht vor, jemanden vom Markt zu drängen«, entgegnete Florian ruhig. »Wir könnten auch gar nicht alles abdecken, was Biber-Bräu braut, weder in der Menge noch in der Sortenvielfalt. Wir beschränken uns auf unsere Naturhelle. Eine Sortimentserweiterung ist vorerst nicht geplant.«

»Aber doch wohl auch nicht ausgeschlossen«, hielt ihm Freitag, nun wieder der Sonnyboy, strahlend entgegen. »Du und ich, Florian, wir machen Biber-Bräu dicht, etablieren euer Bio-Bier in der Region, dann hast du das nötige Fundament, dich zu erweitern. Wenn du es richtig anstellst, könnte bei Biber-Bräu in ein, zwei Jahren eine ›Lämmerberger Weiße‹ und was weiß ich noch alles gebraut werden. Du müsstest aber *jetzt* zuschlagen, Florian. Das Zeitfenster ist nicht unendlich.«

Florian rauschte der Kopf. Nichts lag ihm ferner, als Biber-Bräu zu übernehmen. Dazu hatte er gar nicht die Mittel. Auch sein Onkel nicht. Darüber hinaus war Biber-Bräu eine Altmühltaler Traditionsmarke und tief in der Gesellschaft verwurzelt. Daran wollte er nicht rütteln. Zumal es auch hervorragend schmeckte. Gleichwohl war es im Moment aber auch einer seiner härtesten Konkurrenten. Der Markt, der nicht von den großen Konzernbrauereien dominiert wurde, war klein. Wenn es eine Möglichkeit gab, Biber-Bräu wenigstens ein Stück vom Kuchen zu klauen, wäre das sehr hilfreich. Die Lämmerberger Naturhelle durfte keinen Fehlstart hinlegen.

»Jetzt sag nicht, du willst mein Geschäftspartner werden, Rio.«

Freitag schüttelte geziert den Kopf. »Ich begnüge mich mit einer Provision für meine Arbeit. Wenn du Erfolg hast, habe ich es auch. Ansonsten nicht. Das ist doch fair, oder?«

»Worin würde deine Arbeit denn bestehen?«

»Ich leite Dinge in die Wege, die Situationen schaffen, aus denen du Kapital schlagen kannst, wenn du es richtig anstellst. Das solltest du hinkriegen, denn blöd bist du ja nicht.«

»Danke.«

»Und du hast einen guten Namen«, fuhr Freitag mit einem gehässigen Blick fort. »Zu Lämmerberg. Ja, das ist schon beeindruckend, oder? Klingt so nach Adel und hohen Herren. Wenn euereins rülpst, hören die Leute staunend zu und diskutieren nachher zwanzig Minuten lang, was euch aufgestoßen hat.«

»Du musst es ja wissen. Hast du mir nun irgendetwas vorzuschlagen oder nicht?«

Freitag trat Florian unangenehm nah gegenüber. »Es gibt kein Testament«, flüsterte er. »Das weiß ich aus zuverlässiger Quelle. Der Biber Berti hat kein Testament hinterlassen. Die Brauerei geht also nicht nur an die Ulrike. Sie geht zu gleichen Teilen auch an den Ludwig, der gerade wieder in der Stadt ist.«

»Und?«, fragte Florian.

»Der Ludwig ist Versicherungsvertreter und wohnt in Düsseldorf«, erklärte Freitag. »Der ist kein Bierbrauer und wird auch keiner. Wenn er sich seinen Erbteil auszahlen lässt, ist Biber-Bräu am Ende. Das kann sich die Ulrike nicht leisten. Einen Kredit bekommt sie auch nicht.«

»Ach ja? Woher willst du das wissen?«

»Ich weiß ziemlich genau, wie es um die Finanzen der Brauerei steht«, legte Freitag geheimnisvoll nach. »Die neue Abfüllanlage letztes Jahr hat 'ne Menge gefressen. Da ist kein Spielraum, Florian, sag ich dir. Wenn kein Testament auftaucht und der Ludwig auf seinen Erbteil besteht, säuft die Firma ohne einen Investor ab. Diese Situation könntest du nutzen.«

»Ich soll mich einkaufen? Bedaure, dafür fehlen mir die Mittel.«

Freitag wedelte ablehnend mit dem Zeigefinger. »Aber, aber, Florian«, fabulierte er süßlich. »Du willst mir doch nicht weismachen wollen, dass jemand mit deinem Namen nicht kurzfristig an Geld kommt. Ihr habt Land und Häuser. Für den Aufzug eurer eigenen Brauerei habt ihr doch auch Geld auftreiben können. Also mach mir hier nichts vor, klar?«

Als ob die Welt so einfach wäre, wie du dir einbildest, dachte Florian, signalisierte aber Übereinstimmung, damit Freitag weiterredete.

»Ich sorge dafür, dass die gegenwärtige Situation anhält und der Ludwig keinen Spaß an seinem Erbe hat. Alles weitere ergibt sich dann von selbst. Du musst nur mit deinem Scheckbuch in der Nähe sein, sobald der Ludwig wieder nach Düsseldorf abhaut.«

»Jetzt mal langsam«, gebot Florian. »Was willst du damit sagen, du sorgst dafür, dass die gegenwärtige Situation anhält?« Florian zog längst seine Schlüsse, aber konnte es sich wirklich so verhalten, wie er vermutete? Hielt Rio Freitag etwa das Testament vom Berti zurück? Er stellte die Frage ganz direkt.

Freitag grinste selbstgefällig. »Das ist mein Betriebsgeheimnis«, sagte er. »Wenn du ein Interesse daran hast, dass diese für dich sehr vorteilhafte Situation bei Biber-Bräu anhält, erwarte ich morgen eine erste Provision von dir. Eine weitere erwarte ich, sobald der Ludwig seine Ansprüche bei seiner Schwester geltend macht.«

»Warum sollte ich dich für den Ludwig bezahlen?«, fragte Florian und verkniff es sich, Freitag aufzuklären, wie es sich mit Provisionen normalerweise verhielt.

Der Geck grinste nun noch breiter. »Weil ich dafür sorgen werde, dass der Ludwig nicht auf dumme Gedanken kommt. Ich sorge dafür, dass er keine Freude an der Brauerei und am Biergeschäft haben wird. Ich sorge dafür, dass er auf seinen Erbteil besteht und nicht länger als unbedingt notwendig dableibt.«

Die Frage, wie er das zuwege bringen wollte, behielt Florian für sich. Er konnte diesen Kerl nicht ausstehen und wusste nicht, inwieweit er ihm über den Weg trauen durfte. Geschweige denn, wie viel an seinem Gerede dran war. Doch ihm fiel gerade wieder ein, dass Freitag eine Weile aushilfsweise bei Biber-Bräu gearbeitet hatte. Als Lagerist oder so. Anscheinend hatte er noch immer eine Quelle in der Firma.

»Ich muss mir das überlegen«, sagte Florian. »Wie hoch soll das Honorar denn sein, das dir für deine Arbeit vorschwebt?«

***

Nach einem köstlichen Abendessen mit einem hervorragenden Wein zog sich Ludwig in sein Hotelzimmer zurück. Ein aufwühlender Tag lag hinter ihm. Schuldgefühle wegen der Vernachlässigung seiner Mutter, Gifteleien mit Ulrike, Wiedersehen mit alten Bekannten und schließlich die Eröffnung, dass ihm die halbe Brauerei gehörte. Er hatte erwartet, dass ihn der Papa allenfalls mit dem ihm gesetzlich zustehenden Pflichtteil bedenken würde. Nun aber lag laut Sigurd Horngold kein Testament vor, was ihn, Ludwig, zum Miteigentümer der Brauerei machte.

Er hatte den Laden nie leiden können, weil er repräsentativ für sein schlechtes – beziehungsweise nicht vorhandenes – Verhältnis zu seinem Vater stand. Womöglich war genau das der Grund, warum ihm nun die Aussicht, dort in Zukunft neben Ulrike das Sagen zu haben, außerordentlich gefiel. Ulrike hatte natürlich getobt. Wahrscheinlich tobte sie auch jetzt noch und stellte das Haus auf den Kopf, in der Hoffnung, irgendwo ein ihr passendes Testament zu finden. Ludwig lachte laut auf bei dieser Vorstellung.

Das Bett war weich, das Essen ein Gedicht, das Hotelpersonal freundlich, und in der Minibar stand ein kräftiger Roter, den er zum Ausklang des Abends umgehend aufmachen wollte. Er würde seinen Aufenthalt in Beilngries erst mal verlängern.

Schatten und Wölfe auf der Pirsch

Das Dach mit dem hohen First gleich an der Stadtmauer erachtete er inzwischen als seine wertvollste Anlaufstelle. So wertvoll, dass sie ihm jede Nacht einen Pflichtbesuch abverlangte. Das war er ihr schuldig, wo sie ihn doch so bei Laune hielt und nährte.

Die Bewohner dieses Hauses, eine vierköpfige Familie und ihre Oma, machten keine Schwierigkeiten. Im Obergeschoss wohnte die alte Dame, und die hörte nicht mehr gut genug, um die schattenhaften Aktivitäten auf dem Dach zu bemerken. Aber auch wenn sie besser hören könnte, würde sie ihn nicht bemerken, war er überzeugt. Er war ein Schatten, lautlos, gestaltlos. Nicht mehr als ein dunkler Windhauch über den Dächern der Stadt. Ein Windhauch mit einem teuren Nachtsichtgerät.

Im Wohnzimmer des Brunnenwächterhauses brannte wie nahezu jeden Abend Licht. Die Blonde war auf ihrem Lesesessel eingeschlafen. Mit seinem Feldstecher hatte der Schatten ihr in sich ruhendes Gesicht im Blick und lächelte jedes Mal fasziniert, wenn ihre Muskeln und Nerven um die Augen- und Lippengegend ein wenig zuckten. Ob sie seine Gegenwart spürte? Die Gegenwart fremder Augen in ihrem Haus? Nein. Sicher nicht. Niemand bemerkte die Gegenwart eines Schattens. Das war schon immer so. Wahrscheinlich träumte sie.

Nebenan, auf dem Brauereigelände, war heute alles dunkel. Am vergangenen Nachmittag war der Seniorchef beerdigt worden, wahrscheinlich auch ein Grund, warum es seine Tochter heute ruhiger angehen ließ, diese kleine Schlampe. Gestern Nacht hatte es ihr der Falter Harry auf dem Schreibtisch besorgt. Letzte Woche war es der große bärtige Bierfahrer gewesen. Grünwald hieß er. »Kass« nannten sie ihn, als Kurzform von Kasimir. Und diese beiden waren nicht die Einzigen, die sie zuweilen spätabends in ihr Büro bestellte.

Der Schatten grinste angewidert. Er konnte nicht verhehlen, dass er sich schon vorgestellt hatte, selbst bei ihr aufzuschlagen. Doch dergleichen kam für ihn nicht in Frage. So tief würde er nicht sinken. Auch nicht in Nächten, in denen er mehr war als ein Schatten. Es wäre unrein. Unrein und entwürdigend.

Das Geschehen rund um das Brunnenwächterhaus war bedeutend angenehmer. Und interessanter. Die Blonde war ein Unschuldsengel. Wahrscheinlich war das der Grund, warum sie noch andere Schatten anzog. Seinen Schattenbruder, der es sogar in ihr Haus geschafft hatte, hatte er bis jetzt nur ein einziges Mal gesehen. Leider. Das war in der Nacht, als sich der Seniorchef der Brauerei dort oben an der Wodansburg die Rübe weggeschossen hatte. Doch es hatte noch einen anderen heimlichen Besucher gegeben. Vorgestern, in der Nacht zum Montag, war jemand über die rückwärtige Mauer geklettert und erst nach einer halben Stunde wiedergekommen. Dass er im Haus gewesen war, schloss der Schatten aus. Ebenso, dass es sich um seinen bewundernswerten Schattenbruder gehandelt hatte. Dieser Besucher war viel plumper gewesen, frei von jeglicher filigraner Eleganz, die nur Schatten zu eigen war. Ein billiger Imitator, nichts weiter. Der Schatten legte nicht den geringsten Wert auf seine Bekanntschaft. Aber seinen Schattenbruder wollte er gern kennenlernen. Die Welt erschien ihm farbiger, seit er wusste, dass es ihn gab.

Er verharrte nur noch kurz, dann glitt er körperlos wie nächtlicher Nebel von seinem First, überwand mit einem Satz die Gasse und landete sanft und sicher auf der Stadtmauer. Es gab noch andere Plätze, die er besuchen musste. Als Nächstes war die Frau mit dem Computerladen dran. Die wohnte hier gleich um die Ecke. Zusammen mit ihrer Mutter. Ohne einen Mann.

***

Christina Grangel erwachte aus unruhigen Träumen in ihrem Relax-Sessel. Blitzende Lichter, grässliche Musik und ein tanzender Schatten auf der anderen Seite der Käfigwand – dieselbe bizarre Szenerie, die sie in unterschiedlichen Ausprägungen und Facetten seit drei Jahren fast jede Nacht heimsuchte. Sie bezweifelte, dass es jemals aufhören würde, egal wie lange sie lebte. Das war ihr Los. Aber damit würde sie klarkommen. Sie war kein Püppchen.

Sie legte ihr Buch auf dem Wohnzimmertisch ab und stand auf. Durch die Fensterfront zur Terrasse gähnte die schwarze Nacht herein. Christina streckte sich und gähnte zurück. Die bewaldeten Talwände zeichneten einen schrägen v-förmigen Ausschnitt der heute mondlosen Sternendecke. Die umzingelnde Gartenmauer und die dahinter liegenden Hausdächer waren eine einzige zusammengehörige Kontur. Sie mochte die Stadt und die Gegend. Das Haus war viel zu groß für sie allein, aber die Miete war bezahlbar, und sie fühlte sich hier drin sicher.

Nur diese Eisentür im Keller war ein Ärgernis. Ihr Vermieter, der gut aussehende Brauer von nebenan, der inzwischen tot war, hatte sie im Dunkeln gelassen, was sich dahinter befand. Einen Schlüssel für das rostige Vorhängeschloss hatte sie auch nie gesehen. Sie empfand es nicht unmittelbar als Bedrohung, dass sie nicht über jeden Winkel dieses Hauses die Kontrolle hatte. Solange innen das Schloss angebracht war, konnte schließlich niemand durch diese Tür ins Haus gelangen. Ein kleiner Makel war es dennoch. Ein Herd, der ihrer inneren Unruhe zusätzliche Nahrung gab. Vor allem seit sie sich vorgestern Nacht eingebildet hatte, Geräusche von der anderen Seite gehört zu haben. Es war schon spät gewesen, und sie hatte eine Menge Wein intus gehabt. Einbildung, was sonst. Vielleicht auch Ratten.

Christina löschte das Licht im Wohnzimmer und stieg die Treppe nach oben. Morgen würde sie Julia wieder im Krankenhaus besuchen. Auch auf die Gefahr hin, außerhalb der Mauer Kommissar Östergrund in die Arme zu laufen.

***

Ein sonniger Tag war angebrochen, gleichsam sonnig fühlte sich auch Ludwig, als er das Bürogebäude der Brauerei inspizierte und bei den Mitarbeitern vorstellig wurde.

»Ich will Einblick in die Bilanzen der letzten fünf Jahre«, ordnete er in der Buchhaltung bei Frau Schiffkowitz an. »Außerdem möchte ich eine Aufstellung mit allen laufenden Liefervereinbarungen für dieses und das nächste Quartal. Schaffen Sie das bis Mittag, meine liebe Frau Schiffkowitz?«

»Ja, ich denke schon, Lud... äh ... Chef«, entgegnete die rundliche alte Dame und bemühte sich um ein Lächeln. »Ich mache mich gleich daran.«

»Hervorragend!« Ludwig klatschte erfreut in die Hände. »Wie schön, dass Sie in den vergangenen Jahren nichts von Ihrer Energie eingebüßt haben. Ich komme Sie später wieder besuchen. Ihre Frisur steht Ihnen übrigens phantastisch.« Die grauen Löckchen würden wahrscheinlich jeder älteren Dame stehen, aber Frauen brauchten nun mal Komplimente, und Frau Schiffkowitz dankte es ihm mit einem echten, wenn auch schüchternen Lächeln.

Als Nächstes schlug Ludwig im IT-Büro auf, wo eine der beiden Schönheiten arbeitete, die ihm gestern schon auf der Beerdigung aufgefallen waren. Susi Anrainer hieß sie und war diejenige, die die Betriebssoftware am Laufen hielt.

»Stellen Sie mir bitte einen Laptop mit allen nötigen Programmen und Administratorrechten zur Verfügung«, bat er im Tonfall eines Chefs. »Anschließend brauche ich eine Einweisung in unser Warenwirtschaftssystem. Ich wäre Ihnen dankbar, wenn Sie das übernehmen könnten, Frau Anrainer.«

»Selbstverständlich, Herr Biber«, entgegnete die kurzhaarige Blondine mit den tiefen grünen Augen. »Es wird mir ein Vergnügen sein.« Ihre distanzierte Miene strafte sie eine Lügnerin, aber das machte Ludwig nichts. So reagierten die meisten Frauen auf ihn.

Im Verkaufsbüro war die andere Schönheit beschäftigt. Sie hatte braune, halblange Haare, war im Wuchs etwas kurz geraten – was sie Ludwig von Grund auf sympathisch machte – und hatte ausladende Proportionen. Ludwig staunte nicht schlecht, als er ihren vollen Namen erfuhr. Sie war Cornelia Horngold, die Tochter vom Sigurd. Ludwig konnte sich an ein dickliches Mädchen mit fürchterlicher Akne erinnern und hätte sie in Gestalt dieser kecken jungen Frau keinesfalls wiedererkannt. Tja, mit manchen ging die Zeit zu ihrem Vorteil um.

Der zweite Mitarbeiter in ihrem Büro war ein schmaler, blasser Kerl in den Vierzigern, der für Werbung, PR und Außendarstellung der Brauerei zuständig war. Ludwig ließ sich nicht anmerken, dass er seinen Namen schon wieder vergessen hatte. Jürgen war sein Vorname, fiel ihm wieder ein. Der Nachname hatte irgendwas mit Landwirtschaft zu tun. Egal. Bedeutungslos.

Er stieg die Treppen hoch, um sich in Papas Büro einzurichten. Beim Eintreten erwartete ihn ein Schlachtfeld. Gestern war der Raum noch bilderbuchmäßig aufgeräumt gewesen, heute lagen wahllos offene Aktenordner und lose vielfarbige Blätter auf dem Boden verteilt. Das Wandregal war leer gefegt, der Kopierer hatte den Sturz auf den Boden wahrscheinlich nicht überlebt. Kein Zweifel, Ulrike hatte hier gewütet und nach einem Testament gesucht. Wahrscheinlich war sie gleich nach der Beerdigung hierhergefahren und hatte nachher zu Hause weitergemacht. Wenn sie fündig geworden wäre, hätte Ludwig es längst erfahren, da war er sich sicher. Er konnte sich ein boshaftes Grinsen nicht verkneifen und ließ den Raum im Chaos zurück. Ulrikes Büro nebenan war abgeschlossen.

Er marschierte ins Sudhaus, grüßte beiläufig ein paar Gesichter, darunter den Wastie, und hielt auf das Kabuff neben dem Aufzug in den Gärkeller zu, wo der Chefbrauer sein Büro hatte. Durch die transparenten Wandteile sah er den Falter Harry aufgeregt mit dem Raab Hansi, ihrem Betriebselektriker, diskutieren. Als sie ihn näher kommen sahen, brachen sie ihre Konversation ab.

»Guten Morgen«, brachte sich Ludwig mit fester Stimme ein und schloss hinter sich die Kunststofftür. »Gibt's Grund zum Streiten? Was ist das Problem?«

Die beiden tauschten einen unsicheren Blick, dann antwortete der Harry mit einem angespannten Schulterzucken. »Nur das Übliche in einem Betrieb.«

Der Unterton »Davon verstehst du sowieso nichts!« ärgerte Ludwig, doch er ließ es sich nicht anmerken. Er konnte nicht erwarten, dass ihn alle sofort als Chef akzeptierten, zumal der Laden bislang recht gut ohne ihn gelaufen war. Aber er musste hier und jetzt auch klarmachen, dass dies nun seine Firma war und alle Sorgen und Probleme auch ihn angingen.

»Ich höre?«, sagte er mit einer erwartungsvollen Handgeste, die er zuweilen bei seinen Kunden beobachtete, wenn er ihnen eine Versicherung andrehen wollte. »Was für ›übliche Probleme‹ hat dieser Betrieb denn?« Sein Blick wanderte zum Hansi. Beide Männer waren deutlich größer als er, aber den Ton gab er nun an, das mussten die beiden begreifen.

Der Raab Hansi schien kein Problem damit zu haben. Lässig und mit seinem gewohnten spitzbübischen Grinsen auf den Lippen antwortete er: »Die Kühlung im Lagerkeller fällt immer wieder aus. Deine Schwester hat mir gestern aufgetragen, das als Erstes anzupacken.«

»Erscheint mir sinnvoll«, entgegnete Ludwig. »Hast du was dagegen einzuwenden, Harry?«

»Scheiß auf die Kellerkühlung«, brach es aus dem Harry heraus. »Wir haben ein ganz anderes Problem: das Wasser! Unser Wasser ist schlecht. Irgendwas stimmt nicht.«

»Was soll denn nicht stimmen?« Ludwig musterte die beiden abwechselnd.

»Am Montag ist ein Sud umgekippt«, erläuterte der Harry, in Fahrt gekommen. »Den Zulauf und die Leitungen hat der Hansi schon überprüft, daran liegt es nicht. Es muss also am Brunnen liegen. Unser Wasser ist schlecht, Ludwig. So kann ich keine Extradolde aufsetzen.«

»Freilich kannst du«, brummte der Hansi. »Das Beilngrieser Wasser …«

»… ist kein Biber-Wasser!«, wütete der Harry und ballte eine Faust. »Mensch, Ludwig, du weißt doch, was das Biber-Bier seit seiner Gründung ausmacht: das Biber-*Wasser*! Der eigene Brunnen der Brauerei, der ein ungewöhnlich weiches Wasser fördert. Damit hat dein Urgroßvater angefangen, Bier zu brauen. Damit hat dein Vater gebraut, und damit braue ich, seit ich hier angefangen habe. Biber-Bräu lebt von diesem Wasser! Es ist nicht dasselbe Bier, wenn wir Beilngrieser Wasser benutzen.«

»Wenn wir kein Wasser haben, was wird dann da draußen gemaischt?«, fragte Ludwig. »Malzbier für die Konkurrenz?«

»Nein, Weizen«, erklärte der Harry nun wieder ruhiger. »Beim Weizen lasse ich mich darauf ein, aber für die Extradolde brauche ich Biber-Wasser. Deshalb sollte sich der Hansi erst mal dieses Problems annehmen. Die Kühlung kann warten. Es ist ja noch nicht Sommer. Im Keller ist es auch so kalt genug. Das Wasser kann nicht warten.«

Harrys Argumente erschienen Ludwig schlüssig. Darüber hinaus war dies eine erste Gelegenheit, seiner Schwester klarzumachen, dass auch er nun etwas zu sagen hatte.

»Lass den Lagerkeller erst mal sein«, sagte er zum Hansi. »Kümmere dich um das Wasser.«

»Auf deine Verantwortung, Boss«, meinte der Hansi mit hochgezogenen Augenbrauen. »Dazu muss ich aber ins Brunnenwächterhaus, und das wird nicht so einfach, weil da jemand wohnt. Dein Vater hat es an eine Blondine vermietet. Steiler Zahn übrigens.«

»Jetzt bin ich ihr Vermieter«, sagte Ludwig. »Los, hol das Werkzeug, das du brauchst. Wir gehen gleich zu ihr. Wo ist der Schlüssel für die Brunnentür?«

***

»Wer ist da?«, fragte Christina in die Sprechanlage.

»Mein Name ist Ludwig Biber«, kam es dumpf mechanisch zurück. »Ich bin der Sohn von Adalbert Biber. Darf ich reinkommen?«

»Wozu?«

»Um etwas zu überprüfen.«

Christina spähte durch das Küchenfenster zum Tor hinaus. Dort standen zwei Männer, nicht einer. Ein kleiner Dicker und ein großer Blonder mit einer Umhängetasche. »Sind Sie allein, Herr Biber?«

»Wie? Nein. Ein Mitarbeiter ist bei mir.«

»Wollen Sie mich aus Ihrem Haus werfen?«

»Aber nein, wie kommen Sie darauf? Wir müssten nur mal in den Keller. Jetzt machen Sie doch bitte auf.« Ungeduld mischte sich in die Stimme des Mannes. Das machte ihn vertrauenswürdig. Wenn der tanzende Schatten aus ihren Alpträumen eins hatte, dann Geduld.

Christina drückte den Öffnungsmechanismus und beobachtete, wie die beiden Männer das Tor zur Seite schoben und den gepflasterten Hof betraten. Der kleine Dicke hatte gesprochen, folglich war er es, der sich als Sohn des Brauers ausgab. Das machte Christina misstrauisch. Adalbert Biber war ein hochgewachsener Mann mit vollen Haaren und geschmeidigen Gesichtszügen gewesen. Nicht mehr taufrisch, aber ein äußerst gut aussehendes Exemplar Mann. Der Typ, der sich da als sein Sohn ausgab und nun mit dem Blonden im Schlepptau auf ihre Haustür zuwatschelte, war bestimmt zwei Köpfe kleiner und beinahe kahl. Christina steckte sich Pfefferspray in ihre Gymnastikhose und hielt ein Küchenmesser hinter ihrem Rücken versteckt, als sie die Haustür öffnete.

»Guten Morgen, mein Name ist Ludwig Biber«, stellte sich der kleine Mann vor und lächelte angestrengt aus seinem feinen Anzug zu ihr hoch. »Ich bin sozusagen Ihr neuer Vermieter.«

»Gibt es ein Problem?«, erwiderte Christina und missachtete die Grußhand, die er ihr entgegenstreckte. Der Blonde in einer schmutzigen blauen Arbeitshose hinter ihm kaute Kaugummi und wirkte höchst vergnügt. Ein seltsames Duo.

»In der Tat«, antwortete der Kleine. »Wir müssen uns den Brunnenschacht ansehen. Es gibt dazu eine Tür im Keller.«

»Sie wollen die komische Tür da unten aufmachen?«

»Daran führt kein Weg vorbei. Bitte entschuldigen Sie die Belästigung.«

Christina horchte auf ihren Instinkt, der sie vor keiner Gefahr warnte, trat beiseite und ließ die beiden Herren herein. Die Chance, einen Blick hinter diese mysteriöse Tür zu werfen, wollte sie unbedingt nutzen. Der Kleine flitzte herein, der Große zwinkerte ihr zu, als er sie passierte. Ihr Küchenmesser hielt sie gut versteckt.

»Ich habe hier selbst mal gewohnt, müssen Sie wissen«, erklärte der Kleine, als er schon die morsch quietschende Kellertreppe hinuntertrampelte. »Da war ich kaum achtzehn. Mein Vater wollte, dass ich eigenständig werde. Und dass ich nicht länger unter seinem Dach wohne.«

Dass sie sich hier auskannten, sprach für die Authentizität der beiden Männer. Christina schob die Gedanken an einen Überfall und eine erneute Entführung so weit sie konnte beiseite und brachte das Messer in die Küche zurück, bevor sie ihnen nach unten folgte. Das Pfefferspray behielt sie bei sich. Das Tor draußen war wieder verriegelt, die Haustür geschlossen.

Im Keller roch es modrig, ein Geruch, der an stickigen Tagen auch nach oben stieg. Die beiden Männer hatten den Lichtschalter gefunden und standen schon an der Eisentür, als Christina zu ihnen stieß. Der Blonde öffnete das Sicherheitsschloss mit einem Schlüssel, dann drückte er die Klinke, was ein ächzendes Stöhnen verursachte. Doch das war nichts gegen das stählerne Brüllen der Scharniere, als er die Tür aufzog und sie über den Steinboden schabte. Diese Tür war seit Jahren nicht mehr geöffnet worden. Vielleicht seit Jahrzehnten.

»Damit haben Sie bestimmt meine Mutter aufgeweckt«, sagte Christina.

»Sorry«, meinte der Blonde lapidar, zog den Kopf ein und trat mit einer angeknipsten Taschenlampe durch den Türsturz in Christina unbekannte Gefilde.

Der Kleine schaute sie erstaunt an. »Man hat mir gesagt, Sie wohnen hier allein.«

»Stimmt auch«, gab Christina zu. »War nur ein Witz.« Und ein Test.

Der Kleine gab nichts darauf, sondern folgte dem Blonden. Bücken brauchte er sich nicht.

Auch Christina kam durch und betrat einen leicht abschüssigen Tunnel mit staubigen Wänden, so eng beieinander, dass man sich bei Unachtsamkeit beidseitig die Schultern stoßen konnte. Der Modergeruch war hier noch intensiver. Einem Spinnennetz konnte sie dank des Kellerlichts ausweichen. »Was ist das hier eigentlich? Ein Kerker?«

»Der Zugang zum Brauereibrunnen«, erklärte der Kleine, der sich als Ludwig Biber vorgestellt hatte und sich vor ihr weiterzwängte. »Ich nehme an, er ist mal angelegt worden, weil die Leute nicht länger einen Kübelzug verwenden wollten, um an Wasser zu kommen. Oder weil sich jemand das Brunnenwasser exklusiv sichern wollte. Ich weiß es nicht. Der untere Teil des Hauses ist bestimmt hundertfünfzig Jahre alt. Dieser Tunnel wahrscheinlich noch älter.«

Christina verstand. An die rückwärtige Gartenmauer lehnte sich ein trockener Brunnenschacht. Durch diesen Tunnel waren der Schacht und der Keller miteinander verbunden.

»Und seitdem im Besitz Ihrer Familie, Herr Biber?«

»Soweit mir bekannt ist, ja.«

»Und was suchen Sie heute hier unten?«

»Wasser«, erwiderte Ludwig Biber lakonisch.

Christina drehte sich herum. Sie war kaum fünf Schritte gegangen, aber schon sehnte sie sich zum Licht zurück. Sie blieb stehen und lauschte den schlurfenden Schritten der beiden Männer. »Wie weit geht das denn runter?«

»Nur ein paar Meter«, versicherte einer der beiden. Der entstellende dumpfe Hall im Tunnel machte es schwer, den Sprecher zu identifizieren.

»Ja, sag einmal«, hörte sie jemanden sagen. »Komm her und schau dir das an, Ludwig. Ich glaube, ich spinne.«

Christina lauschte weiter, hörte jetzt aber nur noch undeutliches Geflüster.

***

Ludwig schaute fassungslos in das Becken zwischen dem künstlichen Wehr und dem Überhang, wo das Wasser unter dem ungeschliffenen Stein verschwand. Der Schein der Taschenlampe offenbarte eine Ladung Schrott und Altmetall, die hier im etwa vierzig Zentimeter tiefen Wasser lag. Ein rostiges Schaufelblatt ragte ein Stück aus dem Wasser.

»Schwermetalle, Blei, Rost, wahrscheinlich auch Öl«, raunte der Hansi. »Kein Wunder, dass dem Harry der Sud umgekippt ist. Unser Wasser ist belastet.«

»Aber wie kommt das hierher?« Ludwig verstand die Welt nicht mehr. »Das kann doch nicht sein.«

»Die Tür oben ist seit Jahren nicht benutzt worden, und es gibt nur einen Schlüssel«, sagte der Hansi. »Das lässt nur einen Schluss zu.« Der Schein seiner Lampe wanderte zu der Verlängerung des Steingewölbes, wo früher noch Wasser gestanden hatte, bevor das Wehr eingebaut worden war. Es war die Verbindung zum Brunnenschacht. »Jemand ist draußen den Schacht runtergeklettert, hier reingekrochen und hat den Schutt abgeladen. Kann noch nicht lange her sein. Am Montag ist der Sud baden gegangen. Das Zeug muss kurz vorher deponiert worden sein, sonst hätten wir es früher bemerkt.«

»Letztes Wochenende also«, folgerte Ludwig.

Der Hansi nickte. »Unglaublich. Das ist eine gezielte Sabotage, Ludwig. Altmetall allein wäre nicht gesundheitsschädlich, aber schau mal, da unten, das sieht mir ganz nach einer alten Autobatterie aus. Kapierst du, was das heißt?«

Ludwig kapierte sehr wohl. Jemand versuchte, die Brauerei fertigzumachen. »Was machen wir jetzt? Wie kriegen wir das wieder hin?«

»Na ja, ich räume den Dreck erst mal raus«, stellte der Hansi in Aussicht. »Dann öffne ich das Wehr ein wenig weiter, und wir spülen das kontaminierte Wasser nach draußen. Damit allein ist es natürlich noch nicht getan. Ich schlage vor, wir fluten mindestens dreißigtausend Liter durch. Dann nehme ich noch mal eine Wasserprobe und prüfe sie auf Bakterien und Schwermetallbelastung. Wenn wir Glück haben, funktioniert es.«

»Das kannst du? Ich meine, das Wasser prüfen und so?«

»Freilich kann ich. Der Harry auch. Und du erstattest am besten gleich Anzeige bei der Bullerei. Das hier ist nicht einfach nur ein blöder Streich, Ludwig. Das ist … ein absoluter Hammer.«

Ludwig überlegte. »Nein, erst mal keine Polizei«, entschied er. »Wenn da irgendwas durchsickert, kauft keiner mehr unser Bier.«

»Aber wir können das doch nicht so stehen lassen.«

Das habe ich auch nicht vor, dachte Ludwig. »Halt mich auf dem Laufenden«, sagte er düster und trat den Rückzug durch den engen Aufstieg an. An zwei Stellen standen die Wände so eng, dass er sich hindurchzwängen musste. Sein Jackett hatte er bereits abgeschrieben.

***

Der kleine Dicke kam zurück, Christina erwartete ihn im Keller. Grau bestäubt und mit einer verbiesterten Miene sah er richtig zum Fürchten aus.

»Sie sehen nicht aus, als wären Sie da unten auf Gold gestoßen«, stellte Christina fest. »Gibt es ein Problem?«

»Ja, es gibt eins«, sagte Ludwig Biber. »Mein Kollege muss sich darum kümmern, deshalb wird er noch eine Weile hier sein. Tut mir leid, dass Sie Umstände haben, aber wir müssen das in Ordnung bringen.«

»Es geht um Ihr Brauwasser, so viel habe ich begriffen. Was ist denn nicht in Ordnung?«

Der kleine Mann musterte sie abschätzig, und Christina musterte ihn. Nein, nun war der letzte Zweifel ausgeräumt. Er war ganz sicher nicht der Tänzer in der Finsternis.

»Jemand hat da unten etwas hingebracht, was da nicht hingehört«, antwortete er umständlich und verzögert.

»Verdächtigen Sie mich?«

»Wie? Nein. Oder sollte ich?«

»Unterstehen Sie sich. Sagen Sie schon, was ist da unten? Hey, ich finde es sowieso heraus, wenn es Ihr Kollege durch das Haus fortschafft. Und falls er das nicht tut, gehe ich selbst runter und sehe nach. Also?«

Das schien er einzusehen. Alt sah er aus mit seiner Halbglatze, was jetzt durch den Staub in seinem Haarkranz noch einmal betont wurde. Bei seinem gut aussehenden Vater war das Gegenteil der Fall gewesen. Staunend hatte Christina der Zeitung entnommen, dass der schon achtundfünfzig war. Sie hatte ihn zehn Jahre jünger geschätzt. Mindestens.

»Schrott«, sagte Ludwig Biber.

»Pardon, wie meinen?«

»Jemand hat Schrott in unseren Brunnen gekippt.«

»Und wie? Ich meine, ich habe niemanden reingelassen. Und ich habe auch gar keinen Schlüssel für dieses Vorhängeschloss.« Christina deutete auf das sperrige Ding auf dem Steinboden neben der Tür.

»Wahrscheinlich ist er draußen den Brunnenschacht hinuntergeklettert.«

Eine kalte Gänsehaut rieselte Christina den Rücken hinab. »Er? Wer?«

Ludwig Biber klopfte sich Staub vom Jackett. »Ich habe keine Idee. Ist Ihnen vielleicht etwas Ungewöhnliches aufgefallen, vergangenes Wochenende?«

Eine lähmende Starre zog über ihren Körper herauf, und Christinas Hände begannen zu zittern. Sie hasste sich dafür.

»Nein?«, hakte Ludwig Biber nach, und sie schüttelte gehetzt den Kopf.

»Stimmt was nicht?«

»Sie können sich im Bad sauber machen«, presste Christina mit aller Kraft hervor.

»Danke, das wäre toll«, sagte er und strebte die Treppe an. »Verzeihen Sie bitte nochmals die Umstände.«

Als er auf der Treppe war, konzentrierte Christina sich und atmete langsam und tief. Es war alles in Ordnung. Was immer hier passiert war, es galt nicht ihr. Oder etwa doch? »Woher kommt mein Wasser? Ich meine, das Wasser aus meinen Leitungen. Etwa auch aus dem Brunnen?«

»Nein«, rief Ludwig Biber von oben. »Das Haus ist an die Beilngrieser Versorgung angeschlossen, also keine Sorge. Bei Ihnen ist alles okay.«

Christina beruhigte sich, wenn auch nur mäßig. Ob der Anschlag nun ihr oder der Brauerei gegolten hatte, ihr Vertrauen in das vermeintlich sichere Terrain ihres so hoch eingezäunten Zuhauses hatte dadurch extrem gelitten. Sie war hier nicht sicher, wenn hier jemand ohne ihr Wissen ein und aus gehen konnte.

Plötzlich stierte das bestaubte Gesicht des Blonden aus der Dunkelheit des Tunnels. Christina schrie vor Schreck laut auf und taumelte rückwärts.

»Hey, keine Panik«, sagte er dämlich grinsend. »Ich bin's bloß. Entschuldigen Sie, wenn ich Sie erschreckt habe.«

Ohne eine bewusste Entscheidung getroffen zu haben, fand Christina sich die alte Holzstiege hinaufstürmen, kalter Schweiß auf ihrer Stirn und in ihren Handflächen. Alles hatte sich verselbstständigt. Die Dunkelheit hinter der mysteriösen Tür, die falsche Sicherheit ihres Hauses – und ihre Beine.

»Ich wollte nur fragen, ob es zu viel verlangt wäre, wenn Sie mir einen Kaffee machen«, rief ihr der Blonde hinterher. »Das hier wird nämlich eine Weile dauern, und meine Kehle ist staubtrocken. Geht das?«

Christina stieß einen weiteren Schrei aus, als sie durch die nur angelehnte Kellertür ins Erdgeschoss brach. Ihre Beine trugen sie in die Küche, wo sie sich augenblicklich wieder des Messers bemächtigte. Ein Blick durchs Fenster. Das Tor war verschlossen. Aber was bedeutete das schon, wenn hier Leute in den Brunnen steigen konnten? Und wo war der kleine Dicke? Wo hatte der sich versteckt? Lauerte er ihr irgendwo auf? Das Quietschen der Kellertreppe blieb aus, also verfolgte sie der Blonde zumindest nicht.

Sekunden verstrichen und wurden zu Minuten. Allmählich gewann Christina ihre Fassung zurück. Der hölzerne Messergriff in ihrer rechten Hand war so feucht, dass er ihr wahrscheinlich entgleiten würde, wollte sie ihn benutzen. Sie hatte den kleinen Dicken – sein Name war Ludwig Biber und er war der Brauersohn von nebenan – ins Badezimmer geschickt, wie sie sich erinnerte. Dort war er nun und machte sich sauber. Und der Blonde war noch immer unten. Niemand war hinter ihr her. Der tanzende Schatten war nicht hier. Nur der Brauersohn und sein Kollege. Zwei harmlose Kerle, die etwas in Ordnung bringen wollten. Mehr nicht. Es gab keinen Grund zur Panik. Christina musste dieses Mantra mehrmals still aufsagen, bevor sie es schaffte, das Messer wegzulegen und sich an der Spüle zuerst die Hände und dann das Gesicht zu waschen. Tränen stiegen in ihr auf. Sie hasste sich für das, was gerade geschehen war, weil es ihr allzu deutlich veranschaulichte, dass sie noch immer schwach war. Noch immer ein Püppchen. Das eingeschüchterte Püppchen, als das der tanzende Schatten sie haben wollte.

Sie wusch sich die Tränen aus den Augen, als sie draußen im Gang den Brauersohn hörte: »Ich habe einen Schrei gehört. Wo sind Sie? Ist alles in Ordnung?«

»Alles in Ordnung«, bestätigte Christina so schrill wie brüchig und schaufelte eine weitere Ladung Leitungswasser in ihr Gesicht. Das alles geht nicht gegen dich, versuchte sie sich einzuschärfen. Das geht allein gegen die Brauerei. Niemand hat es auf dich abgesehen. Du bist außen vor. Du bist sicher.

Doch stimmte das auch? Was, wenn der Unbekannte einfach nicht wusste, dass ihre Hausleitungen anderweitig gespeist wurden?

Aus den Augenwinkeln sah sie, dass Ludwig Biber im Türrahmen stand. »Danke, dass ich das Bad benutzen durfte«, sprach er unaufdringlich. »Die Unannehmlichkeiten tun mir wirklich leid. Der unverhoffte Tod meines Vaters hat eine Menge ungelöster Fragen hinterlassen, wie Sie sich vielleicht vorstellen können. Vielleicht hängt das mit dieser Sache zusammen, wer weiß. Haben Sie ihn denn gut gekannt, meinen Vater?«

Christina schüttelte den Kopf, ohne ihn anzusehen. »Er war … sehr nett.«

»Ja, das war er zu den meisten«, antwortete Ludwig Biber mit einem leisen Seufzen. »Ich will Sie dann mal nicht länger belästigen. Mein Mitarbeiter, sein Name ist übrigens Hansi, wird noch eine Zeit lang da unten beschäftigt sein. Ich hoffe inständig, wir bringen Ihren Tagesablauf nicht allzu sehr durcheinander.«

»Schon gut«, sprach Christina noch immer zur Spüle.

»Was machen Sie denn beruflich, wenn ich fragen darf?«

»Ich schreibe.«

»Ah, wie interessant. Was denn? Romane? Sollte ich was von Ihnen kennen? Ich lese sehr gern. Am liebsten Krimis. Manchmal auch –«

»Romane!«, fiel Christina ihm etwas zu laut ins Wort. »Und Übersetzungen. Manchmal.«

Ludwig Biber war sensibel genug, die Situation zu begreifen. Er verabschiedete sich und verschwand durch die Haustür nach draußen. Christina schaute ihm nach. Am Tor angelangt, öffnete sie ihm. Ludwig Biber trat nach draußen und schob das Tor wieder zu. Dass es eingerastet und verschlossen war, verriet ihr das gelbe Licht an der Sprechanlage.

Um ihren Fauxpas von vorhin wiedergutzumachen, setzte sie eine Kanne Kaffee auf und richtete dem Blonden ein Tablett mit Milch und Zucker zusammen. Hansi hieß er, fiel ihr ein.

»Ich habe Ihnen Kaffee gemacht«, verkündete sie, als sie es

unweit der Eisentür auf einer alten Kommode abstellte. »Tut mir leid wegen vorhin. Ich bin leider … sehr schreckhaft.«

»Kein Problem«, rief der Hansi aus den Tiefen des Tunnels herauf, eine dumpfe, hallende Stimme. »An manchen Tagen erschrecke ich mich auch vor jedem Schatten.«

Schatten. Ein erneuter Schauer. Christina wich zurück und floh nach oben.

***

Harald brütete in seinem Kabuff und fuhr hoch, als er den neuen Möchtegernchef heranwatscheln sah. Der Ludwig würde das Firmengeschehen extrem verkomplizieren, aber immerhin schien er im Gegensatz zu Ulrike die Wasserthematik zu begreifen. Was er dann von ihm erfuhr, verschlug ihm die Sprache.

»Schrott? Altmetall? Aber … das ist … das ist doch …«

»… ein mieser Anschlag auf unseren Betrieb«, vervollständigte Ludwig düster und nahm den zweiten Stuhl ein. Auch Harald setzte sich wieder. »Der Hansi kümmert sich darum. Mit etwas Glück ist es nicht so schlimm. Bis dahin müssen wir mit dem gewöhnlichen Wasser auskommen.«

»Nicht für die Extradolde«, stellte Harald klar.

Ludwig seufzte. »Warum denn nicht? Warum soll es da nicht gehen?«

Harald schüttelte den Kopf. »Eigentlich geht es bei keinem unserer Biere. Das habe ich auch deiner Schwester schon klarzumachen versucht. Vergeblich. Ich sehe natürlich ein, dass der Betrieb nicht stillstehen darf, deshalb brauen wir heute Weizen. Aber für die Extradolde brauche ich Biber-Wasser.«

»Was ist das Besondere an dieser Extradolde? Erklär's mir bitte, Harald.«

»Der immens hohe Hopfenanteil«, sagte er. »In Verbindung mit dem weichen Biber-Wasser. Ein sehr herbes Bier, rund und vollmundig, bitter im Abgang, aber süß im Nachklang. Du hast wirklich noch keins getrunken?«

Ludwig verneinte. »Bekommen wir Lieferengpässe, wenn du den nächsten Sud erst in ein paar Tagen ansetzt?«

»Darauf kannst du wetten. Im Lager sind nur noch zwei Paletten. Aber, Ludwig, es geht nicht anders. Ohne Biber-Wasser braue ich keine Extradolde.«

Ludwig starrte ihn ein paar Sekunden lang an, dann sagte er überraschenderweise: »Na schön. Bevor wir unsere Kunden mit unserem Produkt enttäuschen, lassen wir sie lieber ein paar Tage länger warten. Was brauen wir eigentlich sonst noch? Wie breit ist unsere Angebotspalette?«

Harald konnte nicht sofort antworten. Noch hatte er nicht wirklich verinnerlicht, dass der Ludwig tatsächlich Verständnis für die Lage hatte. »Was wir noch brauen?« Er reinigte seine Stimmbänder mit einem Räuspern und sammelte sich. »Das Stammsortiment, also, das wären das ›Biber Hell‹, das ›Biber Lagerfein‹, das ›Biber Alkoholfrei‹, das ›Biber Weizen‹ und die ›Biber Schaumweiße‹, ein leichtes Weizen mit nur sieben Prozent Stammwürze und drei Prozent Alkoholanteil. Vor allem bei Frauen sehr beliebt. Und dann eben noch die Extradolde. Seit wir die neue Abfüllanlage haben, stellen wir auch Mineralwasser, Zitronen- und Orangenlimonade her. Das ist unsere geläufige Angebotspalette. Dann gibt es noch ein paar Saisonbiere. Zur Adventszeit bis Mitte Januar brauen wir den ›Nikolausbock‹, zur Fastenzeit das ›Biber Dunkel‹. Ab Juli gibt es zwei Monate lang die ›Sommerfrische‹, ein leichtes, helles Sommerbier mit ebenfalls nur sieben Prozent Stammwürze. Im Herbst gibt es die ›Herbstzeitsoße‹, ein kräftiges, dunkles Lagerbier. Für die heurige Königinnenfeier im Juni haben wir ein Jubiläumsbier angesetzt, das gerade im Lager reift. Es ist stärker als das ›Biber Hell‹, aber milder als das ›Biber Dunkel‹. Wir haben eine Stammwürze von –«

»Moment, was für eine Königinnenfeier denn?«, unterbrach ihn Ludwig. »Und wieso Jubiläumsbier? Wer hat denn ein Jubiläum? Die Firma?«

»Das weißt du gar nicht?« Harald hielt kurz inne und schraubte sein Entsetzen zurück. »Das Bayerische Reinheitsgebot jährt sich zum fünfhundertsten Mal. Zu dem Anlass richtet die Stadt entlang der Hauptstraße ein dreitägiges Fest mit Krönung einer Bierkönigin aus. Die ansässigen Wirte stellen Zelte und Garnituren auf, so wie halt auch beim Altstadtfest. Wir schenken am Kirchplatz aus. Ist alles schon geregelt. Deine Schwester hat einen guten Draht ins Rathaus.«

»Was du nicht sagst. Na gut, wir haben also ein Jubiläumsbier gebraut. Natürlich mit Biber-Wasser, nehme ich an.«

»Aber klar doch. Genau das macht Biber-Bräu erst so unverwechselbar gut. Wir brauchen für alle Biere das Wasser aus eurem Hofbrunnen. Ich frage mich allerdings, wie wir verhindern wollen, dass so ein Scheiß wieder passiert.«

»Das lass meine Sorge sein«, sagte Ludwig grimmig. »Ich lasse den Brunnen umgehend zumauern. Es wird nicht noch einmal passieren. Hast du eine Idee, wer uns so etwas antun könnte?«

Harald schüttelte den Kopf. »Nein. Ich bin noch völlig von der Rolle deswegen.«

»Was ist mit den Lämmerbergs?«, fragte Ludwig. »Die brauen doch seit ein paar Wochen auch wieder. Könnten die uns schaden wollen?«

»Kann ich mir nicht vorstellen. So was tut doch keiner.«

»Tja, irgendwer schon. Haben die einen Ausschank auf dem Fest? So wie wir?«

»Keine Ahnung. Ich schätze schon. Der Florian wäre doch ziemlich dämlich, wenn er sich das entgehen lassen würde.«

»Das sollten wir umgehend herausfinden«, meinte Ludwig versonnen. »Wer braut bei denen eigentlich? Der Florian versteht doch vom Brauen so viel wie ein Schneemann vom Wasserskifahren.«

»Da täusch dich nicht«, widersprach Harald. »Vor ein paar Jahren scheint ihn der Rappel gepackt zu haben. Die alte Lämmerberg-Brauerei wieder in Betrieb zu nehmen, war seine Initiative. Der alte Ferdinand hat ihn natürlich unterstützt und steht jetzt ebenfalls hinter dem Unternehmen. Ausgegangen ist es aber vom Florian. Er hat sich damals mehrere Betriebe im gesamten Freistaat angesehen, auch unseren. Irgendwann hat er sich dann auf der Bio-Schiene festgebissen.«

»Aber er versteht deswegen doch trotzdem noch nichts vom Brauen, oder?«

»Er braut ja auch nicht eigenhändig. Er hat einen Brauer aus

Cham angeworben, Mack, glaube ich, heißt er. Ja, Josef Mack. Und dann hat er noch eine Brauerin frisch von der Uni. Die Sieb Hanna aus Dietfurt. Ich kenne sie flüchtig. Die zwei sind fürs Brauen zuständig. Der Florian mag nur in der Theorie was vom Brauen verstehen, aber er spielt den Chef.« So wie du, ließ er ungesagt. »Seine Frau, die Birgit, macht den Bürokram.«

»Kann uns dieses Bio-Bier gefährlich werden?«

Harald zog eine verächtliche Schnute. »Es schmeckt weder besser, noch ist es gesünder«, sagte er. »Bio ist nur ein Wort mit ein paar Richtlinien im Gepäck. Mir ist Nachhaltigkeit viel wichtiger, und in Sachen Nachhaltigkeit macht uns keiner was vor. Unser Treber wird später zu Tierfutter verarbeitet oder kompostiert. Wir produzieren somit keine Abfallstoffe, alles wird wiederverwertet. Dass die zu Lämmerbergs das auch machen, bezweifle ich. Bier, nach Bayerischem Reinheitsgebot gebraut, ist per se rein ökologisch und ohne chemische Zusatzstoffe. Es besteht deshalb auch keine wirkliche Nachfrage nach Bio-Bier. Aber die Bio-Attitüde ist halt gerade in. Ich schließe nicht aus, dass die Lämmerbergs unseren Absatz ein Stück weit senken werden.«

***

Zum vorgerückten Vormittag traf Ulrike auf dem Firmengelände ein. Sie sah aus, als hätte sie die Nacht durchgezecht, und hatte es eilig, in ihr Büro zu kommen. Ludwig folgte ihr nach und schaffte es durch ihre Tür, bevor sie sie zuschlagen konnte.

»Was willst du?«, fauchte sie ihn an, aggressiv wie immer.

»Ich möchte mich mit dir koordinieren, liebstes Schwesterherz«, entgegnete Ludwig so süßlich er konnte. »Immerhin führen wir jetzt gemeinsam eine Firma.«

»Träum nicht mal davon. Du bist hier schneller wieder raus, als du bis zehn zählen kannst. Papa würde sich in seinem Sarg umdrehen, wenn er dich hier wüsste.«

»Ja, das mag sein, und die Vorstellung gefällt mir ganz außerordentlich«, erwiderte Ludwig vergnügt. »Was meinst du, wühlt er sich vor Gram heraus aus seinem Grab? Wird er mich als

Zombie heimsuchen, um mir seine Meinung zu geigen? Oh, wenn er das doch nur mal zu Lebzeiten getan hätte. Aber es ist nie zu spät. Ich würde mich gern noch mal mit ihm unterhalten.«

Ungefragt nahm Ludwig in einem freien Stuhl Platz. Ulrike funkelte ihn aus glühenden Augen an. Ludwig erwartete jeden Moment Blitze. »Nimm doch Platz«, lud er sie in ihren eigenen Sessel ein, womit er sie noch mehr reizte.

Nun aber hatte er den Bogen überspannt. Ulrike formte ein gehässiges Lächeln, das selbst Pennywise erschreckt hätte, und nahm dann steif wie eine Holzpuppe Platz. »Du kommst dir wohl besonders schlau vor, oder?«, raunte sie überlegen. »Wegen eines dummen Missgeschicks ist Papas Testament im Moment nicht auffindbar, was du ausnutzt, um hier als Chef deine stinkenden Füße hochzulegen. Du bist peinlich, Ludwig.«

»Nun, ich bin opportun«, entgegnete Ludwig nicht weiter verletzt. Solange Ulrike ihn beleidigte, war alles in Ordnung. Solange sie ihn herabwürdigte und demütigte, brauchte er sich keine Sorgen zu machen. Gefährlich würde es, wenn sie plötzlich freundlich wäre, denn dann heckte sie etwas gegen ihn aus. Ulrike gehörte zu den Menschen, die man dann fürchten musste, wenn sie still waren.

»Ob es ein Testament gibt oder nicht, ist mir erst mal egal. Solange es nicht auftaucht, wirst du meine Gegenwart ertragen müssen. Ich bin auch keineswegs so nutzlos, wie du in deiner Selbstgerechtigkeit glauben magst. Stell dir vor, der Hansi und ich haben heute schon das Problem mit dem Wasser ergründet.«

»Ich habe ihm gesagt, er soll die Kühlung im Keller reparieren.«

»Und ich habe entschieden, dass unser Wasser wichtiger ist. Eine gute Entscheidung, wie sich herausgestellt hat. Jemand hat mutwillig unseren Brunnen kontaminiert. Was sagst du dazu, liebste Schwester? Kannst du dir das vorstellen?«

Ulrike war einen Moment erstarrt, doch solche Regungen hielten bei ihr selten lange. »Was soll das heißen?«

»Das soll heißen, dass jemand sein rostiges Altmetall in unserem Brunnen deponiert hat«, erklärte Ludwig geziert. »Eine alte Autobatterie war anscheinend auch dabei. Jemand hat einen Anschlag auf unsere Brauerei unternommen, Ulrike. Schockiert dich das, oder ist dergleichen üblich in dem Gewerbe? Du weißt, ich bin noch neu im Geschäft.«

Nun schien sie tatsächlich ein paar Sekunden lang sprachlos. Ludwig nutzte die Gunst des Moments und fuhr fort: »Mit wem habt ihr euch in letzter Zeit angelegt, du und der Papa? Habt ihr euch Feinde gemacht? Wer könnte ein Interesse daran haben, uns zu schaden?«

»Du, wer sonst«, entgegnete sie unverwandt kühl und lächelte gleichsam.

Ludwig versuchte sich nicht anmerken zu lassen, dass ihn diese gegenstandslose Anschuldigung getroffen hatte. »Ach komm, ist das wirklich alles, was du zu bieten hast?«, erwiderte er. »Jetzt bin ich wirklich enttäuscht.«

»Nein, bist du nicht«, entgegnete Ulrike und verschränkte genüsslich die Finger ineinander. »Gefällt es dir nicht, dass du der Erste bist, an den ich denke? Ich glaube, du bist eifersüchtig. Das warst du schon immer. Du hast gewusst, dass der Papa dir nichts hinterlassen würde. Deshalb vergiftest du den Brauereibrunnen. Vielleicht ist es dir auch gelungen, sein Testament verschwinden zu lassen. Wie dem auch sei, ich werde es herausfinden, Bruder. Und dann rechnen wir ab.«

»Du kannst das nicht wirklich glauben«, gab Ludwig zurück und war tatsächlich verunsichert. Ulrike war nicht die Hellste, aber sie konnte doch nicht so bescheuert sein, diese Räuberpistole zu glauben.

»Überlass gefälligst mir, was ich glaube und was nicht. Und sei versichert: Du bist hier sehr schnell wieder draußen. Fang also gar nicht erst damit an, dir ein Büro einzurichten. Du wirst keins brauchen.«

»Nun, das werden wir noch sehen.« Ludwig erhob sich. »Sobald du wieder klar denken kannst, mach dir Gedanken, wer der Firma Schaden zufügen will. Da meint es nämlich jemand ernst. Ach, und bevor ich es vergesse, ich habe vorhin von deinen angeblich so guten Beziehungen ins Rathaus gehört. Wenn das mehr als ein Gerücht sein sollte, weißt du doch sicher, ob die zu Lämmerbergs an der Jubiläumsfeier im Juni einen Ausschank betreiben werden.«

»Ja, werden sie«, entgegnete Ulrike mit unveränderter Miene. »Was interessiert dich das?«

»Was es mich interessiert? Es sollte vielmehr dich interessieren, wo du dich doch für die Chefin hier hältst. Immerhin haben wir es mit einer neuen Konkurrenz zu tun. Ein aus rein biologisch angebauten Zutaten gebrautes Bier. Bio ist in, falls dir das bislang entgangen sein sollte.«

»Ach bitte.« Ulrike winkte geringschätzig ab. »Ein Bio-Bier, was für ein Schwachsinn. So etwas gibt's schon seit Jahren von diversen anderen Brauereien. Und die Lämmerbergs haben nur einen recht bescheidenen Ausstoß. Die sind keine Konkurrenz für uns. Was die anbieten, ist nicht mehr als eine vorübergehende Modeerscheinung. Weißt du, was ein Kasten von dieser Schmiere kostet? Einfach nur lächerlich. Das wird sich nicht lange halten.«

»Du scheinst ja wirklich sehr von dir und den Produkten unserer Brauerei überzeugt.« »Unserer Brauerei« hatte Ludwig besonders betont, aber davon ließ sich Ulrike jetzt nicht aufstacheln.

»So überzeugt wie von deiner Überflüssigkeit, werter Bruder«, gab sie zurück. »War das alles? Wenn ja, kannst du jetzt gehen. Und mach bitte die Tür hinter dir zu, falls du an die Klinke rankommst.«

***

Es war lange her, dass Christina mit jemandem zu Mittag gegessen hatte. Sie hatte einen schlichten Eintopf gemacht, aber der Hansi, der eigentlich Johannes Raab hieß, schaufelte ihn so begeistert in sich rein, dass sie sich wie eine Gourmetköchin fühlte.

Es hatte sie allen Mut gekostet, den schmalen Tunnel zu ihm hinunterzusteigen. Sie wollte wissen, was da unten war, dann würde sie fortan auch mit der unheimlichen Eisentür besser zurechtkommen. Ergründete Mysterien waren keine Mysterien mehr. Der Hansi hatte sich gefreut, ein bisschen Gesellschaft zu haben. Christina wollte sogar mit anpacken und mit ihm die Schrottteile aus dem Quellbecken fischen, aber das hatte er nicht zugelassen. »Im Gegensatz zu mir wirst du nicht dafür bezahlt«, hatte er grinsend klargestellt.

Schließlich hatten sie sich darauf geeinigt, dass sie, anstatt ihm zu helfen, genug für zwei zu Mittag kochte. Der erfrischend unkomplizierte Umgang mit diesem Mann hatte es Christina sehr leicht gemacht, diese Einladung auszusprechen. Sie betrachtete es als einen weiteren Schritt aus der Dunkelheit, in der sie sich noch immer gefangen fühlte. Und für ihn war es praktisch, weil er sich zum Essen nicht von seinem Arbeitsplatz entfernen musste.

»Bin schon seit fünfzehn Jahren geschieden«, hatte er ihr noch am Wasserbecken anvertraut. »Wir haben jung geheiratet. Wahrscheinlich zu jung. Waren kaum zwanzig. Hat nicht recht funktioniert. Ging nur ein paar Jahre lang gut.«

»Habt ihr Kinder?«

»Oh ja, zwei sogar«, hatte der Hansi stolz betont. »Sind schon fast erwachsen, die zwei Hallodris. Unglaublich, wie schnell das geht. Hast du Kinder?«

Christina hatte verneint und dann alles getan, um sanft das Thema zu wechseln. Auch das hatte ihr der Hansi leicht gemacht.

»Also, wie geht's jetzt weiter mit dem Schrott und dem Brunnen?«

»Wir fluten«, erklärte Hansi, ohne den Kauprozess zu unterbrechen. »Wir spülen das schlechte Wasser heraus. Wenn sich nicht zu viele Schadstoffe im Becken abgesetzt haben, könnte der Brunnen morgen schon wieder sauber sein.«

»Und was, wenn nicht?«

»Dann müssen wir auf das übliche Beilngrieser Wasser zurückgreifen, bis alles wieder in Ordnung ist. Ich sehe da kein Problem, aber unser Oberbrauer, der Harry, der tickt aus, wenn man ihm das erklärt.«

»Wie verhindert ihr, dass so was noch mal passiert?«

»Der Ludwig will den Schacht zumauern lassen. Oder wenn nicht das, dann wenigstens unten den Durchbruch zum jetzigen Becken.«

»Da hat sich also jemand mit einem Sack voll Schrott den Brunnenschacht hinabgeseilt und ist dann weiter zu dem Brunnenbecken gekrochen. Verstehe ich das richtig?«

Hansi nickte. »Das ist die einzige Möglichkeit, wie das Zeug dahin gelangt sein kann. Dir ist nicht zufällig was aufgefallen, letztes Wochenende?«

»Ehrlich gesagt, doch«, gab Christina zu ihrem eigenen Erstaunen völlig freimütig zu. »Es war am Sonntag, schon spätabends. Da habe ich geglaubt, auf der anderen Seite der Tür wäre etwas – oder jemand. Ich habe mir gerade eine Flasche Wein raufholen wollen, da habe ich auf der anderen Seite etwas gehört. Ich bin davon ausgegangen, dass ich mir das eingebildet habe.«

»Vielleicht auch nicht«, entgegnete der Hansi und drosselte erstmals, seit er sich auf ihren Eintopf gestürzt hatte, seine Kaubewegungen. »Sonntagnacht also. Hmm.«

»Was hat es mit diesem Haus eigentlich auf sich?«, fragte Christina, eine Frage, die sie schon lange jemandem stellen wollte. »Warum nennt man es das ›Brunnenwächterhaus‹?«

»Weil es genau das früher war«, erklärte der Hansi und schaufelte weiter Eintopf in sich rein. »Der Brunnen ist sehr alt. Nicht sehr ergiebig, aber sehr alt. Und er steht außerhalb der Stadtmauern. Damit ihn niemand vergiften konnte, musste er bewacht werden. Deshalb hat man eine Mauer herumgezogen und ein Häuschen für die Brunnenwache gebaut. Es ist mehrfach abgerissen und wieder neu gebaut worden. Das obere Stockwerk gibt es erst seit den achtziger Jahren. Der alte Biber, der Vater von dem Biber, der kürzlich … nun, du hast es wahrscheinlich gehört … sich den Kopf weggeschossen hat, der hat das Haus damals aufgemotzt, um es vermieten zu können. Seitdem ist die Miete ein wenig gesunken, nehme ich an.«

Unverblümt schaute er sich in der antiken Küche um, jedoch nicht in einer belächelnden oder mitleidigen Art. Seine Frohnatur schien zu Herablassungen gar nicht fähig. Christina mochte ihn.

»Ich kann sie mir leisten«, erwiderte sie. »Weiß man denn, warum sich der Herr Biber das Leben genommen hat? Ich fand ihn sehr nett.«

Hansi nickte wissend. »Wir haben ihn alle sehr gemocht. War ein guter Chef, der Berti. Wusste, was Sache war, und konnte sich durchsetzen. Warum er sich umgebracht hat? Keine Ahnung, ehrlich. Hat uns alle sehr erschüttert. Jetzt ist ungewiss, wie es mit der Brauerei weitergeht.«

»Ach ja? Warum denn?«

»Sie gehört jetzt anscheinend zu gleichen Teilen dem Ludwig und seiner Schwester, der Ulrike. Kennst du sie?«

Christina glaubte, sie mal gesehen zu haben, und nickte.

»Die Ulrike will den Betrieb sicher weiterführen. Aber der Ludwig? Tja, das weiß noch keiner. Der hat es nicht mit dem Bierbrauen und wohnt eigentlich in Düsseldorf. Wenn er sich seinen Erbteil ausbezahlen lassen will, steht die Brauerei vor einem Problem.«

»Das wird er doch bestimmt nicht tun«, sagte Christina. »Es ist doch immerhin das Unternehmen seiner Familie. Das bricht man doch nicht einfach auf.«

Hansi wiegte wie abwägend seinen Kopf hin und her. »Da wäre ich mir nicht so sicher. Das Verhältnis zwischen dem Ludwig und seinem Vater war ... kompliziert.«

***

Nach dem Mittagessen studierte Ludwig im Biergarten seines Hotels die Unterlagen, die Frau Schiffkowitz für ihn zusammengestellt hatte. Die Zahlen waren nicht berauschend, aber solide. Die Fixkosten, inklusive der Kredittilgung für die neue Abfüllanlage, hielten sich im angemessenen Rahmen. Den meisten Umsatz machte das Unternehmen mit Biber Hell. Die Extradolde kam erst nach dem Weizen auf Platz drei, etwa gleichauf mit dem Biber Lagerfein. Das Biber Alkoholfrei und die Schaumweiße teilten sich weit abgeschlagen den hintersten Platz. Letztere zwei Biersorten wurden anscheinend nur gebraut, um jene Gastronomen zu bedienen, die ausschließlich Biber-Bräu bezogen und dem Trend entsprechend ihren Gästen eine möglichst vielfältige Bierkarte anbieten mussten. Es war zu überlegen, ob man dort nicht irgendwo mal die Schere ansetzte. Anstatt mit einer Weizenvariation wie der Schaumweißen könnte man es vielleicht mit einem Altbier oder einem Pils im Stammsortiment versuchen, überlegte sich Ludwig.

Er lehnte sich zurück und streckte die Finger. Solange der Papa noch am Leben war, hatte er das Brauereigelände immer als bedrückend empfunden und es nach Möglichkeit gemieden. Nun konnte er es gar nicht erwarten, zurückzukehren und ein paar Dinge in die Hand zu nehmen. Der Hansi würde inzwischen wahrscheinlich schon fluten. Mit etwas Glück hatten sie morgen ihr Wasser zurück und konnten den dringenden Sud Extradolde aufsetzen. Dass der Falter Harry so erpicht darauf war, die Brautraditionen des Familienunternehmens aufrechtzuerhalten, gefiel ihm. Der Harald schien so eine Art sechsten Sinn für Bier zu haben. Das hatte wohl auch der Papa erkannt und ihn als den Sohn zu sich geholt, den er in Ludwig nicht hatte. Ich hätte es sein können, meldete sich eine Stimme weit hinten in Ludwigs Kopf. Ich hätte es sein *müssen*! Er wischte die Worte beiseite. Es war trotz der Misere mit dem Wasser ein schöner Tag, und das sollte er bleiben.

Er packte die Papiere in seine Tasche, als ihn jemand von der Straße aus rief: »Na, wenn das nicht der Biber Ludwig ist.«

Ludwig horchte auf und erblickte ein dämliches Grinsen unter einer dunklen Sonnenbrille. Es gehörte einem Kerl in einer braunen Wildlederjacke im selben Farbton wie seine leicht gekräuselten Haare. Ludwig erkannte ihn erst, als er die Brille abnahm. Es war Rio Freitag, jemand, dem man besser aus dem Weg ging.

»Das hast du richtig erkannt«, zollte Ludwig ihm Anerkennung und kokettierte: »Wie ich leide und lebe. Hast du mich an meiner sonnigen Ausstrahlung erkannt?«

Freitag ging nicht darauf ein. »Du wohnst jetzt in Düsseldorf, habe ich gehört. Ist es schön da, sag mal?«

»Schon. Ich kenne da einen guten Makler, falls es das ist, was du suchst.« Ludwig rätselte, was der Kerl von ihm wollen könnte. Sie hatten vorher noch nie ein Wort miteinander gewechselt. Ludwig wusste eine ganze Menge über ihn, aber sie hatten noch nie miteinander zu tun gehabt – was Ludwig nicht bedauerte.

»Kein Bedarf«, sagte Freitag mit einer ablehnenden Geste und kam näher. »Ich bin demnächst wahrscheinlich mal in Düsseldorf und habe mich gefragt, ob du mir ein paar gute Kneipen zeigen kannst. Soll natürlich nicht dein Schaden sein.«

In seiner Verunsicherung, die er aber keinesfalls zeigen wollte, winkte Ludwig nach einer Kellnerin, um die Rechnung zu begleichen. Hinter seinen Stirnlappen arbeitete es. Ihm schwirrte der Kopf. Der Freitag wollte, dass er ihm Düsseldorf zeigte? Was war das hier für eine Farce? Die beiden hatten ungefähr so viel gemeinsam wie Barbarella und Pinocchio. Sie spielten nicht im selben Stadion, nicht in derselben Liga, ja, nicht einmal in derselben Sportart. Der Freitag wollte etwas von ihm. Etwas, das rein gar nichts mit Düsseldorf zu tun hatte.

»Das wird nichts. Ich werde nächste Woche noch hier sein«, sagte Ludwig beiläufig, als schon die Kellnerin bei ihm stand, und noch während er die Worte ausformulierte, durchschaute er, was hier gespielt wurde: Rio Freitag wollte herausfinden, wie lange er in Beilngries blieb. Diese Erkenntnis leitete ihn zu der noch wichtigeren Frage, weshalb er das wissen wollte.

»Ach, so ist das«, brummte Freitag. »Das ist aber schade.«

Ludwig beglich seine Rechnung und gab ordentlich Trinkgeld. Das war seine geläufige Masche, ab und an ein Lächeln geschenkt zu bekommen, und es funktionierte auch dieses Mal. Während die Kellnerin mit einem bezaubernden Hüftschwung davonstolzierte, grübelte er, wie er dieser Situation begegnen sollte. Er wollte sich keinesfalls mit Freitag anlegen. So blöd war er nicht. Aber er musste herausfinden, was hinter dessen Gehabe steckte. Oder besser gesagt: wer.

Er sammelte seine Sinne, stand auf und sah sein Gegenüber an, nicht provozierend, nicht vorwurfsvoll, einfach nur offen. »Hat dich meine Schwester beauftragt, herauszufinden, was ich vorhabe?«

Freitags Miene verdüsterte sich wie eine plötzliche Sonnenfinsternis. »Wovon, Scheiße noch mal, sprichst du?«

»Du würdest doch nicht mit mir reden. Du würdest mich nicht einmal ansehen, wenn es keinen triftigen Grund dafür gäbe«, entgegnete Ludwig sachlich. »Da wir beide nichts miteinander gemein haben, liegt auf der Hand, dass du in jemandes Auftrag handelst. Mich würde interessieren, wer das ist.«

»Du bist ja 'ne Nummer«, meinte Freitag und schaute auf Ludwig herab, wie viele auf ihn herabsahen – so als wäre er eine besonders kecke Küchenschabe, die sich nicht vor dem Tilgungsmittel fürchtete. »Ein dahergelaufener Gnom, der sich einbildet, den Durchblick zu haben. Das amüsiert mich.« Freitag erneuerte sein dämliches Grinsen.

Ludwig sah ein, dass es gesünder war, jetzt den Rückzug anzutreten. »Okay. War schön, mit dir zu reden, Rio«, sagte er, fuhr herum und marschierte los. »Alles Gute dann.«

Sein Auto stand gleich nebenan am Schrannenplatz, aber er hatte schon damit gerechnet, es nicht vor Freitag zu erreichen. Er versperrte ihm den Weg, ungeachtet der Leute im Biergarten und anderer Passanten.

»So lasse ich mich nicht von einer fetten, kleinen Zecke abspeisen«, erklärte er mit einer süffisanten Schnute. »Du kannst doch nicht gehen, bevor wir fertig sind.«

»Fett, klein«, zählte Ludwig an seinen Fingern ab. »Das habe ich schon so oft gehört. Sei doch mal kreativ und lass dir was Neues einfallen. Wie wäre es mit Mistkäfer? Das habe ich noch nicht gehört, seit ich wieder da bin. Was meinst du?« Noch im selben Moment schalt er sich. Es war töricht, einen notorischen Pöbler und Gewalttäter wie Freitag zu provozieren. Der ließ sich auch von potenziellen Zeugen nicht aufhalten, jemandem wehzutun.

»Dir soll ja jetzt die halbe Brauerei gehören«, sprach er in der unerbittlichen Pose eines Scharfrichters. »Wenn ich dir einen Tipp geben darf, lass die Finger von dem Geschäft. Da verbrennt man sich leicht die Griffel.«

»Du meinst wohl, da vergiftet man sich leicht das Wasser?«, hielt Ludwig dagegen.

Ein kurzes Flackern in Rios Augen, aber Ludwig konnte nicht sagen, ob das der Gehalt seiner Worte ausgelöst hatte oder schlichtweg die unbegreifliche Tatsache, dass ein Gnom wie er es gewagt hatte, trotz Freitags imposanten Drohgebärden noch einmal den Mund aufzumachen.

»Man sollte sich gut überlegen, in was man seine Zeit investiert«, trug Freitag maliziös vor. »Die Zeit eines Mannes ist begrenzt. Vor allem die guten Zeiten. Nicht so begrenzt wie bei den Weibern, aber doch immerhin. Wenn du ein Leben in Düsseldorf hast, solltest du dorthin zurückkehren, Ludwig. Vielleicht hast du da ja auch ein kleines Biberchen, das dort auf dich wartet. Was immer du da oben hast, du solltest es nicht wegen einer kurzlebigen Laune wegwerfen. Irgendwo ganz neu anzufangen, wie du es getan hast, verdient Respekt. Du hast dir sicher was erarbeitet in Düsseldorf, auf das du dich freuen kannst, wenn du heimkommst. Denk mal darüber nach. In aller Ruhe.«

Noch ein überfrachtetes Grinsen, dann gab Freitag den Weg frei und gestattete Ludwig mit einer grotesk höflichen Geste den Gang zu seinem Auto.

***

Florian parkte seinen Wagen und eilte die zwei Treppenläufe hoch zu Horngolds Büro. Er brauchte nicht zu warten. Die Vorzimmerdame, ein magersüchtiges Gestell mit Hornbrille, winkte ihn geradewegs durch.

»Komm rein, Florian, komm rein«, proklamierte Sigurd Horngold hinter seinem pompösen pechschwarzen Schreibtisch. »Bitte, nimm Platz.«

Horngolds Büro präsentierte sich, wie sich Florian die Kapitänskajüte eines alten Segelschiffes vorstellte. Ein wenig aufgeräumter vielleicht. Holz, wohin man blickte, und die beiden Fenster so unüblich klein, dass sie auch Bullaugen hätten sein können. Horngolds Schreibtischlampe sah dann zu allem Überfluss auch noch wie eine alte Laterne aus. Das Haus stand unter Denkmalschutz, sonst hätte es bestimmt schon ein paar Renovierungen abbekommen. Im Fall von Horngolds Büro käme das aber einer Verunstaltung gleich. Florian hatte was übrig für alte Segler.

»Danke, dass du kurzfristig Zeit hast, Siggi«, sagte er und schwang sich in den gepolsterten Holzstuhl Horngold gegenüber.

Der entwirrte seine verschränkten Finger auf der Schreibtischfläche und unterstrich mit einer ausladenden Geste, dass Florian in seinen Räumen immer willkommen war. »Ich nehme mir immer für dich Zeit, Florian, wenn es nur irgendwie geht«, versicherte er väterlich. »Willst du einen Kaffee? Oder ein Wasser?«

Florian lehnte ab. »Ich hätte gern, dass du bei Señor García behutsam nachhörst, ob er unter Umständen noch etwas mehr in die bayerische Braukunst investieren möchte.«

Horngolds Miene verlor augenblicklich an Strahlkraft. »Aber Florian, jetzt sag nicht, die geleistete Tranche reicht dir nicht«, fuhr er ihn vorwurfsvoll an. »Bist du hier, weil du mehr Geld brauchst?«

Florian hob sich ergebend die Hände. »Jetzt reg dich nicht auf, Siggi, es ist alles in Ordnung«, beteuerte er, was nicht gelogen war. »Die Brauerei läuft, und ich habe noch Reserven. Es ist nur …«

»Was?«, bohrte Horngold nach, als er zögerte. »Es ist *was*?«

»Es könnte sich eine Chance auftun, die unser Bier weit hinaufkatapultiert, wenn wir sie nutzen.« Dass es darum ging, sich bei Biber-Bräu einzukaufen, hielt Florian zurück. Der Siggi und der Berti waren gute Freunde gewesen, und der Siggi regelte gewiss auch seinen Nachlass. »Das würde noch mal eine Investition erforderlich machen. Das Geld wäre allerdings hervorragend angelegt. Was meinst du? Könnte sich der Herr García dafür interessieren?«

Horngold musterte ihn ein paar stumme Sekunden lang, dann schüttelte er den Kopf. »Das ist auszuschließen, Florian, bedauere«, sagte er dann. »Señor García hat dir den Betrag, den er zu investieren bereit war, schon zur Verfügung gestellt. Mehr gibt es nicht.«

»Du könntest ihn doch wenigstens fragen«, wandte Florian ein. »Ich meine, wenn er doch schon so ein Fan von bayerischem Bier ist, dann würde ihm doch –«

»Nein, Florian!«, unterbrach ihn Horngold streng, was normalerweise nicht seine Art war. »Hast du nicht verstanden? Mehr Geld wird Señor García nicht investieren. Du wirst mit dem auskommen müssen, was du bereits bekommen hast.«

Horngold verhält sich ziemlich seltsam, dachte Florian. »Du scheinst diesen Señor García ja recht gut zu kennen.«

»Das sollte ich«, gab Horngold zurück. »Er ist schließlich mein Klient.«

Florian nickte einsichtig. »Wann werde ich ihn denn mal kennenlernen?«

»So bald wahrscheinlich nicht.«

»Will er nicht mal sehen, in was sein Geld geflossen ist?«

»Ich habe ihm eine Kiste von deinem Bier geschickt, das hat ihm fürs Erste ausgereicht. Es hat ihm sehr geschmeckt.«

»Tatsächlich?« Florian versuchte, in Horngolds Advokatenmiene zu lesen. Dieser ausländische Investor hatte ihn von Anfang an stutzig gemacht. Alfredo García, angeblich ein leidenschaftlicher Biergenießer, der die Zukunft seines Geldes in bayerischem Bier sah. Laut Horngold hatte ihn Florians Bio-Konzept überzeugt, und schon war das Geld geflossen. Hundertneunzigtausend von einem Investor, den Florian noch nie zu Gesicht bekommen hatte. Natürlich hatte er den Namen im Internet recherchiert, befürchtete schon, es mit einem lateinamerikanischen Drogenbaron zu tun zu haben. Doch die Namen Alfredo und García waren so verbreitet wie Schmidt, Meier und Müller in Bayern und brachten ohne zusätzliche Angaben keinen verwertbaren Treffer. Florian war skeptisch gewesen, aber er hatte die Hundertneunzigtausend dringend gebraucht, um die Brauerei auf Vordermann zu bringen. Die Konditionen hätten kaum besser sein können. Ein stiller Teilhaber, weit weg auf einem anderen Kontinent, der ihn hier in Ruhe ließ und über Horngold als Mittelsmann lediglich seinen Anteil am Gewinn einstreichen wollte. Komfortabler ging es kaum.

»Wohin hast du ihm denn die Kiste geschickt? Spanien? Südamerika?«

»Das ist doch nicht wichtig«, tat Horngold die Frage souverän ab.

»Hör mal, Siggi, dieses Geld, das ist doch kein Drogengeld oder so, oder?«

Horngold zog eine gleichermaßen erstaunte wie belustigte Miene. »Aber nein, keine Sorge, Florian. Das Geld ist absolut sauber. Aber die Mittel sind begrenzt. Mehr als den bereits geleisteten Betrag gibt es nicht. Wenn du weitere Investitionen tätigen willst, musst du dir eine andere Quelle suchen.«

***

»Was haben wir mit dem Freitag zu tun?«

Ludwig befragte Harald, denn Ulrike würde ihn wahrscheinlich belügen. Erst beschimpfen und dann belügen.

»Rio Freitag?« Ludwig hatte den Braumeister an der Würzepfanne gefunden. »Na ja, der hat eine Weile hier gearbeitet.«

»Der Papa hat den Rio eingestellt?«, fragte Ludwig ungläubig.

»Nur als Hilfskraft«, sagte Harald. »Hat Leergut sortiert und Kästen gestapelt und so.«

»Hat der was gegen uns? Hat es Streit gegeben?«

»Nicht dass ich wüsste. Warum fragst du?«

»Er könnte für den verschmutzten Brunnen verantwortlich sein.«

Haralds Augen wurden größer und finsterer. »Der? Wieso denn?«

»Sicher bin ich mir natürlich nicht, aber er hat mich vorhin überfallen und ein paar komische Anmerkungen gemacht.«

»Dem geh besser aus dem Weg«, riet ihm Harald. »Keine Ahnung, wie der noch auf freiem Fuß sein kann, nach allem, was der sich schon geleistet hat. Aber … warum sollte er unser Wasser vergiften?«

»Weiß ich doch nicht, ich bin erst seit Montag hier, oder? Was macht der Kerl heutzutage denn so? Schreibt er noch für diese Anarcho-Hetzblätter?«

Harald schnutete die Lippen. »Falls er eine feste Stelle hat, weiß ich nichts davon.«

»Und mit wem treibt er sich herum?«

»Da frag am besten den Kass.« Harald benickte Kasimir Grünwald, der mit dem Firmen-Lkw gerade in den Hof einfuhr. »Die trinken manchmal einen zusammen. Draußen im ›Störfeuer‹.«

Das »Störfeuer« war eine Kneipe etwas abseits vom Reiterhof in der Kelheimer Straße. Trotz schlechtem Ruf und wechselnden

Pächtern hielt sie sich schon seit Ludwigs Jugend und war vor allem für solche Zeitgenossen eine Anlaufstelle, die Muskelspiele und wüste Drohgebärden einer gepflegten Konversation vorzogen. Prügeleien waren dort früher keine Seltenheit gewesen. Vermutlich war das auch heute noch so.

Das Gespräch mit Grünwald schenkte sich Ludwig, weil er keine Lust hatte, zu dem zotteligen Ungetüm hinaufzuschreien. Stattdessen marschierte er ins Verwaltungsgebäude und stürmte Ulrikes Büro, wo er in einen Streit mit Markus Viereck platzte.

»Herrgott!«, fluchte sie. »Kannst du nicht anklopfen? Verschwinde, ich bin beschäftigt.«

»Braucht ihr einen Schiedsrichter?«

»Hau ab!«

»Schon gut, lass es gut sein«, beschwichtigte Viereck und bewegte sich ohne Hast Richtung Tür. »Ich glaube, wir sind fertig. Denk darüber nach und ruf mich an.«

»Darauf kannst du lange warten.«

Viereck entbehrte Ludwig ein flüchtiges Lächeln mit einem stummen Gruß, als er ihn passierte.

»Worum geht es denn?«, fragte Ludwig, als er mit seiner Schwester allein war.

Ulrike schaute ihn irrlichtern an, als hätte er sie um einen Gutenachtkuss gebeten. »Was ist das für eine blöde Frage? Wir haben einen Sohn zusammen. Und jetzt streng mal dieses kleine Hirn in deinem fetten Kopf an und rate, worum es geht.«

Ludwig entschied, dass es das Beste war, sie ohne Einleitung mit seinem Anliegen zu konfrontieren: »Rio Freitag, was könnte der gegen uns haben?«

Dem Themenwechsel zu folgen, kostete Ulrike ein paar Gehirnzellen, wie es schien. »Rio Freitag? Was ist mit dem?«

»Das will ich von dir wissen. Warum habt ihr so einen in der Firma arbeiten lassen, du und der Papa?«

»Warum? Tja, weil der Papa halt ein gutes Herz gehabt hat«, erwiderte Ulrike honigsüß. »Der Kass war auch so ein Sozialfall, dem er eine Chance gegeben hat. Unser Papa hatte eben Mitleid mit Versagern und Idioten. Nur bei dir … so weit konnte er sich dann doch nicht durchringen.«

Es folgte das übliche Grinsen, wenn sie sich einbildete, einen Triumph eingefahren zu haben. Ihre Stiche schmerzten in der Tat, doch das würde Ludwig sich nicht anmerken lassen. In Düsseldorf hatte er noch geglaubt, mit seinem alten Leben so weit abgeschlossen zu haben, dass ihn nichts mehr berühren konnte. Doch darin hatte er sich getäuscht. Er war so verletzlich wie eh und je. Er konnte es höchstens besser verbergen und manchmal nicht mal das, wie sein Beinahezusammenbruch auf der Beerdigung gezeigt hatte.

»Der Kass ist noch da«, sagte er. »Warum der Rio nicht? Habt ihr ihn rauswerfen müssen?«

»Er ist irgendwann nicht mehr gekommen«, antwortete Ulrike gleichmütig. »War kein Verlust.«

»Hat es Streit gegeben? Zwischen ihm und dem Papa?«

»Keinen, von dem ich weiß. Jetzt sag schon, wie du auf ihn kommst. Was ist mit ihm?«

»Er könnte für den Schrott im Brunnen verantwortlich sein.« Ludwig umriss in kurzen prägnanten Worten, wie die Begegnung mit Freitag abgelaufen war und was er daraus schloss.

»Das ist alles?«, erwiderte Ulrike belustigt. »Deshalb verdächtigst du ihn? Er will, dass du abhaust? Ha! Was glaubst du, wie viele sich das allein in diesem Gebäude wünschen? Na?«

Dunkle Gewitterwolken zogen in Ludwig auf, und wie der kleine Junge von einst fragte er sich verzweifelt, womit er all die Ablehnung verdiente. Eigentlich wollte er Ulrike noch fragen, warum sie gestern so unangemessen harsch auf Sigurd Horngold reagiert hatte. Aber er sah ein, dass dies hier zu nichts führte. Er musste erst mal raus aus dem Laden. Von seiner guten Laune nach dem Aufstehen heute Morgen war nicht mehr viel übrig. Er eilte zu seinem Auto hinaus und entschloss sich spontan zu einem Besuch der Lämmerberg-Brauerei.

***

Die Sonne spiegelte sich im Wasser. Harald stand am offenen Rolltor und beobachtete, wie der See fast den gesamten Hof einnahm und drüben neben dem Lkw-Hangar in die beiden

Regenwassergruben einsickerte. Die Schadstoffbelastung war vermutlich gering, kaum nennenswert, aber bevor sie das nicht sicher wussten, durften sie das Wasser nicht weiter in die Kanalisation leiten. Harald wusste nicht, wie viel die Gruben aufnehmen konnten, doch der Hansi war zuversichtlich, dass es reichen würde, um den Brunnen sauber zu spülen. Falls seine Rechnung aufging, würde Harald eine Nachtschicht dranhängen, um die Extradolde anzusetzen.

Er schaute zum Hansi hinüber, der rauchend bei der Schwankhalle stand und gestenreich mit dem Wastie palaverte. Die Brauerei verdankte dem Kerl verflucht viel. Hoffentlich kapierte Ulrike das und stellte sicher, dass er sich nicht eines Tages abwerben ließ. Mit Entsetzen erinnerte sich Harald an die fünf Wochen Urlaub, die der Hansi vor ein paar Jahren mal am Stück genommen hatte, um Chile zu bereisen. Die Firma wäre beinahe auseinandergefallen.

Der Armin stand plötzlich neben ihm. »Ich könnte es zumauern«, sagte er.

Harald war einen Moment lang verwirrt. »Du meinst den Brunnenschacht?«

Armin nickte.

»Du verstehst also was vom Mauern?« Klar, schoss es Harald durch den Kopf. Du mauerst dich ja auch selbst ein.

Erneutes Nicken vom Armin.

»Ich rede mit der Chefin«, stellte Harald in Aussicht. »Wenn sie einverstanden ist, beschaffen wir dir morgen Mörtel und Kelle.«

Der Armin zog sich wieder ins Lager zurück, leise und diskret wie immer. Aus dem Bürogebäude sah Harald Cornelia Horngold laufen. Sie hüpfte in kleinen Sätzen über die Ausläufer des Wassers und eilte zum Hoftor, wo ein blauer Wagen auf sie wartete. Der schlanke Kerl, der lässig am Kühler lehnte, gab ihr einen flüchtigen Kuss, dann stiegen sie beide ein und fuhren davon. Offensichtlich machte sie heute früher Feierabend. Ihr Freund war der jüngere der beiden Zittelmeier-Brüder, Vinzenz hieß er. Die »Zittelwirtschaft« war einer der treuesten und größten Abnehmer der Extradolde, vor allem in den warmen Monaten.

Bei durstigen Kanufahrern kam Haralds feinherbe Kreation gut an, was ihn sehr freute.

Harald schaute auf die Uhr. Es war kurz nach zwei. Der Weizensud müsste den Läuterbottich inzwischen durchlaufen haben. Auf dem Weg dorthin kam ihm der Jürgen in den Weg. Die Cornelia ausgeflogen, der Jürgen in der Sudhalle, das bedeutete, das Verkaufsbüro war jetzt unbesetzt. So etwas ärgerte Harald, auch wenn es nicht in seine Zuständigkeit fiel. Wenn niemand Anrufe entgegennahm, konnte auch nichts verkauft werden. Jürgen Pflug, der Kerl war ihm schon immer suspekt gewesen. Konnte keinem direkt in die Augen schauen, aber wenn er am Telefon mit Werbepartnern, Kunden oder Zulieferern plauderte, war er leutselig wie ein Showmaster und spielte sich als weltgewandter Globetrotter auf.

»Was ist los?«, rief er ihm zu. »Brauchst du was?«

Der Kerl schaute wie immer nicht höher als auf seine Brust, als er antwortete: »Ich such den Wastie.«

»Da draußen«, sagte Harald und deutete ihm die Richtung. »Wer ist jetzt im Büro und nimmt Anrufe entgegen?«

»Der Anrufbeantworter halt«, murmelte Jürgen und schlurfte davon.

Harald schaute ihm hinterher und dachte an seinen verblichenen Chef. Die Katze ist aus dem Haus, jetzt fangen die Mäuse zu tanzen an.

***

Von außen sah das Gebäude wie früher aus, aber im Inneren sollte sich inzwischen eine hochmoderne Brauanlage befinden. Dass dem so war, verriet Ludwig schon die schwere Malznote in der Luft. Das Hofgatter war offen, und so schritt er ohne Bedenken ein. Der vormalige grobe Kopfstein war einer feinen Pflasterung gewichen, auf der es rangierende Stapler oder Sackwagen deutlich einfacher hatten. Das Schild über der altehrwürdigen Eichentür war auch neu: »Brauhaus zu Lämmerberg« prangte dort grell und unübersehbar. Ludwig erinnerte sich vage an ein altes Messingschild, auf dem früher dasselbe gestanden hatte. Es hatte an Kettchen gehangen und gequietscht, wenn es vom Wind geschaukelt wurde. Von dem war nichts mehr zu sehen.

»Der Ludwig! Ja, da schau her!«, rief jemand.

Ludwig fuhr herum und sah den Ferdinand aus dem Nebengebäude kommen. »Servus«, entgegnete Ludwig zwanglos. »Ich dachte mir, ich schau mal bei euch vorbei. Alle reden darüber, jetzt wollte ich mich mal vergewissern. Ihr braut also wieder, wie?«

»Ja, die Leute reden schon gern, gell?« Mit wohlmeinender Miene kam der Ferdinand heran und gestikulierte Ludwig zum Portal. »Aber ab und an haben sie auch recht mit dem, worüber sie sich das Maul zerreißen, wie du siehst. Na los, geh rein, ich führe dich rum.«

»Aber bloß, wenn es keine Umstände macht.«

»Macht es nicht«, versicherte der Ferdinand und wiederholte die Geste.

Im Inneren war der Duft wie erwartet noch intensiver, aber Ludwig roch ihn gern. Er hatte das Bierbrauen eben doch in sich, auch wenn der Papa das nie hatte sehen wollen. Schon ein erster Blick ins Lämmerberg'sche Sudhaus wusste ihn zu beeindrucken. Eine gewaltige Sudpfanne aus Edelstahl mit einer glänzenden Kupferhaube und angebautem Dunstkondensator stand gleich am Eingang. Daneben ein bauchiger Läuterbottich, weiter hinten ein vollprogrammierbarer Rohfruchtkocher, dort ein umfangreicher Puffertank. Ludwig wusste sämtliche Gerätschaften zuzuordnen. Hoch oben und gut versteckt verliefen die Leitungen. Alles sah neu und befremdlich steril aus.

»Ich verstehe ja nicht viel davon«, meinte der Ferdinand. »Aber man kann schon was damit anfangen, schätze ich.«

»Durchaus möglich«, kommentierte Ludwig lakonisch.

»Hast du unser Bier schon probiert? Warte, ich hole dir eine Halbe.«

Einem ersten Impuls nach wollte Ludwig ablehnen, aber dem Miteigentümer einer Brauerei stand es nicht gut zu Gesicht, von Bier konsequent die Finger zu lassen. Nicht zum ersten Mal erwog er, dass er Bier vielleicht nur deshalb verschmähte, weil er von seinem Bier brauenden Vater verschmäht worden war.

Ferdinand Freiherr zu Lämmerberg wuselte davon. Ludwig schaute sich um. Zwei Gestalten in blauen Arbeitsmänteln bewegten sich im Gewirr der Bottiche, Pfannen, Heizelemente und Verbindungsleitungen. Für Ludwig interessierten sie sich nicht weiter. Die kleine Blonde war wahrscheinlich diese Uni-Abgängerin, die der Harry erwähnt hatte. Der andere musste der abgeworbene Brauer aus Cham sein. Josef Mack hieß er, erinnerte sich Ludwig. Ein drahtiger Kerl und sympathisch kurz gewachsen.

»Wie gehst du mit der Sache um?«, fragte der Ferdinand, als er mit zwei Flaschen zurückkam. »Wegen dem Berti und den Begleitumständen, meine ich. Es heißt, dir gehört jetzt die halbe Brauerei.«

»Das spricht sich ja schnell rum.«

»Freilich, was denkst du denn? Der Berti ist tot, du bist wieder in der Stadt, und gestern nach der Beerdigung ging es laut her zwischen deiner Schwester und dem Horngold. Da haben eine Menge Ohren gelauscht.«

Er ließ den Bügelverschluss seiner Flasche aufschnappen. Ludwig tat es ihm nach. Der Ferdinand prostete ihm so vornehm und grazil zu, als hielte er ein Champagnerglas in der Hand. Dann tranken sie, und zu Ludwigs Erstaunen schmeckte ihm, was er da trank. »Nicht übel«, sagte er. »Wirklich nicht übel.«

Ferdinand schmunzelte maliziös. »Übertreib mal nicht gleich so mit deinen Komplimenten. Es ist ein hervorragendes Bier. Und zu hundert Prozent rein biologisch gebraut. Das ist den Leuten heutzutage was wert.«

»Hab schon gehört, dass der Kasten ziemlich teuer sein soll.«

»Teuer, so ein Unsinn. Qualität hat eben ihren Preis. Und die Leute sind bereit, für gute Qualität ein wenig mehr zu bezahlen. Wer diesen Umschwung im Denken der Verbraucher übersieht und verschläft, kann kein allzu findiger Geschäftsmann sein.«

»Da hast du wahrscheinlich recht«, sagte Ludwig und verfolgte gedanklich noch einmal den selbstgefälligen Vortrag seiner Schwester.

Sie gingen gemütlich weiter, passierten den Rohfruchtkocher, der aussah, als sei er aus der Kommandobrücke eines U-Boots herausgeschnitten.

»Weißt du, Ludwig, mein Lieber, wir sollten uns nicht als Konkurrenten begreifen. Das wäre kontraproduktiv. Für beide Unternehmen. Vielmehr sollten wir kooperieren und gemeinsam auftreten. Denk mal in aller Ruhe darüber nach. Zusammen könnten wir einen weitaus größeren Markt bedienen. Biber-Bräu mit seinen bekannten Spezialitäten, wir mit unserem Bio-Bier.«

»Hast du das auch meinem Vater vorgeschlagen?«

»Nein, der Berti und ich, wir konnten nicht gut miteinander. Lange Geschichte. Und deine Schwester, verzeih mir, ist eine dumme bornierte Gans.«

»Red nur weiter.«

»Mach dir einfach mal in einer ruhigen Stunde Gedanken, was wir zusammen alles erreichen könnten. Die Leute werden wieder wählerischer bei dem, was sie konsumieren, seit immer mehr Dreck in unsere Märkte drängt. Die Nachfrage nach hochwertigen Produkten aus der Region steigt kontinuierlich an. Zusammen können wir den Bedarf abdecken. Biber-Bräu und zu Lämmerberg in Kooperation. Über kurz oder lang werden wir unser Bio-Sortiment erweitern, aber wir werden an diesem Standort nie die Mengen brauen können, die ihr braut und absetzt. Müssen wir auch gar nicht. Wir haben unsere Klientel, und die können wir bedienen. Bio-Siegel hin oder her, Biber-Bräu braut nicht weniger hochwertig als wir, solange ihr euch an das Reinheitsgebot haltet. Und ich nehme an, dass das nicht zur Disposition steht.«

»Sicher nicht«, bestätigte Ludwig, obwohl er seiner Schwester alles zutraute.

»Na also, dann sehe ich kein Hindernis für eine Zusammenarbeit. Wir kombinieren unsere Sortimente und bieten sie zusammen an. So öffnen wir uns gegenseitig neue Türen. Wie klingt das für dich?«

Dieser Vorschlag war auf jeden Fall zu überdenken, doch ahnte Ludwig bereits, wie Ulrike darauf reagieren würde, wenn er ihn ihr unterbreitete. Damit sie ernsthaft darüber nachdachte, musste man ihr die Idee geschickt und unauffällig servieren. Am besten so, dass sie glaubte, es sei ihre eigene.

»Was hält denn der Florian davon?«

»Der will nur sein Bier verkaufen. Genau wie ich. Und wir würden lieber *mit* euch arbeiten als *gegen* euch.«

»Ich denke darüber nach, Ferdinand.«

Sie streiften ein Glaswandbüro, in dem eine auffällig dunkel geschminkte Brünette mit schulterlangen Haaren und Piercings in Nasenflügel und Oberlippe angeregt telefonierte. Das war die Birgit, die Frau vom Florian. In ihren wilden Jahren war sie eine quirlige Gothic-Braut gewesen, und ein Stück weit war sie das offensichtlich immer noch. Ludwig hatte ihr seinerzeit sehr gern nachgeschaut, sie aber nie anzusprechen getraut. Dass sie ausgerechnet den jungen Freiherrn zu Lämmerberg geheiratet hatte, schien eine seltsame Kombination, aber offenbar funktionierte es. Sie und der Florian hatten inzwischen zwei Töchter, wie er erfahren hatte.

Ferdinand machte Ludwig mit seinem Chefbrauer bekannt, dem kleinen Kerl, den er vorhin schon gesehen hatte. Josef Mack war ziemlich wortkarg, reagierte auch auf Ludwigs Kompliment für sein Bier nur mit einem emotionslosen »Danke«, aber er hatte einen sehr wachen Blick. Ludwig las darin die gleiche Leidenschaft fürs Brauen wie beim Falter Harry.

Zurück im Hof entdeckte Ludwig Lydia zu Lämmerberg an einem Fenster des anderen Hauses. Er nickte ihr einen Gruß zu, woraufhin sie sich ohne merkliche Regung zurückzog. Eine seltsam stille Frau, die Mutter vom Florian, das war sie schon immer gewesen. Die meisten hatten dafür Verständnis. Ludwig auch. Das Adeltum trieb manchmal seltsame Blüten. Die Lydia konnte damals kaum zwanzig gewesen sein, als sie mit einem schon fast greisen Adeligen aus dem Norden verheiratet wurde. Der Florian war kaum in der Schule, da starb der alte Freiherr. Der Florian war ihr einziges Kind. Die Witwe hatte dann wieder ihren alten Familiennamen angenommen. Noch einmal geheiratet hatte sie nicht.

Ihr großer Bruder, der Ferdinand, hatte das bessere Los gezogen. Der hatte eine ungarische Grafentochter geheiratet, die fünfundzwanzig Jahre jünger war als er.

Ludwig runzelte die Stirn. Es machte ihm den Florian ein wenig sympathischer, dass der keinen Wert auf blaues Blut legte, sondern lieber ein Gothrock-Madl vom Altmühlberg geheiratet hatte. Und wen willst du mal heiraten?, meldete sich eine Stimme in Ludwigs Kopf, der er augenblicklich das Wort verbot.

»Ich nehme an, ihr werdet auch am Bierfest ausschenken«, sagte Ludwig.

Ferdinand bestätigte. »Oben, gleich bei der Frauenkirche. Ihr seid unten am Kirchplatz, nicht? Wahrscheinlich der bessere Standort.«

Die beiden verabschiedeten sich mit besten Wünschen, und Ludwig marschierte vom Hof. Es war immer gut, die Konkurrenz zu kennen, das galt im produzierenden Gewerbe vielleicht noch mehr als in der Versicherungsbranche. Auf gewissen Ebenen konnte man immer fruchtbar zusammenarbeiten, ohne dem eigenen Betrieb zu schaden. Der Vorschlag, den ihm der Ferdinand unterbreitet hatte, erschien Ludwig jedenfalls interessant genug, um sich ernsthaft damit auseinanderzusetzen. Das Problem war Ulrike. Die ließ sich auf nichts ein, was ihren begrenzten Horizont überstieg.

Anstatt zu seinem Auto ging Ludwig noch ein wenig spazieren. Es gab viele Fragen, die nach einer Antwort verlangten. Warum hat sich der Papa umgebracht? Warum ausgerechnet da oben an der Wodansburg? Wer ist für den Schrott im Brunnen verantwortlich? Wie passt Rio Freitag da rein? Wo ist das Testament? Und was hat Ulrike in den letzten zehn Jahren getrieben? Oder vielleicht besser: Mit wem hat sie es getrieben? Dass sie partnerlos war, konnte Ludwig hinnehmen, aber nicht, dass sie sexuell abstinent lebte. Das passte am allerwenigsten zu ihr.

Ludwig verlangsamte seinen Trott und schaute zum Brauereihof zurück. Die zu Lämmerbergs hatten wirklich was gemacht aus der alten Anlage. Die Renovierung musste eine Menge Geld verschlungen haben. Dämliche Zeitgenossen wie Rio Freitag vertraten die Ansicht, als Adeliger habe man automatisch dicke Bankkonten. Ludwigs Wissen um die zu

Lämmerbergs war begrenzt, aber Geld hatten sie sicher nicht über Gebühr. Klar, sie besaßen Grund und Häuser, aber die Häuser waren entweder denkmalgeschützt und damit nur bedingt verwertbar oder so baufällig, dass eine Nutzung sowieso nicht in Frage kam. In der Brauerei steckte wahrscheinlich die Zukunft der Dynastie.

***

Die schmale unbeschilderte Teerstraße floh talabwärts aus dem Dorf, durchmaß eine Senke und stieg dann um einen bewaldeten Hügel herum wieder an. Die Sonne schoss Erna Starck in die Augen, als sie plötzlich hinter dem dichten Wall von Bäumen hervortrat. Erna klappte die Beifahrerblende herunter. Ihr LKA-Kollege Östergrund, der den Wagen steuerte, hatte das auf seiner Seite bereits getan.

»Wir sind fast da«, merkte er an.

Zu beiden Seiten der Straße wölbte sich Weide- und Ackerland. Teppiche von Wintergerste wogten im entfesselten Frühlingswind. Hinter dem nächsten Hügel tauchte ein schmucker alter Einsiedlerhof auf. Das Hauptgebäude in Fachwerk und Bruchstein wurde flankiert von zwei kohlenschwarz anmutenden Scheunen aus jahrzehntelang von Wind und Wetter malträtiertem Holz.

»Dort sind die Frauen gefangen gehalten worden?«, fragte Erna.

Östergrund nickte. »Der letzte eingetragene Bewohner ist vor fünf Jahren verstorben. Irgendwann danach muss der Tänzer eingezogen sein.«

»Der ›Tänzer‹?«

»Ein tanzender Schatten auf der anderen Seite des Käfigs. So haben ihn die Frauen beschrieben. Es war noch alles da. Der Maschendrahtkäfig, die Scheinwerfer, die Stereoanlage. Wir haben Haare der Frauen gefunden, Stoffreste, der Kerl hatte es in drei Jahren nicht für nötig erachtet, sauber zu machen und den Tatort zu neutralisieren.«

»Vielleicht konnte er nicht«, schlug Erna vor. »Er könnte tot sein.«

»Möglich«, pflichtete ihr Östergrund bei.

»Von ihm habt ihr nichts gefunden?«

»Nichts, was verwertbar wäre. Trotzdem ist es ein Durchbruch. Drei verfluchte Jahre lang habe ich nach diesem Ort gesucht. Und dann findet ihn die lokale Polizei bei der Suche nach einem gewalttätigen Landstreicher. Zum Glück waren die auf Zack und haben kapiert, was sie da gefunden haben.«

Östergrund ließ den Wagen vor dem Hauptgebäude ausrollen. Sie stiegen aus. Der Hof war weder gepflastert noch geschottert. Weißgraue Spuren des Juragesteins durchbrachen allerorts den dunklen Lehmboden. Eine Unterkellerung schloss das aus. Erna schaute die schmutzige Fassade zum Dachgiebel hoch. Sämtliche Fenster waren mit Brettern zugenagelt. Die beiden Scheunen waren nur noch baufällige Baracken.

»Ich freue mich natürlich für Ihren Erfolg, Kollege«, sagte Erna. »Aber warum kommen Sie damit zu mir? Was geht mich das alles an?«

»Sie haben sich jüngst mit einem Selbstmord befasst«, antwortete Östergrund. »Ein Brauer in Beilngries, Adalbert Biber. Richtig?«

Erna bestätigte. »Sehen Sie etwa einen Zusammenhang?«

»Noch nicht. Aber möglicherweise gibt es einen. Eines der Entführungsopfer wohnt bei diesem Brauer zur Miete.«

»Das ist alles?«

»Nein. Der Reihe nach«, sagte Östergrund und tat einen ersten beharrlichen Schritt Richtung Haustür. »Sie müssen zunächst wissen, dass es gestern einen weiteren Selbstmord gegeben hat. Julia Öttl, ebenfalls ein Opfer des Tänzers, hat sich gestern von einer Raucherterrasse ihres Klinikums in den Tod gestürzt.«

»Von diesem Vorfall habe ich gehört. Die Frau, die bei einem Autounfall entstellt wurde.«

Östergrund nickte. »Zeugen wollen gesehen haben, dass sie allein auf der Terrasse war. Selbstmord, was sonst. Und doch ist es nicht so einfach. Ich weiß sehr genau, dass diese drei Frauen nie mehr allein waren, seit dieser Irre in ihrem Kopf gewesen ist. Er hat sie auf dem Gewissen. Möglicherweise hat er auch den Autounfall verursacht.«

»Wie kommen Sie darauf?«

»Die Erste der drei starb schon vor einem Jahr. An einem Autounfall. Fremde Lackspuren an der Karosserie legen den Verdacht nahe, dass noch ein zweites Auto beteiligt war. Eins, das nie gefunden werden konnte.«

Östergrund hatte die Haustür erreicht und drückte die Klinke. Die Tür war nicht verschlossen. Er gab ihr einen Schubs, und sie schwang mit einem leisen Stöhnen nach innen auf. Ein moderiger, erdiger Geruch wehte Erna entgegen, als sie sich näherte.

»Zwei der drei Frauen erleiden innerhalb eines Jahres tragische Verkehrsunfälle«, resümierte sie. »Das lädt zu Spekulationen ein, einverstanden.«

»Noch bezeichnender ist:«, fuhr Östergrund fort, »Die Unfälle ereigneten sich jeweils kurz nachdem die Frauen gegen das ›Reinheitsgebot‹ verstoßen haben, das der Irre ihnen vor ihrer Freilassung auferlegt hatte. Sie waren dabei, Beziehungen einzugehen. Sex zu haben. Nun ist nur noch eine von den dreien übrig. Und die wohnt zur Miete bei Ihrem Selbstmörder, Frau Starck. Erzählen Sie mir davon. Was gefällt Ihnen an diesem Selbstmord nicht?«

»Eine zweite Fußspur«, antwortete Erna. »Es war eine ungastliche, nebelfeuchte Nacht. Außer den Fußspuren des Brauers gab es noch eine zweite am Schauplatz.«

»Könnte eine ältere Spur gewesen sein«, meinte Östergrund salopp. »Ein Wandertourist, der im Laufe des Tages vor Ort war.«

»Könnte sein«, sah Erna ein. »Oder der Selbstmörder war nicht allein da oben.«

Östergrunds schmale Lippen formten ein gelittenes Lächeln, das ihn wie einen völlig Fremden aussehen ließ. Er knipste eine Taschenlampe an und betrat das alte Bauernhaus. »Folgen Sie mir in die Hölle dreier armer Seelen, Frau Starck. Und erzählen Sie mir mehr von Ihrem Brauer in Beilngries.«

Erna folgte ihm zögerlich. »Wem gehört dieses Haus eigentlich? Und wer war der letzte Bewohner?«

»Ein Leopold zu Lämmerberg«, sagte Östergrund. »Auch er war Brauer, stellen Sie sich vor. Es ist allerdings schon fünfzig

Jahre her, dass er seinen letzten Sud gebraut hat. Wie ich höre, ist sein Enkel Florian gerade dabei, die alte Familienbrauerei wieder aufzubauen. Und jetzt raten Sie mal, von welchem hübschen Städtchen im Altmühltal wir hier reden.«

***

Nach seinem Brauereibesuch hielt Ludwig auf den Stadtkern zu. Bevor er konkreten Gedankenspielen über neue Vermarktungsstrategien von Biber-Bräu nachging, galt es erst mal klarzustellen, inwieweit er eine Zukunft in den Geschicken der Brauerei haben würde. Wenn ihm das jemand beantworten konnte, dann Siggi Horngold. Falls der nicht umgezogen war, hatte er sein Büro in einem alten Mühlengebäude in der Altstadt.

»Nicht ohne einen Termin«, erklärte ihm eine spindeldürre Schnepfe im Vorzimmer, deren aufgetragenes Make-up vermutlich mehr als der Rest von ihr wog.

»Passen Sie auf: Sie lassen mich jetzt zu ihm rein, oder ich schmeiße seine Tochter aus meiner Firma raus«, erwiderte Ludwig. »Alles klar?«

Ihre Sprachlosigkeit wertete Ludwig als Einverständnis. Er klopfte an Horngolds Bürotür und wurde nach einer harschen Rückfrage hereingebeten.

»Ludwig«, empfing ihn der Siggi strahlend und erhob sich hinter seinem Schiff von Schreibtisch. »Ich habe euren Besuch schon erwartet. Wo ist deine Schwester?«

»Die hält nicht viel von meiner Gesellschaft. Von deiner auch nicht, habe ich gestern den Eindruck gewonnen.«

»Ach was«, winkte Horngold ab. »Das war halt ein sehr emotionaler Moment.«

»Meine Schwester hat nur emotionale Momente.«

»Das will ich nicht abstreiten.« Horngold zog vergnügt die Augenbrauen hoch. »Aber bitte, setz dich doch, Ludwig.«

»Gern.« Irgendwie sah der ganze Raum wie ein Schiff aus, befand Ludwig.

»Mir ist natürlich klar, warum du hier bist«, eröffnete Horngold, als er ebenfalls wieder saß. »Du hast Fragen zur Nachlassregelung und wahrscheinlich noch ein paar andere. Nun denn, reden wir über alles. Wie kann ich dir helfen, Ludwig?«

»Erklär mir erst mal, was es mit dem Testament auf sich hat. Wo ist es? Warum wollte er es zurückhaben?«

»Das hat er mir nicht verraten«, erwiderte Horngold mit bedauernder Miene. »Er kam vor ein paar Wochen zu mir. Ich nehme an, er wollte ein neues aufsetzen.«

»Und was stand im alten?«

»Das kann ich dir nicht sagen, Ludwig.«

Ein Lächeln und offene Hände. Gesten solcher Aufgeschlossenheit machten Ludwig grundsätzlich misstrauisch. Es war die Haltung von Menschen, die nur eines bestimmten Zwecks wegen eine Maske von Höflichkeit trugen. Ludwig kannte dieses Gehabe in ähnlicher Form von seinen Prostituierten. Nur Ilana war anders. »Na gut, und was bedeutet das jetzt? Was ist, wenn es kein neues Testament gibt?«

»Dann bleibt das alte gültig«, erklärte Horngold. »Natürlich nur, falls es noch existiert und beim Nachlassgericht vorgelegt werden kann.«

»Und wenn nicht?«

»Dann tritt die gesetzliche Regelung in Kraft, und beide Erben erhalten jeweils die Hälfte. Die Hälfte von allem.«

»Also gehört mir auch das Stadthaus zur Hälfte.«

»So ist es.«

Bei der Vorstellung, dass Ulrike an ihn Miete bezahlen musste, fiel es Ludwig schwer, sich ein Grinsen zu verkneifen.

»Wir sollten uns da mal in Ruhe zusammensetzen«, schlug Horngold vor. »Du, die Ulrike und ich. Der Ralf gern auch. Wie kommt er denn mit dem Verlust seines Opas zurecht?«

Ehrlicherweise hätte Ludwig nur mit den Schultern zucken können, doch diese Blöße wollte er sich nicht geben. »Geht schon.«

Horngold nickte gesenkten Hauptes seiner Tischplatte zu. »Furchtbar, das alles.«

»Warum hat er es getan?«, warf Ludwig ein. »Du hast den Papa wahrscheinlich am besten gekannt, Siggi, sag mir, warum hat er das gemacht?«

Horngold sah wieder auf und spitzte kurz die dünnen Lippen. »Der Berti war ein tiefgründiger Mensch. Niemand hat wirklich in ihn reinschauen können. Auch ich nicht.«

»Mit wem war er in den letzten Jahren zusammen? Es gab doch bestimmt einige Frauen in seinem Leben, oder? Junge Dinger, kaum dass sie Autos steuern dürfen.« Aus irgendeinem Grund dachte Ludwig da an die junge Brauerin bei den Lämmerbergs. Die hatte aber auch wirklich bezaubernd ausgesehen in ihrer blauen Brauerskluft.

»Klar hat es die eine oder andere Affäre gegeben«, bestätigte Horngold verschmitzt. »Aber auch darüber weiß ich nicht viel. Der Berti hat so was immer diskret behandelt. Die Leute haben schon genug geratscht, nachdem deine Mutter … na ja, du weißt schon.«

»Nenn mir ein paar Namen«, verlangte Ludwig.

»Ich kenne keine«, wehrte Horngold ab. »Die meisten, die er abends so herumgeführt hat, waren nicht von hier. Keine Ahnung, wo er die immer hergezogen hat. Ich habe nicht gefragt, weil es mich nichts angeht.«

»›Die meisten‹, hast du gesagt. Wer war denn von der hiesigen Damenschaft dabei?«

»Eine Weile hat man ihn mit der Falter Judith gesehen.«

»Ist die mit unserem Chefbrauer verwandt?«

»Seine Schwester. Sie arbeitet im Touristikbüro der Stadt. Nettes Mädel.«

»Schau an. Wer noch?«

Horngold kräuselte die Lippen. »Mehr fallen mir nicht ein. Ach ja, doch. Die Tochter von der Sommer Gudrun. Mit der war er auch mal zusammen.«

»Die Heidi?«

»Ja, ich glaube, so heißt sie.«

Ludwig fiel aus allen Wolken. Allen Unkenrufen zum Trotz hatte er seinerzeit zum Abschlussball nämlich doch eine Tanzpartnerin gefunden: die Sommer Heidi, eines der wenigen Mädchen, die ihn nicht von oben herab ausgelacht hatten, wenn er in der Nähe war.

»Die Heidi«, rezitierte er sich selbst, und seine Kehle wurde staubtrocken. Sein Vater und die Heidi. Wie war das denn zu bewerten? Noch eine Demütigung für den Sohn, den er nie haben wollte? Den er nie lieben konnte? Ludwig begann der Kopf zu schwirren.

»Sag mal, fühlst du dich nicht wohl?«, fragte Horngold. »Du schaust blass aus.«

»Ist schon gut«, krächzte Ludwig, sammelte Spucke und schluckte sie hinunter. »Erzähl weiter.«

»Mir fällt sonst niemand mehr ein. Ist das denn wichtig?«

»Keine Ahnung. Ich suche eben nach Gründen, warum er sich das angetan haben könnte.« Ein neuer Gedanke schoss Ludwig durch den Kopf. »Hast du gewusst, dass er eine Schrotflinte hat?«

Horngold schüttelte den Kopf. »Ich war vollkommen perplex. Bin es noch.«

Ludwig wollte raus aus diesem Büro und zurück an die frische Luft, aber das hier war vielleicht der einzige Ort, an dem er ein paar Antworten bekam. Diese Chance durfte er nicht verstreichen lassen. »Mit wem treibt's eigentlich meine Schwester?«

»Wie bitte?«

»Du hast mich schon verstanden. Mit wem ist Ulrike zusammen? Warum ist sie nicht verheiratet?«

»Das fragst du sie am besten selbst.«

»Als ob das so einfach wäre. Nun sag schon, Siggi. Du musst doch was wissen. Sie ist Mitte dreißig und sieht sakrisch gut aus. Warum ist sie nicht längst unter der Haube? Verehrer hat sie doch immer genug gehabt. Mit wem vögelt sie?«

Horngolds Lippenpartie zitterte kurz, aber er zierte sich, irgendetwas zu sagen. Entweder fühlte er sich von Ludwigs unverbrämter Fragestellung brüskiert oder … Ludwig versuchte, in seinen Augen zu lesen, und prompt dämmerte es ihm. Verflucht noch mal. Vögelte sie etwa mit *ihm*? Horngold war verheiratet, aber was bedeutete das schon. Ulrike hatte gestern seltsam zornig auf ihn reagiert. Hatten die beiden womöglich eine gemeinsame Vergangenheit? Eine sexuelle?

»Noch einmal, Ludwig«, sagte Horngold streng. »So was besprichst du mit deiner Schwester, nicht mit mir.«

»Wie du willst«, erwiderte Ludwig launig und stand auf.

»Finde ich eben anderweitig raus, dass *du* sie vögelst. Mach's gut, Siggi, und bis bald.«

Da Horngold außer einem finsteren Blick keinen Einspruch erhob, wusste Ludwig, dass er ins Schwarze getroffen hatte.

***

»Die Werte sind in Ordnung«, sagte der Hansi und winkte mit einer kleinen Phiole voll Wasser in der Hand. »Ab morgen kannst du wieder mit Biber-Wasser brauen.«

Harald fiel ein Stein vom Herzen. »Tolle Arbeit, Hansi, großartig. Ich werde eine Nachtschicht einlegen.«

»Hab ich mir fast schon gedacht, du Biernarr.« Der Hansi grinste und machte sich zum Werkzeugraum auf. Harald wollte ihm am liebsten nachlaufen und ihn drücken. Der Chef hatte gewusst, was er an dem Kerl hatte. Die Ulrike wusste es hoffentlich auch. Ihm fiel ein, dass er mit ihr noch abklären wollte, ob der Armin morgen den Brunnenzugang zumauern sollte. Mit selten so leicht federnden Schritten machte er sich auf den Weg zu ihr und bereitete gedanklich schon seinen Sud Extradolde vor.

»Es gibt was zu feiern, Chefin!«, verkündete er, als er in ihr Büro trat, und sah mit einem einzigen Blick, dass Ulrike nicht in Feierlaune war.

»Was ist los?«, fragte sie über den Papieren auf ihrem Schreibtisch und schaute ungeduldig zu ihm auf.

»Unser Wasser ist wieder sauber. Das ist los.«

»Gut«, meinte Ulrike und widmete sich wieder den Unterlagen.

»Deine Begeisterung schlägt ja wirklich alles Dagewesene«, stichelte Harald.

»Hör zu, ich habe hier noch einiges zu tun«, erwiderte sie genervt. »Ich freue mich wahnsinnig, dass unser Brunnen wieder gesund vor sich hin sprudelt. Zufrieden?«

»Muss ich wohl sein«, seufzte Harald. »Wir sollten den Verbindungsschacht zumauern. Der Armin könnte das übernehmen. Wir müssten nur Mörtel und ein paar Steine besorgen.«

»Macht das. Sonst noch was?«

»Ich würde gern mit dir schlafen«, sagte Harald. »Nicht jetzt gleich, versteht sich. Ich arbeite die Nacht durch und setze noch einen Sud auf. Vielleicht schaust du mal unten in meinem Büro vorbei. Wäre doch mal eine Abwechslung. Was meinst du?«

»Nicht heute«, gab sie kurz angebunden zurück. »Lass mich jetzt bitte allein, Harry, ja?«

Harald grummelte eine inhaltslose Erwiderung und trat enttäuscht den Rückzug an. Wenn sie nicht wollte, war nichts zu machen, so viel wusste er nach all den Jahren.

Um halb sechs, als mit dem Grünwald Kass auch der Letzte den Feierabend antrat, brühte Harald eine Kanne Kaffee auf und bestellte beim Lieferservice eine große Pizza und eine Ladung Salat. Damit würde er durch die Nacht kommen.

Nach dem Einmaischen gönnte er sich eine Pause. Die Sonne war schon untergegangen, als er auf ein Auto aufmerksam wurde, das in den Brauereihof einfuhr und die Hofbeleuchtung auslöste. Der Wagen kam ihm bekannt vor, aber zuordnen konnte er ihn erst, als der Fahrer ausstieg, ein kerniger Kerl mit dunkelblonden Locken. Franz Zittelmeier, der ältere der beiden Zittelmeier-Brüder. Harald hatte mit ihm die Schulbank gedrückt. Anscheinend war er mit Ulrike verabredet, deren Wagen ebenfalls noch dastand. Der Chef war gut mit dem alten Zittelmeier ausgekommen. Die Ulrike tat gut daran, das fortzusetzen. Die »Zittelwirtschaft« war einer ihrer besten Abnehmer.

Haralds Blick wanderte zur Westmauer und dem Brunnenwächterhaus dahinter. Heute Nacht lag der Brunnen noch ungeschützt. Was, wenn der Übeltäter wusste, dass sie das Problem behoben hatten, und heute Nacht noch für ein neues sorgen wollte? Von der Blonden, die im Haus wohnte, konnte Harald kaum verlangen, den alten Brunnenschacht zu bewachen. Aber von jemand anderem konnte er es. Von jemandem, der anscheinend ein wichtiger Teil des Unternehmens werden wollte.

»Du spinnst wohl«, blaffte Ludwig am Telefon, als er ihn in seinem Zimmer in der »Gams« erreichte. »Ich habe morgen viel vor. Ich hock mich doch auf keine Mauer und halte Brunnenwache.«

»Dann solltest du vielleicht jemanden dafür abstellen«, erwiderte Harald deutlich. »Ich würde es selbst tun, aber ich bin mit Brauen beschäftigt. Es ist deine Firma, oder? Also tu was dafür und schütze dein Wasser.«

Harald legte auf, bevor Ludwig etwas erwidern konnte. Ihm war klar, dass man so nicht mit seinem neuen Chef umging, aber der Ludwig würde sicher bald wieder das Weite suchen. Sein Vater hatte oft genug deutlich gemacht, dass er seinen Sohn nicht in seiner Brauerei haben wollte. Was zwischen den beiden schiefgelaufen war, wusste Harald nicht, und es interessierte ihn auch nicht.

Beim Programmieren des Läuterbottichs sah er, dass das Auto vom Zittelmeier Franz immer noch im Hof stand. Einer inneren Eingebung folgend – oder vielleicht auch einem Verdacht, den er unterbewusst schon vorher gehabt hatte –, eilte er hinüber ins Bürogebäude und schlich die Treppe zum ersten Stock hoch. Er brauchte das Treppenhaus nicht einmal zu verlassen, um zu durchschauen, was los war. Er kannte Ulrikes lautes Stöhnen, wenn sie zum Höhepunkt kam. Der Zittelmeier legte sie gerade in ihrem Büro flach.

Das Brunnengespenst

Angewidert wandte der Schatten auf seinem First den Blick ab. Er kannte den Kerl nicht, der heute auf Ulrike Biber drauflag, und er wollte ihn auch nicht kennen. Dieses durchtriebene Frauenzimmer war einfach unglaublich. Er beschloss, den First zu verlassen, denn auch was die Blonde im Brunnenwächterhaus heute Abend machte, gefiel ihm nicht. Sie trank. Sie hockte auf ihrer Couch, sodass er ohnehin kaum mehr als ihre Beine sehen konnte, sah fern und langte fortwährend nach der Rotweinflasche. Drei Gläser allein in der letzten halben Stunde. Der Schatten verstand die Menschen immer weniger. Tagsüber musste er selbst einer sein, um zu überleben, zeitweise auch nachts, aber es belastete ihn zunehmend. Menschen waren verabscheuenswert. Zumindest die meisten.

Er schaute zu den dunklen Jurawäldern hoch, die das Tal begrenzten.

Dort oben unter den Bäumen herrschte die reine, bloße Nacht, und seit ein paar Tagen verspürte er tief in sich eine Sehnsucht nach so einem Ort. Dort oben wäre er vollkommen. Ein Schatten in der Schwärze. Eins mit dem schönsten aller Elemente. Rein. Vollkommen rein. Vielleicht könnte er dort oben die Last des Menschseins eines Tages abschütteln. Ja. Eines Tages.

Einer Fledermaus gleich schwebte er zur Stadtmauer hinüber und fegte wie schwarzer Wind über sie hinweg. Dem Turm wich er mit einem erneuten Satz quer über die Gasse auf ein nur leicht geschrägtes Garagendach aus. Er überwand das benachbarte Spitzdach und hangelte sich auf das nächste hinauf.

Von hier oben war ihm der Blick in die Wohnung der Computerladenfrau gewiss. Sie verbrachte ihre Abende auf ähnlich ruhige Weise wie die Blonde im Brunnenwächterhaus. Mit dem Unterschied, dass sie nicht allein, sondern mit ihrer Mutter zusammenwohnte. Sie waren zwei Frauen, die über den üblichen Niederungen der meisten anderen Menschen standen. Der

Schatten brauchte solche Menschen. Ihnen zuzuschauen, gab ihm Frieden.

***

Schlaflos wälzte sich Ludwig in seinem Bett. Nicht einmal der kräftige Rote aus der Minibar hatte gewirkt. Nicht zu fassen, dass ihn das blöde Telefonat mit dem Falter Harry, der anscheinend besoffen in der Brauerei rumhing, so beschäftigte. Er schaute auf die Uhr auf dem Nachtkästchen. Es war kurz nach Mitternacht.

Es ist deine Firma, oder? Also tu was dafür und schütze dein Wasser. Die Worte vom Harry spukten Ludwig unentwegt im Kopf herum, doch meistens war es gar nicht der Harry, der sie ihm ins Gesicht schleuderte, sondern der Papa. Es ist deine Firma, oder? Seine Firma. War sie das wirklich? Sicher nicht, wenn es nach dem Papa ginge. Aber der hatte ja bedauerlicherweise kein Testament mehr aufgesetzt, bevor er sich die Rübe weggeschossen hatte. Warum eigentlich? Warum hatte er seine Angelegenheiten nicht vorher geregelt?

Der Berti war ein tiefgründiger Mensch, hörte Ludwig den Horngold säuseln. Horngold, der Ulrike vögelte. Horngold, der sicher wusste, was Papas letzter Wille war, weil er das alte Testament kannte. Was hatte der Papa daran verändern wollen? Und warum hatte er es nicht erledigt und den Wisch erneut dem Horngold anvertraut?

Schütze dein Wasser! Rio Freitag war ihm ziemlich blöd gekommen. Steckte er hinter der Sauerei im Brunnen? Und der Papa hatte was mit der Heidi gehabt. Drecksau, die. Wie konnte er nur? Nicht, dass er, Ludwig, und sie je was miteinander gehabt hätten, aber sie und der Abschlussball mit ihr waren einer seiner wenigen Lichtblicke in der leeren Ödnis seiner Jugend. Der Berti war ein tiefgründiger Mensch. Von wegen! Er war ein selbstgerechter Widerling, der ihm selbst jetzt diese Erinnerung noch madig machte. Es ist deine Firma, oder? Ja, so sah es aus. Zumindest bis ein Testament auftauchte. Aber gab es überhaupt eins? Wenn Ulrike eins gefunden hätte, wüsste er das bereits, denn dann hätte sie ihn längst abserviert.

Der Harry war noch in der Firma und braute angeblich. Ob er das öfter machte? Es ist deine Firma, oder? Ulrike vögelte den Horngold. Der hatte kein Testament mehr. Der Berti war ein tiefgründiger Mensch – und er hat die Heidi gevögelt. Die Lämmerbergs hatten eine tolle Brauerei aufgezogen. Schütze dein Wasser! Vor wem? Rio Freitag?

Schütze dein Wasser! Ludwig schlug die Bettdecke zurück und stand auf. Es hatte keinen Sinn, schlafen zu wollen, wenn der Kopf Karussell fuhr. Also gut. Sollte der Harry seinen Willen bekommen.

Ludwig zog sich an, nahm eine besonders dicke Jacke aus dem Schrank mit und fuhr zehn Minuten später in den Brauereihof ein. In der Sudhalle brannte Licht. Vor dem Bürogebäude stand nur ein einziges Auto, der Mini vom Harry. Er war also tatsächlich noch hier.

Ludwig stellte seinen Wagen ab und stieg aus. Nachts roch der Malzduft irgendwie reiner und klarer. Er wusste nicht, woran das lag und ob er es sich vielleicht nur einbildete. Er schaute zum Brunnenwächterhaus hinüber. Der obere Stock war lichtlos, der untere lag hinter der Mauer versteckt. Und was nun? Ludwig ärgerte sich schon jetzt, dass er überhaupt hergekommen war. Er ging zur Sudhalle und spähte durch ein Fenster hinein. Den Harry entdeckte er am Läuterbottich, wo er wie ein Irrer zu der lauten Musik aus einem Radio sang. Anscheinend war er wirklich besoffen.

Ludwigs Blick glitt zurück zum Brunnenwächterhaus. Von hier konnte er den Schacht nicht bewachen. Vom Bürogebäude aus würde es auch nicht funktionieren, weil der Sichtwinkel nicht stimmte. Der Brunnenschacht lag auf der Rückseite des Hauses, die von dieser Seite nicht einsehbar war. Was für ein zeitverschwenderischer Blödsinn, schalt Ludwig sich und hielt auf den Gehsteig außerhalb des Hofes zu.

Kurz darauf stand er vor dem verschlossenen Tor der Brunnenwächtermauer. Im Haus war kein Licht zu sehen, und auch ringsum lag alles in Finsternis. Soweit Ludwig wusste, gab es einen Bewegungsmelder im vorderen Teil des Hofes. Der Brunnenschacht aber lag leider auf der Rückseite. Dort könnte theoretisch jemand ungesehen über die Mauer klettern. Sollte er sich dort postieren und die ganze Nacht stramm Wache halten? Nein. Was für ein Unsinn. Ludwig wollte schon laut über sich selbst lachen, als ihm ein orange leuchtendes Lämpchen an der Sprechanlage neben dem Tor auffiel. Das hatte vorhin noch nicht geleuchtet, da war er sich ziemlich sicher.

»Ich erkenne Sie«, fauchte plötzlich eine metallisch klingende Stimme, die Ludwig so erschreckte, dass er rückwärts auf die leere Straße hinausstolperte.

Schnell fasste er sich wieder, schaute sich peinlich berührt um und trat auf den Streifen Gehweg vor dem Tor zurück. Klar, die Sprechanlage, was denn sonst? Wie dumm, sich von so etwas erschrecken zu lassen. Aber wer sprach da? Die Blonde? Das Haus war stockfinster. Wenn sie noch wach war und an der Sprechanlage stand, müsste doch irgendwo ein wenig Licht zu sehen sein. Wenigstens in der Küche.

»Hallo?«, flüsterte er. »Ist da wer?«

»Ich erkenne Sie«, wiederholte die verfremdete Metallkrächzstimme. »Ich sehe Sie. Sie stehen am Tor.«

Der Gegensprecher konnte nur die Frau aus dem Haus sein, trotzdem wurde Ludwig zunehmend mulmig. »Ja, ich bin Ihr Vermieter. Ludwig, wissen Sie noch? Wir haben uns doch kennengelernt. Als der Hansi und ich den Brunnen überprüft haben.« Er überlegte, ob er freundlich winken sollte, und entschied sich dagegen.

»Er. Ist. Hier.«

»Wie bitte?«

»Er ist hier.«

»Wer denn? Der Hansi?«

Keine Antwort. Ludwig ging näher und horchte. »Christina? Sie sind das doch, oder? Was ist denn los?«

»Sind Sie es?«, kam die verzögerte Antwort. Anhand des leicht schrillen, fast panischen Tonfalls war sich Ludwig nun sicher, dass sie es war.

»Ja, ich bin es, der Ludwig, Ihr neuer Vermieter.«

»Sie sind nicht der Tänzer.« Nun klang sie wieder wie eine verbiesterte Waldhexe.

»Tänzer? Nun ja, es ist eine Weile her, dass ich getanzt habe.« Anscheinend war die ebenfalls besoffen. Ludwig hatte am Vormittag kistenweise Wein im Keller gesehen.

»Beweisen Sie mir, dass Sie es sind.«

»Ich muss Ihnen nichts beweisen, Frau Grangel. Schlafen Sie gut.«

»Warten Sie!«

Ludwig hielt inne und fragte sich erneut, wie er so blöd gewesen sein konnte, sein gemütliches Hotelzimmer zu verlassen. »Kann ich etwas für Sie tun?«, gebot ihm die Höflichkeit zu sagen.

»Welche Bücher lesen Sie am liebsten?«

»Krimis. Habe ich Ihnen das nicht –«

Der Summton der Entriegelung unterbrach ihn. »Kommen Sie rein«, krächzte das Metall. »Und schließen Sie das Tor hinter sich.«

»Warum soll ich denn reinkommen, Frau Grangel?«

»Weil er hier ist. Unten in Ihrem Brunnen.«

Ludwig wurde flau im Magen. Wer war hier? Was ging hier vor? Er hielt seine Anwesenheit plötzlich für gar keine gute Idee mehr, aber er trat ein und ließ das Schiebetor hinter sich wieder einschnappen. Ein Schritt auf das Haus zu, noch einer, noch einer, nun tat der Bewegungsmelder seine Pflicht und tauchte den Vorderhof in Licht. Die Rasenfläche beidseitig des Pflasters verlor sich zwischen dem Haus und der Umzäunungsmauer in der Finsternis. Dort hinten befand sich der Brunnenschacht.

Ludwig fragte sich, was er hier wollte. Er hatte einem Angreifer nichts entgegenzusetzen. Vorsorglich zückte er sein Smartphone, bereit, mit einem Fingerdruck den Notruf anzuwählen.

Das Haus war noch immer stockfinster. Sollte diese Säuferin im Dunkeln herumgeistern? Vermutlich. Ja, vermutlich stand sie am Küchenfenster. Er winkte den gläsernen schwarzen Augen des Hauses flüchtig zu. Ein paar Sekunden später öffnete sich die Haustür, und Christina Grangel nahm im Zwielicht des lichtlosen Hausflurs und der Hofbeleuchtung Gestalt an.

Bei ihrer ersten Begegnung hatte Ludwig sie als hübsch empfunden, aber jetzt sah sie entsetzlich aus. Gerötete Augen starrten ihn aus einem bleichen Gesicht an. Die blonden Haare waren zerrupft, ihre Unterlippe blutete, und ihre weiße Bluse war von einer roten Flüssigkeit durchtränkt. Einen Moment lang dachte Ludwig an Blut, aber sie hatte wohl nur Wein verschüttet. Kein Zweifel, sie war betrunken. Um nicht zu taumeln, hielt sie sich am Türrahmen fest. Eine erbärmliche Erscheinung. Und irgendwie auch furchteinflößend.

»Entschuldigen Sie die späte Störung«, sagte Ludwig ungeachtet dessen, wie bescheuert das in dem Augenblick klang.

»Kommen Sie rein«, flüsterte sie in seine Richtung.

»Wozu?«, erwiderte Ludwig und bemühte sich um ein gefasstes, freundliches Lächeln. »Was soll ich da drin?«

»Er ist hier!«, fuhr sie ihn barsch an. »Er ist unten!«

»Wer denn?«

Ihre Augen flackerten. »Woher soll ich das wissen?«, heulte sie auf. »Kommen Sie endlich rein!«

Ludwig wusste selbst nicht recht, warum er ihre Befehle befolgte, doch er tat es. Sie war besoffen, aber eine Gefahr dürfte sie für ihn nicht darstellen. Und wenn wirklich gerade jemand unten im Brunnen war … ja, was dann eigentlich? Er hatte den Schlüssel für die Eisentür nicht dabei. Und selbst wenn er ihn dabeihätte – würde er die Tür öffnen? Es mit einem unbekannten Brunnenvergifter aufnehmen? Vielleicht mit einer Schrotflinte in der Hand. Wie der Papa.

Christina Grangel wankte durch die Dunkelheit geradewegs auf die Kellertür zu. Sie zuckte zusammen und fuhr wütend herum, als Ludwig den Lichtschalter betätigte. Nun sah er den Zombie erstmals in voller Gänze, blass und fahrig und mit gelittenen Augen. Doch Christina beschwerte sich nicht wegen des Lichts. Sie öffnete die Kellertür und tapste auf leisen Sohlen die alte Stiege hinab. Ludwig, der schwerer war als sie, gelang das weniger geräuschlos. Unten wies sie zur Eisentür. »Ich habe was gehört.«

»Was denn?«

»Scharren. Flüstern.«

»Von wem?«

»Wie können Sie eine derart dämliche Frage stellen?«, fauchte sie retour, und Ludwig sah ein, dass diese Frage tatsächlich dämlich war. Die Tür war verschlossen. Eine Sichtluke gab es nicht. Wenn dahinter jemand war, blieb er verborgen.

»Ich habe eine Idee«, sagte er.

***

»SCHOOOOOOOOL'S OUT! FOR! SUMMER!«, grölte Harald Luftgitarre spielend zu der Musik aus dem Radio beim Läuterbottich, *»SCHOOOOOOOOOL'S OUT! FOREVER!«*, als ihn ein irritierender Klingelton aus seiner musikalischen Ekstase holte. Er brauchte ein paar Sekunden, bis er begriff, dass es das Hallentelefon war. So selten, wie es benutzt wurde, war ihm der Ton nahezu fremd. Und wer in aller Welt rief hier mitten in der Nacht an? Ulrike, das geile Miststück, weil es ihr der Zittelmeier nicht gut genug besorgt hatte?

Das Läutern erledigte die Maschine auch ohne Haralds wachende Augen, deshalb eilte er ans andere Ende der Sudhalle und nahm gespannt den Hörer ab. »Ja?«

»Servus, Harry, hier Ludwig.«

Mit dem hätte Harald als Allerletzten gerechnet. »Was ist denn los? Ist das ein Kontrollanruf, ob ich tatsächlich hier bin oder nur Stunden schreibe?«

»Nein. Komm schnell rüber ins Brunnenwächterhaus. Bring den großen Eisenschlüssel aus der Werkstatt vom Hansi mit. Und eine Taschenlampe.«

»Warum denn ins Brunnenwächterhaus?«, erwiderte Harald.

»Weil ich da gerade bin, zefix!«, schallte es zurück. »Und möglicherweise war schon wieder jemand an unserem Brunnen! Also komm jetzt rüber mit dem Schlüssel und einer Scheiß-Taschenlampe!«

Klick. Der neue Möchtegernchef hatte aufgelegt. Harald schaute ein paar Augenblicke lang verdattert den Hörer an, dann hängte er ihn ein und lief zur Elektriker-Werkstatt.

Die Nacht war frisch und still. Ein Duft von Sommer lag in der Luft. Kein Auto fuhr um diese Zeit, die Straßenlaternen gaben keine menschlichen Schatten preis. Unten im Brunnenwächterhaus brannte Licht, der Weg bis zur Haustür lag in Dunkelheit.

Harald betätigte den Klingelknopf am Mauerwerk neben dem Tor. Wenig später schnappte es mit einem Summton auf und ließ ihn passieren. Voraus öffnete sich die Haustür. Zeitgleich ging das Hoflicht an, und die kleine korpulente Gestalt von Ludwig Biber erschien. Hinter ihm stand noch jemand. Wahrscheinlich die Bewohnerin. Harald war gespannt, ob sie ihn wiedererkannte, die arrogante Schnepfe.

»Mach hinter dir das Tor zu!«, rief Ludwig.

Harald tat es. Auf dem Weg zur Haustür beleuchtete er mit der Stablampe die finstere Passage zwischen dem Haus und der Mauer. Schemenhaft nahm er vor dem rückwärtigen Mauerlauf die schwarzen Konturen des alten Brunnens wahr.

»Habe ich dich jetzt richtig verstanden? Es ist jemand da unten?«

»Könnte sein«, erwiderte Ludwig knapp. »Los, komm rein, wir sehen nach.«

»Ich habe eine bessere Idee.« Harald warf ihm den Schlüssel zu und eine Stirnlampe hinterher. »Ihr zwei geht unten rein. Ich passe am Brunnen auf, und sobald er seinen Schädel aus dem Schacht hievt, ziehe ich ihm die Taschenlampe drüber.«

Harald beleuchtete die beiden und stutzte kurz beim Anblick der Frau. Beinahe hätte er sie nicht wiedererkannt. Ja, sie war es. Es war die stockgerade, grimmige Matrone, die bei Julia Öttl am Krankenbett gestanden hatte. Und doch war das hier eine andere. Grimmig sah sie auch jetzt aus. Aber nicht mehr stockgerade, sondern schief und verwahrlost. Weit entfernt von der so selbstsicher wirkenden Frau im Klinikum. Sie war betrunken, kein Zweifel. Ihre Bluse war von Rotwein eingesaut, und wie es aussah, hatte sie sich den ganzen Abend die Haare gerauft. Das kam vor, wenn Alkoholismus und Selbsthass in Kooperation wüteten, wie Harald anhand des Beispiels seines Onkels Tassilo wusste. Was trieb der Ludwig bei ihr? Hatte er was mit ihrem Zustand zu tun? Vielleicht hat er sie gebürstet. So wie sich seine notgeile Schwester vom Zittelmeier Franz bürsten ließ. Darüber reden wir noch, Ulrike!

»Sie sind es«, lallte die Besoffene und stierte Harald feindselig an. »Sie waren im Krankenhaus bei Julia.«

»Ich freue mich auch unwahrscheinlich, Sie wiederzusehen.«

Harald rang sich ein Lächeln ab und registrierte einen Anflug von Panik in ihrer Mimik. Wie er zu dieser Ehre kam, verstand er zwar nicht, aber irgendwie gefiel es ihm. Ihr Wesen erinnerte ihn an Ulrike.

»Was geht hier vor?«, fuhr sie den Ludwig an.

»Tja, das ist halt unser Chefbrauer, der Harry«, entgegnete der verwirrt. »Ihr kennt euch also?«

»Ich habe ihre Freundin aus einem Autowrack geholt«, erklärte Harald salopp und machte sich auf den Weg zur Rückseite des Hauses.

***

Ludwig war in höchstem Maße unwohl, als er sich mit dem Schlüssel dem Vorhängeschloss der Eisentür annäherte. Aber er wollte nicht kneifen. Er würde vor den anderen sein Gesicht verlieren, wenn er es täte, und aus einem Grund, den er selbst noch nicht ganz erfasste, wollte er sich die Anerkennung seines Chefbrauers verdienen.

»Wie lange kennen Sie diesen Mann?«, raunte Christina Grangel hinter ihm.

»Den Harry?«, erwiderte Ludwig fahrig und spürte seine Hände schwitzen. »Seit ihn mein Papa damals als Lehrling eingestellt hat. Ich kenne ihn nicht wirklich. Hab ihn viele Jahre lang nicht gesehen. So wie den Rest von der Bande.«

»Warum waren Sie so lange weg?«

»Weil ich … woanders zu tun hatte.«

Das war kein Thema, das Ludwig jetzt und mit dieser Frau diskutieren wollte. Seine Hand zitterte, als er den Schlüssel in das verrostete Gehäuse schob. Ihn zu drehen war leicht. Es klickte, und der Bügel sprang auf. Bevor Ludwig lärmend die Eisentür aufzog, schaltete er die Stirnlampe ein. Ob er damit wie ein Abenteurer oder wie ein Clown aussah, war ihm im Augenblick egal.

Hinter der Tür gähnte das schwarze Nichts und hauchte eine zusätzliche Note feuchten Moders in den alten Keller. Der Lichtkegel schlug eine Bresche in die Tiefe, in der Ludwig nichts außer Stein erkennen konnte. Er wagte den Abstieg. »Ich bin bewaffnet!«, rief er den engen Gang hinunter. Das hatte auch Schauspieler Michael Douglas mal in einem Film gemacht, bevor er weitergegangen war. Im Unterschied zu Ludwig hatte Michael Douglas aber tatsächlich eine Waffe gehabt. »Wer ist da unten?« Es klang, als würde man in einen riesigen Trichter schreien. Ein dumpfes, verzerrtes Echo kam als Reaktion.

An den beiden engsten Stellen ging Ludwig seitwärts. Seine gefütterte Jacke riss trotzdem auf, als er irgendwo hängen blieb. »Herrgott, zefix noch mal.«

Unten regte sich weiterhin nichts. Ludwig warf einen Blick zurück und erschauderte beim Anblick der Silhouette seiner Mieterin. Sie hatte jetzt ein langes Messer in der Hand. Er erstarrte und brauchte ein paar Sekunden, bis er Worte fand. »Ch… Christina?«

»Was?« Ein grimmiges Zischeln.

»Was haben Sie mit dem Messer vor?«

»Mich verteidigen.«

Ludwig ging weiter und gelangte in den Hohlraum mit dem Wasserbecken. Bevor er es näher überprüfte, leuchtete er jeden Winkel um sich herum aus. Er war allein. Der kaum einen Meter hohe weiterführende Verbindungstunnel zum alten Brunnenschacht belauerte ihn schwarz und leer. Ludwig bückte sich, und der Lichtkegel schoss noch ein wenig tiefer hinein, bis er auf blanken Stein traf.

»Harry?«, rief Ludwig. »Hörst du mich?«

Seine Worte echoten durch den Tunnel. Eine Antwort erfolgte erst nach ein paar Sekunden. »Hier ist niemand rausgekommen.« Der Harry klang gelassen und war erstaunlich deutlich zu hören. »Der Schacht ist leer. Keine Sau zu sehen.« Ludwig bemerkte einen zweiten Lichtschimmer in den Winkeln des Tunnels. »Wie sieht es bei dir unten aus, Chef?«

Chef. Ludwig grummelte in sich hinein. Vielleicht tat er dem Harry unrecht, aber das Wort dröhnte in seinen Ohren wie eine Verhöhnung. Er richtete sich wieder auf, um das Becken zu inspizieren, da sah er sich Christina Grangel gegenüber, das Messer in der Hand. Er wich einen Schritt zurück und stieß sich den Kopf am Stein. Das ausgeschüttete Adrenalin ließ ihn den Schmerzensschrei unterdrücken.

»Was wollen Sie mit dem Messer, Frau Grangel?«

»Mich verteidigen«, wiederholte sie. Im Schein seiner Stirnlampe stand eine zerzauste, angetrunkene Frau mit fiebrigem Blick.

»Hier ist niemand, gegen den Sie sich verteidigen müssen.«

»Aber er war hier. Ich habe ihn gehört.«

Ludwig wagte einen vorsichtigen Schritt auf sie zu. »Der Harry und ich fürchten, dass der Brunnen noch mal verunreinigt werden könnte. Wovor fürchten Sie sich? Möchten Sie es mir erzählen?«

***

Er war ein kurz gewachsener, pummeliger Kerl von schwer schätzbarem Alter. Sein Gang war mehr ein Watscheln, die meisten Gesten wirkten gehetzt und linkisch, und Charme oder Witz besaß er offenkundig nicht. Christina fand an ihm rein gar nichts, was sie an Männern gewöhnlich wertschätzte. Wahrscheinlich war gerade das der Grund, warum es ihr erstaunlich leichtfiel, sich ihm anzuvertrauen. Das und die anderthalb Liter Dornfelder, die sie im Laufe des Abends getrunken hatte.

Inzwischen war es zwei Uhr morgens, und der ungelenke Brauersohn saß in ihrem Wohnzimmer. Vor ihm hatte sie hier noch keinen anderen Gast gehabt. Selbst Julia hatte sie hier nicht haben wollen. Dieser Ort war ihr Rückzugsort, und der sollte sauber bleiben. Julias Gegenwart hätte ihm die Unantastbarkeit genommen. Eine Unantastbarkeit, die ohnehin nur Illusion war, wie ihr zunehmend aufging. Der Brunnen war die Schwachstelle. Durch den Brunnen krochen die Schatten ins Haus.

Der andere Typ hatte eine Wasserprobe genommen, um sie zu untersuchen. Jener Typ, der neulich bei Julia im Krankenhaus gewesen war. Der behauptet hatte, Julia aus dem brennenden Auto gezogen zu haben, und der anscheinend nebenan als Brauer arbeitete. Ein seltsamer Zufall, von dem Christina nicht recht wusste, wie sie mit ihm umgehen sollte. Sie glaubte nicht, dass der Brunnen noch einmal kontaminiert worden war. Sie hatte auf der anderen Seite der Eisentür nicht irgendeinen Idioten gehört, der Schrottteile ins Wasser werfen wollte. Sie hatte den Tänzer gehört. Er war auf der anderen Seite gewesen.

»Bleib weiterhin so artig, meine Liebe«, hatte er unten durch den Türspalt gewispert. »Damit ich stolz auf dich sein kann.«

Dass Ludwig Biber der Tänzer war, konnte Christina aufgrund seiner Statur ausschließen. Doch was war mit dem anderen?

»Halte ich Sie auch wirklich von nichts ab?«, fragte sie.

Der kleine Dicke saß auf ihrer Couch und schüttelte den Kopf. »Nach der Aufregung kann ich sowieso nicht schlafen.«

Christina schenkte ihm ein Glas Wein ein. »Sie haben morgen sicher Ihre Verpflichtungen. In der Brauerei und so.«

»Oh ja, doch«, bestätigte Ludwig Biber sarkastisch. »Ich werde meine IT-Managerin treffen. Sie wird mich in unser Warenwirtschaftssystem einweisen, und kann es kaum erwarten. Hab sie neulich kennengelernt. Sie ist eine glühende Verehrerin meiner Person. Erst durch mich scheint ihre Existenz einen Sinn zu bekommen.«

Christina schenkte auch sich selbst Wein nach. »Warum gewinne ich nur den Eindruck, dass Sie mit allem hier uneins sind?«

Der Brauersohn grinste gequält, als er sein Glas entgegennahm. »Danke.«

Sie tranken. Und dann erzählte Christina von ihrer Entführung. Von dem Käfig. Von ihren beiden Mitgefangenen Julia und Anita. Von den blitzenden Lichtern in der Finsternis und der grässlich lauten Musik. Und von dem Tänzer, der ekstatisch um ihren Käfig tanzte. Von seiner mechanisch verunstalteten Stimme, die sie fortwährend beleidigte und ihnen erniedrigende Befehle erteilte. Von den Betäubungspfeilen, die er auf sie abschoss, wenn er einer von ihnen habhaft werden wollte, um sie in Einzelhaft »umzuerziehen«. Von seinen wahnhaften Entgleisungen, wenn er sie als niedersten, widerwärtigsten Schmutz bezeichnete und ihnen ihre Wertlosigkeit vor Augen hielt. Seinen Schikanen, wenn er sie abwechselnd mit kaltem Wasser und stinkender Jauche bespritzte und sie zwang, vor den anderen zu masturbieren.

Ludwig Biber lauschte, ohne sie auch nur ein einziges Mal zu unterbrechen. Ob er ihre Geschichte glaubte oder sie als Hirngespinst einer betrunkenen Romanautorin abtat, ließ er sich nicht anmerken. Doch das war auch nicht wichtig. Es tat gut, diese Dinge aus freien Stücken auszusprechen. Ohne Druck vonseiten Östergrunds oder der Psychologin, die Christina zwei Jahre lang aufgesucht hatte. Der Wein tat das Übrige, dass ihr all das heute Nacht unwahrscheinlich leicht über die Lippen kam.

»Sie zweifeln an meinem Verstand, was?«, legte sie herausfordernd nach. »Sie halten das für die verquasten Phantasien einer Säuferin. Ich kann es Ihnen nicht verdenken.« Sie lehnte sich zurück und nippte an ihrem Glas.

Ludwig Biber musterte sie weiterhin eindringlich. Aber er schüttelte den Kopf. »Dass Sie sich vor jemandem verstecken, war mir schon nach unserer ersten Begegnung klar. Ich dachte an einen prügelnden Exfreund oder Ehemann. Das hier ist natürlich eine ganz neue Qualität. Der Kerl ist nicht gefasst worden?«

Christina nahm einen tiefen Atemzug. »Er ist noch da draußen. Und er könnte jeder sein. Der Autofahrer im Rückspiegel, der Briefträger an der Pforte oder der Typ, der an der Kasse vom Discounter sitzt.«

»Sie glauben aber doch nicht wirklich, dass es sich so verhält. Also, dass der Kerl hier irgendwo ist.«

»Ich habe ihn heute Abend gehört. Auf der anderen Seite der Eisentür.«

»Aber Sie waren betrunken. Und sind es noch.«

Damit offenbarte der Brauersohn nun doch eine ungeahnte Qualität: ungeschliffene Direktheit.

»Sie haben recht«, gestand sie ihm zu. »Ich war betrunken. Und ich bin es noch.« Zur zusätzlichen Demonstration nippte sie am Wein.

»Wo haben Sie denn vor der Entführung gewohnt?«

»In Straubing.«

»Dann ist es doch wahrscheinlicher, dass der Kerl dort irgendwo haust.«

»Keineswegs. Julia ist gebürtige Ansbacherin, Anita kam aus Vohenstrauß. Der Kerl ist nicht nur an einem Ort. Er muss uns monatelang ausgekundschaftet haben, bevor er uns entführt hat. Ansonsten hätte er nicht so viel über uns wissen können.«

»Was wusste er denn alles?«

»Er kannte unsere Familienverhältnisse, unsere Jobs, unsere Beziehungen. Der Dreckskerl hat uns vorher genau durchleuchtet.«

Biber schwieg eine Weile. »Versuchen Sie das jetzt in einem Buch zu verarbeiten?«

»Warum sollte ich?«

»Keine Ahnung.« Ein unschuldiges Zucken seiner Augenbrauen. »Ich dachte mir, Autoren machen das vielleicht so.«

»Ich verarbeite es *nicht* in einem Buch«, stellte Christina klar. »Ich möchte mich nie wieder damit befassen müssen. Leider befasst es sich mit mir. Jeden Tag und jede Nacht.« Sie leerte ihr Glas und goss nach. »Ich würde sagen, jetzt sind Sie dran, Herr Biber.«

»Ach ja? Mit was?«

»Mir Ihr Herz auszuschütten. Was ist bei Ihnen falsch gelaufen?«

»Sehe ich etwa so aus, als ob bei mir etwas falsch gelaufen wäre? Was erlauben Sie sich! Haben Sie eine Vorstellung, wie viel Geld ich für meine letzte Schönheits-OP hingeblättert habe? Jetzt sagen Sie mir nicht, die haben Ihrer Ansicht nach etwas verhunzt.« Biber schaute sie aus empörten Augen an und betätschelte sich beidhändig die Halbglatze. »Es war ein Riesenaufwand, all die Haare entfernen zu lassen. Und der Bauch erst.« Er streichelte sich den Wanst. »Ich musste ihn mir fünfmal aufspritzen lassen, um zu dieser sexy Füllung zu kommen. Wollen Sie die Narben sehen?«

Christina brach in Gelächter aus, und der Brauersohn fiel mit geringer Verspätung ein. Danach legte er ihr kurz und prägnant sein schwieriges Verhältnis zu seinem Vater dar. Eine Beziehung voller Kälte, die sich der Sohn nie so recht erklären konnte. Der junge Biber blieb gefasst, plauderte mit einem resignierten Lächeln auf den Lippen, doch Christina konnte er damit nicht täuschen. Er litt. Wahrscheinlich stritt er es auch und insbesondere gegenüber sich selbst ab, aber er litt. Mit dem vollkommenen Desinteresse an seiner Person, wie er es auffasste, hatte der Vater den Sohn mehr verletzt, als wenn er jahrelang erbittert mit ihm gestritten hätte.

»Hat Ihre Mutter nicht ein wenig vermitteln können?«, fragte Christina.

Wieder das resignierte Lächeln, mit dem Ludwig Biber seinen

Schmerz verbergen wollte. »Mama war nicht mehr als ein Geist«, sagte er dann. »Sie war nicht wirklich da, verstehen Sie?«

»Sie meinen, sie war viel unterwegs?«

»Nicht doch.« Nun gab er sich belustigt. Keine überzeugende Show. Im Gegenteil. »Wie soll ich sagen … Sie war krank, wissen Sie? Im Kopf. Sie hat uns geliebt, meine Schwester und mich, aber ich glaube, sie hat nie so genau verstanden, wer wir sind und warum wir in ihrer Nähe waren. Sie hat sich gefreut, wenn wir ihr etwas geschenkt haben. Eine Blume oder eine Süßigkeit. Sie hat uns umarmt, wenn sie Gelegenheit dazu hatte, aber sie war nicht wirklich da. Nicht mit ihrem Kopf. Gesprochen hat sie nur selten, und wenn, dann meistens Sachen, die keinen Sinn ergaben. Im Sommer hat sie die meiste Zeit des Tages im Garten oder im Park verbracht. Im Winter saß sie am Fenster und hat vor sich hin gesummt. Und dann, eines Tages, ich war noch keine achtzehn, da hat sich ihr Verstand ganz verabschiedet. Seitdem ist sie ein Pflegefall. Nur noch ein Automat.«

»Tut mir leid.«

Ludwig Biber nickte und nippte an seinem Wein. »Ich werde sie morgen besuchen.« Er schaute auf die Uhr. »Vielmehr heute. Was ist mit Ihrer Familie? Wo sind Ihre Eltern?«

»Ich hatte nur einen Vater«, antwortete Christina. »Er ist schon vor Jahren gestorben. Krebs.«

Kurz darauf verabschiedete sich der Brauersohn. Weder Christina noch Ludwig ahnten, dass in einem Wohnwagen am Kratzmühler Campingplatz ein Mann saß, der ihr Gespräch im Wohnzimmer auf dem Bildschirm seines Notebooks mitverfolgt hatte.

***

Dass Ulrike was mit dem Zittelmeier Franz hatte, beschäftigte Harald die ganze Nacht. Die Aufregung um das Brunnenwächterhaus war nur eine kurze Ablenkung gewesen, und selbst dabei hatte Ulrike ihn in Gedanken begleitet. Ihr ekstatisches Stöhnen hinter ihrer verschlossenen Bürotür, während der Zittelmeier auf ihr drauflag. Harald hatte sich oftmals der Illusion hingegeben, dass er der Einzige für sie war und dass aus ihren gelegentlichen Quickies eine richtige Beziehung erwachsen könnte. Heute war er wieder weit davon entfernt. Und mit dieser Erkenntnis kehrte das Gefühl der vollkommenen Deplatziertheit zurück, das ihn schon seit dem Tod vom Chef heimsuchte. Ohne ihn war die Firma nicht mehr dieselbe. Ulrike war jetzt die Chefin, aber Harald bezweifelte, dass sie das Format dazu hatte.

Neuerdings und ziemlich unverhofft war nun auch noch der Ludwig im Spiel. Wenn tatsächlich kein Testament da war, wie die Susi gehört haben wollte, würde ihm wahrscheinlich die Hälfte der Brauerei zufallen. Offenbar ging er fest davon aus, sonst würde er sich nicht jetzt schon als Chef aufspielen. Harald dachte inzwischen ein wenig besser über ihn, aber als Chef wollte er ihn nicht. Es würde nicht gut gehen. Ulrike konnte nicht mit ihm. So wie auch der Berti nicht mit ihm gekonnt hatte. Der Chef wollte nicht, dass sein Sohn etwas mit der Brauerei zu tun hatte. Dass es nun anscheinend doch so kam, ergab keinen Sinn. Wenn er schon Selbstmord begehen musste, warum hatte er dann nicht vorher seine Angelegenheiten geregelt?

Draußen stieg die Sonne über die östliche Talseite, und Harald verfiel, seiner Müdigkeit nach der Doppelschicht und den acht Halben Biber Hell geschuldet, einmal öfter in dämliche Phantasien. Er und Ulrike standen vor dem Traualtar. Die Belegschaft jubelte und schmiss Hopfendolden beim Auszug aus der Kirche. Dem Berti hätte es wahrscheinlich gefallen. Oder auch nicht. Das war schwer zu sagen. Der Chef war immer schwer einzuschätzen gewesen. Doch zweifellos hatte er es gut mit ihm gemeint. Harald verdankte ihm alles. Er und Ulrike könnten die Brauerei jetzt gemeinsam weiterführen. Wenn nur der Ludwig nicht wäre. Der und dieser dreimal vermaledeite Zittelmeier Franz.

Die ersten Mitarbeiter fuhren in den Hof ein. Wie fast jeden Morgen war der Armin einer der ersten, der angeradelt kam. Harald fiel ein, dass er ihn befördern wollte, aber dazu müsste er sich erst mal aufraffen, Ulrike wieder ins Gesicht zu schauen. Im Moment wollte er überhaupt keinen von der Bande sehen. Er packte seine Brotzeittasche zusammen und floh über den Umweg durch die Schwankhalle zu seinem Wagen hinaus. Es kam einer Befreiung gleich, das Brauereigelände endlich hinter sich zu lassen.

An der Haustür seiner Doppelhaushälfte traf er auf Judith, die gerade die Zeitung reinholte.

»Da bist du ja«, begrüßte sie ihn in ihrem rosa Morgenmantel. »Mal wieder durchgearbeitet?«

Harald bestätigte mit einem Brummen und schlüpfte an ihr vorbei.

»Mann, hast du eine Fahne«, klagte sie.

»Gehört zum Beruf«, raunte Harald. »Ist Kaffee da?«

Judith bejahte. Seit zwei Jahren wohnte er nun schon mit seiner Schwester zusammen, und es funktionierte erstaunlich gut. Zwei notorische Singles um die dreißig, die einander auf zwei Stockwerke verteilt kaum auf die Nerven gingen. Da Judith im Gegensatz zu ihm abends oft Gäste hatte, wohnte er oben, wo er seine Ruhe hatte und ihren Freundinnen und Freunden nicht in die Quere kam. Eine diskrete Hintertür neben der Waschküche tat das Übrige.

»Sag mal, wen wird Biber-Bräu eigentlich ins Rennen schicken?«, fragte Judith, als sie mit der Zeitung in die Küche spazierte.

Harald verstand nicht. Er hatte sich eine Tasse Kaffee eingeschenkt und lehnte an der Spüle. »Was für ein Rennen?«

»Na, die Wahl zur Bierkönigin«, erwiderte Judith und wedelte mit der Zeitung unter seiner Nase herum. »Die Lämmerbergs haben gestern zwei Kandidatinnen bei uns angemeldet. Die Sieb Hanna und die Birgit. Wen werdet ihr ins Rennen schicken? Die Ulrike?«

»Keine Ahnung. Ist mir scheißegal.«

»Wow, du hast ja mal wieder eine Laune heute Morgen. Lass die Doppelschichten, wenn du sie nicht verträgst. Und das Saufen sowieso. Da ist übrigens jemand, der dich kennenlernen möchte.«

»So? Wer denn?«

Harald war auf einen neuen Verkupplungsversuch mit einer ihrer Freundinnen gefasst, doch es kam anders.

»Josef Mack, der Brauer bei den Lämmerbergs.«

Nun wurde Harald hellhörig. »Woher kennst du den denn?«

»Vom Karate«, antwortete Judith und nahm am Tisch Platz.

»Und was will er von mir?«

»Hat er mir nicht gesagt. Streng halt dein Hirn an, dann kommst du vielleicht selbst drauf. Wenn ein Brauer einen anderen kennenlernen will, worüber könnten sie dann plaudern wollen? Über Kuchenrezepte wahrscheinlich nicht.«

Harald grunzte und leerte seine Kaffeetasse. Mit Ulrike und dem Zittelmeier Franz vor Augen, ging er nach oben und verabschiedete sich ins Reich der Träume.

***

Unter Haralds Schlafzimmerfenster kroch im Schritttempo ein dunkler Wagen die Straße entlang.

»Mann, wenn der nicht besoffen war«, merkte Erna Starck auf dem Beifahrersitz an. »Nachtschicht in einer Brauerei. Scheint mir eine fröhliche Angelegenheit zu sein. Sie ziehen aber nicht wirklich in Betracht, dass er Ihr ›Tänzer‹ ist, oder?«

»Ich ziehe alles in Betracht«, antwortete Östergrund lakonisch.

»Aber Sie haben ihn doch überprüft. Er war wirklich der Feuerwehrmann, der Julia Öttl aus dem Wrack geholt hat. Da ist es doch nicht so aus der Welt, dass er sie im Krankenhaus besuchen kommt.«

»Aus meiner Welt schon«, sagte Ostergrund und fuhr schneller. »Da tut niemand etwas aus reiner Fürsorge.«

»Dann tun Sie mir sehr leid, Kollege.«

»Weisen Sie mir den Weg zu diesem Aussichtsplateau, dieser Wodansburg. Hat die Bezeichnung etwas mit Wotan, dem Göttervater, zu tun?«

»Ich glaube schon. Da vorn dann links.«

Fünfzehn Minuten später standen die beiden Polizisten an der Talkante neben dem steinernen Obelisken und schauten auf Beilngries hinab. Die schmucke Stadt badete in der frühen Morgensonne. Direkt unter ihnen zog in einer langen Kurve der Main-Donau-Kanal vorbei. Ein großes Containerschiff passierte von Norden kommend den Yachthafen.

»Nett hier«, kommentierte Östergrund so steif wie immer.

»Nun, wenn hier keine Leichen mit halb weggeschossenen

Köpfen herumliegen«, sagte Erna, »deren Hirnmasse den Stein verziert, ist es ein beschauliches Plätzchen, in der Tat. In der fraglichen Nacht hatte es allerdings dichten Nebel. Von der Aussicht hat er also nicht viel gehabt.«

»Trotzdem nicht der schlechteste Platz, um die letzte Reise anzutreten«, meinte Östergrund und wandte sich dem Obelisken zu. »Vielmehr äußerst interessant gewählt. Was hat dieser Ort für eine Bedeutung? Ist es eine Pilgerstätte?«

»Ja, für Wünschelrutengänger«, antwortete Erna. »Im Beilngrieser Touristikbüro liegt eine Broschüre aus. Interessieren Sie sich dafür?«

Östergrund schüttelte den Kopf und schritt mit rücklings gekreuzten Händen den Sockel entlang. »Wie oft hatten Sie es schon mit Selbstmördern zu tun, Frau Starck?«

»Ist das dritte Mal. Warum fragen Sie mich das?«

»Nach meiner Erfahrung gibt es zwei Sorten von Selbstmördern«, sagte Östergrund. »Die einen wollen einfach nur Schluss machen. Sie setzen ihrem Leben dort ein Ende, wo sie sich gerade aufhalten, mit den Mitteln, die ihnen dort zur Verfügung stehen. Sie springen von einer Brücke oder schneiden sich mit einem Haushaltsmesser die Pulsadern auf. Sie hinterlassen oft nicht mal einen Brief, mit dem sie sich erklären, weil sie der Rest der Welt nicht mehr interessiert. Sie wollen einfach nur Schluss machen und das dunkle Tal der Welt hinter sich lassen. Das ist die überwiegende Sorte Selbstmörder. Und dann gibt es noch die, die der Nachwelt etwas mitteilen wollen. Entweder mit einem pathetischen Abschiedsbrief oder einem aufsehenerregenden Tötungsakt. Ich denke da zum Beispiel an die tunesischen Studenten, die sich in aller Öffentlichkeit angezündet haben. Der Tötungsakt war eine symbolische Botschaft an die Welt und die Machthaber im Land.«

»Mir ist klar, worauf Sie hinauswollen«, sagte Erna und fixierte ihn eingehend mit ihrem Blick. »Adalbert Biber gehört Ihrer These nach zu den Letzteren. Einen Abschiedsbrief gibt es nicht, aber er hat es an diesem seltsamen Steingebilde getan. Mit einer in Hessen als gestohlen gemeldeten Schrotflinte, deren Weg zu ihm nicht nachvollziehbar ist. Tja, falls er damit etwas ausdrücken wollte, erschließt sich mir leider nicht, was.«

»Deshalb meine Frage nach der Bedeutung dieses Ortes«, sagte Östergrund und schaute zur Spitze des Obelisken auf.

Erna trat neben ihn. »Warum interessieren Sie sich überhaupt dafür, Östergrund? Sie wildern in der falschen Brauerei. Ihre Frauen sind in einem Haus der Lämmerbergs gefangen gehalten worden. Das hier oben war Adalbert Biber.«

»Danke für die Erinnerung, Frau Kollegin«, meinte Östergrund. »Die Familie zu Lämmerberg ist unsere nächste Adresse.«

***

Florian schlug die Bettdecke zurück und streckte sich mit einem ausladenden Gähnen lang.

Der Radiowecker spielte »Sunshine Reggae«, das ließ auf einen guten Tag hoffen. Birgit rührte sich noch nicht. Er beugte sich über sie und küsste sie auf die Nase, wobei er ihren Piercingring zwischen die Zähne nahm und daran zog. Sie hasste das. Wenn schon der Radiowecker und der Lärm, den ihre beiden Töchter nebenan im Bad veranstalteten, sie nicht aufweckten, dann definitiv das.

»Mistkerl«, schnaubte sie und wehrte ihn ab.

»Ich liebe dich auch«, entgegnete er und ließ ihr ihren Willen.

Nebenan erkämpfte er sich einen Platz an einem der beiden Waschbecken, womit er Katrin, seine Zehnjährige, verärgerte und Anna-Maria, seiner Achtjährigen, einen Triumph bescherte. Die Kleine stand auf ihrem Schemel, um überhaupt die Waschbeckenkante überschauen zu können, und grinste hämisch auf ihre große Schwester herab. Katrin rächte sich mit einem Streich Zahnpasta auf ihre Wange.

Später beim Frühstück war alles vergessen. Florian sorgte für Kaffee und Kaba, Birgit schmierte Honig- und Marmeladenbrötchen.

»Du musst unbedingt herausfinden, was es mit der Hofüberschwemmung gestern bei den Bibers auf sich gehabt hat«, drängte Birgit. Der Vorfall beschäftigte sie schon seit gestern Abend. Angeblich hatte der Biber'sche Brauereihof für mindestens zwei Stunden unter Wasser gestanden.

Florian versprach ihr, sich darum zu kümmern, und hatte schon jetzt ein ungutes Gefühl bei der Sache. Rio Freitag hatte ihm versichert, dafür zu sorgen, dass der Ludwig keine Freude an der Brauerei haben würde. Womöglich hatte er irgendwie für einen Rohrbruch gesorgt. Zuzutrauen war es ihm.

Das Haustelefon klingelte. Florian ging ran und hatte seine fleißige Nachwuchsbrauerin Hanna Sieb am anderen Ende der Leitung. »Chef, guten Morgen. Hör mal, du solltest besser gleich herkommen«, brabbelte sie aufgeregt. »Da sind zwei Polizisten. Sie reden gerade mit deinem Onkel. Zu dir wollen sie auch.«

Florians erster Gedanke war der überschwemmte Biberhof. Dass Rio Freitag geschnappt worden war und gestanden hatte, auf seine, Florians, Anweisung gehandelt zu haben. »Zwei Polizisten? Warum? Was wollen die denn von uns?«

»Es geht um das Haus von deinem Opa, glaube ich.«

***

Susanne Anrainer war nach Ludwigs Informationen die neueste personelle Bereicherung von Biber-Bräu und erst ein paar Monate dabei. Warum der Papa zu dem Schluss gekommen war, seine kleine Firma brauche eine IT-Systemadministratorin und Anwenderbetreuerin, blieb dahingestellt. Ludwig konnte sich jedenfalls an keine Frau mit einem weniger gewinnenden Wesen als Susi Anrainer erinnern. Im Vergleich zu ihr war selbst Ulrike ein herzerfrischender Sonnenschein.

Wenn Frauen derart kühl und ablehnend auf ihn reagierten, führte er das gewöhnlich auf seine äußere Erscheinung zurück. Es war eine instinktive weibliche Abwehrreaktion, die vom ersten Moment an klarstellen wollte, dass er erst gar keine Anstrengungen unternehmen brauchte, bei ihnen zu landen, weil es ohnehin zwecklos war.

Aus dem hier aber sollte lediglich ein Chef-Angestellten-Verhältnis werden. Etwas anderes stand überhaupt nicht zur Disposition. Dennoch sah Susi Anrainer auf ihn herab, als wäre er ein gebrauchter Putzlappen, der allmählich zu riechen anfing. Daraus konnte er nur schließen, dass sie nicht erwartete, ihn lange als Chef erdulden zu müssen. Sie setzte ganz auf Ulrike, daran ließ sie keinen Zweifel aufkommen.

Dass es so lief, war schade, doch Ludwig hatte nicht damit rechnen dürfen, in dieser Firma willkommen zu sein. Ulrike wollte ihn raushaben und hatte ihre Getreuen entsprechend instruiert. Er musste herausfinden, wer alles hinter ihr stand. Susi Anrainer machte es ihm leicht. Dafür durfte er ihr dankbar sein. Bei denen, die ihm ins Gesicht lächelten, würde es schwieriger.

Als er das IT-Büro verließ, hatte er einen vollfunktionsfähigen Laptop mit aufgespielter Firmensoftware und Administratorrechten unterm Arm. Ludwig war sich sicher, dass noch ein wenig mehr auf dieser Festplatte versteckt war, und wollte das umgehend überprüfen lassen. Endlich ein triftiger Vorwand, um Heidi Sommer zu besuchen. Er setzte sich in seinen Wagen und hielt aufs Stadtzentrum zu.

In der Schule war die Heidi ein Ass in Informatik gewesen. Sie hätte wahrscheinlich studiert, aber für ein Studium hatte es nicht gereicht. Sie war in ärmlichen Verhältnissen ohne Vater aufgewachsen, und ihre Mutter, die Gudrun, kam mit ihrem Kräuterladen kaum selbst über die Runden. Die Heidi hatte dann eine Ausbildung in einer örtlichen Metallwarenfirma absolviert und kurz bevor Ludwig nach Düsseldorf gezogen war, in den Nebenräumen des Ladens ihrer Mutter einen Fachhandel für Computerbedarf eingerichtet. Wald- und Wiesenkräuter unter einem gemeinsamen Dach mit Hightech vereint. Ludwig hatte die Vorstellung damals sehr gefallen. Umgesehen hatte er sich dort nie. Anstatt etwas zu wagen und eine Abfuhr zu riskieren, hatte er es vorgezogen, von den schönen Erinnerungen ihres gemeinsamen Abschlussballs zu zehren.

Heute gab es keinen Kräuterladen mehr, wie Ludwig feststellte, als er in der Gasse auf Kopfsteinpflaster parkte. Heute gab es nur noch einen Computerladen. In den beiden Schaufenstern standen Notebooks, Drucker und ein Kopierer. Im Inneren erwartete Ludwig die Gudrun, Heidis Mutter. Faltig war sie geworden, doch mit Mitte sechzig war das keine Schande. Sie sah damit noch mehr wie die Kräuterhexe aus, die sie war, auch wenn sie heute Computerzubehör verkaufte. Das graue Haar trug sie lang und offen. Ihr blau geblümtes Kleid hatte wahrscheinlich Jahrzehnte auf dem Buckel. Eine gealterte Hippie-Braut in einem Hightech-Laden, es war beinahe komisch.

Sie erkannte Ludwig auf Anhieb. Kein Wunder. Kleine, dicke Trolle gab es nicht so viele in Beilngries.

Er versuchte, mit einem Scherz aufzuschlagen. »Warum gibt's denn keine Kräuter mehr? Hat sich die Heidi so breitgemacht, dass der Platz dafür nicht mehr ausreicht?«

Gudruns Blick verfinsterte sich. »Nein, dieses Diktat kommt von der EU. Man darf nichts mehr verkaufen, das die hehren Institutionen der EU nicht kontrolliert und freigegeben haben. Egal ob Seife, Säfte oder Kräuter, auf EU-Gebiet darf nichts mehr verkauft werden, das diese Bürokraten in Brüssel nicht genehmigen. Ich müsste meine gepflückten Kräuter in Tütchen packen, mit Siegeln, Inhaltsangaben und Prüfzeugnissen versehen und einreichen. Das würde mich etliche Tausender kosten, die ich leider nicht habe. Tja, und deshalb gibt es keine Kräuter mehr. Pass nur auf, Ludwig, irgendwann kommen die auch mit einer Reform des Reinheitsgebotes an und schreiben euch vor, wie ihr Bier zu brauen habt.«

»Das können die nie durchsetzen«, erwiderte Ludwig.

Die Gudrun lachte bitter auf. »Die können alles durchsetzen, was ihnen die Lobbyisten einreden. Die EU ist in der Hand von Konzernen. Kleine Leute wie wir, die ihr eigenes Ding machen, sind nicht mehr erwünscht. Weil sie die Geschäfte der Großen stören. Ist es beim Bier etwa anders? Nein, Ludwig. Schau dich doch um. Immer mehr kleine Brauereien machen zu. Das Geschäft dominieren die Konzernbrauereien. Die EU braucht bloß neue Verordnungen vom Stapel zu lassen, die die Kleinen nicht erfüllen können, schon geraten wieder ein paar unter die Räder. Auf die Weise haben sie vor wenigen Jahren reihenweise kleine Landmetzgereien ruiniert. Darum haben wir heute so viele vakuumierte Fleischwaren vor der Nase, die erst um die halbe Welt gereist sind. Die Konzerne danken es ihnen. Die Kleinen werden zermalmt, damit die Großen noch mehr absahnen.«

»Die Lämmerbergs haben ihre kleine Brauerei gerade erst erneuert«, hielt Ludwig dagegen.

»So schaut's wohl aus«, lenkte Gudrun ein und musterte ihn mit einem süffisanten Blick. »Man fragt sich, woher die das Geld dazu haben, was?«

»Wahrscheinlich von der Bank«, sagte Ludwig, um das Thema hoffentlich zu beenden. Er stellte den Laptop auf die Verkaufstheke. »Deshalb bin ich hier.«

»Ist er kaputt?«

»Nein, aber ich bin überzeugt, da ist Spyware drauf. Könntet ihr das überprüfen, du und die Heidi?«

»Klar, die Heidi macht das, wenn sie wieder da ist.«

»Wo ist sie denn gerade?«

»Einkaufen.«

Ludwig trat von einem Bein auf das andere und suchte eine Möglichkeit anzuknüpfen. »Und wie geht's sonst so? Ich meine, wenn euch nicht gerade die EU mit ihren dämlichen Vorschriften das Geschäft ruiniert.«

»Könnte besser sein«, gab Gudrun zerknirscht zurück. Ihre Laune war offensichtlich verdorben. Er hätte nicht noch einmal mit der EU anfangen sollen. »Tut mir leid wegen deinem Papa.«

Ludwig winkte ab. »Ist schon gut. War sein Leben. Und er wollte es so haben. Ich verstehe es nicht, aber das muss ich auch nicht.« Gudrun musterte ihn eindringlich, und Ludwig glaubte aussprechen zu dürfen, was ihn seit seinem Gespräch mit Horngold belastete: »Die Heidi war eine Weile mit ihm zusammen, oder?«

Gudrun nickte zögerlich. »Sind ein paarmal aus gewesen.«

»Wie kam es denn dazu?«

»Wie es dazu kam?«

Ludwig pustete unbeholfen Luft aus. »Na ja, weil er doch so viel älter war als die Heidi und so.«

»Das hat deinen Vater von nichts abgehalten, wie du wissen solltest.«

Nun war es Ludwig, der einsichtig nickte. Gudruns Züge wirkten wie erstarrt. Sie hatte sie eingefroren, um ihm nicht zu zeigen, was sie wirklich empfand. Ludwig fiel ein, dass er weder sie noch ihre Tochter auf der Beerdigung gesehen hatte.

»Na dann …«, sagte er, »wann darf ich wiederkommen wegen dem Notebook?«

»Ruf heute Abend mal an.«

»Gut, werde ich. Danke, Gudrun. Bis bald. Und grüß mir die Heidi, ja?«

***

Florian war aufgewühlt wie seit seinem Heiratsantrag nicht mehr. Wenn einen die Polizei sprechen will, macht man sich auf so manches gefasst, aber selten auf so was.

»Ein Käfig? Was denn für ein Käfig?«, rief Birgit, in deren Büro er ruhelos auf und ab marschierte.

»Keine Ahnung«, grummelte er in sich hinein. »Der Ferdinand schaut sich das jetzt an. Die haben ihn ganz schön in die Mangel genommen.«

Birgit begehrte auf. »Ich habe euch damals geraten, den alten Hof zu verkaufen. Ich habe es euch allen geraten! Dem Ferdinand, der Lydia und dir. Aber nein, ihr musstet das blöde Ding ja behalten. *Weil es Familienerbgut ist.* Und jetzt? Jetzt werden wir verdächtigt, drei Frauen entführt und gefoltert zu haben?«

»Beruhige dich«, versuchte Florian sie zu beschwichtigen. »Verdächtigt wird hier gar keiner.«

»Ach nein? Sag, Florian, bist du echt so naiv oder tust du nur so? Freilich verdächtigen die uns. Sie verdächtigen *dich.* Sie verdächtigen uns alle.«

»Aber das ist doch Blödsinn. Wir halten doch keine Frauen gefangen.«

»Irgendwer hat es aber anscheinend getan. Im Haus deines seeligen Opas. Ist doch klar, dass die erst mal zu uns kommen mit ihren Verdächtigungen. Scheiße, Florian, darunter wird unser Ruf leiden. In der Aufbauphase der Firma kann das tödlich sein.«

»Jetzt übertreib mal nicht. Niemand kann uns was anhaben. Und mit unserem Bier hat das schon mal gar nichts zu tun.« Letzterem war sich Florian allerdings nicht gänzlich sicher. Der spitzgesichtige Polizist hatte ein Reinheitsgebot erwähnt, das im Zuge der Entführungen irgendeine Rolle gespielt hatte.

»Du solltest einen Anwalt einschalten«, riet ihm seine Frau.

»Nichts gegen den Ferdinand, aber der ist ja selbst involviert. Wir sollten jemand Neutrales von außen hinzuziehen. Nur zur Sicherheit.«

Florian schüttelte den Kopf. »Nein, unnötig. Der Ferdinand kriegt das schon hin. Wir können jetzt, wie du selbst sagst, nicht noch mehr Aufmerksamkeit gebrauchen. Wir müssen das möglichst klein halten. Ich fahre heute noch mal zum Zittelmeier raus und verhandle. Inzwischen sollten seine beiden Sprösslinge unser Bier probiert haben.«

»Von den zwei hängt die zukünftige Belieferung ab?«

»Scheint so«, sagte Florian und sah auf die Uhr. Es war kurz nach zehn. »Und dann ist da noch was, was ich den Zittelmeier fragen muss.«

»Was denn?«

»Warum der Opa damals die Brauerei dichtgemacht hat.« Er polterte aus dem Büro.

»Woher soll der denn das wissen?«, rief ihm Birgit hinterher. »Solltest du das nicht lieber mit dem Ferdinand besprechen? Oder mit deiner Mutter?«

»Nein. Ich will ja schließlich die Wahrheit hören.«

In der Sudhalle trat ihm Josef Mack in den Weg. »Chef?«

»Ja, was ist denn?«, erwiderte Florian ungeduldig.

»Ich wollte nur sagen, ich werde mich demnächst mit dem Chefbrauer von Biber-Bräu unterhalten. Der hat was drauf.«

»Ja und?«

»Na, Chef, wir haben doch schon darüber diskutiert, dass wir mit einem weiteren Brauer unser Sortiment –«

»Später, Josef«, unterbrach Florian ihn brüsk und ließ ihn stehen. »Dafür habe ich jetzt wirklich keinen Nerv.«

Florian eilte zu seinem Wagen hinaus. Der Opa hatte die Brauerei vor fünfzig Jahren noch als junger Mann stillgelegt. Florian hatte sich nie gefragt, warum.

Zwanzig Minuten später saß er in der »Zittelwirtschaft« vor einem Biber Hell. Der alte Zittelmeier war leider nicht da, nur sein jüngster Spross, der Vinzenz, ein höchstens fünfundzwanzigjähriger Stenz, der sich eine Menge auf sich einbildete.

»Mir schmeckt dein Bier nicht, Florian, tut mir leid«, trug

er Florian vor und nahm, ebenfalls mit einer Halben zur Hand, ihm gegenüber Platz. »Dem Papa schmeckt's, aber mir nicht. *Das* ist ein Bier.« Er hob das überschäumende Glas an. »So hat ein richtiges Bier zu schmecken. Eures schmeckt zu verwaschen. Da sind mehr Noten von Getreide als von Hopfen drin.«

Die beiden stießen an und tranken. Auch Florian trank gern Biber-Bier, aber im Augenblick hasste er die Plörre. »Die meisten Resonanzen sind sehr positiv. Du solltest dich nicht nur anhand deines Geschmacks festlegen.«

»Natürlich mache ich das«, widersprach der Vinzenz. »Wenn man sich nicht auf den eigenen Geschmack verlässt, worauf denn dann? Wir werden deinem Bio-Bier trotzdem eine Chance geben. Die Konditionen, die du mit dem Papa vereinbart hast, sind okay. Liefert, sobald ihr liefern könnt.«

Obwohl er seinen Willen bekommen hatte, war Florian gefrustet, als er nach Beilngries zurückfuhr. Er gab nicht viel auf die Meinung von Vinzenz Zittelmeier, aber wie der sein Bier herabgewürdigt hatte, stach ihm trotzdem tief ins Mark. Und dann war da noch die Sache mit der Polizei und dem seltsamen Fund im alten Hof vom Opa. Der Grund, warum er damals das Brauen aufgegeben hatte, erschien ihm plötzlich äußerst wichtig.

Vom Ferdinand würde er nichts erfahren, und falls doch, dann höchstens Halbwahrheiten. Die Mama war auch keine zuverlässige Quelle. Florian fragte sich manchmal, ob sie noch in derselben Welt lebte wie er. Er brauchte eine andere Quelle, und ihm fiel auch eine ein. Die Sommer Gudrun musste damals noch ein Teenager gewesen sein, aber gewiss wusste sie etwas, und waren es nur Gerüchte. Florian fand außerdem, dass sie ihm etwas schuldete. Immerhin hatte er sämtliche Hard- und Software für den Betrieb von ihrer Tochter, der Heidi, bezogen. Ein lukrativer Auftrag im fünfstelligen Bereich und sicher ein seltener Höhenflug für ihren kleinen Computerladen.

Seit sie ihren Kräuterhandel hatte zumachen müssen, arbeitete die Gudrun im Laden ihrer Tochter. Dass sie auch was von PCs und Software verstand, sah man ihr nicht an. Dazu musste man sich erst mit ihr unterhalten, denn rein äußerlich war sie immer noch die Kräuterfrau, der man auf den hohen Jurawiesen beim

Kräuterpflücken über den Weg laufen konnte. Auf Florians Frage hin reagierte sie erwartungsgemäß irritiert.

»Mein lieber Florian«, sagte sie, »solltest du dich mit so was nicht an deine eigene Sippschaft wenden?«

»Das führt doch zu nichts«, sagte Florian bitter. »Du kennst doch meinen Onkel. Der würde mir erzählen, dass sich Bierbrauen damals nicht mehr gelohnt hat. Oder dass die Freiherren zu Lämmerberg größeren und majestätischeren Geschäftsfeldern nachgehen wollten.«

Gudrun schmunzelte. »Und was gefällt dir an dieser Begründung nicht?«

»Dass sie erstunken und erlogen wäre. Ich weiß vom Zittelmeier, dass der Opa ein leidenschaftlicher Brauer gewesen ist.«

»Ja, das stimmt wohl«, gab Gudrun zu. »Und talentiert war er auch. Ich erinnere mich gut, dass mein alter Papa das Lämmerberger Bier immer lieber getrunken hat als Biber-Bier. Er hat damals ganz schön geschimpft, als es plötzlich keins mehr gegeben hat.«

»Und warum hat es keins mehr gegeben?«

»Ach, Florian, das weiß ich doch auch nicht«, beschwor sie ihn. »Und interessiert hat mich das damals erst recht nicht.«

»Aber die Leute reden doch. Es muss Gerüchte gegeben haben. Du kannst mir nicht weismachen, dass sich niemand dafür interessiert hat. Das muss doch Stadtgespräch gewesen sein.«

Anhand ihres Blickes durchschaute Florian, dass sie sehr wohl etwas wusste.

»Die Leute reden freilich. Und sie reden viel zu viel.«

Florian wurde ungeduldig. »Jetzt komm mir doch nicht mit solchen Allerweltsfloskeln. Was weißt du?«

Gudrun seufzte. »Wissen tue ich gar nichts. Merk dir das. Erstens ist das elend lange her, und zweitens ist es nie mehr als Gerede gewesen. Wenn ich dir also etwas sage, dann sollte dir klar sein, dass da rein gar nichts dran sein muss. Und du musst mir versprechen, dass das später nicht auf mich zurückfällt. Haben wir uns verstanden? Ich will keine alten Geschichten neu aufwärmen. Das ist so lange her, ich frage mich, warum du diese Kiste überhaupt aufmachen willst.«

»Ich habe schon meine Gründe.«

»Dein Opa und der alte Biber, der Vater vom Berti, waren harte Konkurrenten«, erklärte Gudrun. »Und nicht nur das, sie haben einander nicht ausstehen können. Jedes Jahr gab es ein Riesentamtam mit der Stadt, wessen Bier auf dem Volksfest ausgeschenkt wird. Die beiden haben einander geradezu bekriegt. Ohne Rücksicht.«

So weit war die Geschichte Florian nicht neu.

»Der alte Biber, der Gustl, der war ein harter Hund«, fuhr Gudrun fort. »Der Berti war ein sanfter Engel im Vergleich zu ihm. Hast du ihn noch gekannt, den alten Gustl?«

»Flüchtig halt«, antwortete Florian wahrheitsgemäß. »Ich war noch in der Schule, als er gestorben ist. Ein großer, bärbeißiger Kerl, der immer grantig dreingeschaut hat.«

Gudrun nickte. »Der Gustl hat sich genommen, was er gewollt hat. Mit allen Mitteln. Gerüchteweise war er es, der deinen Opa irgendwie dazu gebracht hat, den Braubetrieb einzustellen.«

»Und wie?«

»Florian, wenn das damals schwarz auf weiß in der Zeitung gestanden hätte, wäre es kein Gerücht, oder? Ich habe dich gewarnt. Das ist fünfzig Jahre her. Lass es ruhen.«

In dem Moment kam die Heidi durch die Ladentür herein. »Oh, hi, Florian. Alles in Ordnung? Oder bist du zum Reklamieren hier?«

»Nein, nichts dergleichen«, wehrte Florian lachend ab. »Wir kommen bestens zurecht. Meine Birgit ist begeistert. Vor allem von den übersichtlichen Bedarfsmeldungen.«

»Dann bin ich ja froh. Hallo, Mama.«

»Hallo, Schatz.«

Heidi trug zwei Einkaufskörbe an der Theke vorbei in die hinteren Räume des Hauses. Oben befand sich die Wohnung, die sie sich mit ihrer Mutter teilte. Die Heidi war eine bildhübsche Frau, fand Florian. Mittelgroß, schlank, halblange braune Haare – und dazu eine talentierte Unternehmerin. Zum Familienglück hatte sie es allerdings noch nicht gebracht. Es war das Los vieler Unternehmer und Selbstständiger, dass sie spät oder gar nicht heirateten. Florian dachte an Birgit und seine beiden

Töchter und war nicht zum ersten Mal dankbar, dass ihm beides beschieden war.

***

Der Kies knirschte unter den Rädern des Rollstuhls. Es gab auch einen Pflasterpfad, der ausladend durch die kleine Parkanlage mäanderte, doch der schien Ludwig ungenügend. Der war Standard, und er wollte seiner Mutter etwas Besonderes bieten. Den Pflasterpfad kannte sie sicher schon auswendig.

»Gleich müssten wir das Wasser sehen können, Mama«, sagte er und schob sie vom Kiesbett rund um den hölzernen Pavillon durch eine Lücke in den Sträuchern auf das letzte Stück Gras, bevor das Parkgelände zur Straße abfiel. Auf der anderen Seite zog in einiger Entfernung von Büschen und Bäumen gesäumt die Altmühl vorbei.

»Da drüben bist du früher gern spazieren gegangen«, sagte Ludwig. »Weißt du noch? Du hast Gänseblümchen gepflückt und Frösche und Schmetterlinge beobachtet. Stundenlang manchmal. Erst wenn wir dich geholt haben, bist du wieder ins Haus gekommen.«

Er ging vor ihr in die Hocke und schaute in ihre milchigen Augen. Sie starrte leer und abwesend über ihn hinweg. Dass sie die Altmühl bestaunte, bezweifelte Ludwig. Sie hatte seit zwanzig Jahren nichts mehr bestaunt. »Es ist immer noch schön hier, nicht? Die Vögel zwitschern, die Sonne scheint. Ich hoffe, es ist dir nicht zu warm?«

Eine Antwort erhielt er nicht. Ihr Kopf drehte sich ein kleines Stück nach rechts, aber das graue, eingefallene Gesicht zeigte keine Regung. Die knochigen Finger ruhten untätig in ihrem Schoß.

»Sag mir, Mama, wärst du zu uns zurückgekommen, wenn wir damals nicht aufgehört hätten, dich zu besuchen?« Diese Frage hatte sich Ludwig in letzter Zeit häufig gestellt. »Ich weiß, es gibt dafür keine Entschuldigung, aber wir sind nicht mehr zu dir gekommen, weil die Ärzte gesagt haben, dass du fort bist. Dass es in deinem Gehirn keine Anzeichen mehr von … nun, dass du … fortgegangen bist. Dass du nicht mal bemerken würdest, wenn wir hier sind. Da habe ich aufgehört, dich zu besuchen. Und der Papa und die Ulrike wohl auch.« Ludwig kämpfte mit Tränen. »Und ich bin sauer auf dich gewesen. Weil du mich mit den beiden allein gelassen hast. Auch wenn du immer … anders gewesen bist als andere Mamas, bist du alles gewesen, was ich gehabt habe.« Der einzige Mensch, der mich je geliebt hat, ließ er unausgesprochen und verfiel ungewollt in Schluchzen. »Es tut mir leid, Mama. Ich wünschte mir, ich wäre nicht so egoistisch gewesen. Ich wünschte, wir alle wären das nicht gewesen. Ich wünschte, ich wäre dir ein besseres Kind gewesen. Ich liebe dich, Mama.«

Dann bettete er seinen Kopf auf ihren Schoß und weinte. Scham und Schmerz, die er seit so vielen Jahren mit sich herumtrug, bahnten sich ihren Weg nach draußen. Mama würde seine Klage und seine Entschuldigung nicht hören. Oder war sie vielleicht doch noch irgendwo da drin? Irgendwo tief in diesem verfallenden menschlichen Leib?

Als er eine Hand auf seiner Schulter spürte, fuhr er voller Hoffnung und Zuversicht, in klare Augen zu blicken, hoch. Doch Mamas Hände lagen noch wie zuvor. Auch ihr Blick hatte sich nicht verändert. Die Hand auf seiner Schulter gehörte Tante Esther. Er senkte den Blick wieder und erwartete eine Beleidigung, wie er es von ihr gewohnt war. Doch Tante Esther schwieg.

»Glaubst du …«, begann Ludwig, »sie kann mich hören?«

»Wenn Gott Erbarmen kennt, dann nicht«, schnarrte Tante Esther.

Ludwig rappelte sich wütend auf. Ihn in seinem jetzigen Zustand noch zu verhöhnen, sah ihr zwar ähnlich, doch er würde es nicht auf sich sitzen lassen. Erst als er in Esthers feuchte Augen schaute, begriff er, dass er ihre Worte missverstanden hatte.

»Gott kann nicht so grausam sein, sie seit zwanzig Jahren in diesem Körper gefangen zu halten«, sagte sie. »Sie ist nicht mehr da drin, Ludwig. Das ist nur noch ihre Hülle.«

»Trotzdem besuchst du sie«, erwiderte er. »Wahrscheinlich seit zwanzig Jahren, ununterbrochen. Habe ich recht?«

Sie nickte mit Blick auf ihre Schwester. »Für den Fall, dass ich unrecht habe.«

Erneut überflutete ihn Scham. »Es tut mir so leid, dass wir dich damit allein gelassen haben. Dass wir *sie* allein gelassen haben.«

Da verfinsterte sich Tante Esthers Miene zu der, die sie gewöhnlich vor sich hertrug. »Ich gebe eurem Vater die meiste Schuld dafür. Nein, ich gebe ihm nahezu alle Schuld dafür. Du und Ulrike, ihr wart damals noch Kinder und habt auf euren Vater gehört. Er hat sie aufgegeben. Also habt ihr es auch getan. Nichtsdestotrotz hättet ihr euch als Erwachsene neu besinnen können.«

Ludwig nickte. »Heute schäme ich mich dafür. Und noch mehr, weil es so lange gedauert hat, bis ich damit angefangen habe.«

Er senkte den Blick, weil er den von seiner Tante nicht ertrug. Sie klang seltsam sanft, als sie antwortete: »Das ist schon mehr Anstand, als ich einem Nachkommen deines Vaters zugetraut hätte.«

Ludwig sah auf. Ein Lächeln schenkte ihm seine Tante nicht, doch sie wirkte weit weniger kratzbürstig, als er sie sonst kannte. Breit und vierschrötig und nicht größer als er stand sie vor ihm. Ludwig verkniff sich ein Grinsen. Seine Figur hatte er voll und ganz von ihrer Seite der Familie geerbt. Aus Gründen, die er nicht verstand und die nicht den geringsten Sinn ergaben, verspürte er den Drang, sie zu umarmen. Er gab ihm nicht nach. Tante Esther würde ihn wahrscheinlich verprügeln.

»Und ich dachte immer, alle fänden meinen Papa so toll«, sagte er und ließ zuletzt doch ein Lächeln zu, während er sich mit dem Hemdsärmel die Augen wischte.

»Ja, alle haben ihn bewundert, den Berti«, knirschte Tante Esther mit vor Sarkasmus triefender Stimme. »Diesen gut aussehenden Dandy von der Biber-Brauerei. Was für ein selbstgerechter und rücksichtsloser Pinsel er war, hat die Leute nie interessiert. Die sind nun mal genauso oberflächlich wie die saubere Maske, die dein Vater stets getragen hat.«

»Ulrike und ich haben immer gewusst, dass du uns nicht mochtest«, sagte Ludwig. »Es lag von Anfang an an ihm, oder? Hat er dir je was getan? Warum hasst du ihn so?«

»Ist diese Frage ernst gemeint, Ludwig? Du fragst, warum ich den Kerl hasse, der das Leben meiner Schwester ruiniert hat?«

Das erschien Ludwig nun etwas übertrieben. »Aber er kann doch nichts dafür, dass sie so geworden ist, wie sie ist.«

Da Tante Esther nicht antwortete, sondern nur finster starrte, keimte in Ludwig ein übler Verdacht. »Oder etwa doch?«

»Du weißt es also nicht«, sagte Tante Esther versonnen und strich der Mama zärtlich über die faltige Wange. »Das wundert mich gar nicht mal so sehr. Damals wart ihr noch zu jung, um es euch zu sagen. Und später habt ihr keine Fragen mehr gestellt, du und die Ulrike. Ihr wisst es also nicht.«

»Was wissen wir nicht?«

Sie erfasste ihn mit einem unverwandt strengen Blick. »Du wirst dich erinnern, wie deine Mutter in deinen Kindestagen war.«

»Aber ja«, bestätigte Ludwig. »Sie war immer … etwas seltsam.« Wie ein Geist, ließ Ludwig ungesagt. Wie ein Geist, der durchs Leben streift, aber nicht wirklich da ist.

»Und du glaubst, sie ist so auf die Welt gekommen? So ›seltsam‹?«

Ludwig schwieg, gespannt auf die Auflösung dieses Rätsels.

»Sie ist auf einem LSD-Trip hängen geblieben, Ludwig«, erklärte Esther. »Deshalb war sie so seltsam. Sie ist von einem ihrer Trips nicht mehr zurückgekommen. Von einem der Trips, auf die sie dein Vater mitgenommen hat.«

»Was?« Ludwig glaubte, sich verhört zu haben.

Tante Esther fuhr fort. »Ich war dreizehn Jahre alt, als sich meine große Schwester immer weiter von mir und unseren Eltern entfernt hat. Sie ist mit diesem jungen und furchtbar gut aussehenden Brauersohn herumgezogen. Sie waren eine ganze Clique. LSD war in den Siebzigern schwer in Mode, wie du vielleicht weißt. Meine Schwester hat zu viel davon erwischt. Das hat sie ›seltsam‹ gemacht. Trotzdem hat sie noch zwei Kinder geboren. Und der vermaledeite Brauersohn hatte Anstand genug, sie zu heiraten. Wahrscheinlich auf Druck seines Vaters hin, der nicht wollte, dass es Gerede gab.«

Ludwig hatte nur flüchtige Erinnerungen an seinen Opa Gustl. Er war gestorben, als er noch klein war. »Mama und Papa haben Drogen genommen?«

Tante Esther nickte, während sie weiterhin Mamas Wange

streichelte. »Ihre vollkommene Katatonie ist eine Spätfolge davon. Der Dreck hat ihr Leben ruiniert. Und dein Vater hat sie zu diesem Dreck gebracht.«

»Davon hatte ich nicht die geringste Ahnung.«

Wieder Nicken. »Ich glaube dir.«

Ludwig kehrte sich ab und schaute zur Altmühl hinaus. An der Straße knatterte ein alter Traktor vorüber. »LSD«, formten seine Lippen, und sein Verstand fuhr Karussell. Es war verführerisch, in dieser Droge den Grund zu suchen, warum Papa ihn nie geliebt hatte. Sie könnte auch ihn psychisch beeinträchtigt haben, genau wie die Mama. Sie könnte ihn dauerhaft verändert haben. Ihm den Teil seines Empfindungsvermögens geraubt haben, der für die Liebe der eigenen Kinder zuständig war. Ulrike aber war der lebende Beweis, dass das Blödsinn war. Sie nämlich hatte er geliebt. »Er war ein tiefgründiger Mensch«, brummte er die Worte von Sigurd Horngold.

»Er war ein selbstgerechter Mensch«, widersprach Tante Esther hitzig. »Falls sein Selbstmord ein verspäteter Akt der Reue und der Einsicht war, soll es mir recht sein, aber vergeben werde ich ihm nicht. Nicht heute, nicht morgen und auch nicht am letzten Tag meines Lebens.«

***

Christina erwachte erst mittags mit schwerem Kopf. Wann hatte Ludwig Biber sie heute Nacht verlassen? Es musste bestimmt schon drei gewesen sein. An der Tür hätte sie ihn beinahe noch zum Bleiben bewogen. Mit dem kleinen, dicken Brauersohn im Bett, was für eine Vorstellung. Christina schmunzelte und setzte Hansi Raab an seine Stelle. Dieses Bild sah schon besser aus. Hoffentlich würde er sich bald mal melden, wie er versprochen hatte.

Auf dem Weg ins Bad fiel ihr der Grund ein, warum sie gestern so viel mehr getrunken hatte als sonst: die verfluchte Eisentür im Keller und die Stimme dahinter. Nun ja, sie war bereits angetrunken gewesen, als sie sie gehört hatte. Wahrscheinlich lag es an der Aufregung der letzten Tage. Julias Autounfall, Östergrunds Auftauchen vor ihrem Tor, der vergiftete Brunnen, kein Wunder, dass ihre Psyche sich wehrte und nach Ventilen verlangte. Ihr zuverlässigstes Ventil war seit jeher Wein, rot und trocken.

»Ficken«, sprach sie zu ihrem zerzausten Spiegelbild. »Mal wieder ficken.«

Ja, vielleicht wäre auch das ein Ventil. Vielleicht bekämpfte sie den Tänzer am besten, indem sie gegen sein Reinheitsgebot verstieß. *Schlampen! Elende Huren! Unreine Kreaturen!* Seine Beschimpfungen hallten in ihrem Kopf wider. Christina wurde schwindelig. Auch der Gestank des Dreckwassers war plötzlich da, die grellen Lichtblitze und die Schmerzen von den Elektroschocks. Sie zuckte getroffen, und über allem schwebte seine seltsam verzerrte Stimme, die sich in furchtbaren Beleidigungen über sie erging.

»Genug!«, schrie Christina und schlug auf den Spiegel ein.

Der hohle Klang erfüllte das Bad, in dem es jetzt wieder nach Seife und Kosmetika duftete. Die Stimme war fort, und mit ihr verschwanden die Schmerzen. Nur das Gefühl der Demütigung blieb zurück. Wie immer. Plötzlich erschien es ihr wieder ausgeschlossen, ihr Bett mit jemandem zu teilen. »Reinheit« hatte so lange ihr Leben und ihre Freiheit bestimmt. Was, wenn der Tänzer nur auf einen Grund wartete, durch die Eisentür zu ihr zu dringen, um sie erneut zu schnappen? Durfte sie das riskieren?

Christina zog die Vorhänge zu und ließ sich auf ihrem flauschigen Badteppich nieder. Sie würde das Reinheitsgebot befolgen. Zumindest für eine Weile noch. So lange, bis sie sicher sein konnte, dass der Tänzer nicht hinter der Eisentür lauerte.

***

Bevor er aufs Brauereigelände zurückkehrte, rief Ludwig in Heidis Computerladen an. Die Chefin ging persönlich ans Telefon.

»Hey, Ludwig! Mama hat mir von deinem Besuch erzählt. Schade, dass ich nicht da war. Wie geht's dir denn, Mensch?«

»Oh, mir geht's ... mir ... mir geht's ...« Ludwig empfand es als unheimlich, wie schwer diese Frage zu beantworten war. »Mir geht es sehr gut«, behauptete er, weil das die Antwort war, die die Leute hören wollten, die diese Frage stellten. »Also den

Umständen entsprechend halt«, fügte er hinzu. »Und du? Wie geht's dir?«

»Fein. Alles gut. Das Geschäft geht. Tut mir übrigens leid, das mit deinem Papa.«

Nicht leid genug, um dich auf seiner Beerdigung blicken zu lassen. »Ja, schreckliche Sache. Du, sag, hat dir deine Mama meinen Rechner gegeben?«

»Ja, ich weiß Bescheid. Ich habe mir das Ding schon angesehen.«

»Großartig. Und? Ist etwas Ungewöhnliches drauf?«

»Kann man wohl sagen. Neben dem üblichen Tätigkeitsprotokoll wird noch ein zweites, externes angelegt.«

»Was bedeutet das? Spyware?«

»Im Grunde schon. Alles, was du auf diesem Notebook tust, wird auf einem anderen protokolliert, einem Schwesterrechner, der ebenfalls an eurem Intranet hängt. Da will dich jemand überwachen, Ludwig.«

»Ulrike, das kleine Luder.«

»Derselbe Rechner kann auch ohne Weiteres bei dir einsteigen«, fuhr Heidi fort. »Durch eine Hintertür. Mit etwas Geschick kann der Benutzer sogar von dir eingegebene Daten verändern, ohne dass es in deinem Protokoll auftaucht. Keine schlechte Arbeit, muss ich sagen. Ich kann das Problem für dich beheben. Die Tür schließen und den externen Empfänger abkoppeln.«

»Nein, lass nur«, erwiderte Ludwig. »Zu gegebener Zeit vielleicht. Fürs Erste möchte ich es so lassen. Jetzt, wo ich Bescheid weiß, kann ich das vielleicht sogar gegen die beiden verwenden.«

»Die beiden?«

»Na, Ulrike und unsere IT-Tussi.«

»Susanne Anrainer, oder? Die ist doch noch bei euch, nicht wahr?«

»Kennst du sie etwa?«

»Klar, sie hat bei mir gelernt. Aber nicht genug, um mich auszutricksen. Du kannst dein Notebook jederzeit im Laden bei Mama abholen. Wenn du gleich kommst, treffen wir uns an. Später muss ich noch zu einem Kunden.«

Ludwigs Herz schlug einen Takt schneller. Sie treffen. Wollte er das? Oh ja, und ob er das wollte. »Gut, ich … äh … bin in zwanzig Minuten da.«

»Toll! Ich freue mich. Bis dann, Ludwig.«

Klick. Ludwig horchte noch ein paar Sekunden in den stummen Hörer, dann eilte er in sein Hotelzimmer, um sich herzurichten und noch ein paar Spritzer seines teuren Aftershaves aufzulegen.

Heidi sah noch immer phantastisch aus. Das Haar nur ein wenig kürzer als früher, das Lächeln so frisch wie eh und je. Und sie trug keine sichtbare Schminke. Wie Ilana. Schminke empfand Ludwig als Entstellung. Als eine Maske, die das wahre Antlitz verbarg. Frauen machten sich damit attraktiver – oder zumindest glaubten die meisten das. Ludwig empfand anders. Er würde sich ebenfalls gern attraktiver machen, doch dazu bräuchte es ein paar Zutaten mehr. Ihm blieb nicht viel anderes übrig, als zu sich und seiner angeborenen Erscheinung zu stehen. Wenn Frauen das auch taten, fühlte er sich ein wenig bestätigt. Die Geschminkten verunsicherten ihn.

»Ludwig, du siehst gut aus«, sagte Heidi zur Begrüßung.

Eine wohlmeinende Schwindelei, natürlich, doch Ludwig war ihr nicht böse. Es war eine von vielen üblichen Alltagsfloskeln. Als Geschäftsfrau musste Heidi sie beherrschen – genau wie er als Versicherungsvertreter. Er wollte an dergleichen aber nicht anknüpfen. Ihm verlangte nach einem anderen Niveau. Nach einem aufrichtigeren.

»Kein Grund, neidisch zu werden«, erwiderte er. »Du kannst dich auch sehen lassen. Klar reichst du nicht an meine Ausstrahlungskraft heran, aber wer tut das schon?«

Witz und Sarkasmus waren seit jeher Ludwigs bevorzugte Mittel, um bange Momente zu überspielen. Heidi mochte nicht geschminkt sein, aber verunsichert war Ludwig dennoch – ein verunsicherter Versicherungsvertreter.

»Er versucht, der Sohn seines Vaters zu sein«, bemerkte Gudrun süffisant aus einer entfernten Ecke des Ladens, wo sie mit einem Tuch Staub wischte. »Und gar nicht mal so übel. Weiter so, Ludwig.«

»Halt den Mund, Mama«, wies Heidi sie zurecht und kam hinter der Theke hervor. »Wirklich schön, dich zu sehen, Ludwig. Ist eine Weile her. Wo hast du dich herumgetrieben?«

»Düsseldorf«, antwortete Ludwig. »Die meiste Zeit.«

»Machst du immer noch in Versicherungen?«

»Schuldig im Sinne der Anklage.«

»Bleib beim Bierbrauen«, raunte Gudrun. »Das ist wenigstens ein ehrliches Geschäft.«

»Entschuldige uns, Mama.« Heidi zog Ludwig ins Zimmer hinter der Verkaufstheke und schloss die Tür. »Okay, da steht das gute Stück«, sagte sie und bedeutete das Ludwig bekannte Gerät auf einem Tisch. »Willst du noch immer, dass ich ihn lasse, wie er ist?«

»Oh ja, definitiv«, bestätigte Ludwig. »Da ich nun weiß, was es damit auf sich hat, bin ich im Vorteil. Ich weiß nicht, wie, aber ich werde diese Karte gegen Ulrike noch ausspielen.«

»Wie läuft's denn zwischen euch?«

»Och, weißt du, wir verwanzen unsere Rechner und solche Sachen.«

Heidi grinste. »Schon klar. Wenn du es ihr heimzahlen willst, bring mir ihren. Nichts gegen die Susi, aber ich schlag sie noch allemal.« Ein keckes Augenzwinkern. »Es wäre mir sogar ein Vergnügen.«

»Du hast am Telefon gesagt, sie hätte bei dir gearbeitet. Habt ihr euch im Streit getrennt?«

»Nein, würde ich nicht sagen. Sie hat damals nur gemeint, sie könne bei mir nichts mehr lernen. Tja, ich würde sie gern eines Besseren belehren.«

»Du wärst also zu allen Schandtaten gegen sie bereit?«

»Worauf du dich verlassen kannst.«

»Würdest du morgen Abend mit mir ausgehen?« Die Frage war ausgesprochen, noch bevor Ludwig über sie nachdenken konnte.

Heidi schaute ihn irritiert an. »Ausgehen? So richtig, meinst du?«

Ludwig kribbelten die Zehen. Für einen Rückzieher war es zu spät. »Ähm … weil morgen Freitag ist und so. Also … also bloß für den Fall, dass du nichts Besseres vorhast, könnten wir irgendwo essen gehen, dachte ich. Ich lade dich ein.«

Heidi musterte ihn verkniffen. »Glaub aber nicht, dass du mich damit um die Rechnung für dein Notebook prellen kannst.« Dann grinste sie breit. »Ich bin dabei. Wo gehen wir hin?«

***

Als Florian das Büro seiner Frau betrat, war er voller Sorge, was sie ihm auf den ersten Blick ansah. »Okay, sprich es einfach aus«, verlangte sie nachdrücklich. »Haben sie jemanden festgenommen? Den Ferdinand etwa? Ich habe seit heute Früh nichts mehr von ihm gehört.«

»Nein, nein, das ist es nicht«, sagte Florian und nahm ihr gegenüber Platz. »Keine Ahnung, wie da der Sachstand ist. Es geht um was ganz anderes.«

»Was denn? Du bist kreidebleich, Florian. Ist was mit den Mädchen?«

»Aber nein, keine Sorge. Denen geht es gut. Sind in der Schule, oder?«

»Ja. Meines Wissens nach.« Birgit stand auf, um ihre Position zu verdeutlichen. »Also klär mich jetzt endlich auf. Was ist los?«

»Der Brunnen war vergiftet.«

»Wovon redest du?«

»Von den Bibers. Die Überschwemmung im Hof gestern. Sie haben den Brunnen geflutet, weil ihn jemand verdreckt hat.«

Birgit klappte den Mund zu und nahm Platz. »Ach, darum geht es.« Anscheinend hatte sie Schlimmeres erwartet. »Okay, erzähl mal. Was hast du erfahren?«

»Jemand hat ihnen was in den Brunnen getan. Was genau, weiß ich nicht, aber deswegen ist ihr Sud umgekippt. Nicht auszudenken, wenn dem nicht so gewesen wäre. Wenn sie es nicht gemerkt hätten, dann wäre das schmutzige Bier womöglich in den Handel gelangt.«

»Dann hätten wir eine Konkurrenz weniger«, resümierte Birgit.

Florian starrte sie fassungslos an. »Das meinst du jetzt nicht wirklich.«

Sie senkte demütig den Blick. »Nein, wohl nicht. Ich mache mir nur Gedanken. An der Lämmerberger Naturhelle hängt unsere Zukunft. Wenn sich nicht bald was tut, geraten wir in Schwierigkeiten.«

»Die haben wir vielleicht schon.«

»Wegen der Polizei? Heute Vormittag meintest du noch, der Ferdinand macht das schon. Enthältst du mir irgendetwas vor, Florian?«

»Ja, aber etwas ganz anderes, als du denkst.«

»Okay, du willst, dass ich dir alles aus der Nase ziehe«, stellte sie fest und stierte ihn genervt an. »Möchtest du dich vielleicht näher erläutern, wertester Gatte?«

»Ich glaube, ich bin für die Brunnensache verantwortlich.«

»Du? Red keinen Unsinn.«

Florian nahm einen tiefen Atemzug. »Neulich hat mich der Rio angesprochen und mir was in Aussicht gestellt.«

»Rio? Der Freitag? Wie kannst du dich mit *dem* einlassen? Verdammt, Florian, spinnst du denn?«

»Du hast doch gerade selbst gesagt, wie wichtig es ist, dass sich unser Bier durchsetzt«, versuchte sich Florian halbseiden zu rechtfertigen. »Ich wollte ein wenig nachhelfen. Unkonventionell. Aber *das* wollte ich sicher nicht.«

»Was hast du denn erwartet bei einem Stück Dreck wie dem Freitag? Dass er höflich um etwas bittet? Was hat er dir in Aussicht gestellt?«

Florian erzählte seiner Frau von dem Gespräch am Yachthafen.

»Ein Honorar?«, brach es aus Birgit heraus, nachdem er geendet hatte. »Du hast ihm Geld versprochen? Oh, Florian …« Seine Frau schien auf ihrer Schreibtischkante in sich zusammenzusinken. »Das darf doch nicht wahr sein.«

»Ich suche ihn morgen auf und beende unser Arrangement«, versprach Florian. »Wir haben ohnehin kein Geld, um bei den Bibers einzusteigen, wenn der Ludwig rauswill. Also soll es uns egal sein, was aus dem Testament wird.«

»Gut, löse alle Vereinbarungen mit dem Scheißkerl«, pflichtete ihm Birgit bei. »Die Sache mit dem Testament könnte uns auch so helfen.«

»Wie denn? Wenn der Rio es wieder auftauchen lässt, wird alles der Ulrike gehören und Biber-Bräu macht weiter wie bisher.«

»*Falls* er es wieder auftauchen lässt«, korrigierte ihn Birgit. »Vielleicht tut er das gar nicht. Vielleicht hat er es auch gar nicht.«

Nachdem er sich ein wenig beruhigt hatte, eilte Florian ins Wohnhaus hinüber. Seine Mutter saß in ihrem großen Ledersessel im Kaminzimmer und las. Im Hintergrund lief Brahms. Florian grüßte sie flüchtig und ging weiter ins Wohnzimmer, wo sie die alten Fotoalben aufbewahrte. Dass er in denen auf das Geheimnis um das damalige Brauereiende stieß, war unwahrscheinlich, doch es musste Ansatzpunkte geben.

Tatsächlich war schon im ersten Album einer gefunden. Ein Foto aus den frühen Sechzigern zeigte zwei Männer in den mittleren Jahren und einen kleinen Buben vor einem Wirtshaus. »Zum Jankerwirt« war deutlich zu lesen, daneben das Brauerei- und Familienwappen der zu Lämmerbergs. Die beiden Männer standen Schulter an Schulter und lachten dem Fotografen zu. Der kleine Bub war der heutige Jankerwirt, der Valentin. Der Mann hinter ihm war sein schon lange verstorbener Vater. Der andere war Leopold zu Lämmerberg, Florians Großvater. Heute wurde beim Jankerwirt Biber-Bräu ausgeschenkt, damals aber war es offensichtlich das Lämmerberger Bier.

Florian klappte das Album zu, eilte hinaus und schwang sich wieder in seinen Wagen. Auch wenn der Valentin damals noch ein kleiner Bub gewesen war, hatte er vielleicht über seinen Vater das eine oder andere mitbekommen. Biber-Bräu hatte das Biermonopol in Beilngries, nachdem Lämmerberg nicht mehr braute. Und wie hatte die Sommer Gudrun gesagt? Der alte Biber, der Gustl, der war ein harter Hund. Der hat sich genommen, was er gewollt hat.

***

Östergrund hatte nicht angeklopft, bevor er Erna Starcks Büro enterte. »Haben Sie sich mit dem Profil befasst?«

Erna vergab ihm die Unhöflichkeit und nickte gemessen. Sie kannte diesen Mann noch nicht lange, doch Östergrund war pragmatisch bis zur Schmerzgrenze. Verletzungen von Anstandsregeln musste man ihm nachsehen, da dergleichen in seiner Welt überflüssig, weil bremsend waren. Sie brauchte ihm auch nicht den Stuhl ihr gegenüber anzubieten, denn den nahm er auch uneingeladen.

»Ziemlich vage. Ihr Kidnapper wäre demnach ein Sauberkeitsfanatiker, dem ein paar Sicherungen durchgeschmort sind«, sagte sie und lehnte sich zurück. »Auf Ferdinand zu Lämmerberg scheint mir das nicht anwendbar. Er ist gut gekleidet, keine Frage, weiß sich gewählt auszudrücken, und seine Hände sehen manikürt aus. Er hatte aber keine Scheu, mit seinen Lackschuhen quer über den Rasen zu laufen. Außerdem ist sein Wagen schon lange nicht mehr gewaschen worden. Zu einem Sauberkeitsfanatiker passt das nach meiner Definition nicht.«

»Wir dürfen nicht außer Acht lassen«, entgegnete Östergrund, »dass unser Mann Ausnahmen zulässt. Er hat seine Schülerinnen zur Sauberkeit erzogen, trichterte ihnen sexuelle Reinheit und sittliche Makellosigkeit ein. Gleichzeitig waren sie ihm nicht zu schade, sie mit Jauche vollzuspritzen, und ihnen tagelang Hygienemittel vorzuenthalten. Was schließen Sie aus dieser Haltung, Frau Starck?«

»Er ist ein Sadist. Ein bornierter Sadist. Er hat sich an ihrer Not und Hilflosigkeit aufgegeilt. Ein Machtmensch. Wenn er seine Opfer als ›Schülerinnen‹ ansah, hat er wohl eine Art Lehrerkomplex.«

»Sehr gut«, räumte Östergrund ein. »Wir haben damals in der Tat eine Menge Lehrkräfte aus dem Umfeld der drei Opfer überprüft. Unser Mann glaubt, anderen etwas weitergeben zu müssen. Er glaubt, etwas zu wissen, was andere partout nicht begreifen wollen. Deshalb sieht er sich dazu verpflichtet, zu solch drastischen Maßnahmen zu greifen. Er wähnt sich auf einer Mission. Wie Sie sagen: eine Art Lehrerkomplex. Er glaubt, er muss anderen etwas beibringen.«

»Dass körperliche beziehungsweise sexuelle Reinheit das Maß aller Dinge ist«, ergänzte Erna. »Dann kommt er vielleicht aus einem streng religiösen Milieu. Ein Reaktionärer, der sündigen Frauen zeigen will, was sie alles falsch machen.«

»Auch in diese Richtung haben wir erfolglos ermittelt«, sagte Östergrund. »Meiner Ansicht nach versteht er Reinlichkeit und Sauberkeit nicht als eine Lebensauffassung. Vielmehr sieht er darin eine Tugend.«

»Wo ist der Unterschied?«

»Nun, er hat sich als Lehrer aufgespielt, nicht als Prediger. Wäre er religiös motiviert, hätte sich das auch auf seine Darstellung gegenüber den Frauen ausgewirkt. Aber schrille Techno-Musik, grelle Discolichter und die irrsinnige Tanzerei um den Käfig der Frauen – so führt sich niemand auf, der religiösen Dogmen folgt. Nein, unser Lehrer ist kein religiöser Mensch. Sauberkeit bedeutet ihm viel, doch um seinen Standpunkt zu verdeutlichen, ist er jederzeit bereit, sie zu vernachlässigen. Was verstehen Sie vom Bierbrauen, Frau Starck?«

Erna stutzte ob der so aus dem Kontext gerissenen Frage. »Bayerns edelstes Handwerk«, gab sie zur Antwort.

Östergrund lächelte, was ihn beinahe zu einem Fremden machte. »Der Brauprozess verlangt ein Höchstmaß an Reinlichkeit«, breitete er vor ihr aus. »Die Pfannen müssen gründlich sauber gehalten werden. Keime im Wasser oder in den Zuläufen können den Sud zerstören. Für die Zutaten gelten ebenfalls höchste Standards, wollen Sie dem Bayerischen Reinheitsgebot gerecht werden.«

»Schön zu wissen. Wollen Sie umsatteln und Brauer werden?«

»Nein. Ich stelle nur fest, dass der Sauberkeitsfimmel unseres ›Lehrers‹ zweckgebunden und nicht als prinzipielle Haltung zur Reinlichkeit zu deuten ist. Inzwischen wissen wir, dass die drei Frauen im Haus eines ehemaligen Bierbrauers gefangen gehalten worden sind, dessen Enkel seit Kurzem ebenfalls braut. Der Beruf des Brauers scheint mir mit der Haltung unseres Täters zur Sauberkeit sehr vereinbar. Unser Lehrer hat seinen drei Schülerinnen seine Version eines ›Reinheitsgebots‹ vermitteln wollen. Ich halte es für sehr wahrscheinlich, dass er in diesem Milieu zu finden ist.«

Östergrunds Ausführungen hatten noch einen anderen Denkprozess in Erna in Gang gesetzt. »Er hält sich für einen Lehrer«, resümierte sie. »Er wollte ihnen etwas beibringen. Um sich zu vergewissern, wie gelehrig Schüler waren, gibt es Prüfungen. Zum Lernprozess gehören immer Prüfungen.«

Ein Blick in Östergrunds Miene mit seinen stechenden Augen verriet ihr, dass er nur gewartet hatte, dass sie darauf kam. »Er verhieß ihnen bei der Freilassung, sie fortan zu beobachten«, vervollständigte er. »Ihr weiterer Lebenswandel war die ›Prüfung‹. Zwei von ihnen fanden den Tod, kurz nachdem sie nach langer Abstinenz wieder Beziehungen eingegangen waren. Sie haben die Prüfung nicht bestanden. Sie die Klasse wiederholen zu lassen, war in seinem Lehrplan offenbar nicht vorgesehen. Er hat sie lieber umgebracht.«

***

Ludwig war bester Dinge, als er in die Brauerei zurückkehrte. Was er sich vor zwanzig Jahren aus Feigheit nicht zu erfragen getraut hatte, hatte sich heute fast von selbst ergeben: Er hatte morgen Abend ein Date mit der Heidi.

Er parkte seinen Audi am Bürogebäude und schaute sich nach Haralds Mini Cooper um. Er war nicht da. Nun, der Harry hatte letzte Nacht durchgearbeitet, wahrscheinlich würde er erst morgen wieder auftauchen. Es bestand keine Eile, doch Ludwig wollte umgehend mit ihm reden. Er musste herausfinden, wie er zu ihm stand. Ulrike war selbstgefällig genug, nach Papas Tod sich und ihre IT-Schlampe für den Dreh- und Angelpunkt der Brauerei zu halten. Nach Ludwigs Auffassung war das aber der Falter Harry. Und der Harry war kein Depp. Ihm musste klar sein, dass Ulrike den Laden über kurz oder lang an die Wand fahren würde. Weil ihr das Gespür fehlte. Für so ziemlich alles. Er traf sie im Treppenhaus an.

»Hey, da ist etwas, das ich dich noch fragen wollte«, sagte er, worauf sie mit gewohnt finsterer Miene innehielt. »Mir ist aufgefallen, dass du den Horngold Siggi nach der Beerdigung ziemlich scharf angegangen bist.«

»Und?«, raunte Ulrike retour.

»Bist du nur wegen dem Testament auf ihn sauer? Oder auch, weil er jetzt wieder lieber mit seiner Frau vögelt als mit dir?«

Ludwig wartete keine Antwort ab, sondern stampfte mit einem verkniffenen Lächeln auf den Lippen die restlichen Stufen nach oben. Dass Ulrike um jedes weitere Wort verlegen war, krönte seinen kleinen Triumph.

In Papas Büro herrschte noch immer das Chaos, doch das störte ihn nicht. Er rückte den Mahagoni-Tisch einigermaßen gerade und machte es sich in dem großen Chefsessel bequem. Dann klappte er den von Susi Anrainer so heimtückisch infizierten Laptop auf, um ihr und ihrer Chefin ein paar Rätsel aufzugeben, indem er wahllos in empfindlichen Betriebsinterna herumwühlte.

Ein wenig später fiel ihm bei einem Blick auf die Telefonanlage auf, dass es eine Kurzwahltaste für »H. F.« gab. Das konnte eigentlich nur der Falter Harry sein. Er drückte sie kurzerhand. Die Verbindung baute sich auf, doch es ging niemand ran. Der Anrufbeantworter schaltete sich ein: »Hier Harald Falter. Lecken Sie mich nach dem Piepton.«

Der Piepton erfolgte, aber Ludwig sah davon ab, eine Nachricht zu hinterlassen. Es war besser, die Angelegenheit von Angesicht zu Angesicht mit ihm zu besprechen.

Ein weiterer Stützpfeiler der Firma war der Raab Hansi. Ludwig fiel ein, dass der heute mit einem der Lageristen die Mauer im Brunnenschacht hochziehen wollte. Eine gute Gelegenheit, ein paar Worte mit ihm auszutauschen und nebenbei Christina Hallo zu sagen.

***

Der pummelige, kleine Mann vor dem Tor war so unverkennbar, dass Christina zum ersten Mal, seit sie hier wohnte, öffnete, ohne vorher die Sprechanlage zu benutzen. Sie drückte den Entriegelungsknopf und schaute durch das Küchenfenster zu, wie Ludwig Biber eintrat und das Tor pflichtschuldig wieder hinter sich schloss. Beim Näherkommen musterte er beiläufig die beiden Schubkarren, die der Hansi und sein Kollege hergeschafft hatten. Der eine hatte Steine geladen, der andere Mörtel. Inzwischen war beides in Eimern nach unten befördert worden.

»Ich dachte mir, ich schau mal vorbei, ob meine Leute auch was tun für ihr Geld«, erklärte sich der Brauersohn bei der Begrüßung an der Haustür. Christina bat ihn herein.

»Wie geht es Ihnen?«, fragte er im Flur. »Sie waren letzte Nacht ziemlich blau.«

Ungeschliffene Direktheit, dachte Christina und schmunzelte. »Das können Sie laut sagen«, gestand sie sich und ihm ein. »Ich hoffe, ich habe Sie nicht erschreckt.«

»Ihre Geschichte hat mich schon sehr erschreckt, muss ich sagen. Verzeihen Sie die Frage, aber entspricht das wirklich alles der Wahrheit? Sie waren in einem Käfig gefangen? Drei Monate lang? Zusammen mit zwei weiteren Frauen?«

»Es stimmt«, antwortete sie salopp. »Es ist keine Ausgeburt meines Alkoholkonsums.«

»Aha. Es hätte ebenso sein können, dass ich Sie aufgrund meines eigenen Alkoholkonsums falsch verstanden habe und selbst für die Ausgeburt verantwortlich war. Gut, dass das jetzt geklärt ist.« Biber suchte ihren Blick, als sie die Kellertür öffnete. »Muss verdammt schwer sein, wieder ins Leben zu finden.«

»Die Paranoia und ich sind seitdem per Du«, sagte Christina und ging weiter. »Das könnten wir beide auch sein, was meinen Sie, Herr Biber?«

»Klasse Idee, Christina. Bereit, wenn du es bist. Hoppla, das war's ja schon.«

Christina lächelte, als sie die Stufen hinabstieg. Sie mochte den kleinen Mann und fühlte sich auf seltsame Weise geneigt, sich ihm zu öffnen. Es war anders als beim Hansi, aber kaum weniger. Ein Grund war sicher, weil er unmöglich der Tänzer sein konnte. Ein anderer, weil sie ihn tatsächlich mochte und seine Gesellschaft genoss.

»Ich nehme an, die Paranoia ist dein liebster Saufkumpan«, sagte er.

»Wenn mich kein anderer findet, sie findet mich immer.«

»Es geht nichts über zuverlässige Freunde. Aber manchmal gehen sie einem auch ganz schön auf den Keks, was?«

»Ja, ich würde sie oft lieber aussperren.«

Vor der nur angelehnten Eisentür standen sie sich gegenüber.

»Du denkst nicht schlecht über mich, Ludwig?«

Er formte ein Lächeln. »Warum sollte ich? Die Paranoia ist auch bei mir oft zu Gast.«

»Besäufst du dich dann auch so wie ich und hörst Stimmen?«

»Schlimmer. Ich sehe dann sogar, wer da zu mir spricht. Meistens ist es mein Vater. Selbst der Tod hält ihn nicht davon ab, mich zu belästigen. Eine furchtbare Nervensäge.«

Ludwig Biber zwängte sich den engen Gang hinab, Christina folgte in geringem Abstand. Am Rand des Wasserbeckens glommen zwei Ölfunzeln und sorgten für flackerndes Licht. Nur ein paar Schritte weiter, wo der kaum hüfthohe Verbindungstunnel zum Brunnenschacht seinen Anfang nahm, schichteten der Hansi und sein Kollege die unförmigen Gesteinsbrocken zu einer Mauer hoch.

»Kein Kunstwerk, aber sie wird ihren Zweck erfüllen«, verlautete der Hansi. »Die Drecksau kommt hier nicht mehr rein. Wir sind so gut wie fertig. Der Armin hat einen anständigen Mörtel gemischt.«

Der Benannte, ein schmächtiger Gloife, der schon an der Haustür und beim Eimer- und Steineschleppen um jedes Wort verlegen gewesen war, gab keinen Kommentar ab.

»Gute Arbeit, Leute«, lobte Ludwig seine Mitarbeiter. »Wie kann ich mich für diese Sonderleistung revanchieren? Mit einem Kasten Bier?«

»Kein schlechter Anfang«, erwiderte Hansi grinsend. »Ich nehme nachher einen Kasten Extradolde mit.«

»Ich trinke nicht«, lehnte der andere ab.

»Ernsthaft?«, fragte Ludwig. »Armin, richtig? Du trinkst überhaupt keinen Alkohol?«

Besagter Armin schüttelte kaum merklich den Kopf und arbeitete weiter. Christina musterte ihn aus dem Hintergrund. So wortfaul und unkommunikativ war ihr bislang selten jemand untergekommen.

»Christina, hast du das gehört?«, fragte Ludwig mit hochgezogenen Augenbrauen. »Kein Anwärter für unseren Club der saufenden Paranoiker.«

»Gut für ihn. Der Clubbeitrag ist unverschämt hoch.«

Später und allein vertieften sie das Gespräch in der Küche bei einer Tasse Tee.

»Ich habe ihn jahrelang nicht gesehen, meinen alten Herrn, und trotzdem hat er mich in all der Zeit keinen Tag in Ruhe gelassen«, erzählte Ludwig. »Er war immer in der Nähe, wenn ich jemandem eine Versicherung angedreht habe. Er stand immer in der Ecke, wenn mich mein Chef belobigt hat. Und wenn ich eine Frau ... nun ja ... also ... er war ein Aufreißertyp, mein Vater, weißt du? Ich bin das nicht. Überhaupt nicht. Für Sex bezahle ich üblicherweise, und wenn ich mal ein Lächeln umsonst bekomme, meistens dann, wenn sich jemand über mich lustig macht. Worauf ich hinauswill: Ich habe meinem Vater nie das Wasser reichen können. In keiner Weise. Das hat er mich jeden Tag spüren lassen, indem er mich so gut es ging ignoriert hat. Er hat sich nie für mich interessiert, als ich noch hier war. Aber kaum bin ich weg gewesen, hat mich sein imaginäres Selbst überallhin verfolgt. Wenn das nicht paranoid ist, was dann?« Er grinste gequält und nippte an seiner Tasse.

Christina empfand Mitleid und schämte sich noch im selben Moment dafür. Mitleid war wahrscheinlich das Letzte, was jemand in Ludwigs Lage wollte. Auch sie wollte keins.

»In Düsseldorf bezahlst du also für Sex?« Ungeschliffene Direktheit – Christina begann, das zu genießen.

Ludwig nickte beflissen. »Ich bin halt ein unverbesserlicher Romantiker.«

Sie lächelte. »Das bin ich dann wohl auch. Seit meiner Entführung warte ich auf den Richtigen.«

»Den Richtigen?«

»Um mich mal wieder in den Sattel zu wagen. Ich bin seitdem nicht mehr geritten.«

»Warum nicht? Weil es dir dieser Irre verboten hat?«

»Ja«, gestand Christina ein. »Und weil er mich verfolgt, so wie du von deinem Vater verfolgt wirst. Gestern Abend war ich mir sicher, ihn hinter der Eisentür gehört zu haben. Und das ist nicht alles.«

»Was noch? Möchtest du es mir erzählen?«

Christina wollte. Weil es guttat, so unverblümt offen zu sein.

»Es sind Kleinigkeiten. Manchmal ist der Herd ausgeschaltet, und ich erinnere mich nicht mehr, ihn ausgeschaltet zu haben. Mein erster Gedanke ist dann, dass er es war. Dass er hier ist. Vor meinen Blicken verborgen. Ein Phantom. Wie er es schon immer war. Mehr ist er nie gewesen. Ein Phantom, das ekstatisch um unseren Käfig herumgetanzt ist.« Christina spürte ein Kribbeln in den Fingern und anderen Extremitäten, doch von einer Panikattacke war sie noch weit entfernt. Panik überfiel ihre Opfer, wenn sie allein und verwundbar waren. In Anwesenheit eines zweiten Paranoikers hatte sie keine Chance. »Manchmal verwundert mich die Anordnung der Kissen auf der Wohnzimmercouch. Natürlich bin ich selbst dafür verantwortlich. Der Wein, du verstehst schon. Trotzdem ist dann mein erster Gedanke, dass er da gewesen ist. Und neulich war ein Fenster offen. Das im hinteren Schlafzimmer oben. Ich kann mich beim besten Willen nicht erinnern, es aufgemacht zu haben, aber es war offen, als ich nach Hause gekommen bin. Das war in derselben Nacht, als dein Vater … du weißt schon …«

»… sich den Kopf weggeschossen hat?«, ergänzte Ludwig.

Sie nickte. »An dem Abend habe ich mich mit Julia getroffen. Danach hatte sie ihren Unfall. Verdammt, ich wollte sie heute eigentlich besuchen. Mit dem Brunnen und allem habe ich das völlig vergessen.«

»Die Sache dürfte jetzt gegessen sein«, sagte Ludwig mit einer wegwischenden Handbewegung. »Der Brunnen ist jetzt sicher. Genau wie dein Haus.«

»Du meinst, *dein* Haus.«

»Haarspalterei. Und vielleicht auch gar nicht zutreffend. Falls doch noch ein Testament auftaucht, bleibt mir höchstens der Pflichtteil. Meine Schwester würde eine Riesenparty schmeißen.«

»Wollen wir unsere Therapiesitzung thematisch auf sie ausweiten?«

»Darauf komme ich vielleicht zurück«, entgegnete Ludwig mit einem vagen und deshalb aufrichtigen Lächeln. »Ulrike könnte noch mal ein abendfüllendes Gespräch werden. Denkst du, du hältst das aus?«

»Du weißt, wo du mich findest, Herr Vermieter. Und Wein habe ich genug.«

***

Rio Freitags Prollkiste war bereits vor Ort, als Florian an ihrem vereinbarten Treffpunkt vorfuhr. Der Besitzer stolzierte entspannt aus dem Restaurant und steckte sich eine Kippe an. Der Beilngrieser Sportflughafen lag in den letzten Sonnenstrahlen dieses Tages.

»Was ist denn so dringend?«, fragte Freitag. »Hast du einen Extrawunsch? Soll der Ludwig noch ein paar aufs Maul bekommen, bevor er sich verzieht? Kein Problem.«

»Ich habe überhaupt nichts für dich«, erwiderte Florian. »Ich bin hier, um dir zu sagen, dass wir fertig miteinander sind, Rio. Verstanden? Die Sache ist durch.«

Freitag fasste ihn mehr mit verwirrten als mit wütenden Blicken. »Was sagst du da? Spinnst du? Du weißt doch, um was es geht.«

»Hast du was mit dem Brunnen bei den Bibers zu tun?«

Nun erst flackerte offener Zorn in Freitag auf. »Red doch noch ein wenig lauter, du Vollidiot. Und hol vielleicht auch gleich die Presse dazu. Was willst du, Florian?«

Florian dämpfte seine Stimme und fixierte sein Gegenüber streng. »Das hat ein Ende. Keine Ahnung, welcher Irrsinn dich geritten hat, aber das hat auf der Stelle ein Ende. Mach mit dem Testament, was immer du willst. Wir sind fertig.«

»Ach, jetzt verstehe ich, du willst mich um mein Geld prellen«, sagte Freitag und kam rauchend näher. »Darum geht es, klar. Leider vergisst du eins, mein hochwohlgeborener Freiherr zu Lämmerberg: Ich bin kein Dreck an deinen Stiefeln, den du so einfach abkratzen kannst, wie es dir gefällt. Wir haben einen Deal.«

»Der ist hiermit null und nichtig. Ich habe kein Interesse an Biber-Bräu.«

»Du, deine Interessen sind mir scheißegal.« Freitag formte eine geradezu mörderische Fratze. »Wir haben einen Deal. Ich erfülle meinen Teil, und du wirst deinen erfüllen. Andernfalls …«

»Andernfalls was?«

Florian glaubte, in einen Abgrund zu blicken, als Freitag plötzlich ein verspieltes Lächeln aufsetzte. »Tja, andernfalls, mein lieber Freiherr, lernst du mich von einer anderen Seite kennen. Sobald der Ludwig das Handtuch wirft, gibst du mir die zweite vereinbarte Tranche. Danach sehen wir weiter. Halte dich daran, Florian. Ich lasse mich nicht verarschen. Von einem wie dir schon gar nicht. Du weißt, was ich von deinesgleichen halte.«

Nun lachte Florian auf. »Also bitte. Glaubst du etwa, du könntest mir Angst machen? Willst du mich wieder verprügeln lassen, so wie damals? Du kannst mir nicht drohen, Rio.«

»Aber, aber.« Freitag hob beschwichtigend die Hände. »Unter Geschäftspartnern droht man doch nicht. Man erteilt höchstens gute Ratschläge. Es wäre außerdem ziemlich niederträchtig von mir, würde ich den Vater zweier so hübscher kleiner Töchter bedrohen. Wirklich hübsch, deine beiden Kleinen, Florian. Du musst gut auf sie aufpassen. Schärfe ihnen ein, immer gut auf den Verkehr zu achten, wenn sie zur Schule gehen. Bei all den rücksichtslosen Fahrern heutzutage kann immer was passieren. Es soll auch Leute geben, die noch ganz andere Verwendung für zwei so hübsche kleine Dinger haben. Verstehst du, was ich meine, oh mein Freiherr? Pass also gut auf sie auf.«

***

Die Dunkelheit zog herauf, und der Schatten konnte sein Menschsein endlich abstreifen. Normalerweise wartete er die vollkommene Nacht ab, bevor er loszog, doch heute fühlte er sich rastloser als sonst, und so verließ er seine Wohnung schon früher als üblich. Noch bevor der Himmel die tröstende, gold gepunktete Schwärze angenommen hatte.

Fasziniert beobachtete er seinen Begleiter entlang der Hauswand, den Schatten des Schattens. Er wünschte, er könnte seinen Platz einnehmen. Seine fleischliche Existenz gegen diese schlichte, vollkommene Schönheit eintauschen. So vieles wäre dann einfacher. Erträglicher. Zum Beispiel jetzt, da noch viel zu viele Menschen unterwegs waren und er Gefahr lief, von ihren Blicken versengt zu werden. Die Nacht war noch nicht vollkommen, und der Schatten war es auch nicht.

Er fand Zuflucht unter der oberen Sulzbrücke. Lange bevor der Schatten in dieser Stadt heimisch geworden war, war die Sulz ein Zulauf der Altmühl gewesen. Der Bau des Main-Donau-Kanals hatte vieles verändert. Im Stadtgebiet war das Sulzbett vor Jahren aufwendig renaturiert worden, woraus ein beschaulicher Spazierpark entstanden war. Der Schatten hielt sich dort gern auf, aber noch war es zu früh, um sich frei zu bewegen. Noch gab es zu viele Augen.

Er dachte an seinen unbekannten Bruder und fragte sich, wie der wohl sein Dasein handhabte. Streifte er jede Nacht umher oder nur in bestimmten? Wohin zog es ihn? Wonach dürstete ihn? Der Schatten hatte sein Alleinsein immer genossen, doch seit er von seinem Bruder wusste, verspürte er ein Verlangen nach Zweisamkeit.

Als es die Nachtsättigung endlich zuließ, gab sich der Schatten ihr hin. Das Licht der Parklaternen leckte an ihm, doch das war in Ordnung so. Ihr spärliches Licht war es, das einen Schatten erst existenziell machte. Er glitt auf die von Efeu überwucherte Stadtmauer hinauf und verharrte dort eine Weile, bis ihn erneut eine unbändige Rastlosigkeit überkam. Auf der anderen Seite lagen die engen Gassen, die er so liebte. Er wollte etwas tun, wollte etwas ergründen. Doch was? Was konnte einem Schatten Nahrung geben? Die Frauen, die er so häufig beobachtete? Nicht heute Nacht.

Der Schatten fühlte eine Leere in sich, die er nicht zu füllen wusste. Eine Sehnsucht, die nicht zu stillen war. Wahrscheinlich würde sie erst verschwinden, wenn er vollkommen war. Eines Tages, dort droben in den lichtlosen Wäldern. Bis dieser Tag kam, würde er seinen Hunger noch anderweitig stillen müssen.

Freitagabend in der »Zittelwirtschaft«

Ihrem rustikalen Gewand zum Trotz, mit Verstrebungen und Stützsäulen aus jahrhundertealtem Holz, vermittelte die Zittelwirtschaft auch einen Hauch von Moderne, was nicht zuletzt an der mittig gelegenen Rundtheke lag. Ein Ungetüm aus Metall und Glas, das mit spitz gezackten Ausläufern und blau getönten Lampions einem Raumschiff entsprungen zu sein schien. Die Farbgebung der Tischdecken und Vorhänge ringsum tat das Übrige. Die Zittelmeiers setzten auf sattes Rot und leuchtendes Gelb, schnörkellos und schlicht.

Harald kam gern hierher. Das Essen war gut, die Bedienungen freundlich, und es gab Biber-Bier.

Die Zittelmeierin kassierte unter allerlei Gelächter und Gepolter einen Tisch nahe der Eingangstür ab, als er eintrat. Ihr ältester Sohn, der Franz, zapfte an der Schankanlage.

»Harry! Servus!«, grüßte er, als er den neuen Gast bemerkte. »Lang nicht mehr gesehen.«

Einem ersten Impuls folgend, hätte Harald ihm quer über die Theke eine kleben müssen. Vielleicht hätte er es getan, wenn die Zittelmeiers nicht mitunter ihre besten Abnehmer wären. Er rang sich ebenfalls einen Gruß ab und hielt dann schnell auf den Tisch zu, wo seine Verabredung wartete.

»Was willst'n trinken?«, rief ihm der Franz nach.

Harald brachte nur ein Grunzen zustande, das der Franz hoffentlich als »Helles« verstanden hatte.

Ein Gespräch mit Ulrike stand noch immer aus. Er hatte sie heute aufsuchen wollen, aber sie hatte sich den ganzen Tag lang nicht in der Firma sehen lassen. Geschäftlich unterwegs sollte sie sein, hatte die Susi behauptet, die Haralds Ansicht nach ein wenig zu viel mitredete, seit der Chef fort war. *Geschäftlich unterwegs.* Harald lachte düster in sich hinein. So geschäftlich wie der Mittwochabend mit dem Zittelmeier Franz wahrscheinlich.

Er nahm Platz. Sein Gastgeber, der ihm nun gegenübersaß, war der Oberbrauer bei den Lämmerbergs: Josef Mack, ein kleiner, schmaler Kerl mit fiebrigen Augen und krausen Haaren. Vor ihm auf dem Tisch stand eine Halbe Extradolde. Harald hätte gern selbst eine getrunken, aber da schon jetzt Lieferengpässe abzusehen waren, hatte er ein Helles bestellt.

»Freut mich, dass du gekommen bist«, unterbreitete ihm der Mack. »Gemütlicher Laden. Ich bin zum ersten Mal hier.«

»Weil's dein Bier hier nicht gibt?«, erwiderte Harald.

»Das wird sich bald ändern.« Mack zog eine doofe Grinsegrimasse. »Mein Chef hat das erst gestern abgeklärt. Ab nächste Woche gibt's in der ›Zittelwirtschaft‹ auch unsere Naturhelle.«

Ein paar Momente lang ergab sich Harald der flüchtigen Vorstellung, wonach Ulrike das mit ihrer Nummer mit dem Franz vielleicht zu verhindern versucht hatte, doch das war Blödsinn. Wahrscheinlicher war, dass Ulrike sich nicht mal darum scherte. Harald sah das anders. Jede verkaufte Lämmerberger Naturhelle bedeutete eine Halbe weniger Biber-Bräu.

»Hast du unser Bier schon probiert?«, fragte Mack.

Harald verneinte wahrheitsgemäß. Der lauwarme Schluck von Hansis Werkzeugtaschen-Halber zählte nicht.

»Solltest du mal. Deine Extradolde finde ich jedenfalls großartig.« Mack nahm einen demonstrativen Schluck. »Tolle Blume, ein richtiger Hopfenhimmel und nicht zu bitter. Wirklich toll. Etwas Vergleichbares wollen wir auch brauen. Unserem Team fehlt aber noch jemand mit dem entsprechenden Talent. Du wärst willkommen, Harald.«

Eine Bedienung kam vorbei und brachte Harald sein Helles. »Zum Wohl.«

»Danke«, brummte er und sog sogleich ordentlich daran.

»Was sagst du dazu?«, bohrte Mack weiter. »Ich meine, hat Biber-Bräu denn eine Zukunft?«

Wenn ich das mal wüsste, dachte Harald. »Der Florian will mich also abwerben. Wozu? Bist du ihm denn nicht genug?«

Mack wandte getroffen den Blick ab. »Darum geht's nicht. Wir wollen unser Team vergrößern. Im Augenblick schmeißen die Hanna und ich den Braubetrieb allein. Auf Dauer ist das zu wenig. Außerdem wollen wir uns erweitern. Jemand mit deiner Erfahrung und deinem Talent wäre ein Riesengewinn.«

Harald hatte eine andere Theorie. Den Lämmerbergs ging es weniger um ihn und sein Können als darum, Biber-Bräu mal eben den Braumeister zu klauen. Damit würden sie ihre ärgste Konkurrenz empfindlich schwächen. Vor allem jetzt, wo gerade erst der Chef verstorben war. Ulrike musste sich verdammt vorsehen, wollte Biber-Bräu nicht noch weiteren Boden verlieren. Die Lämmerbergs kämpften mit allen Mitteln.

Zu seinem eigenen Erstaunen erkannte Harald, dass es mit seiner Loyalität nicht mehr so weit her war, wie er geglaubt hatte. Er hatte seinen alten Chef sehr gemocht, und er verdankte ihm viel, aber er war nicht an seine Firma gebunden. Vor allem, weil es gar nicht mehr seine Firma war. Wenn der Florian gut zahlte, warum sollte er nicht wechseln? Es könnten sich völlig neue Horizonte für ihn auftun. Und er könnte es Ulrike damit heimzahlen.

Sein Blick fiel zum Franz, der hinter der Theke fröhlich pfeifend Gläser spülte. Blöder Mistkerl! Lass die Finger von ihr!

»Das Finanzielle musst du natürlich mit dem Chef klären«, fuhr Mack gedämpft fort. »Aber daran wird es bestimmt nicht scheitern.«

»Jetzt mal halblang«, gebot Harald mit gespreizten Fingern. »Ich fühle mich ja echt geehrt, Kumpel, aber ich habe einen guten Job. Den gebe ich nicht aus Abenteuerlust auf.«

»Wieso Abenteuerlust? Du glaubst, unser Unternehmen ist ein Abenteuer?«

»Euer Bier ist zu teuer, um sich zu etablieren.«

»Von wegen«, widersprach Mack. »Für gute Qualität zahlen die Verbraucher gern ein wenig mehr.«

»Gute Qualität kriegen sie aber auch zum halben Preis. Euer Bio-Siegel ist doch nur Augenwischerei. Jedes nach dem Reinheitsgebot gebraute Bier ist de facto bio.«

»Denkst du wirklich so?«, fragte Mack nach kurzem Zögern.

»Was dagegen?« Im selben Moment sah Harald auf und zuckte zusammen, als zwei neue Gäste die »Zittelwirtschaft« betraten. Leicht und beschwingt spazierte die Sommer Heidi herein, im Schlepptau watschelte sein neuer Chef – der Ludwig. Harald fiel die Kinnlade herunter.

»Ist was?«, fragte Mack und folgte seinem Blick. »Oh. Na, da schau her.«

Der Ludwig grüßte freundlich, als er ihren Tisch passierte. Harald biss sich auf die Lippen. Im Gegensatz zu Ulrike war der Ludwig kein Depp. Der konnte eins und eins zusammenzählen, wenn die Braumeister zweier Brauereien zusammenhockten. »Das hat mir noch gefehlt.«

»Vielleicht ist es ein Zeichen«, regte Mack amüsiert an. »Komm schon, der Typ ist doch kein Chef, oder? Und seine notgeile Schwester auch nicht.«

Nun bahnte sich die stille Wut in Harald doch noch ihren Weg nach oben. »Was weißt du denn davon, du Würstchen?«, fauchte er Mack an. Am liebsten wollte er ihm die Backpfeife verpassen, die für den Zittelmeier Franz vorgesehen war. Dieser Typ war noch keine zwei Monate im Ort und wagte es, über Ulrike herzuziehen. Das konnte Harald so nicht stehen lassen. »Ich sag dir jetzt eins, Freundchen: Du passt lieber auf, was du über meine Chefs sagst, sonst braucht der Florian *zwei* neue Brauer.«

»Okay, okay, entschuldige«, gab Mack nach. »Das hätte ich nicht sagen sollen, tut mir leid. Reden wir übers Brauen. Also, pass auf: Wir werden auch weiterhin ganz auf bio setzen. Aber wir brauchen jemanden wie dich.«

***

Ludwig geleitete Heidi zu dem Tisch, den er reserviert hatte. Die »Zittelwirtschaft« erschien ihm der passende Rahmen für ihr Date – falls das denn eins war. Nicht so gehoben, als dass man ihm Absichten unterstellen könnte, und doch eins der besten Speiselokale in der Region. Und gemütlich war es obendrein. Im hinteren Teil hatte jeder Tisch seine eigene Nische, eingebettet in Querverstrebungen aus massiven Holzbalken, die bis zur Decke hochreichten.

Als Ludwig Platz nahm, entdeckte er Sigurd Horngold. Er saß zusammen mit seiner Frau in einer der letzten Nischen. Ihre Blicke begegneten sich. Horngold nickte grußvoll. Seine Frau schaute sich neugierig um, um dann ebenfalls zu grüßen.

Ludwig kopierte die höfliche Geste und fragte sich, ob die Horngolderin von ihrem Mann und Ulrike wusste.

»Wer ist dahinten?«, fragte Heidi, die sein Mienenspiel verfolgte.

»Die Horngolds«, antwortete Ludwig. »Die Einzigen aus dem Klüngel meines Vaters, die mich nicht verachten. Oder zumindest so tun als ob. Das macht sie irgendwie verdächtig.«

»Verdächtig wofür?«

»Habe ich mir noch nicht überlegt.«

Heidi grinste. »Noch immer der alte Spaßvogel.«

Du hast auch mal zu Papas Klüngel gehört, lag Ludwig auf der Zunge, doch er würde den Teufel tun, ihnen damit den Abend zu verderben. »Noch immer? Ich dachte, mein Geist und mein Witz wären erst in den letzten Jahren zusammen mit meinem Bauch gewachsen. Willst du sagen, so was hatte ich schon vorher?«

»Definitiv«, behauptete Heidi. »Du hättest dafür nicht deine Haare opfern müssen.«

Nun war es Ludwig, der grinste. Wie einfach die Widrigkeiten des Lebens doch sein konnten, wenn man sie zu zweit und humorvoll in die Zange nahm.

Die Zittelmeierin höchstpersönlich kam vorbei und brachte ihnen die Speisekarten. Ein gütiges Lächeln und freundliche Worte, die perfekte Gastronomin.

»Wirst du den Braubetrieb jetzt übernehmen, Ludwig?«, fragte sie nach der Bestellaufnahme.

»Das haben Ulrike und ich noch nicht ausgekartelt«, antwortete er. »Bier bekommt ihr jedenfalls weiterhin, keine Sorge.«

Die Zittelmeierin war schon wieder weg, als Ludwig zwei neue Gäste ins Auge stachen, die im vorderen Teil Platz nahmen: Christina und der Raab Hansi. Anscheinend war er es, bei dem sie nach so langer Zeit mal wieder aufsatteln wollte. Allzu glücklich schaute sie allerdings nicht drein. Im Gegenteil. Sie sah blass aus und machte ein Gesicht wie kurz vor dem Weltuntergang. Dafür strahlte der Hansi für zwei, als er ihr galant den Stuhl unters Gesäß schob. Die beiden hatten kaum Platz genommen, als noch jemand hereinkam, den Ludwig aus seiner Firma kannte: der steife Typ aus dem Verkaufsbüro, Jürgen Pflug. Er führte eine überaus hübsche Rothaarige an einen freien Tisch.

»Und wen beobachtest du jetzt?«, fragte Heidi.

»Oh, bitte entschuldige«, sagte Ludwig. »Ich habe nur allmählich das Gefühl, hier findet ein Betriebstreffen statt.«

***

Harald trank sein Bier aus. Josef Mack begann ihn mit seinem Bio-Gesülze zu langweilen. Freilich könnte man etwas wie die Extradolde auch mit Malz aus Bio-Getreide herstellen, doch Harald schwor auf seinen Mälzer aus Neumarkt. Ein anderes Malz kam für die Extradolde nicht in Frage. Für die Lämmerbergs ein ähnliches Bier zu entwerfen, hatte zwar durchaus einen gewissen Reiz, aber noch fühlte Harald sich den Bibers verpflichtet. Zumindest ein wenig.

Er sah auf die Uhr. Es ging auf halb acht zu. Zeit, den Abschied einzuleiten, um rechtzeitig zum Feuerwehrstammtisch zu kommen.

»Sag dem Florian, dass ich darüber nachdenke.«

Ungesagt ließ Harald, wovon seine Entscheidung tatsächlich abhing: ob Biber-Bräu an einen Konzern verkauft wurde und ob Ulrike weiterhin mit dem Zittelmeier Franz vögelte.

Er legte seinen Geldbeutel auf den Tisch und schaute sich nach einer Bedienung um, da kam der Hansi hereinspaziert, im Schlepptau die Säuferin aus dem Brunnenwächterhaus. Sie war kreidebleich wie auf Entzug.

»Lass mal stecken«, sagte Mack. »Dein Bier geht natürlich auf mich.«

»Ist recht«, meinte Harald versonnen und steckte sein Geld wieder ein, während er die beiden Neuankömmlinge beobachtete. Ein komisches Duo. Der Hansi, das personifizierte Frohgemüt, und das unwirsche Brunnengespenst mit dem Alkoholproblem. Zumindest sah sie heute besser aus als neulich Nacht. Da hätte sie auch einem Zombiefilm entsprungen sein können.

Harald wollte gerade aufstehen, als er beim Anblick eines

weiteren Pärchens in seiner Bewegung erstarrte. Seine Schwester kam herein – und mit ihr Jürgen Pflug.

»Was ist los?«, fragte Mack. »Siehst du ein jodelndes Pony?«

»Nein, einen krummbuckligen Trottel.«

***

Ludwig und Heidi ließen ihre Weingläser dezent aneinanderklingen und nippten. Der Riesling, den er ausgesucht hatte, suchte seinesgleichen. Ludwig freute sich schon auf den Altmühltal-Karpfen, den er bestellt hatte.

»Was schließt du daraus, wenn dein Oberbrauer mit dem vom Florian korrespondiert?«, fragte Heidi. »Fürchtest du, dass er flügge wird?«

»Ausschließen darf ich es nicht«, grummelte Ludwig. »Keine Ahnung, ob den Harry noch was in der Firma hält, jetzt, wo der Papa nicht mehr ist.«

»Mit der Ulrike kann er doch auch recht gut, oder?«

»Echt? Ich weiß nicht. Willst du mir damit irgendwas sagen?«

Heidi schürzte die Lippen. »Och, es ging mal ein Gerücht um, die beiden hätten was miteinander.«

»Ach, da schau her«, entgegnete Ludwig erstaunt, wenngleich ihn das bei näherer Betrachtung nicht weiter verwundern durfte. Der Harry war Papas Liebling gewesen. Wahrscheinlich hätte er ihn gern als Schwiegersohn gesehen. Woher Heidi von solchen Gerüchten wusste, fragte er nicht. Das würde das Gespräch wahrscheinlich in die Nähe seines Vaters und ihrer zeitweiligen Beziehung rücken, und dieses Thema würde ihnen garantiert den Abend versauen. Zumindest ihm.

»Unter Umständen kann mir das alles bald sowieso egal sein«, fuhr er fort und trommelte einen bereinigenden Tusch auf die Tischplatte. »Falls doch noch ein Testament auftaucht, bin ich ohnehin raus aus der Firma. Dann kann sich Ulrike damit herumschlagen, wie sie will.«

Heidi schwieg ein paar Momente lang und musterte ihn abschätzig. »Ludwig, ich weiß nicht, ob du es weißt, aber dein Papa und ich, wir waren eine Weile zusammen.«

Ludwigs Blick fiel resigniert auf die Tischdecke. Er seufzte. Nun hatte sie es doch ausgesprochen. »Ich habe davon gehört«, gestand er ein. »Muss ich dich jetzt fragen, wie es dazu gekommen ist?«

Sie schüttelte sacht den Kopf. »Nein. Ich wollte nur, dass das offen auf dem Tisch liegt.«

»Na gut, okay«, sagte Ludwig und lehnte sich zurück. »Nun liegt es offen auf dem Tisch. Möchtest du näher darauf eingehen?«

»Möchtest du?«

»Ich bin mir nicht sicher. Irgendwie frage ich mich schon, wie es sich zugetan hat, dass mein Vater meine liebste Schulfreundin verführt. Aber letztendlich spielt es wohl keine Rolle. Dinge passieren eben.«

»Ja, Dinge passieren«, pflichtete ihm Heidi bei. »Und jetzt, da es ausgesprochen ist, fühle ich mich ein wenig entspannter.« Ihr glückte das Lächeln, das Ludwig schon als Pubertierenden verzaubert hatte. »Du nicht auch?«

Nein, wollte er antworten, doch er nickte. Warum hatte sie nur damit anfangen müssen? Diese Sache würde nun den ganzen Abend zwischen ihnen schweben. Offenheit war nicht immer wünschenswert. Ludwig wusste, dass ihn die Frage nach dem Wie und dem Warum weiter beschäftigen würde, doch er würde keine Fragen stellen. Weil ihn die Antworten verletzen würden, wie ihn nahezu alles verletzte, was mit seinem Vater zu tun hatte.

»Erzähl von deinem Laden«, lenkte er ab. »Seit wann gibt's keine Wiesenkräuter mehr bei euch?«

***

Judith zwinkerte ihm aufdringlich zu, während der Jürgen so tat, als hätte er ihn nicht gesehen. Das sah ihm ähnlich. Warum in aller Welt ging Judith mit diesem Mumpferten aus? Harald hatte sich gerade wieder gesammelt und wollte aufstehen, da versperrte ihm der Hansi den Weg.

»Zwei Brauer beim Philosophieren«, schob er ihnen hin. »Und? Wer von euch hat den Längeren? Ach ja, wir wurden noch nicht vorgestellt.« Er reichte Mack die Hand. »Hansi Raab. Der Harry hält sich für den wichtigsten Mann bei Biber-Bräu, aber das bin in Wahrheit ich. Und du bist der Mack, richtig? Der Brauer bei den Lämmerbergs. Ich mag dein Gesöff.«

»Danke«, entgegnete Mack ein wenig überfahren und schüttelte die ihm angebotene Hand.

»Was habt ihr zwei denn zu besprechen? Harry, du planst doch nicht etwa einen Coup?«

»Du kannst mich ja gleich bei unserm neuen Chef anschwärzen, wenn du willst«, erwiderte Harald. »Er sitzt da hinten.«

Hansis Augen erkundeten das Lokal. »Oh. Ja, tatsächlich. Er schaut gerade her zu uns. Wer ist denn da bei ihm?«

»Die Sommer Heidi.«

»Echt? Wow, da hat er ja einen richtigen Fang gemacht, der Kleine. Traut man ihm gar nicht zu, was?«

»Ist schon ein komisches Manschgerl, euer Chef«, pflichtete der Mack bei, was Harald ein weiteres Mal aufstieß. »Hab neulich kurz mit ihm geplaudert, als er unsere Brauerei besichtigt hat.«

»Willst du irgendwas, Hansi, oder warum kümmerst du dich nicht um dein Date?«, raunte Harald. »Die schaut schon jetzt ziemlich zuwider drein.«

»Ja, die ist ein bisschen fertig«, stimmte der Hansi zu und kratzte sich das Kinn. »Sie wollte heute eine Freundin im Krankenhaus anrufen und hat dann erfahren, dass die sich schon am Dienstag umgebracht hat. Das hat vorgestern auch in der Zeitung gestanden. Die Frau, die von der Raucherterrasse gesprungen ist. Vielleicht habt ihr's gelesen. Das war eine Freundin von ihr.«

Harald schnürte es die Luft ab.

Christina Grangels Freundin.

Julia Öttl.

Tot?

Gesprungen.

Selbstmord. Wie der Chef. Harald konnte es nicht fassen. Nicht begreifen. Das Leben, das er so tapfer aus dem Feuer gerettet hatte, war nun doch erloschen. Er schob Hansi grob beiseite und flog mehr, als dass er taumelte, durch die Schankstube nach draußen. Die frische Abendluft verpasste ihm eine Ohrfeige und ließ ihn beinahe über einen Blumenkasten stolpern. Rückwärtig zog die Altmühl am Biergarten der »Zittelwirtschaft« vorbei. Harald schaffte es zu einem Baum am Ufer und brach darunter zusammen.

***

Es war kurz vor zehn, als Ludwig und Heidi die »Zittelwirtschaft« durch den Vordereingang verließen. Eine warme Frühlingsnacht mit kaum Sternen am Himmel nahm sie in Empfang. Sie hatten hervorragend gespeist und sich nett unterhalten, doch die Unbefangenheit war nach Heidis Geständnis seinen Vater betreffend nicht wiedergekehrt, was Ludwig sehr bedauerte. Nicht, dass er sich große Hoffnungen auf sie gemacht hätte, doch inzwischen vermutete er sogar, dass die Heidi nur mit ihm ausgegangen war, um ihm die Sache zu gestehen – eine Sache, von der er ohnehin schon gewusst hatte. Das degradierte ihr Date natürlich erheblich, falls es sich denn so verhielt. Es machte daraus einen förmlichen Akt des Anstands, zu dem Heidi sich verpflichtet gefühlt hatte. Mehr nicht.

»Möchtest du noch irgendwo einen Absacker trinken?«, fragte Ludwig. »Wo geht man hier denn dieser Tage so hin?«

»Trinken will ich nichts mehr«, sagte Heidi. »Aber wenn deine Jacke warm genug ist, könnten wir in Beilngries noch ein wenig die Sulz entlangspazieren.«

»Einverstanden.«

Auf dem Weg zum Parkplatz glaubte Ludwig unter einem Baum am Ufer der Altmühl zwei Gestalten hocken zu sehen. Für solche romantischen Unternehmungen war es noch nicht die richtige Jahreszeit, nichtsdestotrotz beneidete er die beiden. Er sah darin etwas Aufrichtiges, das ihm und all seinen bisherigen Eroberungen gefehlt hatte. *Eroberungen.* Wahrscheinlich war schon das der Knackpunkt. Wahre Liebe erforderte keine Eroberungen. Schon gar nicht solche, bei denen das ausschlaggebende Moment Geld war. Er dachte an Ilana. Sie verbrachte des Geldes wegen Zeit mit ihm. Warum tat es Heidi? Aufgrund von Schuldgefühlen vielleicht?

Ludwig parkte seinen Wagen am Beilngrieser Kirchplatz, von

wo der Sulzpark wie auch Heidis Laden mit der Wohnung nur einen Steinwurf weit entfernt lagen.

»Hast du den Park überhaupt schon mal gesehen?«, fragte Heidi. »Der dürfte kaum fertig gewesen sein, als du damals so klammheimlich nach Düsseldorf abgehauen bist.«

»Was heißt hier klammheimlich? Hätte ich eine lustige Abschiedsparty geben sollen? Für die vielen Freunde, die ich zurücklassen musste?«

Für den selbstmitleidigen Sarkasmus schalt er sich postwendend, doch Heidi wusste ihn schon einzuordnen und kicherte. »Du hättest diesen ›vielen Freunden‹ zumindest mitteilen können, dass sie zu keiner Abschiedsparty eingeladen sind. Dann hätten sie gewusst, dass sie dich ab jetzt vermissen müssen.«

»Ja, ich bin sicher, ich habe damals unzählige Herzen gebrochen.«

Bei den großen Steinstufen unweit der Fußgängerbrücke lungerten ein paar Jugendliche herum, ansonsten waren sie allein entlang der Sulz. Ihre Gespräche waren heiter, aber über ihr bisheriges Maß an Vertrautheit gingen sie nicht hinaus. Ludwig hatte nicht den geringsten Zweifel, woran das lag. Die Frage, wie es kam, dass Heidi etwas mit seinem Vater gehabt hatte, lag noch immer unausgesprochen in der Luft. Und das würde sie auch bleiben.

Er bestaunte die Reihe quaderförmiger Steinblöcke, über die man, wenn man trittfest genug war, aufs andere Ufer hinüberwechseln konnte. Hier hatte die Stadt wahrlich eine Zierde geschaffen, die auch im nächtlichen Laternenlicht zur Geltung kam.

»Wie kommt es eigentlich, dass du noch nicht verheiratet bist?«, fragte Heidi ohne Vorwarnung.

Ludwig drehte sich zu ihr um und schoss turnusmäßig zurück: »Wie kommt es, dass *du* noch nicht verheiratet bist?«

»Ich habe zuerst gefragt«, begehrte Heidi auf. »Und jetzt untersteh dich, eine unbequeme Frage wie üblich mit einem flapsigen Kommentar zu beantworten.«

Ludwig lächelte, weil er sich auf angenehme Weise in die Enge getrieben fühlte. Wahrscheinlich fiel ihm die ungeschönte

Antwort deshalb so leicht. »Ich bin weder reich noch erfolgreich genug, um andere fehlende Qualitäten wettzumachen.«

»Welche fehlenden Qualitäten?«, erwiderte Heidi geradezu aggressiv. »Weil du kein Adonis bist? Das ist kaum ein Mann. Du hast Intellekt, das ist viel wichtiger. Also was bitte sind deine fehlenden Qualitäten?«

Ludwig fühlte sich etwas überfahren, was selten vorkam. »Na, irgendwie natürlich schon das Äußere.«

Heidi schaute düster auf ihn herab. »Du bist entweder ein Riesenidiot, oder es ist schlimmer, als ich dachte.«

Ludwig verstand nicht. »Was ist schlimmer, als du dachtest?«

»Ich weiß, *jeder weiß*, dass dich der Berti nicht gut behandelt hat. Kein Wunder, wenn darunter dein Selbstwertgefühl gelitten hat. Du gibst dich zwar cool genug, um darüber hinwegzutäuschen, aber offensichtlich hast du nicht viel davon. Das ist schade, Ludwig.«

Die Enge fühlte sich plötzlich doch nicht mehr so angenehm an. Ludwig wurde unruhig. »Mag sein, ist aber nicht zu ändern. Und jetzt? Soll ich eine Therapie machen oder Selbsthilfegruppen besuchen?«

»Wäre nicht das Schlechteste.«

»Könnten wir bitte weitergehen?«

»Sicher.«

Ludwig ging schweigend voran. Ein dämlich naiver Teil von ihm phantasierte, sie wäre mit seinem Vater ausgegangen, um ihm ins Gewissen zu reden, wie beschissen er seinen Sohn behandelt hatte.

»Jetzt bist du dran«, sagte er. »Warum bist du noch nicht verheiratet?«

»Mich hat noch keiner gefragt.«

»Dann musst du es nur mit Deppen zu tun haben.«

»Es sind ein paar dabei.«

Durch den Bogen beim Seelennonnenturm untertunnelten die beiden die Stadtmauer in die Altstadt zurück. Ludwig schaute zum Turm auf. »Weißt du, dass der früher der Totenfrau beziehungsweise dem Leichenwäscher als Wohnung zur Verfügung gestellt worden ist?«

»Wie ich sehe, bist du über die richtig romantischen Orte unserer Stadt bestens informiert«, gab Heidi zurück und ging weiter.

Ludwig durchschaute sie nicht recht. Er spürte immer noch einen Graben zwischen ihnen, dennoch flirtete sie mit ihm. Zumindest in Ansätzen. Tat sie auch das nur aus einem Pflichtgefühl heraus? Oder noch schlimmer: aus Mitleid?

Sie passierten Ludwigs Hotel, die »Gams«, flanierten ein Stück die Hauptstraße entlang und erreichten schließlich die Gasse, die zu Heidis Laden und Wohnung führte. Sie manierlich bis vor die Haustür zu begleiten, erschien ihm lächerlich. Er war kein Kavalier und würde auch nicht so tun als ob. Um Worte war er nicht verlegen: »Tja, dann danke ich dir für den schönen Abend, Heidi. Hat mich sehr gefreut.«

»Mich auch«, entgegnete Heidi. »Falls du dich entschließt, länger zu bleiben, können wir das ja mal wiederholen.«

Ludwig stutzte. Sie wollte es wiederholen. Was konnte das noch bedeuten, außer dass ihr tatsächlich was an seiner Gesellschaft lag? Nun, da gäbe es schon ein paar Möglichkeiten. Sie könnte irgendetwas von ihm brauchen. Vielleicht hatte sie schon von seinem Vater etwas gebraucht. Hatte es mit der Brauerei zu tun?

»Warum schaust du mich so blöde an?«

»Äh … was?«

»Na, du schaust gerade belämmert genug drein für zwei.«

»Oh … ja … Verzeihung. Das muss mit der Mondphase zusammenhängen. Oder mit Neptun und Uranus, die gerade in den falschen Häusern stehen und so.«

»Oder mit den kosmischen Strahlen heutzutage, schon klar«, erwiderte Heidi. »Gut, also dann melde dich mal wieder, ja? Gute Nacht, Ludwig.«

Sie marschierte davon.

»Gute Nacht!«, rief Ludwig ihr halblaut nach und verharrte noch eine Weile unbewegt, während sie sich dem Gassenverlauf folgend ins Zwielicht entfernte. Er hatte wenig Erfahrung in solchen Dingen, aber irgendwie hatte diese Abschlusszeremonie dem Ganzen doch noch den Anklang eines richtigen Dates verpasst. Sollte es tatsächlich eins gewesen sein? Ludwig wollte es nicht recht glauben, vielleicht nur, um einer Enttäuschung vorzubeugen.

Er tat ein paar Schritte Richtung Kirchplatz. Einzelheiten ihrer Beziehung zu seinem Vater hatte er sich den ganzen Abend lang verkniffen. Vielleicht ein Fehler. Diese Angelegenheit näher zu diskutieren, hätte den Abend ruinieren können, doch sie offenzulassen, hatte den Graben gezogen, der Ludwig nun so schwer zu überwinden schien.

Kurz entschlossen machte er kehrt. Er durfte das nicht so stehen lassen, nicht angesichts der Aussicht, dass das mit der Heidi tatsächlich etwas werden könnte. Kein Drumherumlavieren mehr. Dieser Graben zwischen ihnen musste zugeschüttet werden. Er brauchte Klarheit, auch wenn sie ihm nachher wehtun würde.

***

Der Schatten kauerte kraftlos auf der Stadtmauer und sah zu den dunklen Wäldern hinauf. Die Nacht versagte ihm ihren gewohnten Trost. Schon vergangene Nacht war die Leere größer gewesen als sonst, heute Nacht aber war sie wie ein Stein, der ihn schwer und träge machte.

In Momenten wie diesem sah er bitter ein, dass seine Symbiose noch lange nicht abgeschlossen war. Vielleicht hatte sie noch nicht einmal begonnen. Empfindungen wie Leere, Traurigkeit und Einsamkeit waren menschliche Gefühle. Wäre er wirklich ein Schatten, würde ihn dergleichen einfach kaltlassen. Er sehnte sich nach dem Bruder, den er seit seiner ersten Erscheinung am Brunnenwächterhaus nie wieder gesehen hatte.

Das Brunnenwächterhaus war heute in Finsternis gehüllt. Wahrscheinlich war die Bewohnerin nicht zu Hause, was den Schatten ein wenig beunruhigte, weil es ihren so lange gepflegten Gewohnheiten widersprach. Gleichwohl war die letzte Nacht, in der sie fort gewesen war, jene, in der er seinen Bruder in ihrem Garten bemerkt hatte. Vielleicht war ihre Abwesenheit ein gutes Vorzeichen. Doch bevor er auf seinen First steigen wollte, musste er die Computerladenfrau besuchen.

Vom Dach gegenüber entdeckte er die quirlige Mutter der Computerladenfrau in ihrem Bügelzimmer, wo sie abends oft bei dezentem Zimmerlicht meditierte. Ihre Tochter war nirgends zu finden. Hinter allen anderen Fenstern herrschte Dunkelheit. Der Schatten war enttäuscht und noch etwas mehr beunruhigt als zuvor. Gab es heute Nacht etwas, das all die redlichen jungen Frauen von zu Hause fortlockte? Der Schatten begriff in diesem Augenblick, wie wichtig sie ihm waren. Sie nicht hinter den gewohnten Fenstern vorzufinden und nichts über ihren Verbleib zu wissen, riss ein weiteres Loch in ihn.

Schon wollte er weiterziehen, nach seinen anderen Frauen sehen, ob auch sie heute Nacht für ihn unsichtbar wären, als er die Computerladenfrau die Gasse entlangschreiten sah. Ihre Schritte hallten dumpf auf dem Kopfsteinpflaster wider. Der Schatten war froh. Ihr Erscheinen war der Beweis, dass seine Frauen nicht fort waren.

Doch sie war nicht allein. Hinter ihr bog jemand auf leisen Sohlen um die Ecke und holte flink zu ihr auf. Der Schatten lauerte so gespannt wie verunsichert. Hatte er sich in ihr getäuscht? Hatte sie ihm so lange Zeit etwas vorgespielt? War sie etwa doch nicht besser als so viele andere ihres Geschlechts und wollte sich heute Nacht dem schmutzigen Vergnügen mit einem Mann hingeben?

Sie schrie auf, als sie der Mann von hinten packte und gegen die nahe Hausmauer schleuderte. Sofort setzte er ihr nach. Mit seiner Hand auf ihrem Mund verklang ihr Schrei zu einem Wimmern. Dann schlug er zu, und der Schatten durchschaute, dass dies nicht zu ihrem Vergnügen geschah.

Der Mann sprach unverständliche Worte und stemmte sie mit seinem Gewicht unbarmherzig gegen die Mauer. Eine seiner Hände unterwanderte ihren Rock. Erneut setzte sie zu einem Schrei an, doch der Mann schlug ein weiteres Mal auf sie ein. Seine andere Hand arbeitete an ihrer Körpermitte. Es gab ein lautes Reißen von Stoff, dann fiel unter ihr etwas auf den Boden. Er hatte ihr den Slip vom Leib gerissen. Wie gebannt starrte der Schatten auf die grausige Szenerie hinab. Er konnte nicht fassen, dass jemand dieser Frau so etwas antat. Wie gern wollte er eingreifen. Doch Schatten vermochten das nicht. Schatten waren nur stumme Begleiter. Und Beobachter.

Ein weiterer Schrei der Computerladenfrau erstickte unter der Hand des Mannes. Er redete immerfort auf sie ein. Der Schatten vernahm nur unverständliches Gemurmel und Fauchen und schließlich ein hässliches Lachen. Damit ließ der Mann von ihr ab, und sie brach unter ihm zusammen. An der Hausmauer kauernd, begann sie zu weinen. Der Mann sah auf sein Vernichtungswerk hinab, spuckte auf den Boden und spazierte davon. Der Schatten sah ihn grinsen.

Nur Augenblicke später kam ein anderer Mann herangestürzt. Ein kleiner, dicker Mann. Der Schatten kannte ihn.

»Heidi! Meine Güte!«, rief er und nahm sich ihrer an.

Mühsam kamen beide wieder auf die Beine. Die Frau schluchzte unkontrolliert, doch der Schatten vernahm einen Namen aus ihrem Mund. Ludwig Biber brachte sie bis zu ihrer Ladentür, dann eilte er, ihren lauten Protest nicht beachtend, davon.

***

Ludwig schwang sich in seinen Wagen und raste über die rote Ampel an der Südkreuzung aus der Altstadt heraus in die Kelheimer Straße. Kurz nach dem Reiterhof zweigte er ab. Die schmale Teerstraße brachte ihn zur verruchtesten Kneipe des Stadtgebiets, dem »Störfeuer«. Der Kerl, auf den er es abgesehen hatte, stieg auf dem Parkplatz gerade aus seinem aufgemotzten Wagen und hielt auf den Eingang zu. Als Ludwig mit seinem Auto zum Stehen kam, war er bereits drin. Ludwig holte den Radschlüssel aus dem Kofferraum und stürmte hinterher.

Ein muffiger Geruch in der Luft, blecherner Punkrock von einer gealterten Drei-Mann-Combo auf einem Eckpodium, streng dosiertes Licht, das vorwiegend von der Bar ausging.

Ludwig schaute in bärtige Gesichter, die von einem Tisch nahe der Tür aufsahen. Am Nachbartisch krakeelte eine Gruppe angetrunkener Jugendlicher. Ein miserabel rasierter Kerl in Feinripphemd und Latzhose knallte nach einem Schubs von einem anderen gegen einen Flipperautomaten. Nicht weit daneben wurde ein plumper Billardtisch bespielt. Bierkrüge und Schnapsgläser reihten sich rings um den Rahmen, Frauen, die eine oder andere sogar hübsch, krallten sich an so schäbig wie brutal aussehende Typen. Vor dem Bandpodium in der Ecke lagen sich ein paar bierbäuchige Gestalten grölend in den Armen und torkelten auf und ab.

Rio Freitag stand am Tresen, wo er einer lachenden Schar Zuhörer anscheinend gerade eine tolle Geschichte erzählte und vom Barmixer einen Drink entgegennahm. Ludwig flog auf ihn zu, um ihm den Radschlüssel ins Gesicht zu dreschen, doch Freitag sah ihn frühzeitig kommen und lenkte seinen Schlag und seinen Schwung gegen den Tresen. Ludwig stürzte einem anderen Kerl vor die Füße, der augenblicklich auf seinen Bauch eintrat. Freitags Stiefel landete in seinem Gesicht. Ungekannter Schmerz umfing ihn, und hinter seinen Augen schien etwas zu explodieren. Als er die Augen wieder öffnete, war Freitag über ihm und fletschte wie im Wahn die Zähne.

»Merk dir eins, du kleine, fette Kanalratte«, fauchte er gegen den Lärm der Band an. »Welch dämliches Stück Weib auch Zeit mit dir verbringt, ich ficke sie vor dir. Ich ficke sie blutig! Kapierst du das, du Abschaum? Was immer du für Ambitionen hier hast, ich werde sie zertreten. Und wo immer du dich blicken lässt, ich werde da sein, um auf deinen hässlichen Schädel einzuschlagen. Verschwinde aus der Stadt, du widerlicher Haufen Müll!«

Dann fuhr seine Faust herab, und Ludwig gingen sämtliche Lichter aus.

Bier, Blut und Staub

Es wurde plötzlich kalt. Ein eisiger Wind strich über sein Gesicht. Und da war auch Regen. Jemand musste bei Wind und Wetter ein Fenster aufgemacht haben. Wie dumm. Das tat man doch nicht. Er musste herausfinden, wer das war, und das Fenster schnell wieder schließen. Es eilte, denn er fühlte sich jetzt schon krank. Und schwach. Und er hatte Kopfweh. Wer handelte denn da so verantwortungslos?

Ludwig öffnete die Augen und stellte fest, dass etwas nicht stimmte. Der antike Lampenschirm an der Zimmerdecke kam ihm vertraut vor, doch er sah zwei davon. Er blinzelte, worauf die beiden ein Stück auseinanderrückten. Dann rückten sie wieder zusammen.

Der Regen kam zurück. Kalte Tropfen fielen auf seine Stirn. Und dann noch etwas. Es fühlte sich an wie Schlamm. Wieso regnete es kalten Schlamm durchs Fenster? Feucht und glitschig wanderte das Zeug seinen Kopf entlang. Wie eklig. Dann fiel es wohl aufs Kopfkissen. Nur Augenblicke später traf ihn ein weiteres Stück. Dieses Mal an der Wange. Er musste das elende Fenster endlich zumachen.

Als Ludwig sich erheben wollte, schmerzte sein Kopf noch schlimmer als ohnehin schon, und ihm wurde schwindlig. Kein Zweifel, er war krank. Aber warum regnete es Schlamm? Und wer hatte das verfluchte Fenster aufgemacht?

»Jetzt bleib schon liegen, du Idiot«, sprach eine geduldige Stimme.

Mit Verzögerung begriff Ludwig, dass der kalte Schlamm ein feuchter Lappen war. Die Regentropfen kamen dann wohl auch nicht durch ein offenes Fenster herein. Jemand pflegte ihn. Jemand meinte es gut mit ihm. Weil er krank war. Moment, nein. Er war gar nicht krank. Er hatte sich geprügelt.

Die Erinnerungen kamen schleppend, doch sie kamen. Heidi, die weinend am Boden gelegen hatte. Die Fahrt zum »Störfeuer«. Rio Freitag, hämisch lachend am Tresen, dann brutal auf ihn einschlagend. Was war passiert? War Heidi ihm mit Verstärkung gefolgt? Hatte sie ihn aus der Höhle des Feindes geholt, um sich jetzt aufopfernd um ihn zu kümmern? Ludwig war gerührt. Das kalte Wasser war nicht sehr angenehm, doch strich der feuchte Lappen einigermaßen zärtlich über ihn hinweg. Ja, da meinte es jemand gut mit ihm. Ohne dass er Geld hatte lockermachen müssen. Wahrscheinlich die Heidi. Welch schöne Vorstellung. Sie pflegte ihn, nachdem er heldenhaft für sie in die Schlacht gezogen und verwundet worden war.

Doch zu Heidi passte dieser Lampenschirm da oben nicht. Ludwig neigte ein Stück weit den Kopf nach hinten. Die Frau, die den Lappen führte, rückte in sein Blickfeld. Er traute seinen Augen kaum. Es war nicht Heidi. Es war Ulrike. Und der Lampenschirm war das uralte Ding, das seit Menschheitsgedenken im Wohnzimmer ihres Elternhauses hing.

»Warum … bin ich hier?«, kroch ihm heiser aus der Kehle.

»Das frage ich mich schon, seit ich auf der Welt bin«, erwiderte Ulrike und quetschte ihren Lappen auf seiner Stirn aus, sodass ihm Wasser in die Augen lief. Ludwig kniff sie zu und versuchte, Finger und Zehen zu bewegen. Es funktionierte. Rio Freitag hatte also etwas von ihm übrig gelassen.

»Wie komme ich denn hierher?«

»Der Grünwald Kass hat dich abgeladen«, sagte Ulrike. »Er war auch im ›Störfeuer‹. Hat den Freitag von dir runtergezogen und dich hergebracht.«

»Warum zu dir?«

»Weil deine dich liebende Frau und deine acht Kinder die Tür nicht aufgemacht haben. Frag nicht so blöd.«

Ludwig schwirrte der Kopf. *Offenes Fenster, offene Tür?* Wer hatte nun was aufgemacht? Oder nicht aufgemacht. Und was für acht Kinder? »Äh … was?«, fragte er.

»Das war ein Scherz, du Vollidiot«, sagte Ulrike. »Zu wem soll er dich denn bringen, wenn nicht zu mir? Du hast niemanden, Ludwig. Zumindest nicht hier. In Düsseldorf gibt's bestimmt ein paar billige Nutten, die dich vermissen, da bin ich überzeugt. Vielleicht hast du auch schon die eine oder andere geschwängert. Wie dem auch sei, hier hast du niemanden.«

Ludwig fand keine Kraft, um zurückzuschießen. »Du hast mich tatsächlich aufgenommen«, sagte er.

Ulrike träufelte ihn erneut mit Wasser voll. »Das Bluten hat aufgehört. Die Schwellungen wirst du eine Weile mit dir rumtragen«, diagnostizierte sie. »Kann in deinem Fall nur eine Verbesserung darstellen.« Sie trocknete ihn vorsichtig ab und zog die vollgesogene Matte unter seinem Kopf hervor. »Ich gehe jetzt wieder schlafen. Morgen nach dem Frühstück bist du verschwunden.«

Ludwig rang sich ein aufrichtig gemeintes »Danke« ab, als sie das Licht löschte und das Wohnzimmer verließ. Was Ulrike hier für ihn tat, war mehr, als er von ihr erwartet hätte. Eine Erklärung glaubte er schnell gefunden: Ein Testament, das die Brauereiverhältnisse regelte, war noch nicht aufgetaucht, also brauchte sie ihn. Doch wie verhielt sich die Sachlage eigentlich, wenn er seinem Vater bald ins Grab folgen würde? Dann würde Ulrike wahrscheinlich alles erben. Mit Schmerzen und ebenso schmerzlichen Gefühlen ergab sich Ludwig dem Schlaf.

Am nächsten Morgen servierte ihm Ulrike ein reich bestücktes Frühstückstablett. Ludwig verkniff sich die Frage, ob der Kaffee vielleicht vergiftet sei. Er hockte sich gerade, wobei ihm ordentlich schwindelte. Wenigstens sah er inzwischen nicht mehr doppelt, doch sitzend schmerzten ihm nun die Rippen auf der rechten Seite.

Ulrike nahm im Sessel Platz. »Was für ein Irrsinn hat dich gepackt, dich mit Rio Freitag zu prügeln? Noch dazu in einer Kneipe. Jetzt kannst du ihn nicht mal anzeigen, weil es dreißig Zeugen gibt, die gesehen haben, dass du mit einem Radschlüssel auf ihn losgegangen bist.«

Die Kaffeetasse zitterte leicht in seiner Hand, als Ludwig vor seinem geistigen Auge den gestrigen Abend Revue passieren ließ. »Ich kann ihn vielleicht nicht anzeigen, aber die Heidi kann es. Er ist über sie hergefallen.«

»Heidi? Welche Heidi?«

»Die Sommer Heidi. Wir waren zusammen aus. Der Freitag hat sie vor ihrer Haustür überfallen.«

»Warum das denn?«

»Meinetwegen.« Ludwig mied Ulrikes Blick und konzentrierte sich auf die Tasse. »Er hat ihr gedroht. Hat ihr geraten, bloß keine Zeit mehr mit mir zu verbringen. Er will, dass ich aus Beilngries verschwinde. Hast du eine Ahnung, warum das so sein könnte?«

»Die meisten wollen, dass du verschwindest.«

»Wie erfrischend, deine Offenheit.«

Ulrike schwieg. Ludwig nippte am Kaffee und starb fürs Erste an keiner Zyankalivergiftung. »Der Freitag hat eine Weile für die Firma gearbeitet«, fuhr er fort. »Könnte er was gegen uns haben?«

»Der Freitag hat gegen jeden was, der es weiter gebracht hat als er«, erwiderte Ulrike. »Der Papa hat keinen Streit mit ihm gehabt, wenn du das meinst. Und ich auch nicht.«

»Weißt du das so genau?«

»Ja, das weiß ich so genau.«

»Ich glaube, er hat unseren Brunnen vergiftet.«

Ulrike reagierte überrascht. »Warum sollte er das tun? Nicht, dass ich ihm das nicht zutrauen würde, aber was hätte er davon?«

Ludwig zuckte mit den Achseln und trank Kaffee. Er hatte selten besseren getrunken.

»Was willst du, Ludwig?«, schnarrte Ulrike nach kurzem Stillschweigen.

Ludwig sah erstmals auf. »Wie meinen?«

»Was du willst, will ich wissen. Du willst doch nicht wirklich in die Firma einsteigen.«

»Warum nicht?«

»Weil du … weil der Papa das nicht gewollt hätte.«

»Bist du dir da so sicher?«

»Scheiße, ja, Ludwig, da bin ich mir sicher. *Ich* sollte die Firma eines Tages übernehmen. Und später der Ralf. *Dich* wollte er nie in der Firma haben.«

»Warum hat er dann sein Testament ändern wollen?«

»Ach bitte, das ist doch Blödsinn«, wischte Ulrike den Einwand beiseite. »Von wegen, der Papa hat sein Testament vom Horngold zurückgefordert. Ich wette, der hat es selbst verschwinden lassen. Vielleicht in Absprache mit dir.«

Ludwigs Kopf begann zu hämmern. »Sag das noch mal, ich hab mich verhört, glaub ich.«

»Na, dir kommt es doch sehr gelegen, dass es kein Testament gibt«, zischelte Ulrike fuchsig. »Vielleicht hast du dem Horngold was versprochen, wenn er nur dafür sorgt, dass das Testament verschwindet.«

»Respekt, du hast unseren teuflischen Plan durchschaut«, sagte Ludwig applaudierend. »Der Siggi lässt das Testament verschwinden, bringt den Papa um, und ich erbe die Brauerei. Als Belohnung bekommt der Siggi eine extragünstige Hausratversicherung von mir. Sag, wie bist du uns nur auf die Schliche gekommen?«

Ulrike fuhr von ihrem Sessel hoch. »Du isst auf und dann verschwindest du aus diesem Haus.«

Sie war schon an der Tür, als Ludwig sie zurückrief.

»Ja? Was?«, krähte sie ihn an.

»Ist es dir denn so unvorstellbar, dass wir die Firma zusammen führen?«

Sie zögerte, doch dann fiel die Antwort umso deutlicher aus. »Ja, ist es.«

Noch während Ludwig frühstückte, gesellte sich sein Neffe zu ihm und nahm den Platz seiner Mutter im Sessel ein.

»Keine Schule heute?«, fragte Ludwig.

»Heute ist Samstag«, wies Ralf ihn hin.

Ludwig biss in ein Marmeladenbrot. Auch das schien weder mit Zyankali noch mit Blausäure versetzt. »Ach ja, natürlich. Auf Freitag folgt der Samstag, hätte ich fast vergessen.«

»Warum schlägerst du dich mit Rio Freitag?«

»War was Persönliches. Kennst du ihn?«

»Den kennt doch eigentlich jeder.«

»Handelt er noch mit Drogen?«

»Ich glaube schon. Manchmal treibt er sich während der Pausen am Zaun der Schule herum. Unser Physiklehrer hat ihn schon mal angezeigt. Ein paar Wochen später ist er nachts überfallen worden und musste ins Krankenhaus. Alle wissen, dass das der Freitag war.«

»Ja, eine Seele von Mensch«, seufzte Ludwig. »Und dir geht's gut? Du schließt heuer die Schule ab und wirst Brauer, oder?«

Ralf nickte. »Der Papa würde mich auch in seine Firma bringen, aber lieber braue ich Bier, als dass ich Leichen herrichte.«

»Das wäre auch für mich nichts«, gab Ludwig zurück. »Seht ihr euch oft, du und dein Papa?«

Ralf nickte. »Fast jeden Sonntag.«

»Ah, das ist gut. Hast du eigentlich Geschwister? Ich meine, hat er mit seiner neuen Frau denn auch Kinder?«

Ralf verneinte. »Ich glaube, die sind nicht allzu glücklich zusammen. Deshalb verbringt er die Sonntage auch mit mir anstatt mit ihr. Wenn die Mama nur wollte … na ja … dann könnten sie vielleicht …«

Ludwig wusste, was er sagen wollte. Die meisten Kinder wünschten sich ein intaktes Elternhaus. Ludwig hatte eins gehabt – wenn auch mit erheblichen Abstrichen. »Tja, das hat halt leider nicht sollen sein. Mit wem ist deine Mama denn so zusammen?«

»Mit niemandem.«

»Niemand? Sie hat keinen … festen Freund oder so?«

Ralf schüttelte den Kopf.

Ludwig aß weiter und ließ sich nicht anmerken, wie merkwürdig er das fand. Dass Ulrike niemanden hatte, konnte er sich schwerlich vorstellen. Die Affäre mit Siggi Horngold war ja anscheinend vorbei, wenn sie ihn sogar der Konspiration mit ihm, Ludwig, verdächtigte.

»Und was war in den vergangenen Jahren?«

»Auch niemand«, meinte Ralf schulterzuckend. »Darum verstehe ich ja nicht, warum sie dem Papa nicht noch eine Chance gibt.«

Nun war Ludwig regelrecht beunruhigt. Hier stimmte etwas nicht. Ulrike war früher eine Männer verschlingende Bestie gewesen. Dass sie seit Jahren allein lebte, passte nicht zu ihr. Wahrscheinlicher war, dass sie eine Beziehung pflegte, von der niemand hatte erfahren dürfen. Auch – oder vor allem – ihr Papa nicht.

***

Der gelbe Kleinbus der Post hielt am Tor vor dem Brunnenwächterhaus an. Die Postbotin stieg aus und klingelte. Etwa eine Minute verstrich, bis die Bewohnerin am Tor erschien und durch die Gitterstäbe ein kleines Paket entgegennahm. Erna sah eine mittelgroße Blondine in einem grauen Jogginganzug.

»Das ist sie«, sagte Östergrund.

Erna saß auf dem Beifahrersitz seines Wagens, der etwa dreißig Meter von der Toreinfahrt entfernt am Straßenrand parkte. »Soll ich Kontakt aufnehmen? Versuchen, mit ihr zu reden?«

Östergrund verneinte. »Das wäre zwecklos. Sobald Sie sich als Polizistin zu erkennen geben, wird sie Sie abweisen und die Flucht ergreifen.«

»Dann tue ich das eben nicht.«

Östergrund lehnte kompromisslos ab. »Sie würde es durchschauen, und es wäre ein Fehler, sie im gegenwärtigen Stadium in die Enge zu treiben.«

»Na schön«, seufzte Erna. »Warum schleppen Sie mich dann her?«

»Zunächst, damit Sie sich ein Bild von dieser zerstörten Frau machen können. Sie verlässt ihre Festung nur in Ausnahmefällen. Lebensmittel und Hausbedarf lässt sie sich schicken. Besuche sind unerwünscht. Familiäre Bande hat sie keine mehr. Ein Umstand, den sie mit ihren beiden Leidensgenossinnen gemeinsam hatte. Vor der Entführung hat sie Romane geschrieben. Ob sie es immer noch tut, weiß ich nicht.«

Christina Grangel zog sich vom Tor zurück, das Postauto fuhr weiter seiner Wege. Östergrunds Rat befolgend, sah Erna von einer Kontaktaufnahme ab und blieb sitzen. »Also gut, sie ist die einzige noch lebende Schülerin unseres durchgeknallten Lehrers«, sagte sie. »Und Ihrer Ansicht nach lebt sie nur deshalb noch, weil sie noch nicht gegen sein ›Reinheitsgebot‹ verstoßen hat.«

Östergrund nickte. »Möglicherweise ist sie bereits dabei, genau das zu tun. Sie ist gestern Abend mit jemandem ausgegangen. Ein Mitarbeiter der Biber-Brauerei. Johannes Raab, fünfundvierzig Jahre alt, geschieden, zwei Söhne, der Brauerei zugehörig seit über fünfzehn Jahren. Wir wissen nicht, wie eng der Lehrer seine Regeln bemisst, aber spätestens wenn sie ihn zu sich hereinbittet, ist sie in Gefahr. Noch hat sie es nicht getan. Sie haben sich dort am Tor gegen dreiundzwanzig Uhr nach einem gemeinsamen Essen und einem Barbesuch verabschiedet.«

»Ach ja? Woher wissen Sie das alles?«

»Weil ich sie beobachtet habe.«

Erna runzelte die Stirn. »Schlafen Sie auch manchmal?«

»Kommt gelegentlich vor. Unser Lehrer hat bei ihrer Freilassung gedroht, sie im Auge zu behalten. Keine leere Drohung, wenn wir davon ausgehen, dass er seine beiden anderen Schülerinnen umgebracht hat.«

»Wofür es nach wie vor keine Beweise gibt.«

»Ich bin sicher, dass es sich so verhält. Er ist hier irgendwo.«

»Ich glaube, Sie versteifen sich da auf etwas.«

»Tatsächlich? Möchten Sie das näher erläutern?«

»Wie könnte unser Lehrer drei Frauen im Auge behalten, die Hunderte Kilometer weit auseinander wohnen? Julia Öttl ist nach der Entführung nach Stuttgart gezogen. Anita Slawy hat sich in ein Nest an der tschechischen Grenze verkrochen, und Christina Grangel zog es von Straubing nach Nürnberg und schließlich hierher. Wie könnte unser Lehrer drei Frauen über Jahre hinweg beschatten? Das ist doch eine absurde Vorstellung.«

»Sie denken, ich jage ein Gespenst?«

»Ich habe keinen Zweifel daran, dass es dieses Gespenst gibt. Ich glaube nur, Sie überschätzen seinen Wirkungskreis. Mir ist klar, wir leben in einer digitalisierten Welt, und es ist einfacher denn je, jemanden zu stalken. Das gilt aber nur für Vollpfosten, die ihr Leben freiwillig auf Facebook und sonst wo auswalzen. Auf unsere drei Opfer trifft das nicht zu. Im Gegenteil. Die drei haben sich völlig zurückgezogen. Also, wie will er alle drei über Jahre hin im Auge behalten haben? Das ist schlichtweg nicht machbar. Ich halte es deshalb für eine leere Drohung. Eine letzte Gemeinheit, um seinen Schülerinnen noch mal Angst zu machen und ihnen seinen Standpunkt zu verdeutlichen. Anita Slawy starb bei einem Autounfall, Julia Öttl beging Selbstmord. Das sind die kalten Fakten.«

»Julia Öttls Selbstmord ging ebenfalls ein Unfall voraus, und beide Unfälle ereigneten sich kurz nachdem die Frauen wieder Männer in ihr Leben gelassen haben. Kurz nachdem sie gegen sein ›Reinheitsgebot‹ verstoßen haben. Gibt Ihnen das nicht zu denken, Frau Starck?«

»Dass es seltsam ist, will ich nicht abstreiten. Aber mir ist hier vor allem ein großer Zufall zu viel im Spiel: Wie wahrscheinlich ist es denn, dass Christina Grangel ausgerechnet in die Stadt zieht, in der dieser Wahnsinnige wohnt und arbeitet?«

»So muss es sich keineswegs verhalten. Er könnte ihr nachgezogen sein. Er könnte sie auch geschickt manipuliert haben, indem er sie auf dieses Haus mit seinen Vorzügen gestoßen hat.«

»Den Vorzug einer hohen Mauer außen herum?«

»Exakt. Ich wünschte, Christina würde mit mir reden. Dann könnten wir uns Gewissheit verschaffen.«

»Warum laden Sie sie nicht vor, wenn Sie sich etwas von einem Gespräch mit ihr versprechen?«

»Sinnlos. Dadurch würde sie sich nur noch mehr zurückziehen. Ich habe schon bei Julia Öttl einen großen Fehler begangen. Das darf sich nicht wiederholen.«

»Sie geben doch wohl nicht sich die Schuld für ihren Sprung?«

»Ich wünschte, ich könnte das klar verneinen. Das Gespräch mit mir hat sie sehr aufgewühlt.«

»Wegen einem unbequemen Gespräch bringt man sich aber nicht um.«

»Nein, wohl nicht. Aber es könnte der berühmte Tropfen gewesen sein, der das Fass zum Überlaufen gebracht hat.«

»Hören Sie auf, sich so was einzureden.«

»Ich gebe mir Mühe.«

»Sie denken also, der Lehrer ist hier. Hier irgendwo. In Beilngries.«

»Definitiv«, bestätigte Östergrund.

»Und wo sehen Sie den toten Brauereichef ins Spiel kommen?«

»Das werden Sie über kurz oder lang herausfinden, Frau Kollegin, indem Sie seinen vorgeblichen Selbstmord aufklären.«

»Da stehe ich an einem Totpunkt, wie Sie wissen.«

»Nicht mehr lange. Ich bin überzeugt, die losen Fäden laufen irgendwo zusammen. Wir müssen ihnen nur folgen.«

Diese Überzeugung teilte Erna nicht. »Selbst wenn der Lehrer jemand von hier wäre, Biber-Bräu ist die falsche Brauerei. Die Frauen wurden in einem Haus der zu Lämmerbergs gefangen gehalten.«

»Das habe ich nicht vergessen«, entgegnete Östergrund und startete den Wagen.

»Haben Sie je in Betracht gezogen, dass der Lehrer eine *Lehrerin* sein könnte?«, horchte Erna nach kurzem Schweigen nach. Diese Frage beschäftigte sie, seit sie gestern Ferdinand zu Lämmerbergs gräfliche Gattin Arjona kennengelernt hatte, eine sehr distinguierte Persönlichkeit, kühl und feurig zugleich. Aus Gründen, die sie nicht näher ausführen konnte, hatte sie diese Frau beunruhigt.

Östergrund schüttelte den Kopf und reihte sich in den kaum vorhandenen Verkehr ein. »Das Profil weist ihn als Mann aus.«

»Das Profil kann sich irren. Wer hat es erstellt? Kennen Sie den Profiler?«

»Was tut das zur Sache?«

»Eine Menge. Die drei Frauen haben von ihrem Kidnapper nie mehr als einen Schatten gesehen. Einen Schatten, der ausgelassen um ihren Käfig tanzte. Dass es sich bei ihm um einen Mann handelt, haben sie aufgrund seiner Stimme geschlossen, die männlich und mechanisch verzerrt klang. Was macht Sie so sicher, dass diese Stimme in Wahrheit nicht von einer Frau stammte? Wenn schon ein Stimmenverzerrer im Spiel war, wie können Sie das ausschließen? Die drei Opfer wollen einen Mann gesehen haben, und ich gehe jede Wette ein, dass deren Aussagen die Arbeit Ihres Profilers massiv beeinflusst haben. Wenn das der Fall war, fußt dieses Profil vielleicht auf falschen Annahmen und ist damit wertlos.«

»Ein interessantes Gedankenspiel«, räumte Östergrund ein. »Aber unzutreffend. Ich kenne den Profiler. Vertrauen Sie ihm.«

»Bedaure, tue ich nicht. Wie könnte ich? All die Gefühle, Empfindungen oder Charaktermerkmale, die Psychologen gewohnheitsmäßig Männern zuschreiben, können ebenso einer Frau zu eigen sein. Ihr Profiler ist männlich, sagen Sie?«

»Ist er«, bestätigte Östergrund. »Wird es jetzt sexistisch, Frau Starck?«

»Mir egal, wie Sie das auffassen. Ich sage nur, dass ich auf dieses Profil nicht viel gebe, wenn Ihr Profiler ein Psychologe der alten Schule ist. Ich halte es für einen Fehler, Frauen kategorisch auszuschließen.«

»Wie Sie meinen.«

»Wie wollen Sie jetzt weiter vorgehen?«

»Es ist davon auszugehen, dass sich Frau Grangel und Herr Raab weiterhin treffen werden. Das sollte den Lehrer aus der Deckung locken.«

***

Ludwig nutzte Ulrikes Abwesenheit, um sich mit Duldung seines Neffen in seinem Elternhaus umzusehen, das er zuletzt vor fast zwanzig Jahren von innen gesehen hatte. Der Blick in den Badspiegel war noch frustrierender als sonst und entlockte ihm ein grimmiges Grinsen. Verkrustetes Blut umgab seine Nasenflügel. Um sein linkes Auge bildete sich eine dunkelrote Schwellung, und der Riss in der Unterlippe hatte sich schwarzblau gefärbt. Eine richtige Spukgestalt war er geworden. Noch mehr als sonst.

Sein altes Jugendzimmer durfte er nicht betreten, denn dort residierte nun der Ralf. Im ehemaligen Schlafzimmer seiner Eltern hatte sich Ulrike sehr geschmackvoll eingerichtet. Die umzingelnden Möbel waren aus hellem Holz, in der Zimmermitte stand ein großes schwarzes Wasserbett. Durchaus gemütlich, wie Ludwig befand. Wenn man Ralf glauben konnte, benutzte es seine Mutter allerdings allein. Schade darum.

Ulrikes und Ralfs Wohnbereich interessierte Ludwig nur bedingt. Er wollte nach oben in die Räume seines Vaters. Sich zur Treppe zu schleppen, gestaltete sich weitgehend schmerzfrei, doch der Aufstieg quälte seine Rippen immens. Ludwig ließ trotzdem nicht von seinem Vorhaben ab. Dort oben fanden sich vielleicht ein paar Antworten.

Was er vorfand, war vor allem Chaos. Ulrike hatte hier ähnlich wie in Papas Büro in der Brauerei gewütet. Sogar die Wohnzimmercouch hatte sie aufgeschlitzt. Statisch aufgeladene Futterfransen zierten die Vorhänge bis hoch an die Decke. Am Boden lag der Inhalt des großen Wandschranks verteilt, Bücher, Zeitschriften und Krimskrams aus Mamas Zeiten. Ulrike hatte hier fraglos nach dem Testament gesucht. Ludwig hingegen erhoffte sich einen Hinweis, warum der Papa so unverhofft sein Leben beendet hatte.

Ohne Hast kämpfte er sich an eins der beiden Fenster. Die Beilngrieser Altstadt war beschaulich, aber eine nennenswerte Aussicht, die über die Zufahrtsgasse und die Nachbarbauten hinausging, bot die Lage dieses Hauses nicht. Ohne ein Testament gehörte es ihm zur Hälfte, rief Ludwig sich mit einem bitteren Lächeln ins Bewusstsein. Was würde er damit anfangen? Einziehen sicherlich nicht. Zu viele schmerzliche Erinnerungen lauerten hier überall. Einsamkeit. Ausgestoßenheit. Frust. Verlorenheit. Enttäuschung. In diesen Mauern gab es beängstigend viel von alldem.

Mit achtzehn hatte ihn der Papa genötigt auszuziehen. Es hatte sich als Erlösung erwiesen, auch wenn es sich eine Weile wie ein Rauswurf angefühlt hatte. Unter einem Dach mit seinem selbstgerechten Vater, seiner noch selbstgerechteren Schwester und einer Mutter, die nur noch vor sich hin dämmerte, war kein Platz mehr für ihn gewesen. Er wollte ihn auch jetzt nicht zurück.

Auch vor Papas Schlafzimmer hatte Ulrike nicht haltgemacht. Schrank und Kommode waren mit dem Fingerspitzengefühl einer Wikingerhorde ausgeräumt worden, die Matratzen aus dem breiten Doppelbett hatte sie rücksichtslos gegen die Balkontür gehebelt.

Ludwig überflog das Schlachtfeld. Hier drin hatte der Papa also seine Eroberungen beglückt. Wahrscheinlich hatte auch Heidi hier schon gelegen. Der Gedanke an sie schien Ludwigs Schmerzen zu befeuern. Hoffentlich ging es ihr gut. Er sollte sie umgehend besuchen. Schon allein, um sich ein wenig trösten zu lassen. So etwas wie gestern hatte er noch nie gemacht.

Selten hatte sich etwas so richtig angefühlt, wie auf Rio Freitag loszugehen, aber eine Dummheit war es trotzdem gewesen. Eine schmerzhafte.

Das brachte ihn zu der Frage zurück, was das alles sollte. Was steckte hinter alldem? Was konnte der Freitag gegen ihn haben, dass er so tief sank, seinetwegen sogar Heidi zu überfallen und zu bedrohen? Ludwig war davon überzeugt, dass es mit seinen Ansprüchen auf die Brauerei zu tun hatte. Rio Freitag war nur ein Instrument. Irgendjemand wollte nicht, dass er sich ins Brauereigeschehen einmischte. Ulrike zum Beispiel. Doch bei allem, was zwischen ihnen stand, traute Ludwig ihr nicht zu, dass sie ihn gewaltsam bekämpfen würde. Nein, hier konspirierte noch jemand anderes.

Ludwig besah sich ein paar Fotos an den Flurwänden. Seine Mutter lächelte ihm aus besseren Zeiten entgegen, als noch Leben in ihr steckte. Daneben der stolze Vater mit seiner kleinen Tochter auf dem Arm. Ulrike an ihrem ersten Schultag mit einer Schultüte, die sie kaum tragen konnte. Eine Aufnahme des Brauereihofes aus den siebziger Jahren. Eine jüngere Version von Ludwig war nur auf einem einzigen Foto zu finden: einem Familienfoto, aufgenommen an dem Tag, als sein Großvater Gustl beerdigt worden war. Ludwig erinnerte sich noch vage daran. An seinen Großvater hatte er wiederum nur wenige Erinnerungen. Nur dass er ein ziemlich grantiger Mensch gewesen war. Doch immerhin hatte er auch ihn, Ludwig, bedacht, wenn er Bonbons verschenkte. Das war schon mehr Zuneigung, als er von seinem Vater erfahren hatte. Es passt zu dir, dass du so würdelos abgetreten bist, raunte eine grimmige Stimme in Ludwigs Kopf.

Er schaute sich weiter um. Ein Teil von ihm erwartete, hier irgendwo dem Geist seines Vaters über den Weg zu laufen, doch die Räume waren einzig vom Chaos beseelt, das Ulrike in ihrem Wahn angerichtet hatte. Einen Waffenschrank entdeckte Ludwig nicht. Wo mochte der Papa die Schrotflinte verwahrt haben? Ulrike behauptete, nichts von ihr gewusst zu haben, und Ludwig war geneigt, ihr zu glauben. Hier passte so vieles nicht zusammen. Wenn sein Vater sterben wollte, hätte es andere

Möglichkeiten gegeben, das zu bewerkstelligen. Weshalb eine Schrotflinte?

Er dachte an die Polizistin, die ihn nach der Beerdigung aufgesucht hatte.

Eine schale Idee, die er bislang nicht recht zu denken gewagt hatte, drängte sich nun in den Vordergrund: Vielleicht war es gar kein Selbstmord. Dann war es auch nicht Papas Flinte. Dass hier jemand seine Interessen mit Gewalt durchzusetzen versuchte, hatte Ludwig letzte Nacht am eigenen Leib erfahren. Vielleicht war seinem Vater etwas Ähnliches widerfahren. Der Schlüssel musste die Brauerei sein. Dort war das Geheimnis versteckt. Dort, wo ihn keiner haben wollte.

***

»Warte mal kurz, Onkel!«, rief Florian quer über den Hof, wo Ferdinand gerade in sein Auto steigen wollte. Er hielt inne.

Florian verlor kein weiteres Wort, bis er bei ihm war. Delikate Themen verlangten Privatsphäre.

»Florian«, grüßte sein Onkel so förmlich, wie er wohl auch seinen Klienten begegnete. Florian kannte ihn nicht anders.

»Du hast dich gestern gar nicht mehr bei uns gemeldet«, machte er nicht frei von Vorwürfen geltend. »Wie sieht es aus?«

»Wie sieht was aus?«, entgegnete Ferdinand. »Wovon redest du, Florian?«

»Wovon ich rede? Von der Polizei, was denn sonst? Großvaters Hof war Schauplatz eines Verbrechens, davon rede ich. Also, wie sieht es aus? Kriegen wir Probleme?«

Ferdinand schüttelte sacht den Kopf. »Lass mich das nur machen. Wenn sie euch Fragen stellen, beantwortet sie im Rahmen eurer Möglichkeiten.«

»Im Rahmen unserer Möglichkeiten?«

»Ihr solltet nicht lügen, aber es besteht auch keine Veranlassung, unsere Familiengeschichte auszuwalzen. Die Polizei sucht einen Entführer. Ich denke, ich habe sie überzeugen können, dass niemand von uns dumm genug wäre, Geiseln auf eigenem Grund festzuhalten und später laufen zu lassen.«

»Du meinst, wir wären schlau genug, sie stattdessen umzubringen.«

»Ich wäre es«, sagte Ferdinand. »Du nicht auch?«

Florian überging die kleine Spitze. »Heißt das, wir sind die Polizei erst mal los?«

»Das wage ich nicht zu hoffen, aber sie werden diskret sein. Ich habe ein paar Beziehungen spielen lassen. Keine Sorge, an der Brauerei wird kein Streifenwagen mehr vorfahren.«

»Die Birgit hat gesagt, sie hätten gestern mit der Arjona und den Kindern geredet. Ist alles in Ordnung?«

»Aber ja, sagte ich doch schon«, versicherte Ferdinand. »Wir sind nur Zeugen, keine Verdächtigen. Sonst noch etwas, Florian?«

»Ja, durchaus. Was kannst du mir über Opas Streit mit dem alten Biber, dem Gustl, erzählen?«

»Die beiden hatten Streit? Ich weiß nichts davon«, antwortete er aalglatt.

»Ich habe ein Gerücht gehört«, sagte Florian. »Angeblich war der alte Biber dafür verantwortlich, dass der Opa damals mit dem Brauen aufgehört hat.«

Ferdinand formte ein süffisantes Lächeln. »Ein Gerücht, ja, ja«, seufzte er und stieg in seinen Wagen. »Mit so was müssen sich Leute wie wir ständig herumquälen, was? Bis später.«

Er verließ den Brauereihof mit unbekanntem Ziel. Mochte sein Onkel sagen, was er wollte, Florian machte sich Sorgen. Irgendjemand hatte Opas alten Hof als Schlupfwinkel missbraucht. Falls dieser Jemand nicht zufällig auf das leere Haus gestoßen war, musste es jemand sein, der über die Verhältnisse der zu Lämmerbergs Bescheid wusste. Die Polizei war nicht ins Detail gegangen, doch Florian hatte bei seiner Vernehmung schnell durchschaut, dass es hier nicht um ein Kavaliersdelikt ging. Die Polizei suchte wahrscheinlich einen sehr gefährlichen Mann.

Seine beiden Töchter kamen Florian in den Sinn und mit ihnen die widerliche Fratze von Rio Freitag. Er hatte unterschwellig gedroht, ihnen etwas anzutun.

Es war höchste Zeit, etwas gegen ihn zu unternehmen. Florian dachte nicht im Traum daran, ihm einen weiteren Scheck zu übergeben.

***

Die Sonne verbarg sich hinter einer grauen Wolkenbank. Ludwigs Audi war das einzig verbliebene Fahrzeug auf dem beschotterten Parkplatz vor dem »Störfeuer«. Ralf war so nett gewesen, ihn mit seinem Mofaroller herzufahren.

Nun humpelte Ludwig um den Wagen und zählte die Kratzer im Lack. Es waren sechsundvierzig, wenn er sich nicht verzählt hatte. Außerdem waren beide Rücklichter eingeschlagen. Freitag und seine Freunde hatten ihren Spaß gehabt. Die Reifen hatten sie ihm nicht zerstochen. Verständlich, denn damit hätten sie ihn der Möglichkeit beraubt, aus Beilngries zu verschwinden. Ludwig konnte nicht verhehlen, dass er das inzwischen ernsthaft in Betracht zog. Er war kein Romanheld, der sich für Frauen prügelte und auf eigene Faust wie auch immer geartete Verbrechen aufklärte. Auch dann nicht, wenn sie sich gegen seine eigene Familie richteten. Dafür war die Polizei da. Er war Versicherungsvertreter. Sein Vater hatte sich zeit seines Lebens keinen Deut um ihn geschert. Ludwig schuldete ihm nichts. Und der Brauerei auch nicht. Sollte sie zusammen mit Ulrike zur Hölle fahren. Hier hatte er nichts. In Düsseldorf würde wenigstens Ilana auf ihn warten. Ein Anruf genügte. Ein Anruf und ein paar Banknoten.

Ludwig formte ein bitteres Lächeln und lachte schließlich laut auf. Prompt schmerzten ihn wieder die Rippen, aber das war gut so. Der Schmerz überspielte die Erkenntnis, dass er weder hier noch in Düsseldorf etwas hatte.

Er parkte vor Heidis Computerladen und trat ein.

Die Gudrun, die ein Notebook auf der Verkaufstheke bediente, sah zu ihm auf, ließ einen kurzen Schrecken ob seines Anblicks durchschimmern, bevor sich Routine einstellte. Ihre Tochter führte einem älteren Herrn in einer Ecke gerade ein Kopiergerät vor.

Die Heidi wirkte ein wenig fahrig, trug aber äußerlich keine

Verletzungen zur Schau. Freitag hatte sie geschlagen, aber nur dort hingelangt, wo Haare wuchsen. Ein Profi seines Fachs.

»Bist du Wrestler geworden?«, fragte die Gudrun.

Ludwig rang sich ein Nicken ab. »Hab mich in der falschen Schlange eingereiht. Eigentlich wollte ich zu den anonymen Modelleisenbahnern.«

»Kann ich was für dich tun, Ludwig?«

»Hat die Heidi es dir erzählt?«

»Ja, hat sie.« Gudruns Blick war nun starr und anklagend. Ihre Stimme versank zu einem Fauchen. »Wie konntest du sie da mit reinziehen?«

Es kostete Ludwig alle Anstrengung, seine Stimme auf Flüsterniveau zu halten. »In was denn? Gudrun, ich habe keine Ahnung, was hier vorgeht. Falls das meinetwegen passiert ist, tut es mir unsäglich leid. Ich bin da, um mich zu entschuldigen.«

Heidi hatte ihn bemerkt, was sie aber nicht von ihrem Kundengespräch ablenkte. Ludwig vernahm Kauderwelsch über Druckqualität und Nachfüllkartuschen.

»Sie hat gerade keine Zeit«, sagte Gudrun.

»Das sehe ich selbst. Was dagegen, wenn ich warte?«

»Ich kann's dir nicht verbieten.« Grummelnd widmete sich die Gudrun wieder ihrem Notebook. »Ich bin ja nicht die EU«, fügte sie etwas leiser hinzu.

Ludwig vertrat sich ein wenig die Beine im Laden, dann ging er wieder zu ihr. »Sag mal, du hast meinen Papa doch gekannt, oder?«

Sie sah auf. »Ja, freilich habe ich ihn gekannt.«

»Warum könnte er sich umgebracht haben?«

»Da fragst du mich zu viel, Ludwig.«

»Er und Mama haben sich früher mit LSD vollgeknallt.«

»Was du nicht sagst.«

»Du weißt das also?«

Gudrun schaute irritiert auf. »Ist das etwa ein Geheimnis?«

»Ja!«, erwiderte Ludwig lauter als beabsichtigt. »Ja, das ist es! Ich weiß das erst seit vorgestern.«

»Na schön. Und? Ändert das irgendwas? Hilft es meiner Tochter irgendwie?«

Ludwig zuckte verloren die Schultern. »Keine Ahnung. Ich weiß einfach nicht, was ich davon halten soll. Was geht hier vor, Gudrun?«

Sie streckte die Finger und ließ von ihrem Notebook ab. Dann sah sie Ludwig erneut mit strengen Augen an. »Stell mir keine Fragen, auf die ich keine Antworten weiß. Das waren halt damals die Siebziger. Deine heutigen Probleme sind deine allein, Ludwig. Lass uns da raus. Ich wäre dir dankbar, wenn du dich von meiner Tochter fernhalten würdest.«

Ludwig stutzte, dann antwortete er: »Wenn sie das wünscht, werde ich das.«

Gudrun arbeitete weiter, ohne auf ihn einzugehen.

»Wart ihr früher befreundet, der Papa und du? Wart ihr in derselben Clique? Habt ihr euch den Dreck gemeinsam reingezogen?«

Gudrun schaute genervt zu ihm auf. »Ja, Ludwig, manchmal«, raunte sie. »Und manchmal haben wir auch gevögelt. Willst du auch wissen, wo und wie?«

An ihrem Gespräch hatten inzwischen auch Heidi und ihre Kundschaft passiven Anteil, wie Ludwig nicht entging. Der ältere Herr bedankte sich bei Heidi und verließ den Laden schließlich. Ludwig hoffte, ihr gerade kein Geschäft vermasselt zu haben.

»Du siehst furchtbar aus«, offerierte Heidi wie immer ungeschönt, als sie auf ihn zukam. Das vage Lächeln, das sie ihrem gestern noch so heiteren, selbstsicheren Antlitz abrang, hätte kaum aufgesetzter wirken können. »Mensch, Ludwig. Habe ich dir nicht nachgeschrien, du sollst dich von ihm fernhalten?«

»Doch, ich glaube schon.«

Heidi wechselte einen Blick mit ihrer Mutter, dann bewog sie Ludwig zu einem kurzen Spaziergang. Ludwig hätte sich lieber irgendwo gemütlich hingesetzt, um seine Rippen zu schonen, doch sei's drum. Die Heidi war jede Anstrengung wert.

»Wo hast du ihn denn erwischt?«, fragte sie draußen. »Wobei, verzeih mir, so wie du aussiehst, hat wohl eher er dich erwischt.«

Ludwig nickte, soweit er es seinem noch schmerzenden Kopf zumuten konnte. »Du hast recht, es war eine ziemlich einseitige Angelegenheit.« Er erzählt ihr knapp, was er von seinem

Sturmlauf ins »Störfeuer« noch wusste. Sein zerkratztes Auto wäre neben seinen Blessuren eine weitere Trophäe, doch die enthielt er Heidi vor. Sie spazierten in die andere Richtung, auf die Stadtmauer zu. »Ich glaube, mir ist da eine Sicherung durchgebrannt«, schloss er. »Dass sich der Freitag meinetwegen an dir vergriffen hat, war schwer zu ertragen. Es tut mir so leid, Heidi. Hast du ihn schon angezeigt?«

Sie verlangsamte ihren Schritt und schüttelte den Kopf. »Nein. Und das werde ich auch nicht«, verlautete sie mit gesenktem Blick.

Ludwig verstand nicht. »Was? Aber Heidi. Der Kerl hat dich –«

»Nicht vergewaltigt«, fiel sie ihm ins Wort. »Er hat mich nur ... bedrängt. Und begriffelt.«

»Reicht das nicht?«, brach es aus Ludwig heraus. »Heidi, du musst den Scheißkerl anzeigen. Er hat dich geschlagen!«

»Sag du mir nicht, was ich tun muss«, fuhr sie ihn an, regte sich aber sogleich wieder ab, so als würde sie das zu viel Kraft kosten. »Ich muss an mein Geschäft denken«, fügte sie deutlich leiser hinzu.

»Was hat das denn damit zu tun?«, erwiderte Ludwig verzweifelt. »Heidi, wir können den Kerl doch nicht damit davonkommen lassen.«

»Das tut er sowieso, ob ich ihn anzeige oder nicht«, gab sie ernuchternd zurück. »Ich habe keine Zeugen. Nicht einmal dich. Wenn ich ihn anzeige, werden dreißig seiner Freunde beschwören, dass er den ganzen Abend lang im ›Störfeuer‹ war. So läuft das. Und ich werde danach ein paar Feinde mehr haben, was ich mir mit meinem Geschäft nicht leisten kann.«

Ludwig konnte es nicht fassen. Und er war enttäuscht. »Du willst das wirklich auf sich beruhen lassen.« Es war mehr eine Feststellung als eine Frage.

»Rio Freitag weiß, was er tut und wie weit er gefahrlos gehen kann«, sagte Heidi. »Es gibt keine Zeugen, und er hat keine DNA an mir hinterlassen. Damit gibt es keine Beweise. Abschaum wie der kommt immer davon. Er verhöhnt die Polizei schon seit Jahren. Und seine Opfer auch. Du glaubst doch nicht, dass wir beide seine ersten sind. Ich zeige ihn nicht an, weil ich ihn nicht noch mehr provozieren will. Einsperren wird ihn unsere Kuscheljustiz sowieso nicht, deshalb hätte eine Anzeige nur eins zur Folge: Er würde es wieder tun. Ich würde den Rest meines Lebens in Angst vor ihm leben. Er würde unsere Hauswände beschmieren, meine Schaufenster einwerfen, meine Freunde verprügeln, meine Kunden einschüchtern und Mama beim Einkaufen terrorisieren.«

So viel Resignation und Verlorenheit ausgerechnet aus Heidis Mund zu hören, tat mehr weh als alle körperlichen Leiden, die Ludwig gerade plagten. Erst jetzt begriff er, wie tief greifend Rio Freitag sie zerstört hatte. Schon oft hatte er gehört oder gelesen, dass Opfer von Gewalttaten, ja sogar von Vergewaltigungen, ihre Peiniger nicht anzeigten, weil die Justiz angesichts solcher Entwicklungen kapitulierte. Doch man glaubte immer, so etwas würde nur anderen Leuten passieren. Nicht einem selbst oder jemandem, den man kannte. Gerade wurde Ludwig eines Besseren belehrt.

»Sei mir nicht böse, wenn ich fortan auf Abstand zu dir gehe, Ludwig«, sagte Heidi mit bemerkenswerter Sachlichkeit, was der ohnehin schon niederschmetternden Angelegenheit die traurige Krone aufsetzte. Freitag hatte erreicht, was er wollte.

Noch mindestens eine Stunde lang saß Ludwig in seinem malträtierten Auto und schaffte es nicht, den Zündschlüssel umzudrehen. Heidis Haltung war nachvollziehbar, trotzdem war Ludwig enttäuscht. Dass sie das auf sich sitzen ließ, sah ihr nicht ähnlich. Tja, wahrscheinlich sah es nur der Idealvorstellung, die Ludwig von ihr hatte, nicht ähnlich.

Heidi war eine Powerfrau, aber sie musste an ihr Geschäft denken. Ludwig zählte drei Kunden ihren Laden betreten, während er in seinem Auto auf bessere Zeiten wartete. Würde sie ein paar Wochen ausfallen, weil Freitag sie in einen Unfall verwickelte oder ins Krankenhaus prügelte, könnte das ihren Ruin bedeuten. Das war das Los der Selbstständigen. Eine Lohnfortzahlung im Krankheitsfall gab es nicht. »Freitag weiß, was er tut«, hatte sie gesagt.

Ludwigs Finger verkrampften sich um das Lenkrad. Er wusste

nicht, wie, doch er hatte sich diesen Dreckskerl zum Feind gemacht. Und neben Freitag schwirrten noch andere Plagegeister und Begebenheiten in seinem Kopf herum und setzten ihm zu: die angeblichen LSD-Trips seiner Eltern, sein Vater und die Sommer Gudrun, Ulrike, die ihn loswerden wollte, der Falter Harry, der mit dem Chefbrauer der zu Lämmerbergs verschworen Bier trank – und nicht zuletzt sein Vater mit der Schrotflinte an der Wodansburg. Es war ein unübersichtliches Gewirr ohne Anfang und Ende. Ludwig war ratlos. Mit Heidi hatte er soeben seine einzige Verbündete verloren.

Nach dem Mittagessen verkroch er sich in sein Hotelzimmer und nahm sich seinen Firmenlaptop vor, stets im Hinterkopf, dass Susanne Anrainer und Ulrike all seine Schritte verfolgen würden. Insbesondere die Kunden- und Lieferantenverzeichnisse mit den damit verbundenen Aufträgen interessierten ihn.

Sämtliche Vorfälle der jüngsten Zeit rankten sich um die Brauerei. Ludwig hatte Rio Freitag seines Wissens nach keinen Anlass gegeben, ihn zu hassen. Es konnte also nur mit der Brauerei und ihrem weiteren Geschick zusammenhängen. Auch Papas vermeintlicher Selbstmord, Ulrikes Intrigen, Siggi Horngolds Getue, der vergiftete Hausbrunnen, alles vollzog sich im Ereignishorizont der Brauerei. Dort irgendwo war der Schlüssel zu allem versteckt. Vielleicht auch in Papas Testament, das angeblich verschwunden war. Ulrike verdächtigte Horngold, es veruntreut zu haben. Sie mochte in vielem danebenliegen, aber vielleicht wäre es ein Fehler, diesen Gedanken einfach so abzutun. Der Papa und der Siggi waren angeblich gute Freunde gewesen. Es war an der Zeit, diese Freundschaft mal etwas näher zu durchleuchten. Leider fehlte Ludwig hierzu noch die nötige Stollenlampe.

Biber-Bräu lieferte in sämtliche Erdteile, wie er erstaunt feststellte. Es gab Abnehmer in Skandinavien, in Osteuropa, in China, in Australien und in Südamerika. Mit so einer Streuung hatte Ludwig nicht gerechnet, umso mehr imponierte ihm, was sein Vater in den vergangenen Jahren aufgezogen hatte. Ulrike hatte vermutlich auch den einen oder anderen Anteil daran gehabt, und sei es bloß, weil sie mit potenziellen Kunden ins Bett gestiegen war.

»Sie haben eine neue E-Mail«, blinkte in der unteren rechten Ecke des Bildschirms zusammen mit einem fröhlichen Smiley auf. Ludwig klickte sich in sein Firmenpostfach und fand die neu angekommene Nachricht. Der Absender war Jürgen Pflug, der unscheinbare Kerl aus dem Verkaufsbüro. Der Typ hatte mit ihm bislang noch keine drei Sätze gewechselt, umso erstaunter und neugierig auf den Inhalt dieser Mail war Ludwig. Nichtsdestotrotz zögerte er. Was immer er gleich lesen würde, Susi Anrainer und Ulrike lasen es auch. Sei's drum. Sie würden Verdacht schöpfen, würde er es nicht tun. Er öffnete das Schreiben.

Servus Chef,

wie ich gestern von einer zuverlässigen Quelle erfahren hab, schicken die zu Lämmerbergs nun sogar drei Kandidatinnen ins Rennen: die Birgit, die Hanna und auch die Frau vom Ferdinand, die ungarische Gräfin. Weiß nicht mehr, wie die heißt. Wir sollten schön langsam in die Gänge kommen.

Jürgen

Ludwig las die Zeilen dreimal hintereinander und rätselte, wovon der Pflug da redete und was er von ihm wollte. Erst dann fiel der Groschen, und er erinnerte sich an das Gespräch mit dem Falter Harry. Hier ging es um das Straßenfest zur Jubiläumsfeier und den Bierköniginnen-Contest. Mitmachen durfte jede Frau, die beruflich in irgendeiner Form mit dem Brauwesen zu tun hatte. Die zu Lämmerbergs fuhren demnach sämtliche Geschütze auf, sogar ihre Gräfin. Ludwig hatte sie vor vielen Jahren mal flüchtig am Beilngrieser Volksfest kennengelernt, kurz nachdem sie den Ferdinand geheiratet hatte. Eine faszinierende Frau, aber schrecklich abweisend. Wenn sie sich auf diesen Contest herabließ, um die Gewinnchance der zu Lämmerbergs zu maximieren, musste es ziemlich schlecht um die Brauerei stehen.

Ludwig las noch einmal. Diese »zuverlässige Quelle«, von der der Pflug da so wichtigtuerisch schrieb, war wahrscheinlich die

Rothaarige, mit der er gestern in der »Zittelwirtschaft« gesessen hatte. Als Ludwig und Heidi gingen, waren die beiden schon fort gewesen. Mit »in die Gänge kommen« regte Pflug wohl an, Biber-Bräu solle sich umtun, ebenfalls Kandidatinnen aufzubauen. Recht hatte er. Sogar vollkommen recht. Doch war das noch Ludwigs Problem? Bislang hatte ihm sein vermeintliches Erbe nur Schmerzen und Scherereien gebracht. Im Moment verspürte er wenig Elan, dafür einen Finger krumm zu machen. Ulrike wollte die Brauerei für sich allein.

Soll sie sie haben und sich darum kümmern. Ludwig schmunzelte bei dem Gedanken, wie sie höchstpersönlich in einem feschen Dirndl auf einem Festpodium sang und tanzte – oder sich um etwas dergleichen bemühte.

Die Frage, die sich ihm nun vielmehr stellte, war, warum sich der Pflug Jürgen mit diesem Anliegen an ihn wandte und nicht an seine langjährige Juniorchefin.

***

Christina saß mit ihrem Notebook am Küchenfenster und versuchte sich an ihrem neuen Roman. Ihr erster seit der Entführung und der Gefangenschaft. Seit anderthalb Jahren schrieb sie daran, mal mehr, mal weniger. Es war abzusehen, dass er nicht gut werden würde, sogar richtig schlecht, doch das machte nichts. An ihm zu schreiben gab ihren Tagen einen Anstrich von Beständigkeit. Es trug zu der Illusion bei, dass der tanzende Schatten ihr Leben gar nicht maßgeblich beeinflusst hätte. Deshalb widmete sie sich ihm vor allem an solchen Tagen, an denen sie zu zerbrechen drohte. An solchen wie gestern. Und heute.

Sie hob fortwährend den Kopf und blickte in den sonnenbeschienenen Hof des Brunnenwächterhauses hinaus. Dahinter lag das vergitterte Tor zur Straße. Das Tor zum Leben. Dort hatte Rupert Östergrund vor ein paar Tagen gestanden. Zweifellos, um ihr von Julias Selbstmord zu berichten. Doch sie hatte ihm nicht aufgemacht. Östergrund bedeutete Schmerzen. Schmach und Schmerzen. Sie hatte geglaubt, sie mit ihm aussperren zu können. Was für ein fataler Irrtum. Sie würden sie immer wieder finden. Julia war ihnen nun ein für alle Mal entkommen. Doch zu was für einem Preis. Christina konnte noch immer nicht fassen, dass sie aufgegeben hatte.

Damit war sie die Letzte. Die einzig noch Übrige. Sie hatte mit Anita und Julia in all den Monaten nur sporadischen Kontakt gehabt, denn Begegnungen bedeuteten Erinnerungen. Doch nun, ohne sie, fühlte sie sich alleingelassen. Allein mit dem Tänzer, der noch immer irgendwo dort draußen war.

Christina bezweifelte, dass er sich neulich tatsächlich im Schacht auf der anderen Seite der Eisentür aufgehalten hatte. Ihre wiederkehrenden Angstzustände waren auch Begleitumstände ihres hohen Alkoholkonsums. Sie wollte ihn zurückfahren. So schwierig konnte das nicht sein. Ohne ihn würden sich hoffentlich auch ihre Hirngespinste einstellen. Sachen wie das offene Fenster im ersten Stock, das sie sich nicht erklären konnte. Sachen wie die veränderte Kissenanordnung in ihrem Wohnzimmer. Sachen wie die Stimme hinter der Eisentür im Keller. Der Tänzer war weit fort. Wahrscheinlich hatte er sie längst vergessen.

Am Tor brummte ein Lkw vorbei. Christina ließ von den Tasten ihres Laptops ab und lehnte sich zurück. Dort draußen war das Leben. Auf der anderen Seite der Mauer. Das Brunnenwächterhaus bot ihr Sicherheit, doch es fand darin kein Leben statt. Erst durch Hansi hatte sie wieder einen Geschmack bekommen, wie das Leben eigentlich zu sein hätte. Wie es sein sollte. Der Hansi würde ihre Gehhilfe zurück ins Leben sein. Das gestrige gemeinsame Abendessen umgeben von fremden Leuten war ein Anfang gewesen. Ein Einstieg, auf den hoffentlich bald eine Fortsetzung folgte.

***

Der Nachmittag war schon vorangeschritten, als Ludwig einen kühnen Entschluss fasste. Er fischte in seinem Smoking, den er auf der Beerdigung getragen hatte, nach der Visitenkarte von dieser Polizistin und wählte ihre Privatnummer an. Anstelle von

Erna Starck meldete sich jedoch eine brummige Männerstimme am anderen Ende der Leitung. Den Namen hatte Ludwig nicht verstanden.

»Ja, äh … mein Name ist Ludwig Biber. Wäre es möglich, Frau Erna Starck zu sprechen?«

Keine Antwort, aber irgendetwas tat sich. Wenig später meldete sich die leicht raue Stimme, die Ludwig zweifelsfrei der kernigen Polizistin zuschrieb, die er vergangenen Dienstag kennengelernt hatte.

»Hier spricht Ludwig Biber aus Beilngries«, sagte er. »Kennen Sie mich noch?«

»Mein Gedächtnis funktioniert noch recht gut«, antwortete sie. »Kann ich etwas für Sie tun, Herr Biber?«

»Nett, dass Sie das fragen. Ich schätze, dass Sie das könnten, ja. Vor allem könnten Sie mir eine Frage beantworten, die mir neuerdings recht wichtig erscheint.«

»Lassen Sie mal hören.«

»Glauben Sie, dass mein Vater umgebracht worden ist?«

Sie zögerte, dann antwortete sie: »Zum Glauben sind die Kirchen da. Weshalb stellen Sie diese Frage, Herr Biber? Und warum erst heute?«

»Wie wäre es, wenn Sie mir die Frage einfach beantworten?«

»Bedaure, das ist gegen die Spielregeln. Ich gehe davon aus, Sie hatten in den letzten Tagen Gelegenheit, ein paar Angelegenheiten rund um den Tod Ihres Vaters und sein Vermächtnis zu regeln. Wenn Sie mir irgendetwas sagen wollen, Herr Biber, hier bin ich. Was liegt Ihnen auf dem Herzen?«

Ludwig ärgerte sich, weil er sich schon so schnell in der Defensive wiederfand. »Es sind in den letzten Tagen ein paar merkwürdige Sachen passiert.«

»Welche denn?«

»Können wir uns irgendwo treffen? Oder haben Sie heute frei?«

»Meine heutige Dienstzeit ist zu Ende, aber treffen können wir uns trotzdem.«

»Was sagt denn Ihr Freund – oder was immer Sie da haben – dazu?«

»Mein Freund, oder was immer ich da habe, hat nichts dagegen.«

Erna Starck bot an, ihn zu besuchen, doch Ludwig fühlte sich in Beilngries zunehmend bedrängt. Sie verständigten sich auf den Parkstreifen vor der Autobahnauffahrt in Denkendorf.

Die Polizistin war vor ihm da. »Schicker Wagen«, bemerkte sie, als er die Autotür öffnete. »Wenn Sie mir jetzt sagen, dass all die Kratzer zusammen einen Morsecode bilden, wäre ich wirklich beeindruckt.«

Sie trug Jeans und eine rote Lederjacke und lehnte mit verschränkten Armen an ihrer Motorhaube. Als Ludwig wacklig auf die Beine kam und sich mit seiner geschwollenen Unterlippe um ein ihrem dämlichen Witz angemessenes Lächeln bemühte, verflüchtigte sich ihr sonniger Ausdruck. »Ach du Scheiße«, fügte sie hinzu und musterte ihn.

»Ich hätte mich an der Kasse nicht vor die alte Lady mit dem harten Gehstock drängeln sollen«, retournierte Ludwig den schalen Witz von vorhin.

»Das ist wohl eins der merkwürdigen Vorkommnisse, über die Sie reden wollen«, entgegnete Starck abschätzig. »Wer ist dafür verantwortlich? Haben Sie Anzeige erstattet?«

»Nein, aber das werde ich noch«, antwortete Ludwig. »Zumindest wegen dem Wagen. Die Schlägerei habe ich dummerweise selbst angezettelt.«

»Mit wem denn? Doch nicht etwa mit Ihrer Schwester?«

»Nein, aber diese Option halte ich mir noch offen. Sein Name ist Rio Freitag. Eigentlich heißt er Ralf, keine Ahnung, warum man ihn Rio nennt. Kennen Sie ihn zufällig? Er sollte polizeibekannt sein.«

Erna Starck schüttelte den Kopf, und Ludwig erzählte von seinen folgenschweren Begegnungen mit ihm.

»Die Heidi wird ihn aber nicht anzeigen«, schloss er ärgerlich. »Weil sie Angst um ihr blödes Geschäft hat. Wenn ihn sich die Polizei aber nicht vorknöpft, bekomme ich nie raus, was er eigentlich gegen mich hat und warum er mich aus der Stadt raushaben will.«

»Ist das der Grund unseres Treffens?«, entgegnete Starck, weiterhin entspannt an ihrer Motorhaube lehnend. »Ich soll mir den Kerl für Sie vornehmen?«

Ludwig hatte vorausgesehen, dass sie so reagieren würde. Ertappt fühlte er sich trotzdem. »Der Kerl ist ein brutaler Dreckskerl«, erwiderte er. »Falls Sie bei meinem Vater wegen Mordes ermitteln, er könnte vielleicht der Täter sein.«

»Es gibt keine Mordermittlung«, antwortete sie.

»Warum haben Sie mir dann all die Fragen nach der Beerdigung gestellt?«

»All die Fragen? Meiner Erinnerung nach war unser Gespräch sehr kurz.«

»Trotzdem haben Sie durchsickern lassen … Ach, vergessen Sie's.« Vor Wut und Enttäuschung biss Ludwig sich auf die verletzte Lippe. Den Schmerzensschrei konnte er mit Mühe hinunterschlucken. Ein Fluch half ihm dabei. Erna Starck musterte ihn amüsiert, was ihn noch zorniger machte.

»Warum sind Sie überhaupt hier?«, fuhr er sie an. »Warum wollten Sie sich mit mir treffen, wenn für Sie doch alles klar ist? Mit Selbstmord und so.«

»Es ist keineswegs alles klar«, sagte Starck. »Es gibt ein paar offene Fragen, doch zumindest der Tötungsakt gibt uns keine Rätsel auf.«

»Also war es Selbstmord?«

»Dafür sprechen sämtliche Fakten. Von den Pulverrückständen an der Abzugshand bis hin zum Neigungswinkel der Waffe.«

»Könnten Sie nicht wenigstens *ein Mal* präzise antworten?«

»Ich antworte immer präzise.«

»Ach, lecken Sie mich.« Ludwig wandte sich ab und humpelte zu seinem geschundenen Wagen zurück. »Was für eine Zeitverschwendung.«

»Fällt Ihnen denn ein Grund ein, warum jemand Ihren Vater tot sehen möchte?«, rief sie ihm nach. »Ich hatte mir ein paar Impulse von Ihnen erhofft.«

Ludwig erwog, einfach einzusteigen und loszufahren, doch er hielt inne. »Und ich hatte mir welche von Ihnen erhofft«, erwiderte er und drehte sich wieder um. »Irgendwer will mich fertigmachen. Ich dachte mir, Sie hätten vielleicht …«, er suchte nach Worten, »na, vielleicht irgendetwas herausgefunden. Irgendwas über meinen Vater und seine verfluchte Brauerei.«

»Ich bin sicher, Sie wissen mehr über diese Dinge als ich«, sagte Starck und kam gemessen näher. »Meine Ermittlungen haben sich auf das Privatleben Ihres Vaters konzentriert. Er hatte wechselhafte Beziehungen, wie Sie wahrscheinlich wissen.«

Zum Beispiel mit der Heidi, fraß es sich mal wieder lärmend durch Ludwigs Kopf. »Ja, weiß ich.«

»Auch mit verheirateten Frauen«, fügte Starck hinzu und blieb schließlich zwei Meter vor ihm stehen.

Sie war größer als er, so wie es fast alle Frauen waren, und sah auf ihn herab, doch nicht im hochnäsigen Sinn. Zumindest hatte Ludwig nicht den Eindruck. Er überlegte. Nach Mamas Einweisung hatte der Papa eine Menge Betthäschen gehabt, bestimmt auch den einen oder anderen Seitensprung mit verheirateten Frauen. Wie es sich in jüngerer Zeit verhalten hatte, wusste er nicht. Mit der Heidi und mit der Schwester vom Falter Harry hatte er was gehabt, aber eine verheiratete Frau fiel Ludwig gerade nicht ein. Reflexartig dachte er an die Frau vom Horngold. Erna Starck aber brachte einen anderen Namen ins Spiel.

»Es liegt wohl schon ein paar Jahre zurück, da hatte er ein Verhältnis mit Jasmin Viereck.«

Ludwig kannte die Frau nicht, doch lag auf der Hand, wer sie war. Erst heute Morgen hatte er von seinem Neffen gehört, dass es mit der Ehe seines Vaters nicht zum Besten stand. Der arme Markus. Von Ulrike das Herz gebrochen, von der späteren Frau Hörner aufgesetzt bekommen. Wenn das kein Motiv war, die Bibers zu hassen. »Glauben Sie, der Markus hat was mit dem Selbstmord zu tun?«

»Ich glaube gar nichts, Herr Biber«, seufzte Starck. »Ich fasse nur zusammen und ziehe Schlüsse. Welche das sind, nun, das läuft unter Dienstgeheimnis, fürchte ich.«

»Dann darf ich Ihren Fakten hinzufügen, dass jemand unseren Brauereibrunnen mit rostigen Schrottteilen verunreinigt hat.«

»Warum erfahre ich das erst jetzt? Haben Sie das nicht angezeigt?«

»Nein, wir wollen schließlich weiterhin Bier verkaufen.«

Erna Starck schnutete die Lippen und schien zu verstehen. »Möchten Sie einen Kaffee?«

»Haben Sie eine Thermoskanne dabei?«

»Nein, aber nicht weit von hier ist ein nettes Café. Ich lade Sie ein.«

Ein paar Minuten später saßen sie sich bei Mokka und Latte gegenüber. Das Café war nahezu voll besetzt, doch ihr Ecktisch war abgelegen genug, um sich vertraulich unterhalten zu können.

Ludwig versuchte sich als Detektiv. »Wenn die Affäre schon Jahre zurückliegt, warum sollte sich der Viereck erst jetzt an uns rächen? Und warum an mir? Mein Vater hat ihm die Frau ausgespannt, nicht ich.«

»Trauen Sie ihm denn zu, dass er so etwas macht?«, entgegnete Starck. »Den Brunnen vergiften und Schläger auf Sie ansetzen?«

»Allzu gut kenne ich ihn nicht«, gestand Ludwig und schüttelte nach kurzem Abwägen den Kopf. »Aber nein, das sähe ihm nicht ähnlich. Den Brunnen hat der Freitag vergiftet, da wette ich.«

Starck nippte an ihrem Mokka. »Wie geht es nun weiter mit der Brauerei? Werden Sie und Ihre Schwester sich zusammenraufen?«

»Sieht nicht so aus«, antwortete Ludwig und nippte ebenfalls, um das Gesagte zu unterstreichen. »Keine Ahnung, was sie vorhat, aber ihr fehlt das Format, eine Firma zu leiten.«

»Kann sie Ihnen Ihren Erbteil ausbezahlen?«

Ludwig streckte den Rücken durch, was mit Rippenschmerzen verbunden war. »Sie agiert jedenfalls sehr selbstsicher. Das muss bei ihr nicht zwangsläufig etwas bedeuten. Vielleicht hat sie noch gar nicht realisiert, was auf sie zukommt, wenn ich auf meinen Erbteil bestehe.«

»Unterschätzen Sie niemals eine Frau, die ein Ziel vor Augen hat«, gab Starck mit einem süffisanten Lächeln zurück. »Möglicherweise hat sie gar nicht vor, die Firma allein zu leiten.«

Ludwig stutzte und verschluckte sich beinahe. Damit hatte sie ihm einen neuen Denkanstoß gegeben. Laut Ralf hatte Ulrike seit Jahren keine Beziehungen mehr gehabt. Ludwig hatte einen heimlichen Liebhaber in Betracht gezogen, den sie vor dem Papa geheim hielt. Der Amateurdetektiv in ihm zog seine Schlüsse: Dieser Unbekannte hatte ein Mordmotiv. Er hatte den Papa aus dem Weg geräumt, um mit Ulrike die Brauerei übernehmen zu können. Jetzt mussten sie nur noch den erbberechtigten Bruder loswerden. Aber wie passte der vergiftete Brunnen dazu? Und wohin war das Testament verschwunden?

»Wie gut kennen Sie Ihren Mitarbeiterstab?«, fragte Starck nach kurzer Pause.

»So gut wie überhaupt nicht«, antwortete Ludwig ehrlich. »Die meisten sind erst in den letzten Jahren eingestellt worden.«

Der Falter Harry. Natürlich. Beim Gedanken an ihn machte Ludwigs Detektivarbeit einen Evolutionssprung. Der Papa hatte den Harry von Anfang an protegiert, weil er seine Brauleidenschaft respektierte, aber das bedeutete nicht automatisch, dass er ihn auch als Schwiegersohn hätte haben wollen. Vielleicht war er Ulrikes heimlicher Liebhaber. Jetzt wäre für ihn der Weg frei, als ihr Gatte Brauereichef zu werden.

»Was wissen Sie über Kasimir Grünwald?«, fragte Starck und riss Ludwig damit aus seinen detektivischen Meisterleistungen.

»Unser Bierfahrer«, antwortete er. »Keiner, dem man spätnachts begegnen möchte, aber laut Ulrike hat er mich gestern Abend vor Schlimmerem bewahrt.« Er bedeutete sein geschundenes Gesicht. »Ist er irgendwie verdächtig?«

»Nun, er hat ein Vorstrafenregister, das macht ihn für uns interessant. Ebenso interessant ist, dass er keinen Vater hat.«

»Wieso keinen Vater?«

»Auf seiner Geburtsurkunde ist keiner eingetragen.«

Ludwig wusste nichts über Grünwalds Familienverhältnisse. Der Kass genoss schon immer einen gewissen Ruf in Beilngries, nicht zuletzt wegen seines Gefängnisaufenthaltes, aber von etwaigen Eltern war Ludwig nie was zu Ohren gedrungen. Manche Leute hatten einfach keine Eltern.

»Seine Mutter ist vor fünfzehn Jahren gestorben«, führte Starck näher aus. »War nie verheiratet, hatte keine weiteren Kinder.«

»Wenn Sie ihn durchleuchtet haben, müssen Sie ihn verdächtigen«, schloss Ludwig. »Weswegen auch immer.«

»Ich bin einfach nur gründlich«, sagte Starck. »Kasimir Grünwald ist nicht der Einzige der Brauereibelegschaft, den ich mir näher angesehen habe. Es waren so ziemlich alle.«

»Also haben Sie noch mehr Klatsch für mich?«

»Hätte ich, aber das sind Dinge, die ich nicht mit Außenstehenden teilen darf.«

»Dachte ich mir schon. Haben Sie auch Sigurd Horngold überprüft?«

Die Polizistin zog eine amüsierte Schnute. »Habe ich.«

Ludwig seufzte. »Aber festgenommen haben Sie ihn nicht, also ist er wohl sauber. So wie alle anderen.«

»Vielleicht auch einfach nur schlau genug, uns keinen handfesten Grund zu servieren.« Sie verschränkte die Hände wie vormals an der Motorhaube. »Wie stehen Sie zu den zu Lämmerbergs, Herr Biber? Kennt man sich?«

»Schon«, antwortete Ludwig. »Den Florian kenne ich seit der Schule. Er ist nur ein wenig älter als ich. Freunde waren wir nicht.«

»Kannten Sie seinen Vater?«

»Flüchtig. Ein alter Mann. Irgendein Freiherr aus dem Norden. Starb, als ich in der Grundschule war. Die arme Lydia. Zum Glück hatte sie ihren Bruder, den Ferdinand. Ich erinnere mich, dass er den Florian oft nach der Schule abgeholt hat. Die Lydia muss damals ziemlich am Ende gewesen sein. Kein Wunder. Mit Mitte zwanzig schon Witwe.«

»Was wissen Sie über den Vater der beiden, über Leopold zu Lämmerberg?«

»Na ja, das ist der, der in den Sechzigern und Siebzigern das Lämmerberg'sche Familienunternehmen ziemlich herabgewirtschaftet hat. Hat die Brauerei dichtgemacht und später auch noch ein paar andere Geschäftszweige der Familie. Die Druckerei zum Beispiel. Und die Tankstelle. Irgendwo im Bayerischen Wald hatten sie auch eine Glasbläserei, glaube ich.«

»Ist Ihnen bekannt, was aus ihm geworden ist?«

»Nein. Lebt wahrscheinlich nicht mehr.«

»Stimmt, er ist vor ein paar Jahren gestorben«, erläuterte Erna Starck mit eindringlichem Blick. »Seine letzten Jahre hat er auf einem einsamen Hof im Familienbesitz verbracht. Wissen Sie, welchen Hof ich meine?«

»Nein, woher sollte ich? Die zu Lämmerbergs haben überall in der Gegend Grund und Häuser. Sagen Sie, warum fragen Sie mich eigentlich über die zu Lämmerbergs aus?«

»Hätten die nicht auch Grund, Ihnen und Ihrer Brauerei zu schaden?«

»Nein, die sind eher an einer Zusammenarbeit interessiert«, sagte Ludwig. »Zumindest der Ferdinand.«

»Sie haben also mit ihm gesprochen?«

»Ja«, antwortete Ludwig und rätselte, worauf ihre Fragen abzielten. Sie würde sich bestimmt nicht in ihre Karten schauen lassen. Durfte sie als Kripobeamtin wahrscheinlich auch gar nicht. Doch er spürte, dass hinter ihrer Fragerei mehr steckte. Auch wenn sie es bislang abstritt, wahrscheinlich glaubte sie doch an einen Mord.

Ludwig grübelte noch lange an diesem Tag, was er aus dem Gespräch mit Erna Starck nun gewonnen hatte. Im Grunde nur neue Fragen. Warum interessierte sie sich für die zu Lämmerbergs? Und warum für den Vater vom Grünwald Kass? Der Kass war um die fünfzig, somit kam er als heimlicher Spross von Ludwigs altem Herrn schon mal nicht in Frage, was beruhigend war. Was aber steckte dann dahinter? Und warum spielte das eine Rolle?

Ludwig verwarf seine Pläne, von hier abzuhauen. Es gab hier noch einiges zu tun. Zunächst würde er sich näher mit Harald Falter und dessen Liebesleben befassen.

***

Erna war zufrieden, als sie in ihre Wohnung zurückkehrte. Sie hatte Ludwig Biber so weit angespitzt, dass er in Beilngries ein wenig Staub aufwirbeln würde. Staub in Ecken, in die sie als Polizistin niemals vordringen könnte. Vielleicht würde er jemanden aufscheuchen. Vielleicht denjenigen, der ihm und seinem

Familienbetrieb schaden wollte, vielleicht aber auch den Tänzer. Kollege Östergrund würde sich freuen. Nun, nein, freuen würde er sich nicht, denn zur Freude schien dieser Mann nicht fähig. Wenn er einen guten Tag hatte, würde er ihr unter Umständen Anerkennung zollen.

»Wo bist du denn bloß die ganze Zeit mit deinen Gedanken, Schatz?«, fragte ihr Verlobter, während er in der Küche auf einem Tablett ihre Balkonbrotzeit richtete.

Erna schlang einen Arm um ihn und küsste ihn auf die Wange. »In stickigen Brauereien, in miefigen Käfigen und bei einem fanatischen Kollegen. Keine Konkurrenz für dich, Baby. Komm, lass uns essen.«

Alfredo García lässt grüßen

Als Erna Starck den Namen des Mordopfers hörte, wusste sie, dass sie diesen Fall haben musste, und eilte prompt zu ihrem Vorgesetzten. Es erstaunte sie nicht weiter, dass sie ohnehin dafür vorgesehen war. Zur Seite stellte man ihr »Dirty Erich«, einen etwas umstrittenen Kollegen in der KPI Ingolstadt. Erna kannte ihn schon lange und kam meistens gut mit ihm zurecht.

Erich Wankel war ein guter Polizist, aber von einem Schlag, der heute nicht mehr gefragt war. Heute wurden verständnisvolle Softies verlangt, rücksichtsvolle Diplomaten und mehrsprachige Schlichter. Wankel wiederum schien einem alten Clint-Eastwood-Film entsprungen, hatte schon zwei Disziplinarverfahren wegen unangemessener Gewaltanwendung bei Festnahmen hinter sich und war bei Presse und Staatsanwaltschaft für seinen rüden Umgangston berüchtigt. Ihn vor Gericht aussagen zu lassen, barg stets ein Restrisiko. Gegenüber der Presse hatte man ihm einen dauerhaften Maulkorb verpasst, nachdem er einen Gerichtsreporter als »selten primitiven Bleistiftvergewaltiger« betitelt hatte. Nicht zuletzt wegen solcher Vorfälle war er bei Beförderungen wiederholt übergangen worden. Nach außen schien Wankel das nicht weiter zu kümmern. Brummig und notorisch schlecht gelaunt war Dirty Erich auch vorher schon gewesen.

»Manchmal wünschte ich mir ein Auto mit einem magischen Dachfenster«, raunte er an der Ampel kurz vor der Autobahnauffahrt.

»Aha, und was soll das sein?«, fragte Erna auf dem Beifahrersitz.

»Eins, das meinen Arm und meine Faust auf magische Weise vergrößert, damit ich Schnarchnasen wie dem da vorn ordentlich aufs Dach klopfen kann«, erklärte er. »Ich hasse diese Sonntagsfahrer. Am schlimmsten von allen ist meine Schwiegermutter. Jetzt hat sie sich einen Caravan gekauft, die alte Vettel, und will mit uns und den Mädchen Ausflüge unternehmen. Bis jetzt konnte ich das mit Ausreden verhindern, weil ich genau weiß, dass ich sie während der Fahrt erwürgen müsste.«

Die Ampel schaltete auf Grün, aber der Wagen vor ihnen hatte es nicht eilig. Erna sah amüsiert dabei zu, wie Wankel mit sich rang, ein wüstes Hupkonzert zu veranstalten. Am Ende aber riss er sich zusammen. Unter strahlender Morgensonne, die sich rechtsseitig hinter den Wäldern erhob, rasten sie die A 9 in Nürnberger Richtung bis zur Ausfahrt Altmühltal.

»Woher kennst du die Leiche?«, fragte Wankel kurz nach Kinding.

»Tue ich gar nicht«, antwortete Erna. »Hab nur ein paar Geschichten über ihn gehört. Im Zuge eines anderen Falls.«

»Der Selbstmord von dem Brauer«, wusste Wankel.

Erna bestätigte. »Ralf Freitag, die meisten nennen ihn Rio. Hat einen Ruf als Pöbler und Unruhestifter. Ist schon ein paarmal angezeigt worden, meistens wegen Gewaltdelikten und Sachbeschädigung. Wurde aber nie zu mehr als Geldstrafen verurteilt. Die Beilngrieser Kollegen wissen sicher mehr über ihn. Frauen hat er auch geschlagen, wie ich erfahren habe. Und er hat gedealt. Auch in den umliegenden Schulen.«

»Nicht schlecht«, sagte Wankel. »Sein Mörder ist mir jetzt schon sympathisch.«

Die Beilngrieser Kollegen hatten den oberen Teil des renaturierten Sulzlaufs der Stadt komplett abgeriegelt, auch das Ostufer, wo sich dem beschotterten Fahrradweg ein weites Kornfeld bis zu den nächsten Häusern anschloss. Auf der Sulzbrücke der Neumarkter Straße hatten sich Schaulustige eingefunden und versuchten, Blicke zu erhaschen, aber die Bäume gaben dem Tatort ausreichend Deckung. Dort machte bereits der Erkennungsdienst seine Arbeit, sicherte Spuren und fotografierte den Schauplatz weiträumig.

Die Leiche lag bäuchlings ein paar Meter abseits des Schotterwegs im Gras. Nur der blutverschmierte Kopf ruhte in einem unnatürlichen Winkel auf einem der Ziersteine. Ein Gesicht konnte Erna nicht erkennen, obwohl es ihr zugewandt schien. Denn da war keins mehr. Da war nur ein Ohr neben einem Schopf gekräuselter brauner Haare. Auf die Identität des Opfers musste man anderweitig geschlossen haben. Es trug eine braune Lederjacke, enge Jeans und hohe Lederstiefel mit Schlangenmuster. Erna musste an ihren ersten Freund in Jugendjahren denken, einen prolligen Mantafahrer.

»Erna! Es ist eine Weile her.« Claudio Vega, den sie in seinem weißen Mumienanzug erst jetzt erkannte, kam auf sie zu. »Und der Erich! Immer wieder eine Freude«, fügte er hinzu. In der Hand balancierte er eine volle Kaffeetasse.

»Dürfen wir näher treten?«, fragte Erna, was Claudio ihnen mit seinem freien Arm gestenreich gestattete.

»Wir haben alles aufgenommen und warten nur noch auf euch. Ihr habt freie Bahn, seid aber bitte trotzdem vorsichtig mit dem Körper«, gebot er geschäftig. »Nicht dass die Münchner wieder was zum Nörgeln haben.«

Zwei weitere Erkennungsdienstler grüßten von einem aufklappbaren Kaffeetisch herüber. Erna grüßte zurück, auch Wankel brummte etwas, das mit viel Phantasie ein »Servus« gewesen sein könnte. Er umrundete die Leiche und schaute sich dezidiert um.

Erna wandte sich an Claudio. »Gib uns was, mit dem wir arbeiten können. Wer hat ihn gefunden?«

»Eine Nordic-Walking-Gruppe, etwa um sieben Uhr morgens. Sie haben gleich die Beilngrieser Kollegen alarmiert. Ein örtlicher Arzt hat den Tod festgestellt.«

»Können wir ihn sprechen?«

»Er musste dringend in seine Praxis. Wir haben die Adresse.«

»Seit wann ist das Opfer tot?«

»Mitternacht, sagt der Doktor, plus/minus zwei Stunden. Die Gerichtsmedizin kriegt das noch genauer hin. Da sind ein paar fremde Fußspuren im Gras. Ich schätze, das Opfer wollte hier Meth verkaufen. Seine Hosentaschen sind voll davon.«

»Wenn das hier ein schiefgegangener Deal gewesen wäre, hätte man ihm das Zeug abgeknöpft«, folgerte Erna. »Todesursache?«

»Wir haben ihn noch nicht umgedreht. Damit wollten wir warten, bis ihr da seid, damit ihr den Tatort unverfälscht seht. Wenn sich nicht noch irgendwo ein Einstich oder sonst was findet, dann war es ein schweres Kopftrauma. Jemand muss ihm seinen Schädel mehrfach frontal auf den Stein gehauen haben.«

»Sehen wir es uns an«, sagte Wankel über der Leiche und hatte sich bereits Handschuhe übergestreift.

Kurz darauf lag die Leiche auf dem Rücken, den blutverschmierten Zierstein nicht weit von der rechten Schläfe. Konturen eines Gesichts waren zu erkennen, aber es hatte kaum noch etwas Menschliches an sich. Nasen- und Stirnbein waren eingedrückt, die Lippen geplatzt, im offenen Mund fehlten die oberen Schneidezähne. Einer klebte am Stein. Der Mörder musste mit unfassbarer Wut vorgegangen sein. Weitere äußere Verletzungen außer am Kopfbereich waren nicht erkennbar.

Claudio hielt eine Brieftasche hoch. »Ralf Freitag, sechsunddreißig Jahre alt, wohnhaft hier in Beilngries. Gar nicht weit von hier, nebenbei bemerkt. Der Mittelmühlweg schließt sich gleich diesem Kornfeld an. Die Beilngrieser Kollegen sind schon vor Ort.«

»Hat er sich gewehrt?«, fragte Wankel.

Claudio schüttelte den Kopf. »Sieht für mich nicht danach aus. Keine Verletzungen an den Fingern, nicht einmal Dreck unter den Nägeln.«

»Eigenartig, wo er doch so ein Schlägertyp ist. Muss in der Dunkelheit überrascht worden sein.«

»Woher weißt du, dass er ein Schlägertyp ist?«

»Kollegin Starck weiß das.«

Erna nickte gewogen. »Wir haben hier einen ziemlich schlimmen Finger vor uns. Falls er es denn ist.«

»Davon solltet ihr ausgehen«, meinte Claudio. »Dürfen wir ihn wegschaffen?«

»Meinetwegen schon.«

Auch Wankel hatte keine Einwände.

***

Ludwig erntete ein paar verblüffte Blicke, als er an diesem Montagmorgen durch den Betrieb humpelte.

»Auweh, Chef«, verlautete der Ungerer Wastie ziemlich

verdattert. »Das sieht aber übel aus. Hast du dich in die falsche Fanmeile verlaufen?«

Ludwig überspielte die idiotische Fußballanekdote und ging weiter. Er musste sich noch beim Kass bedanken, fiel ihm ein, doch zunächst mal brauchte er den Hansi. Er fand ihn wie erhofft in der Werkstatt neben dem Sudhaus vor, wo er in einem Chaos aus Werkzeugen, Ersatzteilen und Maschinen- und Schaltplänen an den Wänden sein kleines Reich gezimmert hatte.

»Morgen, Hansi. Kann ich mal mit dir reden?«

Falls sich der Angesprochene über Ludwigs lädierten Zustand wunderte, zeigte er das nicht. »Mein Terminkalender ist furchtbar straff, aber für dich mache ich eine Ausnahme, Chef«, gluckste er vergnügt und lehnte sich grinsend in seinen alten Drehstuhl zurück. »Was hast du denn auf dem Herzen?«

Einen zweiten Stuhl gab es nicht, also blieb Ludwig vor der Werkbank stehen. »Eine ganze Menge«, sagte er. »Und ich komme zu dir, weil du einer der am längsten hier Beschäftigten bist. Erzähl mir doch mal was über die Susi.«

Der Hansi öffnete Hände und Arme. »Die Susi? Was willst du denn wissen? Was sie gern isst? Wo sie gern hingeht? Ob sie zu haben ist?«

»Nein, nichts dergleichen«, winkte Ludwig ab. »Mich würde vor allem interessieren, wozu ein kleiner Betrieb wie unserer eine eigene Systemadministratorin braucht.«

Diese Frage hatte sich Ludwig vom ersten Tag an gestellt, und da ihn diese Frau offensichtlich nicht leiden konnte, war es höchste Zeit, endlich Klarheit zu schaffen.

Der Hansi zog die Brauen hoch und schnaufte tief durch. »Tja, weißt du …«, sagte er, »das haben sich damals die meisten gefragt.«

»Und?«

»Ich glaube, das war so ein Ding von deiner Schwester. Sie hat sich da gegen deinen Papa durchgesetzt. Deshalb haben wir jetzt eine Systemadministratorin. Ich habe seitdem auch einen PC, weißt du das? Es ist der an der Wand beim Läuterbottich, weil hier drin kein Platz ist.« Er vollführte eine ausladende Gestik. »Alles, was ich repariere, was ich bestelle und für was ich es brauche, muss ich seitdem Woche für Woche in so eine blöde Tabelle eintragen. Totale Zeitverschwendung, wenn du mich fragst, aber sag das mal der Susi oder deiner Schwester. Die wollen das so haben.«

»Sie hat sich gegen den Papa durchgesetzt?«, fragte Ludwig ungläubig.

Der Hansi hob die Augenbrauen. »Ist ja wohl offensichtlich, oder? Der Berti hätte keine Verwendung für jemanden wie die Susi gehabt. Wenn es nach dem ging, hätten wir wahrscheinlich nicht einen einzigen PC in der Firma.«

»Aber warum sollte er sich von der Ulrike was einreden lassen?«

»Na, warum denn nicht? Du kannst das natürlich nicht wissen, aber die hatte in den letzten Jahren fast genauso viel zu sagen wie der Chef.«

Ludwig versuchte, sich nicht anmerken zu lassen, wie seltsam er das fand. Dass der Papa das Heft aus der Hand gab, sah ihm nicht ähnlich. »Und sie hat durchgesetzt, eine Systemadministratorin einzustellen.«

»Ja freilich«, beteuerte der Hansi, und ein verschmitztes Grinsen schlich in seine Züge. »Weißt du, ich glaube, das war vor allem was Sexuelles.«

»Wie bitte?«

»Was Sexuelles! Die Susi und deine Schwester. Die haben was laufen. Glaube ich jedenfalls, dass man das so nennen kann. Ich habe eines Abends mal recht eindeutige Geräusche aus Ulrikes Büro gehört, als die Susi drin war. Die beiden haben nicht gewusst, dass ich noch da war und den Lüfter im Keller gereinigt habe.« Das Grinsen schien dem Hansi nun festgewachsen. »Erst neulich wieder. Ich habe Überstunden gemacht und wollte mir Ulrikes Erlaubnis einholen, ein neues Filtergehäuse für die Lagerkühlung zu bestellen. Da habe ich sie wieder gehört. Es muss die Susi gewesen sein, weil sonst keiner mehr da war. Das hast du aber nicht von mir, klar?«

Ludwigs Gedanken taumelten im Kreis. Sollte Susi Anrainer die heimliche Geliebte sein, von der der Papa und der Ralf nichts wissen durften? Hatte Ulrike etwa das sexuelle Ufer gewechselt?

»Gibt's einen Grund, warum du mir das verrätst?«

Der Hansi zuckte mit den Achseln. »Klar, du hast gefragt. Mich geht das freilich nichts an, aber du als Chef solltest schon wissen, wer hier besonders verbandelt ist. Vor allem, wenn es das Betriebsgeschehen beeinflusst.«

Ludwig bezweifelte, dass das der einzige Grund war. Der Hansi spekulierte wahrscheinlich darauf, dass er, Ludwig, nun um Ulrike eins auszuwischen die Susi vor die Tür setzte, die ihm, Hansi, zu sehr auf die Finger schaute. Da aber hatte er sich geschnitten. Solch vermeintliche Geheimnisse konnte man viel eleganter nutzen.

»Weißt du auch was über das Liebesleben vom Harry?«, fragte Ludwig.

»Der Harry? Uff, der Harry, ja, der ist ein schwieriger Fall.« Das Grinsen verflüchtigte sich. Nun wirkte der Hansi, als würde er ehrlich Anteil nehmen. »Dem scheinen das Brauen und die Feuerwehr genug zu sein. Ich wüsste nicht, dass der je eine Beziehung gehabt hätte. Na, mit deiner Schwester war mal was, aber das war nichts Ernstes.«

»Hat der Papa davon gewusst?«

»Klar, schätze schon. Die ganze Firma weiß es.«

»Und warum war es nichts Ernstes?«

»Keine Ahnung. Frag ihn halt, wenn es dich interessiert.«

»Sonst noch irgendwelche Liebschaften in der Firma?«

»Keine, von denen ich wüsste, Chef.«

»Und wie läuft es bei dir? Du weißt schon, mit unserer Nachbarin. Ich habe euch Freitagabend in der ›Zittelwirtschaft‹ gesehen.«

Der Hansi zog eine verkniffene Miene und kratzte sich die Wangenstoppeln. »Recht holprig, das Ganze, ehrlich gesagt«, sagte er. »Sie ist eine eigenartige Type, die Christina. Irgendwie verschlossen. Gestern Abend waren wir wieder zusammen essen, aber sie ist immer noch ziemlich verstockt. Macht sofort zu, wenn ich ihr näherkommen will.«

»Wundert dich das?«

»Wie? Ja freilich, schon irgendwie. Ich meine, warum geht sie mit mir aus, wenn sie sich dann doch wieder still zurückziehen will?«

»Du musst ihr halt etwas Zeit lassen«, sagte Ludwig und wunderte sich, dass ausgerechnet er Beziehungsratschläge gab. »Du weißt schon, nach allem, was sie hinter sich hat.«

Aufgrund der nachfolgenden Reaktion durchschaute Ludwig, dass der Hansi nicht die geringste Ahnung hatte, wovon er redete. Christina hatte es ihm nicht gesagt. Der Hansi wusste noch nicht, was sie durchlitten hatte. Diese einschlägige Erkenntnis empfahl Ludwig einen schleunigen Rückzug, bevor er noch etwas ausplauderte. Der Hansi rief ihm nach, aber Ludwig humpelte fluchtartig davon. Der Ungerer Wastie war zum Glück nicht weit und sofort zu haben für ein zwangloses Gespräch mit dem künftigen Chef.

***

Rückblickend kam Harald das vergangene Wochenende wie ein einziger Alptraum vor. Ohne Judith hätte er es womöglich nicht überstanden. In letzter Zeit war einiges zusammengekommen. Zu viel. Und angefangen hatte es mit dem Selbstmord vom Chef. Seitdem schien die Welt Stück für Stück auseinanderzubrechen.

Kurz vor acht betrat er die Firma und marschierte geradewegs ins Lager. Dass den Armin die Nachricht von Julia Öttls Selbstmord maßgeblich mitnehmen würde, bezweifelte er. Den Armin schien gar nichts mitzunehmen, weder Freud noch Leid. Erfahren sollte er es dennoch. Immerhin hatte auch er daran Anteil gehabt, sie aus dem Unfallwagen zu bergen. Harald kniff sich in den rechten Handrücken. Das Brandmal juckte unaufhörlich, seit er erfahren hatte, dass Julia von der Krankenhausterrasse gesprungen war.

Der Armin war nirgendwo zu sehen. Das Lager war menschenleer. In der Schwankhalle entdeckte er den Grünwald Kass, der gerade ein Auftragspapier las.

»Sag mal, wo ist denn der Armin?«

Der Hüne wandte seinen zotteligen Kopf und schaute ihn aus seinen kleinen, milchigen Äuglein an. »Hab ihn heute noch nicht gesehen. Ich richte mir die Ladung für die ›Zittelwirtschaft‹ selbst zusammen.«

Harald gab dem Vorhaben seinen Segen. Der Kass würde gern die Lagerwirtschaft übernehmen, wie er wusste, doch dafür hatte Harald eigentlich den Armin im Auge. Hoffentlich würde das keinen Knatsch auslösen.

Er suchte weiter, doch der Armin war offensichtlich noch nicht in der Firma. Das war ungewöhnlich. In den sechs Monaten, die er hier arbeitete, hatte er sich nie verspätet oder war unangekündigt ferngeblieben.

Harald ging ins Verkaufsbüro, wo er Cornelia Horngold und Jürgen Pflug vorfand. Die Cornelia hantierte gerade aufgeregt mit ihrem Smartphone und ließ sich auch von seinem Eintreten nicht aufschrecken. Der Pflug laberte geschäftig und possenreich in seinen Telefonhörer. Es klang nach Spanisch beziehungsweise Portugiesisch. Wahrscheinlich hatte er ihren Großabnehmer in Brasilien dran.

»Hat der Armin bei euch angerufen?«, fragte Harald in Cornelias Richtung.

Sie schüttelte den Kopf und sah nicht mal auf. »Nein.« Ihr Smartphone war anscheinend interessanter als das Betriebsgeschehen.

In Harald keimte Ärger auf. »Du weißt schon, dass du hier fürs Arbeiten bezahlt wirst?«

Jetzt schaute sie mit großen Augen auf. »Was? Ja klar. Aber du, da ist jemand umgebracht worden, Harry.«

»Wo? In deiner Lieblings-Vampir-Serie?«

»Nein, in echt«, erwiderte sie. »Eine Freundin hat mir gerade geschrieben. An der Sulz sind überall Polizisten und lassen keinen durch. Ihre Mutter hat gehört, dass da eine blutverschmierte Leiche rumliegen soll. Deren Nachbarin ist da jeden Morgen beim Nordic Walking.«

Harald verstummte beunruhigt. Der Armin fehlte, und an der Sulz lag eine Leiche? Hoffentlich stand das in keinem Zusammenhang.

Der Jürgen unterhielt sich weiterhin mit seinem Telefonhörer, doch redete er inzwischen deutlich ruhiger, beinahe gemäßigt, so als läse er jemandem ein Buch vor. Harald vermutete, dass er nur noch so tat, als würde er telefonieren. Er gab sich beschäftigt, weil er sich nicht mit ihm auseinandersetzen wollte. Der Kerl wusste nur zu gut, dass Harald nicht allzu begeistert war, dass er mit seiner Schwester ausging. Das aber war jetzt zweitrangig. Der Armin musste aufgetrieben werden.

Inzwischen hatte es auch bei Cornelia Klick gemacht. »Mein Gott, was, wenn es der Armin ist?«, verkündete sie mit noch weiter aufgerissenen Augen.

»Jetzt mal langsam«, gebot Harald. »Vielleicht hat er sich ja bei der Schiffkowitz gemeldet. Ich frage sie gleich mal. Wenn er es nicht hat, soll sie mal bei ihm zu Hause anrufen.«

Er machte sich schon auf den Weg, als Cornelia ihn zurückrief. »Wo du schon mal da bist«, sagte sie, »wer übernimmt eigentlich den Festaufbau fürs Wochenende? Es ist alles bestellt und reserviert und so, die Garnituren, die Pavillons, die Krüge, Servietten, Besteck, aber jemand muss das Zeug abholen. Weiß der Kass schon Bescheid?«

»Woher soll ich das wissen?«, erwiderte Harald. »Ich bin fürs Brauen zuständig.«

»Soweit ich weiß, ist noch nicht mal entschieden, wer die Gastronomie übernehmen wird«, fuhr Cornelia leidend fort. »Wäre doch etwas arm, wenn wir am Kirchplatz nur Bier ausschenken würden und nichts zum Essen anbieten.«

»Sag's der Chefin.«

»Du weißt doch, wie sie ist«, druckste Cornelia weiter. »Ich komm nicht so gut mit ihr zurecht. Könntest du nicht was zu ihr sagen, Harald?«

Der Pflug spielte immer noch Telefonieren. Dass der was zu Ulrike sagen würde, war illusorisch. Der schaffte es nicht mal, sie geradeaus anzusehen.

»Na gut, ich kümmere mich darum«, lenkte Harald düster ein und verzog sich.

Der Chef hätte das alles bis auf die letzte Kleinigkeit durchorganisiert, wenn er noch leben würde. Zuallererst die Einteilung der Mitarbeiter, wer wann Dienst hatte, wer sich um den Aufbau kümmerte, wer das Schankmobil bestückte und wer wann auszuschenken hatte. Ulrike hingegen mischte sich in jeden Blödsinn ein, kümmerte sich akribisch um überflüssigen Krimskrams und vernachlässigte dabei das Wesentliche. Mit ihr ging die Brauerei keiner rosigen Zukunft entgegen.

***

»Allmählich wird es eng hier«, klagte der Beamte, der Erna und Wankel sein Büro zur Verfügung stellte, solange sie in Beilngries zu tun hatten. Als Erna erfuhr, dass auch ein LKA-Beamter eins der Büros der Beilngrieser Inspektion besetzt hielt, war ihr klar, um wen es sich dabei handelte. Nur zwei Türen weiter hatte sich Rupert Östergrund breitgemacht. Er hatte sich heute aber noch nicht blicken lassen.

»Was hast du denn mit dem zu schaffen?«, fragte Wankel.

»Hab ihn in der vergangenen Woche ein bisschen beraten«, antwortete Erna und hievte ihre Tasche auf den frei gewordenen Schreibtisch. »Bei seinem bislang einzigen ungelösten Fall, wie er behauptet.«

»Ah, die Sache mit dem Entführer und den drei Frauen«, sagte Wankel wissend und streckte sich im Lederstuhl des vergraulten Kollegen lang.

»Wow, ich bin beeindruckt«, gestand Erna. »Du hast deine Hausaufgaben anscheinend gemacht.«

Wankel stierte grimmig zu ihr herüber. »Wer so viel Innendienst schiebt wie ich, hat Zeit, Akten zu wälzen. Nachdem sich der Typ neulich so wichtigtuerisch bei uns festgesetzt hat, habe ich mich ein wenig schlaugemacht.«

»Er glaubt, der Entführer ist jemand von hier.«

Das ließ Wankel stutzen. »Wie kommt er denn auf die Idee?«

»Schwer zu erklären. Los, kümmern wir uns lieber um unseren eigenen Fall.«

»Du bist der Boss«, lud Wankel ein.

Sie machten sich mit Ralf Rio Freitags familiären Verhältnissen und seinem beruflichen Werdegang vertraut und notierten erste Namen von Personen, die zu einer Vernehmung vorgeladen werden mussten. Da Freitag ledig und kinderlos war und bis auf einen Cousin keine Verwandten in der Gegend hatte, blieb die Liste erfreulich kurz. Unerfreulich verlängern würde sie sich, sobald sie sich mit seinem Umfeld befassten, sah Erna voraus. Claudio und die Beilngrieser Kollegen nahmen sich gerade seine Wohnung vor. Vielleicht würde sich ein Kunden- oder Schuldenverzeichnis seiner Drogen-Abnehmer finden, das wäre schon mal ein Anfang.

»Die brutale Vorgehensweise und die Tatsache, dass man ihn nicht beraubt hat, deutet auf einen Racheakt hin«, meinte Wankel. »Der Täter hat nicht überlegt gehandelt, sonst hätte er ihn trotzdem beraubt, um es wenigstens wie einen Raubmord aussehen zu lassen.«

»Vielleicht war er high«, ergänzte Erna. »Er muss vollkommen ausgerastet sein, so wie die Leiche aussieht. Vielleicht ein Junkie, voll bis obenhin.«

»Die Kollegen sagen, hier gibt's keine Junkieszene, deshalb bleibe ich bei einem impulsiven Racheakt«, sagte Wankel. »Ein Mensch, der jemanden verloren hat, weil ihm dieses Stück Dreck diese Scheiße angedreht hat.«

Wankel hatte zwei Töchter, wie Erna wusste, und nahm Drogenkriminalität besonders verbissen. Bei einer Verhandlung hatte er vor Jahren für einen Eklat gesorgt. Nachdem ein verurteilter Dealer von einem Mithäftling ermordet worden war, hatte Wankel empfohlen, den Kerl wegen »guter Führung« zu entlassen. Die Presse und berufsempörte Prozessbeobachter wussten die Angelegenheit hochzukochen, was Wankel beinahe den Job gekostet hätte.

Der Vormittag zog dahin, später gesellte sich ein Beilngrieser Kollege hinzu, um das gesellschaftliche Umfeld des Opfers aufzuarbeiten. Der Kollege bestätigte, was Erna vorgestern schon von Ludwig Biber gehört hatte: Rio Freitag war ein Pöbler und Schläger. Auch mit Drohbriefen, Sachbeschädigung, Nötigung und Erpressung brachte man ihn in Verbindung. Nachgewiesen hatte man ihm davon nie etwas. Von seinen Gewaltdelikten abgesehen, bei denen oft Alkohol und Speed im Spiel waren, hatte Freitag eine saubere Weste. Gründe für einen Racheakt sollte er somit vielen Leuten gegeben haben. Nicht zuletzt Ludwig Biber.

Erna sah eine Menge Fieselarbeit vor sich, sollte der Mörder bei der Tat keine eklatanten Fehler begangen haben. Bis die Leiche kriminaltechnisch untersucht wäre, würden noch ein paar Tage ins Land ziehen.

»Nach dem Mittagessen machen wir einen Brauereibesuch«, sagte sie.

»Die Brauerei des Selbstmörders?«, fragte Wankel.

Erna bestätigte. »Sein Sohn scheint mir eine lohnende Adresse.«

***

Am offenen Rolltor der Abfertigungshalle stellte und schnürte Florian die Paletten für den zu erwartenden Lkw zusammen. Einen seiner wichtigsten Verträge hatte er mit einer Supermarkt-Kette, die auch in Beilngries eine Filiale unterhielt. Dadurch würde es die Lämmerberger Naturhelle bald auch überregional zu kaufen geben. Beim Verkaufspreis war er gefährlich gedrückt worden, aber sei's drum. Sein Bier musste bekannt werden. Das war am Anfang das Wichtigste.

In regelmäßigen Abständen kehrte er ins Sudhaus zurück und suchte hinter den Kesseln und Bottichen nach Hanna. Wenn sie dann seinen Blick erwiderte und den Kopf schüttelte, machte er in der Abfertigungshalle weiter. Dieses Mal aber nickte sie, deshalb eilte Florian zu ihr. Sie hielt ihr Smartphone in die Höhe.

»Rio Freitag«, rief sie. »Kein Zweifel mehr. Es muss so sein. Im Mittelmühlweg steht die Polizei und durchsucht seine Wohnung.«

Hannas soziales Netzwerk war im Moment die schnellste und ergiebigste Informationsquelle für neue Entwicklungen. Florian zweifelte auch nicht an deren Zuverlässigkeit. Der harte Kern von Hannas ausgedehnter WhatsApp-Gruppe erstreckte sich nach ihren eigenen Angaben von Dietfurt bis Greding, und irgendwer war immer vor Ort oder kannte dort jemanden.

»Was noch?«, fragte Florian. »Wo ist die Polizei noch?«

»Ein Wagen ist wohl bei der Biber-Brauerei eingebogen. Das könnte halt aber auch noch mit der anderen Sache zu tun haben, dem Selbstmord vom Seniorchef.«

»Hmm«, brummte Florian. »Sonst noch was?«

»Gerade nicht«, sagte Hanna. »Soll ich Bescheid sagen, wenn wieder was ist?«

»Ja, das wäre nett. Wie weit bist du mit den Tanzschritten? Kriegst du sie hin?«

Die Hanna war eine der drei Hoffnungen der Brauerei für den Königinnentitel am kommenden Wochenende. Ihr rechnete Florian die meisten Chancen zu. Die Birgit würde sich weigern, ihr Nasenpiercing rauszunehmen, was den einen oder anderen Juroren verschrecken könnte. Dass auch die Arjona bereit war, mitzumachen, freute ihn sehr, aber ihre kühle, distanzierte Art kam auf einem ausgelassenen Fest wahrscheinlich wenig an. Die besten Chancen für ihre Brauerei hatte die Hanna. Sie war jung, hübsch, keck und eine studierte Brauerin. Florian wusste niemanden, der ihr Konkurrenz machen könnte.

»Geht so«, antwortete sie. »Meine Mama hilft mir dabei. Heute Abend üben wir wieder.«

Mit einem überschwänglichen Lob auf den Lippen entfernte sich Florian wieder in Richtung Abfertigungshalle. Der Mack Josef am Läuterbottich sah ihm entgegen, ließ aber keine Regung durchsickern. Florian war zufrieden mit der Auswahl seiner beiden Fachkräfte. Der eine geübt, routiniert und vor allen Dingen sehr talentiert, die andere ein euphorischer Heißsporn, für die der Brauprozess der Stein der Weisen war. Wenn demnächst noch der Falter Harry dazukäme, wäre sein Team unschlagbar.

Draußen am Rolltor lehnte Birgit mit verschränkten Armen an einer der fertigen Paletten. Sie schaute düster drein, aber das tat sie meistens. Die schwarzen Klamotten verstärkten den Eindruck noch. Am Wochenende würde sie ein Dirndl tragen, was so gar nicht zu ihr passte, doch Florian wollte sich überraschen lassen.

»Es ist Rio Freitag«, verlautete sie.

»Habe ich auch gerade gehört«, sagte Florian. »Gut für uns. Nein, gut für jeden in dieser Stadt.«

»Was, wenn die Polizei deinen Scheck bei ihm findet?«

»Dann sage ich, er hätte mich erpresst. Und das wäre nicht mal gelogen, wie du weißt. Er hat unsere Mädchen bedroht. Mach dir keine Sorgen, Schatz.« Trotz seiner staubigen Hände nahm er ihre gepuderten Wangen und küsste seine Frau zärtlich auf den Mund. »Niemand weiß, dass wir eine geschäftliche Vereinbarung hatten.«

»Es sei denn, er hat es jemandem erzählt.«

»Dann leugne ich es. Wem wird man mehr glauben? Mir oder einem von Freitags schmierigen Saufkumpanen?«

In dem Moment fuhr der Ferdinand in den Hof ein. Florian verfolgte, wie er vor dem Wohnhaus parkte, und entdeckte das Gesicht seiner Mutter hinter einem Parterrefenster. Birgit hatte sie auch gesehen.

»Ich glaube, sie ist krank«, sagte sie. »Du merkst doch auch, dass sie Tag für Tag schlechter aussieht. Wir sollten sie untersuchen lassen.«

Florian stimmte seiner Frau wie so oft zu. Die Mama sah in letzter Zeit miserabel aus und redete immer weniger.

»Na, ihr zwei!«, rief der Ferdinand ausgelassen, als er ausstieg. »Alles in Butter bei euch? Ich habe etwas arrangieren können, das euch freuen wird.«

Florian dachte an den toten Freitag, verdrängte den Gedanken jedoch schnell wieder. Auch wenn er gegenüber seiner Frau die Sache herunterspielte, lag erheblicher Zündstoff in dieser Angelegenheit. »Was ist denn los?«

»Ich war gerade beim Ambrosio und konnte ihn überzeugen, seine Mobilküche fünfzehn Meter weiter oben aufzubauen«, erklärte der Ferdinand zufrieden beim Näherkommen. Der Ambrosio war der Inhaber eines griechischen Restaurants in Beilngries. »Hab den Vorschlag mit der Konkurrenz gegenüber und einem Abflussschacht begründet. Er ist darauf eingegangen. Damit steht er jetzt gleich neben unserem Ausschank.«

»Mit anderen Worten«, sagte Birgit, »wer sein extrascharfes Gyros isst, wird bei uns seinen Durst löschen. Toll gemacht, Ferdinand.« Sie schmatzte ihn flüchtig auf die Wange und ging an die Arbeit zurück.

»Ich wollte noch was mit dir besprechen«, sagte der Ferdinand und nahm Florian am Arm. »Komm, gehen wir ein Stück.«

Florian leistete der Aufforderung seines Onkels Folge. »Ich

finde es gut, wie du das alles aufziehst, Junge«, begann er. »Du hast Verstand und Visionen, genau das, was ein erfolgreicher Unternehmer braucht.«

»Nett von dir«, gab Florian zurück. Wenn sein Onkel mit seinen gewohnt oberflächlichen Komplimenten aufwartete, wollte er meistens was von ihm.

»Du weißt, ich habe dir bei der Finanzierung dieses Unternehmens freie Hand gelassen«, sagte der Ferdinand. Das war seine Art, auszudrücken, dass er Florian keinen Fingerbreit dabei geholfen hatte. Nicht dass der Ferdinand Geld hätte. Auch er hätte Kreditgeber finden müssen. Doch hätte er als Familienoberhaupt der Freiherren und Freifrauen zu Lämmerberg bei den Verhandlungen deutlich bessere Karten in der Hand gehabt als Florian. Zum Glück war Alfredo García auf ihn aufmerksam geworden. Die Banken hätten ihn auflaufen lassen.

»Bevor wir weitere Schritte unternehmen«, fuhr der Ferdinand fort, »möchte ich mich vergewissern, dass die Firma auf solidem Boden steht.«

»Das tut sie«, versicherte Florian. »Die Rückzahlungsmodalitäten könnten kaum besser sein. Mach dir keine Sorgen.«

»Davon würde ich mich gern überzeugen. Kann ich den Vertrag sehen?«

Daher weht der Wind, dachte Florian. Er kannte seinen Onkel gut genug, um zu wissen, was er vorhatte. Er suchte einen Einstieg. Zuerst hatte er sich risikoscheu geweigert, Florian bei der Finanzierung zu helfen, doch jetzt, wo absehbar war, dass die Firma lief, suchte er nach einem Hintereingang. Er würde nach Wegen suchen, in die weitere Kapitalisierung einzusteigen und Florians bisherigen Investor und Finanzier beiseitezudrängen. Zum Wohle der Firma, würde er selbstverständlich argumentieren.

Der Ärger, der sich in Florian zusammenbraute, ließ sich nur schwer kontrollieren. Er hatte seinem Onkel nie nahegestanden. Erst seit der Neuinbetriebnahme der Brauerei hatte sich eine Art Vertrauensverhältnis entwickelt. Keines ohne Hintergedanken, wie Florian nun durchschaute. Er schätzte Ferdinands Einsatz für die Familienbrauerei und wollte daran festhalten, doch fortan musste er aufpassen, dass sein Onkel nicht über kurz oder lang das Ruder übernahm.

»Bedaure, das geht nicht, Onkel«, sagte er. »Die im Vertrag vereinbarte Diskretion kann und werde ich nicht verletzen. Unser Investor legt großen Wert darauf, nicht genannt zu werden. Das werde ich berücksichtigen.«

»Florian, das ist nicht das, was ich unter einem belastbaren Fundament verstehe«, trug der Ferdinand maliziös vor. »Um arbeiten zu können, muss ich wissen, inwieweit dein Geldgeber vertrauenswürdig ist.«

»Seine einhundertneunzigtausend werden dir Vertrauen genug sein müssen.«

»Nein, so geht das nicht, Florian. Wir können das weitere Geschick der Familie nicht in so eine ungewisse Waagschale werfen. Ich muss darauf bestehen, dass du mir deinen Geldgeber nennst.«

Florian blieb ungerührt. »Das werde ich nicht.«

Sie waren am Hoftor angekommen. Der Ferdinand schaute finster zur Straße hinaus. »Hör mir zu, Florian. Ich habe eine Entwicklung eingeleitet, die sehr lukrativ für uns alle sein könnte. Sie wird unseren Familiennamen wieder dorthin katapultieren, wo er zu stehen hat. Und du wirst bald sehr viel mehr Möglichkeiten haben, dein Bio-Sortiment auszubauen. Verstehst du, was ich dir da sage, Florian?« Nun stierte er seinen Neffen mit flammenden Augen an. »Wir werden nicht nur unsere alte Brauerei restaurieren, sondern auch unseren Namen! Wir werden vergangene Schmach ausmerzen und unsere Widersacher noch im Grab demütigen. Ich habe mich dafür eingesetzt, dass unser Familienname zu alter Größe aufsteigt. Dieser Prozess ist im Gange. Die Zeichen stehen gut. Ich erwarte baldige Ergebnisse. Aber um fortzufahren, muss ich wissen, wer Einfluss auf dich hat.«

»Niemand hat auf mich Einfluss, Onkel«, entgegnete Florian resolut. »Mein Investor will nur Einblick in die Bücher und eine jährliche Rendite.«

»Das kann nicht alles sein, Florian. Es muss einen Pferdefuß geben. Den will ich finden, damit er uns nicht in die Seite treten kann.«

»Uns?«, horchte Florian mit aller gebotenen Süffisanz nach.

Der Ferdinand ging nicht darauf ein. »Ich muss wissen, wer es ist, Florian. Sag's mir. Bitte. Davon hängt so viel ab.«

Florian lehnte erneut kompromisslos ab und machte sich auf den Rückweg zum Rolltor. »Wenn du mich jetzt entschuldigst, der Lkw wird gleich kommen, ich habe noch zu tun.«

Der Ferdinand blieb zurück, und Florian hörte nichts mehr von ihm. Er war von seinem Deal mit Alfredo García überzeugt, doch ein paar alten Zweifeln hatte sein Onkel allemal neue Nahrung gegeben. In der Tat, das plötzliche Geld und die vorteilhaften Konditionen hatten Florian anfangs ebenfalls misstrauisch gemacht, aber der Vertrag, den ihm Siggi Horngold vorgelegt hatte, war einwandfrei. Alfredo García wollte in eine bayerische Bio-Brauerei investieren, und Florian würde jetzt dafür sorgen, dass er das nicht bereute. Nichtsdestotrotz wäre es vielleicht ratsam, noch einmal Siggi Horngold aufzusuchen.

***

In einem erschreckend chaotischen Büro im ersten Stock saßen Erna und Wankel dem designierten Brauereichef Ludwig Biber gegenüber. Er war nervös, das sah Erna ihm deutlich an. Die Schwellung an seinem Auge war schon zurückgegangen, aber seine Lippe sah immer noch fürchterlich aus. Das Büro hatte ihm zufolge seinem Vater gehört, und das Chaos war das Resultat der Bemühungen seiner Schwester, dessen verschwundenes Testament zu finden. Er bot ihnen Kaffee an, doch sowohl Erna als auch Wankel lehnten ab. Es verschaffte einem zu Vernehmenden einen psychologischen Vorteil, nahm man von ihm Gefälligkeiten an.

»Mir war schon klar, dass Sie mich verdächtigen würden«, sagte Biber bemüht aufgeräumt und faltete die Hände auf dem Tisch. »Nach allem, was ich Ihnen am Samstagnachmittag erzählt habe. Aber bitte glauben Sie mir, ich war's nicht. Ich habe ihn nicht umgebracht. Dazu wäre ich nicht fähig.«

»Danke für die Auskunft. Dann können wir ja wieder gehen«,

sagte Wankel mit verschränkten Armen und ohne sich einen Fingerbreit zu rühren.

Biber rang sich ein Lächeln ab und suchte Ernas Blick.

»Grund genug, ihm schaden zu wollen, hätten Sie gehabt«, hielt sie fest. »Allzu viele Tränen werden Sie seinetwegen nicht vergießen, nehme ich an.«

»Natürlich nicht«, räumte Biber wie selbstverständlich ein. »Ich bin froh, dass er tot ist. Und wie! Es verschafft mir ein geradezu bombastisches Glücksgefühl, das versichere ich Ihnen. Und dafür schäme ich mich nicht. Fast bin ich versucht zu glauben, dass es noch Gerechtigkeit auf der Welt gibt.«

»Und dieser Gerechtigkeit haben Sie nicht ein bisschen nachgeholfen?«

Biber verwies beidhändig auf sich selbst. »Sehen Sie mich an. Sehe ich wie jemand aus, der mit einem Schlägertypen wie Rio Freitag fertigwird?«

»Wo waren Sie gestern um Mitternacht?«

»In meinem Hotelzimmer.«

»Allein?«

»Leider ja.«

»Kann jemand vom Hotel bestätigen, dass Sie das Haus nicht verlassen haben?«

»Also bitte, Frau Starck«, sagte Biber fast flehentlich. »Sie können doch unmöglich glauben, dass ich den Kerl umgebracht habe. Wenn ich das vorgehabt hätte, dann hätte ich Sie doch kaum angerufen und Ihnen alles erzählt.«

»Das könnte auch ein geschicktes Täuschungsmanöver gewesen sein, um allen Verdacht von Ihnen abzulenken«, entgegnete Erna unerbittlich. Tatsächlich war sie sich ziemlich sicher, dass Ludwig Biber nichts damit zu tun hatte. Ihn etwas zappeln zu lassen, konnte aber nicht verkehrt sein. »Sie haben angedeutet, Rio Freitag müsse einen Auftraggeber gehabt haben.«

»Aber ja«, bestätigte Biber. »Von sich aus hätte er keinen Grund, mir oder meiner Freundin was anzutun. Jemand muss ihn beauftragt haben.«

»Haben Sie zwischenzeitlich einen Verdacht, wer das sein könnte?«

»Nein, ich bin noch so ratlos wie bei unserem letzten Gespräch.«
Wankel klinkte sich ein. »Sie sind noch gar nicht so lange in der Stadt, habe ich gehört.«
»Stimmt, eigentlich wohne ich in Düsseldorf«, antwortete Biber. »Ich bin wegen der Beerdigung meines Vaters angereist.«
»Und reisen mit einer halben Brauerei in der Tasche wieder heim. Die Reise hat sich gelohnt, würde ich sagen.«
»Sieht auf den ersten Blick so aus.«
»Nur auf den ersten Blick?«
»Bis jetzt hat mir die Brauerei nichts als Scherereien eingebracht. Es kommt mir vor wie eine verspätete Rache meines Vaters.«
»Hätte er denn Grund, sich an Ihnen zu rächen?«
»Aber ja. Ich habe den großen Fehler begangen, geboren worden zu sein.«
»Ist mir auch passiert«, räumte Wankel ein. »Mein Vater rächt sich meistens, indem er mir den Schlüssel zu seiner Fischerhütte verweigert. Er weiß genau, wie sehr mich das trifft. So grausam sind Väter manchmal. Sie verweigern dir Schlüssel, vererben dir Brauereien, solche Sachen eben.«
Aus Bibers verunsichertem Blick schloss Erna, dass er keine Ahnung hatte, worauf Wankel hinauswollte. Sie wusste es auch nicht.
»Aber er hat mir nichts vererbt«, erwiderte Biber misstrauisch. »Ich bekomme die Brauerei nur, weil kein Testament da ist.«
»Aaahaaa!« Wankel schnippte mit den Fingern, als wäre das eine Neuigkeit. »Ein Testament verschwindet, und Sie erben die Brauerei zur Hälfte. Dann kommt unser Opfer und macht Ihnen das Leben schwer. Will, dass Sie die Brauerei aufgeben und schnellstmöglich aus der Stadt verschwinden. Was würde passieren, wenn Sie das täten?«
»Nun, meine Schwester müsste mich ausbezahlen.«
»Könnte sie das?«
»Vermutlich nicht ohne einen engen Finanzierungsplan.«
»Oder einen externen Geldgeber.«
»Richtig. Die Brauerei müsste womöglich verkauft werden.«
»Gibt es Interessenten?«

Biber knabberte an seiner lädierten Lippe. »Nicht dass ich wüsste. Wieso fragen Sie?«

»Weil diese Leute ein Interesse daran haben, dass Sie hier nicht Brauereichef spielen«, sagte Wankel. »Folglich könnten sie unser Opfer beauftragt haben, Ihnen die Lust am Bierbrauen auszutreiben.«

Biber schluckte und schwieg ein paar Momente lang. »Ich wüsste nicht, dass es Kaufinteressenten gibt«, sagte er dann. »Ich werde mal mit meiner Schwester reden. Wahrscheinlich wird sie mich anlügen, aber was soll's.«

»Gibt's auch jemanden, der Sie hierbehalten will?«, legte Wankel nach. »Als Brauereichef und Firmenleiter?«

»Ich bin mir nicht sicher, was für einen Beliebtheitsgrad ich bei der Belegschaft habe«, gab Biber nüchtern zurück.

»Und außerhalb der Firma?«

Biber wirkte zunächst verwirrt, aber dann veränderte sich seine Miene. Irgendetwas war ihm gerade eingefallen. »Ferdinand zu Lämmerberg«, sagte er.

»Was ist mit ihm?«, fragte Erna.

»Ich habe neulich deren Brauerei besichtigt«, antwortete Biber. »Der Ferdinand hat mich herumgeführt und eine künftige Zusammenarbeit angeregt.«

»Wie soll die aussehen?«

»Dass wir uns den Markt aufteilen. Wir haben nur oberflächlich darüber gesprochen, keine Einzelheiten.«

Schon wieder Ferdinand zu Lämmerberg, dachte Erna. Erst vor ein paar Tagen hatte sie ihn zusammen mit Östergrund wegen des Einödhofes vernommen. Auch als sie wegen Adalbert Bibers mysteriösem Selbstmord recherchiert hatte, war sein Name gefallen. Und nun wieder. Rio Freitag hatte gewollt, dass Ludwig Biber aus Beilngries verschwand. Möglicherweise hatte ihn jemand umgebracht, der genau das nicht wollte.

***

Harald stieg die Treppen zum ersten Stock hoch und sah Ulrike, wie sie an der Bürotür vom Seniorchef lauschte.

»Vögelt da etwa wer drin?«, fragte er, worauf Ulrike erschrocken herumfuhr. Sie stierte ihn wütend an und hob einen Zeigefinger an die Lippen.

»Ich muss mit dir reden«, sagte Harald. »Es ist wichtig.«

»Das auch«, zischte sie und deutete zur Tür. Ihre Lippen formten »Polizei«.

Harald war deren Besuch nicht verborgen geblieben. Ihre Stippvisite in der Brauerei hatte noch einmal die Befürchtung geschürt, dass der Armin der Tote im Sulzpark war. Wenngleich sich inzwischen Gerüchte herumgesprochen hatten, dass es Rio Freitag war. Um den wäre es nicht schade, doch Gerüchten durfte man nicht trauen.

Im Sulzpark lag eine Leiche, der Armin war verschwunden, und jetzt tauchte die Polizei hier auf. Harald hatte kein gutes Gefühl. Trotzdem gab es ein paar Sachen zu klären. Am Wochenende war das Bierfest, und Biber-Bräus Auftritt war bislang nur rudimentär organisiert. Von Judith wusste er außerdem, dass die zu Lämmerbergs drei Bewerberinnen für den Bierköniginnen-Contest ins Rennen schickten. Biber-Bräu hatte bislang nicht eine einzige.

»Frag halt deinen Bruder, was los war, wenn sie wieder weg sind«, erwiderte Harald genervt. »Ulrike, wir müssen uns unterhalten!«

Ulrike funkelte ihn zornig an und stakste zu ihrer eigenen Bürotür. Harald folgte nach.

»Also, was willst du?«, raunzte sie.

»Zunächst mal, dass du mich nicht wie einen Bittsteller, sondern wie einen Mitarbeiter behandelst.«

Sie seufzte theatralisch. »Na gut. Was noch?«

»Am Wochenende ist das Fest, und du hast bis jetzt weder Ausschenker noch Aufbauer eingeteilt. Die Gastronomie hast du auch noch nicht vergeben. Glaubst du etwa, das regelt sich alles von selbst?«

»Ich habe gerade eine Menge um die Ohren. Könnt ihr das nicht selbst machen?«

»Ihr? Wer ihr?«

»Na, ihr! Du und der Wastie und der Hansi und so.«

Harald versuchte, seine unterdrückte Wut unterdrückt zu halten. »Ulrike, das ist *deine* Firma! Wenn du willst, dass sich beim Fest dein Bier verkauft, dann tu was dafür! Hast du bis jetzt auch nur einen einzigen Mitarbeiter gefragt, ob er am Wochenende für dich Zeit hat?«

Ulrike schien aus allen Wolken zu fallen. »Was soll das, Harry? Probst du hier gerade einen Aufstand gegen mich?«

»Nein, ich erinnere dich daran, dass du einen Betrieb zu leiten hast.«

»Ihr werdet es doch wohl selbst zustande bringen, euch abzusprechen, wer wann Schankdienst übernimmt. Du, der Wastie, seine Frau, sein Schwager, der Kass, der Hermann, der Mikey, ihr seid doch wohl genug. Dieselben wie bei den sonstigen Festen halt immer.«

»Hast du auch nur einen von den gerade Aufgezählten gefragt?« Harald senkte seine Stimme. »Ulrike, nichts hier läuft einfach so von allein. Der Festaufbau, die Personaleinteilung, die Belieferung, alles muss koordiniert werden. Das ist deine Aufgabe. Du bist jetzt der Chef.«

»Sag das mal dem Gnom, der nebenan sitzt«, raunte sie finster, aber dann senkte sie demütig den Kopf. »Scheiße, Harry, ich weiß gerade echt nicht, wo mir der Kopf steht. Hilf mir. Hilf mir, bitte. Ich stehe das allein nicht durch.«

Dann geh doch zum Zittelmeier Franz, lag Harald auf der Zunge, doch er sagte nichts.

Ulrike sah wieder auf und fasste sich. »Bitte regelt den Ausschank diesmal selbst. Machst du das, Harry? Du würdest mir so sehr damit helfen.«

Sie schaute ihn hilfesuchend an. Diesen Augen hatte Harald noch nie etwas verwehren können. Er gab sich geschlagen. »Na gut, ich rede mit den anderen. Hast du jemanden, der den Aufbau macht?«

Sie schüttelte den Kopf. Harald ließ ein Grunzen folgen. Ein Grunzen gleich einem unausgesprochenen Vorwurf, doch zumindest handelte er sich damit einen Kuss ein. Ulrike kam näher, schlang ihre Arme um ihn, und schon waren ihre wunderschönen Lippen auf den seinen. So einfach aber wollte er es ihr nicht machen. Es war der falsche Zeitpunkt, um über den Zittelmeier Franz zu reden, doch diese Sache stand zwischen ihnen und würde nicht so einfach verschwinden. Er löste sich von ihr und ging einen Schritt auf Distanz.

»Okay, ich organisiere den Aufbau«, räumte er ein. »Mit dem Hansi habe ich vorhin schon geredet, der übernimmt das Schankmobil.«

»Na klasse, dann ist ja alles klar!« Ulrike floh hinter ihren Schreibtisch. »Ich erledige das mit der Gastronomie. Soll halt wieder dieser Steak- und Würstelgriller vom letzten Mal kommen.«

Falls der so kurzfristig noch Zeit hat, dachte Harald bei sich. »Wann hast du zuletzt ein Dirndl angehabt?«, schoss er auf sie ab.

Ulrike reagierte wie erwartet mit Unverständnis.

Harald klärte sie auf: »Du hast von dem Biercontest gehört? Bewerben können sich Frauen, die beruflich in irgendeiner Form mit Bier zu tun haben. Brauerinnen, Schankkellnerinnen, Studentinnen des Brauwesens, Wirtinnen und so weiter. Brauereichefinnen gehören natürlich auch dazu.«

Ulrikes Augen wurden größer. »Moment mal. Du glaubst doch nicht, dass ich bei irgend so einem blöden Tanz- und Blödelwettbewerb mitmache.«

»Warum nicht?«, erwiderte Harald. »Sogar die ungarische Gräfin macht mit. Die kleine Lämmerberg-Brauerei schickt sage und schreibe drei Bewerberinnen ins Spiel: ihre Jungbrauerin, die Hanna, die Birgit und die Gräfin. Wen schickt Biber-Bräu ins Rennen?«

»Niemanden«, erwiderte Ulrike schulterzuckend. »Wozu auch? Wenn die sich zum Affen machen wollen, nur zu, was geht mich das an?«

»Ulrike, hier geht es um Prestige. Falls die zu Lämmerbergs die Königin stellen, ist das eine Riesenwerbung für ihr Bier.«

»Vergiss es, wenn du glaubst, ich würde da mitmachen.«

»Ich kann dich nicht zwingen, aber ich lege es dir nahe«, sagte Harald. »Es wäre ein Armutszeugnis für uns, wenn wir nicht mal eine einzige Bewerberin stellen.«

»Na schön, dann soll die kleine Horngold mitmachen.«

»Sag's ihr«, forderte Harald sie mit einer einladenden Geste auf. »Geh runter zur Cornelia und sag's ihr.«

Ulrikes Ausdruck wurde verbissen und biestig. »Ich kann sie nicht leiden. Und sie mich nicht. Mach du das bitte, Harry. Rede mit ihr, du kannst das doch. Bitte.«

Harald hatte vorausgesehen, dass es darauf hinauslaufen würde, und er ließ sich noch einmal breitschlagen.

»Da ist noch etwas«, fuhr er fort. »In der Mittagspause war ich bei der Wohnung vom Armin. Es hat niemand aufgemacht.«

Ulrike sah ihn verständnislos an. »Na und?«

In Harald meldete sich die stille Wut zurück. »Du weißt noch gar nicht, dass heute einer deiner Mitarbeiter unentschuldigt fehlt?«

»Hat mir noch keiner gesagt«, erwiderte Ulrike salopp. »Und? Wo ist er? Hat er gestern irgendwo gesoffen?«

»Der Armin rührt keinen Tropfen an. Seinen Weihnachtskasten hat er den Tafeln gespendet. Er trinkt überhaupt keinen Alkohol. Und er war bis jetzt noch nie unpünktlich oder hat unentschuldigt gefehlt.«

»Gut. Einmal ist verzeihlich.«

»Darum geht's nicht. Ich glaube, ihm ist was passiert.«

»Ach bitte, bloß weil er nicht zu Hause ist?«

»Das passt einfach nicht zum Armin. Er ist sehr genau und zuverlässig. Ich möchte ihm übrigens die Lagerwirtschaft übertragen. Er ist der richtige Mann dafür, denke ich.«

»Geht nicht«, sagte Ulrike kopfschüttelnd. »Das wird der Kass übernehmen. Das rechtfertigt dann seine Lohnerhöhung.«

Harald fühlte sich übergangen. »Wann ist das denn entschieden worden? Und von wem?«

»Von mir. Was dagegen?«

»Ehrlich gesagt, ja. Der Kass ist ein guter Fahrer, aber für die Lagerlogistik wäre der Armin viel besser geeignet.«

»Das sehe ich anders. Der Kass ist schon viele Jahre in der Firma. Der weiß, wie es hier läuft.«

»Oh ja, das weiß er«, erwiderte Harald sarkastisch. »Der weiß genau, von welchen Chargen er sich zwei oder drei Kästen nehmen kann, ohne dass es auffällt. Ich habe nichts gegen den Kass, Ulrike, aber der Armin hätte das besser drauf. Der hat ein Auge und das Gespür dafür, und er arbeitet punktgenau.«

»Mir kommt er ziemlich komisch vor«, tat Ulrike das Gesagte ab. »Ein Muhackl. Und jetzt verschwindet er einfach so. Nicht sehr vertrauenswürdig, oder? Der Kass ist die bessere Wahl.«

Für argumentative Schlaufen und Schleifen wie diese wollte Harald seine Chefin am liebsten würgen. Aus Gründen, die er nicht durchschaute, hatte sie den Grünwald Kass als Lagerleiter ausersehen, und sie gab sich nicht mal große Mühe, das zu begründen. Es war frustrierend, und Harald sah voraus, dass dergleichen von nun an Standard in dieser Firma sein würde.

***

»Sperren Sie dich jetzt ein?«, fragte Ulrike, als sie ohne anzuklopfen hereinkam.

Ludwig schaute, seinen angeschlagenen Kopf stützend, zu ihr auf. Das Gespräch mit den beiden Polizisten hatte ihn ziemlich geschlaucht. Als Nächstes würden sie sich wahrscheinlich die Heidi vornehmen. Unvermeidlich und nicht seine Schuld.

»Würde dir das gefallen?«, entgegnete er seiner Schwester.

Sie nahm ihm gegenüber Platz und schüttelte sacht den Kopf. »Ich will dich nicht in meiner Nähe, aber im Knast brauche ich dich auch nicht. Ich würde dich auch nicht besuchen. Also sag schon, wanderst du da demnächst ein?«

»Ich hoffe nicht.«

»Hast du ihn umgebracht? Den Freitag? Ich würd's verstehen. Klar, *du* bist nicht dazu in der Lage. Ich an deiner Stelle hätte jemanden angeheuert, der ihn fertigmacht.«

»Diese Eingebung hatte ich nicht«, sagte Ludwig. »Ich habe nichts damit zu tun. Du vielleicht?«

Ulrike reagierte belustigt. »Wieso ich?«

»Du willst mich loswerden«, sagte Ludwig. »Seit ich hier bin. Rio Freitag wollte das auch. Das hattet ihr beide gemeinsam.«

»Sollte ich ihn dann nicht eher anfeuern, anstatt ihn umzubringen?«

»Vielleicht hattet ihr einen Streit? Vielleicht hast du ihn nicht bezahlen können? Vielleicht hat er dich ficken wollen, und du hast ihn nicht gelassen? Wobei mich das sehr wundern würde.«

»Du bist ein erbärmlicher verbitterter kleiner Mann«, sagte Ulrike mit aller gebührenden Verachtung. »Das habe ich schon immer gewusst. Aber das Ausmaß erstaunt mich schon immer wieder aufs Neue.«

Ludwig fühlte sich schlecht, weil er sich gerade hatte hinreißen lassen. Er traute seiner Schwester nicht über den Weg, aber immerhin hatte sie ihn gepflegt, als er Hilfe brauchte. Er schuldete ihr Dank. Ein völlig neues Gefühl.

»Was geht hier vor, Ulrike?«, fragte er. »Wer will sich in die Brauerei reindrängen? Der Falter Harry?«

»Der Harry? Spinnst du?«, erwiderte sie. »Warum soll der sich reindrängen wollen, er ist doch längst drin.«

»Ich meine, ob er auf den Chefsessel spekuliert. Hast du noch was mit ihm?«

»Das geht dich einen feuchten Kehricht an.«

Ludwig seufzte. »Wenn du mir meinen Erbteil ausbezahlst, verschwinde ich. Ich werde es dir leicht machen. Wir kriegen das sicher irgendwie hin, ohne die Firma veräußern zu müssen.«

Ulrike verschränkte genüsslich die Arme. »Vergiss es. Du bekommst rein gar nichts, bevor die Sache mit dem Testament nicht geklärt ist.«

»Willst du für den Rest deines Lebens danach suchen? So geht das nicht, Ulrike. Ich habe mich erkundigt. Es gibt Fristen, die einzuhalten sind.«

»Ich habe mich ebenfalls erkundigt«, entgegnete sie mit einem triumphalen Leuchten in den Augen. »Und ich habe einen Anwalt für Erbrecht konsultiert. Dein falsches Spiel wird nicht aufgehen.«

»Was für ein falsches Spiel denn?«

»Du hast es geschafft, das Testament verschwinden zu lassen, damit du absahnen kannst. Wahrscheinlich hat dir der Horngold, diese Made, dabei geholfen. Aber damit kommt ihr nicht durch.«

Ludwig senkte den Kopf und schüttelte ihn mehr resigniert als verneinend. »Du bist so was von auf dem Holzweg. Und was hast du eigentlich gegen den Horngold? Er war doch Papas bester Kumpel, oder nicht? Hasst du ihn, weil er die Affäre mit dir beendet hat?«

Ulrike erhob sich matronenhaft. »Er hat sie nicht beendet, sondern ich. Weil ich ihn durchschaut habe.«

»Inwiefern?«

»Schon vor einem halben Jahr hat er mich gefragt, ob ich mir einen gleichberechtigten Partner im Betrieb vorstellen könnte. Und jetzt, siehe da: Der Papa ist tot, und du hockst auf seinem Stuhl.«

»Ulrike, ich habe keinerlei Abmachung mit dem Horngold«, beteuerte Ludwig. »Wen immer er damit gemeint hat, ich weiß von nichts.«

Eine bezeichnende Information war das allerdings allemal. Lange vor Papas Tod hatte Siggi Horngold einen möglichen Partner ins Gespräch gebracht, und erst vor ein paar Tagen hatte Ferdinand zu Lämmerberg Ludwig dasselbe angetragen. Könnte ein Zufall sein, doch wie viele Zufälle gab es, wenn inzwischen auch ein Mord im Spiel war?

»Leugne, so viel du willst«, sagte Ulrike. »Irgendjemand will mich fertigmachen, und du steckst da mit drin.«

»Schau mich mal an!«, erwiderte Ludwig hitzig. »Und dann denk noch mal darüber nach, wer hier fertiggemacht worden ist. Rio Freitag hat sogar die Heidi überfallen, um mich fertigzumachen. Aber du hältst *dich* für das Opfer? Mach die Augen auf, Ulrike! Wir werden hier beide verladen. Anstatt uns anzuschreien und Vorhaltungen zu machen, sollten wir uns lieber zusammentun und gemeinsam herausfinden, was hier läuft.«

Ein strenger Blick noch, dann machte sie kehrt und stolzierte davon. »Vergiss es.«

Sie ging, und Ludwig fühlte sich entsetzlich müde. Seine Gedanken kreisten um Siggi Horngold. Ulrike sagte, sie hätte ihn durchschaut. Vielleicht hatte das auch der Papa und deshalb das Testament von ihm zurückgeholt. Kurz darauf war er gestorben.

***

»Nein, Florian, es wird keine unerfreulichen Überraschungen geben«, versicherte Siggi Horngold hinter seinem Schreibtisch. »Alfredo García ist hocherfreut über die Art und Weise, wie du sein Geld investiert hast.«

»Also hast du mit ihm gesprochen?«

Horngolds Blick glitt kurz ab, bevor er antwortete. »Nun, wir haben unsere Kommunikationsmöglichkeiten. Es ist alles in bester Ordnung, Florian. Mach dein Ding weiter, wie du es bisher getan hast.«

»Dein geheimnisvoller Klient wird sich also nicht, aus welchen Gründen auch immer, in ein paar Monaten aus dem Geschäft zurückziehen?«

Horngold schüttelte den Kopf. »Aber nein, Florian, das könnte er gar nicht. Selbst wenn er wollte. Das sieht unsere Vereinbarung nicht vor. Lies doch die Verträge. Die Finanzierung steht. Du hast die volle Summe zu deiner Verfügung, und Alfredo García kann sie nicht mehr zurückziehen.«

»Außer bei groben Vertragsverletzungen meinerseits«, antwortete Florian. »Ich habe die Verträge gelesen.«

Noch einmal schüttelte Horngold den Kopf und machte eine abwehrende Geste. »Das ist eine Standardklausel, die allenfalls greift, wenn du sein Geld für vertragsferne Zwecke veruntreust. Aber das hast du ja nicht. Das Geld ist in deine Brauerei geflossen. Also ist alles in bester Ordnung. Alfredo García ist sehr zufrieden.«

Florian musterte ihn eingehend, seine sonnige Miene, das über Gebühr angestrengte Lächeln, die weit offenen Augen. »Warum nennst du ihn immer mit Vor- und Zunamen? Alfredo García. Wärt ihr gut befreundet, würdest du ihn Alfredo nennen. Warum ständig Alfredo García? Beim letzten Mal hast du ihn noch Señor García genannt.«

»Über solche Dinge machst du dir Gedanken?«, fragte Horngold amüsiert.

»Es fällt mir eben auf.«

»Tja, das ist halt der Jargon in meinem Geschäft«, antwortete Horngold resolut. »Er ist natürlich ein Klient und kein Freund, wie du richtig durchschaust.«

»Aber du hast ihn schon persönlich getroffen.«

Horngold bestätigte. »Aber ja.«

Florian war nicht vollends überzeugt, als er ging, aber zumindest schien finanziell alles auf gefestigtem Grund und Boden zu stehen. Einzelheiten würde er seinem Onkel trotzdem keine nennen, geschweige denn ihm die Verträge zeigen. Dem Ferdinand ging es darum, ihren Namen zu restaurieren. Daran lag Florian nichts. Er wollte einfach nur gutes Bier brauen und mit der Brauerei seine Familie ernähren.

Schatten in knallbunter Finsternis

Auch am Dienstagmorgen ließ sich der Armin nicht blicken. Harald war inzwischen ernsthaft besorgt. Soweit er wusste, gab es da irgendeine Vierundzwanzig-Stunden-Regel bei der Polizei. Erst wenn ein Mensch vierundzwanzig Stunden lang verschwunden war, durften die etwas unternehmen. Die Wohnungstür eintreten und so. Sollte der Armin heute nicht im Laufe des Tages auftauchen, würde er zur Polizei gehen. Außer ihm schien ihn ja niemand zu vermissen. Nicht einmal die Kollegen. Was ziemlich gruselig war.

Ein Auto besaß der Armin zwar auch, aber meistens fuhr er Fahrrad. Das Auto stand in seiner Straße, aber das Fahrrad hatte Harald im Umfeld des Wohnhauses nirgendwo stehen sehen. Womöglich war er damit zum Kindinger Bahnhof geradelt, um Verwandte zu besuchen, falls er noch welche hatte. Doch wenn es sich so zutrug, warum hatte er nicht Bescheid gegeben? Der Armin war von der schweigsamen Sorte, keine Frage, aber wenigstens seine Abreise hätte er ankündigen können.

Gestern Abend hatte es Harald noch einmal bei ihm versucht. Hatte an seiner lichtlosen Wohnung vergeblich geklopft und geklingelt und seine Nachbarn nach ihm ausgefragt. Die wussten nicht einmal, wer er war und dass er hier wohnte, was Harald bei einem Eigenbrötler wie dem Armin nicht weiter erstaunte. Beachtlich genug, dass er sich bei der Feuerwehr engagierte und im Karateclub war.

Harald richtete sein Augenmerk auf die Aufgaben des Tages. Dazu gehörte auch, Cornelia Horngold davon zu überzeugen, noch kurzfristig beim Bierköniginnen-Contest mitzumachen. Morgen war der Anmeldeschluss für die Bewerberinnen, und in der Turnhalle am Gymnasium fand ein erster Probedurchlauf für den gemeinsamen Schautanz statt. Harald wollte sich das ansehen, falls er Zeit fand. Auch um Cornelias Chancen einzuschätzen. Favoritin dürfte die Sieb Hanna sein, die für die zu Lämmerbergs antrat.

»Sag der Judith doch mal einen schönen Gruß von mir«, piepste der Pflug Jürgen, als er an Harald vorbeischlich.

»Warum sollte ich?«, erwiderte er. »Red halt selbst mit ihr.«

Der Jürgen brachte es zustande, ihn ein paar Augenblicke lang anzusehen. »Also soll ich sie anrufen?«

»Ja, was weiß ich denn!«, brach es aus Harald heraus. »Mach es halt so wie beim letzten Mal, als du mit ihr ausgegangen bist.«

»Okay, danke.« Der Jürgen verkroch sich in sein Büro.

Kopfschüttelnd marschierte Harald in die Sudhalle. Manche Leute mussten sich Probleme machen, wenn sie keine hatten. Judith hatte den Jürgen letzten Freitag in der »Zittelwirtschaft« sitzen gelassen, nachdem sie Haralds verstörte Flucht bemerkt hatte. An dem Abend hatte Harald mal wieder realisiert, was er an seiner Schwester hatte. Sie waren hernach fast bis Mitternacht den kühlen Temperaturen zum Trotz an der Sulz geblieben und hatten geredet. Vor allem über Julia Öttl.

Bei einem Blick aus dem Fenster sah Harald den zerkratzten Audi vom Ludwig einfahren. Zu dumm, dass der kein besseres Verhältnis zu seiner Schwester pflegte. Dann hätte der Betrieb vielleicht eine Zukunft.

***

»Solltest du mal ein Mädchen bekommen, tausche es noch im Krankenhaus gegen einen Jungen aus«, riet Wankel nachdrücklich, als er sein Handy vom Ohr nahm.

»Stress an der Heimatfront?«, fragte Erna, die heute den Wagen die Autobahn entlang Richtung Altmühltal lenkte.

Wankel grunzte, was wohl als ein »Ja« verstanden werden wollte. »Unsere Ludowika«, raunte er. »Seit sie in der Pubertät ist, spinnt sie bloß noch. Stell dir vor, heute will sie nicht zur Schule, weil aus ihrem vorgesehenen Kleidchen ein Fleck nicht ganz rausgegangen ist. Ich hasse dreizehnjährige Büchsen.«

»Aber die deine liebst du über alles«, wusste Erna.

»Ja«, maulte Wankel zurück. »Meistens.«

»Heute nehmen wir uns Ferdinand zu Lämmerberg vor«, sagte

sie. »Darauf freue ich mich schon. Seine Gattin ist ein echtes Ereignis, sage ich dir.«

»Schlimmer als meine Töchter?«

»Das zu beurteilen, überlasse ich dir. Sie ist eine ungarische Grafentochter, groß, dunkelhaarig, fahlhäutig und zu keinem Lächeln fähig, wie ich beim letzten Mal den Eindruck gewonnen hab. Womöglich ist sie ein Nachkomme von dieser Vampirgräfin, die es dort mal gegeben haben soll. Sie sieht jedenfalls so aus.«

»Kein Problem, mit Vampiren kenne ich mich aus«, sagte Wankel. »Zu Hause habe ich drei davon.«

»Drei?«, fragte Erna erstaunt. »Deine Frau ist auch einer?«

»Nein, meine Schwiegermutter«, klärte er sie auf. »Seit sie den Caravan hat, kreist sie wie eine Fledermaus fast jeden Tag um unser Haus. Meistens dringt sie auch ein. Knoblauch und Kruzifixe helfen leider nicht.«

»Gib mir doch mal ein Profil von unserem Mörder.«

»Ein Mann, kräftig genug, um es mit einem Kerl wie Freitag aufzunehmen, zwischen fünfundzwanzig und fünfzig Jahre alt. Ein spontaner und impulsiver Mensch, leicht zu begeistern, aber auch leicht zu erregen. Vielleicht wollte er das Opfer gar nicht töten. Vielleicht hat er einfach die Kontrolle verloren.«

»Warum keine Frau?«, erwiderte Erna. »Traust du es einer Frau nicht zu, es mit einem Schläger aufzunehmen?«

»Himmel noch mal«, klagte Wankel. »Warum ist heute immer alles gleich sexistisch? Einer Frau sieht es einfach nicht ähnlich, die Kontrolle über sich zu verlieren und ein derartiges Blutbad zu veranstalten. Frauen töten eleganter und sauberer.«

»Vielleicht stand sie unter Drogen. Ein schlechter Trip.«

»Mit so einer wäre das Opfer fertiggeworden.«

»Ferdinand zu Lämmerberg dürfte schon um die sechzig sein.«

»Dann war er es wahrscheinlich nicht. Oder er hat jemanden beauftragt.«

***

In Absprache mit dem Falter Harry übernahm Ludwig die Heranschaffung des Schank- und Spülmobils. Dazu war eine Fahrt nach Neumarkt nötig, doch das kam ihm gerade recht, um eine Weile in Ruhe seinen Gedanken nachzuhängen. Der Harry schien von seiner Einsatzbereitschaft erstaunt und erfreut. Eine weitere angenehme Nebenwirkung. Mochte für Ulrike Susi Anrainer die wichtigste Kraft der Firma sein, war es für Ludwig zweifelsfrei der Harry.

Nichtsdestotrotz tat Ludwig sich schwer, ihn einzuschätzen. Was hatte er vergangenen Freitag mit dem Braumeister der Lämmerbergs zu bereden gehabt? Hatte er noch was mit Ulrike? Liebäugelte er mit dem Chefsessel von Biber-Bräu? Um darauf Antworten zu finden, musste er ihn näher kennenlernen. Bei jemandem wie Falter ging das am besten, wenn man mit ihm arbeitete. Indem Ludwig sich um die Dinge kümmerte, für die Ulrike sich zu schade war, sollte er sich zumindest ein wenig Respekt erarbeiten.

Die unterschiedlichsten Gesichter kamen Ludwig während der Fahrt in den Sinn. Am häufigsten die Heidi. Er sollte sich wieder bei ihr melden. Samstags war sie ziemlich durch den Wind gewesen, vielleicht dachte sie inzwischen schon anders darüber. Außerdem stand ihnen Rio Freitag nun ja nicht mehr im Weg.

Auch Heidis Mutter, die Gudrun, ließ Ludwig nicht in Ruhe. Sie hatte angemerkt, in jungen Jahren ein paarmal mit seinem Vater geschlafen zu haben. Hoffentlich bedeutete das nicht, dass die Heidi seine Halbschwester war. Was auch bedeuten würde, dass der Papa was mit einer unehelichen Tochter gehabt hätte. Ludwig verwarf den Gedanken, weil er merkte, dass er sich gerade in etwas Absurdes hineinsteigerte.

Doch was bedeutete es dann? Bedeutete es überhaupt etwas? Für Tante Esther war Adalbert Biber ein Monster gewesen, das ihr die große Schwester genommen und sie auf Abwege geführt hatte. Die Gudrun aber schien eine Menge von ihm gehalten zu haben. Vielleicht weil sie auf seinen Abwegen zu Hause gewesen war? Ludwig hätte gern mehr über ihre damalige Clique von LSD-Junkies gewusst. Die Gudrun konnte er sich da sehr gut vorstellen, seine Eltern hingegen … den Gedanken fand er immer noch ziemlich abstrus, wenngleich er schlüssig war.

Dann war da der Viereck Markus. Der Papa hatte ihm vor Jahren die Frau ausgespannt und womöglich seine Ehe ruiniert. Hatte er ihn dafür nun im Gegenzug umgebracht? Eine Frage hatte sich Ludwig diesbezüglich noch gar nicht gestellt: Falls sein Vater ermordet worden war, was hatte er in jener Nacht an der Wodansburg zu suchen gehabt? Es läge nahe, dass er dort jemanden getroffen hatte. Doch warum dort? Es gäbe genügend einfacher erreichbare Plätze, bei denen man ebenfalls nicht gestört würde. Warum an der Wodansburg? Hatte die noch eine andere Bedeutung?

Zunehmend dubioser kam Ludwig die Rolle von Siggi Horngold vor. Ein langjähriger Freund und Vertrauter vom Papa, doch hatte das Gespräch mit Ulrike ein paar berechtigte Zweifel über seine Motive aufgeworfen. Womöglich bereitete er irgendjemandem den Weg, der Biber-Bräu übernehmen wollte.

Und dann dieser dreimal vermaledeite Rio Freitag. Beilngries wirkte viel freundlicher, seit er tot war. Welche Rolle hatte er gespielt? War er eine bezahlte Schachfigur vom Horngold?

Es war gut, dass die Polizei nun in dieser undurchsichtigen Soße herumrührte. Gut vor allem, dass Erna Starck mit von der Partie war, die mit dem vermeintlichen Selbstmord vom Papa vertraut war. Ludwig mochte sie.

***

Die Tür schwang auf, und Rupert Östergrund stand im Rahmen. Erna gefiel es nicht, aber sie hatte sich schon daran gewöhnt, dass der Kollege vom LKA nicht anklopfte. Für Wankel war das noch neu.

»Da sind Sie ja endlich«, raunzte er finster. »Ich hätte gern das Rumpsteak mit Joghurtcreme und Wintergemüse. Das Steak bitte ordentlich durch.«

Mit Mühe verkniff sich Erna einen lauten Lacher. Dass Wankel Östergrund als Kellner abqualifizierte, war sicher nicht der beste Einstand, aber jetzt nicht mehr zu ändern. Dergleichen sah Dirty Erich ähnlich. Östergrund trug natürlich das Seinige dazu bei, nicht zuletzt, weil er immer diese feinen schwarzen

Anzüge trug. Sein geschniegeltes graues Haar machte die Aura eines steifen Oberkellners perfekt. Nebenbei war Anklopfen eine Anstandsregel, an die sich auch LKA-Beamte halten sollten.

»Mir wäre an einem Austausch gelegen, Frau Starck«, sagte Östergrund, ohne auf Wankel einzugehen oder ihn überhaupt anzusehen. »Ich bin auf etwas gestoßen, das ich gern mit Ihrer Arbeit abgleichen möchte.«

»Wir gleichen hier aber selbst gerade was ab«, mischte sich Wankel ein.

»Wenn ich bekannt machen darf«, sprach Erna versöhnlich, »Rupert Östergrund, Erich Wankel. So, jetzt gebt euch die Hände, und dann sind wir nett zueinander.«

Die beiden Platzhirsche leisteten ihrem Vorschlag Folge.

»Kollege Wankel ist mit Ihrem Fall vertraut«, erklärte Erna. »Wir können offen reden. Falls es Überschneidungen gibt, sind wir alle gefragt.«

Östergrund nickte nach kurzem Zögern einsichtig und zog einen freien Stuhl aus der Ecke heran. Noch einen weiteren Gast würde das Büro nicht vertragen.

»Ich habe einen Fehler begangen«, läutete Östergrund ruhig und sachlich ein, wie es seine Art war. »Ich war so von einem identischen Muster zwischen den beiden bisherigen Todesfällen überzeugt, dass ich es lange versäumt habe, Julia Öttls privates Umfeld zu durchleuchten.«

»Sind Sie auf etwas gestoßen?«

»Nicht auf etwas, sondern auf jemanden«, verbesserte Östergrund. »Sie erinnern sich, das erste Opfer, Anita Slawy, erlitt einen tödlichen Autounfall, kurz nachdem sie sich durchgerungen hatte, wieder eine Beziehung zu einem Mann einzugehen. Ich habe ihren Freund bei der Beerdigung kennengelernt und ihn überprüft. Makellos. Keine Verdachtsmomente.«

»Und? Hat sich daran was geändert?«, warf Wankel ein.

Östergrund verneinte. »Er ist inzwischen verlobt, und seine Freundin ist von ihm schwanger. Ich habe ihn nicht länger auf dem Radar. Julia Öttl kann eine ähnliche Geschichte wie Anita Slawy geltend machen. Auch sie hatte einen beinahe tödlichen Autounfall in der Anfangsphase einer Beziehung. Ihrer ersten seit der Entführung. Ich ging davon aus, der Entführer hat seine vor drei Jahren ausgesprochenen Drohungen wahr gemacht und die drei Frauen fortan observiert. So wusste er über sie Bescheid und ergriff Maßnahmen, als sie gegen sein ›Reinheitsgebot‹ verstießen. Doch ich habe mich geirrt. Mochte meine Einschätzung bei Anita Slawy noch zutreffen, verhielt es sich bei Julia Öttl völlig anders.«

»Nämlich?«, fragte Erna, nachdem Östergrund schwieg.

»Er hat sie nicht observiert, er hat sie getestet«, antwortete Östergrund. »Am Krankenbett erzählte sie mir von ihrem neuen Freund. Jemandem, der viel unterwegs sei. Zum Zeitpunkt ihres Unfalls befand er sich angeblich in Südamerika. Im Krankenhaus hat sie eine Adresse angegeben. Ich habe diesen Mann zu finden versucht. Ohne Erfolg. Er existiert nicht. Er war ein Alias.«

Erna war klar, was er daraus schloss. »Sie denken, er ist der Lehrer.«

Östergrund nickte verhalten, aber deutlich. »Er hat sie getestet. Er hat nicht abgewartet wie bei Anita, er hat sie getestet. Und sie ist durchgefallen. Da hat er sie getötet.«

»Sie hat sich selbst getötet«, warf Wankel von der Seite ein und wedelte mit dem Finger. »Schon vergessen? Sie ist von der Raucherterrasse gesprungen. Da gab's keinen Mord.«

»Aber ihrem Krankenhausaufenthalt ging ein Unfall voraus. Ein fingierter Unfall, wie ich überzeugt bin. Der Lehrer hat ihn verursacht, nachdem ihn seine Schülerin enttäuscht hat.«

»Gibt es eine Beschreibung von dem Mann?«, fragte Erna. »Von einem Nachbarn vielleicht? Oder einer Freundin von ihr?«

Östergrund verneinte. »Julia Öttl hat sehr zurückgezogen gelebt. Er war der Erste und Einzige, den sie wieder in ihr Leben gelassen hatte.«

»Da ist ein bisschen arg viel Spekulation drin, finden Sie nicht?«, meinte Wankel. »Man könnte es sogar als Besessenheit auslegen, was Sie da alles zusammenkonstruieren.«

Erna überging ihn. »Gehen Sie noch immer davon aus, dass es jemand von hier ist?«

Östergrund erhob sich. Er wirkte heute nicht so agil und energiegeladen wie sonst. Vielleicht war er müde, gegen Windmühlen wie Wankel anzukämpfen. Erna wusste, dass er beim LKA inzwischen ein Außenseiter war und seine Theorie keinen fruchtbaren Boden mehr fand. Das bedeutete aber nicht, dass er falschlag.

»Er ist hier«, stellte er klar. »Christina Grangel ist das letzte noch lebende Opfer. Ich wäre Ihnen verbunden, wenn Sie das bei Ihren Ermittlungen berücksichtigen.«

Dann stahl er sich schattengleich davon, und Wankel tippte sich mit einem Finger an die Schläfe. »Armer Kerl. Der hat sich da in was festgebissen.«

Erna hatte dazu eine andere Meinung, aber das wollte sie jetzt nicht mit Wankel ausdiskutieren. Vor ihnen lag eine Menge Arbeit.

***

Florian stöberte in einem der ältesten Fotoalben, über die seine Mutter verfügte. Es waren Aufnahmen aus den zwanziger Jahren, als Armut, Krankheit und Hungersnöte das Leben in Deutschland geprägt hatten. Fotos von seinem Großvater Leopold als jungem Mann hatte er in einem anderen Album gefunden. Auch von dessen Brüdern. Nun verlangte es ihn nach Fotos von deren Eltern, seinen Urgroßeltern zu Lämmerberg.

Der Jankerwirt hatte ihm eine Geschichte erzählt, die es sich vielleicht näher zu überprüfen lohnte. In den zwanziger Jahren lief sicher so manches nicht nach Maß und Form, aber Schwangerschaftszyklen sollten auch damals in der Regel neun Monate angedauert haben. Wenn der Valentin, der heutige Jankerwirt, mit seiner Geschichte recht hatte, war Leopold zu Lämmerberg aber nach einem elfmonatigen Zyklus geboren worden. Warum elf Monate?, hatte Florian gefragt. Wie will das denn jemand nachgeprüft haben?

Die Antwort vom Valentin war schlüssig gewesen. Er hatte diese Geschichte von seinem Vater aufgeschnappt, der ein guter Freund vom Leopold und außerdem einer seiner besten Bierabnehmer war. Jener Geschichte nach war der Vater vom Leopold mehrere Wochen lang geschäftlich außer Landes gewesen, als bei einem neunmonatigen Zyklus rein rechnerisch die Befruchtung stattgefunden haben müsste. In den zwanziger Jahren war die Welt aber noch nicht so aufgeklärt, außerdem hatten die Leute seinerzeit ganz andere Probleme als zu lange Schwangerschaftszyklen. Ein paar Jahrzehnte später war das schon anders. Da hatte plötzlich jemand Fragen gestellt und Recherchen unternommen. Und so war damals kurzzeitig das Gerücht aufgekommen, dass Leopold zu Lämmerberg gar kein zu Lämmerberg sei. Dass seine Mutter während der Abwesenheit ihres Gatten von einem anderen geschwängert worden war und neun Monate später den Leopold zur Welt gebracht hatte, der fortan Stammhalter der Freiherren zu Lämmerberg war. Wer diese Gerüchte damals in den sechziger Jahren aufgebracht oder gesät hatte, wusste der Valentin nicht mehr, aber Florian hatte einen sich geradezu aufdrängenden Verdacht.

Nach einer Weile fand er ein Foto, das seine Urgroßeltern zeigte. Sein Großvater Leopold hätte seinem Vater tatsächlich kaum unähnlicher sein können. So etwas kam natürlich vor, aber angesichts dieses Gerüchts war Florian geneigt, mehr dahinter zu vermuten.

»Wonach suchst du eigentlich?«, fragte seine Mutter, die geisterhaft ins Zimmer geschwebt war, ohne dass er es bemerkt hatte.

Er sah zu ihr auf. Die Birgit hatte recht. Sie sah krank aus. Ausgemergelt und vergrämt, mit Augen so blass wie bei einer Wasserleiche. Florian überlegte, was er ihr sagen sollte. Über ihren Großvater brauchte er sie nicht auszufragen, denn den hatte sie nie kennengelernt. Er war aus dem Krieg nicht heimgekommen. Der Leopold war noch keine zwanzig gewesen, als er bei Kriegsende zum Familienoberhaupt aufstieg. Er hatte die Familiengeschäfte übernommen, die Brauerei vergrößert und irgendwann den Ferdinand in die Welt gesetzt. Ihm folgte dieses traurige, verbitterte Wesen, das Florian jetzt so leer vom Kachelofen aus anstarrte.

»Warum hat der Opa vor fünfzig Jahren die Brauerei dichtgemacht?«, fragte er geradeheraus. »Das Brauen war doch seine große Leidenschaft, oder?«

Dass sie darauf eine Antwort hatte, bezweifelte er. Sie war damals erst acht oder neun gewesen. Doch zu seinem Erstaunen antwortete sie.

»Er hat nie darüber gesprochen«, erklärte sie versonnen wie in Trance. »Aber ich bin sicher, sein Feind hatte damit zu tun.«

»Sein Feind? Wer war das?«

Sie musste gar nicht antworten, Florian wusste es auch so. Opa Leopolds Feind war Gustl Biber gewesen.

***

Erna legte den Hörer auf die Station zurück. »Das waren die Münchner.«

Wankel sah erstaunt auf. »Sag bloß, die sind schon fertig mit ihm?«

Sie schüttelte den Kopf. »Nein, die fangen gerade erst an. Den Bericht bekommen wir morgen. Eins aber haben sie schon vorab für uns, etwas, das uns entgangen ist, weil wir das Hemd des Opfers nicht aufgemacht haben.«

»Warum sollten wir auch«, raunzte Wankel. »Also, was ist los?«

»Das Opfer hat ein mächtiges Hämatom am Brustbein. Wahrscheinlich von einem Tritt. Es hat also einen Kampf gegeben, bei dem das Opfer offensichtlich den Kürzeren gezogen hat. Wir wissen, dass Ralf Rio Freitag ein geübter Schläger war. Der Mörder aber ist mit ihm fertiggeworden. Was schließen wir daraus? Dass auch er etwas vom Kämpfen versteht. Ein Tritt gegen das Brustbein. Ich weiß nicht, wie es dir dabei geht, Erich, aber ich denke da an Bruce Lee, Jackie Chan und Jet Li. Und Chuck Norris.«

»Hä? Wen?«

»Nicht so wichtig. Ich weiß, dass es hier einen Karateclub gibt. Den sollten wir uns mal näher ansehen.«

***

Der Armin hatte sich den ganzen Tag lang nicht sehen lassen und sich auch nicht gemeldet. Nach der Arbeit fuhr Harald noch mal zu seiner Wohnung und stand erneut vor verschlossener Tür. Sein nächstes Ziel war die Polizei. Der Beamte am Empfang nahm sein Anliegen entgegen, dann gab Harald eine Vermisstenanzeige auf.

***

Christina prüfte ihr Erscheinungsbild noch im Badspiegel, als es läutete. Jemand stand am Tor und begehrte Einlass. Turnusmäßig eilte sie zunächst in die Küche und schaute hinaus. Ein Blick war sicherer als eine verzerrte Stimme durch die Sprechanlage. Der Mann im blauen Anzug und mit dem Blumenstrauß in der Hand war ohne den Hauch eines Zweifels der Hansi. Heute Abend wollte er sie in die »Gams« ausführen. Es war ihr drittes Date. Christina genoss die Zeit mit ihm, aber bislang war sie nicht in der Lage gewesen, sich ihm emotional zu öffnen.

Der Hansi war ein wandelnder Sonnenschein, und sein Lächeln und seine stets gute Laune waren wie Balsam für sie. Doch das machte es auch umso komplizierter, ihn mit ihrem zerstörten Innenleben zu konfrontieren. Womöglich würde es ihn abstoßen. Oder noch schlimmer: Er würde es überhaupt nicht verstehen.

Heute Abend wollte sie es auf einen Versuch ankommen lassen. Ohne die Sprechanlage zu benutzen, öffnete sie das Tor und ließ ihn herein.

***

Unweit von Heidis Laden hockte Ludwig in seinem Wagen und erging sich in wüsten Grübeleien. Die Sonne war schon untergegangen, und in der Wohnung über dem Laden brannten erste Lichter. Kurz war die Gudrun am Fenster zu sehen gewesen. Noch scheute er sich, bei den beiden zu klingeln. Heute Abend würde er es wohl auch nicht mehr tun, weil es schon spät war und er sich nicht angekündigt hatte. Doch er würde es früher oder später tun. Rio Freitag stand ihnen nicht mehr im Weg, was also sprach dagegen, wieder miteinander auszugehen? Allenfalls noch sein toter Vater.

Ludwig hatte Heidi Freitagnacht noch eine Frage stellen wollen. Eine Frage, zu der es wegen Freitags Überfall nicht mehr gekommen war. Ihm war klar, dass sich diese Frage elementar auf ihre weitere Beziehung auswirken würde. Sie würde sie entweder festigen oder vollkommen sprengen. Doch wie dem auch sei, sie musste gestellt werden. Ludwig wollte Antworten.

***

Mit Hansi an ihrer Seite spazierte Christina den Gehweg am Straßenrand entlang. Das Essen und der Wein waren hervorragend gewesen, auch die Unterhaltung. Hansi hatte ausführlich von seiner mehrwöchigen Südamerika-Rundreise erzählt, die er vor ein paar Jahren gemacht hatte. Christina ihrerseits hatte eine Rucksacktour in Nepal beigesteuert, die sie vor einer gefühlten Ewigkeit mit einer längst vergessenen Freundin durchgezogen hatte.

Ein heiterer, harmonischer Abend lag hinter ihnen, doch dorthin, wo Christina wollte, waren sie nicht vorgestoßen. Noch immer fühlte sie sich wie ein dunkler Klotz, zu dem Hansis Sonnenstrahlen nicht durchdringen konnten. Durchdringen *durften*. Deshalb würde sie ihn auch heute nicht hereinbitten.

»Danke für den schönen Abend, Hansi«, sagte sie, als sie am Tor des Brunnenwächter-Anwesens angekommen waren. Kalt und abweisend stieg die umzingelnde Mauer dem heute sternenlosen Himmel entgegen. Der dunkle Klotz kehrte in seine Burg zurück. Für Sonnenschein war darin kein Platz. Zumindest heute noch nicht.

»Wie wär's, bietest du mir noch einen Absacker an?«, fragte Hansi erwartungsfroh, was Christina verneinen musste.

»Nein, ich bin sehr müde und froh, wenn ich bald schlafen kann. Ein andermal.«

Der Hansi ließ sich seine Enttäuschung nicht anmerken. »Gehen wir am Wochenende gemeinsam auf die Bierparty? Freitag habe ich Schankdienst für die Firma, aber Samstag hätte ich Zeit. Was meinst du?«

Ach ja, das Straßenfest, fiel Christina wieder ein. Musik, Tanz und wilde Ausgelassenheit entlang der Hauptstraße in der Altstadt. Derartige Menschenaufläufe traute sie sich noch nicht zu. Restaurants waren okay, aber dass sie eine solche Veranstaltung durchstehen würde, bezweifelte sie. Alles in ihr sperrte sich, dort hinzugehen, doch würde sie nun strikt ablehnen, würde sie Hansi damit schon wieder vor den Kopf stoßen. Er konnte ja nichts dafür. Und er konnte nicht ahnen, wie sie solchen Ereignissen gegenüber fühlte. Weil sie mit ihm über gewisse Dinge bislang noch nicht hatte reden können. »Ich rufe dich an, okay?«

»Fabelhaft«, entgegnete der Hansi strahlend. »Du wirst sehen, das wird eine Riesengaudi.«

Dann legte sich seine Hand auf ihre Wange, und er näherte sich zu einem Kuss. Dazu kam es aber nicht, denn Christina zuckte zurück, als sie aus den Augenwinkeln etwas wahrnahm, das dort nicht sein sollte.

Der Hansi schaute sie entgeistert an. »Stimmt was nicht? Du siehst aus, als wärst du einem Gespenst begegnet.« Er fuhr herum und folgte ihrem Blick zur Mauer hoch. »Was ist denn los? Hast du was gesehen? War da was? Eine Katze?«

»Nichts«, gab Christina mit rasendem Herzen zur Antwort. »Nur ein Schatten in der Nacht.« Nur wieder eine Halluzination, redete sie sich ein. Dort oben auf dem Mauerlauf hatte sich etwas bewegt. Zumindest hatte sie sich das eingebildet.

»Ich gehe jetzt besser rein«, sagte sie und fischte nach dem Torschlüssel in ihrer Jackentasche.

»Soll ich dich bis zur Haustür begleiten?«, bot sich der Hansi an.

»Danke, das wird nicht nötig sein. Danke, Hansi.«

Sie hauchte ihm einen flüchtigen Kuss auf die Wange und brachte sich auf die andere Seite der Gitterstäbe in Sicherheit.

Die Geister der Wodansburg

In den Morgenstunden quälte sich Ludwig die Treppe hoch in Papas Büro. Seine Schwellungen im Gesicht hatten schon etwas nachgelassen, aber die Rippen schmerzten unverändert wie am ersten Tag. Doch war der Schmerz irgendwie erträglicher, seit Rio Freitag tot war. Auch die vielen Kratzer in seinem Auto betrachtete Ludwig inzwischen mehr als Zierde denn als Verunstaltung. Es waren Rio Freitags letzte Untaten, bevor er mit anscheinend beeindruckender Brutalität ins Jenseits befördert worden war. Ein angemessenes Ende für einen Scheißkerl wie ihn.

Ludwig wollte Heidi noch ein paar Tage Zeit geben, aber dann würde er einen neuen Versuch wagen, mit ihr auszugehen.

Die Tür ließ sich ohne Hindernis öffnen, aber Papas Büro war immer noch nicht aufgeräumt. Ludwig war noch nicht dazu gekommen. Nicht zuletzt, weil es wehtat, sich zu bücken. Dennoch fühlte er sich darin inzwischen heimisch. Der Geist seines Vaters, mit dem er jeden Tag rechnete, hatte sich noch nicht blicken lassen. Weder hier noch in seinem Hotelzimmer. Nicht mal in seinem alten Stadthaus war er aufgekreuzt, als Ludwig seine Räume besichtigt hatte. All die Jahre in Düsseldorf hatte ihn ein Abbild von ihm verfolgt. Nun aber war es fort. Wahrscheinlich brachte das der Tod so mit sich. Faszinierend.

Als er später durch den Betrieb humpelte, fing er sich vom Falter Harry ein anerkennendes Nicken ein. Ulrike hatte ihm die Festorganisation aufgebürdet. Indem Ludwig ihm einen Teil davon abgenommen hatte, hatte er anscheinend ein paar Punkte gutgemacht. Er rätselte immer noch, wo der Harry stand. War er Ulrikes Soldat, so wie die Anrainer Susi, oder hatte er gar Ambitionen, über Ulrike den Laden zu übernehmen? Womöglich würde er den Betrieb auch bald verlassen und zu den zu Lämmerbergs abwandern. Das vertraute Gespräch mit dem Mack Josef ließ Ludwig nichts Gutes erahnen. Mit dem Harry würde Biber-Bräu seinen wichtigsten Mann verlieren.

Cornelia Horngold kam Ludwig nachgelaufen. »Chef! Chef! Ich wollte nur sagen, dass ich es mache.«

Sie strahlte ihn an, und Ludwig forschte in seinem malträtierten Oberstübchen, wovon sie wohl sprach. Zum Glück erklärte sie sich von selbst.

»Der Harry hat mich gestern gefragt. Ich mache es. Ich mache mit! Ob ich das Talent dazu habe, weiß ich nicht, aber ich werde mein Bestes geben. Heute Abend studieren wir in der Turnhalle den Festtanz ein. Sämtliche Bewerberinnen. Ich möchte vorher noch ein wenig üben, deshalb darf ich doch heute Nachmittag zwei Stunden früher gehen, oder?«

»Ja klar, von mir aus«, entgegnete Ludwig, bei dem der Groschen nun gefallen war. Der Harry hatte sie überredet, für Biber-Bräu beim Bierköniginnen-Contest mitzumachen.

»Gut, dann bis später, Chef.«

Sie eilte wieder ins Büro zurück, und für Ludwig hatte sich damit die Wertigkeit vom Harry noch mal bestätigt. Wahrscheinlich gäbe er einen prima Chef ab. Die Cornelia war ein quirliger Wirbelwind und würde sich bestimmt gut schlagen auf dem Podium. Außerdem kannten sie die Leute, weil jeder ihren Vater kannte. Ausschließlich Freunde hatte er allerdings nicht, der gute Siggi. Ludwig war sich unschlüssig, inwieweit er dazuzählte. Zu ihm war der Siggi auch früher schon immer recht freundlich gewesen. Kurioserweise machte Ludwig genau das heute misstrauisch.

In der Schwankhalle kam der Hansi mit weit ausgebreiteten Armen auf ihn zu. »Genau der, den ich brauche!«, rief er schon von Weitem. Die Abfüllanlage machte eine Menge Lärm und übertönte ihn beinahe.

»Ist was kaputt?«, fragte Ludwig.

»Genau das könntest du für mich rausfinden, Chef.«

Bei anderen Mitarbeitern würde Ludwig solch kumpelhaftes Getue stören, aber der Hansi war einfach so. Dem konnte man seine Umgangsformen nicht verbieten oder ausreden. Musste man auch gar nicht. Als er bei ihm war, redete er leiser, fast vertraut.

»Hör mal, ich habe den Eindruck gehabt, dass du gut mit

unserer Nachbarin zurechtgekommen bist. Die Christina, meine ich.«

»Wir haben uns ganz nett unterhalten, ja«, entgegnete Ludwig.

Der Hansi nickte wissend. »Wir sind gestern wieder zusammen aus gewesen, und es war wieder so, wie ich dir schon erzählt hab. Irgendwie blockt sie ab. Ich weiß nicht, was ich falsch mache. Deshalb wollte ich dich um einen Gefallen bitten, Chef.«

Ludwig ahnte Fürchterliches. »Welchen?«

»Du könntest sie für mich noch mal ausloten.«

»Ausloten?«

»Na ja, herausfinden, wie sie tickt. Also mir gegenüber. Vielleicht strample ich mich ja umsonst ab. Du könntest dich doch noch einmal nett mit ihr unterhalten, über die Miete und das Haus und so …«

»… und sie beiläufig fragen, wann sie mit dir mal ins Bett gehen will?«, vervollständigte Ludwig.

»Ja, so ungefähr«, bestätigte der Hansi, glücklich, Ludwig auf seiner Wellenlänge zu wähnen. »Ich würde halt gern wissen, woran ich mit ihr bin, verstehst du? Mag sie mich überhaupt, oder bin ich für sie nur eine Art Zeitvertreib? Ich wundere mich halt, weil sie immer so schnell zumacht. Was meinst du, könntest du das herausfinden?«

Ludwig hatte wenig Lust, den Kuppler zu spielen, aber der Hansi war wie der Harry eine Säule dieses Betriebs. Ihm einen Gefallen zu erweisen, konnte nicht verkehrt sein, erst recht angesichts seiner anhaltenden Rivalität mit Ulrike.

»Okay, ich schaue heute Nachmittag mal bei ihr vorbei«, räumte er ein.

»Fabelhaft«, feierte der Hansi. »Wenn ich als Gegenleistung mal Kontakte zu alleinstehenden Damen für dich knüpfen soll, sag Bescheid. Wir einsamen Männer halten doch zusammen, oder? Dafür bin ich dir was schuldig, Chef.« Damit verzog er sich in unbekannte Gefilde.

Bin gespannt, ob du dich zu gegebener Zeit daran erinnerst, dachte Ludwig bei sich. Er bezweifelte, dass ihm der Hansi im Gegenzug als Kuppler zwischen ihm und der Heidi von Nutzen wäre, doch innerbetrieblich könnte er sich noch als Trumpf im

Ärmel erweisen. Ulrike hatte die Systemadministratorin auf ihrer Seite, Ludwig jetzt den Maschinenadministrator.

Er sah auf die Uhr. Er wusste nicht, wann Tante Esther gewöhnlich aufstand, geschweige denn welche Schicht sie diese Woche im Krankenhaus schob, aber für seinen Anruf erschien es ihm noch zu früh. Sie könnte noch ein paar Antworten für ihn haben. Er musste nur die richtigen Fragen stellen. Zum Beispiel, was sie über den Grünwald Kass wusste. Und ob die Wodansburg irgendeine Bedeutung für seine Eltern gehabt hatte.

Wonach es Ludwig ebenfalls verlangte, war ein Gespräch mit Erna Starck. Vorzugsweise wenn ihr komischer Kollege nicht dabei war. Sie hatte bei Papas Selbstmord ermittelt und dabei herausgefunden, dass er was mit Jasmin Viereck gehabt hatte. Sie hatte bestimmt noch mehr als das aufgedeckt.

***

Auf der soeben eingegangenen Mitgliederliste des örtlichen Karateclubs hatte Erna bislang drei interessante Namen ausgemacht. Drei Namen mit Überschneidungen zur Beilngrieser Brauereiszene: Josef Mack, der Oberbrauer bei zu Lämmerberg, Armin Schlawich, ein Lagermitarbeiter bei Biber-Bräu, und Judith Falter, die Schwester des Oberbrauers von Biber-Bräu, Harald Falter. Judith Falter hatte überdies auch ein kurzes Verhältnis mit dem toten Brauereichef Adalbert Biber gehabt.

Interessanter als sie aber erschien im Moment Armin Schlawich. Der wurde nämlich seit der Mordnacht vermisst. Gestern Abend hatten die Beilngrieser Kollegen eine Vermisstenanzeige aufgenommen. Gestellt hatte sie ausgerechnet Harald Falter. Harald Falter, der laut Östergrund auch Julia Öttl im Krankenhaus besucht hatte, einen Tag bevor sie von der Raucherterrasse gesprungen war. Drei vollkommen unterschiedliche Angelegenheiten führten immer wieder auf die Beilngrieser Brauereien zurück.

Erna war inzwischen geneigt, Östergrund zuzustimmen. Der Lehrer könnte in diesem Umfeld zu finden sein. Ihre Priorität aber war zunächst der Mörder von Rio Freitag, insofern waren

Überschneidungen zwischen dem Club und Rio Freitags Umfeld interessanter. Auch Wankel ging entsprechend vor.

»Ich will mir heute mal diese Kneipe ansehen«, verkündete er. »›Störfeuer‹, witziger Name. Anscheinend die hiesige Szenekneipe für überzeugte Alkoholleichen und Partycrasher. Der Wirt sollte uns einiges über den engeren Freundeskreis des Opfers zu sagen haben.«

Erna stimmte zu. »Vielleicht verkehren dort auch ein paar aus dem Karateclub.« Jedes Mitglied, das mal Streit mit dem Opfer gehabt hatte, würden sie sich intensiv vornehmen. »Wir sollten aber noch den Obduktionsbericht abwarten.«

Kollege Östergrund war heute noch nicht gesehen worden in der PI Beilngries. Erna war überzeugt, dass er Christina Grangel bewachte, Tag und Nacht wahrscheinlich. Er fühlte sich für sie verantwortlich. Julia Öttl und Anita Slawy hatte er nicht retten können. An Christina Grangel machte er nun sein Seelenheil fest. Nebenbei wahrscheinlich auch seinen Ruf und seine Karriere. Wankel hatte durchaus recht, wenn er sagte, dass Östergrund Anzeichen von Fanatismus und Besessenheit zeigte, doch Erna konnte ihm das nicht verdenken.

***

Am späten Vormittag erwachte Christina mit der Einsicht, dass das mit dem Hansi nicht funktionieren würde. Der Hansi war ein toller Kerl. Er sah gut aus, stellte etwas dar und ging mit einer Leichtfüßigkeit durchs Leben, die Freude machte und anstecken wollte. Genau darin lag das Problem. Christina war nicht anzustecken. Sie war keineswegs freudlos, nein, sie lachte sehr gern, doch ihre Freuden und ihr Lachen vertrugen sich nicht mit denen vom Hansi.

Ihr war endlich klar geworden, dass es einen Grund gab, warum sie mit ihm noch nicht über die dunkelsten drei Monate ihres Lebens und ihr damit verbundenes Trauma gesprochen hatte: Es war die Unvereinbarkeit dieses Grauens mit der überbordenden Lebensfreude, die Hansi an den Tag legte. Licht und Dunkel. Das eine würde das andere nie vollständig vereinnahmen. Als Resultat bliebe nur Zwielicht. Christina war noch nicht bereit für Hansis Licht. Sein Licht, das so hell strahlte, dass ihr Dunkel ihn gar nicht erreichen konnte. Dieses Dunkel in ihr aber war da und würde sich nicht verleugnen oder verdrängen lassen. Mit wem auch immer sie eines Tages wieder ihr Leben teilen wollte, dieser Mensch würde sich damit auseinandersetzen müssen. Er würde das Zwielicht ertragen müssen.

Im Grunde hatte sie diese Erkenntnis schon länger mit sich herumgetragen, aber sie wollte es nicht wahrhaben. Der Hansi tat ihr so gut. Sie wollte ihn nicht verlieren. Doch sie konnte ihn auch nicht näher an sich heranlassen. Sie fühlte sich wieder am Ausgangspunkt. An einer unübersichtlichen Weggabelung mit Dutzenden Abzweigungen. Der Hansi war ein verlockender Pfad gewesen, doch leider ein Irrweg. Fairerweise würde sie ihm das sagen müssen. Auch wenn es bedeutete, dass er von ihr abließ.

Der Hof draußen vor der Haustür badete im Sonnenschein. Bald würden es auch der Rasen und die Terrasse tun. Der Sommer nahte, und Christina fühlte sich stark genug, sie auch zu benutzen. Und sie würde jede Woche den Rasen mähen. Es könnte ein schöner Sommer werden, ob mit oder ohne Hansi.

***

Judith Falter war ein hübsches Ding, wie ihr Erna neidlos zugestand. Groß und auch ohne Stöckelschuhe bestimmt einen Kopf größer als sie, hatte sie lange naturrote Haare. Ein paar Sommersprossen sprenkelten ihre Wangen, eingefasst von weichen graublauen Augen und einem Lächeln, mit dem sie Männer sicher wie Butter in der Sonne schmelzen ließ.

Bei Wankel verpuffte diese Wirkung erwartungsgemäß. Er nahm sie hart in die Pflicht, obgleich nicht der geringste Tatverdacht gegen sie vorlag. Aber das war nun mal Wankel. Erna überließ ihm gern den Vorstoß. Würde er zu grob werden, würde sie als gemäßigte Kraft einschreiten und die Zeugin bei ihr in Sicherheit wiegen.

»Der Armin? Nun, der ist schon ein bisschen ein komischer Kauz«, unterbreitete Judith, als sie nach ihm gefragt wurde.

»Redet kaum, geht auch nicht mit uns aus, wenn wir nach dem Training noch einen Happen essen. Ich habe schon gehört, dass er vermisst wird. Mein Bruder ist ja derjenige, der es gemerkt und gemeldet hat. Heute Abend ist Training. Vielleicht taucht er ja wieder auf. Bis jetzt hat er jedenfalls nie gefehlt, seit er dabei ist. War jeden Mittwoch und Samstag im Dojo. Und er ist ziemlich gut.«

Erna unterhielt sich zum ersten Mal mit ihr. Als sie Adalbert Bibers Background recherchiert hatte, war Judiths Name als eine seiner Exgeliebten gefallen. Die Liaison lag schon etliche Jahre zurück und war Erna nicht ausreichend gewesen, Judith wegen einer möglichen Schützenhilfe bei Bibers Selbstmord zu vernehmen.

»In welcher Beziehung standen Sie zu Rio Freitag?«, fuhr Erna fort. Sie befragten die Zeugin in einem Nebenraum des Beilngrieser Touristikbüros, wo sie arbeitete. Hier hatte sie Heimvorteil, den ihr Wankel aber schon einleitend streitig gemacht hatte, indem er den einzigen Sessel im Zimmer für sich beanspruchte. Judith Falter saß auf einem schlichten Stuhl, Erna lehnte an der Wand neben einem kunstvoll vergitterten Fenster.

»In gar keiner«, entgegnete Judith. »Gekannt habe ich ihn natürlich schon, den Rio. Gekannt hat den jeder, der sich dem Nachtleben nicht verschließt. Ich gehöre zu denen, die ihm aus dem Weg gegangen sind.«

»Wann war das denn zum Beispiel nötig?«

»Kann mich jetzt so direkt an keine bestimmte Situation erinnern, aber wenn er mir beim Altstadtfest oder am Volksfest zu nahe gekommen ist, bin ich abgezogen. Die meisten, die ich kenne, haben das ähnlich gehandhabt. Bei dem konnte man schließlich nie wissen.«

»Haben Sie gerade eine Beziehung?«, fragte Wankel.

Judith Falter kräuselte die Lippen und lächelte ihn an. »Was ist das denn für eine Frage, Herr Kommissar? Hätten Sie etwa Interesse?«

»Bewahre«, erwiderte Wankel. »Ich habe schon genug von Ihrer Sorte am Hals. Also?«

»Nun, nein, ich habe keine feste Beziehung. Aber was hat jetzt mein Privatleben mit dem Mord zu tun?«

Höchstwahrscheinlich spielte Wankel darauf an, dass sie mit dem Mord möglicherweise einen nahestehenden Menschen verteidigt oder gar gerächt hatte, doch solche Fragen beantworteten Ermittlungsbeamte natürlich nicht. »Wer war dann Ihr Date letzten Freitag in der ›Zittelwirtschaft‹?«

Da gefror Judiths Lächeln plötzlich. »Woher wissen Sie denn *davon*?«

»Beantworten Sie die Frage, wenn ich bitten darf.«

Josef Mack hatte vorhin ausgesagt, Judith an dem fraglichen Abend mit jemandem gesehen zu haben. Es war derselbe Abend, an dem Heidi Sommer und Ludwig Biber an Rio Freitag geraten waren.

»Ach, das war der Jürgen«, antwortete sie. »Jürgen Pflug. Ein Arbeitskollege von meinem Bruder. Wir haben nichts miteinander. Wir sind nur mal ausgegangen.«

Noch einer aus der Brauerei. Erna notierte den Namen und zog auf ihrem Notizblock eine Verbindungslinie zu Harald Falter und Biber-Bräu. Josef Mack hatte an dem Abend mit Harald Falter in der »Zittelwirtschaft« ein Bier getrunken. Der Begleiter seiner Karatekollegin war Mack laut Aussage aber nicht weiter bekannt vorgekommen. Erna kleckste ein Fragezeichen zwischen ihre Namen.

»Wissen Sie, was Josef Mack und Ihr Bruder an dem Abend zu bereden hatten?«

»Worüber werden sich zwei Braumeister wohl unterhalten? Bier halt, schätze ich.«

Nachfolgend schilderte Judith, wie sie ihrem Bruder nach draußen gefolgt war. Hier hakte Erna wieder ein: »Der Tod von Julia Öttl hat ihn derart mitgenommen? Aber er hat sie doch gar nicht gekannt, oder?«

Judiths Augen wurden größer. »Er hat ihr das Leben gerettet. Das verbindet. Damit übernimmt man Verantwortung über das gerettete Leben. Mein Bruder ist da sehr sensibel. Es hat ihn vollkommen fertiggemacht.«

Östergrund hatte Harald Falter schon letzte Woche unter die

Lupe genommen. Hätte es Verdachtsmomente gegeben, hätte er sie Erna wahrscheinlich nicht vorenthalten.

Wankel setzte die Vernehmung fort. »Wer aus Ihrem Karateteam war näher mit Rio Freitag bekannt? Kennen Sie überhaupt jemanden, dem der Kerl lebend sympathischer war als tot?«

Die Vernehmung Josef Macks hatte wenig Brauchbares zutage gefördert. Judith Falter hingegen spannte im Verlauf des Gesprächs noch einen weiteren Bogen zu Biber-Bräu.

»Klar doch«, sagte sie. »Der Freitag hat mal für ein paar Wochen bei Biber-Bräu gejobbt. Mein Bruder hat sich furchtbar über seine Faulheit ausgelassen. Hat ihn auch erwischt, wie er mit seinem Kumpel, dem Grünwald Kass, hinter der Halle einen Joint geraucht hat.«

Der Grünwald Kass. Kasimir Grünwald. Auch dieser Name war gefallen, als Erna jüngst Adalbert Bibers Leben durchleuchtet hatte. Sie ergänzte den Namen auf ihrem Notizzettel. Was für ein Irrgarten.

***

Ludwig hatte sich mit seiner einzigen Tante bei Mama im Heim verabredet. Wie letztmalig lud das Wetter zu einem Spaziergang durch den angrenzenden Park ein. Ludwig schob den Rollstuhl. Auch wenn sich das nicht völlig schmerzfrei gestaltete, spürte er dabei einen ungewohnten Frieden in sich. Tante Esther ging neben ihnen her.

»Wenn ich das recht verstanden habe, waren Mama und Papa nicht allein«, sagte Ludwig. »Die Sommer Gudrun war wohl auch öfters dabei, wenn sie sich Trips eingeworfen haben. Angeblich hat sie auch mal was mit dem Papa gehabt.«

»Stimmt, die war da auch dabei«, knurrte Tante Esther. »Klar hat sie was mit deinem Vater gehabt. Der hat's wahrscheinlich mit allen getrieben, nachdem sie stoned waren.«

»Es war also eine ganze Clique«, folgerte Ludwig. »Wie viele waren das? Wer hat noch alles dazugehört?«

»Bestimmt ein Dutzend, eher mehr«, erwiderte Tante Esther. »Namen kenne ich nicht oder habe sie vergessen. Ich habe mit

Beilngries und seiner Möchtegern-Prominenz seit Jahrzehnten nichts mehr zu tun.«

Beim Stichwort Möchtegern-Prominenz kam Ludwig ein Gedanke. »Weißt du, wer Ferdinand zu Lämmerberg ist? Hat der vielleicht dazugehört?«

Tante Esther lachte auf. »Aber nein. Der junge zu Lämmerberg hat damals irgendwo studiert und war die meiste Zeit fort. Jura, glaube ich. Der Stolz der Familie. Hat schon in jungen Jahren ausschweifende Podiumsreden auf dem Volksfest gehalten. Dem fünfzehnjährigen Mädchen, das ich damals war, hat das ganz schön imponiert. Er war ja nur ein paar Jahre älter als ich. Seine kleine Schwester soll aber zuweilen dabei gewesen sein.«

»Was? Die Lydia? Die Lydia war in der Clique?«

»Lydia, ja, so heißt sie wohl. Hat damals Gerede gegeben, dass sie auf Abwege geraten sei. Ihr Vater, der Freiherr Leopold, hat dann recht drastisch durchgegriffen. Hat ihr den Umgang mit anderen jungen Leuten verboten und sie postwendend mit einem uralten Adeligen aus dem Norden verheiratet. Der hat's dann nur noch ein paar Jahre gemacht, wie du wahrscheinlich weißt. Die Lydia ist schon mit Mitte zwanzig oder so Witwe geworden. Eine Witwe mit Kind. Wie heißt ihr Spross noch? Florian, oder?«

Ludwig sortierte diese neuen Erkenntnisse. »Wenn das damals so eine wilde Clique ohne feste Partnerschaften war, warum haben Mama und Papa dann so früh geheiratet?«

»Frag halt noch ein bisschen blöder«, erwiderte Tante Esther. »Deinetwegen natürlich. Weil du unterwegs warst. Freilich waren deine Eltern zusammen. Und als du abzusehen warst, haben sie eben geheiratet. Da hat schon dein Großvater drauf bestanden.«

Ludwig schob seine Mutter an dieselbe Stelle wie beim letzten Mal. Eine Gruppe Motorräder tuckerte an der Straße unten vorbei. Zwischen Wiesen und den landwirtschaftlichen Nutzflächen in der weiten Talsenke floss, bevor die Jurawälder wieder anstiegen, von Büschen und Bäumen beschirmt die Altmühl. Ein angenehm kühlender Wind bestrich Ludwigs Stirnschwellung.

»Wie gut hast du meinen Papa gekannt?«

»Gut genug, um ihn gebührend zu verachten«, sagte Tante

Esther unverblümt. »Er allein ist daran schuld«, ergänzte sie mit einem Nicken zu der lebenden Leiche im Rollstuhl.

»Niemand, der sich mit Drogen zugrunde richtet, trägt keinen eigenen Anteil daran«, wandte Ludwig ein und hoffte, seine Tante damit nicht zum Explodieren zu bringen.

Davon aber schien sie weit entfernt. Sanft legte sie eine Hand auf die Schulter ihrer Schwester. »Sie hat ihn halt geliebt. Wahrscheinlich wäre sie ihm überallhin gefolgt. Und sie hat alles gemacht, was er wollte. Du hast recht, sie hatte ihren Anteil daran. Dumme Gans, die sie war.«

Die Beleidigung war unter Tränen gekommen.

»Hat die Wodansburg irgendeine Bedeutung für sie gehabt?«, fragte Ludwig nach kurzer Pause.

Tante Esther nickte. »Ja, da haben sie sich öfters getroffen.«

»Um was zu tun?«

»Frag mich keine Sachen, auf die du die Antwort schon weißt. Gefeiert haben sie, was denn sonst? Ihre Trips geworfen und dabei ein bisschen Gitarre gespielt und sich eingebildet, sie würden die Welt verändern.«

»Warum denn die Welt verändern?«

»Weil das damals alle wollten! Himmel noch mal, stellst du dämliche Fragen!«

Ludwig versuchte sich zu sammeln und Ordnung in seinem Kopf zu schaffen. Die Wodansburg hatte demnach sehr wohl eine Bedeutung für den Papa gehabt. Vielleicht sogar eine sehr wichtige.

»Damals haben viele gegen die alte Ordnung aufbegehrt«, fuhr Tante Esther deutlich ruhiger fort. »Gegen die Eltern, gegen das System und gegen überhaupt alles. So war das halt damals. Auch dein Vater hat sich wahrscheinlich für einen tollen Rebellen gehalten.«

»Du willst sagen, er hat gegen Opa rebelliert?«

»Dein Opa war ein strenger Mann.«

Ludwig überlegte. »Da ist noch jemand, zu dem ich dich was fragen möchte.«

»Dann frag halt.«

»Kennst du den Grünwald Kass? Kasimir heißt er richtig.«

»Kommt mir bekannt vor, der Name«, sagte Tante Esther und schaute versonnen über ihre Schwester hinweg ins Tal hinaus. »Grünwald, natürlich. Ja, ich weiß schon, wen du meinst. Was ist mit ihm?«

»Das weiß ich nicht so genau«, räumte Ludwig ein. »Er arbeitet bei uns. Am Samstag hat ihn die Polizistin erwähnt, die Papas Tod untersucht hat. Was sie von ihm will, hat sie für sich behalten. Sie hat gesagt, dass man nicht weiß, wer sein Vater ist.«

Tante Esther zog eine amüsierte Schnute. Da sie einen solchen Ausdruck fast nie zur Schau trug, wirkte es so komisch wie unheimlich. »*Man* weiß schon, wer sein Vater ist«, sagte sie. »Die Ämter vielleicht nicht, aber die Leute wissen es. Das war ein recht offenes Geheimnis damals. Auch deine Polizistin muss das rausbekommen haben, wenn sie mit jemandem von meiner Generation geredet hat.« Sie grinste noch unheimlicher und bestätigte den Verdacht, der in Ludwig bereits gekeimt hatte. »Ganz sicher weiß man's natürlich nicht, aber höchstwahrscheinlich war der alte Gustl sein Vater. Dein Opa.«

Ludwig wandte sich ab und ging ein paar Schritte im trockenen Gras. Demnach wäre der Kass Papas Halbbruder. Wahrscheinlich hatte er ihn deshalb nach seiner Zeit im Knast eingestellt. Der Opa hatte es sicher so gewollt. Familienbande. Wenn auch keine offiziellen. Ludwig hielt sich den Kopf.

»Erstaunt dich das jetzt echt?«, raunzte Tante Esther hinter ihm. »Dein Vater und dein Opa, die haben sich beide genommen, was sie haben wollten. Der Apfel fällt halt nicht weit vom Stamm.«

Ich bin ziemlich weit weggefallen, dachte Ludwig bei sich, sagte aber nichts dazu. Zwischen ihm und Tante Esther war im Vergleich zu früher eine Menge Eis gebrochen, aber er wollte diese empfindliche Neuausrichtung jetzt nicht überstrapazieren.

»Glaubst du, dass sich der Papa umgebracht hat?«, fragte er und drehte sich langsam wieder zu ihr um.

Sie zog eine allzu düstere Grimasse. »Was denn sonst?«

Auf dem Rückweg nach Beilngries ging Ludwig eine Menge durch den Kopf. Selbstverständlich musste auch Erna Starck von diesen Gerüchten gehört haben, dass sein Vater und der Kass Halbgeschwister waren. Wahrscheinlich hatte sie ihn, Ludwig, damit auf die Probe stellen wollen. Das machten Polizisten doch immer. Zumindest in den Krimis, die er las. Doch was wollte sie vom Kass? War er verdächtig? Verdächtiger noch als der Viereck Markus? Wenn er es sich recht überlegte, hatte Erna Starck immer abgestritten, dass sie wegen Mordes ermittelte. Wenn es also doch Selbstmord war, lag ihm inzwischen wenigstens Papas Bezug zur Wodansburg offen.

Ludwig bog ins Brauereigelände ein und stellte seinen Wagen ab. Beim Aussteigen sah er das Brunnenwächterhaus auf der anderen Seite der Mauer, und ihm fiel ein, dass er dem Hansi noch einen Gefallen tun wollte. Kurz entschlossen machte er sich auf den Weg, läutete am Tor und wurde von der Bewohnerin ohne Umstände eingelassen.

»Was ist denn mit dir los?«, fragte sie an der Haustür. »Hast du dich geprügelt?«

»Kann man sich auch prügeln, ohne selbst dabei mitzumachen?«, entgegnete Ludwig. »So ist es nämlich abgelaufen. Ich habe den anderen leider nicht ein einziges Mal erwischt.« Trotzdem liegt er jetzt im Leichenschauhaus, ließ er ungesagt.

»Komm rein, ich mache uns einen Tee.«

Ohne überhaupt nur an den Hansi zu denken, schilderte Ludwig wenig später im Wohnzimmer sein unglückliches Date mit der Heidi und den Zwischenfall im »Störfeuer« vergangenen Freitag. Im Gegenzug und nicht ohne Bestürzung lauschte er Christina, als sie erzählte, dass sie inzwischen das einzige noch lebende Opfer ihrer damaligen Entführungstortur war. Julia Öttl, die Frau mit dem schweren Autounfall, hatte sich in den Tod gestürzt.

»Ich war verdammt fertig deswegen«, sagte Christina gesenkten Hauptes über ihrer Teetasse. »Inzwischen geht es wieder.« Sie sah auf und rang sich ein gequältes Lächeln ab. »Ich versuche, es mir erträglich zu reden. Julia ist Anita gefolgt. An einen Ort, wo sie der Tänzer nie finden wird.«

Ludwig nickte, aber die Worte alarmierten ihn. Er kannte seine Mieterin nicht gut genug, um sich ein Urteil über sie zu erlauben, doch auch aus ihr sprach gerade die Todessehnsucht. Furchtbar, wenn nur noch der Tod als Fluchtweg blieb.

Hatte sein Vater in der gleichen Lage gesteckt? Ähnlich gefühlt? War der Tod für ihn eine Erlösung gewesen? Ludwig konnte beim besten Willen nicht nachvollziehen, weshalb dem so gewesen sein sollte. Warum könnte ein erfolgreicher Bierbrauer und Frauenheld schon depressiv sein? Er, Ludwig, hätte da viel mehr Grund dazu. Oder eben Christina. Ludwig mochte es sich kaum vorstellen, was sie in den letzten Jahren durchgemacht hatte.

»Ich wünschte, ich könnte etwas für dich tun«, sagte er und nahm ihre Hand auf dem Tisch.

»Vielleicht kannst du das«, antwortete sie, und dieses Mal war ihr Lächeln weniger traurig. »Und vielleicht kann ich auch etwas für dich tun.«

Sie erwiderte den Handdruck und rückte näher. Ihre Blicke waren schüchtern, aber tief. Ludwig wusste kaum, wie ihm geschah, als sie ihn plötzlich küsste. Zart, fast nur wie der kühlende Windhauch von heute Nachmittag, nahm sie seine verletzte Unterlippe zwischen ihre, und bevor er sich's versah, waren auch ihre Hände bei ihm, bestrichen seine Brust- und Schulterpartie.

»Tut das gut?«, hauchte sie.

Ludwig nickte halb erstarrt, woraufhin der Kuss eine intensivere Fortsetzung fand. Erst als sie behutsam über ihn glitt, wagte er es, seine bislang untätigen Hände einzusetzen. Trotzdem konnte er noch nicht recht fassen, was hier geschah. Üblicherweise einigte er sich mit Frauen auf ein für beide Parteien angemessenes Preis-Leistungs-Verhältnis, bevor er ihnen derart nahekam.

Christina musterte ihn tiefgründig und küsste seine Stirnschwellung. Dann öffnete sie hastig ihre Bluse und warf sie von sich. Ludwig sah sich mit zwei wundervollen kleinen Brüsten mit spitzen Nippeln konfrontiert. Noch ein weiterer Kuss für seine Stirnschwellung, dann erst traute er sich, sie anzufassen. Christina schien es zu gefallen. Sie jauchzte glücklich, und zum allerersten Mal sah er sie breit und umfassend lächeln. Im nächsten Moment spürte er ihre Hände an seiner Hose.

Ludwig vergaß alle Schmerzen. Noch an Ort und Stelle, im Wohnzimmer des Brunnenwächterhauses, schliefen sie miteinander. Zuerst auf der Couch, dann auf dem Teppich.

Die versteckte Kamera auf einer Ablage im Hochschrank zeichnete alles auf und schickte die Bilder weiter auf die Festplatte eines Notebooks. Das Gerät stand nach wie vor in einem Wohnwagen auf dem Campingplatz des Kratzmühlsees. Der Eigentümer war im Augenblick nicht da, doch seit er die Kamera installiert hatte, stattete er diesem Zweitwohnsitz täglich einen Besuch ab.

***

Die Sonne versank hinter der Talsenke, und der Abendschatten legte sich über Beilngries, seine Häuser, Gärten, Straßen und Gewässer. Der Nachteinbruch würde seine Transformation vervollständigen. Der Schatten war schon jetzt weniger menschlich, als er es je zuvor gewesen war, doch die Nacht würde ihn auch noch vom Rest für eine Weile erlösen. Von diesem unnützen Dasein, das zu viel nachdachte, Fragen stellte und litt.

An dem spitzen steinernen Gebilde vorbei, das man als Wodansburg kannte, schaute er ins dunkler werdende Tal hinab. Der Main-Donau-Kanal zog in einem mächtigen Mäander vorüber. Kurz vor dem Yachthafen wurde die Menge des zugeleiteten Wassers für den Sulzpark reguliert. Dass sich der Schatten mit solch komplizierten Überlegungen aufhielt, war ein weiterer Anhaltspunkt dafür, wie weit er noch von seiner Perfektion entfernt war. Die lichtlosen Jurawälder hätten seine schleichende Transformation beschleunigen sollen. Sie hätten ihn rein und vollkommen machen sollen. Aber das hatten sie nicht getan. Nachts, ja nachts war er ein Teil von ihnen. Nachts ließen ihn die Waldschatten einen der ihren sein. Doch sobald die Sonne wieder aufstieg und Licht unter die Bäume flutete, war er wieder mehr Mensch als Schatten, und als solcher war er dem Wald ein Fremder und Ausgestoßener. Als Mensch verspürte er auch wieder all die lästigen Bedürfnisse der Menschen, musste essen, trinken und ausruhen.

Vielleicht war es ein Fehler gewesen, letzte Nacht in die Stadt zurückzukehren. Er hatte Sehnsucht nach seinen Frauen verspürt und war diesem Verlangen nachgekommen. Er hatte die Computerladenfrau besucht, die dicke Schneiderin, dann die Frau des Grundstücksmaklers und natürlich die Brunnenwächterfrau, die er am meisten verehrte. Von seinem First aus hatte er sie im Wohnzimmer beobachtet, wie sie las und Wein trank. Mit nagender Verzweiflung ahnte er, dass seine Transformation nie einen Abschluss finden würde, solange er an diesen Frauen festhielt. Doch er brauchte sie. Auch heute Nacht würde er ein paar von ihnen besuchen. Auf jeden Fall die Frau im Brunnenwächterhaus, weil sie ihm seinen Bruder näher brachte. Der Schatten glaubte, ihn gestern wieder gesehen zu haben. An der rückwärtigen Mauer, von wo er auch bei seiner ersten Sichtung gekommen war.

Sein Bruder. Ja, ihn musste er finden. Vielleicht könnte er von ihm lernen, ein perfekter Schatten zu sein. Das Brunnenwächterhaus schien ihn anzuziehen. Vielleicht würden sich die Brüder dort heute Nacht endlich begegnen.

Noch einen anderen Ort wollte er heute aufsuchen: die Turnhalle des Gymnasiums. Dort fanden sich zur Stunde all die jungen Frauen zusammen, die am Wochenende um den Sieg des Bierköniginnen-Contests konkurrieren würden. Der Schatten wollte sie sich ansehen. Vielleicht entdeckte er die eine oder andere, die es wert war, sich mit ihr künftig intensiver zu befassen.

***

Harald war nicht der Einzige, der Biber-Bräus Kandidatin Cornelia zum Probetanz in die Turnhalle begleitet hatte. Auch ihr Freund, der Zittelmeier Vinzenz, war mitgekommen. Harald mochte ihn. Im Grunde mochte er auch seinen großen Bruder, den Franz. Wenn der Mistkerl nur nicht Ulrike vögeln würde.

In ihrem weiß-blau-roten Dirndl und mit fesch zusammengesteckten Haaren sah Cornelia richtig klasse aus. Es betonte ihre üppigen Kurven und kaschierte, dass sie ziemlich klein war. Der Vinzenz redete gerade noch auf sie ein, die meisten anderen angehenden Königinnen versammelten sich schon in der anderen Hallenhälfte bei dem grauhaarigen Karl-Lagerfeld-Typen, der den Antrittstanz koordinierte. Harald hatte ihn noch nie gesehen. Wahrscheinlich hatte ihn die Stadt extra hierfür und natürlich für sündhaft viele Steuergelder ihrer Bürger angestellt, um ein bisschen Haute Couture in die Inszenierung zu bringen. Drei Bewerberinnen hatte der Kerl doch tatsächlich abgewiesen und zu einer Schneiderin geschickt, weil ihm ihre Dirndln nicht gepasst hatten. Bei der Cornelia hatte er zum Glück nur ein wenig herumgezupft. So wie bei den meisten. Sogar bei der Gräfin, dieser majestätisch dunklen Präsenz, die hier trotz ihres feschen Dirndls wie eine schwarze Viper unter Ringelnattern wirkte. Siegeschancen rechnete Harald ihr keine aus. Schönheit und Eleganz reichten hier nicht, waren vor der Jury und dem Publikum vielleicht sogar ein Makel. Spontanität und Frische waren viel wichtiger, und beides brachte die Cornelia mit.

Die Konkurrenz war trotzdem beachtlich. Harald zählte achtundzwanzig Bewerberinnen, eine hübscher als die andere. Nicht nur hatten sämtliche regionalen Brauereien jemanden ins Rennen geschickt, auch etliche Hotels und Gastwirtschaften hatten eine Schankkellnerin oder Bierkästenstaplerin gefunden, die die großzügig ausgelegten Teilnahmekriterien erfüllte. Die älteste dürfte die Zittelmeierin sein, die Mutter vom Vinzenz, eine gut beleibte Vollblutswirtsfrau. Richtige Brauerinnen gab es nur vier, eine davon die Sieb Hanna aus Dietfurt, die den zu Lämmerbergs den Sieg einbringen könnte. Die Birgit, die Frau vom Florian, war bereits raus. Sie war eine der drei, die der halbgare Karl-Lagerfeld-Typ weggeschickt hatte. Wahrscheinlich hatten ihn ihr Nasenpiercing, die schwarzen Lippen und der dick aufgetragene schwarze Eyeliner verunsichert. Harald glaubte nicht, dass sie noch mal wiederkäme.

»So weit, so schön!«, rief der adrette Coach und klatschte über dem grauen Haarschopf die Hände. »Nehmt die Aufstellung ein! Die Schritte sind bekannt, wie ich annehme, jetzt legen wir los. Bitte keine Improvisation! Aufstellung wie eingeteilt, nicht anders. Wer seinen Platz vergessen hat, frage mich. Los, los, auf geht's jetzt!«

Auch Ulrike sollte in diesem Haufen dabei sein, fieberte Harald in sich hinein. Sogar die hochwohlgeborene Gräfin machte mit, aber Ulrike war sich zu fein dafür. Dabei wäre sie als Brauereichefin geradezu prädestiniert gewesen. Die Jury würde das honorieren. Und auch wenn nicht, wäre es ihre verdammte Pflicht als Chefin. Wenigstens ein paar Stunden Schankdienst am Wochenende hatte sie übernommen.

Harald sah zu einem der Fenster hoch und stutzte. Draußen war es schon finster, doch irgendetwas anderes Finsteres war dort gerade abgetaucht. Zumindest hatte er sich das eingebildet. Wahrscheinlich eine Spiegelung im Glas.

Die achtundzwanzig Kandidatinnen nahmen die ihnen zugewiesenen Plätze ein. Dann ließ der Grauschopf einen zünftigen Oberlandler erklingen, und die Frauen legten los. Der Vinzenz und all die anderen, die zur Begleitung einer Kandidatin mitgekommen waren, klatschten zum Takt. Harald machte notgedrungen mit.

Ein paar Minuten später schaute er erneut zu dem Fenster von vorhin auf, und diesmal sah er es deutlich: Da war ein schwarzer augenloser Kopf, der vor dem Hintergrund des Nachthimmels in die Turnhalle spähte. Harald traute zunächst seinen Augen nicht. Ein Spanner? Was sollte das? Hier durfte heute Abend jeder rein, der wollte. Er veränderte seinen Standort, um sicherzugehen, keiner Täuschung oder Spiegelung aufgesessen zu sein. Die schwarze Knolle, oder was immer das war, blieb an Ort und Stelle. Harald wollte das überprüfen. Ohne Hast und weiterhin zum Takt der Musik klatschend, bewegte er sich zum Ausgang, schlüpfte hinaus und machte sich an den Umkleidekabinen vorbei nach draußen.

Kühle Abendluft erwartete ihn, der Wind zog unaufgeregt um die Häuser. Das Gymnasium stand fast am Ortsrand und bekam eine Menge davon ab, bevor er sich in der Stadt zerstreute.

Harald eilte unter den Parkplatzlaternen zur nächsten Ecke und lugte herum. Tatsächlich war da eine filigrane Gestalt, die gerade die Fassade herunterkletterte. Entweder war sie schwarz geschminkt oder sie trug eine Art Ninjakampfanzug. Sie blieb den Schatten treu, als sie sich katzengleich geschmeidig entfernte.

Erst als sie die Straße überquerte, kam sie einer Laterne zu nahe. Harald sah erneut nur Konturen – eine Silhouette. Eigenartig. Warum sollte jemand durch die Fenster spannen? Um die Kandidatinnen zu sehen, hätte man auch einfach reingehen können, wie es etwa ein Dutzend Leute gemacht hatte. Weshalb spionierte hier jemand heimlich? Das ergab keinen Sinn.

Harald kehrte in die Halle zurück, aber die schwarze Gestalt ließ ihm die ganze Nacht lang keine Ruhe.

***

Mit einem Glas Mineralwasser in der Hand saß Christina auf dem Stuhl, den sie für eben diesen Zweck vorhin auf ihre Terrasse gestellt hatte. Die Nacht zog herauf, mehr und mehr Sterne glommen am Firmament, und ein kühler Wind, der sie hinter ihren Mauern jedoch kaum erreichte, strich durch das Tal. Sie sah ihn, wenn er die Birkenreihe hinter dem Brauereigelände beugte, und hörte ihn, wenn er in die belaubten Büsche auf der anderen Mauerseite fuhr. Er brachte Leben in die ansonsten so stille Nacht. Die Autos auf der Straße hörte Christina hier hinten nicht. Hier gab es nur sie und die zaghaft herabstrahlenden Sterne.

Sie hatte die Terrasse schon früher bezogen als vorausgesehen. Heute Vormittag hatte sie noch Kraft schöpfen müssen, um es zu wagen. Der Besuch von Ludwig hatte alles verändert. Mit ihm und aus ihm hatte sie Kraft geschöpft. Das hatten sie beide getan. Wie zwei Verlorene, die sich gemeinsam auf den richtigen Pfad katapultieren mussten, um weiterzugehen. Es war ihr erster Sex seit der Entführung. Nun wollte sie mehr davon. Ausgerechnet mit ihrem Vermieter.

***

Erstaunt erkannte der Schatten von seinem First aus, dass die Brunnenwächterfrau auf ihrer Terrasse saß. Gestern hatte dort noch kein Stuhl gestanden. Die warme Jahreszeit rückte heran, wahrscheinlich würde er sie dort noch häufig sehen. Eine tröstende Aussicht. Dort war sie ihm näher. Dort trennte sie keine Glasscheibe, so wie üblich.

Der Schatten senkte sein Nachtsichtglas ein Stück und erstarrte. An der lichtlosen hinteren Längsseite der Mauer regte sich etwas. Die Sicht war eingeschränkt, weil der Teil eines anderen Hausdaches im Weg war, doch es war nicht das schnelle, behände Handeln eines Schattens, das er da sah. Es war eher ein Gerangel, hektisch und unstet, ohne eine erkennbare Absicht. Der Schatten hob seinen Blick wieder und sah, dass auch die Hausbewohnerin etwas bemerkt hatte. Sie war aufgestanden und schaute zur Mauer.

An der dunklen Rückseite hatte sich etwas verändert. Kein Gerangel mehr. Etwas hastete davon und verschwand hinter den Irrungen von Gartenhecken und Dächern aus der Sicht. Doch an der Mauer gab es ebenfalls Bewegung. Eine dunkle Gestalt, zu langsam und wackelig, um ein formvollendeter Schatten zu sein, schlich betulich daran entlang. Sie hielt auf die enge Gasse zu, die mit dem Lauf der Seitenmauer zur Straße führte.

Der Schatten schob sein Nachtglas in den Rucksack zurück und glitt vom First, setzte zur Stadtmauer hinüber und schwebte in Eleganz einer Eule gleich auf die Rasenfläche neben dem Gehsteig hinab. Die Unrast beschleunigte seinen Herzschlag und erinnerte ihn bitter, dass er auch jetzt noch zum Teil menschlich war. Falls sein Bruder dort am Brunnenwächterhaus involviert war, war dies seine Gelegenheit, ihn zu finden. Seine Gelegenheit, endlich Kontakt aufzunehmen und seinen Weg zu Ende zu gehen.

***

Es hatte sich nach einem schweren Stöhnen angehört, doch Christina war sich nicht sicher. Der Wind und die Mauern verzerrten Geräusche aller Art. Wahrscheinlich hatten sich irgendwo zwei Katzen in die Haare gekriegt. Sie setzte sich wieder auf ihren Stuhl und widmete sich der Nacht und den Erinnerungen an heute Nachmittag. Ludwig hatte bleiben wollen, aber ihn hier schlafen zu lassen, so weit war sie noch nicht. Tisch, Bad und

Bett brauchte sie fürs Erste noch für sich allein. Doch auch daran würde sie arbeiten. Endlich wähnte sie sich auf dem richtigen Pfad. Dem Pfad, der ins Leben zurückführte.

Schon wieder ein Stöhnen, dieses Mal näher. Christina schrak abermals hoch. Es hatte sich *zu* nah angehört als einfach nur um die Hausecke. Das Terrassenlicht verlor sich ein paar Schritte weiter im Rasen. Sie konnte nichts erkennen. Aber sie hörte etwas. Da war eine Stimme im Wind, ein leiser, träger Singsang: *Ich bin enttäuscht, ja so enttäuscht, Christina, meine Liebe, so wahnsinnig enttäuscht von dir.*

Ein Schauer jagte durch ihren Körper. Schon wieder eine Halluzination? Dabei hatte sie heute doch noch gar nichts getrunken.

Dann plötzlich manifestierte sich eine Gestalt in der Dunkelheit. Vor Entsetzen konnte Christina nicht einmal schreien. Ihr Glas rutschte zwischen ihren Fingern hindurch und zerschellte auf der Terrasse. Jemand war hier. Jemand kam um die Hausecke auf sie zu, langsam, aber zielsicher. Ein bleiches, ausgezehrtes Gesicht, so blass, dass es in der Dunkelheit zu leuchten schien, nahm Konturen an. Tiefe, fiebrige Augen starrten sie an. Sie erkannte sie. Sie erkannte auch das zugehörige Gesicht. *Er!* Was tat *er* hier?

***

Der Schatten wählte den schnellsten, nicht den lichtlosesten Weg zum Brunnenwächterhaus. An der rückwärtigen Mauer war niemand mehr, doch in der daneben liegenden Gasse sah er etwas Eigenartiges. Jemand kletterte gebrechlich die Mauer hoch. Der Schatten beobachtete. Das war nicht sein Bruder. Das war kein Schatten. Das war ein plumper Mensch, der sich mit roher Kraft nach oben auf die Mauer hievte. Er atmete dabei schrecklich laut und fiel schließlich auf der anderen Seite auf den Rasen.

Der Schatten schwebte zu der Stelle, an der der Mann hochgeklettert war. Da waren ein paar Mauerausbuchtungen, die man als Trittleiter benutzen konnte. Ein Schatten hätte dergleichen nicht nötig. Eigenartig. Doch der Schatten hatte schon einmal jemanden beobachtet, der auf dieses Grundstück eindrang. Vielleicht war es noch mal derselbe. Wie auch immer, es war unwichtig. Der Schatten suchte seinen Bruder. Der hier war es nicht. Wo also war er dann?

Er wollte sich schon abwenden, als seinen nachtbewährten Augen an der Mauer ein Farbunterschied auffiel. Er benutzte seinen behandschuhten Finger. Die Masse ließ sich verschmieren. Es war Blut.

***

Zu Christinas Füßen brach Rupert Östergrund auf der Terrasse zusammen. Noch immer war sie schockgefroren und konnte weder reden noch handeln. Östergrund hatte nur geröchelt. Nun breitete sich Blut unter ihm aus und bahnte sich seinen Weg zum Rasen. Dieser Anblick erlöste sie endlich aus der Starre. Sie schrie auf, laut und unmenschlich. Handeln konnte sie noch immer nicht, doch Östergrund hatte sich aus eigener Kraft auf den Rücken gerollt. Nun sah sie, wie er seinen Bauch hielt, aus dem das Blut quoll.

»Handtücher.«

Dieses eine, kaum geflüsterte Wort aus seiner Kehle war der Anschub, den Christina gebraucht hatte. Sie rannte ins Haus, rief den Notruf, öffnete schon mal das Tor und kehrte mit Handtüchern und dem Verbandskasten aus der Küche auf die Terrasse zurück. Hilfe war unterwegs. Erst jetzt stellte sie sich die sich aufdrängenden Fragen: Wo kam Östergrund her? Und wer hatte ihn verletzt?

***

Der grelle Schrei der Frau ließ den Schatten zusammenfahren. Wurde sie angegriffen? Von dem blutenden Mann etwa? Sollte er nach dem Rechten sehen? Nein. Sich in die Angelegenheiten der Menschen einzumischen, tat ihm nicht gut. Er hatte sich nicht eingemischt, als der brutale Kerl die Computerladenfrau angriff, und er würde sich auch hierbei nicht einmischen. Die Kämpfe und Auseinandersetzungen der Menschen mussten ihm einerlei sein. Er war ein Schatten. Er durfte bei diesen Dingen nicht mitwirken. Tat er es doch, hatte das Konsequenzen. Diese Erfahrung hatte er vor drei Nächten gemacht, als er sich bei Nacht gezielt ein Stück Menschsein bewahrt hatte. Ein Stück Menschsein, das er dafür verwenden konnte, den brutalen Kerl namens Rio Freitag zu vernichten. Doch es war ein Fehler gewesen. Dieser Akt hätte ihm helfen sollen, vom Menschsein endgültig loszulassen. Wie er inzwischen wusste, hatte das nicht funktioniert. Er war noch so viel Mensch und Schatten wie zuvor.

Er glitt die wenigen Meter bis zum Gehsteig neben der Straße. Weder Mensch noch Fahrzeug war zu sehen. Auch aus dem Brunnenwächter-Anwesen war nichts mehr zu hören. Auf der anderen Straßenseite wechselten sich Laternen und Bäume in großzügigen Abständen ab. Licht und Dunkelheit im Wechselspiel. Dahinter stiegen Häuser und später Hallen an. Der Schatten mochte diesen Teil der Stadt nicht, weil er hier noch keine einzige Frau gefunden hatte, deren Dasein es sich zu begleiten lohnte.

Er kehrte sich ab, wieder dem Stadtzentrum zu, wo er am dunklen Ende der Gasse jemanden stehen sah. Nur einen Augenblick, dann huschte der Fremde außer Sicht. Jähe Aufregung erfasste den Schatten. Vielleicht sein Bruder. Er eilte los, flog an die Rückseite des Brunnenwächterhauses zurück und erforschte die lichtlose Grünfläche zwischen der Mauer und dem nächsten Gartenzaun. Hier hatte das Gerangel stattgefunden, das er vom First aus beobachtet hatte. Vielleicht würde er hier weiteres Blut finden.

Einerlei. Blut interessierte ihn nicht, wie ihn nichts mehr, was ihn ans Menschsein erinnerte, interessieren sollte. Er wollte zu seinem Bruder. Nur das zählte noch.

Plötzlich sah er ihn. Farblos und unscheinbar wie er selbst glitt er in die Siedlungsstraße hinaus. Eine Straßenlaterne hatte ihn enttarnt.

Der Schatten nahm die Verfolgung auf. Nun war er sicher, dass es sich um seinen Bruder handelte. Er bewegte sich so schnell und filigran, wie es nur Schatten vermochten, überquerte die

Straßen wie ein schwarzer Windhauch, wehte über Gartenzäune und tauchte zielsicher in jeden sich ihm bietenden finsteren Schattenhort ein, um in der Schwärze abseits der Laternen und Hausbeleuchtungen für die Menschen unsichtbar zu sein. Die Augen des Schattens aber verloren ihn nicht. Sie verfolgten ihn bis in die Ringstraße, wo er abbog und die Mauer der Altstadt untertunnelte.

Warte doch!, wollte ihm der Schatten nachschreien, doch Schatten hatten keine Stimme.

Er flog ihm hinterher in die mit Kopfstein bepflasterten Gassen der Altstadt. Der Schatten lief nicht gern auf diesem unsteten Pflaster. Laufen. Schatten liefen doch gar nicht.

Sein Bruder wusste von seinem Verfolger, deshalb hatte er es so eilig. Spürte er denn nicht, dass er von einem Freund gejagt wurde? Einem Leidensgenossen? Einem Bruder? Und wollte er diesen nicht gleichermaßen kennenlernen? Wieder war der Schatten versucht, nach ihm zu rufen, doch er schwieg und blieb damit seiner Natur treu. Er musste sich seinem Bruder als Schatten beweisen. Nur dann würde er von ihm als Gleichwertiger anerkannt werden.

Sie hatten den Kirchplatz mit seinem schönen Steinbrunnen in der Mitte erreicht. Der Schatten blieb an die dunkle Kirchenmauer gedrängt und spähte achtsam umher. Niemand zu sehen. Weder Menschen noch sein Bruder. Die Hauptstraße der Altstadt war hell erleuchtet, dort konnte ihm niemand entgehen, doch auch der lichtschwache Kirchplatz lag vereinsamt vor ihm. Nirgendwo regte sich eine lebende Präsenz. Nur die Brunnenfontänen gingen ihrer Leben simulierenden Passion nach und plätscherten monoton vor sich hin.

Der Brunnen, wusste der Schatten plötzlich. Es konnte kaum anders sein. Er glitt hin und fand von der Hauptstraße abgekehrt Schutz hinter dem runden Steinbau.

Bruder?, lag ihm auf der Zunge, die ein Schatten gar nicht haben dürfte. Deshalb scheute er sich weiterhin, sie zu benutzen. Tief und katzengleich strich er um den Stein und erhob sich erst wieder zu voller Gestalt, als vor ihm eine andere aufragte, stumm und farblos wie er selbst.

Die andere Gestalt kam zaghaft näher. Der Schatten konnte sein Glück noch gar nicht fassen und überlegte, wie sich Schatten wohl miteinander austauschten. Als sein Bruder vor ihm stand, offenbarte er Augen und ein an manchen Stellen geschwärztes Gesicht. Auch er sah noch menschlich aus. Womöglich konnte man das Menschsein gar nicht vollständig abstreifen. Vielleicht aber würden sie es zu zweit eines Tages vollbringen. Gemeinsam.

Der Schatten hob vorsichtig eine Hand zum Gruß. Seines Bruders Hand fuhr schneller hoch. Etwas blitzte dort auf, als sie vorübersauste. Der Schatten rätselte noch, was es war, als ihm unerwartet der Atem versagte und sich etwas Warmes an seinem Hals ausbreitete. Nun verstand er. Sein Bruder hatte gerade den Menschen getötet. Der Schatten aber würde bleiben. Rein und vollkommen.

Danke, geliebter Bruder, wollte er noch sagen, doch seine durchschnittene Kehle verhinderte dies. Er glaubte noch einen Schwall kalten Wassers zu spüren, bevor er, vom Menschsein endlich befreit, durch die Pforte ins Reich der Schatten hinüberglitt.

Der rote Brunnen und das rote Buch

Das Auftauchen einer weiteren Leiche rief Erna Starck und Erich Wankel früher als beabsichtigt nach Beilngries. Lieber wäre Erna zunächst ins Ingolstädter Klinikum gefahren, wo Kollege Östergrund mit einer Stichverletzung auf der Intensivstation lag.

Der Beilngrieser Kirchplatz war von den örtlichen Kollegen weiträumig abgesperrt worden. Schaulustige, deren Aufkommen hier im Stadtzentrum bedeutend höher war als vor drei Tagen im Sulzpark, wurden hinter Flatterbändern zurückgehalten. Erna und Wankel durften passieren und hielten auf die Erkennungsdienstler rund um den steinernen Brunnen zu.

»Definitiv ein Gewaltverbrechen?«, fragte Wankel an Claudio Vegas Adresse, der sie wie vergangenen Montag am Schauplatz willkommen hieß.

»Definitiv ein Tatort«, erwiderte Claudio, heute Morgen ohne Kaffeetasse in der Hand. »Aufgeschlitzte Kehle. Der Kerl hat den ganzen Brunnen vollgeblutet. Das Wasser wurde bereits abgelassen, eine Klinge ist nicht gefunden worden. Dass er sich selbst verletzt hat und dann in den Brunnen gehüpft ist, fällt also aus.«

»An dir ist ja wirklich ein großer Kriminaler verloren gegangen«, sagte Wankel. »Ist er schon identifiziert?«

»Nein, er hat keine Personalien bei sich.« Claudio geleitete die Kriminalbeamten zu den beiden Kleinbussen der Erkennungsdienstler. »Aber einen Rucksack hatte er umgeschnallt. Darin ein gewöhnlicher Feldstecher, ein teures Nachtsichtglas und ein angebissener Laib Brot. Das Wasser hat ihn aufgeweicht, daran wird sich nicht mehr viel Verwertbares finden. Trotzdem eine interessante Kombination, oder? Am besten aber ist sein Aufzug. Er trägt so eine Art Ninjakampfanzug. Ganz in Schwarz und mit Vollmaske. Der hat nach dem Schnitt alles Blut aufgesogen, bis er im Brunnenbecken gelandet ist, deshalb ist rundherum alles sauber. Zum Glück für die Stadt und die Party, die sie hier ab morgen feiern wollen. Hey, ich schicke jetzt jemanden los zum Kaffeeholen. Wollt ihr auch einen?«

Kurz darauf sahen sie das Opfer mit eigenen Augen. Es lag auf einer Bahre zwischen den beiden Fahrzeugen und somit gut abgeschirmt. Eine schmale, zähe Gestalt in einem schwarzen Strumpfanzug, wie es schien. Nur die Gesichtsmaske hatte man ihm abgenommen.

Erna sah die zentimeterbreite Öffnung etwa auf Höhe des Adamsapfels.

Ein fahles graues Gesicht mit offenem Mund schaute mit wässrigen Augen himmelwärts, ohne etwas zu sehen. Aus den braunen Haaren sickerte rotes Wasser auf die weißen Laken unter ihm.

»Wer hat ihn gefunden und wann?«, fragte Erna.

Einer der Beilngrieser Kollegen schaltete sich ein. »Ein Rentner auf dem Weg zum Bäcker hat ihn bemerkt. Als wir angekommen sind, standen schon ein paar Glotzer um das Becken. Wir haben alle Personalien aufgenommen.«

»Kommt Ihnen der Mann bekannt vor?«

Der Kollege verneinte. »Nein, nie gesehen.«

»Ein Karatekämpfer wird seit Montag vermisst«, brummte Wankel. »Und jetzt haben wir hier einen toten Ninja. Wir sollten jemanden vom Club als Zeugen herbestellen. Und den Typen, der die Vermisstenanzeige aufgegeben hat.«

»Was meinst du, wie lange ist er schon tot?«, fragte Erna.

»Fünf, sechs Stunden würde ich schätzen«, sagte Claudio. »Aber nagle mich nicht drauf fest. Das haben andere zu bestimmen, die schlauer sind als ich.«

Erna dachte an Östergrund. Er war ungefähr eine Stunde vor Mitternacht verletzt worden. Der Tod des Ninjas könnte in etwa zur selben Zeit eingetreten sein. In beiden Fällen war eine scharfe Klinge benutzt worden. Das roch förmlich nach einem Zusammenhang, aber die Distanz irritierte sie. Das Brunnenwächterhaus lag nicht gerade um die Ecke.

***

Als Ludwig beim Frühstück von einer Leiche im Kirchenbrunnen und der Polizei beim Brunnenwächterhaus hörte, ließ er sofort alles fallen, stürmte aus seinem Hotel und raste zur Brauerei hinaus. Das Tor ins Brunnenwächter-Anwesen stand offen, und zwei Polizeiautos nahmen den Hof ein. Hätte man ihm nicht versichert, dass die neuerliche Leiche männlich war, Ludwig hätte aufgeschrien vor Panik und Sorge.

»Frau Grangel geht es gut«, beruhigte ihn ein Beamter im Hof. »Sie wird als Zeugin vernommen.«

Als Eigentümer des Hauses wurde Ludwig eingelassen. Im Wohnzimmer, wo Christina bei zwei weiteren Beamten saß, flog er ihr um den Hals, dankbar, dass die Frau, die sein Herz seit gestern höherschlagen ließ, tatsächlich gesund und munter war.

»Ich bin so froh«, flüsterte er ihr ins Ohr, während er sie drückte. »Ich hatte so Angst um dich.«

Durch die Glasfront sah er zwei weitere Uniformierte auf der Terrasse. Jemand in einem weißen Ganzkörperanzug kauerte auf dem Boden. Nachfolgend erfuhr er von dem schwer verletzten Polizeibeamten, der letzte Nacht auf ihrer Terrasse zusammengebrochen und nur dank ihres schnellen Handelns noch am Leben war.

***

Harald und Judith betraten die Beilngrieser Polizeiinspektion gemeinsam. Alles in allem war es sein dritter Besuch in diesen Mauern. Das erste Mal hatte er die Ehre gehabt, als er an eine Internet-Abzockerfirma geraten war und daraufhin Anzeige erstattet hatte. Der zweite Besuch gestaltete sich erst vorgestern Abend, als er die Vermisstenanzeige aufgab. Ansonsten hatte er bis auf ein paar Strafzettel noch nicht viel mit der Polizei zu tun gehabt. Zumindest nicht dienstlich. Eine seiner Verflossenen war Polizistin gewesen.

»Ich habe ein ganz ungutes Gefühl«, sagte Judith fahrig. »Ist das nicht komisch, dass wir eine Leiche identifizieren sollen? Warum ausgerechnet wir?«

»Weil den Armin außer uns kaum einer kennt«, sagte Harald. »Nicht einmal in unserer Personalabteilung gab's ein Foto von ihm. Und wenn ich mit den Feuerwehrkameraden rede, kennt die Hälfte nicht mal seinen Nachnamen.«

»Im Karateteam kennen die meisten nicht mal seinen Vornamen«, ergänzte Judith. »Er ist wie ein Geist. Da und doch nicht da. Glaubst du, er ist es?«

Harald antwortete ihr nicht, doch ihm schwante nichts Gutes.

»Ja, das ist er«, sagte er wenig später im Innenhof der Inspektion, wo ihnen ein Beamter den Leichensack öffnete. Auch Judith bestätigte Armins Identität, wobei sie Tränen zurückhielt. Harald hätte sie gern wieder hinausgeführt, aber zwei Kriminalbeamte bestanden darauf, mit ihnen zu reden. Erna Starck und Erich Wankel, Judith kannte die beiden bereits. Sie hatten sie schon wegen Rio Freitag vernommen.

»Wir danken Ihnen«, sagte die Frau und wies ihnen den Weg ins Gebäude zurück. »Nun können wir uns eine Zahnbürste oder einen Kamm besorgen und einen DNA-Abgleich veranlassen.«

»Sagen Sie, in welcher Aufmachung kämpft man in Ihrem Club, Frau Falter?«, fragte der männliche Bulle, noch bevor sie das Vernehmungszimmer überhaupt betreten hatten. »In schwarzen Ninjakampfanzügen?«

Judith reagierte völlig verständnislos. »Aber nein. In weißen Trainingsanzügen. Kennen Sie die nicht? Wir sind doch keine Ninjas.«

»Ihr toter Teamkollege war einer. Oder hat sich zumindest für einen gehalten, seinem gestrigen Aufzug nach zu urteilen.«

Harald vernahm die Worte und fühlte sich innerlich seltsam leer. Nun hatte er die eigenartige Sichtung wieder vor Augen. »Ich glaube, ich habe ihn gestern Abend gesehen«, sagte er, als er auf dem ihm zugewiesenen Stuhl Platz nahm. »Den Armin. Ich war gestern in der Turnhalle vom Gymnasium, wo die Bierköniginnen den Eröffnungstanz geprobt haben. Draußen war es schon dunkel, als mir an einem der Fenster etwas aufgefallen ist. Ich habe mich rausgeschlichen, um nachzusehen. Da war ein schwarz gekleideter Kerl die Fassade hochgeklettert und hat reingeschaut. Sah wie ein Ninja aus.«

***

Im Garten und im Hof waren noch immer Polizisten beschäftigt, doch das Haus hatte Christina wieder für sich allein. Nun ja, nicht völlig für sich allein. Ludwig hatte darauf bestanden, zu bleiben, und saß nun mit ihr am leeren Küchentisch. Wie gut sie die schrecklichen Ereignisse von letzter Nacht verarbeitete, erstaunte sie selbst am meisten. Eine erklärende Antwort blieb sie sich nicht schuldig: Ludwig verdankte sie diese Kraft.

»Wie ist das denn jetzt?«, rätselte Ludwig verbissen vor sich hin. »Bei dir bricht ein verletzter Polizist auf der Terrasse zusammen, und im Kirchbrunnen schwimmt ein Toter. Alles in derselben Nacht. Das ist doch komisch, oder?«

Auch Christina hatte Fragen, doch noch wollte sie sich nicht damit befassen. Noch waren die Erinnerungen an den röchelnden Östergrund zu frisch. Sie brauchte die Gewissheit, dass er durchkommen würde, erst dann konnte es weitergehen. Erst dann konnte sie sich dem Tänzer widmen.

»Und dieser Polizist«, fuhr Ludwig verfahren fort, »das ist der, der dich und die anderen Entführten all die Zeit betreut hat. Letzte Woche war er schon da, aber du hast ihn nicht reingelassen. Wie ist er denn dann gestern reingekommen? Hast du eine Vermutung? Er muss über die Mauer geklettert sein. Noch dazu verletzt. Hm. Und dann noch all die anderen komischen Vorfälle in der letzten Zeit. Der vergiftete Brunnen zum Beispiel. Das geht doch nicht mehr mit rechten Dingen zu.«

Christina stand auf. »Komm mit nach oben.«

Ludwig wirkte wie aus einer anderen Welt gerissen. »Wozu?«

»Um mit mir zu schlafen. Na los, komm schon.« Sie kehrte sich ab und machte sich auf den Weg.

»Aber was, wenn die Polizei noch mal reinwill?«

»Dann müssen sie eben warten.«

Tatsächlich klingelte es, kaum dass sie fertig waren. Einer der

Beamten teilte Ludwig mit, dass der Tote im Kirchbrunnen einer seiner Mitarbeiter war.

***

»Hast du dich mal gefragt«, fabulierte Wankel versonnen und drehte eine ruhige Runde in seinem Drehsessel, »warum dieser ›Tänzer‹ oder ›Lehrer‹, wie du und Östergrund ihn nennt, nicht weitere Opfer in seine Gewalt gebracht hat, nachdem er die anderen freigelassen hat? Ich meine, wenn sich der Typ als Lehrer begreift, warum hat er dann aufgehört zu lehren?«

»Vielleicht hat er das nicht«, antwortete Erna, obwohl sie wusste, dass die Frage nur rhetorisch zu verstehen war. »Jedes Jahr verschwinden Hunderte Menschen völlig spurlos.«

Wankel nickte. »Und etliche tauchen nach Jahren wieder auf.«

»Sag doch einfach frei heraus, worauf du hinauswillst«, verlangte Erna.

Er stoppte seinen Stuhl und fixierte Erna mit scharfen Augen. »Was, wenn es Östergrund ist?«

Erna fiel aus allen Wolken. »Was? Spinnst du jetzt total?«

»Lass es mich erklären«, gebot Wankel mit erhobenen Händen. »Der Kerl ist ein guter Polizist, keine Frage. Aber er würde ins Profil passen. Wir wissen, dass er die drei Entführungsopfer seit ihrer Freilassung überwacht. Dasselbe, was ihnen der Kidnapper versprochen hat. Östergrund ist wahnhaft in dieser Sache, und wage es nicht, das zu leugnen, Erna. Du weißt das auch. Nach außen ist er ruhig, vollkommen souverän und adrett, aber ich kenne solche Typen. Du siehst es in ihren Augen. In denen brodelt etwas. Da ist mehr, als auf den ersten Blick zu sein scheint. Du kennst seine maßgeschneiderten Anzüge, seine glänzenden Schuhe, seine perfekte Frisur. Er ist ein Sauberkeitsfanatiker. Er hat ein Reinheitsgebot! Verstehst du?«

»Östergrund ist nicht der Lehrer«, entgegnete Erna düster. »Fanatisch ist er, das gebe ich zu, aber das ist so, weil er sich in diesem Fall über Gebühr reinsteigert. Du machst einen Fehler, Erich, wenn du das ernsthaft verfolgst.«

Wankel gab erwartungsgemäß noch nicht auf, was auch gut

so war. Ermittler mussten solche Dinge ausdiskutieren. Nicht selten erschlossen sich daraus neue Denkweisen, die ans Ziel führten.

»Wie stellst du dir dann die Ereignisse von letzter Nacht vor?«, blaffte Erna ihn über den Tisch an.

»Wie sie sich in die Quere gekommen sind, weiß ich noch nicht«, legte Wankel dar. »Östergrund könnte ihn am Brunnen umgebracht haben. Beim Kampf ist er aber ebenfalls verletzt worden. Die Waffe hat er irgendwo auf dem Weg zum Brunnenwächterhaus entsorgt.«

»Warum sollte er dahin wollen? Noch dazu schwer verletzt?«

»Vielleicht hat er erst später bemerkt, wie schlimm es um ihn stand.«

»Und dann fällt ihm nichts Besseres ein, als über die Mauer zu klettern, um auf Christina Grangels Terrasse auszubluten. Blödsinn, Erich, echt. Totaler Blödsinn.«

Sie sah ihm an, dass er nicht wirklich an diese Hypothese glaubte. Der Austausch war wichtig, nur darum ging es. Möglichkeiten zu eruieren, Sichtweisen zu verändern, Perspektiven zu vertauschen.

»Was also wollte er im Brunnenwächterhaus?«

»Christina Grangel schützen«, war Erna überzeugt. »Er hat den Lehrer gestellt und wusste, dass sie in Gefahr war. Deshalb ist er über die Mauer geklettert. Er wollte sie schützen. Und warnen.«

»Und der Ninja im Brunnen?«

»Hat vielleicht gar nichts damit zu tun.« Davon war nun wiederum sie nicht überzeugt und hoffte auf Impulse von Wankel.

Er hielt damit nicht zurück: »Der Kerl hatte Nachtsichtgläser im Gepäck. Vielleicht hat er etwas gesehen, das er nicht hätte sehen sollen. Ein unliebsamer Zeuge. Vielleicht hat er damit jemanden erpresst.«

»Und ist zufällig in derselben Nacht erledigt worden, in der Östergrund den Lehrer stellt?«

»Vielleicht hat er den Lehrer erpresst. Vielleicht hat er Östergrund erpresst.«

»Vielleicht hat er gar keinen erpresst.«

Ein Klopfen an der Tür unterbrach ihr unkonventionelles Brainstorming. Einer der Beilngrieser Kollegen kam herein. »Tag, Leute. Ich habe gerade euren Fall gelöst.« Er wedelte mit einem roten Büchlein. »Das haben wir in Armin Schlawichs Wohnung sichergestellt. Entweder ist es ein recht seltsames Tagebuch oder eine durchgeknallte Story. Ich tippe auf Ersteres. Interessant ist der letzte Eintrag. Da steht, dass er einen Mord plant, um sich vom Menschsein zu erlösen. Jetzt lest mal die Personenbeschreibung dessen, den er zu töten vorhatte.«

***

Harald betrat die Brauerei erst gegen Mittag. Es gab noch viel fürs Wochenende zu organisieren, doch dazu fehlte ihm jetzt die Konzentration. Zum Glück arbeiteten die meisten auch ohne Anweisung. Der Hansi bastelte neben der Schwankanlage am Schankmobil, der Kass war unterwegs, um die Biergarnituren zu holen, und die Ulrike hatte sich hoffentlich wie angekündigt um die Festbewirtung gekümmert.

Auch in der Halle hatte es keinen Leerlauf gegeben. Der Wastie hatte plangemäß einen Sud Lagerfein angesetzt, nebenan lief die Limoproduktion. Alles ging den gewohnten Gang. Dass ein Kollege von ihnen letzte Nacht ermordet worden war, wussten sie noch nicht, und Harald fragte sich, inwieweit es ihren Tagesablauf beeinträchtigen würde, wenn sie es erführen. Würde es sie überhaupt berühren? Hatte nur einer von ihnen den Armin näher gekannt? Ihn gemocht? Oder wenigstens seine zuverlässige Arbeit wertgeschätzt? Harald war sich nicht sicher, ob er darauf je eine Antwort hören wollte. Nicht er würde ihnen die Tragödie antragen. Das war die Aufgabe der Chefetage.

Als er sich in seinem Verschlag niederließ, fühlte er sich merkwürdig weit von allem weg. Im Lagerkeller wartete das Festbier, das er noch mit dem alten Chef gebraut hatte. Er sollte es probieren, doch das würde im Augenblick nichts bringen. Alles in ihm fühlte sich taub und vertrocknet an, auch seine Geschmacksnerven. Der Armin war am Kirchplatz ermordet worden. Genau dort, wo sie am Wochenende ihr Festbier ausschenken wollten. Womöglich würde es dazu gar nicht kommen. Zwei Morde innerhalb weniger Tage wären Grund genug, das Fest abzusagen.

***

»Aus Ingolstadt rückt Verstärkung an«, raunte Wankel, als er auflegte. »Die halten uns anscheinend für überfordert, mit zwei Morden anstatt wie bisher nur mit einem fertigzuwerden.«

»Es geht wohl eher um unseren verletzten LKA-Mann«, meinte Erna. »Was Neues von Östergrunds Zustand?«

Wankel nickte mit einer der seltenen Lächelversionen auf den Lippen, die er im Repertoire hatte. »Wird wahrscheinlich durchkommen, der zähe Hund. Aber bis er ansprechbar ist, wird noch einiges Wasser in den besudelten Springbrunnen plätschern. Armin Schlawichs Leiche ist gerade in München eingetroffen. Die in der Rechtsmedizin haben versprochen, sich ihr bald anzunehmen. Wahrscheinlich auf Druck des LKA. Die werden vermutlich ebenfalls jemanden herschicken, der sich einmischt. Wird ziemlich voll hier werden.«

»Wenn es was bringt, meinetwegen.«

Erna studierte das handgeschriebene Buch aus Armin Schlawichs Wohnung. »Das Tagebuch eines Schattens«. Der Kollege hatte recht gehabt, eine ziemlich abstruse Lektüre. Schlawich schrieb darin in der Ich-Perspektive, jedoch nicht als Person, sondern als gestaltlose Existenz. Als »Schatten«. Der finale Eintrag ließ tatsächlich auf ein Mordvorhaben schließen. Den Mord an Rio Freitag. Schlüssig aber wurde das erst mit früheren Eintragungen. Der »Schatten« hatte offensichtlich ein reges Nachtleben geführt.

»Die Gläser in seinem Rucksack«, sagte Erna. »Er hat damit Frauen beobachtet. Nacht für Nacht. Reine Frauen ohne Makel und Tadel. Namen stehen keine drin, aber die ›Frau im Brunnenwächterhaus‹ lässt nicht viel Raum für Spekulationen. Die ›Computerladenfrau‹ muss Heidi Sommer sein. Mit dem Mord an Rio Freitag hat er sie gerächt.«

»Das respektiere ich«, kommentierte Wankel überflüssigerweise. »Also hat sich unser Mord damit aufgelöst? Was denkst du, Kollegin?«

»Könnte alles Unsinn sein, was da drinsteht«, sagte Erna. »Aber es fühlt sich echt an, wenn du mich fragst. Armin Schlawich hat Heidi Sommer gerächt. Nicht ganz uneigennützig. Er dachte, durch den Mord würde er sein Menschsein abstreifen. Abstreifen. Was für eine Wortwahl. Wahrscheinlich hat er die letzten drei Tage oben in den Wäldern gehaust. Ein paar Seiten vorher steht was von ›Vollkommenheit‹, die er dort erfahren will. Armer Kerl. Hat ziemlich den Verstand verloren. Dazu gibt es bestimmt eine Geschichte. Ein Kindheitstrauma vielleicht. Bin gespannt, was von den Kollegen aus Brandenburg kommt.«

»Das liegt an Berlin«, brummte Wankel. »Berlin ist die Wurzel allen Übels. Hat ganz Brandenburg verseucht.«

Erna gab nichts darauf. Dies war mal wieder eine dieser Theorien, die Wankel lieber für sich behielte. Sie dachte an die Falter-Geschwister. Beide schienen ihr bei der Vernehmung ehrlich betroffen gewesen zu sein, vor allem der Bruder, auch wenn er es zu überspielen versuchte. Was er über den Ninja an der Turnhalle ausgesagt hatte, passte zum Inhalt dieses Buches. Armin Schlawich hatte als »Schatten« die Beilngrieser Nächte unsicher gemacht und in so manches Fenster gespäht. Noch als nützlich mochte sich erweisen, dass er auch das Firmengelände von Biber-Bräu observiert und ein paar obszöne Sichtungen im Büro seiner Chefin schriftlich festgehalten hatte.

***

»Der Harry hat's mir vorhin erzählt«, sagte Ulrike mit grübelndem Anschein hinter ihrem Schreibtisch. »Er hat die Leiche gesehen. Der Schlawich ist es.«

»Okay, also was jetzt?«, fragte Ludwig. Er hatte keine Ahnung, was bei einem solchen Fall zu tun war. »Halten wir eine Betriebsversammlung ab? Geben wir den Mitarbeitern den Rest des Tages frei?«

»Wie stellst du dir das vor?« Richtiggehend angriffslustig blökte Ulrike drauflos. »Mal eben alles stehen und liegen lassen?

Die Abfüllanlage, den Hopfen, der gerade gekocht wird, die Bierbänke, die der Kass gerade heranschafft? Da sieht man mal wieder, dass du keine Ahnung von diesem Betrieb hast.«

»Wie auch?«, seufzte Ludwig. »Im Gegensatz zu dir bin ich vom Betriebsgelände immer möglichst weit ferngehalten worden.«

Nun grinste sie wieder ihr dämliches Überlegenheitsgrinsen. »Der Papa hat eben schon früh durchschaut, dass dir das Zeug dazu fehlt.«

Dass so ein Spruch ausgerechnet von ihr kam, hätte Ludwig an anderen Tagen geärgert, aber nach dem tollen Vormittagssex mit Christina, den er gerade hinter sich hatte, war ihm eher nach Lachen zumute. Das mochte angesichts eines toten Mitarbeiters etwas taktlos sein, doch daran störte er sich kein bisschen. War er eben taktlos. Und unfähig. Und übergewichtig. Und zu klein. Christina war das anscheinend egal. Und ihm im Moment auch. Einer aus seiner Belegschaft war tot, aber das Leben war trotzdem schön. Wunderschön sogar.

»Ja, so wird es wohl sein«, gestand er seiner Schwester lächelnd zu. »Der Papa muss mich schon früh durchschaut haben. Genauso wie dich und deine nicht zu verachtenden Qualitäten. Verrate mir doch mal, wie viele Stadträte man vögeln muss, um am Kirchplatz ausschenken zu dürfen. Das wollte ich dich schon länger fragen.«

Er machte sich auf eine Explosion gefasst, doch Ulrike hatte gelernt und riss sich zusammen. »Oh, du arme, von Selbstmitleid zerfressene Kreatur«, trug sie ihm lyrisch vor. »Dass andere beruflichen Erfolg haben, neiden nur solche, die es selbst zu nichts bringen. Du hast mit Rio Freitag eine Menge gemeinsam, kleiner großer Bruder.«

Das nun stach Ludwig trotz seiner abnorm gehobenen Laune tief. Vielleicht weil eine Menge davon zutraf. Er hatte seine Schwester in der Tat schon immer beneidet, die vom Papa all die Liebe erfahren hatte, die er ihm vorenthielt. Und auch beruflich fühlte sich Ludwig schon lange auf einem Abstellgleis, das nirgendwo mehr hinführte. Obwohl er nichts davon verstand, erschien ihm Bierbrauen dieser Tage um ein Vielfaches reizvoller als die Versicherungsbranche.

»Also, wann sagen wir es den Mitarbeitern?«

»*Ich* mache das«, erklärte Ulrike und erhob sich von ihrem Sessel gleich einer Königin aus ihrem Thron. »Weil es *meine* Mitarbeiter sind. Du bist erst mal gar nichts, solange das mit dem Testament noch offen ist.«

»Noch offen, das ist ja schon mal ein Fortschritt«, gab Ludwig nach und gestikulierte sie formvollendet zu ihrer eigenen Bürotür. »Geh und sprich zu deinen Untertanen. Und wo wir schon beim Thema sind, ich halte eine von ihnen für überflüssig.«

»Noch überflüssiger als dich?«

»Susanne Anrainer. Wozu braucht eine kleine Firma wie wir eine Systemadministratorin? Was tut die den ganzen Tag? Ihr Gehalt könnten wir uns sparen. Bei handfesten Problemen rufen wir jemanden von extern.«

»Der neue Chef will also erst mal ordentlich rationalisieren«, meinte Ulrike mit einem salbungsvollen Lächeln, hinter dem es brodelte. »Etwa um seiner kleinen Freundin, der Sommer Heidi, auf Kosten der Firma einen Dauerauftrag zu beschaffen? Nur einer wird aus dieser Firma wegrationalisiert, Ludwig, und zwar du.«

Siegesgewiss stolzierte sie von dannen, und Ludwig rätselte, inwieweit das nur als reflexhafte Drohung oder als handfeste Ankündigung zu verstehen war.

***

Florian gönnte sich eine Stunde Auszeit im »Salarium« der Altmühlsole in der Ringstraße. Zu leiser Entspannungsmusik und dezentem Lichterspiel sog er in einem Liegestuhl liegend die salzhaltige Luft ein und reinigte damit nicht nur seine Lungen, sondern auch seinen Geist. Noch war die Polizei nicht bei ihm aufgeschlagen, doch sie würde noch kommen, davon war er überzeugt. Rio Freitag war ein Idiot gewesen. Sicher würde sich irgendwo eine Verbindung zwischen ihm und dem Hause zu Lämmerberg finden. Der Ferdinand wäre ihm dann ein guter Beistand, aber dann müsste er ihm erzählen, dass er sich mit Freitag eingelassen hatte, um Biber-Bräu zu schaden.

Ein großer Fehler, wie er schnell festgestellt hatte. Rio Freitag war ein rücksichtsloser Irrer. Gut, dass ihn jemand aufgehalten hatte. Seit heute gab es anscheinend noch einen zweiten Mord in Beilngries. Das verschaffte Florian vielleicht noch ein wenig Zeit. Doch wollte er die überhaupt? Vielleicht wäre es besser, zur Polizei zu gehen und die Fakten auf den Tisch zu legen. Der Ferdinand würde toben, aber das war Florian egal.

Seine Gedanken schweiften zu Biber-Bräu und seinem früheren Inhaber. Der alte Gustl war ein harter Hund, hörte Florian die Sommer Gudrun geschäftig schwätzen. Der hat sich genommen, was er gewollt hat. Mit allen Mitteln. Er hatte sich damals wohl auch das Biermonopol genommen, wie Florians Recherchen nahelegten. Indem er Opa Leopold mit der Erkenntnis erpresst hatte, dass er ein Elfmonatskind war. Opa Leopold hätte alles an seine Brüder verloren, hätte man ihn als Kuckuckskind bloßgestellt. Deshalb hatte er wohl nachgegeben, dem alten Biber seinen Willen gelassen und die Brauerei dichtgemacht.

Jahre später hatte Opa Leopold auch noch ein paar Familiengeschäfte aufgegeben. Sollte auch da der Gustl die Finger im Spiel gehabt haben? Zuzutrauen war es ihm allemal, wenn man der Gudrun glauben durfte. Boshaft genug schien er gewesen zu sein. Der Berti war ein sanfter Engel im Vergleich zu ihm, hatte sie außerdem gesagt.

Dieser sanfte Engel hatte sich nun vor knapp vier Wochen den Kopf weggeschossen und seine Brauerei gehörig auf Schlingerkurs gebracht. Rio Freitag hatte behauptet, das Testament versteckt zu halten. Wie mochte er an das rangekommen sein? Florian erschloss sich nach wie vor die Verbindung nicht, deshalb dämmerte ihm allmählich eine andere Sachlage: Freitag könnte geblufft haben. Er könnte nur so getan haben, als verfüge er über das Testament, um von ihm, Florian, Geld zu erpressen. Freitag hatte Freunde bei Biber-Bräu. So könnte er erfahren haben, dass das Testament verschwunden war. Ein Wissen, das er gewieft zu nutzen gewusst hatte. Florian war darauf reingefallen.

Das alles war spekulativ, die Möglichkeit dennoch nicht von der Hand zu weisen. Freitag hatte Tranchenzahlungen gewollt. Für jede Tranche hätte sich Florian etwas mehr Zeit erkaufen sollen. Klar, weil Freitag es gar nicht in der Hand gehabt hatte, ob und wann ein Testament auftauchte. Er hatte ihn hereingelegt und erpressbar gemacht. Was für ein Glücksfall, dass der Dreckskerl jetzt tot war.

***

Kurz nach Mittag verheerte die Polizei das Brauereigelände, voran die beiden Kriminalbeamten Starck und Wankel. Harald beobachtete durch ein Fenster des Sudhauses, wie sie das Bürogebäude betraten. Wahrscheinlich hatten sie inzwischen einen positiven DNA-Abgleich. Jetzt würden sie das persönliche Umfeld des Opfers in Augenschein nehmen, genau wie im Fernsehen. Verwandte und Freunde hatte der Armin in Beilngries nicht gehabt, also waren wohl seine Arbeitskollegen diejenigen, die ihm am nächsten standen. Aber selbst die hatten nicht viel auf seine Gesellschaft gegeben. So wie er nicht auf ihre.

Harald wusste nicht, warum ihn das so traurig machte. Auch er hatte den armen Kerl kaum gekannt. Und doch schien der Betrieb mit ihm etwas ungeheuer Wertvolles verloren zu haben. Mochte er ein Spanner gewesen sein, der nachts im Ninjakostüm unterwegs war, was soll's. Wie jeder andere hatte er wahrscheinlich einfach nur versucht, halbwegs gut und erträglich durchs Leben zu kommen.

»Scheiße, ich bin mit dem TÜV überfällig«, sagte plötzlich der Wastie neben ihm. »Hoffentlich schaut sich von denen keiner die Autos an.«

»Keine Sorge«, sagte Harald. »Der zerkratzte Audi vom Ludwig dürfte alle Augen auf sich ziehen.«

Der Wastie schien nicht überzeugt. »Auf meiner Ablage liegt ein Sechz'ger-Schal. Wenn der einem nicht gefällt, schaut er vielleicht genauer hin.« Dann nickte er wie versonnen vor sich hin. »Das mit dem zerkratzten Lack soll der Freitag gewesen sein, heißt es. Was meinst du, ob ihn der Ludwig umgelegt hat? So aus Rache?«

»Frag ihn halt.«

»Depp«, meinte der Wastie noch und ließ ihn stehen.

Kurz darauf kamen zwei Beamte in die Sudhalle und verpflichteten Harald, sämtliche anwesenden Beschäftigten für eine Befragung zur Verfügung zu halten.

***

Geduldig, aber nervös wie schon beim letzten Mal beantwortete Ludwig in Ulrikes Büro die Fragen der beiden Kriminalbeamten. Es waren vollkommen andere Fragen als die, die sie ihm jüngst wegen Rio Freitag gestellt hatten. Bei Freitag war Ludwig ein Verdächtiger mit einem ausgezeichneten Motiv gewesen. Hierbei war er nur der Arbeitgeber des Opfers. Ein Arbeitgeber, der mit dem Mann kaum ein Wort gewechselt hatte. Ulrike saß ungewohnt zahm neben ihm und öffnete den Mund nur, wenn sie angesprochen wurde.

Die beiden Kriminalbeamten hatten nun freilich andere Prioritäten als den Selbstmord seines Vaters. Ludwig hoffte dennoch, dass sich umgehend noch einmal ein vertrauliches Gespräch mit Erna Starck ergeben würde. Er hatte seit Denkendorf nicht zuletzt durch Tante Esther ein paar neue Erkenntnisse gewonnen, mit denen er sie konfrontieren wollte. Die Wodansburg hatte sehr wohl eine Bedeutung für seine Eltern und deren Clique gehabt. Das sollte die Kriminalbeamtin erfahren, falls sie es noch nicht wusste. Der Tatort war nunmehr also nicht mehr so weit hergeholt. Sollte Papas Tod tatsächlich selbst herbeigeführt worden sein, hatte er diesen Ort wahrscheinlich nicht nur wegen schöner Erinnerungen gewählt. Nein, entweder wollte er damit jemandem etwas sagen, oder er wollte damit auch symbolisch etwas zu Ende bringen, was vor langer Zeit begonnen hatte. Vielleicht hatte das LSD auch bei ihm mehr angerichtet, als man ihm äußerlich angemerkt hatte.

Erna Starcks griesgrämiger Kollege Wankel war ein etwas verschrobener Typ, aber nicht unsympathisch. Vor allem gefiel Ludwig, wie er Ulrike ins Schwitzen brachte, die erstaunlich wenig über den ermordeten Mitarbeiter erzählen konnte. Weder zu seinen innerbetrieblichen Beziehungen noch zu seinem Tätigkeitsbereich konnte sie klare Aussagen machen. Bezeichnend bei einer Firma, die gerade mal eine Handvoll Leute beschäftigte.

Die einschlägigste Frage stellte schließlich Erna Starck: »Sie hatten also kein Verhältnis mit ihm?«

Ulrike sog empört Luft ein. »Was bilden Sie sich ein? Wie können Sie sich erlauben, so eine Frage zu stellen?«, bellte sie in Notwehr, ließ es aber am nötigen Nachdruck mangeln.

Quälend sachlich legte der männliche Beamte nachfolgend dar, dass der Tote nachts mit Nachtsichtgläsern in etliche Beilngrieser Fenster geschaut hatte, unter anderem auch in dieses hier. Ludwig warf einen Blick über die Schulter nach draußen und sah die Giebel des Brunnenwächterhauses, was ihm ein Lächeln auf die allmählich abschwellenden Lippen zauberte. Ulrike hingegen wurde blass, und Ludwig entging nicht, wie sie neben ihm zusammenzuckte. Wie der Beamte behauptete, hatte Armin Schlawich in seinem Tagebuch festgehalten, mit wem alles Ulrike hier drin sexuell verkehrte, darunter auch ein paar Mitarbeiter.

Ludwig konnte es einerseits kaum fassen und musste sich andererseits zusammenreißen, nicht laut loszulachen. Sein Blick fiel auf den Polsterhocker in der Ecke. Zum Meditieren brauchte sie den dann wohl doch nicht.

»Die Annahme ist also nicht so weit aus der Welt, dass auch Herr Schlawich mal hier drin gewesen sein könnte«, schloss der Beamte. »Wie lief das eigentlich, Frau Biber? Wurden Ihren Mitarbeitern dafür Überstunden angerechnet oder war das freiwillige Mehrarbeit?«

»Ich werde auf diese Unverschämtheit nicht antworten«, fauchte Ulrike, nun wieder die Löwin, und fuhr hoch. »Raus aus meinem Büro. Ich werde mich über Sie beide beschweren.«

»Bitte, bleib ganz ruhig, meine liebe Schwester«, flötete Ludwig nun noch mehr bemüht, nicht in Hohngelächter auszubrechen. »Die Beamten tun doch nur ihre Arbeit.«

Ulrike funkelte die Polizisten an und beachtete ihn nicht weiter, was Ludwig zumindest ein Grinsen gestattete. Endlich verstand er, warum sie niemals Lover mit nach Hause gebracht hatte. Nicht in ihrem heimischen Schlafzimmer, sondern hier in ihrem Büro war ihre Liebeshöhle. So hatte der Papa zu Hause nicht mitbekommen, dass sie mit der halben Firma schlief. Und mit seinem besten Freund, dem Horngold Siggi. Die Beamten nannten natürlich keine Namen, doch zwei aus den Reihen der Mitarbeiter wusste Ludwig so gut wie bestätigt: Harald Falter und Susanne Anrainer. Bestimmt gab es noch andere.

***

Christina saß an ihrem Küchenfenster und versuchte, die vergangene Nacht aufzuarbeiten. Im Hof stand noch ein Polizeifahrzeug. Zwei sehr nette Beamte waren hiergeblieben, um ein Auge auf sie und das Anwesen zu haben, bis jemand vom LKA käme und entschied, was weiter zu tun wäre. Rupert Östergrund hatte die Nacht überlebt, wie sie inzwischen erfahren hatte, und einer vollständigen Genesung stand wohl nichts im Weg. Das machte sie froh. Sie hatte Östergrund all die Jahre gehasst und gefürchtet, doch er war nicht der Feind. Der war irgendwo dort draußen.

Einer der Beamten hatte ihr bei einer Tasse Kaffee geschildert, was nach Meinung des polizeilichen Erkennungsdienstes letzte Nacht vorgefallen war. Östergrund war an der Rückseite der Umzäunungsmauer mit jemandem aneinandergeraten und mit einem Jagdmesser verletzt worden. Die Polizisten hatten Blutspuren im Gras gefunden. Östergrund hatte in die Gasse entkommen können, wo es ihm seiner Stichverletzung zum Trotz gelang, die Mauer zu überwinden. Er hätte auch am Tor klingeln können, doch dann hätte ihn Christina wahrscheinlich nicht eingelassen. So wie beim letzten Mal. Er hätte auch andernorts klingeln oder auf der Straße auf Hilfe warten können, doch er war an einer günstigen Stelle über die Mauer gestiegen. Die Beamten hatten dazu nichts gesagt, doch Christina ahnte dunkel, warum er zu ihr wollte: Er war dort hinten dem Tänzer begegnet und wollte sie warnen.

Eigenartig, wie klar ich plötzlich sehe, dachte Christina und nippte von ihrem Tee. Und noch eigenartiger, dass sie keinerlei Panik übermannte. Was die Polizei schlussfolgerte, wusste sie nicht, doch für sie stand fest, dass der Tänzer ganz in ihrer Nähe war. Es konnte kein Zufall sein, dass er just in der Nacht zuschlug, nachdem sie mit Ludwig Biber gegen sein Reinheitsgebot verstoßen hatte. Der Tänzer hatte davon erfahren. Die Frage war nur, wie.

***

Die Polizei war noch auf dem Hof und vernahm die Mitarbeiter, als sich Ludwig zum Raab Hansi begab, der das Schank- und Spülmobil für morgen flottmachte. Eigentlich hätte er den Kuppler zwischen ihm und Christina spielen sollen. Stattdessen war er nun selbst mit ihr in der Kiste gelandet. Zumindest beim zweiten Mal. Beim ersten Mal waren es die Couch und der Wohnzimmerfußboden gewesen.

»Haben sie dich recht in die Mangel genommen?«, läutete Ludwig ein.

Der Hansi lag im engen Fußraum des Mobils und werkelte anscheinend am Ablauf der großen Gläserspülmaschine.

Er sah auf, das blonde Haar zerzaust, im Gesicht ein wenig Schmiere, aber wie nahezu immer ein Grinsen auf den Lippen. »Schon irgendwie, aber so schlimm war's nicht. Ich habe den Armin ja kaum gekannt. Der ist lieber für sich geblieben. Die Starck ist irgendwie süß, finde ich. War eine nette Unterhaltung.«

»Bei mir auch«, räumte Ludwig ein. »Du, da ist etwas, was ich dir sagen wollte. Du weißt schon, wegen unserer Nachbarin hier.«

»Ah!«, machte der Hansi und richtete sich auf. »Also hast du mit ihr geredet. Wie schaut's aus?«

»Weißt du«, Ludwig spürte, dass sich seine Kehle zuzog, »es hat sich da überraschend etwas Überraschendes ergeben.«

Der Hansi kniff die Augen enger. »Überraschend was Überraschendes?«

»Wir sind irgendwie nicht zum Thema gekommen. Verstehst du?«

»Nein.«

Mit dem vollen Spektrum der Tatsachen wollte Ludwig ihn nicht konfrontieren. Das wäre Christinas Aufgabe, die ein paarmal mit ihm aus gewesen war. »Es ist so, ich habe den Eindruck, dass sie im Moment andere Prioritäten und Sorgen im Leben hat.«

»Welche denn?«

»Och, dies und das. Sie lebt sehr zurückgezogen, weißt du ja. Scheint mir nicht so der Typ für Beziehungen zu sein.«

Der Hansi hob salopp die Augenbrauen. »Und was ist jetzt das Überraschende?«

Ludwig lavierte innerlich und suchte nach einem Kurs, mit dem er den Hansi nicht belügen und auch nicht brüskieren müsste. Ein schwieriges, eher unmögliches Unterfangen. Als er schon ansetzen wollte, zog er die Reißleine.

»Ruf sie doch einfach mal an, heute Abend«, sagte er.

Dann ergriff er noch leicht humpelnd die Flucht. Der Anstand hatte ihm diesen Besuch auferlegt, doch inzwischen fühlte er sich grundfalsch an.

***

Ein paar Wolken waren aufgezogen, und der Brauereihof lag im Schatten. Wankel steckte sein Handy weg und zog Erna ein Stück zur Seite.

»Das waren die Münchner«, raunte er. »Am Kehlenschnitt des Opfers und an seinem Kampfanzug sind fremde Blutpartikel gefunden worden. Rate mal, wessen.«

Erna ahnte es, wusste es, hatte es schon den ganzen Tag lang erwogen. »Östergrunds?«

Wankel nickte verdüstert. »Wer ihn hier um die Ecke niedergestochen hat, hat wenig später den Ninja am Kirchplatz erledigt.«

»Erich«, flüsterte Erna in einem ungewollt beschwörenden Tonfall und packte ihn am Ärmel. »Dir ist doch klar, was hier passiert ist, oder? Dir ist klar, von wem wir reden. Östergrund war nur aus einem einzigen Grund am Brunnenwächterhaus. Finden wir seinen Angreifer, haben wir auch den Lehrer.«

»Nicht so voreilig«, wandte Wankel erwartungsgemäß ein. »Im Moment haben wir nur die Gewissheit, dass unser Kollege und der Ninja mit demselben Gegner zu tun hatten. Leg dich also nicht zu früh fest. Das könnte in einer Sackgasse enden.«

»Von festlegen kann keine Rede sein. Östergrund war sicher, dass der Lehrer hier ist. Hier in Beilngries. Nun ist er am Brunnenwächterhaus beinahe umgelegt worden. Wonach riecht das denn sonst für dich? Er hat ihn erwischt, Erich! Er hat ihn aufhalten wollen!«

»Ich stimme ja mit dir überein, Erna, aber töne damit nicht zu laut herum, wenn das LKA auftaucht. Lass uns das diskret und nach Faktenlage abarbeiten.«

»Die Faktenlage sagt mir ganz klar, dass Christina Grangel Schutz braucht. Östergrund hat ihr vermutlich das Leben gerettet.«

»Mag sein, aber jetzt beruhige dich erst mal. Wir werden uns was einfallen lassen. Mit kühlem Kopf und ohne Hast. Wenn euer Lehrer hier in dieser Firma rumspukt, beobachtet er uns vielleicht gerade jetzt. Gestern Abend ist er gescheitert, ich kann mir nicht vorstellen, dass er heute Nacht schon wieder zuschlagen will, falls er es auf diese Grangel abgesehen hat. Die Stadt ist jetzt voller Polizei.«

»Wir müssen uns intensiv mit Schlawichs Tagebuch befassen«, schlug Erna vor. »Vielleicht kommt der Lehrer drin vor. Es muss einen Grund geben, warum die beiden am Kirchplatz aneinandergeraten sind.«

»Wir dürfen auch den Freitag-Fall noch nicht abhaken«, erinnerte Wankel sie. »Die Aufzeichnungen eines Spanner-Ninjas beweisen nichts.«

Schlawichs Tagebucheinträge hatten sich schon jetzt als mehr als Hirngespinste und Phantasie erwiesen, gerade in Bezug auf Ulrike Bibers Sexaffären in ihrem Firmenbüro. Erna war geneigt, Schlawich auch den Mord an Rio Freitag zuzugestehen. Doch Wankel hatte natürlich recht. Das musste auch stichhaltig bewiesen werden. Freitag hing irgendwie mit drin in diesem Intrigengespinst rund um die Beilngrieser Brauereien.

Dass sich ihr die fragliche Verbindung schon wenig später in der Beilngrieser Inspektion erschließen würde, hatte sie nicht erwartet. Doch genau dort wartete Florian Freiherr zu Lämmerberg auf sie und gestand, eine knappe Woche vor dessen Tod eine geschäftliche Vereinbarung mit Rio Freitag eingegangen zu sein.

***

Florian fühlte sich deutlich entspannter, geradezu befreit, als er in die Brauerei zurückfuhr. Erna Starck hatte ihm gehörig den Kopf gewaschen, weil er sich erst jetzt gemeldet hatte, doch dadurch hatte er ihn nun frei für das Fest morgen. Er bereute seinen Schritt nicht. Sein Zaudern mochte noch ein gerichtliches Nachspiel haben, doch das war im Augenblick von zweitrangiger Bedeutung. Jetzt ging es um den Festaufbau. Die flächendeckende Organisation war zu weit fortgeschritten, als dass man den Festakt noch hätte absagen können. Daran rüttelten auch zwei gewaltsame Tode nicht.

Im Sudhaus erspähte Florian seine aussichtsreichste Kandidatin neben der stählern glänzenden Würzepfanne, wo sie beflissen ihre Tanzschritte übte. Im Arbeitskittel sah das recht seltsam aus und entlockte ihm ein Grinsen. Der Josef war am Arbeitstisch in seine Tabellenblätter vertieft. Er arbeitete verbissen an einem neuen Bier, das Biber-Bräus Extradolde schlagen sollte. Bis jetzt noch nicht mit dem erhofften Ergebnis. Doch dergleichen brauchte nun mal Zeit und Geduld.

Das Büro wurde von Birgits düsterer Aura vereinnahmt. Sie war niemand, der leicht verzieh oder vergaß, und es hatte sie furchtbar aufgeregt, dass sie von dem Tanz-Choreografen gestern der Turnhalle verwiesen worden war. Nicht dass sie sich eine echte Chance auf die Königinnenwürde ausgerechnet hätte, es ging ihr allein ums Prinzip.

Auf ihrem Schreibtisch stach Florian ein Papier ins Auge, dessen Briefkopf ihm bekannt vorkam. Es war die Mälzerei in Neumarkt, von der Biber-Bräu alles Malz bezog. Florian hatte sie letztes Jahr besucht.

»Was ist das denn?«, fragte er und nahm es zur Hand.

»Wonach sieht's denn aus?«, meinte Birgit lakonisch. »Ein Angebot. Der Ferdinand wollte, dass ich bei denen eins einhole.«

Florian verstand nicht. »Wozu denn? Ich habe die letztes Jahr besucht. Die bieten kein Bio-Malz an.«

»Ist mir durchaus aufgefallen«, entgegnete Birgit schneidend. »Vielleicht will er vergleichen. Kannst ihn ja fragen, oder?«

Das würde Florian nicht tun, weil er von seinem Onkel ohnehin nicht die Wahrheit hören würde. Jedenfalls nicht die volle. Allenfalls einen Teil davon. Der Ferdinand tat nichts ohne Hintergedanken. Schon bei ihrem Gespräch neulich war durchgesickert, dass er hinter Florians Rücken sein eigenes Süppchen kochte. Florian hatte sich auf die Bio-Schiene festgelegt. Womöglich wollte er das untergraben.

»Sehr moderate Preise«, merkte Birgit an. »Da langt unser Lieferant schon deutlich besser hin.«

»Malz aus Bio-Getreide gibt's halt nicht für ein Butterbrot«, stellte Florian klar und ließ das Papier achtlos auf den Tisch zurücksegeln. »Dafür ist unser Bier etwas Besonderes.«

Er marschierte davon. Unruhe war dem guten Gefühl von vorhin gewichen. Sein Onkel bereitete irgendetwas vor, so viel stand fest.

***

Ludwig war bester Dinge, als er zum Abendessen in sein Hotel zurückfuhr. Nachher war er mit Christina verabredet. Ein gemütlicher Abend im Brunnenwächterhaus. Man musste nicht durch Restaurants und Bars stromern, um Spaß zu haben. Zumal Christina ohnehin nicht viel auf das gesellschaftliche Leben gab. Ludwig hielt das ähnlich.

Im Biergarten der »Gams« saß Ferdinand zu Lämmerberg und nuckelte durch einen Strohhalm an einem blass ockerfarbenen Getränk auf Eis. Vielleicht eine Rhabarberschorle. Unter seiner schwarzen Sonnenbrille hätte ihn Ludwig beinahe nicht erkannt. Zu Lämmerberg sah auf und winkte ihn zu sich. Ludwig kam der Aufforderung nach.

»Ludwig, setz dich doch kurz, wenn du Zeit hast.« Ein nicht

überstrapaziert wirkendes Lächeln stand dem Freiherrn zu Gesicht. »Hab schon gehört, dass du dich mit dem übelsten Gesindel der Stadt angelegt hast. Und hey, damit meine ich nicht den Stadtrat. Na komm, setz dich.«

»Aber nur kurz«, erwiderte Ludwig und nahm einen freien Stuhl ein. »Ich will das Abendessen nicht verpassen. Die Küche hier ist großartig. Leider«, fügte er mit einem Klaps auf seinen hervorstehenden Bauch hinzu.

»Ich will dich nicht lange aufhalten«, versicherte der Ferdinand. »Wie geht's in der Firma? Du übernimmst den Laden doch, oder?«

»Das wird ein kompliziertes Unterfangen«, antwortete Ludwig angestrengt. »Ich bin noch unentschlossen, was ich tue.«

Der Freiherr hob einen gemahnenden Finger. »Lass dich bloß nicht rausdrängen, von wem auch immer. Du bist Anteilseigner einer bestens laufenden Brauerei. So etwas darfst du nicht aus Bequemlichkeit aufgeben.«

»Kennst du etwa unsere Bücher?«

»Nein, aber euren jährlichen Ausstoß. Der Berti hat ja kein Geheimnis daraus gemacht. Davon können der Florian und ich erst mal nur träumen.«

»Ihr steht ja auch noch ganz am Anfang.«

»Hast du dir schon ein paar Gedanken gemacht über das, was wir zusammen auf die Beine stellen könnten?«

Wie schon beim letzten Mal, fühlte sich Ludwig überfahren. »Langsam, Ferdinand«, sagte er. »Ich verstehe noch nicht genug von dem Geschäft, um über Strategien nachzudenken. Und allein kann ich sowieso nichts bestimmen. Ohne Ulrike geht gar nichts, und die wird auf Vorschläge von meiner Seite nicht allzu begeistert reagieren.«

»Das ist ein Problem«, konstatierte der Ferdinand und musterte ihn ein paar Momente lang schweigsam. Seine Augen konnte Ludwig hinter den dunklen Gläsern nicht sehen. »Aber für Argumente wird sie ja wohl zugänglich sein.«

»Das könnte spannend werden«, seufzte Ludwig und stand auf. »Ich gehe jetzt essen, Ferdinand. Ich nehme an, wir sehen uns morgen auf der Straßenparty, oder?«

»Mag sein, mag sein«, meinte der Ferdinand mit einem lässigen Wink und widmete sich wieder seinem Eisgetränk.

***

Der Abend warf seine Schatten schon voraus, als Christina jene Stelle in der Mauer betrachtete, an der Rupert Östergrund sie trotz seiner Verletzung hatte überwinden können. Auf der anderen Seite gab es ein paar Einkerbungen, die man als Trittstufen benutzen konnte, hatte ihr einer der Polizisten erklärt. Inzwischen waren sie alle abgezogen. Nicht ohne die Versicherung, dass sie ein wachsames Auge auf das Brunnenwächterhaus haben würden.

Dass sie sich im Ernstfall darauf verlassen durfte, bezweifelte Christina. Der Tänzer entzog sich seit Jahren ihrem Zugriff. Er würde ihnen auch jetzt nicht in die Arme laufen. Insbesondere weil außer Östergrund sowieso niemand ahnte, wer hier umging und was er vorhatte.

Die Mauer hatte ihr lange Zeit Sicherheit suggeriert, und nur allzu dankbar hatte Christina sich dieser Illusion hingegeben. Inzwischen erkannte sie ihren Irrtum. Schon die seltsame Tür im Keller, die in die Brunnengrotte hinabführte, hatte ihr Gefühl von Sicherheit erschüttert. Die vergangene Nacht hatte es zerstört. Diese Mauer war leicht zu überwinden, wenn man es darauf anlegte, und sie, Christina, war hier so angreifbar wie an jedem anderen Ort. Doch sie würde sich nicht länger verstecken.

Ohne Hast spazierte sie die Mauer entlang und wurde sich bewusst, wie selten sie bislang Zeit in ihrem Garten verbracht hatte. Wenn Ludwig nichts dagegen hatte, würde sie demnächst einen Teil des Rasens umgraben und Gemüse anpflanzen.

An der Rückseite des Hauses gelangte sie an den verfallenen Mauerkranz des alten Brunnenschachts und warf einen Blick hinab. Nach drei Metern verlor er sich in Finsternis. Dieser Zugang musste in jüngster Zeit mindestens zweimal benutzt worden sein. Einmal, um die Schrottteile ins Wehrbecken zu werfen. Doch auch der Tänzer hatte ihn benutzt. Christina hatte ihn auf der anderen Seite der Eisentür gehört. Glaubte sie jedenfalls. Inzwischen versperrte da unten zum Glück eine Mauer den Weg in die Grotte. Der Hansi und sein Kollege hatten sie hochgezogen. Derselbe Kollege, der heute Morgen tot im Kirchbrunnen gefunden worden war.

***

Ein überaus hektischer Donnerstag ging zu Ende, und Erna war froh, dass Wankel den Wagen nach Ingolstadt zurücklenkte.

»Du wirkst angespannt«, bemerkte er.

»Was du nicht sagst«, quittierte Erna. »Dann bin ich es wohl auch.«

»Du sorgst dich um die Grangel.«

»Du nicht?«

»Der Kerl wird jetzt erst mal in Deckung gehen, mit *dem* Polizeiaufgebot in der Stadt. Und die Beilngrieser haben versprochen, halbstündlich eine Streife vorbeizuschicken, auch durch die rückwärtige Wohnsiedlung. Ihr wird nichts passieren.«

»Ich wünschte, ich könnte deine Zuversicht teilen.«

»Sollte dir eigentlich leicht von der Hand gehen. Du weißt, ich bin üblicherweise der Pessimist in der Truppe. Wenn ich die Grangel in Sicherheit wiege, solltest auch du ruhig schlafen können.«

Erna entwich ein Schmunzeln, weil Kollege Wankel mit seiner nüchternen Einschätzung nur allzu recht hatte. Dass sie ruhig schlafen würde, bezweifelte sie trotzdem.

»Was hältst du von dem jungen Freiherrn?«

»Hat einen Fehler begangen, aber ihn wenigstens eingesehen.«

»Wow, du bist heute wirklich verdächtig nachsichtig.«

»Nein, stimmt nicht«, wehrte Wankel ab. »Ich bin so konstruktiv destruktiv wie immer.«

»Nimmst du ihm die Geschichte mit dem Testament ab?«

»Ich sehe nicht, warum er uns etwas vormachen sollte.«

»Die Kollegen haben Rio Freitags Wohnung auf den Kopf gestellt und keins gefunden. Wenn Freitag also tatsächlich nur so getan hat, als verfüge er darüber, wer hat es dann wirklich? Wohin ist es verschwunden?«

»Dein Selbstmörder könnte es gezielt vernichtet haben«, schlug Wankel vor. »Warum sonst sollte er es von seinem Notar-Kumpel zurückholen, wenn nicht, um es zu ändern oder aus dem Verkehr zu ziehen?«

»Genau das stört mich ja so«, ereiferte sich Erna. »Wenn er vorhatte, sich umzubringen, warum, verdammt noch mal, zieht er dann sein Testament aus dem Verkehr und setzt kein neues auf?«

Wankel entschied sich wie immer für die einfachste Erklärung: »Weil er ein Selbstmörder ist. Nach mir die Sintflut.«

Erna wollte das nicht glauben, beließ es aber dabei.

»Am Wochenende wird die Stadt wegen dem Bierfest außer Rand und Band sein. Das könnte sich der Lehrer zunutze machen.«

»Um seine letzte noch übrige Schülerin abzumurksen?«, knurrte Wankel. »Vielleicht liegen wir komplett daneben. Vielleicht hat er sich längst drei neue Schülerinnen besorgt.«

»Dann müsste er auch eine neue Schule haben. Der alte Lämmerberg-Hof scheint seit damals nicht mehr benutzt worden zu sein. Dass er seinen Käfig dort zurückgelassen hat, lässt aber darauf schließen, dass er eine Fortsetzung seiner kranken Lehrtätigkeit zumindest in Betracht gezogen hat. Allerdings glaube ich nicht, dass es schon so weit ist. Östergrund hat ihn schon richtig durchschaut, denke ich. Noch prüft er seine alten Schülerinnen.«

»Die eine, die noch übrig ist.«

Nachts, wenn der Tänzer tanzt

Der Freitag stand ganz im Zeichen der Festvorbereitungen. Die Gastwirte entlang der Hauptstraße in der Altstadt erweiterten ihre Biergärten auf den Teer hinaus, Stadtarbeiter spannten Hopfengirlanden und nahmen letzte Dekorierungen am Rathaus und an der Kirche vor. Wanderhändler bezogen gemietete Holzbuden und schmückten sie mit ihren Waren, von Hüten und Sonnenbrillen bis hin zu Weihrauch und ätherischen Ölen. Auch die Südtiroler Patengemeinde aus Burgeis war vertreten, deren Käse Harald mehr als alles andere zu schätzen wusste. Dieses Mal hatten sie dem Anlass entsprechend auch Bierschnäpse im Gepäck.

Harald koordinierte die Aufbauarbeiten am Kirchplatz, wo Biber-Bräu seine Festpräsenz hatte. Der Hansi kümmerte sich um den Strom- und Wasseranschluss fürs Schankmobil, der Kass ging ihm schweigsam beim Aufstellen der Biertischgarnituren zur Hand. Der Steak- und Würstelgriller, den Ulrike noch kurzfristig hatte organisieren können, machte sich neben dem Kühlanhänger breit, den sie heute Nachmittag mit den Festbier-Fässern bestücken würden. Sie würden auch Weizen und Limo ausschenken, aber den höchsten Zuspruch erfuhr garantiert ihr Jubiläumsbier.

Das Wochenende verhieß warme Temperaturen und keinerlei Schauer. Zelte und Pavillons waren deshalb unnötig. Auch die Gastwirte hielten es so. Die Altstadtmauern speicherten genug Wärme, um die Gäste auch spätnachts nicht frieren zu lassen.

Harald sah immer wieder zum Springbrunnen. Da drin hatten sie gestern den Armin gefunden, aber heute sprudelte und plätscherte das Wasser schon wieder klar und fröhlich. Unweit daneben wurde eine Trampolinanlage für Kinder errichtet. Mörder kamen meistens aus dem engsten Umfeld des Opfers, wusste er aus TV-Krimis. Das Umfeld vom Armin war sehr begrenzt. Feuerwehr, Karate und die Brauerei, mehr war da seines Wissens nicht. Gut möglich also, dass er den Mörder kannte. Und wenn nicht er, dann die Judith.

Als es die Stunde zuließ, seilte sich Harald von den anderen zu einem Rundgang ab. Er marschierte zunächst nordwärts. Laut letzter Information würden die zu Lämmerbergs unterhalb der Frauenkirche Platz beziehen. Sie waren bereits dabei, wie er feststellte. Auch sie hatten eine mobile Schankanlage gemietet, eine ziemlich protzige noch dazu, blau und neongelb aufgemacht. Dennoch rechnete ihnen Harald dort oben nicht viel Aufmerksamkeit aus. Der Standort war zu weit abgelegen vom Festzentrum in der Stadtmitte. Außerdem stellten sie keine Garnituren, sondern nur ein paar Stehtische auf.

Harald sah eine schmächtige Gestalt, die zwei Kabeltrommeln heranschleppte. Der Mack Josef. Sein Chef, der Florian, tauchte im Schankraum auf und nahm eine entgegen. Auch wenn Harald nichts von seiner Bio-Masche hielt, imponierte ihm doch, wie der Florian sein Ding konsequent durchzog. Vielleicht wäre es gar nicht so übel, für ihn zu arbeiten.

***

Da sich in der PI Beilngries inzwischen auch zwei LKA-Beamte und zwei weitere Kollegen aus Ingolstadt eingenistet hatten, führten Erna und Wankel vertrauliche Gespräche lieber draußen im Auto.

»Die vom LKA sind doch nur pro forma hier«, machte Erna ihrem Ärger Luft. »Weil es einen ihrer Kollegen erwischt hat. An seinem Fall sind sie nicht weiter interessiert. Damit hat Östergrund ziemlich allein dagestanden, sonst hätte er mich nicht gebraucht. Wenn die heute noch einmal Christina Grangel verhören, wird nichts dabei rauskommen. Weil sie die falschen Fragen stellen. Die wissen nicht, was wir wissen.«

»Was wissen wir denn?«, fragte Wankel.

Erna wurde wütend. »Bitte, Erich, nicht jetzt dieses Spiel! Fall mir jetzt nicht in den Rücken. Wir wissen, was hier vorgeht.«

»Wir ahnen es«, widersprach Wankel. »Aber die Verbindungen zwischen den Entführungen vor drei Jahren und heute sind vage, wie du zugeben musst.«

»Nicht, wenn man die Materie kennt. Östergrund hat mit

allem richtiggelegen. Von Anfang an. Wir müssen Christina Grangel schützen. Das LKA wird nach der Befragung wieder abziehen.«

»Abwarten. Aber wie dem auch sein wird, unser vordringlicher Fall ist immer noch Rio Freitag, vergiss das nicht.«

»Das hängt alles zusammen, Erich. Die verbindende Komponente zwischen Freitag und Armin Schlawich ist Heidi Sommer, die Computerladenfrau. Schlawich hat gesehen, wie Freitag über sie hergefallen ist. Zwei Nächte später hat er ihn dafür zur Rechenschaft gezogen. Genau so, wie es in seinem Tagebuch steht.«

»Da steht, wenn ich mich recht entsinne, ›den gewalttätigen Absud der Menschheit, der den Frieden der Nacht betrügt, werden die Schatten vernichtet wissen‹ oder so ähnlich. Ein haltbares Mordgeständnis ist das leider nicht.«

»Er erwähnt auch die Computerladenfrau. Der Eintrag kann sich nur auf Freitag beziehen. An der Stelle weiterzuermitteln ist Zeitverschwendung. Wir müssen Schlawichs Mörder finden, denn dann haben wir auch den Lehrer. Ich frage mich, was er vorgehabt hat, als Östergrund ihn gestellt hat. Wollte er Christina Grangel umbringen oder hatte er etwas anderes vor?«

»Östergrund könnte auch einfach nur auf einen Junkie gestoßen sein«, wandte Wankel ein.

Erna ärgerte sich zwar über seine fortwährenden Einwände, doch Gegenargumentationen waren bei Ermittlungen wichtig, um sich nicht zu verirren.

»Etwas muss passiert sein«, fuhr sie ungeachtet dessen fort. »Bei Anita Slawy und Julia Öttl ist er aktiv geworden, nachdem sie trotz seiner Reinheitsschule wieder sexuelle Beziehungen eingegangen waren. Wahrscheinlich trifft das inzwischen auch auf Christina Grangel zu. Da bahnt sich was mit dem Betriebselektriker von Biber-Bräu an, wie es scheint.«

»Wohl eher mit seinem Chef«, warf Wankel ein.

Erna horchte auf. »Wovon redest du?«

»Laut den Kollegen war Ludwig Biber gestern sehr um seine Mieterin bemüht«, erklärte er. »Zwischen denen läuft was.«

Das war Erna neu, doch es würde das schreckliche Muster

vervollständigen. Auch seine letzte Schülerin verstieß gegen sein Reinheitsgebot, nun wollte der Lehrer sie bestrafen.

»Sie ist in furchtbarer Gefahr, Erich. Leider werden wir davon niemanden überzeugen können. Also gibt's auch keinen Personenschutz.«

***

Der Nachmittag schritt voran, und die Hauptstraße wurde zunehmend lebhafter. Offizieller Festbeginn war erst in zwei Stunden, doch das hielt Radtouristen und Stadtbummler nicht davon ab, schon mal einen Blick auf den Schauplatz des angekündigten Spektakels zu riskieren.

Florian zu Lämmerberg schaute zum Himmel auf, wo gerade eine Wolkendecke die Sonne verdeckte. Regen war keiner gemeldet, doch womöglich würden die beiden Morde den Leuten ein wenig die Lust am Feiern nehmen. Auch mit seinem etwas entlegenen Standort haderte er.

»Für laute Musik habe ich mir keine Genehmigung eingeholt«, sagte er skeptisch zu Birgit, die gerade die Soundanlage ins Schankmobil integrierte. »Wir dürfen es also nicht übertreiben mit dem Aufdrehen.«

»Wir machen das, wonach den Gästen ist«, stellte Birgit klar. »Wenn sie eine Party wollen, werden sie eine bekommen. Mit etwaigen Beschwerden setzen wir uns später auseinander.«

»Wenn wir die Anwohner verärgern, ist das keine gute Werbung für uns.«

»Wenn wir eine langweilige Party liefern, auch nicht.«

Sie hatte recht, wie eigentlich immer, sah Florian ein. »An was für Musik hast du denn gedacht? Darkseed, The 69 Eyes, Zeraphine und Clan of Xymox?«

»Jedenfalls nicht den üblichen Party-Dance-Dreck, den man überall zu hören kriegt. Ich dachte an eine ausgewogene Mischung aus Indie-Rock, Folk und Mittelalter-Metal. Ignis Fatuu, Zwielicht, Faun, so etwas. Das passt gut zu unserem Bier, finde ich. Oh, und Nocte Obducta werde ich unterbringen.«

Florian würde sie machen lassen, etwas anderes blieb ihm

ohnehin nicht übrig. Widerstand war zwecklos, wenn Birgit sich etwas in den Kopf gesetzt hatte.

Der Ferdinand hatte sich heute noch nicht sehen lassen. Er hatte den Coup gedeichselt, dass der Ambrosio nun gleich nebenan sein Gyros verkaufte, aber ansonsten hatte er sich aus der Festvorbereitung rausgehalten. Florian war nicht undankbar deswegen. Eher beunruhigt. Der Ferdinand mischte sich normalerweise in alles ein, was die Familie und ihre Geschäfte anging. Wenn nicht durch Arbeitskraft, dann auf andere Weise, und Florian fürchtete zunehmend, dass ihm die nicht gefallen würde.

***

Der Festakt begann um achtzehn Uhr mit dem Freibieranstich vor dem Beilngrieser Brauereimuseum. Umrahmt vom symphonischen Blasorchester, gab es einen schmissigen Vortrag über die Geschichte des Bieres, während das Museum schubweise Besucher ins unterirdische Felsenkeller-Labyrinth lud.

Auch Ludwig streifte durch die Gewölbe, kehrte aber bald ans Tageslicht zurück, wo es mindestens fünfzehn Grad wärmer war. Er war allein gekommen. Christina wollte von dem Fest nichts wissen, und bei Heidi um ein zweites Date zu betteln, erschien ihm reizlos und vor allem überflüssig, seit er mit Christina zusammen war. *Zusammen.* Waren sie das denn überhaupt? Ludwig war noch nie mit jemandem zusammen gewesen, deshalb war schwer zu ermessen, wie er nun zu Christina stand. Auf jeden Fall fühlte es sich gut an.

Nach der offiziellen Eröffnung verlagerte sich das Fest in die Biergärten und Verkaufsbuden der Altstadt. Entlang der Hauptstraße roch es abwechselnd nach Fett und Gegrilltem, nach Gewürzen, nach Käse, Speck und heißen Mandeln. Die vorhandenen Sitzplätze in den Biergärten und den zusätzlich geschaffenen Arealen füllten sich im Nu, und das Heer der in flotte Dirndl gewandeten Festbedienungen der Gastronomen kam kaum mit den Bestellungen nach.

Am Kirchplatz bei Biber-Bräu herrschte Selbstbedienung.

Die Leute bildeten eine lange Schlange am Schankmobil, wo der Hansi, der Pflug Jürgen und der Ralf nach Kräften Bierkrüge und Weizenstutzen füllten. Wenn die Gäste auch was zu essen wollten, mussten sie es auch noch mit der Schlange am Grillwagen aufnehmen, wo Steaks und Würstel feilgeboten wurden. Um halb elf würden die drei sichtlich gestressten Ausschenker von der Ulrike, dem Kass und der Frau vom Ungerer Wastie abgelöst werden. Ludwig war nicht traurig, dass er kein einziges Mal im Einteilungsplan auftauchte.

In manchen Gaststätten würden später noch Musikcombos auftreten. Der Hauptakt des heutigen Abends aber würde sich um die beiden Festpodien drehen. Zum Sonnenuntergang schlug mit Tusch und Fanfare erstmals die Schar der Königinnen auf und zelebrierte auf dem unteren Podium den gemeinsamen Festtanz.

Ludwig bestaunte sie wenig später auf dem oberen Podium, wo auch die Horngolds in der Menge standen und ihre Tochter anfeuerten. Die Cornelia agierte anfangs in der zweiten Reihe, doch rotierte das Tanztableau, sodass jede Bewerberin mal nach vorn rückte und im Mittelpunkt stand.

Beeindruckt war Ludwig vor allem von der Gräfin. Die Arjona bewegte sich schnell und sicher, so als hätte sie bayerische Volkstänze schon mit der Muttermilch aufgesogen, und stellte damit eindrucksvoll zur Schau, dass dunkle Majestätik und bayerische Lebensfreude wunderbar harmonieren konnten. Ihren Mann, den Ferdinand, entdeckte Ludwig nicht unter den Zuschauern. Wahrscheinlich schenkte er am Schankmobil der zu Lämmerbergs an der Frauenkirche aus. Nach dem Auftritt wollte Ludwig dort mal vorbeischauen.

Die Königinnen würden später noch einmal gemeinsam auftreten. Die finale Kür, vor der jede noch mal einzeln vortanzen, zum Publikum sprechen und sich vorstellen würde, fand erst morgen statt. Ludwig freute sich schon darauf.

Am Kirchplatz entdeckte er den Viereck Markus am Schankmobil. Er hatte sich vom Ralf ein Bier einschenken lassen und redete nun ein paar Takte mit ihm. Vater und Sohn, die anscheinend ein gutes Verhältnis hatten, aber trotzdem durch mehr als die Schanktheke voneinander getrennt waren. Vielleicht wäre auch in der Familie Biber alles besser gekommen, wenn Ulrike damals seinen Heiratsantrag angenommen hätte.

Der Markus schien wie Ludwig allein auf dem Fest unterwegs zu sein. Ludwig wusste inzwischen, warum. Der Papa hatte ihm seine Jasmin ausgespannt. Wenn der Markus nachtragend war, hätte er allen Grund, den Bibers zu schaden. Ludwig überlegte sich, dass er auch für den Schrott im Brunnen verantwortlich sein könnte. Dergleichen sah aber eher Rio Freitag ähnlich.

Bei dem Gedanken konnte Ludwig nicht anders als lächeln. Um ihn herum wurde geplaudert, gelacht und gefeiert. Vielleicht war die Stadt so gut drauf, weil der Freitag endlich tot war.

Oben an der Frauenkirche war der Andrang erwartungsgemäß geringer. Beim Griechen erstand Ludwig eine Portion Gyros und besah sich aus der Distanz das Treiben an der ziemlich extravagant aussehenden Schankanlage der Konkurrenz. Der Ferdinand war auch hier nicht zu sehen. Den Ausschank erledigten der Florian, die Birgit und ihr Chefbrauer, der Mack Josef, der hinter der mächtigen Theke etwas mickrig wirkte. Eine ihrer Kundinnen war die Sommer Gudrun. An einem der Stehtische unterhielt sie sich bei einem Krug Bier mit einem Pärchen, das Ludwig nicht kannte.

Ihm fiel ein, dass er mit ihr bei Gelegenheit über die Freiherrin zu Lämmerberg reden wollte. Nicht über die Birgit, sondern über die Lydia, die laut Tante Esther eine Weile mit der LSD-Partyclique um seinen Vater herumgezogen war. Vielleicht würde sich heute Abend noch eine Gelegenheit ergeben. Die Lydia war nicht zu erwarten. Die führte seit Jahrzehnten ein Eremitendasein.

***

Christina saß auf ihrer Terrasse und harrte der Nacht entgegen. Sie hatte Ludwig nicht sagen können, was sie vorhatte, weil es ihn nichts anging und weil er es auch nicht verstehen würde. Verstehen würde er es vielleicht schon, aber er würde sie aufhalten. Das wollte sie nicht zulassen. Das Versteckspiel war vorbei. Das sollte nun auch der Tänzer begreifen.

Sie hatte gegen sein Reinheitsgebot verstoßen und würde es wieder tun. Sie wusste, dass er das wusste, und sie wusste, dass er handeln würde. Heute Nacht würde er Gelegenheit dazu haben. Christina wollte ihm eine servieren.

Leicht würde sie es ihm nicht machen. Sie war auf ihn vorbereitet, deshalb rechnete sie sich eine gute Chance aus, die Nacht heil zu überstehen. Anita und Julia hatte er in Autounfälle verwickelt. Wahrscheinlich würde er bei ihr dieselbe Taktik anwenden, wenn sich ihm denn eine Gelegenheit böte. Nur unternahm Christina nun mal selten Autofahrten, die sie aus der Stadt hinaustrugen. Julia in der Klinik zu besuchen war eine der wenigen Ausnahmen gewesen. Heute Nacht aber würde sie eine unternehmen. Vielleicht würde sie ihn damit anlocken. Und dann konnten sie dieses elende Spiel endlich beenden. Mit welchem Ausgang auch immer.

***

Um halb elf wurden die drei Schankwirte von Biber-Bräu abgelöst, und Ludwig nutzte die Gunst der Stunde, um seinen Neffen Ralf ein bisschen über den Markus und sein Verhältnis zur Brauerei auszuhorchen.

»Ich weiß nicht, was du meinst«, sagte er. »Der Papa und der Opa haben sich immer gut verstanden, wenn sie sich gesehen haben.«

Angesichts dessen, dass dieser »Opa« dem »Papa« die Frau ausgespannt hatte, war das schwer vorstellbar, aber Ludwig schwieg dazu. Der Ralf wusste wahrscheinlich gar nichts davon. Nach dem kurzen Gespräch verwarf Ludwig auch seine vagen Verdächtigungen, wonach der Markus den Selbstmord an der Wodansburg eingefädelt haben könnte. Das sah dem Kerl einfach nicht ähnlich.

An einem der Biertische am Kirchplatz saß in bunter Runde der Falter Harry. Er wirkte schon ein wenig angetrunken, so wie die meisten seiner Freunde. Ludwig sah zum Brunnen und fragte sich, ob auch die Polizei hier war. Erna Starck und ihr Kollege Wankel. Kehrten nicht manche Täter an ihren Tatort zurück? Dieses Fest böte ihm die beste, unauffällige Gelegenheit dazu.

Ein Blick zum Schankmobil offenbarte Ludwig, dass nicht mehr seine Schwester, sondern die Anrainer Susi die Zapfhähne bediente. Ulrike hatte also nicht lange durchgehalten. Ludwig hatte nichts anderes erwartet. Sicher fühlte sie sich zu Höherem berufen, als anderen Leuten Bier einzuschenken. Blamable Vorstellung für eine Chefin.

Am Rande des Kirchplatzes entdeckte er den Hansi, wie er sich nach getaner Arbeit vom Fest entfernte. Ludwig eilte ihm nach, um die Sache mit der Christina richtigzustellen. Es lag ihm auf der Seele, dass der Hansi womöglich noch immer von nichts wusste.

Der Hansi durchmaß die Gassen mit langen Schritten, und Ludwig konnte kaum aufholen. Er fragte sich, wo er hinwollte. Soweit er wusste, wohnte der Hansi am entgegengesetzten Stadtende. Wahrscheinlich hatte er irgendwo in der Ringstraße seinen Wagen geparkt. Die Altstadt war seit heute Nachmittag für Fahrzeuge gesperrt, die nicht den Anwohnern gehörten.

Ludwig scheute sich, ihm nachzuschreien, und überlegte schon, wieder umzudrehen, als ihm auffiel, dass er im Grunde keinen weiteren Bedarf an Musik und lachenden, feiernden Leuten hatte. Er war kein Partymensch und würde auch nie einer werden. Viel lieber wollte er jetzt bei Christina sein.

Zum Brunnenwächterhaus war es noch ein kleines Stück zu gehen, doch ein gemütlicher Spaziergang würde ihm nicht schaden, seit er wieder einigermaßen schmerzfrei laufen konnte.

Die letzte Nacht mit ihr war wundervoll gewesen. Ihr bislang intensivstes Zusammensein. Die heutige Nacht, darauf hatte sie bestanden, wollte sie allein verbringen. Vielleicht nur, um Ludwig nicht von seiner vermeintlichen Pflicht abzuhalten, als Brauereichef beim Festakt anwesend zu sein.

Den Hansi hatte er längst aus den Augen verloren. Das Brunnenwächter-Anwesen war schon in Sichtweite, als Ludwig verblüfft aufnahm, dass sich das Tor öffnete und Christinas Wagen mit eingeschalteten Lichtern herauskroch. Auf der Straße fuhr sie dann zügig davon und hatte nicht einmal abgewartet, bis sich das Tor hinter ihr wieder geschlossen hatte. Dies war eigentlich eine ihrer zwanghaften Marotten, wie sie ihm anvertraut hatte.

Wo in aller Welt konnte sie so spät noch hinfahren? Und warum hatte sie ihm nichts gesagt?

Noch bevor Ludwig weitere Überlegungen anstellen konnte, fiel ihm an einem der nahen Gartenzäune eine Gestalt auf, die sich erst jetzt wieder in Bewegung setzte. Es hatte ganz den Anschein, als hätte auch sie das abfahrende Fahrzeug beobachtet. Als sie unter einer Straßenlaterne eine Zigarette anzündete, erkannte Ludwig seinen Betriebselektriker.

***

Christina erhob sich dem Talkessel, fuhr am Beilngrieser Sportflughafen vorbei hoch nach Paulushofen und weiter Richtung Denkendorf. Auf dieser Strecke war Julia verunglückt. Vielleicht hatte der Tänzer für sie das gleiche Schicksal ausersehen. Sie wollte ihn auf die Probe stellen.

Lange war sie allein auf weiter Flur, erst kurz vor Grampersdorf kamen ihr zwei Fahrzeuge in geringem Abstand entgegen. Christina krampfte sich ans Lenkrad und fuhr langsamer, wenngleich sie bei diesen beiden Fahrzeugen nicht mit dem Tänzer rechnete.

An der Bushaltestelle in Grampersdorf hielt sie an und kam zu dem Schluss, dass ihre Strategie dumm war. Julia hatte der Tänzer abpassen können, weil er vorausgesehen hatte, dass sie in jener Nacht noch nach Stuttgart heimfahren wollte. Bei ihr war das anders. Dass sie heute Nacht auf der Straße war, könnte er nur wissen, wenn er sie zu Hause beobachtet hatte. Und selbst dann wäre er nicht darauf vorbereitet gewesen. Eine spontane Fahrt bei Nacht hatte Christina noch nie unternommen, seit sie im Brunnenwächterhaus wohnte.

Fahrzeugscheinwerfer tauchten in ihrem Rückspiegel auf. Der Fahrer hielt sich an die Geschwindigkeitsbegrenzung innerorts und fuhr an ihr vorüber. Christina hatte nur eine grobe Silhouette auf dem Fahrersitz erkannt. Als der fremde Wagen außer Sicht war, startete sie ihren erneut und fuhr weiter. Bis zum Kreisel vor Denkendorf wollte sie noch weiterfahren, dann umkehren und nach Hause.

Auch wenn der Tänzer heute Nacht nicht auf der Jagd sein mochte, würde sie ihren Ausflug als Erfolg verbuchen. Er war ein weiterer Schritt raus aus der Isolation, in der sie sich seit drei Jahren befand.

Im Waldstück nach Grampersdorf tauchten plötzlich wieder Lichter im Rückspiegel auf. Kein Grund zur Sorge, schärfte Christina sich zunächst ein. Dann aber, als das andere Fahrzeug erstaunlich schnell näher kam und dabei nicht abblendete, wurde sie unruhig. Erst etwa fünfzig Meter hinter ihr löschte der Fahrer sein Fernlicht und fuhr dann penetrant nah auf. Christina hielt das Lenkrad fester, gab aber nicht mehr Gas. Kurz vor dem Waldende zog der Verfolger trotz mäßiger Sicht auf die Gegenspur und raste an ihr vorbei. Christina hatte keinerlei Insassen erkennen können.

Am Dörndorfer Windpark vorbei, fuhr Christina in den Kreisel ein und verließ ihn an derselben Stelle wieder. Aus dem Wald kam ihr ein Scheinwerferpaar entgegengeschossen. Sie fuhr noch einmal sicherheitshalber langsamer und machte sich auf alles gefasst, doch auch dieser Wagen zeigte keinerlei Interesse an ihr. Im Rückspiegel sah sie gerade noch, wie er in den Kreisel einfuhr.

Kurz vor Grampersdorf tauchte neuerlicher Gegenverkehr auf, den sie schon kaum noch beachtete. Der Tänzer konnte nicht vorausgesehen haben, dass sie heute Nacht unterwegs sein würde, deshalb konnte er sie jetzt auch nicht jagen.

***

Auf der Suche nach Antworten, was Christinas nächtlicher Ausflug bedeuten konnte, schlenderte Ludwig durch die Gassen der Altstadt und gelangte schließlich an Heidis Computerladen. In einem Fenster oben in der Wohnung brannte Licht. Die Gudrun hatte er auf dem Fest gesehen, also war es wohl die Heidi, die zu Hause geblieben war.

Ludwig spielte mit dem Gedanken zu klingeln, verwarf ihn aber wieder. Ihr Gespräch konnte warten, vor allem weil ihn inzwischen kaum noch interessierte, was sie zu seinem Vater hingezogen hatte. Vielleicht eine Art Komplex. Sie hatte ihren eigenen Vater sehr früh verloren, vielleicht hatte sie sich deshalb von einem zwanzig Jahre älteren Mann angezogen gefühlt. Letztendlich war es bedeutungslos. Erst recht, seit er Christina hatte.

Der Hansi kam ihm in den Sinn. Womöglich hatte sich der alte Grinsekater doch etwas mehr in Christina verguckt, als er nach außen zeigen wollte. Ludwig hoffte inständig, ihn nicht verletzt zu haben. Nun ja, womöglich wusste er noch gar nichts davon.

Wichtiger war Christina. Sie hatte keine Freunde, wie sie sagte. Wo also war sie hingefahren? Ihrer Darstellung nach hatte sie außer ihrer Verlegerin nicht eine einzige Bezugsperson. Was also tat sie Freitagnacht, wo sie doch behauptet hatte, einen einsamen Abend verbringen zu wollen?

Ludwig war in Sorge, doch er wusste auch, dass er im Moment außer Nachdenken nichts tun konnte. Nicht einmal anrufen konnte er sie. Christina besaß weder ein Smartphone noch ein Handy. Ihm blieb nichts anderes übrig, als sich auf den Weg in sein Hotel zu machen. Vielleicht wäre es ratsam, vorher noch irgendwo einen Humpen Wein zu trinken, um schlafen zu können.

***

Am Kirchplatz war die Stimmung großartig, insbesondere an seinem Tisch. Zumindest kam es Harald so vor. Ihn wunderte nur, dass sich immer mehr Tische ringsherum lichteten, obwohl es noch nicht mal halb zwölf war. Als er erfuhr, dass die Leute keineswegs nach Hause gingen, sondern nur den Standort wechselten, wurde er hellhörig.

Schon auf halbem Weg zur Frauenkirche schallte ihm die Musik entgegen. Griffiger Rock, wie er ihn selbst gernhatte. Er ahnte, dass die zu Lämmerbergs gut besucht waren, doch was er dann vor Ort sah, übertraf seine Erwartungen. Die Straße tobte. Mangels Sitzgelegenheiten war alles auf den Beinen, tanzte, hüpfte, pogte und trank die Lämmerberger Plörre.

Da Harald nach grober Schätzung etwa zehn Halbe Biber-Festbier intus hatte, erwog er zunächst eine Sinnestäuschung.

Die allerdings wollte auch nicht verschwinden, als er näher ging. Der Song, der die Menge gerade rockte, kam ihm bekannt vor. Ein Hit einer Schweizer Pagan Metal Band, deren Name ihm gerade nicht einfiel. Irgendwas mit »E«. Er fühlte sich animiert, mitzumachen, doch erst mal gab es Wichtigeres zu tun: Es war an der Zeit, das Lämmerberg-Bier mal zu probieren.

Er hielt, die anstehende Schlange nicht beachtend, auf das blinkende Schankmobil zu und orderte beim Mack Josef lautstark eine Halbe.

»Freut mich, dass du vorbeischaust«, sagte der Mack gehetzt und überreichte ihm den gläsernen Krug wie einen ungeheuer wertvollen Pokal.

»Das geht aufs Haus!«, rief der Florian von der anderen Seite und zwinkerte Harald gönnerhaft zu.

Harald legte trotzdem einen Schein hin und torkelte mit der Beute davon. Etwas abseits der Menge betrachtete er das Produkt erst mal eingehend, bevor er es kostete. »Lämmerberger Naturhelle« prangte auf dem Glas. Der in Hopfendolden gepackte Schriftzug und die Symbolik machten was her, doch was am Ende zählte, war der Inhalt. Ein trübes Bier, eher einem Hefeweizen ähnlich, die Schaumkrone von vergleichbarer Konsistenz. Harald nahm einen vorsichtigen Schluck, danach einen größeren, dann kippte er das halbe Glas hinterher. Es war nicht übel, aber auch nichts Besonderes, also so ziemlich das, was er erwartet hatte. Umsatz machten die zu Lämmerbergs damit nur, weil bio gerade schick war.

Er würde die Halbe leeren und dann zu seinen Freunden am Kirchplatz zurückkehren. Trotz der beeindruckend guten Musik. Jetzt spielten sie einen Kracher von dieser schottischen Freibeuter-Metal-Combo, deren Name Harald ebenfalls im Moment nicht einfiel.

Der Glaskrug war leer, auf das Pfand war geschissen. Harald ließ ihn an Ort und Stelle stehen. Sollten sich bedürftige Studenten daran erfreuen. Er stolperte am Schankmobil vorbei, als ihm der Zittelmeier Franz ins Auge stach. Mit einer hübschen Blondine im Arm und mit der freien Hand den Takt der Musik in die kühle Nachtluft trommelnd, stand er in der Menge.

Harald sah rot. Offensichtlich hatte der Franz die Ulrike nicht nötig, vögelte sie aber trotzdem. Und jetzt soff er auch noch das falsche Bier. Es war keine bewusste Entscheidung, die ihn zu ihm trug, doch plötzlich stand Harald ihm gegenüber und ging auf ihn los.

***

»Was war denn das vorhin für ein Tumult?«, plärrte Florian gegen die Musik an.

»Nichts weiter«, erwiderte Birgit. »Der Falter Harry und der Zittelmeier Franz. Haben die Straße mit ihren Klamotten gefegt.«

»Was? Echt? Warum?«

Sie winkte ab. »Kann nichts Schlimmes gewesen sein. Jetzt liegen sie sich in den Armen.«

Florian spähte umher, konnte die beiden Besagten aber nicht ausmachen.

»Wird das heute noch was?«, bellte der nächste Kunde. »Ein Radler und drei Halbe. Wenn's geht, noch heute.«

Florian schenkte ihm ein und machte weiter. Wenn der Absatz so anhielt, hatten sie am Sonntag kein verkaufsfertiges Bier mehr. Er war stolz auf seine Truppe, allen voran auf seine Frau. Sie war viel mehr eine Kämpfernatur, als er es war. Ohne sie hätte er all das nicht geschafft. Ohne sie gäbe es keine Brauerei und keine Naturhelle. Ohne sie gäbe es auch diese Party nicht. Sowohl mit der Schankanlage als auch mit der Musikauswahl hatte sie den richtigen Riecher bewiesen. Ungefähr seit elf zog es das meiste Partyvolk an die Frauenkirche. Dass bei den Wirten noch allzu viel los war, bezweifelte Florian. Wie sich der Abend nach seinem eher verhaltenen Start noch derart zu ihren Gunsten entwickelt hatte, empfand er schlichtweg als Sensation.

Lächelnd schenkte er die nächste Halbe ein. Seit Rio Freitag tot war, lief alles wie am Schnürchen. Keine Nötigung mehr, und auch ihre Töchter waren außer Gefahr.

***

Mitten in der Nacht fuhr Erna aus dem Schlaf hoch. Es fühlte sich nicht an, als ob sie geschlafen hätte, doch es musste so sein, denn sie hatte geträumt und dabei wild Fakten und Spekulationen durcheinandergeworfen. Auch Östergrund war darin vorgekommen. Außerhalb seines Krankenbettes und ohne all die Schläuche, die derzeit aus ihm herausführten. Das gemeinsame Moment fehlte noch immer; das verdammte gemeinsame Moment zwischen den drei entführten Frauen.

Erna tastete sich aus dem Schlafzimmer in die Küche und goss sich ein Glas Wasser ein. Durch das offene Fenster gähnte die Nacht herein und trug den unfernen Ingolstädter Nachtverkehr an ihre Ohren. Ob Wankel auch unruhig schlief? Er war sich sicher, dass der Lehrer nicht zuschlagen würde, solange sich so viele Polizisten in Beilngries und um das Brunnenwächterhaus tummelten, doch Erna war nicht wirklich davon überzeugt. Bobby fiel ihr ein. Das war der ominöse Freund von Julia Öttl, den es anscheinend nicht wirklich gab und den Östergrund für den Lehrer hielt. Er hatte mehr über ihn herausfinden wollen. Inwieweit er Erfolg gehabt hatte, wusste Erna nicht. Sie hatte Östergrund damit alleingelassen. Der Mord an Rio Freitag hatte sie zu sehr in Anspruch genommen.

Sie füllte das Glas noch einmal und trank es aus. Der Lehrer hatte seine drei Schülerinnen nicht zufällig ausgewählt, sondern nach einem bestimmten Muster, wie Östergrund ebenfalls eruiert hatte. Keine der drei hatte zum Zeitpunkt der Entführung noch nennenswerte verwandtschaftliche Bindungen gepflegt, und keine eine feste Partnerschaft. Vielmehr hatten sie wechselnde Partnerschaften gehabt, womit der Lehrer sie als »unrein« gekennzeichnet und als Nachhilfeschülerinnen auserkoren hatte.

Doch wie war er zu ihnen gekommen? Die eine hatte in Straubing gelebt, die andere im Herzen Mittelfrankens, die dritte nahe der tschechischen Grenze. Wie hatte der Kerl seine Schülerinnen ausfindig gemacht? Eine Möglichkeit wäre das Internet. Das würde aber voraussetzen, dass die drei ihr Leben in irgendeinem sozialen Netzwerk derart ausgebreitet hätten, dass man selbst auf ihre wechselhaften Beziehungen und One-

Night-Stands hätte schließen können, und das wollte Erna nicht recht glauben.

Die Ermittlungen des LKA hatten diesbezüglich ebenfalls nichts ergeben. Der Lehrer musste sie also anderweitig aufgespürt haben. Vielleicht als Handelsvertreter. Der Einzige im Umfeld der Beilngrieser Brauereien, der diesem Berufsfeld nahekam, war Ludwig Biber.

Erna goss sich noch ein weiteres Glas ein, trank es aber nicht. Josef Mack war bislang die einzige Verbindung zwischen Beilngries und der ferneren Oberpfalz, aus der Anita Slawy stammte. Florian zu Lämmerberg hatte ihn von einer Brauerei in Cham abgeworben. Doch das reichte nicht als verbindendes Moment. Die Oberpfalz war groß, und zwischen Cham und Vohenstrauß lagen etwa siebzig Kilometer. Außerdem fehlte dann immer noch die Tangente nach Straubing und Ansbach, wo die beiden anderen Frauen damals gelebt hatten.

Vielleicht war Östergrunds Ansatz nur zum Teil richtig. Ein angewandtes »Reinheitsgebot« ließ durchaus auf jemanden aus dem Brauwesen schließen, doch die ausführende Hand könnte sonst wer sein. Festgehalten worden waren die Frauen auf einem abgelegenen Hof der zu Lämmerbergs. Doch auch dort fand sich bislang keine Verbindung zu den drei Städten. Die geschäftlichen Institutionen der Familie beschränkten sich auf das Altmühltal, mit Ausnahme einer Glasbläserei im Bayerischen Wald.

Es war zum Auswachsen. Erna fühlte sich dem Lehrer verflucht nahe. Wahrscheinlich hatte sie schon mit ihm gesprochen. Aber sie sah ihn nicht. *Ihn.* Oder *sie.* Noch nicht.

***

Samstagvormittag, nachdem er Christina wegen ihres nächtlichen Ausflugs zur Rede gestellt hatte, betrat Ludwig mit seinem Notebook unterm Arm Heidis Computerladen. Kein anderer Kunde beehrte ihn derzeit, was Ludwig sehr gelegen kam.

»Ich hab's mir überlegt«, sagte er und platzierte den Laptop auf der Verkaufstheke. »Ich möchte die Spyware raushaben. Geht das, ohne dass die Susi etwas merkt?«

»Das musst du mit meiner Tochter diskutieren«, antwortete die Gudrun unwirsch und verschwand für eine halbe Minute, um dann mit ihr zurückzukommen.

»Ludwig«, sagte Heidi sanft. »Schön, dich zu sehen. Du siehst schon besser aus als beim letzten Mal.«

Er nahm das Kompliment zur Kenntnis, freute sich auch für die Anteilnahme und retournierte die Frage nach dem Befinden. Die Gefühle für sie aber waren erloschen, wie er nun feststellte. Eine Woche war seit dem nächtlichen Überfall vergangen. Eine Woche, in der sie sich kein einziges Mal bei dem gemeldet hatte, der sich tapfer für sie in die Schlacht gestürzt hatte. Rio Freitag war tot, nichts mehr hätte zwischen ihnen gestanden. Außer Scham und Enttäuschung. Auf ihrer Seite die Scham, auf seiner die Enttäuschung. Unüberbrückbar drückend.

»Wenn du ein wenig Zeit hast, führe ich gleich mal ein paar Tests durch«, stellte sie in Aussicht und nahm den Laptop auf. »Darauf basierend kann ich unsere Möglichkeiten ausloten.«

Ludwig hatte in der Tat die nötige Zeit. Heidi zog sich ins Büro zurück und ließ ihn mit ihrer Mutter allein. Auf eine solche Gelegenheit hatte er gehofft. »Erzähl mir von der Lydia«, bat er ohne Umwege. »Lydia zu Lämmerberg. Sie hat auch zu eurer LSD-Clique gehört, oder?«

Die Gudrun musterte ihn verhalten, wie es ihre Art war, doch sie bestätigte freiheraus und schmunzelte. »Nicht lange. Als der alte Leopold davon Wind bekommen hat, mit wem sein Töchterchen seine Zeit verbringt, hat er zu einem Rundumschlag ausgeholt.«

»Er hat sie zu Hause eingesperrt«, sagte Ludwig und gab damit wieder, was er von Tante Esther gehört hatte. »Und kurz darauf verheiratet. Mit einem alten Mann.«

Die Gudrun nickte, noch immer mit einem süffisanten Lächeln auf den faltigen Lippen. »Anscheinend weißt du ja schon alles.«

»Oh, keineswegs«, erwiderte Ludwig mit abwehrender Hand. »Ich weiß noch viel zu wenig. Aber du könntest mir da weiterhelfen. Ihr wart oft droben bei der Wodansburg. Auch mit der Lydia?«

Auch das bestätigte die Gudrun. »Zwei- oder dreimal ist sie dabei gewesen.«

»Was habt ihr da oben alles getrieben? Geraucht und Trips geworfen, nehme ich an.«

Gudrun nickte verhalten.

»Auch gevögelt?«

»Klar.«

»Wer mit wem?«

Jetzt brach sie in Gelächter aus. »Also wirklich, Ludwig, was denkst du denn? Glaubst du etwa, ich habe da Buch geführt? Das waren die Siebziger. Da hat das nicht viel bedeutet. Es hat zum guten Ton gehört. Wir waren wie eine Familie. Wir wollten die Welt verändern.«

Die Frage, wie man mit LSD-Trips und stupiden Sexorgien die Welt verändern wollte, ersparte sich Ludwig.

»Lief etwas zwischen meinem Vater und der Lydia?«

»Nicht mehr als mit anderen«, antwortete Gudrun. »Die Lydia hat sich bei uns wohlgefühlt und bei allem mitgemacht. Wir waren ihr eine Inspiration, um aus ihrem wohlbehüteten Leben voller Etikette und Adelsgepflogenheiten auszubrechen.«

In Ludwig reimte sich etwas Ungeheuerliches zusammen, und plötzlich sah er die äußerliche Ähnlichkeit zwischen seinem Vater und Florian zu Lämmerberg.

»Rede Klartext«, forderte er von der Gudrun. »Hat der Papa sie da oben gevögelt?«

»Ja, hat er«, kam belustigt ihre Antwort. »Und kurz darauf hat sie der Leopold mit diesem schon ergrauten Freiherrn aus dem Norden verheiratet. Ja, Ludwig, was du jetzt denkst, haben damals auch ein paar Leute gedacht. Wahrscheinlich die meisten.« Sie zuckte mit den Schultern. »Was soll's? Hauptsache, der Schein ist gewahrt worden. Ob der Florian in Wahrheit dein Halbbruder ist, spielt heute keine Rolle mehr. Offiziell ist er ein Spross der Freien zu Lämmerberg und einem nördlichen Adelsgeschlecht. Nur das ist wichtig. Der Rest interessiert nicht.«

»Mich interessiert es schon«, sagte Ludwig mit belegter Stimme. »Du hast das also schon immer geahnt?«

»Was geahnt?«

»Na, dass der Florian …« Ludwig versagte die Stimme.

»Dass nicht der runzlige alte Freiherr aus dem Norden sein Vater ist?«, schritt die Gudrun ein. »Klar, das haben sich damals die meisten gedacht. Gab viel Gerede. Macht aber nichts. Nichts davon macht was. Nur die Fassade zählt. Außerdem ist der Ferdinand der Stammhalter der zu Lämmerbergs, nicht der Florian. Die Nebenlinie von der Lydia ist nicht so wichtig. Dass dein Papa sein Erzeuger war, ist natürlich alles andere als gesichert. Die Lydia hat da oben auch mit anderen geschlafen. Es kämen mehrere in Frage, nicht nur der Berti. Seit der Florian ein gestandenes Mannsbild ist, gehe ich aber schwer davon aus, dass er es ist. Die Ähnlichkeit ist frappierend, nicht? Bist du dadurch draufgekommen?«

»Nein«, antwortete Ludwig wahrheitsgemäß und zog sich nach draußen zurück.

***

Mit schwerem Kopf und der seltsamen Gewissheit, dass der Zittelmeier Franz irgendwie doch ein passabler Kerl war, erwachte Harald in seinem Bett. Wieso und was er dem Zittelmeier genau verziehen hatte, wusste er im Moment nicht, aber es hatte mit Ulrike zu tun. Draußen schien die Sonne. Der kühle Wind, der nach Öffnen des Fensters ins Zimmer strich, war Balsam für seinen Kopf.

In dem kleinen Gärtchen ihrer Doppelhaushälfte schmökerte Judith beim Frühstück in der heutigen Zeitung. Dass sie ausreichend Kaffee gemacht hatte, sodass er auch für ihn reichte, war an solchen Tagen selbstverständlich. Harald ging mit einer leeren Tasse nach draußen, schenkte sich ein und nahm Platz.

»Wann bin ich nach Hause gekommen?«, fragte er.

»So gegen halb drei«, antwortete seine Schwester. »Ihr habt einen Riesenradau gemacht. Gelacht und gesungen. Falls man das so nennen kann.«

»Ihr?«, fragte Harald erstaunt. »Wer denn noch?«

»Der Zittelmeier Franz. Der hat bei mir auf der Couch übernachtet. Vor einer halben Stunde hat ihn sein Bruder abgeholt.

Wie bist du denn zu dem gekommen? Mit dem hängst du doch sonst nicht ab.«

»Nicht so wichtig.« Harald schlürfte aus der Tasse. Eine Wohltat. »Wie war's bei dir gestern? Wo seid ihr gesessen? Bei der ›Gams‹?«

»Nein, weiter unten. Der Jürgen hat sich auch dazugesellt, als sein Schankdienst um war.«

»Das sieht ihm ähnlich«, raunte Harald, dem es seit jeher missfiel, wenn die Mitarbeiter bei Wirten saßen, die kein Biber-Bräu ausschenkten. »Seid ihr jetzt zusammen, oder was?«

Judith stritt es ab und las weiter.

»Du warst doch auch mal mit dem Berti zusammen.« Harald wusste nicht, warum er damit jetzt anfing, doch nun war es schon ausgesprochen.

Judith nickte beiläufig.

»Wie ist das gewesen?«

Sie sah auf. »Wie ist was gewesen?«

»Na ja, es hat ja nicht lange gedauert, oder? Das zwischen euch. Warum eigentlich? Habt ihr nicht zusammengepasst?«

»Es war nichts Ernstes, das haben wir beide von vornherein gewusst«, antwortete Judith salopp. »Mehr gibt's dazu nicht zu sagen. Nein, wir haben nicht zusammengepasst. Jedenfalls nicht für längere Zeit.«

»Warum nicht?«

»Wieso stellst du diese Fragen?«

Darauf hatte Harald keine Antwort. »In letzter Zeit ist so viel passiert.« Er spürte einen Schmerz in sich, den er nicht lokalisieren konnte. »Weißt du, ich … ich sehne mich einfach nach Klarheit, schätze ich.«

Judith musterte ihn ein paar Momente lang, dann schien sie zu wissen, was in ihm vorging. »Der Berti und ich waren damals zusammen, weil wir einander gutgetan haben«, sagte sie. »Er hat jemanden gebraucht und ich auch.«

»Das ist alles?«

»Das ist sehr viel, finde ich. Was hast du denn erwartet?«

»Keine Ahnung.«

Judith zögerte, bevor sie fortfuhr: »Der Berti war nicht so, wie ihn die meisten Leute gesehen haben. Klar, er war gut aussehend. Und er hat eine Menge Affären gehabt. Aber er war nicht der Aufreißertyp, den viele in ihm gesehen haben.«

»Sondern?«

»Er war dein Chef, also müsstest du das doch selbst wissen.«

»Jetzt sag halt schon, was du meinst.«

»Dass er ein sehr nachdenklicher Mensch war. Nach außen hart und unbeugsam, aber innerlich zerbrechlich.«

»Zerbrechlich?« Auf diese Weise hatte Harald seinen Chef nie gesehen. »Er war doch nicht zerbrechlich. Wie kommst du bloß darauf?«

Judith seufzte. »Anscheinend habe ich ihn besser gekannt als du.«

***

Ludwig saß neben der Heidi in deren Büro, vor ihnen sein aufgeklappter Laptop.

Der Bildschirm zeigte graublaue übereinanderlappende Seiten voller Zahlen und Buchstaben, die aneinandergereiht keinen Sinn ergaben.

»Ich könnte dein Tätigkeitsprotokoll verändern«, sagte Heidi. »Würde dir das was nützen?«

»Was bedeutet das? Die Susi und meine Schwester würden dann falsche Protokolle erhalten?«

»Genau. Ich setze einen Filter in den Informationsfluss. Am anderen Ende kommt dann etwas vollkommen anderes an. Die beiden würden deine Schritte nicht mehr nachvollziehen können. Du würdest sie täuschen.«

»Würden sie es merken?«

»Über kurz oder lang bestimmt. Aber wenn ich die Spyware einfach neutralisiere, werden sie wissen, dass du sie durchschaut hast. Das wolltest du doch vermeiden, oder?«

»Können wir die Sache umdrehen und im Gegenzug die beiden ausspionieren?«

»Dagegen wird sich die Susi abgesichert haben. Sie ist gut.«

»Besser als du?«

»Früher nicht, aber seitdem kann viel geschehen sein.«

»Glaub ich nicht. Was soll unterm Papa und der Ulrike schon viel geschehen sein?«

Heidi schüttelte den Kopf. »Da hast du was missverstanden. Die Susi arbeitet erst seit ein paar Monaten bei euch, aber bei mir hat sie schon vor Jahren gekündigt.«

Das war Ludwig neu. »Und was hat sie in der Zwischenzeit gemacht?«

Ein Schulterzucken. »Weiß ich nicht. Sie war lange weg von Beilngries. Schau doch mal in ihre Bewerbungsunterlagen. Vielleicht findest du da was.«

Ludwig machte sich eine geistige Notiz, später die Schiffkowitz anzurufen. »Kannst du auf ihren Firmenrechner zugreifen, ohne dass sie es merkt?«

»Ich kann es versuchen«, stellte Heidi in Aussicht und begann bereits mit der Arbeit. »Wonach suchst du denn?«

»Nach nichts Speziellem«, antwortete Ludwig verhalten. »Sie und die Ulrike scheinen sich bestens zu verstehen.«

Eine halbe Stunde später waren die beiden auf etwas Ungeheuerliches gestoßen, das sich zunächst weder Ludwig noch Heidi erklären konnte. Susanne Anrainer gab betriebsinterne Zahlen und Fakten nach draußen weiter.

»Ich kann mir beim besten Willen nicht vorstellen, dass Ulrike den Laden verkaufen will«, sagte Ludwig verständnislos. »Im Gegenteil. Sie will unbedingt Chefin spielen, bis der Ralf so weit ist, die Firma zu übernehmen.«

»Ich glaube nicht, dass deine Schwester was hiervon weiß, Ludwig«, sagte Heidi. »Die Nachrichten sind kryptisch, und die Susi berichtet auch über sie.«

»Aber was hat das zu bedeuten? Betriebsspionage?«

»Sieht für mich ganz danach aus. Sie hat nicht nur empfindliche Zahlen weitergegeben, sondern auch die Stimmung in der Firma. Hier, schau. Das war kurz nach dem Tod vom Berti. Da hat sie geschrieben: ›Unverständnis und Schock. Tochter kurz vor dem Nervenzusammenbruch. Braucht Halt und Trost. Bin für sie da. Lage entwickelt sich vorteilhaft.‹«

»Lage entwickelt sich vorteilhaft?«

»Mir scheint, da will sich jemand bei euch einkaufen und hat schon mal eine Spionin vorausgeschickt.«

Ludwig konnte es nicht fassen. Ulrike hatte sich mit ihrer Systemadministratorin eine Spionin ins Haus geholt. »Wird sie merken, dass du sie erwischt hast?«

»Schon möglich. Aber da sie diese Nachrichten von ihrem Firmenrechner aus verschickt, hält sie sich wohl für den einzigen Hai im Becken. Sie hat offensichtlich mit keinem zweiten gerechnet. Vielleicht war sie auch bei der Sicherheit ein wenig nachlässig, dann kann ich unsere Spuren verwischen. Wir werden sehen.«

»Kannst du mir alle Nachrichten ausdrucken, die sie verschickt hat?«

»Klar doch.«

Die wenigen stichpunktartigen Messages passten auf ein einziges Blatt Papier. Ludwig wurde nicht im Detail daraus schlau, doch an Susis Absichten bestand kein Zweifel. Sie erstattete irgendjemandem außerhalb der Firma Bericht. Die letzte Nachricht war eine Woche alt: »LB noch immer da. Absichten unbekannt. Bleibe dran.«

»LB«, rezitierte Ludwig. »Das sind meine Initialen. Was hat das Miststück vor? Wer ist der Empfänger? Kriegst du das raus?«

»Ein gesichtsloser Account ohne erkennbare Zugehörigkeit«, sagte Heidi kopfschüttelnd. »Den werden wir nicht finden. Aber du kannst die Susi ja fragen, wenn du sie durch die Mangel drehst.«

»Das überlasse ich der Polizei.«

Im Moment fühlte es sich wieder so an, als wären sie ein Team, deshalb kam Ludwig nun auch die Frage so leicht über die Lippen, die er seit einer Woche mit sich herumtrug: »Wie hat es sich zugetan, dass du mit meinem Papa zusammen warst?«

Mit dieser Frage holte er Heidi von ihrer Arbeit weg, doch er sah ihr an, dass auch sie darüber reden wollte. Schon letzten Freitag hatte sie das Thema angeschnitten. Es war ihr ein Anliegen, das aufzuarbeiten, und nun war auch Ludwig bereit dazu. Vielleicht weil keine sexuelle Spannung mehr zwischen ihnen lag. Ludwig fühlte keine mehr, seit er Christina hatte, und seitens Heidi hatte es vielleicht nie eine gegeben.

»An einem schönen Sommerabend bin ich am Arzberg spazieren gegangen«, erzählte sie. »Ich habe mich ein wenig mit einer Freundin aus Töging verratscht, deshalb ist es spät geworden. Als die ersten Lichter von Beilngries in Sichtweite kamen, war es schon Nacht. Da habe ich auf einer Bank am Wegrand jemanden sitzen sehen. Allein. Und weinend. Erst wollte ich diskret Abstand wahren und mich nicht einmischen. Du weißt schon, ein Stück durchs Holz ausweichen und so tun, als wäre ich nie da gewesen, um niemanden zu stören. Angst hatte ich nicht. Nicht vor jemandem, der schluchzend auf einer Bank sitzt.«

Ludwig wollte schon fragen, inwieweit das relevant war, als ihm etwas dämmerte, was Heidi schließlich bestätigte. Der einsam Schluchzende auf der Bank war sein Vater.

»Das kann ich nicht glauben«, sagte Ludwig. »Der Papa doch nicht.«

Was er nachfolgend von Heidi hörte, ließ ihn glauben, dass er seinen Vater überhaupt nicht gekannt hatte. Sie sprach von einem vollkommen anderen Menschen, einem verletzlichen, von inneren Dämonen geplagten Mann, der äußerlich zwar stur und stark seinen Weg ging, aber innerlich um Erlösung flehte. Diesen Mann hatte Ludwig nie gekannt. Und Ulrike wahrscheinlich auch nicht.

»Ich habe ihn ja selbst nie wirklich begriffen«, sagte Heidi. »Und lange waren wir auch nicht zusammen. Aber damals hat es sich richtig angefühlt. Dein Papa hat eine Schulter gebraucht, und ich habe sie ihm gegeben. Er hat nur wenigen Menschen gezeigt, wer er wirklich war. Vielleicht überhaupt keinem. Auch mir nicht. Er hat stets seine Masken getragen. Die des tüchtigen Brauers, die des leidenschaftlichen Verführers oder die des strengen Vaters. Ich verstehe, wie seltsam dir das vorkommen muss, Ludwig.« Sie legte eine Hand zärtlich auf die seine. »Du kanntest ihn immer nur als strengen, unnahbaren Vater. Ich will auch nicht behaupten, dass er ein vollkommen anderer Mensch war. Aber er war weit mehr als das, was er den Leuten üblicherweise gezeigt hat. Denen zeigte er nur, was er gerade für angemessen hielt.«

Dein Papa war ein tiefgründiger Mensch, hörte Ludwig Siggi

Horngold sagen. Diesem Menschen, den Heidi gerade beschrieben hatte, traute man schon eher einen Selbstmord zu als dem Adalbert Biber, den Ludwig gekannt hatte. Sollte er wirklich die meiste Zeit eine Maske getragen haben?

»Ich war gar nicht so erstaunt«, ergänzte Heidi, »als ich hörte, dass er sich das Leben genommen hat. Nicht, dass er je davon gesprochen hätte, aber da war etwas in ihm, das ihm keine Ruhe ließ. Das ihn jagte und folterte. Ich glaube, er hat viel gelitten. Seine Masken waren nicht nur ein Versteck, sondern wohl auch eine Art Flucht vor dem, was ihn plagte.«

»Und was war das?«

»Da kann ich nur raten. Eine Menge, so hatte ich den Eindruck. Schuldgefühle. Wegen deiner Mutter. Vielleicht auch, weil er dich so schlecht behandelt hat.«

Das wiederum konnte Ludwig beim besten Willen nicht glauben. »Warum warst du nicht auf seiner Beerdigung?«

»Glaub nicht, dass ich nicht getrauert hätte«, beteuerte sie. »Aber auf die Beerdigung zu gehen, nein, das habe ich nicht fertiggebracht.«

Der erschütternde Input an diesem seltsamen Vormittag krempelte Ludwigs Innenleben so umfassend um, dass ihm schwindlig wurde. Dämonen sollten den Papa geplagt haben. Wenn er mit seinem finalen Auftritt an der Wodansburg ein Zeichen hatte setzen wollen, waren diese Dämonen vermutlich dort oben geboren worden. Er dachte an Florian zu Lämmerberg. Wahrscheinlich sein Halbbruder. Und wahrscheinlich hatte es der Papa all die Jahre gewusst.

***

»Erich«, sagte Erna über dem Blatt Papier, das sie gerade studierte, »wir fahren jetzt gleich zu Sigurd Horngold.«

Wankel, der ihr mit übereinandergeschlagenen Beinen gegenübersaß, sah auf. »Wer ist das?«

»Der beste Freund des Brauers, der sich umgebracht hat, und außerdem sein Testamentsverwalter«, antwortete Erna. »Jetzt weiß ich endlich, wohin das Geld geflossen ist.«

»Du sprichst in Rätseln. Welches Geld denn? Und warum interessiert uns das? Armin Schlawich und Rio Freitag heißen unsere Fälle.«

»Adalbert Biber hat all die Jahre ein beachtliches Chefgehalt bezogen, aber in eher bescheidenen Verhältnissen gelebt. Keine teuren Autos, keine großen Urlaubsreisen, kein Haus. Bis zuletzt hat er unter einem Dach mit seiner Tochter und seinem Enkel in ihrem Stockhaus in der Altstadt gelebt. Ich habe mich gefragt, was aus dem Geld geworden ist und ob es zur Erbmasse gehört. Jetzt ist mein Antrag bei der Staatsanwaltschaft endlich durchgegangen. Weil ich geltend gemacht habe, dass der Selbstmord und die beiden Morde möglicherweise zusammenhängen. Das Geld ist auf einem Treuhandkonto gelandet, und der Treuhänder ist Sigurd Horngold.«

»Na schön, und was wollen wir von ihm? Will er das Geld unterschlagen?«

»Vielleicht hat er das schon«, entgegnete Erna. »Das Konto ist schon vor fast einem Jahr geräumt worden.«

Wenig später saßen sie im Wohnzimmer des Einfamilienhauses in der Ottmaringer Siedlung, in dem Sigurd Horngold mit Frau und Tochter wohnte. Frau und Tochter waren außer Haus, womit sie ihn ganz für sich hatten. Die Erklärung, die er ihnen auftischte, hatte es in sich.

»Alfredo García«, sagte er und klang ziemlich unwirsch, so als zwänge man ihn gerade, elementare Staatsgeheimnisse zu verraten. »Das ist der Investor, mit dem der Florian seine Brauerei aufziehen konnte. Alfredo García ist aber nur ein Alias. Es gibt ihn nicht. Das Geld kommt vom Berti.«

»Langsam und bitte von vorn«, gebot Erna. »Wieso sollte Adalbert Biber den zu Lämmerbergs bei der Finanzierung helfen? Damit torpediert er doch sein eigenes Geschäft und schafft sich eine Konkurrenz.«

»Weil der Florian sein Sohn ist«, antwortete Horngold und lehnte sich in seinem Sessel zurück. »Der Florian weiß das natürlich nicht, und er soll es auch nicht erfahren. Versprechen Sie mir bitte Diskretion. Um den Schein zu wahren, haben der Berti und ich einen Investor erfunden, der nicht in der Öffentlichkeit auftreten will. Einen stillen Teilhaber, der sich erfreulich wenig einmischt, keine Fragen stellt und weit weg in Südamerika lebt. Das Geld von ihm kommt in Wahrheit allein vom Berti. Als er herausgefunden hat, dass der Florian einen Narren am Brauwesen gefressen hat und mit einer eigenen Brauerei einsteigen will, hat er Fakten geschaffen. Ich habe mit dem jungen Freiherrn Kontakt aufgenommen und Alfredo García ins Spiel gebracht. Damit war der Florian nicht auf seinen Onkel, den Ferdinand, angewiesen.«

»Weiß der, dass der Florian vom Adalbert ist?«

»Der Ferdinand? Darauf können Sie wetten.«

»Und was hat es mit dem verschwundenen Testament auf sich?«

Horngold zog die Brauen hoch und atmete tief durch. »Das fehlende Testament? Nun, da kann ich nur raten.«

»Dann machen Sie das doch mal.«

»Der Berti hat unter erheblichem Druck gestanden, zuletzt. Ich hätte nie geglaubt, dass er sich umbringen würde, aber er hat unter Druck gestanden, so viel weiß ich. Ist bedrängt worden. Das war nicht zu übersehen. Er hat Feinde gehabt. Wer ihm zugesetzt hat, weiß ich nicht. Die Konkurrenz, nehme ich an. In welcher Form auch immer. Er ist beobachtet worden. Diese Geier warten nur darauf, dass eine Firma schwächelt, damit sie zuschlagen können, wissen Sie? Es hat immer wieder Versuche seitens der Konzernbrauereien gegeben, Biber-Bräu aufzukaufen. Der Berti hat sich standhaft gewehrt, aber die sind zu allem fähig, wenn sie Profit riechen. Würde mich nicht wundern, wenn die neulich auch den Brunnen kontaminiert haben. Verstehen Sie, die schwächen Firmen, damit sie sie aufkaufen können. Ja, der Berti hatte eine Menge Feinde, die ihn und seine kleine Firma beobachtet haben. Er muss geahnt haben, dass etwas auf ihn zukam. Da hat er gehandelt. Indem er kein Testament hinterließ, hat er sich nicht erklären müssen, und die wissen jetzt nicht, woran sie sind. Ein Zustand, der immer noch anhält.«

»Aber dadurch geht jetzt die halbe Brauerei an seinen verhassten Sohn Ludwig. Hat er das so gewollt?«

»Offensichtlich hat er es in Kauf genommen. Der Berti hat

gewusst, dass die Ulrike nicht das Zeug hat, die Brauerei allein zu führen. Deshalb hat er sie auf lange Sicht mit dem Florian zusammenbringen wollen. Nicht als Liebhaber. Als Geschäftspartner. Zwei Brauereien arbeiten in Kooperation besser als gegeneinander. Die Konkurrenz der Konzernbrauereien ist ohnehin schon übermächtig. Wenn sich zwei kleine zusammenschließen und absprechen, hat das nur Vorteile. Nur war das halt leider nicht so ohne Weiteres möglich. Biber-Bräu und zu Lämmerberg sind traditionell verfehdet. Hat mit dem alten Gustl und dem Leopold zu tun. Außerdem ist die Ulrike stur wie sonst was. Die duldet niemanden neben sich, wenn es sich vermeiden lässt. Ohne Testament aber hat sie nun den Ludwig an der Backe. Man kann über den Ludwig sagen, was man will, aber blöd ist er nicht. Ich werde weiter daran arbeiten, dass der Berti seinen Willen bekommt, und Biber-Bräu und der Florian zusammenarbeiten. Vielleicht findet auch der Ludwig dort seinen Platz. Das Schlechteste wäre es bestimmt nicht. Weder für ihn noch für die Brauerei. Ich muss natürlich darauf bestehen, dass Sie beide das vertraulich behandeln, ja? Es hängt sehr viel davon ab. Der Berti und ich haben nicht ohne Grund so sorgfältig im Hintergrund agiert und mit verdeckten Karten gespielt.«

»Möchten Sie das näher ausführen?«

»Der Hauptgrund ist natürlich Ferdinand zu Lämmerberg.«

⁂

Ein garstiges Gespenst trieb Ludwig um, seit er heute Vormittag in Heidis Laden gewesen war. Eigentlich waren es mehrere Gespenster: die Spionin in der Firma, ein vermeintlicher Halbbruder und ein Papa, der »verletzlich« und »zerbrechlich« gewesen sein sollte. Jedem dieser Gespenster haftete etwas Unechtes an, etwas kaum Fassbares, was sie wiederum als Gespenster definierte.

Das größte Gespenst aber war erst im Laufe des Nachmittags erwacht, und seither ließ es Ludwig nicht mehr in Ruhe: Wenn der Florian ein Produkt der Orgien an der Wodansburg war, dann könnte das auch auf ihn selbst zutreffen. Der Florian sah dem Papa in der Tat ähnlich, und auch Ulrike hatte viel von ihm mitbekommen. Ludwig hingegen nicht. Vielleicht hatten sich Vater und Sohn immer fremd gefühlt, weil sie fremd waren.

Je mehr Ludwig sich in diese Theorie hineinsteigerte, desto plausibler erschien sie ihm. Der Papa hatte gewusst, dass der Florian sein Sohn war. Hatte er ebenso gewusst, dass er, Ludwig, es nicht war? Und falls dem so war, wessen Spross war er dann? Er musste sich noch einmal mit der Gudrun unterhalten und sie nach sämtlichen männlichen Mitgliedern dieser obskuren LSD-Clique aushorchen.

Inzwischen war der Nachmittag vorübergezogen. Nach dem Abendessen machte er sich zu Fuß durch den frühen Festbetrieb zum Brunnenwächterhaus auf. Das Fest und auch der bevorstehende Königinnen-Contest interessierten ihn nicht die Bohne. Nicht heute. Er wollte zu Christina. Vor allem, um mit ihr seine ungeheuerlichen Verdächtigungen zu diskutieren.

Anstandshalber schaute er am Kirchplatz vorbei, wo die Ulrike, der Harry und ein Typ, den er nicht kannte, Schankdienst ableisteten. Ulrike beschoss ihn mit strengen Blicken, aber anstelle einer höhnischen Spitze wurde ihm etwas zuteil, mit dem er am allerwenigsten gerechnet hatte.

»Du bist morgen Mittag bei uns zum Essen eingeladen«, schnarrte sie über die Theke herab.

Ludwig glaubte sich schon verhört zu haben, doch an diesem verrückten Tag war anscheinend alles möglich. »Wie komme ich zu der Ehre?«

»Der Ralf wird morgen sechzehn«, erwiderte sie. »Aus unerfindlichen Gründen mag er dich und möchte, dass du bei seinem Geburtstagsessen dabei bist.«

Ludwig war baff, richtiggehend gerührt. »Darf ich eine Freundin mitbringen?« Die Frage hatte sich ganz von selbst gestellt.

Ulrike grinste sardonisch auf ihn herab. »Bring sie ruhig mit, deine Heidi.«

Ludwig kam nicht dazu, die Lage richtigzustellen, weil ihm die Worte fehlten. Er ging weiter, verwirrt, erstaunt und irgendwie auch erfreut. Dieses Mittagessen wäre vielleicht auch eine Gelegenheit, Ulrike auf Susi Anrainer anzusprechen. Zwischenzeitlich ging Ludwig davon aus, dass sie von Anfang an auf eigene Faust gehandelt hatte und dass Ulrike wahrscheinlich auch nichts von der Spysoftware wusste, die sie ihm auf den Laptop gespielt hatte.

Zwanzig Minuten später war Ludwig im Brunnenwächterhaus, und Christina lockte ihn ins Wohnzimmer, wo sie an der offenen Terrassenfront Wein, Wasser, Trauben und Käse angerichtet hatte. Über der westlichen Talseite stand die Abendsonne und näherte sich dem hohen Haunstetter Forst an, um hinter ihm für ein paar Stunden zu verschwinden.

Ludwig sah einen langen, gemütlichen Abend auf sich zukommen und freute sich darauf. Doch zunächst hatte er andere Präferenzen. »Könnten wir erst mal nach oben gehen? Oder auf die Couch? Und dann werde ich dir ein paar unglaubliche Dinge erzählen.«

»Wie könnte jemand bei so einer Verheißung ablehnen?«, entgegnete Christina und zog ihn an sich.

***

Der Festakt lief sehr überschaubar an, alles in allem erwartete Harald aber mehr Besucher als am gestrigen Abend. Samstag war für die Leute seit jeher der genehmere Tag, um abends auszugehen. Außerdem entschied sich heute, wer die Beilngrieser Bierkönigin wurde. Da er Bier zapfte, würde er den Soloauftritt von der Cornelia leider nicht mitverfolgen können, aber er hatte keinen Zweifel daran, dass sie sich, vom Vinzenz angefeuert, gut schlagen würde. Sollte sie gar für Biber-Bräu die Königinnenwürde holen, wäre die Sensation perfekt.

Kurz nach sieben ließ sich der Ludwig am Kirchplatz sehen. Harald hatte noch immer Schwierigkeiten, ihn einzuschätzen. Ganz der Nichtsnutz, von dem die Ulrike und zuweilen auch der Berti gesprochen hatten, war er definitiv nicht. Vielleicht würde er sich gar als der bodenständige Gegenpol erweisen, den Ulrike dringend brauchte, um den Betrieb nicht gegen die Wand zu fahren.

Um acht waren sämtliche Sitzgelegenheiten vergeben. Die

Wirte entlang der Hauptstraße hatten ihre Biergärten mit Klappstühlen erweitert, aber auch das wurde dem Gästeandrang nicht gerecht. Musste es auch gar nicht. Eine große Schar drängte sich um die Podien, auf denen demnächst die Kandidatinnen auftreten würden.

Der Zittelmeier Franz kam des Weges, an seiner Seite die Blonde von gestern. Ein flüchtiger Gruß in Haralds Richtung machte klar, dass zwischen ihnen alles in Ordnung war. Ulrike hingegen tat so, als würde sie die beiden nicht sehen. Der Franz hatte ihm gestern versichert, dass zwischen ihm und ihr nicht wirklich etwas lief. Die Quickies in ihrem Büro waren nur Zeitvertreib, und seiner Darstellung nach hatte es insgesamt nicht mehr als drei gegeben. Dabei wollte er es auch belassen. Nicht zuletzt damit hatte Harald begriffen, dass auch er für Ulrike nur ein gelegentlicher Zeitvertreib war. Er hatte immer mehr von ihr gewollt, doch inzwischen war er sich seiner Gefühle nicht mehr so sicher.

»Hältst du eine Nachbesprechung für angebracht?«, fragte er beiläufig, während er synchron zwei Weizen kredenzte.

»Was?«, erwiderte Ulrike schreckhaft. Sie machte die Kasse, weil ihr für das Einschenken das Talent fehlte.

»Eine Nachbesprechung des Festes«, sagte Harald. »Montagabend in deinem Büro, wenn du willst.«

»Okay. Ich gebe dir noch Bescheid.«

***

Nackt und vollkommen entspannt stand Ludwig auf der Terrasse des Brunnenwächterhauses und genoss die letzten Sonnenstrahlen dieses Tages auf seiner Haut. Christina, nicht weniger unbekleidet, trat neben ihn und reichte ihm ein Glas Wasser.

»Um Mineralien aufzutanken«, sagte sie spitz und schmatzte ihm die Halbglatze.

Ludwig legte einen Arm um ihre Hüften und fragte sich, womit er so viel Glück verdient hatte.

»Du willst heute gar nicht auf das Fest?«, fragte sie.

Er schüttelte den Kopf. »Ich bleibe hier. Nicht dass du wieder auf die Idee kommst, nachts die Straßen unsicher zu machen. Nimm mich beim nächsten Mal wenigstens mit.«

»Ich weiß nicht, ob er sich dann blicken lassen würde«, entgegnete sie, schmatzte ihn noch einmal, um sich ihm dann elegant zu entwinden. »Julia und Anita waren allein im Auto, als es passiert ist.«

»Ein Grund mehr, nachts nicht allein herumzufahren.«

Ludwig war sich noch immer unschlüssig, wie er mit ihren Neurosen umgehen sollte. Ausreden durfte er sie ihr auf jeden Fall nicht. Das könnte sie brüskieren, sie vielleicht sogar verletzen, und diese schöne Sache, die sie da miteinander hatten, aufs Spiel setzen. Das war es nicht wert. Nichts war es wert, das hier zu gefährden.

Ludwig sah ihr fasziniert zu, wie sie ein paar Trauben naschte und zu ihrer Stereoanlage ging. Zu südamerikanischen Rhythmen tanzte und schwebte sie zu ihm auf die Terrasse zurück. »Komm, ich bringe dir bei, wie man Samba tanzt«, sagte sie und nahm ihn an der Hand mit auf den frisch gemähten Rasen.

Nach der Tanzstunde stöberte Ludwig in ihrer CD-Sammlung und entdeckte in ihrem Wohnzimmerschrank halb verdeckt hinter einer Zinnschale ein faustgroßes schwarzes Gerät. Er hatte so etwas noch nie gesehen, aber er durchschaute sofort, was es war.

»Christina«, rief er mit flauem Magen.

Sie kam und schaute ihn fragend an. Er hielt ihr das Gerät unter die Nase. »Bitte sag mir, dass du das hier nicht aufzeichnest.«

Ludwig beobachtete, wie ihre Augen größer und glasig wurden. Dann nahm sie die kleine Netzwerkkamera in zwei zitternde Hände und zerschlug sie lärmend auf dem Fußboden. Als sie wieder aufsah, hatte ihr Gesicht alle Farbe verloren. »Das war *er.*«

***

»Das ist es«, sagte Erna, als vor der Kulisse des untergehenden Sonnenballs das verfallene Gehöft Form annahm. »Dort hat er sie drei Monate lang gefangen gehalten und gefoltert. Die Kollegen sind durch puren Zufall darauf gestoßen. Seitdem ist das Haus versiegelt. Unser Lehrer ist leider sehr vorsichtig gewesen. Die wenige sichergestellte DNA konnte nur den drei Frauen zugeordnet werden.«

Sie folgte der schmalen Zufahrtsstraße, die sie zuletzt in Östergrunds Wagen befahren hatte. Wankel saß stumm auf dem Beifahrersitz.

»Das LKA setzt aufs völlig falsche Pferd«, fuhr sie fort. »Über Armin Schlawich kommen wir ihm nicht auf die Spur. Er hat bei seinem Tod eine schwarze Maske getragen. Der Mörder hat wahrscheinlich gar nicht gewusst, wen er da umbringt. Schlawich musste nur sterben, weil er ihm zu nahe gekommen ist. In seinem Tagebuch steht aber nichts dazu. Dieser ›Bruder‹, von dem er schreibt, ja, das könnte er sein. Aber wer dieser Bruder ist, hat er zeit seines Lebens nicht herausgefunden. Deshalb ist Schlawich eine Sackgasse. Hier müssen wir ansetzen, Erich. Hier, bei den zu Lämmerbergs. Der Lehrer muss einen Bezug zu diesem Haus haben.«

Wankel schwieg weiterhin.

»Warum sagst du nichts?«

Er schnaubte unmerklich. »Ich bereite mich schon mal mental auf den harten Zweikampf mit meiner Frau vor.«

»Soll ich das jetzt anzüglich verstehen?«

»Nein. Ultrabrutal. Es ist Samstagabend, und ich bin noch nicht zu Hause.«

»Also, was denkst du?«

»Ich könnte es mit Blumen probieren. Kennst du eine Tankstelle, die Blumengestecke verkauft?«

»Ich meine wegen des Hofes da!«

»Was wollen wir hier, Erna? Die Kollegen haben doch schon alles durchsucht und sichergestellt.«

»Ich weiß, was die Kollegen untersucht und sichergestellt haben. Ich interessiere mich für das, was sie nicht sichergestellt haben.«

»Den Sinn des Lebens?«

»Persönliche Sachen von Leopold zu Lämmerberg.«

»Die wird sich nach seinem Tod schon die bucklige Verwandtschaft geholt haben.«

»Bestimmt nur das, was sie für wertvoll erachtet haben.«

»Und wonach suchst du?«

»Ich weiß noch nicht. Alte Fotografien, Unterlagen über die Familienunternehmen, solche Dinge. Ich will herausfinden, an welchen Stellen sich Biber-Bräu und die Wege der Freiherren überkreuzen. Vielleicht gibt es noch mehr als die, die wir bereits kennen.«

Ein warmer Sommerwind strich über die Getreidefelder und umschmeichelte Ernas Gesicht, als sie ausstieg. Von den umgebenden Jurawäldern erhoben, bot diese Bergkuppe mit ihren Wölbungen und Senken eine wahre Postkartenidylle. Bei klarer Sicht wie heute konnte man vom höchsten Punkt wahrscheinlich bis zu den Alpen sehen. Das alte Bauernhaus mit seinen verfallenen Scheunen fügte sich wunderbar in diese Idylle, aber es markierte auch einen dunklen Anachronismus. Aus ihm schaute etwas Unheilvolles aus der Vergangenheit zu ihnen heraus. Erna fröstelte.

***

»Euer Bier schmeckt scheiße, aber die Party gestern war echt geil!«, war eins der weniger gefälligen Komplimente, die Florian an diesem Abend beim Ausschenken entgegennehmen musste, aber insgesamt verblieb ein rundum positives Resümee zum gestrigen Abend. Auch Beschwerden wegen des Lärms hatte es bislang keine gegeben. Die einzige Sorge, die ihn derzeit umtrieb, war eine angenehme: ihre Ressourcenknappheit. Wenn sie heute und morgen noch einmal so viel absetzten wie gestern, würde er nächste Woche ein paar Wirte vertrösten müssen.

Der Königinnen-Contest musste sich gerade in seiner heißen Phase befinden, aber davon bekamen sie hier am Nordende der Altstadt nichts mit. Das spiegelte sich auch im Verhalten der Besucher wider. Die meisten spazierten an ihrer mobilen Schänke vorbei und hätten sie ohne die grellen Farben vielleicht nicht mal bemerkt. Florian war aber zuversichtlich, dass sich das

Partyvolk auch heute wieder zu vorgerückter Stunde hier bei ihnen versammeln würde. Er und der Josef würden ausschenken, die Birgit kassieren und für den richtigen Sound sorgen. Ihre beiden Töchter verbrachten das gesamte Wochenende bei Birgits Eltern in Grampersdorf. Der Ferdinand blieb verschollen.

»Ihr zwei schmeißt den Laden doch sicher für zwanzig Minuten allein, oder?«, trug er seinen beiden Mitstreitern an. »Ich will mal nach der Hanna sehen.«

Birgit entließ ihn mit einer Geste des Großmuts, der Josef nickte mechanisch. Mit Slalom-Taktik bewegte sich Florian durch die Menschenmenge und eilte ins Herz der Beilngrieser Altstadt vor. Als er den Kirchplatz passierte, stach ihm der Falter Harry im Schankmobil der Bibers ins Auge. »Lämmerberger Hopfengold« war der Name, den Florian für sein Pendant zu Biber-Bräus Extradolde ersonnen hatte. Jetzt brauchte er nur noch einen Brauer, der dieses Bier nach seinen Vorstellungen und Erwartungen brauen konnte. Der Josef hatte mit der Lämmerberger Naturhellen ein phantastisches Bier gezaubert, aber einem feinherben Hopfentraum wie der Extradolde war er bislang noch nicht näher gekommen. In Teamwork wären er und der Harry unschlagbar.

In der Menge, die sich um das obere Podium geschart hatte, entdeckte Florian seinen Onkel. Wenigstens unterstützte er ihre zwei verbliebenen Kandidatinnen durch seine Anwesenheit, wo er sich schon vorm Ausschenken drückte.

Florian drängelte sich zu ihm durch. Sich aus dem Weg zu gehen, vertiefte nur den Graben zwischen ihnen. Im Grunde wollten sie beide dasselbe: dass ihre Familienbrauerei eine Zukunft hatte.

»Hey, Ferdinand!«

***

»Er ist hier drin gewesen«, hauchte Christina mit angezogenen Beinen auf ihrer Couch.

Ludwig saß bei ihr, wusste aber nicht recht, wie er sich verhalten sollte. Sie beide waren inzwischen wieder in Kleidung. Die Terrassentür war geschlossen, die Vorhänge zugezogen. Die

Plastikteile der zertrümmerten Überwachungskamera lagen noch auf dem Fußboden vor dem wuchtigen Wohnzimmerschrank. »Das offene Fenster«, fieberte Christina verbissen weiter. »Ich hätte es wissen müssen. Ich hätte mir trauen müssen.«

»Was für ein offenes Fenster?«, fragte Ludwig.

»Davon habe ich dir doch schon erzählt!«, fuhr sie ihn mit einem schnellen Seitenblick an. »Die Nacht, in der dein Vater gestorben ist. In der Nacht hatte ich mich mit Julia in einem Restaurant verabredet. Sie hatte dann ihren Unfall. Und ich kam nach Hause und fand ein nicht abgeschlossenes Schlafzimmerfenster vor. Das war er! Er war im Haus!«

»Aber die Fenster lassen sich nur von innen öffnen«, wandte Ludwig vorsichtig ein.

Das schien sie zu verunsichern. Sie wippte leicht vor und zurück und murmelte leise vor sich hin. Ludwig vernahm die Worte »Keller«, »Stimmen« und »Kissen«. Sie steigerte sich in etwas hinein. Er wiederum war sich gar nicht so sicher, ob nicht sie selbst diese Kamera aufgestellt hatte. Vielleicht in einer Art Zwangshandlung, die eigene Neurose zu bedienen.

Plötzlich sprang sie auf und eilte in den Flur hinaus. Ludwig nahm die Verfolgung auf. »Wo willst du hin?«

»Nach oben«, erwiderte sie gehetzt. »Er war im Haus. Vielleicht hat er noch mehr Kameras versteckt. Hilf mir suchen!«

Ein Hausmittel, wie man ihr diese Manie austrieb, fiel Ludwig gerade nicht ein, also fügte er sich. Der Abend war nun ohnehin gelaufen. Über mögliche Halbbrüder unter den Freiherren zu Lämmerberg, unbekannte Väter und LSD-trippende Eltern an der Wodansburg würden sie anderntags reden müssen.

***

In einem großen Raum im ersten Stock marschierte Erna auf knirschenden Holzdielen im Kreis. Ihre Schritte hallten dumpf von der niedrigen Decke wider, wo Längsbalken den meisten Schall schluckten. Bis auf Wankel, der stumm in einer Ecke lehnte, war der Raum leer. Drei Fenster in zwei Himmelsrichtungen ließen das letzte Abendlicht herein.

»Die waren wirklich gründlich«, sagte Erna.

»Die Kollegen?«, fragte Wankel.

»Die zu Lämmerbergs. Schlawich führt uns zu Biber-Bräu, der Lehrer aber war hier. Wieso? Wo ist die Verbindung?«

»Was stand noch mal in Schlawichs Buch? Er hat seinen ›Bruder‹ in jener Nacht am Brunnenwächterhaus gesehen, in der Adalbert Biber Selbstmord beging. Dieselbe Nacht, in der Christina Grangel nicht im Brunnenwächterhaus gewesen ist.«

»Weil sie ihre Freundin Julia getroffen hat«, ergänzte Erna. »Worauf willst du hinaus?«

»Dieses Treffen kann uns keiner mehr bestätigen«, sagte Wankel. »Vielleicht hat es gar nicht stattgefunden.«

Erna blieb stehen und suchte den Blick ihres Kollegen. »Noch mal: Worauf willst du hinaus, Erich?«

»Was, wenn Christina Grangel hier war?«

»Hier? An diesem Hof? Himmel, wie kommst du denn darauf? Natürlich war sie hier! Als Gefangene.«

Wankel schnutete die Lippen. »So meinte ich das nicht. Warum wohnt sie in Beilngries? So nah an diesem Gehöft? Zufall? Hm. Was, wenn Sie sich an diesen Ort erinnern konnte?«

»Tut mir leid, Erich, ich weiß immer noch nicht, was du mir sagen willst.«

Wankel löste sich aus seiner Ecke und ging seinerseits im Raum auf und ab. »Was, wenn sie durchgedreht ist? Du weißt schon, Angstzustände, Paranoia, Alkohol. Vielleicht ist bei ihr eine Sicherung durchgeschmort. Dieses Gehöft hat vielleicht noch dazu beigetragen.«

»Du denkst, *sie* war es?«, fragte Erna. »*Sie* hat Schlawich ermordet und auf Östergrund eingestochen? Erich, sie hat ihm das Leben gerettet!«

»Ich hatte es schon einmal mit einer Frau mit Persönlichkeitsspaltung zu tun – und damit meine ich nicht meine Schwiegermutter.«

Erna atmete geräuschvoll aus. »Weißt du, was witzig ist, Erich? Ich habe eine Weile mit Östergrund gestritten, ob der Lehrer nicht eine Frau sein könnte. Und jetzt kommst du mit so einer Theorie.«

»Natürlich ist Christina Grangel nicht der Lehrer«, wandte Wankel ein. »Sie war ja eine der Gefangenen. Aber sie könnte ihm sozusagen neues Leben eingehaucht haben. Eine Reaktion auf ihre Psychosen. Eine Art unfreiwillige Selbsttherapie.«

»Und wo ist der echte Lehrer?«

Wankel schnaufte vernehmlich. »Hat es sich vielleicht schon mit drei neuen Schülerinnen in einer anderen Schule bequem gemacht.«

Erna schüttelte entschieden den Kopf. »Das glaube ich nicht. Der Lehrer ist hier.«

»Hier?«

»In Beilngries. Östergrund hat ihn gefunden. Und Armin Schlawich hat alles beobachtet. Der, den er in seinem Buch ›Bruder‹ nennt, ist der Lehrer. Der ›Tänzer in der Finsternis‹. Östergrund hat ihn endlich gefunden. Als er Christina Grangel einkreiste. Es ist alles da, Erich! Nur wo kommen die zu Lämmerbergs ins Spiel? Mit einer Sache aber triffst du vollkommen ins Schwarze: Es kann kein Zufall sein, dass Christina in Beilngries gelandet ist. In Beilngries, vor der Nase des Lehrers.«

***

Cornelia war ziemlich niedergeschlagen, als sie mit ihrem Freund Vinzenz am Kirchplatz auftauchte. Die Königinnenwahl war entschieden, und sie hatte nicht gewonnen. Ulrikes Aufgabe wäre nun gewesen, sie aufzumuntern und ihr zu versichern, dass man trotzdem stolz auf sie war. Da sie dem nicht nachkam, übernahm es Harald und schloss sie unter Billigung vom Vinzenz in seine Arme. Anschließend stellte er beiden eine Halbe hin, die sie zügig austranken und sich dann schnell vom Acker machten.

Biber-Bräus Kandidatin hatte nicht gewonnen, nichtsdestotrotz war Harald mit dem Wahlausgang zufrieden. Die Sieb Hanna hatte nämlich ebenfalls nicht gewonnen, sondern eine angehende Braumeisterin einer Eichstätter Brauerei. Es passte schon so, dass man jemanden gekürt hatte, der tatsächlich was vom Brauen verstand, und keine Schankkellnerin oder Bürokraft.

»Wieso kommst du eigentlich mit der Cornelia nicht zurecht?«, fragte Harald Ulrike.

»Keine Ahnung, was du meinst«, sagte sie abwiegelnd und widmete sich der Kundschaft.

Harald beließ es dabei, vermutete aber, dass Cornelias Vater der Grund war. Der Horngold Siggi war der beste Freund vom Chef und auch sein Testamentsverwalter gewesen. Ulrike gab ihm die Schuld, dass jetzt keins da war, wo sie eins brauchte, um den Ludwig auszustechen.

***

Ludwig kehrte die Überreste der Kamera in eine Plastikschaufel aus der Küche. Er verstand von moderner Überwachungstechnologie genug, um zu wissen, dass der Empfänger dieses Senders nicht zwangsweise in der Nähe sein musste. Manche Leute konnten mit ihrem Smartphone an ihrem Urlaubsort am anderen Weltende überprüfen, was gerade in ihrer Hofeinfahrt passierte. Das hier war wahrscheinlich dasselbe. Der Empfänger konnte überall sitzen. Oder die Sachlage war viel einfacher: Es gab gar keinen Empfänger, weil Christina dieses Ding installiert hatte.

»Ich schlage vor, wir rufen die Polizei«, trug Ludwig ihr in der Küche an, wo sie nervös an ihren Fingernägeln kaute. »Die finden sicher raus, was es damit auf sich hat.«

Christina aber schüttelte den Kopf. »Östergrund liegt in der Klinik. Kein anderer versteht, was hier passiert.«

»Ich kenne eine Polizistin aus Ingolstadt, die uns helfen könnte«, sagte Ludwig und kramte in seiner Brieftasche nach Erna Starcks Visitenkarte.

***

Erna hatte Wankel gerade vor seinem Haus abgesetzt, als ihr Diensthandy klingelte. Das Display verriet einen unbekannten Teilnehmer, der von einer Festnetznummer im Raum Beilngries anrief. Erna meldete sich.

»Ja, äh … hallo! Ich hoffe, ich störe nicht allzu sehr. Hier spricht Ludwig Biber. Hab's erst bei Ihnen zu Hause probiert wie beim letzten Mal, aber da geht keiner ran. Ihr Freund, oder was Sie da haben, ist wohl außer Haus.«

»Sie können ja kombinieren«, retournierte Erna. »Kann ich was für Sie tun, Herr Biber?«

»Ich hoffe es. *Wir* hoffen es. Ich bin hier bei der Christina, und wir haben gerade eine Überwachungskamera in ihrem Wohnzimmer gefunden.«

»Wie darf ich das verstehen?«

»Na ja, es ist nicht ihre Kamera. Und sie kann sich nicht erklären, wo sie herkommt.«

In Ernas Kopf arbeitete es. Das war die letzte Bestätigung dafür, dass die Drohungen des Lehrers keine leeren Versprechen waren. Womöglich waren auch in den Wohnungen von Julia Öttl und Anita Slawy Kameras und Wanzen versteckt gewesen.

»Herr Biber, können Sie es einrichten, heute Nacht bei ihr zu bleiben und auf sie aufzupassen?«

»Öhm … ja, das sollte möglich sein. Glauben Sie, sie ist in Gefahr?«

»Ja«, antwortete Erna ehrlich. »Ich komme morgen bei Ihnen vorbei. Vorab könnten Sie etwas in Erfahrung bringen.«

»Was denn?«

»Finden Sie heraus, wie Christina auf das Brunnenwächterhaus gestoßen ist. Wie es dazu gekommen ist, dass sie sich als Mieterin beworben hat. Sie verstehen schon.«

»Gut, mache ich«, sagte Biber. »Vielleicht könnten Sie mir im Gegenzug einen Rat geben: Wie geht man mit Betriebsspionen um?«

»Sie haben einen Betriebsspion? Wen?«

Biber zierte sich. »Hören Sie, ich weiß noch nicht, ob und wie ich das beweisen kann, deshalb möchte ich vorerst lieber keine Namen nennen.«

»Raus damit, Herr Biber«, erwiderte Erna ungeduldig. »Wer ist es? Das könnte von immenser Bedeutung sein.«

Nach kurzem Zögern nannte Biber den Namen. Erna bedankte sich und legte auf. Eine Betriebsspionin bei Biber-Bräu.

Das könnte die noch ausstehende Schnittstelle zu den zu Lämmerbergs sein.

***

»Sie kommt uns morgen besuchen«, sagte Ludwig, als er bei Christina am Küchentisch Platz nahm. Das Wohnzimmer hatte sie seit dem Kamerafund nicht mehr betreten. »Ich habe ein gutes Gefühl bei ihr. Wenn die Kriminaltechniker die Teile untersuchen, können sie vielleicht die Empfangsstation ausfindig machen.« Daran glaubte Ludwig zwar nicht, doch es mochte helfen, Christina wieder auf Spur zu bringen. »Dann kriegen sie den Mistkerl endlich.«

Christina antwortete nicht, starrte nur apathisch geradeaus. Ludwig, der die Sache seit dem Telefonat mit Erna Starck ein wenig anders bewertete, legte seine Hände auf die ihrigen und drückte sie. Die Kripobeamtin hatte kein bisschen erstaunt geklungen. Fast, als hätte sie damit gerechnet. Womöglich war Christinas einstiger Entführer also doch in der Nähe. Die Vorstellung war beängstigend.

»Wir haben keine weiteren Geräte gefunden«, sprach Ludwig beruhigend auf Christina ein. »Also werden auch keine da sein. Wir sind allein. Und das Haus ist sicher verschlossen.«

»Nichts ist sicher verschlossen«, entgegnete Christina und erwiderte den Händedruck. Endlich fand ihn auch ihr Blick. Der Fund im Wohnzimmer hatte sie verstört und eingeschüchtert, doch aus ihren Augen sprachen jetzt Stolz und Stärke. »Nichts ist vor ihm sicher, Ludwig. Wenn er zu mir will, wird er das auch schaffen.« Sie entschlüpfte seinen Händen und stand auf. »Ich verstecke mich nicht mehr. Nie wieder. Wenn er mich will, soll er kommen. Jetzt gleich.«

Sie rauschte davon. Ludwig war höchst alarmiert. Sie verhielt sich wie jemand, der gleich etwas sehr Dummes oder sehr Leichtsinniges anstellen würde. Tatsächlich fand er sie an der Haustür. Sie sperrte auf!

Ludwig stürzte zu ihr. »Warte, was machst du denn? Lass das! Lass die Tür zu!«

Christina aber ließ sich nicht beirren und riss die wuchtige Holztür bis zum Anschlag auf. Die frische Nachtluft zog herein, im Gepäck der Partylärm des Bierfestivals in der Altstadt. Jenseits der Mauer, auf der gegenüberliegenden Straßenseite, glomm eine Straßenlaterne. Auch die Hofbeleuchtung tat ihre Pflicht, als Christina nach draußen lief.

»ICH BIN HIER!«, schrie sie schrill in die Nacht hinaus und vollführte in der Hofmitte eine ballerinahafte Drehung. »BIST DU ES AUCH? SAG SCHON!«

Ludwig wollte sie zurückholen, stattdessen verharrte er wie erstarrt an der offenen Pforte und schaute sich wachsam um. Von den Hausecken zu beiden Seiten gähnte die Schwärze hervor.

Christina schrie erneut und fuchtelte einladend mit ihren Armen: »NA SAG SCHON! WO BIST DU? WARUM KOMMST DU NICHT? HIER BIN ICH!«

Ich kann sie nicht schützen, hämmerte es in Ludwigs Kopf. Sein Mund war staubtrocken, sein Herz schlug schneller. Die Schwärze schien von beiden Seiten näher zu kommen. Er fühlte sich vollkommen hilflos.

»WARUM VERSTECKST DU DICH, DU FEIGLING?«, rief Christina und riss ihre Bluse auf. Darunter trug sie nichts. »ICH BIN HIER! KOMM DOCH!«

Die Bluse flog, und Christina machte weiter. Ekstatisch tobend und gegen ein unsichtbares Phantom zeternd, zog sie sich vollkommen aus, bis sich Ludwig ein Herz fasste und sie gewaltsam ins Haus zurückschleifte. Er schloss die Tür und sperrte zweimal ab.

Christina packte ihn an der Hand und zog ihn mit sich. »Na los, wir werden jetzt noch mal gegen das Reinheitsgebot verstoßen.«

Zu Ludwigs Überraschung gingen sie ins Wohnzimmer. Als Christina die Vorhänge aufzog, fürchtete er schon, sie wollte es auf der Terrasse tun, doch seine Sorge war unbegründet.

»Da ist noch etwas, was ich dich fragen wollte«, sagte er später, als sie erschöpft und umschlungen am Fußboden vor der Couch kauerten. »Wie bist du eigentlich auf Beilngries und das Brunnenwächterhaus gestoßen?«

»Oh, das war ein recht glücklicher Zufall«, antwortete Christina. »Meine damalige Nachbarin in Nürnberg hat oft Einkäufe für mich erledigt. Eines Morgens hat ein in Zeitungspapier eingewickelter Salatkopf vor meiner Tür gelegen. Zuoberst prangte das Inserat des Brunnenwächterhauses. Als ich das Foto mit der hohen Mauer sah, wollte ich unbedingt dort einziehen.«

***

Zu vorgerückter Stunde zog es vor allem das junge Partyvolk wie gestern überwiegend zum Nordende hinauf, während am Kirchplatz der Festbetrieb allmählich abflaute. Den Schankbetrieb meisterte der Wastie inzwischen allein. Harald saß beim Hansi, der sich heute ziemlich volllaufen ließ. Er war frustriert, weil er nicht bei der blonden Säuferin im Brunnenwächterhaus landen konnte.

»Dass der Berti bei den Weibern ein Schlawiner war, ham ja alle gewusst«, lallte er mit einem gehässigen Grinsen. »Dass auch sein Töchterlein nix anbrennen lässt, auch. Aber der Ludwig? Wer hätt denn das geglaubt, sag? Der Ludwig, diese kleine, aufgeblasene Kugel. Ich hätt ihm ja viel zugetraut, aber dass er ein Aufreißer ist? Pah! Echt, ich glaub's immer noch nicht.«

Er hob seinen Krug, Harald stieß mit ihm an, dann tranken sie beherzt, um das zuvor Gesagte zu unterstreichen. Betrunkene mit Seelenschmerz sollte man einfach reden lassen, doch da der Hansi gerade auch Ulrike erwähnt hatte, sah sich Harald genötigt, einzuhaken. Anscheinend wusste auch er schon von ihrem »Zeitvertreib« mit dem Zittelmeier Franz.

»Was meinst du damit, dass die Ulrike nichts anbrennen lässt?«

»Na was wohl.« Der Hansi grinste, diesmal eine volle Breitseite. »Dass sie da ein sehr bedürftiges Gröttchen zwischen ihren Hax'n hat. Da muss sogar die Susi manchmal ran. Hast du das gewusst? Nein, freilich nicht. Ha!«

Harald starrte in die bierselige Grinsemiene seines Gegenübers und versuchte zu eruieren, was er davon halten sollte. Der Hansi war nicht der Typ, der sich so was ausdachte, auch nicht im Suff. »Die Susi?«

»Oh yeah, freiweg. Glaub's nur, Harry. Wastie! Schenk noch zwei ein!«

Nachfolgend erfuhr Harald, dass Susanne Anrainer in Ulrikes Büro wohl zuweilen ähnliche Überstunden machte wie er. Doch damit nicht genug.

»Auch ich hab's ihr schon mal besorgt«, behauptete der Hansi glucksend. »Ist schon ein paar Jahre her. Da kam sie abends mal zu mir in die Werkstatt, als sonst keiner mehr da war. Sie kann ziemlich laut werden, wenn's ihr gefällt, sag ich dir. Aber das weißt du ja selbst. Gell? Hat 'ne lustige Muschi, unsere Chefin. Der Kass besorgt's ihr auch manchmal.«

Harald konnte es nicht fassen. »W… was?«

Der Hansi nickte feierlich und trank von seiner Halben, wie um seiner Geschichte Wahrheit und Tatsache einzuverleiben. »Hat er mir erzählt.«

***

Das Schlafzimmerlicht brannte noch, aber Christina war eingeschlafen. Im späteren Verlauf des Abends hatten sie nun doch noch über jene Dinge sprechen können, die Ludwig so sehr auf dem Herzen lagen. Christina hatte allem gelauscht, ihr Kopf auf seiner Brust ruhend. So wie Ilanas, wenn er sich sein Ungemach über die Versicherungsbranche von der Seele redete. Christina brauchte er jedoch nicht dafür zu bezahlen.

Was für ein Glück, dass er Beilngries nicht vorzeitig verlassen hatte. All das wäre ihm entgangen.

Er entwand sich ihr vorsichtig und stieg aus dem Bett. Es war schon nach Mitternacht. Noch ein Schluck Wein, dann würde er gut schlafen können. Erst als er das Licht löschte und Dunkelheit eintrat, fiel ihm auf, dass draußen das Hoflicht brannte. Möglicherweise hatte eine streunende Katze den Bewegungsmelder ausgelöst.

Ludwig ging ans Fenster, schob die halb durchsichtigen Gardinen beiseite und erschrak. Unten im Hof, umlagert von Christinas weggeworfenen Klamotten, stand still wie eine Statue ein Mann. Als er Ludwig am Fenster bemerkte, hob er unaufgeregt die Hand und winkte. Ludwig kniff sich in den Finger, um sicherzustellen, dass er keiner Traumerscheinung aufgesessen war. Der Mann im Hof war noch immer da, doch nun winkte er nicht mehr, sondern forderte ihn gestenreich auf, zu ihm zu kommen.

Noch an der verschlossenen Haustür zauderte Ludwig. Christina fürchtete sich vor einem Wahnsinnigen, doch damit konnte nicht der dort draußen gemeint sein. Trotzdem war es mehr als eigenartig, dass er um diese Uhrzeit uneingeladen und vor allem ohne die Torschelle benutzt zu haben im Hof stand. Die Erklärung dazu interessierte Ludwig brennend. Er schloss auf und öffnete.

Partylärm aus der Altstadt war nicht mehr zu hören. Ferdinand zu Lämmerberg hatte sich ein paar Schritte angenähert, doch reinkommen wollte er offensichtlich nicht. Ludwig hätte ihn auch nicht gelassen.

»Sag mal, was soll denn das?«, fuhr er den Freiherrn an. »Was willst du denn hier?«

»Endlich ein ernstes Wort mit dir reden, Ludwig.« Er kam noch zwei Schritte näher. »Mir scheint, dir fehlt das Gespür für den richtigen Zeitpunkt. Und der Mumm, sich bietende Gelegenheiten beim Schopf zu packen.« Er trug einen plump aussehenden weinroten Anzug. Sein Gesicht lächelte vage, doch das war nur eine Maske.

»Ich hab keine Ahnung, was du meinst«, erwiderte Ludwig wachsam. *Die Gelegenheit beim Schopf packen.* Genau das hatte er doch getan. Nur deshalb war er jetzt mit Christina zusammen.

»Wann nimmst du dir endlich, was dir zusteht?«, fragte der Ferdinand und tat einen weiteren entspannten Schritt. »Wen fürchtest du? Deine Schwester? Den Horngold?«

Ludwig hatte keine Lust, sich auf seinem Boden rechtfertigen zu müssen. »Was, verflucht noch mal, willst du von mir, Ferdinand? Wie bist du überhaupt hier reingekommen? Das Tor ist doch zu, oder?«

»Selbst für einen nicht mehr so frischen Kerl wie mich ist es nicht schwer, diese ausgemergelte Mauer zu übersteigen. Ich bin deinetwegen hier.«

»Und woher weißt du, dass ich hier bin?«

»Ich weiß eine Menge.«

»Zum Beispiel, dass dein Neffe mit Nachnamen auch ›Biber‹ heißen könnte?«

Nun stahl sich ein echtes Lächeln in Ferdinands Miene. »Oh, wie ich sehe, hast du deine Hausaufgaben gemacht. Das ist mehr, als ich erwartet habe, um ehrlich zu sein. Du hast bis jetzt leider nicht den Eindruck erweckt, dass dich irgendetwas hiervon schert.«

Allmählich wurde Ludwig wütend. »Wovon?«

»Die Zukunft deiner Brauerei. Die Zukunft unserer Brauereien.«

»Darum geht's wieder?«, erwiderte Ludwig genervt. »Und das müssen wir jetzt, mitten in der Nacht, besprechen? Spinnst du?«

»Es geht um viel mehr als das«, entgegnete der Ferdinand ruhig. »Zum Beispiel um dich. Du bist eine Enttäuschung, weißt du das? Anstatt für klare Verhältnisse zu sorgen und deinen Anspruch auf die Brauerei zu festigen, machst du hier mit dieser Schlampe rum. Was soll das, Ludwig? Hast du nie gelernt, wie man kämpft?«

Dies war nicht der freundliche Ferdinand, mit dem Ludwig es die letzten beiden Male zu tun gehabt hatte. »Nur weiter so. Damit erhöhst du nicht gerade die Chance auf eine Zusammenarbeit zwischen unseren Häusern.«

»Und du nicht die Chance, dass man dich ernst nimmt. Wer oder was hält dich zurück, Ludwig? Der Horngold? Mit dem werden wir fertig.«

»Was willst du denn ständig mit dem Horngold? Und was heißt hier wir?« In dem Augenblick dämmerte Ludwig etwas. »Natürlich«, sagte er. »Die Anrainer Susi. *Du* hast die bei uns eingeschleust, nicht wahr? Dir berichtet sie die ganze Zeit.«

Der Ferdinand reagierte mit einem amüsierten Lippenkräuseln. »Was knobelst du dir denn da für einen Stuss zusammen?« Er tat noch einen Schritt, womit er der Türschwelle allmählich gefährlich nahe kam. Ludwig war kurz davor, ihm die Tür einfach vor der Nase zuzuknallen.

»Hör mir zu«, sagte der Ferdinand. »Die Zeit läuft nicht zu deinen Gunsten. Mit jeder Woche, die du abwartest, sitzt deine Schwester fester im Sattel. Du musst sie schlagen, solange du es noch kannst.«

»Ich weiß noch nicht mal, ob ich die Firma haben will«, hielt Ludwig ihm entgegen. »Ich habe nur Scherereien damit.«

»Natürlich willst du sie. Weil sie dir zusteht.«

»Sie steht aber auch meiner Schwester zu.«

»Die zu nicht viel mehr taugt, als die Beine breit zu machen.«

Nach Christina beleidigte er jetzt auch noch Ulrike. Ludwig reichte es. »Verschwinde, Ferdinand. Und schmink dir unsere Zusammenarbeit ab.«

Die Haustür war schon fast zu, als der Freiherr sein ultimatives Geschütz auffuhr: »Ich bin dein Vater, Ludwig.«

***

Die Birgit war mit dem Kassenbestand schon nach Hause gefahren, Florian und sein Chefbrauer machten noch die Schänke sauber. Florian wähnte sich kurz vor einem erschöpfungsbedingten Zusammenbruch, doch er hätte nicht zufriedener sein können. Auch dieser Abend war als Sieg zu verbuchen. Die Lämmerberger Naturhelle war endgültig bei den Menschen angekommen. Nicht jedem zahlenden Kunden hatte sie geschmeckt, aber das lag in der Natur der Sache.

»Wenn ich nicht so hundemüde wäre, Josef«, sagte Florian und klopfte seinem Bierkünstler die Schulter, »würde ich dich jetzt noch auf einen guten Schlierseewhisky einladen. Aber das holen wir einfach mal nach.«

Der Josef wirkte so verkrampft und angreifbar wie fast immer. Mit Lob konnte er noch weniger umgehen als mit Konfrontation. Er schaute an Florian vorbei. »Schau mal, wer da kommt.«

Florian fuhr herum und sah den Falter Harry auf sich zukommen, deutlich nüchterner als gestern. »Servus!«

Florian erwiderte den Gruß. »Hast noch Durst?«

Der Falter verneinte. »Wenn's dir recht ist, Florian, komm ich am Montag mal vorbei. Dann können wir uns unterhalten.«

»Montag? Ah … ja. Klar. Komm vorbei.«

Falter nickte und ging seines Weges.

Florian wechselte einen Blick mit seinem Braumeister. »Was man lange genug gießt, sprießt irgendwann, was?«, merkte er an und grinste.

Der Josef nickte bemerkenswert sachlich und emotionslos. »Ja, gießen hilft immer. Gießen und hebeln.«

Gießen und hebeln. Florian begann erst zu Hause darüber nachzudenken, was damit gemeint sein könnte. *Gießen und hebeln.* Vielleicht war das nur ein Sprichwort, vielleicht aber hatte der Josef damit etwas eingestanden, was Florian schon einmal vage angedacht hatte. Rio Freitag hatte nicht widersprochen, als Florian ihn auf den vergifteten Brunnen bei den Bibers angesprochen hatte. Das musste aber nichts bedeuten. Freitag hatte allem Anschein nach auch in Bezug auf das Testament geblufft. Der Dreckskerl war talentiert darin, Informationen zu seinem Vorteil zu verwerten. Dass Florian ihn der Vergiftung verdächtigt hatte, war ihm möglicherweise gerade recht gekommen, um ihre Geschäftsbeziehung auf ein neues Level zu heben und Florian unter Druck zu setzen.

Falls aber nicht Freitag den Brunnen vergiftet hatte, musste es jemand anderes gewesen sein. Der Josef hatte sich intensiv mit Biber-Bräu befasst, bevor er mit dem Experimentieren anfing, etwas Gleichwertiges wie Harald Falters Extradolde zu kreieren. Er hatte sich dazu auch heimlich eine Wasserprobe aus dem Brunnen der Bibers besorgt. Hatte er den Schacht womöglich noch ein zweites Mal aufgesucht und ihn kontaminiert? Aus Frust, weil er auf kein so hochwertiges Brauwasser zugreifen konnte? Oder einfach, um Harald Falter leichter von Biber-Bräu rauszulösen?

Florian war ein wenig beunruhigt, aber er nahm sich vor, seinen Braumeister nie danach zu fragen. Manche Dinge wusste man besser nicht.

***

Vieles wäre Ludwig im Leben erträglicher gewesen, hätte er das früher gewusst. Oder wenigstens geahnt. Dann hätte er verstanden. Verstanden, warum er seinem Vater nie Sohn genug gewesen war. Warum er nie von ihm Liebe erfahren hatte, während er Ulrike vergötterte. Das Gespenst eines unbekannten Vaters jagte ihn schon seit seinem vormittäglichen Gespräch mit der Sommer Gudrun. Doch ausgerechnet hier und jetzt diese Offenbarung vom Ferdinand zu hören, erschien ihm wie blanker, grausamer Hohn.

»Wir können es zu gegebener Zeit auf einen DNA-Vergleich ankommen lassen, wenn du willst.« Der Ferdinand lächelte mit geöffneten Händen, doch darin lag so wenig väterliche Zuneigung wie bei Adalbert Biber.

Ludwig hatte keinen Vater und nie einen gehabt.

»Du kannst doch unmöglich zu dieser Clique gehört haben.« Mit kaltem Schweiß auf der Stirn verharrte Ludwig im Türrahmen und versuchte, seine Sinne beisammenzuhalten. »Du warst doch studieren damals, oder nicht?«

Der Ferdinand nickte. »Das ist richtig. Ich war fort, als meine Schwester für diese unsägliche Familienschande gesorgt hat. Als ich nach Hause gekommen bin, erwarteten mich vollendete Tatsachen: Die Lydia würde den verwitweten Spross einer norddeutschen Sekundogenitur heiraten, einen Mann von vierundsiebzig Jahren. Das hat unser Vater so entschieden und eingefädelt. Ich habe es nicht fassen können. Sie hatte sich schwängern lassen. Und das auch noch ausgerechnet vom Biber Berti. *Einem Biber!* Ich war enttäuscht von meiner Schwester. Aber auch von meinem Vater, der es zugelassen hatte, dass sie sich mit dieser dämlichen Hippiebande abgab.«

»Es ist nicht sicher, wer Florians Vater ist«, wandte Ludwig ein. »Erst heute Morgen habe ich ein Gespräch mit der Sommer Gudrun geführt. Die hat auch zu der Clique gehört. Deine Schwester hat auch mit anderen Männern geschlafen.«

Ferdinand winkte kopfschüttelnd ab. »Das will ich gar nicht ausschließen, aber der Biber Berti war es, in den sie vernarrt war. Ja, sie hat diesen aufgeblasenen Dämlack angebetet. Ausgerechnet den jungen Biber. Wusstest du, dass der alte Biber Anfang der Sechziger für den Niedergang unserer Brauerei verantwortlich war? Nein, wohl kaum weißt du das. Der Gustl hat meinen Vater aus dem Geschäft gedrängt und unser Familienunternehmen für Jahrzehnte beschädigt. Tja, und meiner Schwester fiel nichts Dümmeres ein, als mit dessen missratenem Sohn anzubandeln. Ja, das war enttäuschend, und ich bin mir bis heute nicht sicher, ob sie je kapiert hat, wie sehr sie mit diesem Burschen unsere Familie befleckt hat. Das LSD und das andere Zeug haben ihr nicht gutgetan, weißt du? So ähnlich wie bei deiner Mutter. Ich bin froh, dass aus dem Florian trotzdem ein respektabler Kerl geworden ist.«

»Wie?«, fragte Ludwig heiser. »Wie kannst du mein Vater sein? Woher hast du meine Mutter gekannt?«

»Ich habe sie nicht gekannt«, antwortete der Ferdinand lapidar. »Aber ich wusste, dass sie mit dem Biber Berti zusammen war. Eines Abends ist sie mir in den Weg gekommen. Sie hat in anderen Sphären geschwebt, so wie das bei diesen Idioten üblich war. Da sind wir uns nähergekommen.«

Ludwig glaubte ihm nur zur Hälfte. »Du hast sie vergewaltigt. Du hast ihr aufgelauert, die Gelegenheit abgewartet und sie vergewaltigt. Weil du meintest, deine Schwester rächen zu müssen. Und ich bin das Produkt davon.«

Der Ferdinand stritt es nicht mal ab. »Ich wollte sie nicht schwängern, aber es ist wohl passiert, wenn ich mir dich so ansehe. Der Berti hat deine Mutter dann bald geheiratet.«

»Aber er hat auch gewusst, dass ich nicht von ihm bin. Und deshalb hat er mich von Kind auf gehasst.«

»Ja, ein ziemlich charakterloser Zug von ihm, nicht? Die Lydia hatte einen alten Mann heiraten müssen, aber der hat den Florian angenommen wie seinen eigenen Sohn.«

Ludwig rang mit einer Schwindelattacke und hielt sich am Türstock fest. Nicht zu glauben, dass der Ferdinand anderen charakterlose Züge attestierte, während er eine Vergewaltigung gestand. Er war über die Mama hergefallen. Vielleicht hatten nicht nur die Drogen ihren Geist zerstört, sondern auch das Trauma. Das Unverständnis der Vergewaltigung.

»Jetzt müssen wir in die Zukunft blicken, Ludwig«, sagte der Ferdinand mit eindringlich stierendem Blick. »Dir steht die Hälfte der Biber-Brauerei zu. Nimm sie dir endlich! Du trägst den Namen Biber, aber hat dir dieser Name je was bedeutet? Hast du von den Bibers je etwas anderes erfahren als Ablehnung? Ich glaube nicht. Ludwig, ich wäre bereit, dich als meinen Sohn anzuerkennen. Du entstammst meiner Linie. Damit bist du ein zu Lämmerberg. Wenn du es nur willst. Wir könnten unsere Brauereien fusionieren. Mit deiner Schwester werden wir fertig, falls sie sich querstellt. Mit dem Horngold auch.«

»Ich will nicht von dir als Sohn anerkannt werden«, sagte Ludwig und wich zurück. »Als Kind hätte ich einen Vater gebraucht. Heute brauche ich keinen mehr.«

Zittrig schloss er die Haustür und sperrte ab. In Christinas Schlafzimmer zurück schaffte er es nicht. Die Treppe nach oben erschien unüberwindbar. Noch im Flur ließ er sich nieder und brach enttäuscht und wütend in Tränen aus.

Es lehren die Lehrer so laut

Erna bezweifelte, dass Claudios Kollegen viel damit anfangen konnten, doch sie tütete die Brösel und Plastiktrümmer ein. Ob das tatsächlich eine Kamera gewesen war, ließ sich nicht mehr verifizieren, doch sie sah keinen Grund, an Bibers und Grangels Worten zu zweifeln. Vielmehr zweifelte sie ein wenig an Östergrund. Christina Grangel machte nicht den Eindruck einer verängstigten, zurückgezogenen Frau, so wie er sie ihr stets beschrieben hatte. Auch den Fund einer Kamera in ihrem Wohnzimmer schien sie leichter zu verwinden als Ludwig Biber, der an diesem Vormittag denkbar blass und betreten aussah.

In den eigenen, vertrauten vier Wänden heimlich aufgezeichnet zu werden, war fraglos ein eklatanter Einschnitt in heimische Unversehrtheit, doch viel mehr als der Vermieter müsste eigentlich die hier wohnende Mieterin verstört sein. Das Gegenteil war der Fall. Christina Grangel schilderte kühl, geradezu abgebrüht, wie sie schon vor Wochen den Verdacht gehegt hatte, dass sich während ihrer Abwesenheit jemand in ihrem Haus aufgehalten hatte. Ludwig Biber saß schweigend und eingefallen neben ihr.

»Haben Sie Ihre Betriebsspionin schon angezeigt, Herr Biber?«

Er sah auf, wie aus einem fernen Gedankengang gerissen. »Wie? Nein. Ich muss das erst noch mit meiner Schwester besprechen.«

Erna überlegte, ob sie Ferdinand zu Lämmerberg ins Spiel bringen sollte, und entschied sich dagegen. Womöglich würde der Freiherr dann zu früh spitzkriegen, dass er wieder im Fokus ihrer Ermittlungen stand. Er und seine potenzielle Agentin Susanne Anrainer. Womöglich hatten die beiden auch bei Adalbert Bibers Tod im Hintergrund gewirkt. Anrainer war, bevor sie vor ein paar Monaten bei Biber-Bräu aufschlug, für ein IT-Consulting-Unternehmen tätig gewesen. Bezeichnend war, dass dieses Unternehmen Teil einer großen Firmengruppe war, der auch etliche Brauereien angehörten. Vielleicht war dort irgendwo der Schnittpunkt zu den zu Lämmerbergs. Die Kollegen waren an der Sache dran.

»Hältst du sie immer noch für eine Spinnerin?«, fragte Erna Wankel, als sie wieder im Auto saßen. »Hat sie die Kamera selbst installiert? Vielleicht um ihren Vermieter und Lover damit zu entsetzen?«

»Falls ja, scheint es geklappt zu haben«, meinte Wankel und startete den Wagen. »Jetzt hat sie außerdem auch unsere volle Aufmerksamkeit. Einer gespaltenen Persönlichkeit sähe das ähnlich. Dafür halte ich sie aber nicht mehr, jetzt, da ich sie kennengelernt habe.«

»Ach nein? Du hast also den vollen Durchblick bei gespaltenen Persönlichkeiten?«

»Umfassend und präzise«, bestätigte Wankel und lenkte den Wagen durch das Tor auf die Straße hinaus. »Euer Lehrer ist hier. Und er war in ihrem Wohnzimmer. Er weiß, dass sie mit ihrem Vermieter gegen sein Reinheitsgebot verstößt, also wird er bald zuschlagen.«

»Wie habe ich dich so umfänglich auf meine Seite gezogen?«

»Ich bin halt bekehrbar. Ach ja, wenn wir davon ausgehen, dass der Irre nun seine letzte ungezogene Schülerin ausradieren will, sucht er vielleicht schon nach neuen, gelehrigeren Schülerinnen. Ich habe mir überlegt, dass Judith Falter in sein Beuteschema passen würde. Ungebunden, wechselnde Partnerschaften …«

»Aber zu viel Familie«, wandte Erna ein. »Seine ersten drei Schülerinnen waren von nahezu allen familiären Bindungen abgeschnitten.«

»Was, wenn er genauso sprunghaft und launisch ist wie ich?«

»Glaube ich nicht. Er hat eine Methode, wie er seine Opfer aufspürt und auswählt. Die kennen wir noch nicht.«

***

Ralf machte große Augen, als er die Haustür öffnete. Ulrike hatte ihn natürlich auf Heidi Sommer als Ludwigs Begleitung vorbereitet, aber nun stand da eine Fremde.

»Wenn ich vorstellen darf«, sagte Ludwig, »das ist Christina. Sie wohnt im Brunnenwächterhaus.«

»A… aha«, stotterte Ralf und schüttelte Christinas Hand, wobei sie ihm zum Geburtstag gratulierte.

Ludwig überreichte sein Geschenkpaket. Er hatte keine Kosten gescheut und seinem Neffen einen schwarzen Motorradhelm mit Flammenmuster gekauft. Der Ralf würde ihn brauchen können. Der Helm, den er bei ihrer Mofafahrt zum »Störfeuer« aufgehabt hatte, sah schon allzu mitgenommen aus.

Ralf geleitete die Gäste ins Esszimmer. Schon im Flur duftete es würzig nach gegrilltem Fleisch. Dass Ulrike gekocht hatte, bezweifelte Ludwig, wahrscheinlich hatten sie einen Lieferservice bemüht.

Das Rätsel löste sich auf, als Ludwig in der Küche den Viereck Markus mit Küchenschürze herumwerkeln sah. Der Papa hatte also das Geburtstagsmahl seines Sohnes bereitet. Ulrike lehnte mit düsterer Miene am Fenster. Die Frau vom Markus war offensichtlich nicht eingeladen.

»Von wegen Heidi Sommer«, meinte Ralf zu seiner Mutter. »Wir haben einen Überraschungsgast. Das ist Christina. Sie wohnt im Brunnenwächterhaus.«

Ulrike musterte den unerwarteten Gast ein paar Sekunden lang scharf, dann rang sie sich ein »Hi!« ab.

Fast noch stoischer wirkte der Markus, als Ralf ihn Christina als seinen Papa vorstellte. Hinter seinen Augen glommen Unruhe und Frust, als er sie flüchtig begrüßte. Hier herrschte dicke Luft, die nicht nur vom Kochen kam. Selbst an Ralfs Geburtstag konnten seine Eltern das Zanken nicht lassen. Ludwig ging obligatorisch davon aus, dass Ulrike damit angefangen hatte.

Die dicke Luft hatte anscheinend auch Markus' Kochkünste beeinträchtigt. Die Spargelcremesuppe war zu salzig, die Steaks überpfeffert und im Kartoffelsalat war zu viel Essig. Natürlich erwähnte das niemand. Gespräche fanden kaum statt an diesem Mittagstisch. Christina bemühte sich ein paarmal um Small Talk, doch dafür war Ulrike die denkbar verkehrteste Person. Mit Ralf funktionierte es, als sie von ihrem japanischen Motorrad erzählte, das sie vor einiger Zeit hatte verkaufen müssen. Der

Ralf wollte auch mal so eins und hielt dem Tisch einen kurzen Vortrag über Motorleistung und Windschnittigkeit. Sein Papa wiederum hüllte sich wie ein getretener Hund in Schweigen. Ulrike musste ihm ganz schön zugesetzt haben.

Ludwig lag eine Menge auf dem Herzen, das er seiner Schwester bei Gelegenheit vor die Füße werfen wollte, aber Ralfs Geburtstagsessen war nicht der Zeitpunkt dafür. Er begnügte sich deshalb mit ihrer Betriebsspionin und schob seiner Schwester den Papierausdruck mit den Kurznachrichten hin.

Äußerlich blieb Ulrike ruhig, doch innerlich begann sie zu brodeln, das sah Ludwig ihr deutlich an. Sie hatte Susi Anrainer in die Firma gebracht und große Stücke auf ihre Systemadministratorin gehalten. So viel, dass sie sie abends auch in ihr Büro gebeten hatte. Ihr Verrat musste sie tief treffen.

»Wer sagt mir, dass das keine Fälschung ist?«, sagte sie schnarrend.

»Die Sommer Heidi«, antwortete Ludwig. »Du kannst es dir jederzeit von ihr bestätigen lassen, wenn du willst. Beängstigend, nicht? Systemadministratoren sind die heimlichen Lenker einer jeden Firma. Sie überwachen alles und haben die völlige Kontrolle über Abläufe und jeglichen Informationsfluss.«

»Also hat die Susi uns wirklich ausspioniert?«, begehrte der Ralf entsetzt auf.

»Das werden wir erst noch sehen«, sagte Ulrike. »Die Sommer Heidi ist eine Freundin von deinem kleinen Onkel hier, weißt du? Vielleicht haben die beiden das gemeinsam ausgeheckt, um uns gegen die Susi aufzuhetzen.«

»Ach, Mama …«

»Also bitte, Ulrike«, sagte Ludwig. »Glaubst du ernsthaft, die Heidi würde für mich lügen und damit die Seriosität ihres Geschäfts aufs Spiel setzen?«

Ulrike gab keine Erwiderung, aber nun säbelte sie an ihrem Steak wie ein tollwütiger Berserker. Der Ralf musterte sie skeptisch von der Seite.

»Wie geht das Geschäft, Markus?«, versuchte Ludwig die Situation ein wenig aufzulockern. »Gut, nehme ich an. Gestorben wird immer, oder?«

Der Markus nickte. »Wir kommen kaum rum mit der Arbeit.«

»Der Ralf hat erzählt, ihr arbeitet mit anderen Bestatterfirmen zusammen. Wie funktioniert das? Wenn eure Firma überlastet ist, gibt man den Auftrag an die Partner weiter?«

»Ja, genauso läuft das.«

Ludwig gab es auf. Auch der sonst durchaus aufgeschlossene Viereck hatte heute offensichtlich keine Lust auf Small Talk. Ulrike und er trugen den Tisch ab und servierten den Nachtisch, eine dunkelrote Ambrosia-Creme, von der Ulrike behauptete, sie selbst zubereitet zu haben. Ludwig mundete die Pampe, süß und doch mit Bitterstoffen, aber Christina sah nach zwei oder drei Löffeln aus, als wäre sie seekrank.

»Du musst das nicht essen«, flüsterte er ihr zu.

Nach dem Mahl folgte zügig der Abschied. Ludwig bedankte sich für die Einladung und war froh, von hier fortzukommen. Er fühlte sich geschlaucht und träge. Die Offenbarungen von letzter Nacht saßen ihm schwer im Nacken, und er haderte damit, dass er Erna Starck nur von der versteckten Kamera und nichts von Ferdinands schaurigem Besuch erzählt hatte. Wenn jemand Zusammenhänge zwischen dem Selbstmord seines vermeintlichen Vaters und den Morden sah, dann sie. Er würde sie nachher anrufen.

An der Haustür mahnte ihn Ulrike, Susi Anrainer ihr zu überlassen. Ihr Tonfall verhieß in etwa, dass sie sie mit einem Ochsenfiesl aus der Firma hinausprügeln wollte. Ludwig würde sie nicht aufhalten.

Ein nicht zu Ende gedachter Gedanke plagte ihn. Ein Gedanke, der ihn schon vorhin ereilt hatte, den er aber zurückstellen musste. Christina hatte seit dem Verzehr der Ambrosia-Creme kaum noch etwas gesagt und war bleich wie ein Zombie.

***

Während es in der Beilngrieser PI dankbarerweise Wankel übernahm, den LKA-Kollegen Rede und Antwort zu stehen, zog sich Erna in ihr okkupiertes Büro zurück. Sie suchte nach einer Strategie, wie sie Ferdinand zu Lämmerberg und Susanne

Anrainer gleichermaßen auffliegen lassen konnte. Womöglich würde dadurch auch der Selbstmord des Brauers ein neues Gesicht bekommen.

Zum Verzweifeln war, dass es bislang keine Berührungspunkte zwischen Susanne Anrainer und dem Freiherrn gab. Wie kam eine IT-Spezialistin zu einem Freiherrn, wenn nicht von Berufs wegen? Doch genau dort wollte sich keine Überschneidung finden. Vielleicht – und dieser Gedanke gefiel Erna nicht – weil es gar keine gab.

Wenn nicht Susanne Anrainer die Schnittstelle zwischen den beiden Brauereien war, hatten sie etwas übersehen. Erna hatte schon so viele Spekulationen durchgespielt. Dass Frauenheld Adalbert Biber etwas mit Ferdinands gräflicher Gattin gehabt haben könnte. Dass Ulrike Biber und Florian zu Lämmerberg heimlich ein Paar waren. Dass Kasimir Grünwald, der wahrscheinlich Gustl Bibers leiblicher Sohn war, aus Hass oder Eifersucht Adalbert Biber bekämpft hatte und auf der Lohnliste der zu Lämmerbergs stand. All diese Theorien waren löchrig und damit unbefriedigend. Die drei Frauen waren auf dem Lämmerberg'schen Einödhof gefangen gehalten worden. Dort hatte Leopold zu Lämmerberg seine letzten Lebensjahre zugebracht. Vielleicht lag der gesuchte Schnittpunkt noch in dessen Lebenszeit.

Der Lehrer hatte den Hof zwei Jahre nach Leopolds Dahinscheiden benutzt. Zwei Jahre erschienen auf den ersten Blick eine lange Zeit, doch waren sie das wirklich angesichts eines langen erfüllten Lebens wie das von Leopold zu Lämmerberg?

Erna kramte ihre frühesten Notizen hervor, die sie bei den Zeugenbefragungen rund um Adalbert Bibers Selbstmord angefertigt hatte. *Leben und Tod.* Damals hatte sie sich noch nicht über Gebühr für die Freiherren zu Lämmerberg interessiert. Auch waren ihr keine Querverbindungen zu ihnen aufgefallen. Doch da hatte sie auch noch nichts von Leopold und seinem Einödhof gewusst. Und auch nichts von dem Lehrer und seinen Entführungsopfern.

Ein Name auf den alten Notizen brachte in ihrem Kopf plötzlich eine Lawine ins Rollen. Eine neue Theorie flocht sich ihren

Weg durch den Irrgarten aus Fakten und Spekulationen. Das Terrain der Spekulationen konnte sie nicht umgehen, doch Erna befand sie es allemal wert, sich umgehend näher mit ihnen zu befassen.

***

Christina schloss auf, Ludwig schob das Tor ein Stück zur Seite. Inzwischen machte er sich ernsthaft Sorgen um sie. Sie war kreidebleich und wirkte tapsig und desorientiert, als ob sie getrunken hätte. Ihre Sprache beschränkte sich auf kurze, meistens unvollständige Sätze, durchsetzt von lautem Schnaufen, oft einem Flehen oder Seufzen ähnlich. Die zwei Gläser Rotwein am Mittagstisch sollten einer geübten Trinkerin wie ihr aber doch nichts anhaben können. Wahrscheinlich steuerte die Mittagshitze ihren Teil dazu bei.

Auch Ludwig fühlte sich schlapp und etwas schwindlig. Er hatte versucht, sie auf eine Sitzbank in der Ringstraße zu setzen, aber dagegen hatte sie sich vehement gesträubt. Sie wollte nach Hause.

»Hast du vielleicht irgendwelche Tabletten genommen, die mit dem Alkohol reagieren könnten?«, fragte er, während er sie zur Haustür geleitete.

Christina schüttelte entschieden den Kopf. Ihre begleitenden Worte verstand Ludwig nicht, doch er vernahm den Namen Östergrund. Das war der Polizist, der neulich auf ihrer Terrasse zusammengebrochen war. Was hatte sie bloß? Ludwig kannte ein paar ihrer Neurosen, aber einen ihrer Panikanfälle hatte er bislang noch nicht miterlebt. Wahrscheinlich bahnte sich gerade einer an.

»Pfeile«, murmelte sie. »Aus dem Dunkel. Oder Zahnpasta … Zahnpasta. Wie Zahnpasta …«

Christina hielt sich weiterhin an Ludwig fest, aber den Haustürschlüssel führte sie selbst in das Schloss, zittrig und gehetzt.

Etwas im Haus war anders als vorher, das spürte Ludwig instinktiv. Den Auslöser dieses Empfindens hätte er im ersten Moment nicht benennen können, doch einer seiner Sinne registrierte eine Veränderung. Auch Christina stutzte.

Nun extrahierte Ludwigs Nase die vage Duftnote in der Luft. Es war nicht mehr als ein Hauch. Keine Zahnpasta, vielmehr hatte Ludwig plötzlich ein Bild von Papas Beerdigung im Kopf. Moment, nein, der Beerdigte war ja gar nicht sein Vater. Es fiel ihm schwer, zu denken. Die Hitze und der Rotwein, was sonst. Er stützte sich an der Wand ab und bemerkte kaum, wie Christina ihm entglitt.

Plötzlich kam da eine schwarz gekleidete Gestalt aus der Küche und nahm sich ihrer wie eine helfende Hand an. Christina gab einen verzweifelten Laut von sich, dann verstummte sie und verschwand in der Küche. Ludwig rang um Klarheit. Die Stufen der Stiege nach oben verschwammen vor seinen Augen. Falsch. Hier lief etwas vollkommen falsch.

Er sah auf, als der schwarz gewandete Mann wieder in den Flur trat. Er hatte weiße Hände. Hände, weiß wie Schnee, noch weißer als das Hemd unter seinem schwarzen Jackett.

»Ausgerechnet du«, sagte der Mann. »Das deprimiert mich am meisten.«

Eine Schlinge zog sich um Ludwigs Hals. Kein Seil, auch kein Draht, irgendetwas dazwischen. Eine Wäscheleine vielleicht. Daran wurde er Richtung Küche geschleppt. Er verstand nicht, weil sich etwas in ihm weigerte, zu verstehen. Er wollte den Mann abwehren, schlug in Panik sogar auf ihn ein, doch damit richtete er nichts aus.

***

Es war der Nachtisch. Gut versteckt in der süßen Creme hatte Christina den Geschmack kaum wiedererkannt, doch er hatte an ihrem Unterbewusstsein gerüttelt. Instinktiv hatte etwas in ihr Alarm geschlagen.

Zahnpasta. Ein Geschmack, der sie immer an Zahnpasta erinnert hatte. Damit oder mit Betäubungspfeilen hatte er ihnen die Besinnung geraubt, wenn er einer von ihnen außerhalb des Käfigs habhaft werden wollte. Um sie mit Elektroschocks zu foltern, mit kaltem Wasser oder Jauche zu übergießen oder in seinem »Schulungszimmer« zu indoktrinieren, einem feuchten steinernen Verlies, in dem er ihnen über einen Lautsprecher ihre Wertlosigkeit eintrichterte.

Der bloße Geruch von Zahnpasta verhieß all das Grauen erneut. Ihre Zähne putzte Christina seither mit Salz.

Zunächst hatte sie geglaubt, ihre Sinne spielten ihr einen Streich, wie sie es des Öfteren taten. Wie könnte der Tänzer auch den Nachtisch im Haus der Bibers mit seinen Betäubungsmitteln versetzen? Ihr Innerstes hatte nichtsdestotrotz rebelliert, und nun, zurück im Brunnenwächterhaus, war jeder Zweifel verflogen. Der Tänzer war hier. Und er tötete gerade Ludwig, indem er ihn mit einer Schlinge um den Hals an die Türklinke hing und dabei einen entspannten Monolog hielt.

»Man wird es glauben. Ich meine, man sieht dir doch förmlich an, dass du ein unzufriedener Mensch bist. Und Christina, nun, sie ist ungeheuer labil, wie alle wissen. Deshalb habt ihr zwei beschlossen, euch umzubringen. In eine bessere Welt zu gehen. Mag schon sein, dass man ein paar Fragen stellen wird. Ja, ich gehe fest davon aus. Diese Polizistin hat auch beim Berti viele Fragen gestellt. Ich wette, dass sie noch mal bei mir aufschlägt. Aber damit werde ich fertig. Unsere Christina hier ist leider eine gestörte Persönlichkeit. Ihre Freundin Julia hat sich neulich umgebracht, wie du wahrscheinlich weißt. Warum also nicht auch sie? Betäubt sich mit Medikamenten und hängt sich an die Küchentür. So richtig theatralisch, wie man es von einer mittelmäßigen Schriftstellerin erwarten kann. Und du, Ludwig, hast dich aus Kummer zu ihr gleich dazugehängt, als du sie gefunden hast. Ich glaube, auch bei dir wird man nicht viele Fragen stellen. Selbstmord. Wie der Vater, so der Sohn, nicht? Apropos, ich habe leider nicht viel Zeit für euch, denn nachher fahre ich mit dem Ralf zum Klettern. Das hat er sich zum Geburtstag gewünscht.«

Christina starrte auf Ludwig, der mit der Schlinge rang und zum Glück genug Kraft fand, um sich kniend unter der Klinke aufzurichten. Doch dann erstarrte er vor Entsetzen, als Markus Viereck eine merkwürdig aussehende Pistole auf ihn richtete. »Damit schießen wir auf Leichen, die nicht tot bleiben wollen«, erklärte er mit einem süffisanten Grinsen.

Christina hatte sie vom Käfig aus nie sehen können, doch

das musste die Waffe sein, mit der er seine Betäubungspfeile auf sie abgeschossen hatte. Sie versuchte, sich von dem Stuhl zu erheben, auf den er sie gesetzt hatte, womit sie prompt seine Aufmerksamkeit erregte.

»Christina. Aber bleib doch sitzen.« Ein mitleidiges Lächeln schwang bei den Worten mit. Er kehrte sich von Ludwig ab. »Keine Sorge, ich werde sie nicht benutzen«, meinte er und steckte die Waffe weg. »Ich brauche sie nicht. Man soll keine Nadelstiche auf eurer Haut finden. Faszinierend, wie unterschiedlich das Mittel wirkt, nicht? In deine Creme habe ich etwas mehr gegeben, weil dein Körper eine gewisse Resistenz dagegen entwickelt haben muss. Aber da habe ich mich wohl verschätzt. Du hast zum Glück nur wenig davon gegessen. Hättest du aufgegessen, wärst du wahrscheinlich vom Stuhl gekippt. Das war selbstverständlich nicht beabsichtigt. Nein, ihr solltet nur müde werden. Dein Freund hier …«, er warf einen Schulterblick zu Ludwig, der die Besinnung zu verlieren drohte, »… hat seine Schüssel wiederum tüchtig leer gegessen. Aber die Wirkung scheint erst jetzt einzusetzen. Muss an seiner Fettleibigkeit liegen.«

»Warum?« Es war nur ein Wimmern, das da Christinas Kehle verlassen hatte, doch um dieses eine Wort hatten sich drei lange Jahre ihres Leben gedreht. *Warum* hatte er ihnen das angetan?

»Na, weil sein Körper anders konstituiert ist«, antwortete er schulterzuckend. »Bei ihm wirkt es anders als bei dir. Ist doch einleuchtend.«

Christina hatte zunehmend Mühe, seinen Worten zu folgen. Sie schüttelte den Kopf.

»Nein? Was meinst du mit Nein?«, erwiderte der Mann, der heute Mittag für sie gekocht hatte. »Ah, ich verstehe.« Das Grinsen kehrte wieder. »Dein Warum bezog sich auf dich. Warum du? Warum ausgerechnet du? Meine liebe Christina, muss ich es dir wirklich sagen? Du weißt es doch schon: Weil du eine Schlampe bist. Weil dir jemand ins Gewissen reden musste. Du warst noch viel schlimmer als meine Frau. Schlimmer noch als so viele andere. Vielleicht sogar schlimmer als Ulrike. Du warst eine richtige Hure, Christina. Deshalb habe ich dich auserwählt. Ich habe dir einen Ausweg angeboten. Eine Chance, dich zu verändern. Aber diese Offerte hast du nicht zu schätzen gewusst. Du lässt dich von diesem Gnom da ficken. Weshalb? Wie konntest du mir das antun? Nach all der Hingabe, die ich dir zuteilwerden ließ. Wie konntest du mich so enttäuschen? Du warst immer meine Lieblingsschülerin, Christina. Von euch dreien schienst du mir die Gelehrigste zu sein. Ich musste dich weit weniger oft züchtigen als Julia und Anita. Du warst meine Lieblingsschülerin, und meine Erwartungen an dich waren hoch. Deshalb habe ich dich nach Beilngries gelockt.« Er sank vor ihr auf ein Knie und streckte ihr die offene Hand hin, so als wollte er ihr einen Antrag machen. Doch seine Hand war leer, und seine Miene von tiefer Verbitterung gezeichnet. »Aber wie die beiden anderen hast auch du am Ende versagt. Meine Bemühungen und Hoffnungen waren vergebens, wie ich heute weiß. Ihr habt mich alle drei enttäuscht.« Etwas pervertiert Flehendes lag in seinem Blick. »Du ahnst nicht, wie sehr mich das schmerzt, meine liebe Christina.«

Christina rang mit dem Zusammenbruch, doch sie verspürte keine Furcht mehr. Vielleicht lag es daran, dass der Tänzer in der Finsternis nun endlich ein Gesicht hatte. Vielleicht war es auch die Stärke, die Ludwig ihr gab. »Das hoffentlich auch«, sagte sie und legte alle Kraft in einen Fausthieb auf seine Nase.

Der Tänzer schrie auf und wandte sich auf allen vieren von ihr ab. Das mochte ihn nicht aufhalten, doch wenn er blutete, würde er zumindest seine DNA in der Küche verteilen.

Christina wuchtete sich auf die Beine und taumelte zur Tür. Dort fiel ihr Blick auf Ludwig, und sie hielt inne. Er hatte jeden Kampf aufgegeben und hing reglos in der Schlinge unter der Türklinke. Sie packte ihn unter den Schultern und wälzte ihn herum. Indem sie die Tür ein Stück mitnahm, bekam sie ihn auf seine Knie. Doch in dieser Haltung würde er nicht bleiben. Sobald sie ihn losließe, wäre er erneut dem Tod ausgeliefert.

Die so lange verdrängte Furcht überrollte sie nun doch. Ein paar Meter neben ihr hatte sich Viereck wieder aufgerichtet. Er blutete nicht mal. »Deshalb habe ich immer Pfeile benutzt, bevor ich euch aus dem Käfig geholt habe«, gluckste er und klang amüsiert. »Die Schwester deines kleinen Freundes hat mich auch mal geschlagen, weißt du?«

Verzweifelt kämpfte Christina gegen die Bewusstlosigkeit an. Indem sie sich gegen die Tür stemmte, hielt sie Ludwig einigermaßen in Position und stützte sich selbst. Doch das ginge nicht mehr lange gut. Auch eine Flucht hatte in ihrem Zustand keinen Zweck. Der Tänzer wollte es hier und heute zu Ende bringen. Sei es drum. Nur dass auch Ludwig sterben musste, tat ihr leid.

»Lass ihn gehen. Bitte«, hauchte sie.

Viereck schüttelte den Kopf. »Das geht nicht. Er hat mich gesehen. Außerdem mache ich ihn mitverantwortlich für deine Abwege. Dieser kleine, geile Zwerg. Er hat deine Hilflosigkeit schamlos ausgenutzt.«

Hilflos. Sie war damals hilflos gewesen. Heute war sie es nicht mehr. Das musste er noch erfahren, bevor er sich ein letztes Mal an ihr verging. Sie sammelte Kraft für ein finales Aufbäumen. Es kumulierte in einen Aufschrei. »DU ERBÄRMLICHER FEIGLING!« Sie krähte wie ein heiserer Gockel. »Du bist peinlich!«, schob sie hinterher, dann gaben ihre Beine nach. Sie klammerte sich mit letzter Kraft an die Türklinke. Auf der anderen Seite hing Ludwig schon wieder gefährlich in der Schlinge. Christina rang mit Tränen. »Peinlich. Du bist einfach nur peinlich …«

»Weißt du, es ist genau diese so typische Selbstgefälligkeit von euch Frauen, die mir so auf den Zeiger geht.«

Christina sah ihn nur noch verschwommen, doch er kam näher.

»Ich wollte einen besseren Menschen aus dir machen. Was warst du denn vor mir? Eine Schlampe bist du gewesen! Eine umhertreibende, wurzellose Schlampe, die für jeden dahergelaufenen Vollpfosten die Beine breit gemacht hat, wenn sie nichts Besseres zu tun hatte. Du warst eine Schande, nicht nur für dich selbst, sondern für dein ganzes Geschlecht. Ich habe mir viel Mühe gegeben, mehr aus dir zu machen. Und ja, du bist durch mich ein besserer Mensch geworden. Zumindest für eine Weile. Aber schau dich jetzt an. Du hast deine Reinheit wieder aufgegeben. Für diesen fetten, kleinen Zwerg da. Am Ende seid ihr also doch alle gleich. *Das* ist peinlich, Christina. Und enttäuschend.«

»Fick dich«, krächzte Christina noch, bevor er die Schlinge um ihren Hals zuzog.

***

»Der ist nicht da. Er holt gerade sein Kletterzeug. Nachher geht er mit meinem Sohn klettern«, erfuhren Erna und Wankel von einer unwirschen Ulrike Biber an der Haustür. »Versuchen Sie es bei ihm zu Hause. Die Adresse haben Sie ja wohl.«

»Von da kommen wir, und da ist er nicht mehr«, antwortete Erna. »Seine Frau meinte, er sei bei seinem Sohn. Hier.«

Wenn das Glück ein Rindvieh war, was ist dann die Ironie?, fragte sie sich, als sie von dem gemeinsamen Mittagessen mit Ludwig Biber und Christina Grangel hörte. Markus Viereck war die Schnittstelle. Das Bestattungsinstitut, für das er arbeitete, hatte auch Leopold zu Lämmerberg bestattet. Dabei musste er den nunmehr leer stehenden Einödhof für seine Zwecke entdeckt haben. Vohenstrauß, Ansbach, Straubing, überall dort war die Firma vor gut drei Jahren tätig gewesen. Über Bestattungen war Markus Viereck auf seine Opfer gestoßen. Und er stand im Dunstkreis der Beilngrieser Brauereien, so wie Ostergrund vermutet hatte.

»Wo sind Frau Grangel und Ihr Bruder?«, fragte Wankel.

»Ich bin nicht deren Babysitter, oder?«, blaffte die Biber-Tochter. »Sie hat sich nicht wohlgefühlt nach dem Essen. Wahrscheinlich sind sie heim zu ihr. Was wollt ihr vom Markus?«

»Verprügeln, verhören, foltern und auf der Flucht erschießen. Komm, Erna.«

***

Ludwig erwachte von schmerzenden Knien und dem verhinderten Bedürfnis, Luft zu holen. Geräuschvoll sog er durch den offenen Mund ein und stieß mit der Stirn gegen etwas Hartes, als er reflexartig nach Halt suchte. Erinnerungen wie an einen üblen Traum überfluteten ihn, doch er spürte die Schlinge auch jetzt noch. Die Erkenntnis traf ihn schonungslos: Es war kein Traum. Er hing an der Küchentür des Brunnenwächterhauses. Die halb zugezogenen Vorhänge filterten den Sonneneinfall.

»Wirklich erstaunlich, wie unterschiedlich die K.-o.-Tropfen wirken«, sprach Markus Viereck von irgendwo. Es klang, als wäre er munter zum Plaudern aufgelegt. »Muss an deiner ungewöhnlichen Konstitution liegen.«

Ludwig versuchte, etwas zu erkennen. Seine Finger ertasteten das alte Holz der Tür. Dann einen anderen Körper. Christina. Sie hing auf der anderen Seite, reglos. »Ahhh!«, schrie er auf. Angst und Entsetzen bahnten sich den Weg aus seiner Kehle. Mit der einen Hand versuchte er, sich an der Tür zu stützen, die andere zerrte an der Schlinge. Nichts davon führte zu einem Ergebnis. Ihm schwindelte. Er drohte, allen Halt zu verlieren, und die Schlinge gab nicht nach.

»Warum bist du nicht einfach wieder abgehauen, Ludwig?« Nun spürte er Viereck unmittelbar neben sich. »Hast du es nicht gut gehabt in Düsseldorf? Warum bist du geblieben? Wegen der blöden Brauerei? Oder wegen ihr gar? Du hättest die Finger davon lassen sollen. Von beidem.«

Ein starker Arm in kratzigem Stoff klammerte sich wie ein Schraubstock um seinen Kopf, dann träufelte etwas Bitteres auf seine Zunge. Ludwig wusste, was es war. Viereck erneuerte die Betäubung.

»Ich mache das nicht gern, bitte glaub mir das, Ludwig. Du bist der einzige Biber, den ich leiden kann. Dein Vater war ein selbstgerechter Mistkerl, und deine Schwester ist eine dumme Schlampe. Das ist sie eigentlich schon immer gewesen, wie du natürlich weißt. Im Eifer meiner Jugend habe ich das damals leider zu spät erkannt. Sonst hätte ich mich nie auf sie eingelassen. Trotzdem war ich bereit, sie zu heiraten, als sie von mir schwanger war. Aber weißt du, was sie zu mir gesagt hat? Ich würde ihr ›Reinheitsgebot‹ nicht erfüllen! Ist das zu fassen? Deine Schlampe von Schwester hat von Reinheit gesprochen. Witzig, nicht? Tja, der Ralf ist trotz ihrer Gene ein prima Kerl geworden. Damit hat die Geschichte mit ihr wenigstens ein Gutes gehabt.«

Ludwig boxte ihm blind in die Bauchgegend, womit er abermals nicht das Geringste ausrichtete. Es hatte keinen Sinn. Er spürte, wie ihn die Müdigkeit vereinnahmte. Das war es dann also. Sterben. Fortgehen. Dahinscheiden. *Sanft ruhen.* Wahrscheinlich würde er es gar nicht merken. Christina war vermutlich schon tot. Er hätte besser auf sie aufpassen müssen.

Er hätte besser auf sie aufpassen müssen! Ludwig schlug noch einmal zu, wobei sich aus seinem aufgerissenen Rachen ein unmenschlicher Schrei entlud.

»Bitte, jetzt hör schon auf«, bat Viereck aus weiter Ferne. »Du machst es dir unnötig schwer.«

Ludwigs Sinne schwanden, bis nur noch Schwärze blieb. Im fortschreitenden Dunkel von Geist und Verstand glaubte er, die Torschelle zu hören. Wie sonderbar, dachte er noch, als Stille einkehrte.

***

»Schließen Sie auf!«, verlangte Wankel, und Ulrike Biber bemühte am Torsockel ihren Zweitschlüsselsatz. Das Schloss entriegelte und gab das vergitterte Tor frei. Nun ließ es sich zur Seite schieben.

An der Haustür befahl Erna die Biber-Tochter unverzüglich ans Werk. Dann drängte sie sie hinter sich und zog ihre Waffe. Wankel voran betraten sie das Brunnenwächterhaus.

***

Nicht die Knie schmerzten dieses Mal, dafür der Hals. Er fühlte sich enger an als sonst, und die Atmung brannte, als würde er Feuer einsaugen. Wenigstens lag es sich hier weich und komfortabel. Weich, wie man wohl in einem Sarg aufgebahrt lag. Kein Wunder, der Markus war schließlich Bestatter. Vielleicht hatte er das aus einem Anstandsgefühl heraus für ihn gemacht. Von einem Totengräber umgebracht zu werden, hatte seine Vorteile. Doch nein, etwas hinkte an dieser Schlussfolgerung. Denn warum sollte er im Tod noch Schmerzen haben? Nun, es könnte sein, dass

Höllenqualm in seinem Rachen brannte, doch eigentlich war er ja doch kein so übler Kerl gewesen. Eine andere Schlussfolgerung drängte sich auf: Er war nicht tot.

Ludwig kehrte zurück aus der Schwärze und öffnete die Augen.

Da waren Licht und blasse Farben. Die Konturen einer Frau nahmen Form an. Aber es war nicht Christina. Es war Ulrike. Schon wieder. Wie konnte das denn sein? Ludwig wollte etwas sagen, aber schon der Versuch tat weh.

»Hier ist Wasser, falls du was trinken willst«, raunte sie.

Ludwig schaute sie an und verstand nicht. Wo kam sie her? Er lag unverkennbar auf der Couch im Wohnzimmer des Brunnenwächterhauses. *Wasser.* Sie hatte was von Wasser gesagt.

Ludwig richtete sich auf, wobei ihm Ulrike fürsorglich zur Hand ging. Er wollte trinken. Sein Blick fiel auf die Polizistin. Erna Starck. Sie saß im Sessel und musterte ihn. Christina war nicht im Zimmer. Wo war sie? Er musste sich erkundigen, nachdem er getrunken und das Feuer in seinem Rachen gelöscht hatte.

»Auf dem Weg ins Krankenhaus«, gab die Polizistin zur Antwort. »Wir haben sie reanimieren müssen.«

»Reanimieren?« Es tat weh, das Wort auszusprechen.

Erna Starck nickte beflissen. »Wir wissen nicht, wie lange ihr Gehirn ohne Sauerstoff war, aber sie war bei Bewusstsein. Ich bin sicher, sie wird wieder vollkommen gesund.«

Gott sei Dank. Von Ludwig schien eine Last abzufallen. »Der Markus?«, krächzte er.

»Auf der Flucht, aber der kommt nicht weit«, sagte Starck. »Alles, was Beilngries gerade an Polizei zur Verfügung hat, jagt ihn. Fühlen Sie sich fit genug, mir ein paar Fragen zu beantworten, Herr Biber? Ich könnte es verstehen, wenn es zu früh ist.«

Wenn es half, den Viereck zu fassen, wollte Ludwig auch Seilspringen. Er nickte.

Ulrike erhob sich. »Dann lasse ich euch mal allein. Ich muss zu meinem Sohn und ihm beibringen, dass sein Vater ein irrer Scheißkerl ist.«

»Sie sollten sich umgehend mit ihr unterhalten«, sagte Starck, als Ulrike fort war. »Über die Brauerei und wie Sie beide sie fortan führen wollen.«

Ludwig schüttelte den Kopf. »Schon … versucht. Keinen Sinn. Besser … ohne mich.«

»Wissen Sie, ich glaube, sie hasst Sie gar nicht so sehr, wie Sie glauben, Herr Biber. Sie hätten sie vorhin sehen sollen, als wir reingekommen sind und Sie und Christina an der Küchentür hängend vorfanden. Ihre Schwester war sehr um Sie besorgt.«

Ludwig konnte nicht recht glauben, was er da hörte.

Erna Starck schien ihm das anzusehen. Sie lachte. Aber nicht, weil sie einen Scherz gemacht hatte. »Jetzt schauen Sie mich doch nicht so komisch an, Herr Biber. Ihre Schwester ist schwierig, zugegeben, aber sie hasst Sie offensichtlich weit weniger, als Sie sich einreden. Versuchen Sie eine Annäherung. Und wenn es mit einem Dialog nicht funktioniert, dann nehmen Sie sie doch einfach mal in den Arm. Ich glaube, sie sehnt sich nach Familie. Sie hat gerade ihren Vater verloren. Im Gegensatz zu Ihnen hat er ihr viel bedeutet. Er hat ihr Halt und Sicherheit gegeben. Jetzt hat sie nur noch ihren Sohn. Einen Sohn, dessen Vater für lange Zeit ins Gefängnis wandern wird. Ich glaube, Sie würden den beiden guttun, Herr Biber. Ihrer Schwester vielleicht sogar noch mehr als dem Jungen.«

Ludwig rätselte, von wem sie da sprach, denn nach Ulrike klang das überhaupt nicht. Er war anscheinend doch in einer anderen Welt aufgewacht.

***

Wankel erschoss Viereck nicht auf der Flucht. Er und zwei Kollegen griffen den Flüchtigen an seinem Wohnwagen am Campingplatz des Kratzmühlsees auf. Dass er einen solchen besaß, hatte nicht einmal seine Frau gewusst, doch hier hatte die örtliche Zulassungsstelle ausgeholfen. Campingplätze für Wohnwagen gab es nicht viele in näherer Umgebung, so hatte schon das erste Telefonat mit dem Platzanweiser von Kratzmühle einen Volltreffer geliefert.

Der Wohnwagen war Markus Vierecks Rückzugsort gewesen,

wenn er die Gegenwart seiner Frau nicht mehr ertrug. Und er war seine Operationszentrale. Er wollte dort ein paar Sachen zusammenpacken und sich über die nahe Autobahn oder den Kindinger Bahnhof absetzen. Doch so weit kam er nicht. Die Beamten führten ihn ab und sicherten den Wohnwagen für die Kollegen vom Erkennungsdienst.

Bei der Vernehmung hielt sich Viereck bedeckt, doch er redete, und Erna erhaschte ein paar aufschlussreiche Blicke hinter seine Fassade. Sie sah einen Mann mit einem völlig zerstörten Seelenleben. Östergrunds Profil traf in weiten Teilen zu. Viereck war ein berechnender Planer, aber er war auch entsetzlich labil und ohne Selbstwertgefühl. Laut Ludwig Biber hatte Ulrike als Siebzehnjährige mindestens ein halbes Dutzend sexueller Beziehungen gleichzeitig gepflegt. Als Viereck das nach ihrer Schwangerschaft herausgefunden hatte, brach für ihn eine Welt zusammen. Ulrikes kalte Zurückweisung bei seinem Heiratsantrag hatte ihn geprägt, und die spätere Enttäuschung ob seiner fremdgehenden Frau hatte seinem notorischen Hass auf Frauen die Krone aufgesetzt. Das »Reinheitsgebot« war zu einer fixen Idee geworden. Betrogen hatte ihn seine Frau unter anderem mit Adalbert Biber, womit Viereck allen Grund gehabt hätte, den Bibers zu schaden.

Erna sprach ihn auf den vergifteten Brunnen an, doch er stritt ab, etwas damit zu tun zu haben. Erna glaubte ihm. Alles sprach dafür, dass Rio Freitag dahintersteckte, um seiner Abmachung mit Florian zu Lämmerberg nachzukommen. Markus Viereck hatte sich nur für Christina interessiert. In seinem Wohnwagen war ein Schlüsselsatz für das Brunnenwächterhaus gefunden worden. Wahrscheinlich hatte er Ulrikes Schlüssel bei günstiger Gelegenheit entwendet und nachmachen lassen, nachdem er Christina nach Beilngries geködert hatte. Er wollte seine »Lieblingsschülerin« nahe bei sich haben. Nach dem für ihn so bitteren Versagen von Julia Öttl hatte er seine Anstrengungen, Christina zu überwachen und zu kontrollieren, erhöht. Auch den Zugang zur Brunnengrotte hatte er sich nutzbar gemacht, um sie zu terrorisieren.

Armin Schlawich hatte in seinem Tagebuch mehrere Sichtungen notiert, die das Brunnenwächterhaus betrafen. Sein »Schattenbruder« musste Viereck gewesen sein. Der andere, den Schlawich als »ungelenk« beschrieben hatte, höchstwahrscheinlich Rio Freitag, als er den Brauereibrunnen mit einer Ladung Öl und Alteisen kontaminierte.

Viereck hasste Frauen nicht per se, aber er verachtete solche, die ungezügelt ihre Sexualität auslebten. Drei solcher Exemplare hatte er ausgekundschaftet und in seine Gewalt gebracht. Um sie zur Reinheit zu erziehen. Vielleicht ein letzter Versuch, mit dem weiblichen Geschlecht ins Reine zu kommen. Leider hatte sich keine der drei dauerhaft an seine Regieanweisungen gehalten. Nachdem ihn Anita Slawy enttäuscht hatte, ging er bei Julia Öttl einen Schritt weiter. Anstatt sie zu überwachen, hatte er ihre »Reinheit« durch eigenes Zutun auf die Probe gestellt. Er war »Bobby«, Julia Öttls angeblich viel reisender Freund, genau wie Östergrund vermutet hatte.

***

Ludwig war bald wieder auf den Beinen. Bei Christina würde es etwas länger dauern, denn die Reanimation hatte drei gebrochene Rippen gefordert. Das war normal, wurde Ludwig von einer Krankenschwester belehrt. So astrein wie damals bei »Baywatch« verlief das nur in den seltensten Fällen.

Sonntagabend fand das Beilngrieser Bierfest mit seiner Bier königin einen würdigen Abschluss.

Montagnachmittag reichte Susanne Anrainer ihre Kündigung ein. Ludwig hatte keine Ahnung, wie, doch Ulrike hatte sie dazu gebracht. Von einer Anzeige wollte sie absehen, da schwer nachzuweisen war, dass Anrainer Firmeninterna veruntreut hatte. Offen blieb, für wen sie spioniert hatte. Ludwig verdächtigte weiterhin Ferdinand zu Lämmerberg, obwohl – oder gerade weil – der es bestritten hatte.

Seine blutsverwandtschaftlichen Verhältnisse zu den zu Lämmerbergs behielt er vorerst für sich, doch es würde irgendwann eine Zeit kommen, zu der er mit Ulrike friedlich und sachlich darüber reden könnte. Sie verhielt sich neuerdings tatsächlich weniger kratzbürstig ihm gegenüber. Plötzlich stand sogar im Raum, dass er Papas altes Büro dauerhaft beziehen durfte.

Eine gemeinsame Aussprache der Geschwister mit Sigurd Horngold brachte weiteren Aufschluss. Horngold wusste, dass Florian zu Lämmerberg in Wahrheit ein Biber war. Dass Ludwig ein zu Lämmerberg war, wusste er anscheinend nicht, und Ludwig wollte fürs Erste auch nichts daran ändern. Familiäre Bande zu den Bibers verspürte er wenig, doch Ferdinand zu Lämmerberg als Vater zu akzeptieren, war wenigstens genauso schwer. Zumindest seit er in jener Samstagnacht sein wahres Gesicht und seine Absichten entblößt hatte.

Im Grunde wollten der Ferdinand und Adalbert Biber dasselbe: die Brauereien zusammenführen, damit sie sich auf dem Markt effektiver behaupten konnten. Ihre Motivation aber hätte kaum unterschiedlicher sein können. Von Adalbert Biber stammte das Kapital, mit dem Florian seine Brauerei modernisieren konnte. Er wollte, dass sein unehelicher Sohn seinen Traum von einer Bio-Brauerei leben konnte, ohne damit seine Tochter maßgeblich zu benachteiligen. Ferdinand hingegen wollte Biber-Bräu aus Machthunger übernehmen, um seinen Familiennamen zu restaurieren. Auch Rache spielte eine Rolle. Der alte Biber, der Gustl, hatte Ferdinands Vater Leopold vor vielen Jahren zur Geschäftsaufgabe genötigt, und der junge Biber hatte im LSD-Rausch die Lydia geschwängert. Für beides wollte Ferdinand Genugtuung. In Teilen hatte er sie auch bekommen.

Horngold versicherte, nicht vorhergesehen zu haben, dass sein Freund, der Berti, sich umbringen wollte, aber eine erschütternde Mutmaßung über seine Gründe servierte er den Geschwistern gleich mit.

»Der Berti war ein tiefgründiger Mensch«, hörte Ludwig nicht zum ersten Mal, aber dass sein Selbstmord eine Art Versöhnungsangebot an Ferdinand zu Lämmerberg gewesen sein sollte, raubte ihm erst mal die Sprache. Horngold glaubte, sein Freund habe damit die seit Jahrzehnten schwelende Fehde zwischen ihren beiden Familien beenden wollen. Auch um den Partnerschaftsprozess nicht zu gefährden.

Genugtuung, dachte Ludwig. Der Ferdinand hatte sie bekommen, aber anscheinend gab er sich damit nicht zufrieden. Er wollte Biber-Bräu übernehmen oder vernichten.

Das Gespräch mit Horngold gab Ludwig den Schubs, den er noch gebraucht hatte. Er kehrte dem Versicherungswesen den Rücken und nahm seinen Platz in der Brauerei ein. Jedoch nicht, um sie Ferdinand zu Lämmerberg in die Hände zu spielen, sondern um das Andenken Adalbert Bibers zu bewahren, eines Mannes, der ihm zeit seines Lebens fremd gewesen war und es auch im Tod blieb.

***

Es fühlte sich immer gut an, Akten zu schließen. Nun konnte nicht nur die Akte des »Tänzers« geschlossen werden, sondern auch die Selbstmordakte des Brauers, ebenso die Akten Rio Freitag, Armin Schlawich und die des gefährlich verletzten LKA-Kollegen Rupert Östergrund. Ein endgültiger Beweis, dass Schlawich Freitag ermordet hatte, blieb aus, doch die unzweideutige Ankündigung in seinem Tagebuch waren Ernas übergeordneten Instanzen genug. Schlawich hatte Freitag erledigt und war hernach von seinem »Schattenbruder« getötet worden. Alles ergab Sinn, das Puzzle hatte sich vervollständigt.

Lediglich die Selbstmordakte des Brauers bereitete Erna noch ein paar Kopfschmerzen. Sie wurde ihren Verdacht nicht los, dass Adalbert Biber nicht allein an der Wodansburg gewesen war. Auch wie eine in Mittelhessen gestohlene Schrotflinte in seine Hände gewandert war, blieb dunkel. In achtzehn Dienstjahren hatte Erna allerdings akzeptieren müssen, dass es nicht auf alle Fragen Antworten gab. Sie hatte gelernt, das hinzunehmen, auch wenn offene Fragen stets Schatten warfen. Erna schloss die Selbstmordakte mit Unbehagen.

Armin Schlawichs Akte schloss sich schon einfacher, obgleich Schlawich als Person ein Rätsel blieb. Er war auch in seiner brandenburgischen Heimat ein polizeilich vollkommen unbeschriebenes Blatt. Warum er zu dem wurde, der er war, beschäftigte Erna nicht weiter. Die Welt von heute war auf so vielerlei Arten erkrankt. Mobbing, Verrat, Heuchelei, das miese Fernsehprogramm … Gründe gab es reichlich, sich, wie Schlawich es akribisch versucht hatte, aus der Gesellschaft zurückzuziehen.

Harald Falter blieb Biber-Bräu als Oberbrauer treu. Der für ihn ausschlaggebende Grund war Ludwig, der als Geschäftsführer einstieg. Der verstand zwar nichts von Bier, aber er hatte andere Qualitäten, die Harald schätzte. Bodenständigkeit und Qualitätsbewusstsein vor allem. Er würde Ulrike auf Kurs halten, wenn sie das Ufer aus den Augen verlor oder irgendwelche Spinnereien ausbrütete. Zu einem weiteren abendlichen Besuch mit schnellem Sex in ihrem Büro würde es nicht kommen. Das hatte er ihr unmissverständlich klargemacht. Ein paar Wochen nach dem Straßenfest wurde er von Judith mit einer ihrer gerade solo gewordenen Freundinnen verkuppelt.

Auch wenn es dem Josef weiterhin nicht gelang, Biber-Bräus Extradolde zu toppen, erschloss sich die Lämmerberger Naturhelle mitsamt ihrer noch jungen Brauerei ihren Platz auf dem Markt. Florian tat alles, um seinen Onkel aus dem Betriebsgeschehen herauszuhalten. Stattdessen fand er nach einem abendfüllenden Gespräch mit Ludwig Biber Gefallen an der Vorstellung, mit Biber-Bräu in begrenztem Maße in Partnerschaft zu brauen und ihr Sortiment aufeinander abzustimmen.

Nach ihrer Entlassung aus dem Krankenhaus setzte sich Christina mit Inbrunst an ihren Roman. Die Arbeit ging nun erstaunlich flüssig voran, und schon zehn Monate später war das Buch verlegt. Bei den Kritikern fiel es gnadenlos durch, doch die Verkäufe konnten sich sehen lassen. Sie und Ludwig blieben zusammen.

***

Ein Jahr später legte Birgit zu Lämmerberg im Sulzpark eine weiße Lilie an der Stelle nieder, an der sie den Mann umgebracht hatte, der ihren beiden Töchtern Leid angedroht hatte. Sie dachte oft an diese Nacht zurück und bereute nichts. Rio Freitag hatte ihre Töchter bedroht. Hier im oberen Sulzpark, wo er nachts seine Drogen verschob, hatte sie ihn in jener Nacht zur Rede stellen wollen, und war in ein allzu kurioses Schauspiel geraten: Jemand im schwarzen Kampfanzug hatte Freitag nach Strich und Faden vermöbelt. Der Ninja verschwand nach getaner Arbeit schattengleich in der Dunkelheit, Freitag blieb röchelnd im Gras zurück. Birgit wagte sich näher und fand ihn böse verletzt vor. Sein Kopf lag einem der Ziersteine auf. Da kauerte er nun erbärmlich am Boden, der Mann, der seit so vielen Jahren das Beilngrieser Nachtleben unsicher machte. Der mit großem Vergnügen anderen Menschen Gewalt antat, Drogen an Schüler vertickte und ihres Wissens nach an mindestens einer Vergewaltigung beteiligt war, aber trotzdem noch frei herumlief. Der Mann, der ihren Gatten erpresste und damit drohte, ihre beiden Kinder zu überfahren oder zu missbrauchen. Birgit brauchte keine Sekunde lang nachzudenken. Sie zog ihre schwarzen Nerzhandschuhe an, packte ihn an den Haaren und schmetterte seinen Kopf auf den Stein. Zweimal. Dreimal. Viermal. Fünfmal. Blut spritzte, Zähne brachen, Knochen knackten. Sechsmal. Siebenmal. Sie wusste nicht mehr, wie oft sie es getan hatte, doch am Ende hatte Rio Freitag nicht mehr geröchelt.

Epilog

Ein machtvoller Ort sollte das hier sein, sagten die Spinner. Geheimnisvolle Kräfte gingen von dem lehmigen Boden aus, weil es da unten ein paar Wasseradern gab. Die erzeugten unterirdische Kraftfelder und entzogen den Menschen ihre Energien. Deshalb wurde man hier immer so schläfrig. So jedenfalls hatte ihm das mal einer dieser Esoterikfuzzis erklärt, die hier bei schönem Wetter mit Wünschelruten und Pendeln umherspazierten. Auf die Idee, dass die Müdigkeit vom vorangehenden Aufstieg rühren könnte, kamen diese Gestalten nicht.

Er fühlte sich kein bisschen schläfrig. Nicht heute Nacht. Er glaubte nicht an diesen New-Age-Kram, dieses späte Vermächtnis der 68er, deshalb war er für die hier angeblich wirkenden Kräfte auch nicht empfänglich. Außerdem überflutete ihn die Gewissheit um seinen bevorstehenden Tod mit Adrenalin. Da war kein Platz für Müdigkeit. Nicht heute Nacht – seiner letzten.

An Geister glaubte er auch nicht, obwohl ihm hier oben stets welche begegneten. Geister aus vergangenen Zeiten. Er sah sie nicht, aber sie waren da. Stimmen, Gelächter, Gesang – und Angst. Vor allem die. Sie waren überall. Lauerten. Grinsten. Kicherten. Er ignorierte sie. Wie immer.

Mit seiner geladenen Schrotflinte fest in beiden Händen, ging er seinen letzten Gang. Er hätte sich für diesen Anlass ein paar Sterne als Zeugen gewünscht, aber der Nachthimmel war weitenteils pechschwarz. Nur hoch über den Wäldern auf der anderen Talseite graute kaum sichtbar ein fahles Glimmen hinter den schwarzen Schlieren. Nicht einmal der Mond wollte ihm zusehen. Sei's drum.

Die Spalier stehenden Büsche und Bäume wiesen ihm den Weg vorbei an den beiden von Moos überwucherten Opfersteinen. In der lichtlosen Dunkelheit waren sie nur als schemenhafte Hügel zu erkennen. Grabhügel, dachte er. Wie passend.

Grund zur Eile bestand nicht. Er hatte die ganze Nacht Zeit, dies zu Ende zu bringen. So lange würde er nicht brauchen.

Etwa fünfzehn Meter voraus an der Talkante markierte der steinerne Obelisk, den sie »Wodansburg« nannten, das Ende seines Weges. Eine wiedererrichtete altgermanische Richt- und Opferstätte sollte das sein, hieß es. Für ihn war es einfach nur ein grobschlächtiges Phallussymbol. Schon immer. Ein rudimentär gemauerter Sockel, einem Altar nicht unähnlich, mit einem spitzen, mehrere Meter hohen Aufbau, welcher der Dunkelheit zum Trotz mit jedem Schritt mehr Konturen gewann. Das Bildnis wirkte bedrohlich. Wie etwas noch Finstereres in der Finsternis, das unmissverständlich klarstellen sollte, wem dieses Aussichtsplateau gehörte. Er aber war nicht weiter beeindruckt. Hier hatte es angefangen. Und hier würde es nun enden. Endlich.

Als er den Sockel erreichte, berührte er den rauen, kalten Stein. Moos und Gestrüpp rankten in den Vertiefungen. Im weiten Tal dahinter glommen schwach die Nachtlichter seiner Heimatstadt im Nebel.

»Hahaha! Ich habe geahnt, dass du dich so aus der Affäre ziehen würdest«, sprach eine unangebracht heitere Stimme, und eine Gestalt erhob sich von einer der beiden Sitzbänke auf der dem Tal zugewandten Seite des Steinsockels. »Und dass du es hier tun würdest.«

Er erkannte die Stimme auf Anhieb, hatte fast mit ihr gerechnet.

»Hier, wo alles begonnen hat«, fuhr sie ausgelassen fort. »Wie ungemein stimmig! So … nun ja, *konsequent*, würde ich fast sagen. So schließt sich endlich der Kreis. Muss sehr tröstend für dich sein.«

»Was willst du hier?«, raunte er.

»Na, ich will dir dabei zusehen«, bekam er zur Antwort. »Damit mir nichts entgeht, habe ich sogar eine Taschenlampe dabei. Hier, siehst du?«

Ein unsäglich greller Lichtstrahl schoss ihm in die Augen. Mit einem Fluch auf den Lippen wandte er den Blick ab. »Schalte sie ab! Sofort!«

»Jaja, schon gut.« Das Licht erlosch. »Sehe ich mir später eben das blutige Kunstwerk an, wenn dein Gehirn stückchenweise über den Stein verteilt ist. Das wird mir genügen. Bis es vollbracht ist, sollst du deine Privatsphäre haben. Man macht so etwas schließlich nicht jeden Tag, was? Ha! Genauer gesagt, höchstens einmal im Leben. Also mach hin, ja? Ich habe heute Nacht noch was vor.«

»Ich will, dass du verschwindest.«

»Schon gut, ich lasse dich allein. Aber verschwinden werde ich nicht.«

Kaum zähmbarer Zorn stieg in ihm auf. Die dumpfen Schritte seines Gegenübers umrundeten den Sockel, passierten ihn und entfernten sich raschelnd ins dunkle Gespinst der Bäume.

»Eins noch!«, gebot er, woraufhin sie verstummten.

»Ja?«

»Die Brauerei. Sie bleibt, wie sie ist, klar?«

Susi Anrainers Antwort aus der rückwärtigen Schwärze kam verzögert: »Das habe ich nicht in der Hand. Die künftigen Absatzzahlen werden entscheiden, wie mit der Gesamtmasse verfahren wird. Das Sortiment werden wir fürs Erste so belassen, es aber mittelfristig natürlich mit unseren anderen Brauereien abstimmen. Ich weiß, das gefällt euch Traditionsbrauern nicht, aber so läuft das nun mal. Wie es auch weitergeht, ich kann dir versprechen, Berti, dass wir deine Firma mit Achtung behandeln. Ach ja, und solltest du durch dein Testament den Ludwig, den Florian oder sonst wen in deine Firma schleusen, werde ich dafür sorgen, dass die den Laden gern und bald wieder abstoßen. Ich werde Zahlen frisieren, Bestellungen im Äther verschwinden lassen und notfalls sogar den Brunnen vergiften. Das würde es uns im Endeffekt sogar leichter machen, wenn ich es mir recht überlege. Du hast also hoffentlich nichts Unüberlegtes getan, was dir am Ende trotzdem nichts helfen wird, alter Mann.«

Adalbert fröstelte. Er hatte in der Tat ein paar letzte Weichen gestellt. Aber es gab Unwägbarkeiten. Bedauerlicherweise würde er mit seinem Abgang nicht nur seine Feinde im Ungewissen zurücklassen, sondern auch seine Tochter Ulrike und seinen Enkel. Die beiden wussten weder von den Gespenstern, die ihn seit Jahrzehnten plagten, noch von den Leuten, die ihm im Nacken saßen, von denen Ferdinand zu Lämmerberg noch der Harmloseste war.

Susi Anrainer war eine seiner Affären. Vor Jahren schon war sie aus Beilngries fortgezogen. Auf einer Brauertagung letztes Jahr hatte er sie wiedergetroffen und war in ihrem Hotelzimmer gelandet. Er steckte mal wieder in einer Depression und hatte ein Ohr gebraucht, das ihm zuhörte. Die Susi arbeitete inzwischen für ein Firmenkonsortium, das auch an Biber-Bräu Interesse hatte. Adalbert hatte zu spät durchschaut, dass sie seinen Kummer, den er ihr in jener Nacht anvertraut hatte, gegen ihn verwenden würde. Nun drohte sie, den Florian als unehelichen zu Lämmerberg bloßzustellen, was seinen bluts- und traditionsversessenen Onkel zum Handeln zwänge, wollte er vor seinen Standesfreunden nicht sein Gesicht verlieren. Nicht nur die Familienbrauerei würde der Florian dann verlieren. Sämtliche Vermögenswerte, die sein Alibivater in die Familie gebracht hatte, stünden auf einmal zur Disposition. Das durfte Adalbert nicht zulassen. Der Florian war sein Sohn. Sein richtiger Sohn. Der vor Kurzem das Brauen für sich entdeckt hatte. Adalbert war stolz auf ihn.

Er befühlte das kalte Metall der Waffe in seiner Hand. Eines Morgens vergangene Woche war sie in seinem Kofferraum gelegen. Zuerst hatte er angenommen, der Ferdinand wollte ihn damit zu diesem Schritt ermutigen. Dem war er schon lange ein eiternder Stachel in seinem adeligen Fleisch. Nicht nur weil er vor vierzig Jahren die Lydia geschwängert hatte, vielmehr noch, weil er, Adalbert, wusste, dass die ach so altehrwürdige Linie der Freiherren zu Lämmerberg in den zwanziger Jahren mit Leopold zu Lämmerberg unterbrochen worden war. Inzwischen aber war Adalbert sicher, dass die Flinte von der Susi und ihren Auftraggebern kam. Er war ihnen im Weg.

Er sah keine Möglichkeit, das Pack ohne Schaden für Biber-Bräu oder den Florian loszuwerden. Inzwischen hatte sich die Susi sogar in seiner Firma festgesetzt. Hatte Ulrike irgendwie um den Finger gewickelt. Er musste sie anderweitig ausmanövrieren. So einfach, wie sie sich das vorstellte, würde er sie Biber-Bräu nicht ihren Bossen in die Hände spielen lassen. Adalbert hatte sein Testament aus dem Verkehr gezogen, was den Ludwig aufs Parkett brachte, sobald er dies hier zu Ende gebracht hätte. Wenn nun der Siggi geschickt agierte und die Parteien zusammenführte, würde Biber-Bräu als unabhängiges Familienunternehmen bestehen bleiben und mit dem Florian sogar gestärkt hervorgehen. Das war alles, was Adalbert an Trost und Hoffnung blieb.

Die Nacht stand weiterhin schwarz und sternenlos, und der von den Beilngrieser Stadtlichtern glühende Talnebel sah aus wie ein Gespenstermeer. Adalbert hatte keinen Frieden mit sich geschlossen, als er auf der Bank Platz nahm.

Danksagung

Zum zweiten Mal ist es mir erlaubt und vergönnt, dem Emons-Verlag für die wunderbare Zusammenarbeit Danke zu sagen. Ebenso danke ich meiner emsigen Literaturagentin Alisha Bionda, die all das erst möglich machte, und Außenlektorin Susann Säuberlich. Ein weiteres Dankeswort sei an dieser Stelle auch an all jene Künstler getragen, ohne die dieser Roman überhaupt nicht möglich wäre: die Brauerinnen und Brauer dieser Welt. Prost!